JAMES OSWALD

Das Mädchenopfer

Buch

Ein altes Haus in einem trostlosen Stadtteil von Edinburgh wird zum Schauplatz eines grausigen Fundes. Beim Durchbruch einer Mauer stoßen Bauarbeiter im Keller auf einen verborgenen Raum, in dem die entsetzlich zugerichteten Gebeine eines jungen Mädchens liegen. Ringsum befinden sich sechs Wandnischen – darin sechs Schmuckstücke und die konservierten Organe des Opfers. Als jedoch erste Untersuchungen des Tatorts ergeben, dass der Mord vor über sechzig Jahren geschah, messen die Verantwortlichen bei der Polizei dem Fall keine besondere Bedeutung mehr bei. Und so überträgt man die Ermittlungen Detective Inspector Anthony McLean, der sich in letzter Zeit bei seinen Vorgesetzten mit seiner ganz eigenen Auslegung der Dienstvorschriften nicht gerade beliebt gemacht hat. McLean allerdings lässt das schreckliche Schicksal des Mädchens keine Ruhe. Bald stößt er auf eine Verbindung zu einer blutigen Mordserie, die seit Kurzem die Stadt erschüttert, und kommt auf die Spur einer unvorstellbar bösen Wahrheit …

Weitere Informationen zu James Oswald sowie zu lieferbaren Titeln des Autors finden Sie am Ende des Buches.

James Oswald

Das Mädchenopfer

Thriller

Aus dem Englischen
von Sigrun Zühlke

GOLDMANN

Die englische Originalausgabe erschien 2012
unter dem Titel »Natural Causes«
bei Penguin Books Ltd, London.

Dieses Buch ist auch als E-Book erhältlich.

Verlagsgruppe Random House FSC® N001967
Das FSC®-zertifizierte Papier *Pamo House* für dieses Buch
liefert Arctic Paper, Mochenwangen GmbH.

1. Auflage
Deutsche Erstveröffentlichung August 2014
Copyright der Originalausgabe © James Oswald 2012
All rights reserved.
Copyright © der deutschsprachigen Ausgabe / Translation copyright 2014
by Wilhelm Goldmann Verlag, München,
in der Verlagsgruppe Random House GmbH
Umschlaggestaltung: UNO Werbeagentur München
Umschlagmotiv: Getty Images/Harry Taylor; FinePic®, München
Redaktion: Eva Wagner
KS · Herstellung: Str.
Satz: IBV Satz- und Datentechnik GmbH, Berlin
Druck und Bindung: GGP Media GmbH, Pößneck
Printed in Germany
ISBN: 978-3-442-48030-2
www.goldmann-verlag.de

Besuchen Sie den Goldmann Verlag im Netz

Meinen Eltern, David und Juliet.
Ich wünschte, ihr wärt hier, um dies mit mir zu teilen.

1

Er hätte nicht anhalten sollen. Es war nicht sein Fall. Er war nicht einmal im Dienst. Aber die Blaulichter, die Transporter der Spurensicherung und die Uniformierten, die Absperrungen errichteten, hatten etwas an sich, dem Detective Inspector Anthony McLean noch nie hatte widerstehen können.

Er war in dieser Gegend aufgewachsen, diesem wohlhabenden Teil der Stadt mit seinen einzeln stehenden Häusern, die von großen Gärten hinter hohen Mauern umgeben waren. Altes Geld lebte hier, und altes Geld wusste sein Hab und Gut zu schützen. Es war sehr unwahrscheinlich, hier auf den Straßen einen Obdachlosen zu Gesicht zu bekommen, ganz zu schweigen von einem Kapitalverbrechen. Nichtsdestotrotz blockierten jetzt zwei Streifenwagen der Polizei die Einfahrt zu einem begüterten Anwesen, und ein Officer in Uniform war damit beschäftigt, blau-weißes Absperrband abzuwickeln. McLean fischte seinen Dienstausweis aus der Tasche, während er näher herantrat.

»Was ist hier los?«

»Es hat einen Mord gegeben, Sir. Das ist alles, was man mir gesagt hat.« Der Constable zurrte das Band fest und fing eine neue Rolle an.

McLean blickte die breite, mit Kies bedeckte Auffahrt zum Haus entlang. Auf halbem Wege stand rückwärts ein Transporter der Spurensicherung, die Türen weit aufgerissen. Uniformierte bewegten sich Schritt für Schritt auf breiter Linie über den Rasen, den Blick gesenkt auf der Suche nach Hinweisen. Es würde sicher nicht schaden, einen Blick hineinzuwerfen und zu sehen, ob er irgendwie behilflich sein konnte. Außerdem kannte er die Gegend. Er duckte sich unter dem Absperrband hindurch und ging die Auffahrt hinauf.

Hinter dem verbeulten weißen Transporter glänzte ein schwarzer Bentley im Abendlicht. Daneben trübte ein rostiger alter Mondeo das Bild. McLean kannte den Wagen und auch seinen Besitzer nur allzu gut. Detective Chief Inspector Charles Duguid gehörte nicht zu seinen Lieblingsvorgesetzten. Wenn das einer seiner Fälle war, dann musste der Verstorbene wichtig gewesen sein. Das würde auch die hohe Anzahl von Uniformierten erklären, die hier hinzugezogen worden waren.

»Was zur Hölle machen Sie denn hier?«

McLean drehte sich zu der vertrauten Stimme um. Duguid war deutlich älter als er, mindestens Mitte fünfzig. Sein einst rotes Haar war inzwischen dünn geworden und ergraute, sein Gesicht war gerötet und faltig. Den weißen Schutzanzug hatte er sich auf die Hüfte heruntergeschoben und die Ärmel unter seinem hängenden Bauch zusammengeknotet. So sah er aus wie ein Mann, der sich kurz hinausgestohlen hatte, um eine Zigarette zu rauchen.

»Ich war zufällig in der Gegend und habe die Streifenwagen auf der Straße gesehen.«

»Und da dachten Sie, Sie stecken mal kurz Ihre Nase rein, was? Was haben Sie hier zu suchen?«

»Ich wollte mich nicht in Ihre Ermittlung einmischen, Sir. Ich dachte nur … na ja, wo ich hier im Viertel aufgewachsen bin, könnte ich vielleicht behilflich sein.«

Duguid stieß einen vernehmlichen Seufzer aus und ließ theatralisch die Schultern sinken.

»Ah, na gut. Wo Sie nun mal da sind, können Sie sich genauso gut auch nützlich machen. Gehen Sie rein und reden Sie mit Ihrem Freund, dem Rechtsmediziner. Hören Sie sich mal an, zu welch wunderbaren Erkenntnissen er inzwischen gekommen ist.«

McLean wollte schon zur Haustür gehen, als Duguid ihn fest am Arm packte und aufhielt.

»Und sehen Sie zu, dass Sie mir einen Bericht liefern, wenn Sie fertig sind. Ich will nicht, dass Sie sich vom Acker machen, bevor wir das hier in trockenen Tüchern haben.«

Das Innere des Hauses war beinahe schmerzlich hell nach der sanften Dunkelheit der Stadt, die sich draußen herabsenkte. McLean trat durch eine kleine, aber dennoch geräumige Vorhalle in eine große Eingangshalle. Drinnen wuselten überall Kollegen der Spurensicherung in weißen Schutzanzügen herum, stäubten auf der Suche nach Fingerabdrücken alles ein, fotografierten. Bevor er mehr als ein paar Schritte machen konnte, drängte ihm eine junge Frau ein eingerolltes weißes Bündel auf. Er erkannte sie nicht – eine Neue im Team.

»Den sollten Sie sich lieber überziehen, wenn Sie da reingehen wollen, Sir.« Sie deutete mit einer schnellen Daumenbewegung hinter sich auf eine offene Tür auf der anderen Seite der Halle. »Es ist eine schreckliche Sauerei. Sie werden sich nicht den Anzug ruinieren wollen.«

»Oder irgendwelche Spuren kontaminieren.« McLean dankte ihr, streifte den weißen Overall über und stülpte sich die Plastikfüßlinge über die Schuhe, bevor er auf die Tür zuging, wobei er sich auf dem leicht erhöhten Steg hielt, den das Team der Spurensicherung auf dem gebohnerten Holzfußboden ausgelegt hatte. Von drinnen war Stimmengemurmel zu hören, also trat er ein.

Es war ein altmodisches Herrenzimmer. Ledergebundene Bücher in dunklen Mahagoniregalen säumten die Wände. Zwischen zwei hohen Fenstern stand ein antiker Schreibtisch, seine Arbeitsfläche leer bis auf die Schreibunterlage und ein Handy. Zu beiden Seiten eines verzierten Kamins stand je ein hochlehniger Armsessel, der erkalteten Feuerstelle zugedreht. Der linke war leer, abgesehen von ein paar säuberlich zusammengefalteten Kleidungsstücken, die über der Armlehne lagen. McLean durchquerte den Raum und trat um den anderen Sessel herum. Sofort wurde seine ganze Aufmerksamkeit von der darin sitzenden Gestalt gefesselt. Er rümpfte die Nase angesichts des üblen Gestanks, der sie umgab.

Der Mann sah beinahe ruhig aus. Seine Hände lagen leicht auf den Armlehnen, die Füße standen ein wenig auseinander. Sein Gesicht war bleich, die Augen starrten glasig geradeaus. Schwarzes Blut quoll aus dem geschlossenen Mund, tröpfelte über das Kinn und auf etwas, von dem McLean erst noch dachte, es sei eine Art Mantel aus dunklem Samt. Dann sah er die Gedärme, die sich blaugrau glänzend bis nach unten auf den Perserteppich am Boden ergossen. Kein Samt, kein Mantel. Zwei weiß gekleidete Gestalten hockten daneben, anscheinend nicht gewillt, ihre Knie auf dem blutgetränkten Teppich aufzustützen.

»Heilige Scheiße!« McLean schlug sich die Hand vor Mund und Nase angesichts des metallischen Blutgeruchs und des noch durchdringenderen Gestanks menschlicher Exkremente. Eine der Gestalten sah auf, und er erkannte den städtischen Rechtsmediziner, Angus Cadwallader.

»Ah, Tony. Auch zur Party hier, was?« Er stand auf und reichte seiner Assistentin etwas Glitschiges. »Nehmen Sie das, ja, Tracy?«

»Barnaby Smythe.« McLean trat näher.

»Ich wusste nicht, dass du ihn kanntest«, sagte Cadwallader.

»Oh doch. Ich kannte ihn. Nicht gut, meine ich. Ich war noch nie hier im Haus. Aber, Himmelherrgott, was ist denn mit ihm passiert?«

»Hat Dagwood dich denn nicht informiert?«

McLean schaute sich um, erwartete fast, Chief Inspector Duguid direkt hinter sich stehen und zusammenzucken zu sehen, weil sein Spitzname so beiläufig fiel. Doch abgesehen von der Assistentin und dem Verstorbenen waren sie allein im Raum.

»Er war nicht allzu erfreut, mich zu sehen, um ehrlich zu sein. Denkt, ich wollte ihm wieder den Ruhm stehlen.«

»Und willst du?«

»Nein. Ich war nur auf dem Weg zum Haus meiner Granma. Hab die Autos gesehen ...« McLean sah das Lächeln des Rechtsmediziners und hielt den Mund.

»Wie geht's denn Esther? Irgendeine Besserung?«

»Nicht wirklich, nein. Ich besuche sie nachher noch. Das heißt, wenn ich nicht hier hängenbleibe.«

»Nun, ich frage mich, was sie zu dieser Sauerei sagen würde.« Cadwallader wedelte mit dem blutverschmierten Handschuh in Richtung der Überreste dessen, was einst ein Mensch gewesen war.

»Ich habe keine Ahnung. Irgendwas Grausiges, da bin ich mir sicher. Ihr Rechtsmediziner seid doch alle gleich. Also, dann erzähl mir mal, was hier passiert ist, Angus.«

»Soweit ich sagen kann, ist er nicht gefesselt oder sonstwie festgehalten worden, was darauf hindeuten würde, dass er schon tot war, als es geschah. Aber hier ist zu viel Blut. Sein Herz muss noch geschlagen haben, als der erste Schnitt angesetzt wurde, also ist er höchstwahrscheinlich unter Drogen gesetzt worden. Das werden wir wissen, sobald wir den toxikologischen Bericht haben. Das meiste Blut stammt von hier.« Er zeigte auf einen losen roten Hautlappen, der um den Hals des Toten hing. »Wenn man irgendwie danach urteilen kann, wie das Blut auf die Beine und an die Seite des Sessels gespritzt ist, dann wurde dieser Schnitt gesetzt, nachdem die Gedärme entnommen worden sind. Ich schätze, der Mörder wollte sie aus dem Weg haben, damit er ungestört innen herumstochern konnte. Die wichtigsten inneren Organe scheinen alle an ihrem Platz zu sein – bis auf ein Stück Milz, das fehlt.«

»Da steckt etwas in seinem Mund, Sir«, sagte die Assistentin, deren Knie protestierend knackten, als sie sich aufrichtete. Cadwallader rief nach dem Fotografen, dann beugte er sich vor, zwang seine Finger zwischen die Lippen des Toten und drückte den Kiefer nach unten. Er griff hinein und zog eine schleimige, rote, weiche Masse heraus. McLean spürte, wie Übelkeit in ihm aufstieg, und versuchte, nicht zu würgen, als der Rechtsmediziner das Organ ins Licht hochhielt.

»Ah, da ist es ja. Ausgezeichnet.«

Als McLean es aus dem Haus heraus schaffte, war die Nacht angebrochen. Es wurde nie ganz dunkel in der Stadt. Zu viele Straßenlampen ergossen ihr Licht in die dünnen Schleier der verschmutzten Luft und verfärbten sie zu einem höllenartigen orangefarbenen Glühen. Aber wenigstens hatte die erstickende Augusthitze endlich nachgelassen und einer Frische Platz gemacht, die eine willkommene Erleichterung nach dem heftigen Gestank im Haus bot. Seine Schritte knirschten auf dem Kies, während er in den Himmel hinaufstarrte, vergeblich nach Sternen Ausschau hielt und nach einem Grund suchte, warum jemand einem alten Mann die Gedärme herausreißen und ihm seine Milz in den Mund stopfen sollte.

»Und?« Der Ton war unmissverständlich und vom sauren Geruch abgestandenen Tabakrauchs begleitet.

McLean drehte sich zu Chief Inspector Duguid um. Er hatte den Overall abgestreift und trug wieder den übergroßen Anzug, der zu seinem Markenzeichen geworden war. Selbst im Halbdunkel konnte McLean die glänzenden Stellen sehen, wo der Stoff über die Jahre blankgescheuert worden war.

»Sehr wahrscheinlich war die Todesursache ein massiver Blutverlust, der Hals war von einem Ohr zum anderen aufgeschnitten. Angus ... Dr. Caldwallader schätzt den Zeitpunkt des Todes auf irgendwann am späten Nachmittag bis frühen Abend.

Zwischen vier und sieben. Das Opfer wurde nicht gefesselt, also muss es wohl unter Drogen gesetzt worden sein. Nach dem toxikologischen Screening wissen wir mehr darüber.«

»Das weiß ich alles, McLean. Ich habe Augen im Kopf. Erzählen Sie mir was über Barnaby Smythe. Wer hätte ihn so aufschlitzen können?«

»Ich kannte Mr Smythe nicht besonders gut, Sir. Er war ziemlich verschlossen. Ich war heute zum ersten Mal überhaupt in seinem Haus.«

»Aber Sie haben doch wohl als Kind Äpfel aus seinem Garten geklaut.«

McLean schluckte die Antwort herunter, die er am liebsten gegeben hätte. Er war an Duguids Spott gewöhnt, aber er wusste nicht, warum er ihm jetzt ausgesetzt war, wo er doch nur versuchte zu helfen.

»Also, was wissen Sie über den Mann?«, fragte Duguid.

»Er war Investmentbanker, muss aber inzwischen längst im Ruhestand gewesen sein. Irgendwo habe ich gelesen, dass er einige Millionen für den neuen Trakt des Nationalmuseums gespendet hat.«

Duguid seufzte und massierte sich die Nasenwurzel. »Ich habe auf etwas gehofft, das ein bisschen nützlicher ist als das. Wissen Sie denn gar nichts über sein Privatleben? Seine Freunde und Feinde?«

»Nicht wirklich, Sir. Nein. Wie ich schon sagte, er ist im Ruhestand, muss mindestens achtzig sein. Ich verkehre nicht viel in diesen Kreisen. Meine Großmutter kannte ihn sicher, aber sie kann uns im Moment auch nicht wirklich helfen. Sie hatte einen Schlaganfall, wissen Sie.«

Duguid schnaubte verächtlich. »Dann sind Sie also zu überhaupt nichts nütze, verdammt noch mal. Also raus hier mit Ihnen. Gehen Sie zurück zu Ihren reichen Freunden und genießen Sie Ihren freien Abend.« Er drehte sich um und stolzierte auf eine Gruppe Uniformierter zu, die rauchend beisammenstanden. McLean war froh, ihn gehen zu sehen. Dann fiel ihm wieder die Warnung des Chief Inspectors ein, von wegen Sich-vom-Acker-machen.

»Möchten Sie, dass ich Ihnen einen Bericht schreibe?«, rief er Duguids Rücken nach.

»Nein, will ich verdammt noch mal nicht.« Duguid machte auf dem Absatz kehrt und kam zurück. Sein Gesicht lag im Schatten, seine Augen glitzerten im reflektierenden Licht der Gartenbeleuchtung. »Das ist mein Fall, McLean. Und jetzt verpissen Sie sich von meinem Tatort!«

2

Das Western General Hospital roch nach Krankheit – diese Mischung aus Desinfektionsmitteln, warmer Luft und ausgetretenen Körperflüssigkeiten, die einem in den Klamotten hängenblieb, wenn man mehr als zehn Minuten hier verbrachte. Die Schwestern am Empfang erkannten ihn, lächelten und gestatteten ihm schweigend und mit einem leichten Nicken hindurchzugehen. Eine von ihnen hieß Barbara und die andere Heather, aber er konnte sich beim besten Willen nicht merken, welche welche war. Sie schienen nie lange genug voneinander getrennt zu sein, um es herausfinden zu können, und auf diese viel zu kleinen Schildchen an ihrer Brust zu starren war einfach zu peinlich.

McLean ging so leise, wie es der quietschende Linoleumboden ermöglichte, durch die seelenlosen Flure. Vorbei an Männern, die in fadenscheinigen Klinikkitteln durch die Gänge schlurften und sich mit arthritischen Klauen an fahrbare Gestelle klammerten, an denen ein intravenöser Tropf hing, vorbei an geschäftigen Krankenschwestern, die von einer Krise zur nächsten eilten, und an bleichen Assistenzärzten, die aussahen, als würden sie gleich vor Erschöpfung umfallen. Das alles schreckte ihn schon längst nicht mehr ab. Er kam schon so lange hierher.

Die Abteilung, zu der er unterwegs war, lag in einem ruhigen Flügel des Krankenhauses, weitab von der hektischen Geschäftigkeit. Es war ein hübscher Raum, dessen Fenster einen Ausblick über den Firth of Forth hinweg bis in die Grafschaft Fife hinein boten. Es kam ihm immer ziemlich absurd vor. Dieser Flügel hier wäre besser geeignet für Patienten, die sich von größeren Operationen erholten oder so etwas. Stattdessen beherbergte er Patienten, denen die Aussicht oder die Ruhe hier nicht gleichgültiger sein könnten. Er verkeilte die Tür mit einem Feuerlöscher, sodass das geschäftige Summen in der Entfernung weiter zu ihm hineindrang, dann trat er ins Halbdunkel.

Sie lag auf mehrere Kissen gestützt da, ihre Augen waren geschlossen, als schliefe sie. Kabel flossen von ihrem Kopf zu einem Monitor neben dem Bett, der in einem langsamen, gleichförmigen Rhythmus tickte. Durch einen Schlauch tropfte eine klare Flüssigkeit in ihren faltigen und altersfleckigen Arm, und an einem ihrer welken Finger war ein schmaler weißer Pulsmesser angeklemmt. McLean zog sich einen Stuhl heran und setzte sich, nahm die freie Hand seiner Großmutter und starrte in ihr einst so stolzes und lebendiges Gesicht.

»Vorhin habe ich Angus getroffen. Er hat nach dir gefragt.« Er sprach leise, war sich nicht mehr sicher, ob sie ihn hören konnte. Ihre Hand war kühl, Zimmertemperatur. Abgesehen von dem mechanischen Heben und Senken des Brustkorbes regte seine Großmutter sich nicht.

»Wie lange liegst du jetzt hier? Eineinhalb Jahre, oder?« Ihre Wangen waren noch mehr eingesunken, seit er sie das letzte Mal besucht hatte, und jemand hatte ihr das Haar schlecht geschnitten, was ihren Schädel noch skelettartiger aussehen ließ.

»Ich dachte immer, eines Tages würdest du aufwachen, und es würde alles wieder so wie früher. Aber jetzt bin ich mir nicht mehr sicher. Wofür solltest du denn noch aufwachen?«

Sie antwortete nicht. Er hatte ihre Stimme seit mehr als eineinhalb Jahren nicht mehr gehört. Nicht mehr, seit sie angerufen und ihm gesagt hatte, dass sie sich nicht wohlfühlte. Er erinnerte sich an den Krankenwagen, die Rettungssanitäter, daran, wie er das leere Haus abgeschlossen hatte. Aber er konnte sich nicht mehr erinnern, wie ihr Gesicht ausgesehen hatte, als er sie fand, bewusstlos in ihrem Sessel am Kamin. Sie war immer weniger geworden in all den Monaten, und er hatte zugesehen, wie sie verschwand, bis er nur noch diesen Schatten der Frau vor sich hatte, die ihn aufgezogen hatte, seit er vier Jahre alt war.

»Wer war das denn? Also wirklich!«

McLean sah sich um, erschrocken von dem Lärm. Eine Schwester stand in der Tür und rüttelte an dem Feuerlöscher. Sie polterte herein, schaute sich um und erblickte ihn dann schließlich.

»Oh, Mr McLean. Tut mir leid. Ich habe Sie gar nicht gesehen.«

Ein weicher Western-Isles-Akzent, ihr blasses Gesicht umrahmt von einem Bob aus flammend rotem Haar. Sie trug die Uniform einer Stationsschwester, und McLean war sicher, dass er wusste, wie sie hieß. Jane oder Jenny oder so was. Er dachte, dass er fast alle Schwestern des Krankenhauses mit Namen kannte, entweder aufgrund der Arbeit oder durch seine Besuche auf dieser kleinen, ruhigen Station. Aber als sie so dastand und ihn unverwandt ansah, wollte ihm ihr Name um alles in der Welt nicht einfallen.

»Ist schon okay«, sagte er und stand auf. »Ich wollte sowieso gerade gehen.« Er drehte sich zu der komatösen Gestalt um und ließ ihre kalte Hand los. »Ich komme dich bald wieder besuchen, Gran. Ich verspreche es.«

»Wissen Sie, dass Sie der Einzige sind, der regelmäßig hier zu Besuch kommt?«, fragte die Schwester.

McLean sah sich im Raum um und betrachtete die anderen Betten mit ihren stillen, reglosen Bewohnern. Es war unheimlich auf eine gewisse Art und Weise. In Reih und Glied standen sie an für die Leichenhalle. Warteten geduldig darauf, dass sie bei Gevatter Tod an die Reihe kamen.

»Haben die denn keine Verwandten?«, fragte er mit einem Nicken in Richtung der anderen Patienten.

»Doch natürlich, aber sie kommen nicht zu Besuch. Oh, anfangs schon. Manchmal sogar täglich, so ein, zwei Wochen lang. Sogar einen Monat. Aber mit der Zeit werden die Abstände länger und länger. Mr Smith da drüben hat seit Mai keinen Besuch mehr gehabt. Aber Sie kommen jede Woche her.«

»Sie hat ja sonst niemanden.«

»Na ja, trotzdem. Ist nicht selbstverständlich, was Sie da machen.«

McLean wusste nicht, was er sagen sollte. Ja, er kam zu Besuch, wann immer er konnte, aber er blieb nie lange. Nicht wie seine Großmutter, die dazu verurteilt war, den Rest ihrer Tage in dieser stillen Hölle zu verbringen.

»Ich muss gehen«, sagte er und ging zur Tür. »Tut mir leid, das mit dem Feuerlöscher.« Er bückte sich, nahm ihn hoch und hängte ihn zurück in seine Halterung an der Wand. »Und danke.«

»Wofür?«

»Dass Sie sich um sie kümmern. Ich denke, sie hätte Sie gemocht.«

Das Taxi setzte ihn unten an der Auffahrt ab. McLean blieb eine Weile in der abendlichen Kühle stehen und beobachtete, wie sich die Abgase in Luft auflösten. Eine einsame Katze schlenderte kaum zwanzig Meter entfernt selbstbewusst über die Straße, dann blieb sie plötzlich stehen, als merkte sie, dass sie beobachtet wurde. Geschmeidig drehte sie den Kopf von einer Seite zur anderen, mit scharfen Augen musterte sie die Umgebung, bis sie ihn entdeckte. Kaum hatte sie die Bedrohung entdeckt und eingeschätzt, setzte sie sich mitten auf der Straße hin und begann, sich die Pfote zu lecken.

Er lehnte sich gegen den nächsten Baum in einer ganzen Reihe von Bäumen, die durch die Platten des Bürgersteigs brachen, als wollten sie vom Ende der Zivilisation künden, und beobachtete weiter. Die Straße war schon zu ihren besten Zeiten ruhig, und um diese Uhrzeit war es fast vollkommen still hier. Nur das leise Brummen der Stadt im Hintergrund erinnerte ihn daran, dass das Leben weiterging. Der entfernte Schrei eines Tieres ließ die Katze im Lecken innehalten. Sie starrte McLean an, um zu sehen, ob er das Geräusch von sich gegeben hatte, dann trabte sie davon und verschwand mit einem mühelosen Satz über eine Mauer in einen nahegelegenen Garten.

Als McLean sich wieder zur Auffahrt umdrehte, stand er vor dem ausdruckslosen Gebäude, dass das Haus seiner Großmutter war. Die dunklen Fenster in der nie ganz dunklen Nacht schienen ebenso leer wie das im Koma eingesunkene Gesicht der alten Dame, die Fensterläden geschlossen wie ihre Augen. Die Besuche im Krankenhaus waren eine Verpflichtung, die er gerne auf sich nahm, aber hierherzukommen empfand er als unangenehme und lästige Aufgabe. Das Haus, in dem er aufgewachsen war, war längst vergangen, das Leben war so endgültig aus dem Gebäude herausgesickert, wie es aus seiner Großmutter gesickert war, bis nichts mehr übrig war als sein steinernes Skelett und bitter gewordene Erinnerungen. Halb wünschte er, die Katze würde zurückkommen, nur um ausgerechnet jetzt nicht allein sein zu müssen. Aber er wusste, dass es in Wirklichkeit nur eine Ablenkung war. Er war hergekommen, um etwas zu erledigen, also konnte er genauso gut auch einfach damit anfangen.

Der Windfang war mit Werbesendungen von einer Woche verstopft. McLean raffte sie zusammen und trug sie in die Bibliothek. Die meisten Möbel waren mit weißen Laken bedeckt, was das Aus-der-Welt-gefallen-Sein dieses Hauses noch unterstrich, aber der Schreibtisch seiner Großmutter war noch frei. Er sah nach, ob auf dem Anrufbeantworter Nachrichten hinterlassen worden waren, und löschte die Werbeanrufe, ohne sich die Mühe zu machen, sie vorher abzuhören. Wahrscheinlich sollte er das Gerät einfach ausschalten, aber man konnte ja nie wissen, ob nicht irgendein alter Freund der Familie versuchte, Kontakt aufzunehmen. Die Werbepost wanderte direkt in den Papierkorb, der, wie er bemerkte, auch bald geleert werden musste. Zwei Rechnungen waren gekommen. Er durfte nicht vergessen, sie an den Notar weiterzuleiten, der sich um die Angelegenheiten seiner Großmutter kümmerte. Nun nur noch der Rundgang, und er konnte nach Hause fahren. Vielleicht sogar ein bisschen schlafen.

McLean hatte nie wirklich Angst vor der Dunkelheit gehabt. Vielleicht weil die Monster schon zu ihm gekommen waren, als er vier war, und ihm seine Eltern weggenommen hatten. Das Schlimmste war bereits geschehen, und er hatte es überlebt. Seitdem barg die Dunkelheit keinen Schrecken mehr. Und doch ertappte er sich dabei, wie er jetzt überall die Lampen einschaltete, sodass er keinen dunklen Raum durchqueren musste. Das Haus war groß – weitaus größer, als es die alte Dame benötigte. Die meisten Nachbarhäuser waren inzwischen so umgebaut worden, dass mehrere Wohnungen darin Platz fanden, dieses hier jedoch blieb immer noch standhaft und war überdies von einem weitläufigen Garten umgeben. Gott allein wusste, was es wert war. Noch etwas, worüber er sich würde Gedanken machen müssen, wenn es so weit sein würde. Solange seine Großmutter nicht alles irgendeiner Katzenschutzorganisation hinterlassen hatte. Was ihn nicht wirklich überraschen würde.

Er blieb stehen, die Hand nach dem Lichtschalter ausgestreckt, und ihm wurde klar, dass dies das erste Mal war, dass er darüber nachgedacht hatte, was es bedeuten würde, wenn sie tot war. Die Möglichkeit, dass sie sterben könnte. Sicher, der Gedanke war immer da gewesen, lauerte im Hintergrund seines Bewusstseins. Aber all die Monate, in denen er sie im Krankenhaus besucht hatte, hatte er das in der Überzeugung getan, dass es ihr irgendwann wieder bessergehen würde. Heute, aus welchem Grund auch immer, hatte er endlich akzeptiert, dass dies nie geschehen würde. Es war zugleich traurig und seltsam erleichternd.

Und dann nahm er wahr, wo er sich befand.

Das Schlafzimmer seiner Großmutter war nicht das größte im Haus, aber es war wahrscheinlich immer noch größer als McLeans gesamte Wohnung in Newington. Er trat ein, strich mit der Hand über das Bett, das noch immer mit der Bettwäsche bezogen war, in der sie in der Nacht vor ihrem Schlaganfall geschlafen hatte. Er öffnete die Schränke und erblickte Kleider, die sie nie wieder tragen würde, dann ging er durchs Zimmer zu dem seidenen japanischen Morgenmantel, der über dem Stuhl vor ihrer Ankleidekommode hing. In einer Haarbürste, die mit den Borsten nach oben darauf lag, waren noch ein paar Strähnen ihres Haars. Die langen weißen Fäden glänzten in dem harten weiß-gelblichen Schein der Deckenbeleuchtung, die von dem antiken Spiegel reflektiert wurde. Ein paar Parfümflakons standen daneben auf einem kleinen Silbertablett zusammen, auf der anderen Seite ein paar Fotografien in üppig verzierten Rahmen. Dies war der privateste Bereich seiner Großmutter. Natürlich war er schon früher hier gewesen, wenn er als kleiner Junge nach oben geschickt worden war, um etwas zu holen, oder wenn er kurz hindurchgehuscht war, um ein Stück Seife aus dem Badezimmer zu stibitzen. Aber er hatte sich nie lange hier aufgehalten, hatte den Raum nie wirklich wahrgenommen. Er fühlte sich etwas unwohl – einfach nur, weil er hier war –, und war gleichzeitig fasziniert.

Die Ankleidekommode war das Zentrum des Raumes, viel wichtiger als das Bett. Hier hatte seine Großmutter sich für die Welt da draußen zurechtgemacht, und McLean fand es schön, dass eine der Fotografien ihn zeigte. Er erinnerte sich noch an den Tag, an dem sie gemacht worden war, an die Abschlussfeier am Tulliallan-College, der schottischen Polizeihochschule. So sauber war seine Uniform wahrscheinlich nie wieder gewesen.

Police Constable McLean, ganz sicher auf dem Sprung zu einer großen Karriere, von dem aber dennoch erwartet wurde, Streifendienst zu leisten wie alle anderen Cops auch.

Auf dem anderen Foto waren seine Eltern zu sehen, ihr Hochzeitsfoto. Die beiden Bilder nebeneinander zeigten deutlich, dass er sein Aussehen größtenteils von seinem Vater geerbt hatte. Seine Eltern mussten auf dem Foto etwa im gleichen Alter gewesen sein wie er auf dem anderen, und abgesehen von den Unterschieden in der Aufnahmequalität hätten sein Vater und er beinahe Brüder sein können. McLean schaute eine Weile das Bild an. Er kannte diese Leute kaum, dachte kaum mehr an sie.

Andere Fotos standen überall verstreut im Raum herum. Einige hingen an den Wänden, andere standen in Rahmen auf einer breiten, niedrigen Kommode, die zweifellos Unterwäsche enthielt. Auf manchen war sein Großvater zu sehen, der mürrische alte Herr, dessen Porträt unten im Esszimmer über dem Kamin hing, wo er über dem Kopfende des Tisches residierte. Die Bilder zeichneten sein Leben in schwarz-weißen Momentaufnahmen nach, vom jungen Mann bis ins hohe Alter. Andere Bilder zeigten seinen Vater und dann auch seine Mutter, nachdem sie in sein Leben getreten war. Es gab auch ein paar von seiner Großmutter als einer beeindruckend schönen jungen Frau in den modischsten Kleidern der Dreißigerjahre. Das letzte aus dieser Serie zeigte sie flankiert von zwei lächelnden Gentlemen, ebenfalls in zeitgenössischer Kleidung, vor dem Hintergrund der vertrauten Säulen des National Monuments auf dem Calton Hill.

McLean starrte lange auf das Foto, bevor ihm klar wurde, was ihn daran beunruhigte. Zur Linken seiner Großmutter stand sein Großvater, William McLean. Ziemlich offensichtlich derselbe Mann, der auf so vielen anderen Bildern zu sehen war. Aber es war der Mann zu ihrer Rechten, der einen Arm um ihre

Taille gelegt hatte und in die Kamera lächelte, als gehörte ihm die Welt: Er sah aus wie das Ebenbild des frisch Verheirateten und des soeben aus dem College entlassenen Police Constables gleichermaßen.

3

»Was fehlt denn genau, Mr Douglas?«

McLean versuchte, sich auf dem unbequemen Sofa zurechtzufinden. In den Kissen waren Klumpen, die sich anfühlten wie Steine. Er gab es auf und schaute sich um, während sich neben ihm Detective Sergeant Bob Laird – Grumpy Bob unter Freunden – in wirrem Gekritzel mit ausladenden Bögen Notizen machte.

Es war ein gut eingerichteter Raum, trotz des klobigen Sofas. Ein Adam-Kamin dominierte die eine Wand, eine Sammlung geschmackvoller Ölgemälde bedeckte die anderen. Zwei weitere Sofas standen sauber vor dem Kamin Spalier, auch wenn der angesichts der glühenden Sommerhitze nur mit einem hübschen Arrangement aus Trockenblumen gefüllt war. Mahagoni herrschte vor, der Duft der Möbelpolitur wetteiferte mit einem schwachen Geruch nach Katze. Alles hier war alt, aber wertvoll. Sogar der Mann, der ihm gegenübersaß.

»Hier ist nichts gestohlen worden.« Eric Douglas fasste nervös mit dem Finger an seine schwarzgerahmte Brille und schob sie die lange Nase hoch. »Die sind direkt zum Safe durchgegangen. Fast als hätten sie genau gewusst, wo er ist.«

»Vielleicht sollten Sie uns das mal zeigen, Sir.« McLean stand auf, bevor seine Beine einschliefen. Er mochte wertvolle Informationen gewinnen, indem er sich den Safe ansah, aber noch viel dringender musste er sich bewegen.

Douglas führte sie durch das Haus in ein kleines Arbeitszimmer, das aussah, als sei ein Tornado hindurchgefegt. Auf einem ausladenden antiken Schreibtisch türmten sich Bücher, die aus einem Eichenregal gerissen worden waren. Dahinter war die Tür eines Safes zu sehen. Sie stand weit offen.

»Das ist noch ziemlich genau so, wie ich es vorgefunden habe.« Douglas blieb in der Tür stehen, als könnte alles zur Normalität zurückkehren, wenn er nur den Raum nicht beträte. McLean drängte sich an ihm vorbei und suchte sich sorgsam seinen Weg hinter den Schreibtisch. Verräterischer gräulicher Staub auf den Regalböden und um den Rahmen des einen großen Fensters herum zeigte an, dass die Fingerabdruckspezialistin schon hier gewesen und wieder gegangen war. Sie arbeitete immer noch irgendwo im Haus, bestäubte Türrahmen und Fensterbretter. Trotzdem angelte er ein paar Einweghandschuhe aus seiner Jackentasche und streifte sie über, bevor er nach dem kleinen Papierstapel griff, der immer noch auf dem Boden des Safes lag.

»Sie haben nur den Schmuck mitgenommen. Die Aktienzertifikate haben sie dagelassen. Die sind aber sowieso nichts wert. Heutzutage ist ja alles elektronisch.«

»Wie sind sie reingekommen?« McLean legte die Papiere zurück und richtete seine Aufmerksamkeit auf das Fenster. Es trug dicke Lackschichten und machte nicht den Eindruck, als wäre es innerhalb des letzten Jahrzehnts geöffnet worden, ganz zu schweigen von den letzten vierundzwanzig Stunden.

»Als ich von der Beerdigung zurückkam, waren alle Türen abgeschlossen. Und die Alarmanlage war immer noch eingeschaltet. Ich habe wirklich keine Ahnung, wie jemand hier hereingekommen sein könnte.«

»Beerdigung?«

»Meine Mutter.« Ein Stirnrunzeln wanderte über Mr Douglas' Gesicht. »Sie ist letzte Woche gestorben.«

McLean verfluchte sich im Stillen selbst dafür, dass er nicht besser aufgepasst hatte. Mr Douglas trug einen dunklen Anzug, ein weißes Hemd und eine schwarze Krawatte. Und das ganze Haus fühlte sich leer an. Es hatte diese schwer in Worte zu fassende Ausstrahlung eines Ortes, an dem vor Kurzem jemand gestorben war. Er hätte von dem Trauerfall wissen müssen, bevor er hier hereinplatzte und Fragen stellte. Er ging im Kopf das Gespräch bis hierhin noch einmal durch, versuchte sich zu erinnern, ob irgendetwas, was er gesagt hatte, taktlos gewesen war.

»Mein Beileid, Mr Douglas. Sagen Sie mal, war die Beerdigung öffentlich angezeigt?«

»Ich weiß nicht ganz, was Sie meinen. Es gab eine Anzeige in der Zeitung. Zeit und Ort, so etwa … Oh.«

»Es gibt böse Menschen, die Kapital aus Trauerfällen schlagen, Sir. Die Leute, die das hier getan haben, lesen wahrscheinlich aufmerksam Zeitung. Können Sie uns die Alarmanlage zeigen?«

Sie verließen das Arbeitszimmer, durchquerten wieder die Eingangshalle. Mr Douglas öffnete eine kleine Tür, die sich unter der breiten Treppe befand. Sie gab den Blick auf eine Steintreppe frei, die nach unten in den Keller führte. Direkt hinter der Tür blinkten grüne Lämpchen an einem kleinen weißen Schaltpult. McLean musterte es eine Weile und notierte sich den Namen der Wartungsfirma. Penstemmin Alarms, ein angesehenes Unternehmen, und zudem ein technisch anspruchsvolles System.

»Wissen Sie, wie man das richtig einstellt?«

»Ich bin kein Dummkopf, Inspector. In diesem Haus gibt es viele wertvolle Gegenstände. Ein paar Gemälde sind eine sechsstellige Summe wert, aber für mich sind sie unschätzbar. Ich habe die Alarmanlage selbst eingeschaltet, bevor ich nach Mortonhall aufgebrochen bin.«

»Entschuldigen Sie, Sir. Reine Routinefrage.« McLean steckte sein Notizbuch ein. Die Technikerin der Spurensicherung kam die Treppe heruntergestapft. Er fing den Blick der jungen Frau auf, aber sie schüttelte nur den Kopf, ging durch die Halle und verschwand zur Tür hinaus.

»Wir werden Ihre Zeit nicht länger in Anspruch nehmen. Aber wenn Sie uns noch eine Liste geben könnten mit detaillierten Beschreibungen der gestohlenen Gegenstände, wäre das sehr hilfreich.«

»Meine Versicherung hat eine umfassende Inventarliste. Ich lasse Ihnen eine Kopie zukommen.«

Draußen ging McLean zu der Kollegin der Spurensicherung, während sie sich gerade aus dem Overall schälte und ihre Ausrüstung in den Kofferraum ihres Wagens warf. Es war die Neue, die er auch am Smythe-Tatort gesehen hatte. Ziemlich beeindruckend mit ihrer hellen Haut und dem ungebärdigen schwarzen Haarschopf. Ihre Augen waren mit irgendeinem dunklen Make-up umrahmt, so sah es jedenfalls aus – oder sie war auf einem ernsthaften Besäufnis gewesen.

»Irgendwas gefunden?«

»Nicht im Arbeitszimmer. Da ist es so sauber wie im Geist einer Nonne. Im Rest des Hauses sind massenweise Abdrücke, aber nichts Außergewöhnliches. Wahrscheinlich überwiegend vom Bewohner. Ich brauche noch ein Set Vergleichsabdrücke.«

McLean fluchte. »Sie ist heute Morgen eingeäschert worden.«

»Na ja, wir können da sowieso nicht viel machen. Es gibt keinerlei Anzeichen für ein gewaltsames Eindringen in dem Zimmer mit dem Safe, weder Fingerabdrücke noch andere Spuren.«

»Besorgen Sie mir, was Sie können, ja?« McLean nickte ihr zum Dank zu und sah ihr nach, als sie davonfuhr.

Er drehte sich zu dem zivilen Dienstwagen um, den Grumpy Bob heute Morgen gebucht hatte, als ihm der Fall übertragen worden war. Sein erster richtiger Fall, seit er zum Inspector befördert worden war. Es war nichts Besonderes, nicht wirklich. Ein Einbruch, der verdammt schwer aufzuklären sein würde, wenn sie nicht viel Glück hatten. Warum konnte es nicht einfach irgendein Fixer gewesen sein, der den Fernseher hatte mitgehen lassen, um sich den nächsten Schuss zu finanzieren? Andererseits wäre so etwas natürlich einem Sergeant zur Ermittlung überlassen worden. Mr Douglas musste über einen gewissen Einfluss verfügen, um für solch ein eher harmloses Verbrechen einen Inspector zu bekommen, ganz egal wie neu der in seiner Position sein mochte.

»Was willst du als Nächstes machen?« Grumpy Bob blickte McLean vom Fahrersitz aus an, als er ins Auto stieg.

»Zurück ins Büro. Fangen wir damit an, diese Notizen in irgendeine Art von Ordnung zu bringen. Mal sehen, ob bei den ungelösten Fällen irgendwas Ähnliches zu finden ist.«

Er machte es sich auf dem Beifahrersitz bequem und sah die Stadt vorbeifließen, während sie durch die verkehrsreichen Straßen zurückfuhren. Sie waren erst fünf Minuten unterwegs, als sich Grumpy Bobs Funkgerät meldete. McLean nahm ab und fummelte an den Knöpfen herum, mit denen er sich nicht auskannte, bis er es schaffte, den Anruf entgegenzunehmen.

»McLean.«

»Ah, Inspector. Ich hab's auf Ihrem Handy probiert, aber es scheint nicht eingeschaltet zu sein.« McLean erkannte die Stimme von Pete, dem Sergeant vom Dienst. Er zog sein Telefon aus der Tasche und schaltete es ein. Als er heute Morgen aus dem Haus gegangen war, war es frisch aufgeladen gewesen, aber jetzt, nur ein paar Stunden später, war es so tot wie die alte Mrs Douglas.

»Tut mir leid, Pete. Der Akku ist leer. Was kann ich denn für Sie tun?«

»Ich hab einen Fall für Sie – das heißt, wenn Sie nicht gerade zu viel zu tun haben. Die Chief Superintendent meinte, der wäre genau das Richtige für Sie.«

McLean stöhnte und fragte sich, was für ein belangloses Vergehen ihm jetzt noch aufgehalst würde.

»Schießen Sie los, Pete. Worum geht's?«

»Farquhar House, Sir. Draußen in Sighthill. Eine Baufirma hat angerufen, sie hätten eine Leiche entdeckt.«

4

McLean starrte durch das Autofenster an hell erleuchteten Industrieanlagen, Fabrikverkaufseinrichtungen, Läden und schmuddeligen Lagerhäusern vorbei zu den Türmen, die in einiger Entfernung über einem Schleier aus graubraun verschmutzter Luft aufragten. Sighthill war einer dieser Stadtteile, die in den Reiseführern nicht vorkamen: eine Vorstadt, deren Sozialwohnungsblocks sich bis zur Umgehungsstraße entlang der alten Kilmarnock Road ausbreiteten, dominiert von dem eindrucksvollen, monumentalistischen Bau des Stevenson College.

»Wissen wir sonst noch irgendwas hierüber, Sir? Du hast gesagt, es wäre eine Leiche gefunden worden.«

McLean konnte sich immer noch nicht daran gewöhnen, dass Grumpy Bob ihn mit »Sir« ansprach. Der Detective Sergeant hatte fünfzehn Dienstjahre mehr auf dem Buckel als er, und es war noch nicht allzu lange her, dass sie denselben Rang innegehabt hatten. Aber von dem Moment an, als McLean zum Inspector befördert worden war, hatte Grumpy Bob aufgehört, ihn Tony zu nennen, und war zum »Sir« übergegangen. Streng genommen war das natürlich nur korrekt, aber es fühlte sich dennoch seltsam an.

»Ich weiß selbst nichts Genaueres. Nur dass auf einer Baustelle eine Leiche gefunden wurde. Anscheinend hat die Chief Superintendent was gesagt von wegen, das sei genau der richtige Fall für jemanden wie mich. Ich bin mir nicht sicher, dass sie das als Kompliment gemeint hat.«

Grumpy Bob sagte eine Weile nichts mehr, sondern lenkte

nur stumm den Wagen durch ein Gewirr von Seitenstraßen, die von einförmigen grauen Mehrfamilienhäusern gesäumt waren. Gelegentliche persönliche Noten – eine andersfarbige Tür oder moderne Dachfenster – kennzeichneten die wenigen Häuser, die in Privatbesitz waren und nicht der Stadt gehörten. Schließlich bogen sie in eine schmale Straße ein. Mauern mit Rauputz verwehrten den Blick in die winzigen Gärtchen zu beiden Seiten. Am Ende, fehl am Platz zwischen den allgegenwärtigen Sozialwohnungsbauten, stand ein einst herrschaftliches gusseisernes Tor mit ausladenden Flügeln, die von Efeu überwuchert windschief an zwei rissigen Steinpfeilern hingen. Auf einem Baustellenschild auf der linken Seite stand: »Wieder ein repräsentatives Bauprojekt von McALLISTER HOMES.«

Das Haus dahinter war im neogotischen Stil erbaut, vier Stockwerke hoch mit hohen, schmalen Fenstern und einem runden Turm, der aus einer der Hausecken hervorsprang. Eine Wand war eingerüstet, und der letzte Rest von dem, was einmal ein großer Garten gewesen war, war mit Transportern von Handwerkern, Mulden, Wohncontainern und anderem Gerümpel der Baubranche vollgestellt. Zwei Streifenwagen warteten vor der Haupteingangstür, bewacht von einer einzigen, einsamen Constable. Sie brachte ein schwaches Lächeln zustande, als McLean ihr seinen Dienstausweis zeigte, dann führte sie sie in die Dunkelheit der Eingangshalle. Hier drin war es so kalt nach der Hitze draußen, dass er unwillkürlich fröstelte und eine Gänsehaut bekam.

Die PC bemerkte es. »Aye, so ist das hier drin. Gruselig ist das.«

»Wer hat die Leiche gefunden?«

»Was? Oh.« Sie zog ihr Notizbuch heraus. »Mr McAllister hat uns persönlich angerufen. Sieht aus, als hätte sein Vorarbeiter, Mr Donald Murdo aus Bonnyrigg, gestern Abend noch spät gearbeitet und irgendwelches Zeug im Keller aufgeräumt.

Hat einen ziemlichen Schock erlitten, als er ... Sie wissen schon.«

»Gestern Abend?« McLean blieb so plötzlich stehen, dass Grumpy Bob ihm beinahe in die Hacken getreten wäre. »Wann ist das denn gemeldet worden?«

»So gegen sechs.«

»Und die Leiche ist immer noch hier?«

»Ja ... na ja, die müssen jeden Moment fertig sein. Die hatten gestern viel zu tun, und das hier war nicht als besonders wichtig eingeschätzt worden.«

»Wie kann eine Leiche nicht besonders wichtig sein?«

Die Polizistin bedachte ihn mit einem Blick, als hielte sie ihn für altmodisch. »Der Amtsarzt hat gestern Abend um Viertel nach sieben den Tod festgestellt. Wir haben den Tatort abgesichert, und seitdem stehe ich hier Wache. Ich kann nichts dafür, dass das halbe Spurensicherungsteam gestern Abend einen saufen gegangen ist, und offen gesagt, wenn Sie mich fragen, hätten die vom CIB ruhig schon ein bisschen früher jemanden vorbeischicken können. Es gibt wahrlich schönere Plätze, um die Nacht zu verbringen.«

Sie trampelte die Treppe zum Keller hinunter. McLean war so verblüfft angesichts ihres Temperamentsausbruchs, dass er ihr einfach nur hinterherlief.

Ein Schaubild emsiger Zielstrebigkeit empfing sie, als sie den Fuß der Treppe erreichten. Dicke Kabel schlängelten sich über den staubigen Fußboden zu mehreren lichtstarken Quecksilberdampflampen, glänzende Aluminiumboxen standen mit offenen Deckeln herum, ihr Inhalt rundherum aufgestapelt. Ein schmaler transportabler Steg war in der Mitte des Hauptflurs aufgebaut worden, aber niemand hielt sich daran. Ein halbes Dutzend Officer der Spurensicherung war damit beschäftigt, Dinge wegzuräumen. Nur eine Gestalt bemerkte ihre Ankunft.

»Tony! Wie hast du das denn angestellt, kaum in deinem neuen Rang, schon Jayne McIntyre so sauer zu machen?«

McLean bahnte sich seinen Weg durch Staub und Ausrüstung ans andere Ende des Kellers. Angus Cadwallader stand neben einem in die Wand gehauenen Loch, das von den herumstehenden Scheinwerfern gleißend hell angestrahlt wurde. Der Rechtsmediziner fühlte sich offensichtlich sehr unwohl in seiner Haut, ganz im Gegenteil zu seiner sonst eher flapsigen und respektlosen Art.

»Sauer gemacht?« McLean ging in die Hocke, um durch das Loch zu lugen. »Was hast du denn dieses Mal für mich, Angus?«

Hinter dem Loch lag ein kreisrunder Raum mit glatten weißen Wänden. Vier Bogenlampen standen um die Mitte herum, alle nach innen und unten gerichtet, als wäre ihr Objekt ein angehender Bühnenstar. Doch es war unwahrscheinlich, dass diese irgendwelchen Applaus entgegennehmen würde, so wie sie dalag: mumifiziert und entstellt, mit weit ausgestreckten Armen und Beinen.

»Kein hübscher Anblick, was?« Cadwallader zog ein Paar Latexhandschuhe aus seiner Anzugtasche und reichte sie McLean. »Sollen wir es uns mal näher angucken?«

Sie stiegen durch die schmale Öffnung in der Backsteinmauer, und McLean spürte sofort, wie die Temperatur noch weiter fiel. Der Lärm des Spurensicherungsteams blieb hinter ihnen zurück, als hätte sich eine Tür geschlossen. Als er einen Blick zurückwarf, verspürte er plötzlich den Drang, sich sofort aus dem versteckten Raum zurückzuziehen. Es war weniger Angst als vielmehr ein Druck in seinem Kopf, der ihn von hier wegdrängte. Nicht ohne Mühe schüttelte er das unangenehme Gefühl ab und wandte seine Aufmerksamkeit der Leiche zu.

Sie war jung gewesen. Er war sich nicht sicher, woher er das wusste, aber irgendetwas an der Körpergröße erzählte von einem Leben, das abgebrochen worden war, noch bevor es richtig begonnen hatte. Ihre Arme lagen weit ausgestreckt, wie als Parodie einer Kreuzigung. Schwarze Eisennägel waren durch ihre Handflächen gehämmert, die Köpfe umgebogen, damit sie sich nicht losreißen konnte. Die Zeit hatte ihre Haut zu Leder vertrocknet, die Hände zu Klauen geformt, ihr Gesicht zu einer Grimasse reiner Qual verzerrt. Sie trug ein schlichtes Baumwollkleid mit Blumendruck, das bis über ihre Brüste hochgezogen war. McLean bemerkte beiläufig, wie altmodisch es aussah, aber dieses Detail entfiel ihm sofort wieder, sobald er alle anderen Eindrücke aufnahm.

Ihre Bauchdecke war aufgeschlitzt worden, ein sauberer Schnitt, der zwischen ihren Beinen begann und bis nach oben zwischen die Brüste reichte. Haut und Muskeln entlang des Schnitts waren auseinandergerollt wie bei einer welkenden Blume. Rippen stachen weiß aus dunklem, trockenem Knorpel hervor, aber nichts deutete mehr auf innere Organe hin. Noch etwas weiter unten waren ihre Beine weit auseinandergespreizt, die Hüftgelenke ausgerenkt, sodass die Knie beinahe den Boden berührten. Die Haut spannte sich zum Zerreißen über eingetrockneten Muskeln, jeder Knochen zeichnete sich klar ab bis hinunter zu den schmalen Füßen, die wie die Hände an den Boden genagelt waren.

»Oh Gott! Wer ist denn zu so was fähig?« McLean hockte sich auf die Fersen, blickte nach oben an den Strahlern vorbei zu den nichtssagenden Wänden rundherum. Und dann mitten in den Strahler hinein, als könnte das Starren in das gleißende Licht die Bilder aus seinem Geist löschen.

»Vielleicht würde uns die Frage weiterbringen, wann es passiert ist.« Cadwallader hockte sich auf die andere Seite der Leiche, zog einen teuren Füllfederhalter heraus und benutzte ihn, um auf verschiedene Teile der Überreste des Mädchens zu zeigen. »Wie du siehst, hat irgendetwas die Verwesung aufgehalten und eine natürliche Mumifizierung bewirkt. Die inneren Organe sind entfernt worden, vermutlich irgendwo anders entsorgt. Ich werde noch ein paar Analysen machen müssen, wenn ich sie erst mal im Institut habe, aber ich glaube, dass sie schon vor mindestens fünfzig Jahren getötet wurde.«

McLean richtete sich auf, schauderte etwas vor Kälte. Er wollte den Blick abwenden, aber seine Augen wurden immer wieder nach unten zu dem Körper zu seinen Füßen gezogen. Beinahe konnte er ihre Qual und ihr Entsetzen spüren. Sie war noch am Leben gewesen – zumindest, als diese Tortur begann. Da war er sich sicher.

»Du schickst besser ein Team her, das sie hier weghoteilt«, sagte er. »Ich bin mir nicht sicher, ob die Techniker irgendwas Nützliches vom Boden unter ihr kriegen können, aber einen Versuch ist es wert.«

Cadwallader nickte und verließ den Raum, wobei er über den Schutt hinwegstieg, der beim Schlagen des Lochs nach innen gebröckelt war. Allein mit dem toten Mädchen versuchte McLean sich vorzustellen, wie der Raum ausgesehen haben mochte, als sie starb. Die Wände waren mit glattem weißem Putz bedeckt. Die Decke bestand aus weiß gestrichenen Backsteinen und wölbte sich makellos, der höchste Punkt lag genau über dem Leichnam. In einer Kapelle hätte er direkt gegenüber dem eingeschlagenen Durchschlupf einen Altar erwartet, aber in diesem Raum gab es keinerlei schmückendes Beiwerk.

Die Bogenlampen warfen seltsame, sich beinahe kräuselnde Schatten über die hölzernen Bodendielen, während McLean dastand und darauf wartete, dass irgendjemand wieder hereinkam. Ihre Formen wirkten hypnotisierend wie Glyphen. Sie wanden sich in gleichmäßigen Abständen um einen inneren Kreis, einen knappen Meter von den Wänden entfernt. Er schüttelte den Kopf, um die Illusion loszuwerden, trat aus dem Zentrum der Lichtkegel hinaus und blieb dann wie angewurzelt stehen. Sein eigener Schatten hatte sich bewegt, war in vier verschiedenen

Wiederholungen über den Boden geglitten. Doch die Muster auf dem Boden darunter waren nicht davon berührt worden.

Er bückte sich erneut und besah sich die hölzernen Dielen genauer. Sie waren glatt poliert und nur dünn mit Staub überzogen, als sei der Raum hermetisch versiegelt gewesen, bevor die Wand durchbrochen worden war. Das Licht der Bogenlampen war verwirrend, deshalb zog er eine schlanke Taschenlampe aus der Tasche, drehte sie an und leuchtete damit direkt auf die Muster am Boden. Sie waren dunkel, beinahe nicht vom Holz zu unterscheiden. Verschnörkelte Linien, die dünner und dicker wurden, während sie einen kompliziert verschlungenen Wirbel bildeten. Die Ränder eines in den Boden geätzten Kreises liefen in beide Richtungen auseinander. Er folgte ihnen gegen den Uhrzeigersinn und bemerkte dabei fünf weitere verschlungene Wirbel, alle in gleichmäßigem Abstand zueinander. Die Linie zwischen dem ersten und dem letzten war von den heruntergefallenen Steinen des zugemauerten Durchlasses sauber durchtrennt.

McLean holte sein Notizbuch aus den Tiefen seiner Tasche und versuchte sich an einer groben Skizze der Zeichen, wobei er die jeweilige Beziehung zur Lage des Körpers des toten Mädchens notierte. Sie reihten sich perfekt in eine Linie mit ihren ausgestreckten Händen und Füßen, ihrem Kopf und dem zentralen Punkt zwischen ihren Beinen.

»Bist du so weit, Sir? Können wir die Leiche bewegen?«

Beinahe wäre er aus der Haut gefahren vor Schreck. Er wirbelte herum, um Grumpy Bob zu sehen, der durch das in die Wand gehauene Loch hineinschaute.

»Wo ist der Fotograf? Kannst du ihn noch mal für eine Minute hier reinholen?«

Bob drehte sich um und rief etwas, was McLean nicht genau verstehen konnte. Einen Augenblick später steckte ein kleiner

Mann das Gesicht in den Raum. McLean erkannte ihn nicht. Noch ein Neuer im Team der Spurensicherung.

»Hallo. Haben Sie die Leiche fotografiert?«

»Aye.« Glasgow-Akzent, etwas kurz angebunden und ungeduldig. Verständlich – er hatte auch keine große Lust, hier zu sein.

»Haben Sie irgendwas von den Mustern hier auf dem Boden aufgenommen?« Er zeigte auf das nächstliegende. Aber der verblüffte Gesichtsausdruck des Fotografen beantwortete seine Frage bereits.

»Hier, sehen Sie mal.« Er winkte den Mann herein und zeigte mit der Taschenlampe auf den Boden. Einen flüchtigen Augenblick lang sah er noch etwas, dann war es weg.

»Ich seh nix.« Der junge Mann hockte sich hin. Ein durchdringender Seifengeruch stieg von ihm auf, und McLean wurde bewusst, dass dies das Erste war, was er roch, seit er den Raum betreten hatte.

»Hm, könnten Sie vielleicht trotzdem noch den Boden fotografieren? Alles rund um die Leiche. Bis so nah an die Wand heran. Nahaufnahmen.«

Der Fotograf nickte, blickte nervös zu der stillen Gestalt in der Mitte des Raumes hinüber, dann machte er sich an die Arbeit. Das Blitzlichtgerät auf seiner Kamera knallte und jaulte nach jeder Aufnahme, wenn es sich wieder auflud. Kleine Explosionen schossen durch den Raum. McLean richtete sich auf und konzentrierte seine Aufmerksamkeit jetzt auf die Wand. *Fang bei der Leiche an und arbeite dich weiter vor.* Er spürte den kalten Putz unter dem dünnen Schutz, den die Latexhandschuhe boten, dann klopfte er mit den Knöcheln gegen die Oberfläche. Es hörte sich kompakt und massiv an wie Stein. Er trat ein Stück zur Seite und klopfte wieder. Immer noch massiv. Er warf einen Blick über die Schulter hinweg und bewegte sich im Kreis, bis er in einer Linie mit dem Kopf des toten Mädchens stand. Dieses Mal erzeugte sein Knöchel ein hohles Geräusch.

Er klopfte noch einmal, und in dem verwirrenden Licht des Blitzes und der Schatten, die die Bogenlampen warfen, sah es aus, als gäbe die Wand unter dem Druck nach. Er drückte vorsichtig dagegen und spürte, wie sie unter seinen Fingern nachgab. Dann löste sich unter einem Knacken wie von spröden Knochen eine Platte von etwa fünfzehn mal dreißig Zentimetern aus der Wand und fiel auf den Boden. Sie hatte einen kleinen Hohlraum versiegelt, aus dem etwas feucht herausglänzte.

McLean zog erneut die Taschenlampe heraus, drehte sie an und richtete den Schein in den Hohlraum. Ein schmaler silberner Ring lag auf einem gefalteten Blatt Pergament. Dahinter, konserviert in einem Glasgefäß wie ein Anschauungspräparat in einem Biologieraum, lag ein menschliches Herz.

5

Ist das das Beste, was wir kriegen?«

Grumpy Bob marschierte an den Außenwänden der Besenkammer entlang, die alles war, was sie als Einsatzraum bekommen konnten, und lamentierte weiter. McLean stand schweigend in der Mitte. Immerhin gab es ein Fenster, auch wenn es auf die Rückseite der anderen Trakte des Gebäudekomplexes hinausging. Gegenüber hing eine große Weißwandtafel, auf der noch die Notizen eines anderen Falles standen – längst vergessene Namen, die erst umkringelt und dann ausgestrichen worden waren. Wer immer sie auf die Tafel geschrieben hatte, hatte die Filzstifte mitgenommen, zusammen mit dem Wischer. Es gab zwei kleine Tische, einer war unters Fenster geschoben, der andere stand mitten im Raum, aber jegliche Stühle waren längst weggeholt worden.

»Mir gefällt's ganz gut.« McLean wischte mit dem Schuh über die fleckigen Teppichfliesen und lehnte sich an den einzigen Heizkörper. Er bullerte, was das Zeug hielt, obwohl die Sonne draußen den Asphalt beinahe zum Schmelzen brachte. McLean griff nach unten, um den Thermostat auf null zu stellen, aber der wackelige Plastikgriff brach ab. »Obwohl man vielleicht noch ein bisschen was an der Ausstattung machen muss.«

Ein Klopfen an der Tür lenkte sie ab. McLean machte auf, und ein junger Mann erschien, der ein paar Kartons auf einem Knie balancierte, während er gleichzeitig versuchte, den Türgriff zu packen. Er trug einen nagelneuen Anzug, und seine Schuhe waren auf Hochglanz poliert, sodass man sich beinahe darin spiegeln konnte. Sein frisch rasiertes Mondgesicht war rosig, und das rotblonde Haar darüber kräuselte sich so kurz, dass es aussah wie der erste Bartschatten eines Teenagers.

»Inspector McLean? Sir?«

McLean nickte und griff gleichzeitig nach dem obersten Karton, bevor sich sein Inhalt auf den Boden ergießen konnte.

»Detective Constable MacBride«, stellte sich der junge Mann vor. »Chief Superintendent McIntyre schickt mich, um Ihnen bei Ihrer Ermittlung zu helfen, Sir.«

»Bei welcher?«

»Ähm ... Hat sie nicht gesagt. Nur dass Sie noch ein Paar helfende Hände brauchen könnten.«

»Na gut, dann bleiben Sie nicht hier in der Tür stehen und lassen die ganze Wärme raus.« McLean stellte den Karton auf dem Tisch mitten im Raum ab, während MacBride hereinkam. Er stellte die anderen beiden daneben und sah sich um.

»Hier gibt's keine Stühle«, stellte der Constable fest.

»Sieht aus, als hätte Ihre Majestät uns einen Detective mit Adleraugen geschickt, Sir«, sagte Grumpy Bob. »Dem entgeht aber auch nichts.«

»Achten Sie nicht auf Sergeant Laird. Der ist nur neidisch, weil Sie so viel jünger sind als er.«

»Ääh ... Okay.« MacBride zögerte.

»Haben Sie auch einen Vornamen, Detective Constable MacBride?«

»Ähm ... Stuart, Sir.«

»Gut, Stuart, willkommen im Team. Von uns beiden.«

Der junge Mann blickte von McLean zu Grumpy Bob und dann wieder zurück. Sein Mund stand leicht offen.

»Na, nun stehen Sie hier mal nicht herum wie vom Schlag getroffen. Raus mit Ihnen, und besorgen Sie uns ein paar Stühle, junger Mann.« Grumpy Bob jagte den Constable förmlich hinaus und schloss die Tür hinter ihm, bevor er laut loslachte.

»Mach's ihm nicht so schwer, Bob. Ist ja nicht so, als bekämen wir so viel mehr Unterstützung in auch nur einem von diesen Fällen. Und er ist gut. Sollte er zumindest sein. Er ist erst im ersten Jahr bei der Kriminalpolizei.«

McLean klappte einen der Kartons auf und zog einen dicken Stapel Akten heraus, die er auf dem Tisch ausbreitete: nicht aufgeklärte Einbrüche, die weit über fünf Jahre zurückreichten. Er seufzte. Wenn er zu irgendetwas keine Lust hatte, dann war es, sich durch endlose Berichte über verschwundene Gegenstände zu wühlen, die niemals wiedergefunden werden würden. Er sah auf sein Handgelenk und bemerkte, dass er heute Morgen vergessen hatte, die Armbanduhr aufzuziehen. Er streifte sie ab und begann, das kleine Messingrädchen zu drehen.

»Wie viel Uhr ist es, Bob?«

»Halb drei. Du weißt schon, dass es inzwischen so neumodische Uhren mit Batterie gibt, oder? Die braucht man nicht mehr aufzuziehen. Vielleicht solltest du mal drüber nachdenken, dir so eine anzuschaffen.«

»Die hat meinem Vater gehört.« McLean befestigte das Armband an seinem Handgelenk, dann tastete er seine Taschen nach dem Handy ab. Er hatte es dabei, aber es war tot. »Du hast nicht zufällig Lust auf einen Spaziergang rüber zur Rechtsmedizin?«

Grumpy Bob schüttelte den Kopf. McLean wusste, wie ungern der alte Sergeant Leichen sah.

»Kein Problem. Du und der junge MacBride, ihr könnt mit diesen Diebstahlsberichten anfangen. Sieh zu, ob ihr vielleicht irgendein Muster findet, das Dutzende anderer Kollegen übersehen haben. In der Zwischenzeit bin ich weg, um mit jemandem über eine mumifizierte Leiche zu reden.«

Die Nachmittagsluft war dick und warm, als McLean den Hügel hinunter zur Cowgate ging. Schweiß klebte ihm das Hemd an den Rücken, und er sehnte sich nach einer frischen Brise. Normalerweise konnte man sich darauf verlassen, dass der Wind das Leben erträglich machte, aber schon seit einigen Tagen regte sich kein Lüftchen in der Stadt. Unten in der Straßenschlucht, beschattet von den hohen Gebäuden auf jeder Seite, stand die Hitze träge und flau. Es war eine Erleichterung, die Tür zum rechtsmedizinischen Institut aufzustoßen und in die klimatisierte Kühle einzutreten.

Angus Cadwallader war schon vorbereitet und wartete, als McLean in den Sektionssaal kam. Er nickte dem Inspector anerkennend zu.

»Heiß da draußen?«

McLean nickte. »Wie im Backofen. Alles vorbereitet?«

»Was? Oh. Ja.« Cadwallader drehte sich um und rief nach seiner Assistentin. »Tracy, fertig?«

Eine rundliche, fröhliche junge Frau hinter einem unordentlichen Tresen auf der anderen Seite sah hoch, schob ihren Stuhl zurück und stand auf. Sie trug grüne OP-Kleidung und zog ein Paar Latexhandschuhe über, während sie zum Seziertisch ging. Unter einem weißen Tuch wölbte sich ein toter Körper, der darauf wartete, seine Geheimnisse preiszugeben.

»Gut, dann fangen wir mal an.« Cadwallader griff in die Tasche und zog ein kleines Fläschchen heraus. McLean erkannte das Präparat: eine Mischung aus Hautcreme und Kampfer, die den Verwesungsgeruch überdecken sollte. Der Rechtsmediziner musterte das Fläschchen, dann McLean, roch daran und steckte es wieder in die Tasche.

»Schätze mal, wir werden das heute nicht brauchen.«

McLean hatte in seiner beruflichen Laufbahn schon zu viele Obduktionen gesehen. Er fühlte sich nicht wohl dabei, aber sie nahmen ihn auch nicht mehr so übel mit wie zu Anfang. Unter all den Mordopfern, all den unglückseligen Unfallopfern und Pechvögeln, die er auf diesem Tisch hatte liegen sehen, war der mumifizierte Leichnam des jungen Mädchens vielleicht der seltsamste. Aufgeschnitten war sie ja bereits, aber Cadwallader inspizierte dennoch jeden Zoll ihres schlanken Körpers und murmelte dabei Beobachtungen in ein von der Decke herabhängendes Mikrofon. Als er schließlich sicher war, dass ihrer Haut keine weiteren Hinweise zur Todesursache abzuringen waren, ging er zu dem Teil über, den McLean am meisten verabscheute. Das schrille Kreischen der Knochensäge jagte ihm jedes Mal einen Schauder über den Rücken wie Fingernägel, die über eine Schultafel kratzten. Es dauerte viel zu lange und endete mit dem grässlichen Geräusch, das die Schädeldecke von sich gab, als sie wie ein hartgekochtes Ei aufgeknackt und abgenommen wurde.

»Interessant. Das Gehirn scheint entnommen worden zu sein. Hier, Tony, sieh mal.«

McLean wappnete sich und trat näher. Der geöffnete Kopf des Mädchens ließ sie nur noch kleiner und jünger aussehen. Die Höhle in ihrem Schädel war düster, von getrockneten Blutspuren durchzogen und mit Knochenstaub von der Säge bedeckt, aber sie war absolut leer.

»Könnte es verwest sein?«

»Nicht wirklich. Nicht angesichts des Zustands von allem anderen. Ich hatte erwartet, dass es etwas zusammengeschrumpft sein würde, aber es ist entnommen worden. Wahrscheinlich durch die Nase. So haben es jedenfalls die alten Ägypter gemacht.«

»Wo ist es denn?«

»Tja, wir haben diese Proben da, aber keine davon sieht mir aus wie ein Gehirn.« Cadwallader zeigte auf einen Rollwagen aus Edelstahl, auf dem vier Probenbehälter standen. McLean erkannte das Herz, das er am Vortag gesehen hatte, wollte aber lieber keinen Tipp zu den anderen Organen abgeben. Zwei weitere Gläser standen in weißen Plastikschalen, um zu verhindern, dass ihr eingetrockneter Inhalt aus den großen Sprüngen herausrieselte, die die Gläser durchzogen. Alle waren sie in verborgenen

Nischen entdeckt worden, die symmetrisch um den Leichnam des Mädchens herum angeordnet gewesen waren. In jeder der Nischen hatten noch andere Gegenstände gelegen, weitere Teile eines Puzzles, das zusammengesetzt werden musste.

»Was ist mit den zerbrochenen?« McLean schielte zu einem Glas hinüber, an dessen Wänden irgendeine braungraue, schmierige Masse klebte. »Das könnte doch Gehirn sein, oder nicht?«

»Schwer zu sagen angesichts des Zustands. Aber ich würde eher tippen, dass es eine ihrer Nieren war, und das andere ein Lungenflügel. Ich mache noch ein paar Analysen, um sicherzugehen. Was auch immer es gewesen sein mag, das Glas hat nicht die richtige Form, um ein Gehirn aufzunehmen. Das müsstest du wissen, Tony. Ich hab dir schon genug Gehirne gezeigt. Nebenbei gesagt, wenn es tatsächlich durch die Nase entnommen worden ist, dann muss es ziemlich zermatscht worden sein. Völlig sinnlos, es dann noch zur Konservierung in ein Glas zu stecken.«

»Stimmt. Was schätzt du: Wie lange ist es her, dass sie gestorben ist?«

»Schwierige Frage. Die Mumifizierung hätte eigentlich gar nicht stattfinden dürfen. Die Stadt ist zu feucht, selbst in einem eingemauerten Keller. Sie hätte verrotten müssen. Oder wenigstens von den Ratten gefressen werden. Aber sie ist perfekt erhalten, und ich will verdammt sein, wenn ich keine Spur von den Chemikalien finde, die man braucht, um das hinzukriegen. Tracy kann noch ein paar zusätzliche Untersuchungen machen, und wir schicken eine Probe zur Radiokarbondatierung. Vielleicht haben wir damit Glück. Wie gesagt, dem Kleid nach zu urteilen, würde ich sagen: mindestens fünzig, sechzig Jahre. Alles Weitere ist deine Sache.«

McLean nahm den dünnen Stoff in die Hand, der auf dem Edelstahlrolltisch neben den Probengläsern ausgebreitet lag, und hielt ihn ins Licht. Braune Flecken verschmierten die untere Hälfte, und die feine Spitze um den Halsausschnitt und die Ärmelbündchen war in hauchdünne Fäden zerfasert, die wie Spinnweben in der Luft schwebten. Es war ein knappes Fähnchen, eher ein Cocktailkleid als etwas, das eine junge Frau im Alltag tragen würde. Das ausgeblichene Blumenmuster sah billig aus. Er drehte es um und sah ein paar sauber per Hand aufgenähte Flicken um den Saum herum. Kein Schildchen, das auf den Hersteller verweisen würde. Es war das Kleid eines armen Mädchens, das versucht hatte, Eindruck zu machen. Aber als er auf ihren verrenkten, geschändeten Körper blickte, war ihm nur allzu bewusst, dass er sonst überhaupt nichts über sie wusste.

6

Die Eingangstür des Mietshauses war wieder nicht abgeschlossen. Sie stand einen Spaltbreit auf, offen gehalten durch ein Bruchstück einer Gehwegplatte, das im Türrahmen verkeilt war. McLean dachte darüber nach, sie ordentlich zu schließen, entschied sich jedoch dagegen. Er hatte nicht die geringste Lust darauf, um vier Uhr morgens von den Studenten im ersten Stock geweckt zu werden, die alle Türklingeln gleichzeitig drückten, bis irgendjemand sie hereinließ. Es war zu warm, als dass Obdachlose im Flur nach einem Schlafplatz suchen würden – abgesehen davon, dass nicht einmal ein Dutzend von ihnen es schaffen würden, das Treppenhaus noch schlimmer riechen zu lassen, als es sowieso schon roch. Er rümpfte die Nase angesichts der Duftmarken zahlreicher Kater und stieg die steinernen Stufen bis zum obersten Stockwerk hinauf.

Er machte die Tür hinter sich zu und warf den Schlüsselbund auf den Tisch. Der Anrufbeantworter blinkte mit einer einzelnen Nachricht. McLean drückte auf den Knopf und hörte, wie sein ehemaliger Mitbewohner vorschlug, dass sie sich im Pub treffen sollten. Wäre das blinkende Lämpchen nicht gewesen, hätte er es für eine alte Nachricht gehalten – Phil rief mindestens zwei Mal in der Woche mit demselben Vorschlag an. Nur hin und wieder nahm er das Angebot an.

Lächelnd ging er ins Schlafzimmer, zog sich aus, warf seine Kleidung in den Korb mit der Schmutzwäsche und ging ins Bad. Eine ausgedehnte kühle Dusche spülte den Schweiß des vergangenen Tages weg. Die Erinnerungen konnte sie allerdings nicht sauberwaschen. Während er sich abtrocknete, ein T-Shirt und eine weite Baumwollhose anzog, dachte er darüber nach, laufen oder ins Fitnessstudio zu gehen. Eine Stunde hartes Training könnte vielleicht helfen. Aber ihm war nicht danach, den Abend in Gesellschaft von gehetzten Führungskräften zu verbringen. Er brauchte jetzt Leute um sich, die entspannt waren und Spaß hatten, selbst wenn er nur außen vor war und zuschaute. Vielleicht war Phils Idee doch nicht so schlecht. Er schlüpfte in ein Paar leichte Schuhe, schnappte sich den Schlüsselbund, knallte die Tür hinter sich zu und machte sich zum Pub auf.

Das Newington Arms war nicht die beste Kneipe in Edinburgh, unabhängig davon, welche Ansprüche man stellte. Aber das glich sie dadurch aus, dass sie seiner Wohnung am nächsten lag. McLean drückte die Schwingtüren auf und wappnete sich gegen den Lärm und den Rauch, aber dann fiel ihm wieder ein, dass die weisen Männer im Parlament in Holyrood das Rauchen verboten hatten. Laut war es immer noch, aber das würden sie bestimmt als Nächstes verbieten. Er bestellte sich ein Pint Deuchars und hielt nach bekannten Gesichtern Ausschau.

»Oi, Tony! Hier drüben!« Der Ruf fiel genau in die kleine Pause, die die Jukebox brauchte, um einen neuen Titel anzuwählen. McLean ortete die Quelle: ein Rudel von Leuten, die sich um einen Tisch an einem der großen Fenster zur Straße hinaus scharten. Doktoranden, dem Aussehen nach. Der Rudelführer, Professor Phillip Jenkins, winkte ihn mit einem strahlenden, bierseligen Lächeln zu sich herüber.

»Wie läuft's, Phil? Ich sehe, du hast heute Abend deinen Harem dabei.« McLean setzte sich auf den Platz, der freigemacht wurde, indem die Studentinnen auf der Bank zusammenrückten.

»Kann nicht klagen.« Phil grinste. »Die Finanzierung des Labors ist gerade für drei Jahre verlängert worden. Und erhöht worden noch dazu.«

»Glückwunsch.« McLean hob spöttisch sein Bier, dann trank

er, während sein alter Freund ihn mit Geschichten über Molekularbiologie und die Kunst der Privatfinanzierung in der Forschung unterhielt. Dann zerfaserte das Gespräch zu allerlei belanglosen Themen, dem typischen Gerede von Leuten im Pub. Ab und zu warf er etwas ein, aber die meiste Zeit war er zufrieden damit, einfach nur dazusitzen und zuzuhören. So konnte er versuchen, all den Wahnsinn, die Gewalt, den Job für ein Weilchen zu vergessen. Anders, als wenn er mit den Jungs vom Revier nach Schichtende noch einen trinken ging. Das war eine andere Art herunterzukommen, eine, die normalerweise am nächsten Morgen einen schweren Kopf mit sich brachte.

»Und, was treibst du im Moment, Tony? Hast dich ja schon länger nicht mehr hier blicken lassen.«

McLean beugte sich zu der jungen Frau vor, die ihn angesprochen hatte. Er war sich relativ sicher, dass sie Rachel hieß und gerade an ihrer Doktorarbeit über irgendetwas schrieb, das er mit an Sicherheit grenzender Wahrscheinlichkeit nicht aussprechen konnte. Sie sah ein bisschen aus wie die Kollegin in der Spurensicherung, die bei dem Einbruch und am Tatort des Smythe-Mordes gearbeitet hatte, allerdings zehn Jahre jünger und mit flammend rotem Haar, das seine Farbe wahrscheinlich eher einer Flasche als der Natur zu verdanken hatte. Sogar Doktoranden sahen heutzutage unfassbar jung aus.

»Na, na, Rae. Du darfst dem Inspector keine Fragen stellen. Sonst verhaftet er dich am Ende noch. Gut möglich, dass er dich sogar in Handschellen legt.« Phil grinste in sein Pint, ein spitzbübisches Grinsen, an das sich McLean nur allzu gut aus all den Jahren erinnerte, in denen sie sich eine Wohnung geteilt hatten.

»Ich darf sowieso nicht über laufende Ermittlungen reden«, sagte McLean. »Und du würdest auch nicht wirklich gern davon hören. Glaub mir.«

»Grausig, oder?«

»Nicht besonders. Das ist nicht wie bei CSI, oder was immer

für ein Unsinn heute im Fernsehen läuft. Überwiegend öde Einbrüche und Kleinkriminalität. Und davon gibt es viel zu viel. Na ja, und ich bekomme sowieso nicht mehr viel echte Ermittlungsarbeit. Das ist das Problem, wenn man zum Inspector befördert wird. Es wird von einem erwartet, Leute zu führen, Fälle zu leiten, Überstunden zu verwalten und das Budget einzuhalten. Das große Ganze im Blick zu behalten. Nicht viel anders als das, was Phil heutzutage macht, schätze ich.«

McLean wusste nicht genau, warum er log – auch wenn es nur halb gelogen war: Er hatte jetzt, wo er Inspector war, tatsächlich eindeutig mehr Papierkram und wesentlich weniger Laufarbeit zu erledigen – vielleicht weil er in den Pub gekommen war, um Abstand zur Arbeit zu gewinnen. Was immer der Grund sein mochte, die Frage hatte ihm das verdorben. Er konnte Barnaby Smythes tote Augen nicht aus dem Kopf bekommen, die Qual im Gesicht des toten Mädchens nicht vergessen.

»Noch eine Runde, denk ich.« Er hob sein Glas und verschluckte sich beinahe, als er den letzten Schluck zu groß nahm. Niemand schien den peinlichen Moment zu bemerken, in dem er an den Tresen floh.

»Für einen Polizisten lügen Sie erbärmlich schlecht, Detective Inspector McLean.«

McLean drehte sich vom Tresen weg, um zu sehen, wer ihn angesprochen hatte, und merkte, dass er in dem Gedränge viel zu dicht vor ihr stand, aber auch nicht hätte weiter zurückweichen können, selbst wenn er es gewollt hätte. Sie war ungefähr so groß wie er, hatte weizenblondes, kinnlanges Haar – Bob hieß die Frisur, wenn er sich nicht irrte. Irgendetwas an ihrem Gesicht kam ihm bekannt vor, aber sie war älter als die meisten Studentinnen, die Phil lautstark umschwärmt hatten.

»Entschuldigung. Kennen wir uns?«

Die Verwirrung, die ihm deutlich ins Gesicht geschrieben

stehen musste, brachte ein breites Lächeln auf ihres, das spitzbübisch in ihren Augen funkelte.

»Ich bin Jenny, erinnern Sie sich? Jenny Spiers. Raes Schwester. Wir haben uns auf Phils Geburtstagsparty kennengelernt.«

Die Party. Jetzt erinnerte er sich. Zu viele Studenten, die sich an billigem Wein fürchterlich betrunken hatten, während Phil Hof hielt wie ein moderner König Artus. Er hatte eine Flasche sehr teuren Whisky mitgebracht, ein Glas von irgendetwas getrunken, das an seinen Zähnen schmerzte, und war früh gegangen. Das war der Tag gewesen, an dem sie zu dem Mietshaus unten in Leith gerufen worden waren. Die Nachbarn hatten sich beschwert, weil irgendjemandes Hund schrecklichen Lärm machte. Man konnte dem armen Tier kaum einen Vorwurf machen. Seine Besitzerin war mindestens vierzehn Tage zuvor in ihrem Bett gestorben, und inzwischen war nicht mehr viel von dem alten Mädchen übrig geblieben, was der Hund noch hätte fressen können. Es war absolut möglich, dass McLean diese Frau auf jener Party getroffen hatte. Aber es war zu schwierig gewesen, das Bild des angefressenen Fleisches und der abgenagten Knochen, die verrottend in die Matratze eingesunken waren, aus dem Kopf zu bekommen.

»Jenny, natürlich. Tut mir leid, ich war mit meinen Gedanken ganz woanders.«

»Ich denke, Sie sind es immer noch. Und an keinem schönen Ort. Schlimmer Tag im Büro?«

»Kann man wohl sagen.« McLean fing den Blick des Barmanns auf und winkte ihn zu sich. »Möchten Sie was trinken?«

Jenny warf einen Blick durch den Pub zu der Gruppe Studentinnen, die über die Witze ihres Professors lachten. Es schien ihr nicht schwerzufallen zu entscheiden, wo sie lieber sein wollte.

»Gerne, Weißwein. Danke.«

Sie schwiegen etwas unbehaglich, während die Getränke ausgeschenkt wurden. McLean versuchte, seine unverhoffte Gesellschafterin zu mustern, ohne sie anzustarren. Sie war älter als ihre Schwester, deutlich älter. Ihr blondes Haar war mit feinen weißen Strähnen durchzogen, die sie nicht zu verbergen versuchte. Sie schien auch kein Make-up aufgetragen zu haben, und ihre Kleidung war schlicht, vielleicht sogar ein bisschen altmodisch. Nicht aufgebrezelt für einen Abend in der Stadt wie die Leute, mit denen sie gekommen war. Keine Kriegsbemalung und auch kein solches Verhalten.

»Also, Rachel ist Ihre Schwester«, sagte er und war sich nur allzu bewusst, wie dämlich sich das anhörte.

»Mums und Dads perfekter kleiner Unfall, aye.« Jenny lächelte über ihren privaten Witz. »Sieht aus, als hätte sie Phils Aufmerksamkeit geweckt. Ihr Freund, oder? Ich habe gehört, Sie hätten zusammengewohnt.«

»Damals, als ich noch studiert habe. Lange her.« McLean trank einen Schluck von seinem Bier und sah, wie sie an ihrem Weißwein nippte.

»Muss ich Ihnen die ganze Geschichte aus der Nase ziehen?«

»Ich ... nein, tut mir leid. Sie haben mich in einem schlechten Moment erwischt. Ich bin im Augenblick keine gute Gesellschaft.«

»Ach, ich weiß nicht.« Jenny nickte zu der wilden Bande Studentinnen hinüber, die ihren Professor zu immer idiotischerem Verhalten anstachelten. »Angesichts der Alternative würde ich mich jederzeit für mürrisch und introvertiert entscheiden.«

»Ich ...« McLean wollte sich gerade verteidigen, als ein ungewohntes Vibrieren in der Hosentasche ihn unterbrach. Er zog sein Handy gerade noch rechtzeitig heraus, um mitzubekommen, dass er einen Anruf aus dem Krankenhaus verpasst hatte. Während er verwirrt auf das Display starrte, wurde es dunkler und ging schließlich ganz aus. Hektisches Knöpfedrücken provozierte noch ein mattes Flackern und ein paar halbherzige

Piepstöne, aber nicht mehr. Er schob es zurück in die Tasche und drehte sich zu Jenny um.

»Könnte ich mir kurz mal Ihr Telefon ausleihen? Bei meinem ist ständig der Akku leer.«

»Jemand denkt negative Gedanken über Sie. Das zieht die Energie aus allen elektrischen Geräten, die Sie benutzen.« Jenny wühlte in ihrer Handtasche, bevor sie ein Smartphone herauszog und es ihm reichte. »Zumindest würde mein Ex das sagen, aber der hat sie sowieso nicht mehr alle. Ruft die Arbeit?«

»Nein, das war das Krankenhaus. Meine Granma.« McLean schaffte es, die Tastatur einzublenden, und tippte die Nummer aus dem Gedächtnis. Er hatte so oft dort angerufen, kannte alle Schwestern so gut, dass er nur Augenblicke brauchte, um auf die richtige Station verbunden zu werden. Der Anruf war in Sekundenschnelle erledigt.

»Ich muss gehen.« McLean gab das Telefon zurück und ging zur Tür. Jenny wollte ihn begleiten, aber er hielt sie auf. »Ist okay. Es geht ihr gut. Ich muss nur hin und sie besuchen. Bleiben Sie hier und trinken Sie Ihren Wein aus. Sagen Sie Phil, dass ich ihn am Wochenende anrufe, ja?«

McLean drängte sich durch die fröhliche Menge und sah sich nicht mehr um. Er war wirklich ein sehr schlechter Lügner.

Der Hinterkopf des Fahrers quoll in fleischigen Rollen vom kahlen Haupt auf die Schultern herab, ohne dass irgendein Hals auszumachen gewesen wäre, was ihn seltsam zerschmolzen aussehen ließ. McLean saß im Fond des Taxis, starrte durch den Zwischenraum unter der Kopfstütze auf die borstige Haut und versuchte, den Fahrer mit Willenskraft dazu zu bringen, nichts zu sagen. Im orangefarbenen Licht der Straßenlampen kamen sie gut voran durch die mitternächtliche Stadt. Der Blick aus dem Fenster war von einem plötzlichen Regenschauer getrübt, der von der Nordsee hereingeblasen worden war. Die Feuchtigkeit von dem kurzen Gang zum Taxistand lag ihm noch immer auf der Haut, hing ihm noch im Haar und ließ seinen Mantel wie einen alten Hund riechen.

»Wollen Sie zum Haupteingang oder zur Notaufnahme?« Der Taxifahrer sprach mit englischem Akzent, Südlondon möglicherweise. Weit weg von zu Hause. Er riss McLean aus etwas, das vielleicht Schlaf gewesen sein mochte. Er starrte durch die schmierige Windschutzscheibe und sah den riesigen Klotz des Krankenhauses feucht glänzend vor ihnen.

»Hier ist gut.« Er reichte einen Zehnpfundschein durch und sagte dem Fahrer, er könne das Wechselgeld behalten.

Der Gang von der Straße über den beinahe ausgestorbenen Parkplatz reichte, um ihn wach zu machen, aber nicht, um einen klaren Kopf zu bekommen. War es wirklich erst gestern gewesen, dass er sie besucht hatte? Und jetzt war sie weg. Er sollte traurig sein, oder? Wie kam es also, dass er überhaupt nichts fühlte?

Die Flure im hinteren Teil des Krankenhauses waren immer still, aber zu dieser nächtlichen Stunde schien es beinahe, als seien sie evakuiert worden. McLean ertappte sich dabei, wie er leise auftrat, um keinen unnötigen Lärm zu verursachen. Sein Atem ging flach, und er lauschte auf jedes kleinste Geräusch. Hätte er jemanden kommen hören, wäre er wahrscheinlich versucht gewesen, sich in irgendeiner Nische oder Abstellkammer zu verstecken. Fast war es eine Erleichterung, unbemerkt die Komastation zu erreichen, wobei er nicht ganz sicher war, warum er so dringend jede Begegnung vermeiden wollte. Er stieß die Tür auf und trat ein.

Dünne Vorhänge schirmten das Bett seiner Großmutter vor den anderen Bewohnern ab – etwas, das er zuvor noch nie gesehen hatte. Das vertraute Piepsen und Summen war immer noch da, hielt alle anderen am Leben, aber die Atmosphäre im Raum fühlte sich anders an. Oder bildete er sich das nur ein? McLean holte tief Luft, als wollte er sich in einen Ozean stürzen, zog den Vorhang beiseite und trat hinein.

Die Schwestern hatten all die Schläuche und Kabel entfernt, die Maschinen weggefahren, aber seine Großmutter zurückgelassen. Sie lag reglos im Bett, die eingesunkenen Augen geschlossen, als schliefe sie, die Hände auf der Decke fein säuberlich über dem Bauch übereinandergelegt. Zum ersten Mal seit eineinhalb Jahren ähnelte sie ein wenig der Frau, die er in Erinnerung hatte.

»Es tut mir so leid.«

McLean drehte sich um und sah die Schwester in der Tür stehen. Es war dieselbe, die am Vortag mit ihm gesprochen hatte, die, die sich all diese langen Monate um seine Großmutter gekümmert hatte. Jeannie hieß sie. Jeannie Robertson.

»Es braucht Ihnen nicht leidzutun«, sagte er. »Sie wäre nie wieder gesund geworden. So ist es am besten für sie.« Er drehte sich wieder zu der toten Frau um, die da in dem Bett lag, und sah zum ersten Mal seit achtzehn Monaten seine Großmutter wieder. »Gut möglich, dass ich das am Ende selbst noch glaube, wenn ich es mir nur oft genug sage.«

7

Früher Morgen, und eine Horde Officer drängte sich am Eingang zu einem der größeren Einsatzräume. McLean steckte den Kopf durch die Tür und sah das Chaos, das stets den Anfang einer größeren Ermittlung kennzeichnete. Eine saubere Weißwandtafel nahm eine ganze Wand ein, und jemand hatte mit schwarzem Filzstift »Barnaby Smythe« daraufgekritzelt. Uniformierte Constables rückten Tische und Stühle zurecht, ein Techniker war damit beschäftigt, Computer miteinander zu verbinden. Duguid war nirgendwo zu sehen.

»Helfen Sie hier aus, Sir?«

McLean sah sich um. Ein breitschultriger Police Constable drängte sich mit einem großen Karton auf dem Arm durch die Menge. Er war mit dem schwarz-gelben Klebeband versiegelt, das den Beweismitteln vorbehalten war. Andrew Houseman, genannt Big Andy, war ein fähiger Officer und ein herausragender Rugby-Stürmer. Wenn da nicht eine unglückliche Verletzung zu Beginn seiner Karriere gewesen wäre, würde er jetzt wahrscheinlich für sein Land spielen, statt für Dagwood den Laufburschen zu geben. McLean mochte ihn. Big Andy war vielleicht nicht der Allerhellste, aber er war sorgfältig.

»Nicht mein Fall, Andy«, sagte er. »Und Sie wissen ja, wie gern Dagwood meine Hilfe annimmt.«

»Aber Sie waren doch am Tatort. Hat Em jedenfalls gesagt.«

»Em?«

»Emma. Emma Baird. Sie wissen schon, die Neue bei der Spurensicherung. So groß, stachelige schwarze Haare. Sieht immer aus, als hätte sie zu viel Kajal genommen.«

»Ach ja? Ihr zwei habt wohl was laufen, was? Ich persönlich würde allerdings lieber nicht riskieren, Ihre Frau auf dem falschen Fuß zu erwischen, Andy.«

»Nein, nein. Ich war nur gerade drüben im Präsidium, um die Beweismittel vom Tatort abzuholen.« Der große Mann lief rot an und hob den Karton hoch, um seinen Worten Nachdruck zu verleihen. »Sie hat gesagt, sie hätte Sie in Smythes Haus gesehen, und sie hofft, dass Sie den kranken Bastard schnappen, der ihn umgebracht hat.«

»Nur ich? Ganz allein?«

»Na ja, ich bin sicher, sie hat uns alle gemeint.«

»Da bin ich auch sicher, Andy. Aber dieser Fall wird ohne mich auskommen müssen. Der gehört Dagwood. Abgesehen davon habe ich sowieso einen eigenen Mord aufzuklären.«

»Aye, hab ich gehört. Gruselig.«

McLean wollte gerade antworten, aber eine grollende Stimme, die durch den Flur hallte, kündete von der Ankunft des Chief Inspectors. Er hatte nicht vor, sich in einen weiteren Fall verwickeln zu lassen, ganz besonders nicht in einen, der von Charles Duguid geleitet wurde.

»Muss los, Andy. Die Chefin will mich sehen, und es tut nicht gut, sie warten zu lassen.« Er duckte sich um den großen Mann herum und machte sich zu seinem eigenen Einsatzraum auf, während es so aussah, als sei die Hälfte aller Officer der ganzen Region zum Morgenbriefing im Mordfall Barnaby Smythe angetreten. War doch immer nett zu sehen, wie Ressourcen so gleichmäßig verteilt wurden. Aber andererseits war Smythe ein wichtiger Mann gewesen, ein Wohltäter der Stadt und ein prominentes Mitglied der Gesellschaft. Sein totes Mädchen da unten im Keller dagegen hatte in den letzten fünfzig Jahren überhaupt niemand bemerkt.

Grumpy Bob war nirgendwo zu sehen, als McLean den Einsatzraum erreichte. Dafür war es noch viel zu früh. Immerhin war Constable MacBride schon schwer am Arbeiten. Irgendwie hatte er es geschafft, drei Stühle aufzutreiben und, noch wundersamer, einen Laptop. Er sah vom Bildschirm auf, als McLean eintrat.

»Wie läuft's, Constable?« Er zog sein Jackett aus und hängte es hinten an die Tür. Der Heizkörper unter dem Fenster bullerte immer noch auf voller Stärke.

»Ich bin beinahe damit fertig, diese Einbruchsberichte durchzuarbeiten, Sir. Ich glaube, mir ist da was aufgefallen.«

McLean zog sich einen Stuhl heran. Eine der Rollen fehlte. »Lassen Sie mal sehen.«

»Nun, Sir. Die hier haben alle keinen Bezug zueinander, soweit ich das sagen kann. Nicht besonders geschickt, wahrscheinlich Junkies, die sich Stoff besorgen mussten und Glück bei der Spurensicherung hatten.« MacBride hob den Großteil der Berichte an, die auf einer Seite des Tisches gestapelt waren, und legte sie zurück in den Karton. »Die hier dagegen ... na ja, ich denke, zwischen denen könnte eine Verbindung bestehen.« Er hob einen kleinen Stapel Akten hoch, vielleicht vier oder fünf, und ließ sie wieder auf den Tisch fallen.

»Nur zu.«

»Bei allen handelt es sich um geschickte Einbrüche. Nicht einfach nur so Dinger mit eingeschlagenen Fensterscheiben – nein, überhaupt keine Anzeichen für gewaltsames Eindringen. In allen Fällen gab es Alarmanlagen, die, ohne irgendwelche sichtbaren Spuren zu hinterlassen, umgangen worden sind, und in jedem Fall hat der Einbrecher nur kleine Gegenstände von hohem Wert mitgehen lassen.«

»Wurden die in Safes aufbewahrt?«

»Nein, Sir. Das mit dem Safe ist neu. Aber es gibt noch eine Gemeinsamkeit. In allen diesen Fällen ist der Hausbesitzer kurz vorher gestorben.«

»Wie kurz vorher?«

»Na ja, innerhalb eines Monats.« MacBride machte eine Pause, als könnte er sich nicht entscheiden, ob er etwas sagen sollte oder nicht. McLean schwieg.

»Okay, einer von den Einbrüchen passierte acht Wochen, nachdem die alte Dame gestorben ist. Aber die anderen vier waren alle innerhalb von vierzehn Tagen. Der von letzter Woche war am Tag der Beerdigung. Ich muss bei den anderen noch das Datum der Beerdigung abgleichen, denn das steht nicht in den Akten.«

»Mrs Douglas' Beisetzung war in der Zeitung annonciert, und davor hatte es einen Nachruf gegeben.« McLean nahm die Akten in die Hand und las die Namen und Daten auf dem Deckel. Der jüngste Fall – abgesehen von dem, in dem sie ermittelten – lag beinahe ein Jahr zurück, der älteste war fünf Jahre her. Alle waren noch offen, rein formal gesehen. Ungelöst. Alle unter dem wachsamen Auge seines Lieblings-Chief-Inspectors. Er bezweifelte, dass Duguid sich auch nur an die Namen erinnern konnte.

»Lassen Sie uns mal gucken, ob wir an diese Knochen nicht ein bisschen mehr Fleisch bekommen.« Er gab die Akten MacBride zurück. »Finden Sie ein bisschen was über diese Leute heraus. Hatten sie Todesanzeigen? Waren die Trauerfeiern öffentlich angezeigt, und wenn ja, in welcher Zeitung?«

»Was ist mit den Alarmanlagen?«, fragte MacBride. »Bei ein paar von diesen Systemen ist es nicht leicht, sie zu umgehen.«

»Guter Einwand. Okay. Wir müssen herausfinden, wo diese Leute waren, als sie gestorben sind. Waren sie zu Hause, im Krankenhaus, im Pflegeheim?«

»Glauben Sie, unser Einbrecher stand denen so nahe? Ist das nicht ein großes Risiko?«

»Nicht wenn das Opfer tot ist, bevor man den Bruch macht. Denken Sie mal darüber nach. Wenn unser Einbrecher in einem Pflegeheim arbeitet, dann wird er in der Lage sein, sich bei den alten Leuten einzuschmeicheln, ihr Vertrauen zu gewinnen. Wenn sie ihm dann alles gesagt haben, was er wissen muss, muss er nur noch darauf warten, dass sie sterben.«

Noch während er das sagte, wurde ihm klar, wie weit hergeholt es war. Aber ein Klopfen an der Tür bewahrte ihn davor, sich noch weiter reinzureiten. Er drehte sich um und sah eine uniformierte Sergeant den Kopf zur Tür hineinstecken, als wollte sie bloß nicht näher kommen, damit nicht irgendein übler Fluch auf sie fiel.

»Ah, Sir, hab ich mir doch gedacht, dass ich Sie hier finde. Chief Superintendent McIntyre möchte Sie gern sehen.«

McLean erhob sich müde und nahm sein zerknittertes Jackett, während die Sergeant schon wieder verschwand.

»Fangen wir zuerst mit den Todesanzeigen an. Und dann machen Sie weiter mit den nächsten Angehörigen. Wer immer befragt wurde, nachdem der Einbruch gemeldet wurde. Finden Sie raus, wie gut diese Leute die Opfer kannten. Wenn Grumpy Bob reinkommt, können Sie beide alle Leute in diesen Akten kontaktieren und sehen, ob es noch mehr Gemeinsamkeiten gibt. Ich geh jetzt lieber und gucke, was Ihre Majestät wünschen. Und, Stuart …?«

Der junge Detective schaute von der aufgeschlagenen Fallakte auf.

»Gut gemacht.«

McLean erinnerte sich noch an Jayne McIntyre aus der Zeit, als sie noch eine ehrgeizige Sergeant auf der Überholspur zu einer glänzenden Karriere war. Aber selbst damals hatte sie sich Zeit für diejenigen genommen, die in der Hierarchie unter ihr standen. Sie verbrachte nicht viel Zeit mit Gleichrangigen, sondern zog es vor, mit den Inspectors und dem Chief Constable zu verkehren, aber wenn man ihre Hilfe brauchte, war sie immer für einen da. Immer so klug, die anderen auf dem Weg nach oben nicht zu verärgern, falls man ihnen auf dem Weg nach unten wieder begegnete. Irgendwie dachte McLean nicht, dass sich dieses Problem in McIntyres Fall stellen würde, denn sie wurde fast überall respektiert und war auf dem Weg nach ganz oben. Sie war erst seit acht Jahren seine Vorgesetzte, aber leitete bereits als Chief Superintendent das Revier. Es bestand kaum Zweifel, dass sie den Job des Deputy Chief Constable übernehmen würde, wenn der in eineinhalb Jahren in Pension gehen würde. Sie verstand es, sich auf dem Parkett der Personalpolitik zu bewegen, wusste, wie man die wichtigen Leute beeindruckte, ohne Unsinn zu erzählen. Das war vielleicht das, was sie am besten konnte, und McLean missgönnte ihr den Erfolg nicht, den ihr das gebracht hatte. Er wollte bloß nicht ihre Aufmerksamkeit auf sich lenken.

»Ah, Tony. Danke, dass Sie reinschauen.« McIntyre stand, als McLean an die offene Tür klopfte. Das war schon ein schlechtes Zeichen. Sie kam um den Schreibtisch herum und streckte ihm zur Begrüßung die Hand entgegen. Sie war klein, vielleicht gerade so die Mindestgröße für einen Officer. Da sie ihr langes braunes Haar in einem strengen Knoten im Nacken trug, konnte er die ersten grauen Strähnen sehen, die sich an ihren Schläfen zeigten. Das Make-up um ihre Augen konnte die Fältchen nicht kaschieren, die sich bildeten, wenn sie lächelte.

»Tut mir leid, dass ich nicht eher gekommen bin. Es war eine etwas harte Nacht.«

»Keine Ursache. Setzen Sie sich.« Sie wies auf einen der beiden Sessel in der Ecke des geräumigen Büros, dann setzte sie sich selbst in den anderen.

»Chief Inspector Duguid hat mich heute Morgen angesprochen. Er sagte mir, Sie hätten sich neulich am Tatort des Smythe-Mordes herumgetrieben.«

Also darum ging es. Eifersucht im Job war etwas Schreckliches. »Ich war sowieso in der Gegend, ich habe gesehen, dass da was los war, und dachte, ich könnte vielleicht helfen. Ich bin dort aufgewachsen und kenne ein paar Nachbarn. DCI Duguid hat mich eingeladen, mir den Tatort anzusehen.«

McIntyre nickte, während McLean sprach. Ihr Blick ließ ihn nicht ein einziges Mal los. In ihrer Gegenwart fühlte er sich immer wie ein ungezogener Schuljunge, der zur Schuldirektorin gerufen wurde.

Ohne Vorwarnung stand sie auf und ging zu einem hölzernen Sideboard, auf dem eine Kaffeemaschine stand. »Kaffee?«

McLean nickte. McIntyre beschäftigte sich damit, Kaffeepulver aus einem Einweckglas in den Filter zu löffeln, die exakt für zwei Tassen abgemessene Menge Wasser in den Behälter zu gießen und die Maschine einzuschalten.

»Barnaby Smythe war in dieser Stadt ein sehr wichtiger Mann, Tony. Seine Ermordung hat ganz oben große Besorgnis ausgelöst. In Holyrood werden Fragen gestellt. Es wird Druck geben. Wir müssen gerade in diesem Fall Ergebnisse vorlegen, und zwar schnell.«

»Ich bin sicher, DCI Duguid wird sehr gründlich vorgehen. Ich habe gesehen, dass er ein ziemlich großes Team zur Verfügung hat, das ihn bereits jetzt bei der Ermittlung unterstützt.«

»Das reicht nicht. Ich brauche meine besten Detectives an diesem Fall, und ich muss mich darauf verlassen können, dass sie zusammenarbeiten.« Dünne braune Flüssigkeit begann aus der Kaffeemaschine in die Glaskanne darunter zu rinnen.

»Wollen Sie mich an dem Fall?«

McIntyre ging zurück zu ihrem Schreibtisch, nahm eine Aktenmappe mit und öffnete sie auf dem Tisch vor ihm. Es waren ein paar körnige, große Farbfotos darin, die in Barnaby Smythes Bibliothek aufgenommen worden waren. Nahaufnahmen zeigten seinen offenen Brustkorb, die starrenden toten Augen und das blutverschmierte Kinn, die Hände auf den Armlehnen des Sessels und seine Gedärme, die in einem Haufen auf seinem

Schoß lagen. McLean war froh, dass er noch nicht gefrühstückt hatte.

»Ich habe das alles schon gesehen«, sagte er, während McIntyre zwei Becher Kaffee einschenkte, sie herübertrug und es sich wieder in ihrem Sessel bequem machte.

»Er war vierundachtzig Jahre alt. Im Lauf seines Lebens hat Barnaby Smythe diese Stadt mehr unterstützt als jeder andere, der mir einfällt. Und dennoch hat irgendwer dem alten Mann so etwas angetan. Ich muss herausfinden, wer das war und warum er das getan hat. Und ich brauche Sie dazu, bevor der Täter beschließt, noch einen prominenten Bürger aufzuschlitzen.«

»Und Duguid? Ist er glücklich darüber, mich in seinem Team zu haben?« McLean nippte an seinem Kaffee, dann wünschte er sich, er hätte es nicht getan. Er war heiß, aber dünn, und schmeckte nach schmutzigem Wasser.

»Glücklich ist nicht das Wort, das ich dafür benutzen würde, Tony. Aber Charles ist ein erfahrener Vorgesetzter. Er wird nicht zulassen, dass persönliche Animositäten etwas so Wichtiges beeinträchtigen. Ich würde gern davon ausgehen, dass Sie das genauso halten.«

»Natürlich.«

McIntyre lächelte. »Na dann, wie geht es mit Ihren anderen Fällen voran?«

»Constable MacBride hat eine gute Theorie über den Einbruch entwickelt. Er meint, es gäbe da eine Verbindung zu einigen früheren Brüchen, die bis zu fünf Jahre zurückliegen. Das tote Mädchen haben wir noch nicht identifiziert, aber der Mediziner schätzt, dass es vor etwa sechzig Jahren getötet worden ist. Ich treffe mich heute Vormittag mit dem Bauunternehmer.«

McLean ging seine Fälle schnell durch, merkte aber, dass die Chefin nur mit halbem Ohr zuhörte. Das hier war reine Show – so zu tun, als sei sie interessiert, so zu tun, als sei sie seine Freundin. Es war ein gutes Zeichen, weil es bedeutete, dass sie meinte, ihn brauchen zu können. Aber er war nicht so dumm, um nicht zwischen den Zeilen lesen zu können. Er war im Smythe-Fall dabei, weil die Möglichkeit bestand, dass es schiefging. Gut möglich, dass es noch weitere Promimorde gab, oder, schlimmer noch, dass der Mörder nie gefunden werden würde. Aber wenn es schiefging, dann würde es weder Chief Superintendent McIntyres Schuld sein, noch würde DCI Duguid die Hölle heiß gemacht werden. Nein, McLean wurde zu dem Fall hinzugezogen, damit die Lothian and Borders Police jemanden hatte, den sie den Wölfen zum Fraß vorwerfen konnte, falls das nötig werden sollte.

8

McLean wusste schon nach zwei Minuten, dass er Timothy McAllister nicht leiden konnte.

Dass er seine beiden ihm zugeordneten Officer nicht vorgefunden hatte, nachdem er sich endlich aus dem Büro der Chief Superintendent losgeeist hatte, hatte es nicht besser gemacht. Er hatte einige Minuten auf die Suche nach ihnen verschwendet, bevor ihm wieder eingefallen war, dass er sie angewiesen hatte, die früheren Einbruchsopfer zu befragen. Das Revier lag beinahe verlassen da, alle schienen mit dem Smythe-Fall beschäftigt zu sein. Aber schließlich hatte er doch noch eine junge Constable aufgespürt und sie davon überzeugt, dass es nur in ihrem Interesse liegen konnte, ihm einen Dienstwagen zu besorgen. Jetzt stand sie in der Zimmerecke, den Notizblock in der Hand, sichtlich nervös. Daran würde sie noch arbeiten müssen, wenn sie es bei der Kriminalpolizei je zu etwas bringen wollte.

»Kann ich Ihnen einen Kaffee anbieten, Inspector? Constable?« McAllister fläzte sich in einem hochlehnigen schwarzen Chefsessel aus Leder, von dem er zweifellos dachte, dass er ihn wichtig aussehen ließ. Er trug einen Anzug, aber das Jackett hing über einem Aktenschrank. Sein Hemd war zerknittert, Schweißflecken dunkelten die Baumwolle um die Achselhöhlen ein. Die gelockerte Krawatte und die aufgekrempelten Ärmel ließen ihn entspannt aussehen, aber McLean sah an der Art, wie sein Blick hin und her zuckte, wie er mit den Fingern spielte und mit den Füßen wippte, dass er nervös war.

»Nein danke«, sagte er. »Wir werden hier nicht lange brauchen. Ich möchte nur ein paar Fakten über das Haus in Sighthill abklären. Ist Mr Murdo hier?«

McAllister runzelte kurz die Stirn, als der Name fiel. Er beugte sich vor, um einen Knopf an der Sprechanlage auf seinem Tisch zu drücken.

»Janette, könnten Sie bitte Donnie mal reinrufen?« Er hob den Finger vom Knopf und blickte wieder McLean an, dann nickte er zum Fenster hinter ihm. »Er ist irgendwo draußen auf dem Gelände, denke ich.«

Eine Frauenstimme, gedämpft durch das Glas, rief über Lautsprecher Donnie Murdo dazu auf, in die Verwaltung zu kommen. McLean schaute sich um, entdeckte aber nichts besonders Ungewöhnliches. Es war unordentlich hier, vollgestopft mit Aktenschränken. Sicherheitsanweisungen, Rechnungen, Post-it-Zettelchen und anderer Müll bedeckten die Wände. In einer Ecke standen Stative, gestreifte Messstäbe und weiteres Vermessungszubehör.

»Wem gehört das Haus?«, fragte McLean.

»Mir. Hab es bar gekauft.« McAllister lehnte sich in seinem Stuhl zurück, so etwas wie Stolz auf dem wettergegerbten Gesicht.

»Wie lange gehört es Ihnen schon?«

»Etwa anderthalb Jahre, würde ich sagen. Janette kann Ihnen die genauen Informationen geben. Hat schon lange genug gedauert, bis die Planung endlich durch war. Früher konnte man so ziemlich machen, was man wollte, wenn man die richtigen Leute kannte und wusste, mit wem man reden musste. Aber heute geht alles nur über Ausschüsse und Gutachten und Einsprüche. Es wird einem echt schwer gemacht, davon zu leben, wenn Sie verstehen, was ich meine.«

»Das verstehe ich, Mr McAllister.«

»Tommy, bitte, Inspector.«

»Von wem haben Sie das Haus gekauft?«

»Oh, von irgendeiner neuen Bank, die gerade in der Innenstadt aufgemacht hatte. Mid-Eastern Finance heißen die, glaube ich. Ich weiß, ehrlich gesagt, nicht genau, warum sie das verkaufen wollten. Wahrscheinlich einfach nur, um raus aus den Immobilien und wieder zurück in die Aktien zu gehen. Ich glaube nicht, dass die es selbst so lange hatten.« McAllister beugte sich wieder vor und drückte auf den Knopf der Sprechanlage. »Janette, graben Sie den Papierkram zum Farquhar House aus, ja?« Er wartete die Antwort nicht ab.

»Ist ein bisschen was anderes für Sie, oder, Mr McAllister?«, sagte McLean. »Ein altes Haus zu sanieren, meine ich. Sie haben Ihr Geld doch mit diesen Wohnblocks in Bonnyrigg und Lasswade gemacht, oder?«

»Das stimmt, aye. Waren gute Zeiten damals. Aber heutzutage wird es immer schwieriger, um die Stadt herum günstiges Bauland aufzutreiben, nicht wahr? Einerseits jammern die Leute, dass wir die Landschaft verschandeln, andererseits beschweren sie sich darüber, dass die Immobilienpreise durch die Decke schießen. Wasch mich, aber mach mich nicht nass, ist es nicht so, Inspector? Entweder bauen wir mehr Häuser, oder es gibt halt nicht genug Wohnraum für alle, und die Preise schießen in die Höhe.«

»Warum reißen Sie dann das alte Haus nicht ab und stellen stattdessen einen Wohnblock da hin?«

McAllister sah aus, als wollte er antworten, aber ein leises Klopfen an der Tür hielt ihn davon ab. Sie ging auf, und ein Mann mit missmutigem Gesichtsausdruck stand unsicher in der Türöffnung.

»Komm rein, Donnie, setz dich. Nicht so schüchtern.« McAllister stand nicht auf. Donnie Murdo sah zu McLean, dann auf die Polizistin in Uniform und machte ein Gesicht, als fühlte er sich in die Enge getrieben. Er war ein Mann, der in seinem Leben schon oft mit dem Gesetz in Konflikt geraten war. Seine

Haltung war defensiv, die Schultern vorgebeugt, die Arme am Körper herabhängend, die Knie leicht gebeugt, als wäre er bereit, beim geringsten Anlass wegzulaufen. Seine Hände waren riesig, und auf den Knöcheln waren in verblassten Tattoos die Worte LOVE und HATE zu lesen.

»Hier ist die Akte, die Sie wollten, Tommy.« Die Sekretärin, die sie zuvor hereingeführt hatte, huschte vorbei und legte einen dicken Ordner auf den Schreibtisch. Sie warf McLean einen missbilligenden Blick zu, dann stöckelte sie aus dem Büro und schloss die Tür hinter sich.

»Haben Sie vorgestern Abend in dem alten Haus in Sighthill gearbeitet, Donnie?«

McLean beobachtete, wie der Blick des Vorarbeiters zu seinem Chef hinüberzuckte. McAllister saß jetzt gerade, die Unterarme auf den Tisch gestützt. Das Nicken war kaum wahrnehmbar.

»Aye. Kann man wohl sagen.«

»Und was genau haben Sie da gemacht?«

»Na ja, wir haben bisschen saubergemacht im Keller. Die wollen da unten 'nen Fitnessraum reinbauen.« Er sprach mit schwerem schottischem Akzent.

»Wir? Ich dachte, Sie hätten gesagt, Sie seien allein gewesen, als Sie die Leiche entdeckt haben.«

»Aye, na ja … Schon richtig. Die Jungs waren zuvor zum Helfen da. Hab sie dann heimgeschickt. Musste nur noch bisschen saubergemacht werden. Den Job zu Ende machen, damit die morgens gleich mit den Fliesen anfangen konnten.«

»Das muss ja ein ziemlicher Schock gewesen sein, so eine Leiche zu entdecken.«

»Ah, hab ja nicht viel davon gesehen. Nur 'ne Hand, das ist alles. Da hab ich gleich, ah, Mr McAllister hier angerufen.« Donnie musterte seine Hände, zupfte an den Nagelhäutchen, die Augen niedergeschlagen, als wollte er möglichst jeden Blickkontakt mit den anderen im Raum vermeiden.

»Nun, vielen Dank, Donnie. Sie waren sehr hilfreich.« McLean stand auf und streckte dem Vorarbeiter die Hand hin, der kurz ein verblüfftes Gesicht machte und sie dann ergriff.

»Gibt es noch etwas, was ich für Sie tun könnte, Inspector?«, fragte McAllister.

»Es wäre ganz nützlich, wenn ich noch eine Kopie der Eigentumsurkunde bekommen könnte. Ich muss versuchen herauszufinden, wem das Haus gehört hat, als das arme Mädchen ermordet wurde.«

»Das ist alles da drin. Nehmen Sie es ruhig mit.« McAllister machte mit nach oben gedrehter Handfläche eine Bewegung in Richtung des Aktenordners, stand aber nicht aus seinem Sessel auf. »Wenn's bei der Polizei nicht sicher ist, wo dann, was?«

McLean nahm den Ordner und gab ihn seiner Mitarbeiterin.

»Na dann, vielen Dank für Ihre Kooperation, Mr McAllister. Ich werde dafür sorgen, dass Sie die Unterlagen so schnell wie möglich zurückbekommen.«

Er hatte sich schon zum Gehen gewandt, als McAllister endlich aufstand. »Inspector?«

»Mr McAllister?«

»Sie wissen nicht zufällig, wann wir wieder auf die Baustelle zurückkönnen, oder? Nur weil wir bei dem Projekt schon genug Verzögerungen hatten. Es kostet mich jeden Tag Geld, ohne dass wir was dagegen tun könnten.«

»Ich rede mit den Leuten von der Kriminaltechnik. Mal sehen, was wir da machen können. Ich bin sicher, es dauert nicht mehr länger als einen oder zwei Tage.«

Draußen setzte sich McLean auf den Beifahrersitz des Dienstwagens und ließ die Kollegin fahren. Er sagte kein Wort, bis sie auf der Straße waren.

»Er lügt, wissen Sie.«

»McAllister?«

»Nein. Na ja, der auch. Er ist Bauunternehmer, und die lassen sich nie in die Karten sehen. Aber der möchte im Moment einfach nur auf seine Baustelle zurück. Nein, ich meine den Vorarbeiter. Donnie Murdo. Mag ja sein, dass er gestern Abend in diesem Keller war, aber er hat da nicht gearbeitet. Auf jeden Fall nicht mit der Spitzhacke. Seine Hände waren viel zu weich dafür. Meiner Meinung nach ist es Jahre her, dass der wirklich hart geschuftet hat.«

»Also hat jemand anderes die Leiche entdeckt? Aber wer?«

»Ich weiß es nicht. Und es ist wahrscheinlich auch überhaupt nicht wichtig für den Fall.« McLean schlug den Ordner auf und begann, durch das Durcheinander aus wahllos hintereinander eingehefteten Papieren und Briefen zu blättern. »Aber ich habe vor, es rauszufinden.«

»Haben Sie Ihr dämliches Handy eigentlich auch mal an?« Eine dicke Ader pulsierte an Chief Inspector Duguids rechter Schläfe – nie ein gutes Zeichen. McLean angelte in seiner Jackentasche, zog sein Telefon heraus und klappte es auf. Das Display war dunkel. Den Ein-Knopf zu drücken entlockte ihm keine bessere Reaktion.

»Der Akku ist schon wieder leer. Das ist jetzt das dritte Mal diesen Monat.«

»Na, Sie sind ja jetzt Inspector. Sie haben Ihr eigenes Budget. Besorgen Sie sich ein neues Handy. Vorzugsweise eins, das funktioniert. Sie könnten sogar ein Funkgerät in Erwägung ziehen.«

McLean schob den inkriminierten Gegenstand in seine Tasche zurück, dann gab er den Ordner Constable Kydd, der Mitarbeiterin, die ihn zu McAllisters Firma begleitet hatte und die jetzt aussah, als wollte sie am liebsten so schnell wie möglich hier verschwinden, bevor sie noch in einen Streit zwischen zwei Vorgesetzten hineingezogen wurde.

»Können Sie das zu DC MacBride bringen? Und sagen Sie ihm, er soll gut darauf aufpassen. Ich möchte auf keinen Fall Tommy McAllister etwas schuldig sein.«

»Wer ist denn dieser McAllister? Irgendeiner von Ihren zwielichtigen Informanten?« Duguid sah über McLeans Schulter hinweg der Constable auf ihrem Rückzug nach und fragte sich zweifellos, wieso sie nicht an seinem Fall arbeitete.

»Ihm gehört das Haus, in dem die Leiche des jungen Mädchens gefunden wurde.«

»Ah ja. Ihr antikes Ritualmordopfer. Ich habe davon gehört. Na ja, damit kennen Sie sich ja wohl gut aus. Reiche Leute und ihre perversen Spielchen.«

McLean ignorierte die Stichelei. Er hatte schon Schlimmeres gehört.

»Warum wollten Sie mich sprechen, Sir?«

»Dieser Smythe-Fall. Sie haben mit Jayne gesprochen, soweit ich weiß, also wissen Sie, wie wichtig es ist, dass wir hier zu einem Ergebnis kommen, und zwar schnell.«

McLean nickte. Er hatte sehr wohl bemerkt, wie selbstverständlich Duguid die Chefin beim Vornamen nannte.

»Also, die Autopsie findet in einer halben Stunde statt, und ich will, dass Sie dabei sind. Ich will, dass Sie den Überblick über alle kriminaltechnischen Informationen behalten, die hereinkommen. Gehen Sie das Problem von der Richtung aus an. Ich werde die Angestellten vernehmen, versuchen herauszufinden, wer vielleicht irgendwas gegen jemanden wie Smythe gehabt haben könnte.«

Es war sinnvoll, die Ermittlung auf diese Weise aufzuteilen. McLean hatte sich damit abgefunden, dass er mit Duguid arbeiten musste, und war zu dem Schluss gekommen, dass es wahrscheinlich das Beste war zu versuchen, sich gut mit ihm zu stellen.

»Hören Sie, Sir: Wegen neulich Abend – es tut mir leid, dass ich meine Nase da reingesteckt habe. Das war nicht in Ordnung, ich weiß. Dies ist Ihr Fall.«

»Das ist kein Konkurrenzkampf, McLean. Ein Mann ist tot, und sein Mörder läuft frei herum. Das ist das Einzige, was im Moment wichtig ist. Solange Sie Ergebnisse liefern, werde ich Sie in meinem Team tolerieren. Okay?«

So viel zum Thema Brückenbauen. McLean nickte wieder, traute aber seinem Mund nicht, dass dieser nur das aussprechen würde, was Duguid hören sollte, und das verschwieg, was er in Wahrheit dachte.

»Gut. Also dann ab mit Ihnen in die Rechtsmedizin und sehen Sie, was Ihr leichenfleddernder Freund Cadwallader zu sagen hat.«

*

Dr. Sharp sah von ihrem Tisch auf, als McLean hereinkam. Sie lächelte ihn an und wandte sich dann wieder dem Solitaire-Spiel auf ihrem Rechner zu. »Er ist noch nicht wieder zurück. Sie werden warten müssen«, sagte sie zum Bildschirm.

McLean störte das nicht im Geringsten. Zuzusehen, wie Leichen aufgeschnitten wurden, war nicht einmal unter besten Bedingungen irgendwie spaßig, aber das Gebäude verfügte über eine funktionierende Klimaanlage.

»Haben Sie schon Ergebnisse von dem toten Mädchen, Tracy?«, fragte er.

Seufzend beendete sie das Spiel und wandte sich einem überquellenden Eingangskörbchen zu. »Lassen Sie mal sehen ...« Sie blätterte durch den unordentlichen Stapel und zog ein einzelnes Blatt Papier heraus. »Hier haben wir's. Hmm. Mehr als fünfzig Jahre tot.«

»Ist das alles?«

»Nein. Sie wurde vor weniger als 300 Jahren getötet, aber weil es länger als fünfzig her ist, können wir es nicht genauer eingrenzen, fürchte ich. Jedenfalls nicht mit der Radiokarbonmethode.«

»Wieso das denn?«

»Bedanken Sie sich bei den Amerikanern. Die haben in den Vierzigern angefangen, Atomtests durchzuführen, aber die wirklich großen Dinger waren in den Fünfzigern. Die haben Isotope in die Atmosphäre geblasen, wie sie normalerweise nicht vorkommen. Wir sind alle voll davon, Sie und ich auch. Alle, die nach 1955 geboren sind, sind ebenfalls voll davon. Und die Isotope zerfallen vom Zeitpunkt des Todes an. Daran können wir erkennen, wie lange ein Tod her ist, aber nur bis zur Mitte der Fünfzigerjahre zurück. Ihr armes kleines Mädchen ist also vorher gestorben.«

»Ich verstehe«, log McLean. »Was ist mit der Konservierung? Was wurde da benutzt?«

Tracy wühlte in dem Ablagekorb, bis sie ein anderes Blatt Papier zu Tage förderte.

»Nichts.«

»Nichts?«

»Nichts, was wir entdecken könnten. Dem Befund nach ist sie einfach eingetrocknet.«

»Das kann passieren, Tony. Besonders wenn das Blut und die Körperflüssigkeiten vollständig entfernt wurden.«

McLean drehte sich um und erblickte Cadwallader, der gerade hereinkam. Er hielt seiner Assistentin eine kleine braune Papiertüte hin. »Avocado und Schinken. Pastrami war aus.«

Tracy nahm die Tüte, tauchte hinein und zog ein langes braunes Baguettebrötchen heraus. Der Anblick ließ McLeans Magen knurren. Ihm wurde bewusst, dass er den ganzen Tag noch nichts gegessen hatte. Dann fiel ihm wieder ein, warum er hier war, und beschloss, dass essen im Augenblick vielleicht keine so gute Idee war.

»Bist du aus einem bestimmten Grund hier, oder wolltest du einfach nur vorbeikommen, um mit meiner Assistentin zu plaudern?« Cadwallader zog sein Jackett aus und hängte es an die Tür, bevor er frische grüne OP-Kleidung anlegte.

»Barnaby Smythe. Mir wurde gesagt, dass du ihn heute Nachmittag obduzierst.«

»Ich dachte, das wäre Dagwoods Fall.«

»Smythe hatte viele einflussreiche Freunde. McIntyre hätte wohl am liebsten jeden Officer in der Truppe dazugeholt, wenn das den Fall schneller lösen würde. Druck von ganz oben.«

»Muss wohl, wenn sie dich und den alten Miesepeter wieder zusammengespannt hat. Na gut, dann lass uns mal sehen, ob seine Überreste irgendwelche Hinweise bringen.«

Die Leiche wartete im Sektionssaal bereits auf sie, lag auf einem Edelstahltisch und war mit einem glänzenden weißen Gummmituch zugedeckt. McLean stellte sich so weit weg, wie er konnte, während Cadwallader sich an Barnaby Smythe zu schaffen machte und das Werk zu Ende brachte, das der Mörder begonnen hatte. Der Rechtsmediziner war peinlich genau in seiner Arbeit, examinierte das bleiche, feste Fleisch und untersuchte die klaffende Wunde.

»Der Verstorbene ist in für sein Alter außergewöhnlich guter gesundheitlicher Verfassung. Muskeltonus legt nahe, dass er regelmäßig Sport getrieben hat. Keine Anzeichen von Hämatomen oder Spuren von Fesseln, was darauf hindeutet, dass er nicht gefesselt war, als er aufgeschlitzt wurde. Dies stimmt mit der Anschauung am Tatort überein. Die Hände sind frei von Schnitten und Abschürfungen, er hat weder gekämpft noch versucht, sich gegen seinen Angreifer zur Wehr zu setzen.«

Er ging weiter zu Smythes Kopf und Hals und drückte den sauberen Schnitt auseinander, der sich von einem Ohr zum anderen zog. »Kehle mit einem scharfen Messer aufgeschnitten, wahrscheinlich kein medizinisches Skalpell. Könnte ein Stanley-

Messer gewesen sein. Es gibt ein paar Reißspuren, die darauf hinweisen, dass der Schnitt von links nach rechts ausgeführt wurde. Nach dem Eintrittswinkel zu urteilen, stand der Mörder hinter dem sitzenden Opfer, die Klinge in der rechten Hand, und ...« Er machte eine schlitzende Bewegung mit der Hand.

»Hat ihn das getötet?«, fragte McLean und versuchte gleichzeitig, sich nicht vorzustellen, wie sich das angefühlt haben mochte.

»Wahrscheinlich. Aber eigentlich hätte ihn schon all das hier töten müssen.« Cadwallader zeigte auf den langen Schnitt, der von Smythes' Schoß bis hinauf zu seiner Brust reichte. »Nachdem er so aufgeschlitzt worden ist, hätte sein Herz nur weiterschlagen können, wenn er anästhesiert gewesen wäre.«

»Aber er hatte die Augen offen.« McLean erinnerte sich an das leblose Starren.

»Oh, du kannst jemanden auch vollkommen anästhesieren und bei absolut klarem Bewusstsein lassen, Tony. Aber das ist nicht einfach. Allerdings kann ich sowieso nicht genau sagen, was bei ihm verwendet wurde, bevor ich die Blutanalysen zurückhabe. Heute Abend sollten wir Bescheid wissen, spätestens morgen früh.«

Der Rechtsmediziner wandte sich wieder der Leiche zu und begann, die Organe zu entnehmen. Die Eingeweide kamen eines nach dem anderen heraus, wurden untersucht, in weiße Plastikbehälter gelegt, die verdächtig danach aussahen, als hätten sie in einem früheren Leben Himbeereis enthalten, und schließlich Tracy zum Wiegen überreicht. McLean beobachtete mit wachsendem Unwohlsein, wie Cadwallader sich die beiden hellrosa Lungenflügel ansah und mit seinen behandschuhten Fingern darauf herumdrückte, sie beinahe liebkoste.

»Wie alt war Barnaby Smythe?«, fragte Cadwallader, während er etwas Braunes, Glitschiges hochhielt. McLean zog sein Notizbuch heraus, bevor ihm klar wurde, dass darin nichts zu diesem Fall zu finden war.

»Mitte achtzig.«

»Ja, das hab ich mir gedacht.« Der Rechtsmediziner legte die Leber in einen Plastikbehälter und hängte ihn an die Waage. Murmelte leise etwas vor sich hin. McLean kannte dieses Murmeln und spürte, wie sich in seiner Magengrube etwas zusammenzog, was nichts damit zu tun hatte, dass er hungrig war. Er kannte dieses bedrohliche Gefühl nur zu gut, diesen Verdacht, zu viele Komplikationen bei dem zu entdecken, was eigentlich der unstrittigste Teil der Ermittlung sein sollte. Und Duguid würde ihm die Schuld daran geben, selbst wenn es nicht sein Fehler war. Nach dem Motto: Tötet den Boten.

»Aber da gibt's ein Problem.« Es war keine Frage.

»Oh, wahrscheinlich nicht. Ich habe nur zu viel Fantasie, nehme ich an.« Cadwallader tat seine Bedenken mit einem Wedeln seiner blutverschmierten Hand ab. »Einfach ein Jammer. Er muss sein ganzes Leben hart daran gearbeitet haben, so fit und gesund zu bleiben, und dann kommt irgendso ein bösartiger Mistkerl daher und schlitzt ihn auf.«

9

Der Einsatzraum zum Mordfall Smythe brummte vor Aktivität, als McLean auf dem Rückweg vom rechtsmedizinischen Institut an der offenen Tür vorbeikam. Als er einen Blick hineinwarf, konnte er mindestens ein Dutzend Uniformierte sehen, die Informationen in Computer tippten, telefonierten und allgemein beschäftigt waren, aber keine Spur von Duguid. Dankbar für die kleinen Geschenke des Lebens, ging er weiter den Flur entlang. Er blieb nur kurz stehen, um einen Automaten davon zu überzeugen, eine Flasche kaltes Wasser auszuspucken, auf dem Weg zu dem kleinen Kämmerchen, das er als Einsatzraum für seinen eigenen Fall ergattert hatte. Er schraubte die Flasche auf und trank die Hälfte des Inhalts in drei großen Schlucken. Die kalte Flüssigkeit fühlte sich wie ein Schlag in die Magengrube an und schwappte hin und her, als er die Tür aufstieß.

Grumpy Bob saß an einem der Tische, den Kopf in die Hände gestützt, und las Zeitung. Er sah auf, als McLean hereinkam, und zog schuldbewusst eine braune Berichtsakte heraus.

»Was hast du da, Bob?«

»Ähm …« Grumpy Bob sah auf die Akten herunter, dann drehte er sie um 180 Grad, sodass McLean lesen konnte, was darauf stand. Schließlich drehte er den Hefter um, als ihm klar wurde, dass er auf die Rückseite geschaut hatte. »Das ist ein Bericht über den Einbruch ins Haus einer Mrs Doris Squires. Letztes Jahr im Juni. Der Junge und ich haben sie und ihren Sohn heute Morgen besucht. Er war ziemlich überrascht. Hat sich gefragt, ob wir den verschwundenen Schmuck seiner Mutter gefunden haben.«

»Wo ist Constable MacBride?« McLean schaute sich im Raum um, aber es war wirklich nicht genug Platz, um sich irgendwo zu verstecken.

»Ich hab ihn zum Doughnut-Kaufen geschickt. Müsste jede Minute zurück sein.«

»Doughnuts? Bei der Hitze?« McLean zog das Jackett aus und hängte es an die Tür. Er trank den Rest aus der Wasserflasche, wobei ihm etwas schwindelig wurde, als die eiskalte Flüssigkeit durch seine Kehle rann. Seine Gedanken sprangen zu Barnaby Smythe. Ein Messer, das ihm die Hauptschlagader öffnete, Blut, das sich über seinen zerstörten Körper ergoss. Das Wissen, dass er tot war. Er schüttelte den Kopf, um das Bild loszuwerden. Vielleicht wäre ein bisschen was zu essen am Ende doch keine so schlechte Idee.

»Habt ihr irgendwas Nützliches von Mr Squires erfahren?«, fragte er.

»Kommt darauf an, was du mit nützlich meinst. Ich denke, wir können mit Sicherheit sagen, dass die alte Mrs Squires den Code für die Alarmanlage an niemanden ausgeplaudert hat.«

»Also hatten sie eine Alarmanlage?«

»Oh ja. Penstemmin Alarms, mit Fernbedienung. Mit allem Schnickschnack, den man sich nur wünschen kann. Aber Mrs Squires war ziemlich blind und ein bisschen plemplem. Sie wusste den Code nie. Ihr Sohn hat ihn immer eingegeben. Und sie ist zu Hause im Schlaf gestorben. Der Einbruch geschah etwa zwei Wochen später. Am Tag, an dem sie beerdigt wurde. Es gab eine Anzeige und auch einen Nachruf.«

»Also dann kein Mitarbeiter eines Altenheims. Aber immerhin auch eine Penstemmin-Anlage. Ich schätze, wir sollten die mal unter die Lupe nehmen. Finde raus, wer deren Kontaktbeamter im Präsidium ist.«

Grumpy Bobs Beschwerde darüber, dass er immer mehr Arbeit aufgehalst bekäme, wurde durch ein entschiedenes Klopfen an der Tür abgewürgt. Bevor auch nur einer von ihnen irgendetwas tun konnte, ging die Türklinke herunter, und die Tür schwang auf, um einen großen Karton sehen zu lassen, der in der Luft zu schweben schien. Bei genauerem Hinsehen waren unter dem Karton blaue Hosenbeine zu sehen. Kleine Hände umklammerten die Kanten, und eine gedämpfte Frauenstimme drang dahinter hervor.

»Inspector McLean?«

McLean streckte die Arme aus und übernahm den Karton. Dahinter kam eine schwer atmende Constable Alison Kydd zum Vorschein.

»Danke, Sir. Ich weiß nicht, ob ich den noch viel länger hätte halten können.«

»Was ist das denn, Alison?«, fragte Grumpy Bob und stand auf, während McLean den Karton auf die Akte »Doris Squires« auf dem Tisch fallen ließ.

»Die Kriminaltechnik hat das raufgeschickt. Sie hätten alle Untersuchungen gemacht, die sie machen konnten, aber keine Ergebnisse erzielt.«

Der Karton enthielt einen Haufen Beweismittelbeutel, alle fein säuberlich beschriftet: die Gegenstände, die in den verborgenen Nischen gefunden worden waren, zusammen mit dicken Ordnern mit forensischen Berichten und Tatortfotos. Die Organe in ihren Glasbehältern waren noch in der Rechtsmedizin, aber Fotos und Analyseergebnisse bestätigten, dass sie alle von dem Mädchen stammten. McLean nahm die erste Tüte heraus und sah eine schlichte goldene Krawattennadel und ein Stück einer gefalteten Karte. Er blätterte die Fotos durch, bis er eins von den beiden Gegenständen in situ fand, die vor einem zersprungenen Glas gelegen hatten.

»Haben wir auch die anderen Fotos vom Tatort?«, fragte er.

Grumpy Bob schlurfte um den Tisch herum, bückte sich in der Ecke, richtete sich mit knackenden Knien wieder auf und hielt einen Ordner in der Hand, den er McLean gab. Darin waren Dutzende hochglänzender A4-Abzüge enthalten.

»Gut, versuchen wir mal, das alles zu ordnen. Constable ... Alison, könnten Sie uns dabei helfen?«

Kydd sah etwas verlegen aus. »Eigentlich sollte ich jetzt drüben im Smythe-Raum Aktionen erfassen, Sir.«

»Und ich sollte eigentlich die kriminaltechnischen Berichte zusammentragen, aber das hier macht wahrscheinlich mehr Spaß. Machen Sie sich keine Sorgen. Ich werde nicht zulassen, dass Dagwood Sie herunterputzt.«

Sie hatten alle Beutel aus dem Karton geholt und auf dem Fußboden zusammen mit den dazugehörigen Fotos ausgelegt, als DC MacBride mit einer fettigen braunen Tüte voller Doughnuts zurückkam. Sechs Nischen hatten sich in der gerundeten Mauer des verborgenen Raumes befunden, und jede hatte ein konserviertes Organ enthalten, zusammen mit einem Klappkärtchen, auf dem in schwarzer Tinte ein einziges Wort stand, sowie jeweils einem weiteren Gegenstand. Die Krawattennadel war zusammen mit dem Glas gefunden worden, das die schmierigen Überreste der Nieren des Mädchens enthalten hatte, und war mit dem Wort »Jugs« versehen worden.

McLean legte die Beweismittelbeutel über das Foto der Nische und durchsuchte den Karton, bis er den nächsten Gegenstand gefunden hatte: ein Foto der perfekt erhaltenen Leber, eine kleine silberne Tablettendose mit Überresten von Aspirin und dem Wort »Wombat«. Als Nächstes kam das gesprungene Einmachglas, in dem die Lunge gewesen war, ein juwelenbesetzter Manschettenknopf und das Wort »Toots«. Weiter ging es mit der gut konservierten Milz, einer japanischen Netsuke-Schachtel, die noch ein paar Fasern trockenen Schnupftabak enthielt, und dazu das Wort »Professor«. Ein weiteres unbeschädigtes Glas enthielt die Eierstöcke des Mädchens und die Gebärmutter. Sie waren zusammen mit einer einfachen Brille mit Drahtgestell und dem Wort »Grebo« gefunden worden. Und schließlich, in einer Nische am Kopf des Mädchens, ihr Herz mit dem Wort »Skipper« und einer schmalen silbernen Zigarettenschachtel.

Ein unbehagliches Schweigen erfüllte den Raum, als das letzte Stück des Puzzles ausgelegt war. Von den sechs Probengläsern waren zwei rätselhafterweise beschädigt. Waren sie so eingemauert worden? War das Absicht oder einfach Zufall?

McLean stand auf, seine Knie protestierten knackend. »Okay. Wer möchte anfangen?«

Eine lange Pause entstand, so als habe ein Lehrer einer Schulklasse eine Fangfrage gestellt.

»Könnten das Spitznamen sein?« Es war die zögerliche Stimme der jungen Constable Kydd, die den Bann brach.

»Fahren Sie fort«, sagte McLean.

»Na ja, es gibt sechs. Sechs persönliche Gegenstände. Sechs Organe des Opfers. Sechs Leute?«

McLean schauderte. Es war schlüssig, dass mehr als eine Person an dem Mord beteiligt gewesen war. Andernfalls wäre es zu schwierig gewesen, ihn zu verbergen. Aber gleich sechs?

»Ich glaube, Sie denken in die richtige Richtung. Es muss irgendeinen perversen Grund hierfür geben, Gott weiß was für einen. Aber wenn sechs Leute daran beteiligt waren und jeder auf irgendeine Weise mit dem Ritual zu tun hatte, dann hat jeder einen persönlichen Gegenstand von sich zurückgelassen und einen Teil des Mädchens …«

»Das ist … ekelhaft. Warum sollte irgendwer so was machen?«, fragte Grumpy Bob.

»Die Fore aus Papua-Neuguinea haben ihre Toten gegessen.« Alle Augen wandten sich DC MacBride zu, dessen Wangen angesichts der plötzlichen Aufmerksamkeit rot anliefen.

»Was hat das mit irgendwas zu tun, Junge?«

»Na ja, ich weiß nicht. Die glaubten, wenn man jemanden aufaß, ginge dessen Stärke und Macht auf einen selbst über. Es gab große Trauerfeiern, und jeder hat ein Stück von dem Körper bekommen. Der Häuptling und alle wichtigen Männer bekamen die besten Stücke, Frauen und Kindern wurden die Innereien und das Gehirn überlassen.«

»Woher wissen Sie denn so was, Stuart?«, fragte McLean.

»Nun, irgendwann starben immer mehr von ihnen an einer rätselhaften Krankheit. Kuru nennt man die, glaube ich. Sie löschte das Volk fast vollständig aus. Wissenschaftler vermuten, dass einer ihrer Vorfahren eine Form von Rinderwahnsinn bekommen hatte. Creutzfeldt-Jakob, Sie wissen schon. Und als sie ihn aufgegessen haben, wurde die Krankheit auf die nächste Generation übertragen.«

»Ein steter Quell nutzloser Information. Was soll das denn mit unserem armen ermordeten Mädchen zu tun haben? Von dem hat doch niemand gegessen, oder?«, brummte Grumpy Bob.

»Na ja, aber wenn jeder von ihnen ein Stück von ihr genommen hat, war die Idee dahinter vielleicht … Ich weiß nicht … Ein Stück ihrer Jugend für sich selbst zu gewinnen oder so was.«

»Hört sich ein bisschen weit hergeholt an«, meinte Grumpy Bob.

»Sei nicht so hart mit ihm, Bob. Im Moment haben wir nicht die geringste Ahnung, warum dieses Mädchen ermordet wurde. Ich bin für alle Vorschläge offen, ganz egal wie abseitig sie erscheinen mögen. Aber ich denke, wir sollten unsere Bemühungen zuerst auf die tatsächlich vorliegenden Beweismittel konzentrieren.« McLean zog den letzten Beutel aus dem Karton. Er enthielt das Kleid mit dem Blümchendruck, ordentlich zusammengefaltet, als sollte es in ein Regal bei Marks & Spencer gelegt werden.

»Vielleicht können wir ja den Zeitpunkt ihres Todes etwas eingrenzen.«

Detective Chief Inspector Charles Duguid stand in der Mitte des Einsatzraums zum Smythe-Fall und leitete die Operationen wie ein Dirigent, der mit einem besonders unfähigen Orchester geschlagen war. Widerstrebend und vorsichtig sprachen ihn Officer an, um Bestätigung, meist jedoch Spott für ihre Handlungen zu bekommen. McLean beobachtete das Ganze von der Tür aus und fragte sich, ob nicht alles reibungsloser laufen würde, wenn Duguid einfach nicht da wäre.

»Nein, verschwenden Sie Ihre Zeit nicht darauf. Ich brauche verlässliche Spuren, keine müßigen Spekulationen.« Der Chief Inspector sah auf und erblickte McLean. »Ah, Inspector.« Er schaffte es, das Wort wie eine Beleidigung klingen zu lassen. »Wie schön, dass Sie uns mit Ihrem Besuch beehren. Und Constable Kydd, Sie sollten sich beim nächsten Mal mit Ihrem Vorgesetzten absprechen, bevor Sie losziehen, um bei einem anderen Fall auszuhelfen.«

McLean machte gerade den Mund auf, um die Constable zu verteidigen, aber sie senkte schon entschuldigend den Kopf und huschte schnell davon, um sich zu den anderen Uniformierten zu gesellen, die an den Computern arbeiteten. Er erinnerte sich nur zu gut an Duguids Geschick in Personalführung. Ganz oben auf der Liste standen bei ihm Schikane und Anschreien. Jeder Officer, der auch nur über etwas Selbsterhaltungstrieb verfügte, lernte ganz schnell, das hinzunehmen und niemals Widerworte zu geben.

»Und? Wie lief die Autopsie?«

»Der Tod trat sehr wahrscheinlich durch Blutverlust infolge des Schnitts durch die Kehle ein. Dr. Cadwallader war sich nicht sicher, aber er denkt, dass Smythe anästhesiert wurde, bevor er aufgeschnitten wurde. Es gibt keine Hinweise auf einen Kampf und nichts, was darauf hindeuten würde, dass er gefesselt wurde. Da er noch nicht tot war, als seine Milz entnommen wurde, muss er in irgendeiner Form sediert worden sein.«

»Was bedeutet, der Mörder muss über ein gewisses medizinisches Wissen verfügt haben«, sagte Duguid. »Wissen wir, was er genommen hat?«

»Die Blutbilder müssten bis heute Abend vorliegen, Sir. Bis dahin kann ich nicht viel tun.«

»Dann machen Sie denen mal ein bisschen Dampf, Mann. Wir können es uns nicht erlauben, hier auch nur einen Augenblick Zeit zu verschwenden. Ich habe den ganzen Tag schon den Chief Constable am Telefon, der mich nach dem neuesten Stand fragt. Die Presse fängt heute Abend an, über diesen Todesfall zu berichten, und wir müssen denen voraus sein.«

Also war es wichtig, dass dieser Fall schnell gelöst wurde, um dem Chief Constable eine Blamage zu ersparen. Und nicht etwa, weil vielleicht irgendwo da draußen ein Irrer herumlief, der den Leuten die Eingeweide herausschnitt und in den Mund stopfte. Interessante Prioritäten.

»Ich fange sofort damit an, Sir«, sagte McLean und wandte sich zum Gehen.

»Was haben Sie denn da? Irgendwas Wichtiges?« Duguid zeigte auf die Tasche in McLeans Hand, seine Stimme klang verzweifelt. McLean fragte sich, ob die Vernehmungen des Tages wirklich so wenig ergeben haben konnten. Aber vielleicht wusste der Chief Inspector auch einfach nicht, wo er anfangen sollte.

»Der Sighthill-Fall. Das ist das Kleid, das das junge Mädchen anhatte, als es ermordet wurde.« Er hielt die Plastiktüte hoch, aber Duguid nahm sie nicht. »Ich will es jemandem zeigen, der vielleicht wissen könnte, wann es hergestellt wurde. Um zu versuchen, den Todeszeitpunkt etwas enger einzugrenzen.«

Einen Augenblick lang dachte McLean, Duguid würde ihn

anschreien, wie er es immer getan hatte, als er noch Sergeant gewesen war. Das Gesicht des Chief Inspectors lief rot an, und an seiner Schläfe begann eine Ader anzuschwellen. Mit sichtlicher Mühe riss er sich zusammen.

»Gut. Nun denn. Natürlich. Aber vergessen Sie nicht, wie wichtig dieser Fall hier ist.« Er machte eine ausholende Handbewegung. »Ihr Mörder ist wahrscheinlich längst tot. Wir müssen den finden, der noch am Leben ist.«

Er konnte sich nicht mehr erinnern, wann das Geschäft aufgemacht hatte. Irgendwann Mitte der Neunziger wahrscheinlich. Es war verwirrend, denn es sah aus wie einer der Läden, die schon immer da gewesen waren. Die Clerk Street war voll damit, eingestellt auf die mittellosen Studenten, die mehr als die Hälfte der Einwohner des Viertels bildeten. Er war auf Secondhandkleidung spezialisiert, vor allem Abendkleider und Anzüge aus einer Zeit, in der Qualität noch etwas zählte. McLean war ein paar Mal hier gewesen auf der Suche nach etwas, was sich von den dunklen Business-Anzügen von der Stange unterschied, die seine Arbeitskleidung darstellten, seit er die Prüfungen zum Detective bestanden hatte. Aber er hatte nie etwas gefunden. Es war alles zu ausgefallen im Stil. Am Ende war er zu einem Schneider gegangen und hatte sich ein paar Maßanzüge machen lassen. Einer davon hing immer noch ungetragen in seinem Kleiderschrank, der andere war in den Müll gewandert, nachdem sogar die teuersten Reinigungen an den Hinterlassenschaften eines extrem blutigen Tatorts gescheitert waren. Nun trug er wieder günstige Anzüge von den üblichen Bekleidungsketten und fand sich mit der schlechten Passform ab.

Die Frau an der Kasse war gekleidet wie ein Flapper-Girl aus den Zwanzigerjahren, mit einer langen Federboa, die in der spätsommerlichen Hitze bullig warm sein musste. Sie beäugte ihn misstrauisch, während er zum Verkaufstresen ging. Es kauften wohl nicht viele Leute seines Alters hier ein. Und erst recht keine Männer.

»Kennen Sie sich mit diesen Kleidern aus?« Er zeigte in Richtung der Kleiderstangen, die nach Dekaden geordnet waren. »Mit den Stilen, wann die modern waren?«

»Was woll'n Sie denn wissen?« Der Akzent verdarb die Wirkung ihres Outfits. Aus der Nähe revidierte er seine Einschätzung von Frau zu Mädchen. Sie konnte nicht viel älter als sechzehn sein, aber das Outfit ließ sie älter aussehen.

»Womöglich, wann das hier hergestellt wurde. Oder wenigstens, wann es getragen wurde.« McLean legte den Beweismittelbeutel auf den Tresen. Die Verkäuferin nahm ihn auf und drehte ihn um.

»Woll'n Sie das verkaufen? Wir nehmen so Zeug nicht.«

McLean zückte seinen Dienstausweis. »Ich führe eine Ermittlung. Dieses Kleid wurde an einem Tatort gefunden.«

Die Verkäuferin ließ den Beutel fallen, als sei er eine lebende Schlange. »Ich hol Mum. Die weiß mehr über so Zeug als ich.« Sie rauschte in den hinteren Teil des Ladens und verschwand hinter den Kleiderständern.

Kurz darauf kam eine andere Frau heraus. Sie war älter, wenn auch nicht so alt wie die Kleider, die sie trug, die wohl eher ins letzte Jahrhundert gepasst hätten. Und etwas an ihr kam ihm sehr bekannt vor.

»Sie sind Jenny. Jenny Spiers, oder? Ich hätte Sie beinahe nicht erkannt in diesen Kleidern.«

»Schon in Ordnung. Wir ziehen uns gern so an, wie man sich in unserem Lieblingsjahrzehnt gekleidet hat. Sie sollten Rae mal sehen, wenn sie eins ihrer Hippie-Outfits trägt. Wie geht's denn übrigens Ihrer Gran?«

McLean schaute sich im Laden um, sah die Kleider aus den verschiedenen Jahrzehnten. Er konnte sich nicht vorstellen, dass viel von dem Zeug, das heutzutage aus den Sklaventreiberbetrieben in Indien oder Bangladesch kam, in ein paar Jahrzehnten ihren Platz einnehmen würde.

»Ich wusste nicht, dass Sie hier arbeiten.« Es hörte sich sogar für ihn selbst ein bisschen peinlich an. Er war der Frage wie ein Politiker ausgewichen.

»Der Laden gehört mir sogar. Seit zehn Jahren jetzt schon. Na ja, genau genommen gehört er der Bank, aber ...« Jenny verstummte, etwas beschämt. »Aber Sie sind wohl nicht zum Plaudern hergekommen, Inspector, oder?«

»Tony geht wirklich in Ordnung. Und ja, ich dachte, Sie könnten mir vielleicht etwas über dieses Kleid hier sagen.« Er hob wieder den Plastikbeutel hoch.

»Kann ich den Beutel aufmachen?«, fragte Jenny.

McLean nickte und beobachtete, wie sie das Kleidungsstück geschickt aus dem Beutel holte, es auf dem breiten Tresen ausbreitete und genau inspizierte. Ihre Finger zögerten und zitterten ein wenig, als sie die verblassten Blutflecken erblickte.

»Es ist handgenäht«, sagte sie schließlich. »Von jemandem, der sehr geschickt mit Nadel und Faden umzugehen wusste. Die Spitze ist wahrscheinlich zugekauft, aber das ist schwer zu sagen. Vom Schnitt her sehr ähnlich zu etwas, das ich schon mal gesehen habe. Warten Sie mal.« Sie tauchte in die Tiefen des Ladens ein, schob sich durch den schmalen Durchlass zwischen zwei Kleiderreihen, die in Plastikhüllen an langen Ständern hingen. Mit geschickten, routinierten Handgriffen blätterte sie durch die Kleider, bevor sie auf einem innehielt, das sie mit triumphierender Miene zum Verkaufstresen zurückbrachte.

»Dies ist ein Cocktailkleid aus den späten Dreißigerjahren. Etwas, wie es reiche Society-Girls kurz vor dem Krieg getragen haben. Das Kleid, das Sie da haben, ist diesem hier sehr ähnlich, fast, als sei es nachgeschneidert. Aber der Stoff ist billiger, und wie ich schon sagte, es ist handgenäht. Es gibt auch kein Herstellerschildchen, weshalb ich vermute, dass es von jemandem genäht wurde, der sich das Original nicht leisten konnte.«

»Also, wann mag es genäht worden sein? Wie lange könnte es getragen worden sein?«

»Na ja, in diesem Stil kann es eigentlich nicht lange vor 1935 genäht worden sein. Davor waren die Säume tiefer, und der Halsausschnitt würde auch nicht passen. Es ist recht abgetragen, und hinten sind ein paar Stellen ziemlich geschickt geflickt worden, außerdem ist der Stoff an einigen Stellen fadenscheinig. Ich würde sagen, es könnte zehn Jahre alt sein. Während der Kriegsjahre musste man sich irgendwie behelfen und die Sachen flicken.«

Also Mitte der Vierziger, Ende des Zweiten Weltkrieges. McLean fragte sich, welche Chance bestand, dass der Mörder noch am Leben war.

10

Er war schon halb durch die Eingangshalle des Reviers hindurch, als ihn der Sergeant vom Dienst abfing.

»Kennen Sie einen Typen namens Jonas Carstairs?«

McLean dachte angestrengt nach. Der Name kam ihm bekannt vor.

»Also, der hat den ganzen Tag versucht, Sie zu erreichen, und eine Nachricht hinterlassen.«

»Hat er gesagt, was er will?«

»Irgendetwas wegen Ihrer Großmutter. Wie alt ist denn das alte Mädchen inzwischen? Irgendwelche Verbesserungen?«

Er spürte, wie er blass wurde. Nicht dass er es vergessen hatte, das nicht. Eher dass ihre Krankheit so lange in einer Ecke seines Verstandes verstaut gewesen war, dass er noch keine Zeit gehabt hatte, sich ihres Todes wirklich bewusst zu werden. Er hatte es geschafft, der Frage bei Jenny Spiers aus dem Weg zu gehen – aber auf einer Polizeiinspektion gab es keine Geheimnisse, jedenfalls nie lange. Und natürlich war es der schnellste Weg, damit es alle erfuhren, es dem wachhabenden Sergeant zu sagen. Und wenn er es als Geheimnis bezeichnete, würde es noch schneller die Runde machen.

»Sie ist letzte Nacht gestorben.«

»Mein Gott, Tony. Was machen Sie dann hier auf der Arbeit?«

»Ich weiß nicht. Schätzungsweise gibt's nicht viel anderes, was ich tun könnte. Es ist ja nicht so, als wäre es besonders plötzlich gekommen.« Auch wenn es das auf gewisse Art und Weise doch war. Er hatte sich so daran gewöhnt, dass sie da lag, im Koma, im Krankenhaus. Er hatte immer gewusst, dass sie früher oder später sterben würde. Es hatte sogar Zeiten gegeben, zu denen er gehofft hatte, dass es früher geschähe. Aber er hatte doch damit gerechnet, dass es irgendwelche Anzeichen dafür geben würde. Er hatte gedacht, er würde Zeit bekommen, um sich darauf vorzubereiten.

»Hat er eine Nummer dagelassen, dieser Carstairs?«

»Ja, und er hat darum gebeten, so bald wie möglich zurückgerufen zu werden. Wissen Sie, es würde nicht schaden, wenn Sie von Zeit zu Zeit Ihr Handy einschalten würden.«

McLean griff in seine Tasche und zog das Telefon heraus. Es war immer noch tot.

»Tu ich ja, aber die Akkus entladen sich ständig.«

»Wie wär's dann mit einem Funkgerät? Ich weiß nicht, warum ihr Detectives immer meint, ihr bräuchtet die nicht zu benutzen.«

»Irgendwo habe ich eins, Pete, aber damit ist es sogar noch schlimmer. Bei mir bleibt nichts aufgeladen, was nicht mit einer Steckdose verbunden ist. Führt irgendwie die Vorstellung von mobiler Kommunikation ad absurdum.«

»Na gut. Besorgen Sie sich einfach was, was funktioniert, ja?« Der Sergeant gab McLean einen Notizzettel, auf den ein Name und eine Nummer gekritzelt waren, drückte den Summer und ließ ihn ins Revier ein.

McLean hatte ein Büro für sich allein – einer der Vorteile, die man als Inspector hatte. Es war ein ärmliches Loch mit einem kleinen Fenster, das, durch die benachbarten Mietshäuser abgeschattet, kaum Licht hereinließ. Schränke voller Akten zu den Fällen seines Vorgängers nahmen den überwiegenden Teil des Raumes ein, aber irgendein Geometriegenie hatte es geschafft, noch einen Schreibtisch hineinzuquetschen. Darauf lag ein Stapel Ordner, am obersten ein gelbes Haftzettelchen, auf das »Eilt!« gekritzelt war, dreimal unterstrichen. Er ignorierte den Stapel und zwängte sich um die Tischkante herum, um sich hinzusetzen. Er nahm den Telefonhörer ab, wählte die Nummer und sah dabei auf die Uhr. Es wurde allmählich zu spät, um noch in einem Büro anzurufen, aber er hatte keine Ahnung, ob das überhaupt eine Büronummer war.

»Carstairs Weddell, was kann ich für Sie tun?«

Die rasche Antwort und der höfliche Tonfall brachten McLean aus dem Tritt. Er erkannte den Namen der Anwalts- und Notarskanzlei, die sich seit dem Schlagfall um die Angelegenheiten seiner Großmutter gekümmert hatte. Er kam sich ein bisschen blöd vor, dass er ihn nicht gleich erkannt hatte.

»Oh. Ähm. Hallo. Könnte ich mit Mr Jonas Carstairs sprechen, bitte?« Bisher hatte er immer nur mit einem Angestellten zu tun gehabt, einem Perkins oder Peterson oder so. Es kam ihm seltsam vor, dass auf einmal der Chef der Kanzlei ihn persönlich sprechen wollte.

»Darf ich fragen, mit wem ich spreche?«

»McLean. Anthony McLean.«

»Einen Augenblick, Inspector, ich stelle Sie direkt durch.« Wieder einmal war er davon überrascht worden, dass jemand mehr über ihn wusste als er über ihn. Ihm blieb jedoch keine Zeit, mehr als überrascht zu sein. Die kurze Wartemelodie wurde durch ein Klicken abgebrochen.

»Detective Inspector McLean, Jonas Carstairs hier. Es tut mir leid, vom Tod Ihrer Großmutter zu hören. Esther war eine großartige Frau.«

»Sie kannten Sie also, Mr Carstairs?«

»Jonas, bitte. Und ja, ich habe sie schon lange gekannt. Wesentlich länger, als ich sie als Anwalt vertreten habe. Das ist es auch, worüber ich mit Ihnen sprechen wollte. Sie hat mich als ihren Testamentsvollstrecker benannt. Ich wäre Ihnen dankbar, wenn Sie bei Gelegenheit vorbeikommen könnten, um ein paar Dinge zu regeln.«

»Okay. Würde es Ihnen morgen passen? Nur weil es allmählich spät wird und ich letzte Nacht nicht wirklich geschlafen habe.« McLean rieb sich die Augen mit dem Ballen seiner freien Hand und merkte, wie erschöpft er war, kaum dass er den Gedanken ausgesprochen hatte.

»Natürlich, das verstehe ich. Und machen Sie sich keine Sorgen wegen der Beerdigung. Ich habe alles im Griff. Morgen wird eine Anzeige im *Scotsman* erscheinen, wahrscheinlich werden sie auch einen Nachruf bringen. Und Esther wollte keine kirchliche Zeremonie, daher wird es nur eine schlichte Trauerfeier in Mortonhall geben. Ich informiere Sie, sobald wir einen Termin bekommen. Soll ich eine Totenwache organisieren? Ich weiß, wie beschäftigt die Gesetzeshüter manchmal sind.«

McLean nahm nur die Hälfte des Gesagten auf. Er hatte schon über all die Kleinigkeiten nachgedacht, die erledigt werden mussten, nun, da seine Großmutter tatsächlich gestorben war, aber es ging ihm noch so viel anderes durch den Kopf, dass er sich leicht davon ablenken ließ. Das Cocktailkleid mit dem Blumendruckmuster, sicher verwahrt in seinem Beweismittelbeutel, lag vor ihm auf dem Tisch, und einen Augenblick lang konnte er sich nicht mehr erinnern, weswegen. Er brauchte etwas zu essen, und dann brauchte er Schlaf.

»Ja, bitte«, sagte er schließlich. Er dankte dem Anwalt, vereinbarte für den kommenden Tag um zehn Uhr einen Termin und legte auf. Die Abendsonne tauchte die Mietshäuser draußen in ein warmes Ocker, aber nur wenig von dem Licht drang bis in sein winziges Büro. Es war zu stickig. Und als er sich in seinem Schreibtischstuhl nach hinten lehnte, um sich zu recken, und den Kopf an die kühle Wand hinter sich lehnte, schloss er nur für einen Moment die Augen.

Sie ist splitternackt, ein mageres Ding mit knochigen Armen und Beinen. Ihr Haar hängt strähnig von dem skelettierten Schädel, die Augen sind tief in die Höhlen eingesunken. Während sie auf ihn zugeht, streckt sie die Hände nach vorne aus, fleht ihn an, ihr zu helfen. Dann gerät sie ins Stolpern, eine Wunde öffnet sich in ihrem Bauch, reißt von der Scham bis zum Brustbein auf. Sie bleibt stehen, versucht, ihre Eingeweide zusammenzuhalten, als die herausquellen. Sie hält sie mit einem Arm zusammen, während sie immer noch den anderen nach ihm ausstreckt. Sie schlurft weiter, langsamer jetzt, ihre dunklen Augen blicken flehentlich.

Er möchte wegsehen, aber er ist gefangen, kann sich nicht rühren. Er kann nicht einmal die Augen schließen. Muss zusehen, wie sie auf die Knie fällt, ihre Eingeweide sich auf den Boden ergießen, und wie sie immer noch versucht, auf ihn zuzukriechen.

»Inspector.«

Ihre Stimme ist Schmerz. Und als er sie hört, beginnt ihr Gesicht sich zu verändern. Ihre Haut trocknet ein, spannt sich noch schärfer über die Wangenknochen. Die Augen ziehen sich weiter in den Schädel zurück, und ihre Lippen verziehen sich zu einer Grimasse, der Parodie eines Lächelns.

»Inspector!«

Jetzt ist sie direkt neben ihm. Ihre freie Hand greift nach seiner Schulter, berührt ihn, schüttelt ihn. Mit der anderen Hand versucht sie weiter krampfhaft, ihre Eingeweide im Körper zu halten. Sie sieht aus wie eine einsame Hausfrau, die dem Postboten im Morgenrock aufmacht. Einzelne Organe fallen heraus: die Nieren, die Leber, die Milz.

»Tony, wachen Sie auf!«

McLean riss die Augen auf und fiel beinahe vom Stuhl, während sich seine Wahrnehmung aus dem Traum löste und die Wirklichkeit zurückkehrte. Chief Superintendent McIntyre stand neben seinem Schreibtisch und sah mit einer Mischung aus Irritation und Besorgnis im Blick auf ihn herab.

»Schlafen Sie jetzt schon am Schreibtisch? Nicht gerade das Verhalten, das ich von Ihnen erwartet hatte, als ich Sie zur Beförderung vorgeschlagen habe.«

»Es tut mir leid, Ma'am.« McLean schüttelte leicht den Kopf und versuchte, das verstörende Bild des ausgeweideten Mädchens loszuwerden. »Es ist diese Hitze. Ich habe nur ganz kurz die Augen zugemacht. Ich …« Er brach ab, als er merkte, dass McIntyre versuchte, ein Grinsen zu unterdrücken.

»Das war ein Scherz, Tony. Sie sehen ziemlich fertig aus. Sie sollten nach Hause gehen und sich ein bisschen ausruhen.« Sie setzte sich auf die Schreibtischkante. Es gab zwar noch Platz für einen zweiten Stuhl im Büro, aber der war hoch mit Aktenordnern vollgestapelt. »Sergeant Murray hat mir das von Ihrer Granma erzählt. Es tut mir sehr leid.«

»In Wirklichkeit ist sie schon vor langer Zeit gestorben.« McLean fühlte sich etwas unwohl, während seine Vorgesetzte so über ihm aufragte. Er wusste, er sollte eigentlich aufstehen, aber wenn er es jetzt getan hätte, hätte das die Situation nur noch peinlicher gemacht.

»Mag sein, aber Sie müssen jetzt damit zurechtkommen, Tony. Und ich weiß, dass sie Ihnen fehlt.«

»Sie wissen, dass meine Eltern gestorben sind, als ich vier war, oder? Gran hat mich großgezogen, wie sie meinen Vater großgezogen hat. Es muss hart für sie gewesen sein, mich als ständige Erinnerung an ihn um sich zu haben.«

»Und was war mit Ihnen? Ich kann mir gar nicht vorstellen, wie es gewesen sein muss, beide Eltern so früh zu verlieren.«

McLean beugte sich vor, stützte die Ellbogen auf den Tisch und rieb sich die Augen. Das waren alte Wunden, längst verheilt. Er hatte wirklich keine Lust, jetzt an den Narben herumzuzupfen. Doch der Tod seiner Großmutter würde genau das tun. Vielleicht ein Grund mehr, warum er sich so schwer an den Gedanken gewöhnen konnte, dass sie tatsächlich fort war.

Er griff nach dem Beweismittelbeutel und dem Blümchenkleid, nur um seine Hände irgendwie zu beschäftigen.

»Wir haben es geschafft, den Todeszeitpunkt auf Mitte der 1940er-Jahre einzugrenzen.«

»Wie bitte?« McIntyre starrte ihn verständnislos an.

»Das tote Mädchen aus dem Haus in Sighthill. Ihr Kleid war etwa zehn Jahre alt und kann nicht vor 1935 genäht worden sein. Die Radiokarbondatierung legt ihren Tod auf vor 1950 fest. Schätzungsweise ist sie irgendwann gegen Ende des Zweiten Weltkriegs gestorben.«

»Also ist es wahrscheinlich, dass ihr Mörder schon tot ist.«

»Ihre Mörder. Plural. Wir nehmen an, dass sie zu sechst waren.« McLean fasste den Stand der Ermittlungen zusammen. McIntyre saß auf der Kante seines Schreibtischs und hörte schweigend zu, während er seine Gedankengänge schilderte. Er hatte nicht sonderlich viel vorzuweisen.

»Was ist mit Smythe?«

Die Frage verwirrte ihn. »Denken Sie, es gibt da eine Verbindung?«

»Nein, nein. Sorry. Ich meinte, was ist mit der Smythe-Sache? Wie kommen wir da voran?«

»Die Obduktion bestätigt, dass er ermordet wurde, und ergibt Blutverlust als wahrscheinliche Todesursache. Ich warte noch auf den toxikologischen Bericht – wer immer das getan hat, muss ein hochwirksames Anästhetikum benutzt haben. Das allein sollte unsere Verdächtigenliste eingrenzen. Duguid wollte sich auf die Vernehmungen konzentrieren. Ich hatte noch keine Gelegenheit, wieder mit ihm zu sprechen.«

»Okay. Wir können morgen früh in der Besprechung alles zusammentragen. Aber ich möchte, dass Sie sich so stark wie möglich auf den Smythe-Fall konzentrieren. Die Spur Ihrer jungen Frau kann nicht mehr kälter werden. Nicht nach sechzig Jahren.«

Sie hatte natürlich recht. Es war wesentlich wichtiger, einen Mörder zu schnappen, der vor gerade mal vierundzwanzig Stunden zugeschlagen hatte. Warum verspürte er dann den Drang, sich auf den Mord an dem Mädchen zu konzentrieren? War es einfach nur, weil er nicht gern mit Dagwood zusammenarbeitete? McLean unterdrückte ein Gähnen, versuchte, nicht auf den Stapel Papiere auf seinem Tisch zu sehen, die dringend, drei Mal unterstrichen, seine Aufmerksamkeit erforderten. Sie sahen verdächtig nach Überstundenzetteln und Spesenabrechnungen aus, die er innerhalb seines Quartalsbudgets bewilligen sollte. Er wollte nach dem obersten greifen, aber McIntyre hielt ihn auf. Ihre Hand war weich, ihr Griff fest.

»Gehen Sie nach Hause, Tony. Gehen Sie früh zu Bett. Holen Sie Schlaf nach. Morgen früh werden Sie frischer sein.«

»Ist das ein Befehl, Ma'am?«

»Ja, Inspector. Ist es.«

11

Seine Gedanken wirbeln durcheinander. Er kennt diese Stadt nicht, versteht die raue Sprache nicht, die sie hier sprechen. Er fühlt sich krank bis tief ins Innerste. Er keucht, und jeder Atemzug schmerzt in der Kehle, sein Brustkorb brennt. Einst war er stark, das weiß er noch, auch wenn er sich nicht an seinen Namen erinnern kann. Einst konnte er ein Dutzend Garben Korn auf einmal tragen, an einem Nachmittag unter der heißen Sonne ein ganzes Feld abräumen. Jetzt ist sein Rücken gebeugt, seine Beine sind schwach und können ihn kaum tragen. Seit wann ist er so alt wie sein Vater? Was ist mit seinem Leben geschehen?

Aus einem nahegelegenen Gebäude tönt Lärm. Seine hohen Glasfenster sind mit Eis überzogen, aber dahinter kann er die bewegten bunten Silhouetten der Menschen sehen. Die Haupttür schwingt weit auf, und eine junge Frau taumelt heraus, dicht gefolgt von zwei weiteren. Sie lachen, reden durcheinander in Worten, die er nicht erkennt. Betrunken und glücklich, scheinen sie nicht zu bemerken, dass er sie von der anderen Straßenseite aus beobachtet. Ihre hohen Absätze klackern auf dem Bürgersteig, als sie davontorkeln, ihre kurzen Röcke sich die Beine hinaufschieben, bauchfreie Tops schlaffes weißes Fleisch enthüllen.

Er erhascht Erinnerungsfetzen. Jemand, der Schreckliches tut. Mehr bleiches Fleisch, zerteilt mit einem scharfen Messer. Blut, das zwischen den Rändern des Schnitts heraussprudelt. Wut über altes Unrecht. Etwas Dunkles und Feuchtes und Glitschiges darunter. Dies sind nicht seine Erinnerungen. Oder vielleicht doch. Er weiß nicht mehr, was wirklich ist.

Die Luft ist warm, ein schweres, feuchtes Tuch unter dem

dunklen Nachthimmel. Das orangefarbene Licht der Straßenlampen wird von der dumpfen Wolkendecke zurückgeworfen und taucht alles in ein höllenartiges Licht. Er ist schweißnass, und sein Kopf pocht im Rhythmus seines Herzens. Seine Kehle fühlt sich auf einmal trocken an, und er weiß jetzt, was das für ein Gebäude auf der anderen Straßenseite ist.

Der Lärm sticht auf ihn ein, als er die schwere Tür aufdrückt. Es umhüllt ihn ein Geruch aus ungewaschenen Körpern, Deodorant, Parfüm, Bier, Essen. Da sind Hunderte von Menschen, die herumstehen, herumsitzen, sich anschreien, um sich über die unmelodische Musik hinweg zu verständigen, die alles erfüllt. Niemand scheint ihn zu bemerken, als er in die Menge tritt.

Er sieht auf seine Hände, die ihm so vertraut sind. Dies sind Hände, die Mauern errichtet, Frauen liebkost, ein winziges Baby gehalten haben, dessen Name ihm genauso entfallen ist wie sein eigener. Dies sind Hände, die mit getrocknetem Blut verkrustet sind, das sich in die kleinen Fältchen und unter die kurzen Fingernägel gesetzt hat. Dies sind die Hände, die das Messer geführt haben. Die einen anderen Menschen so umfassend verletzt haben. Die Hände, die Rache für all das Unrecht geübt haben, das ihm und den Seinen angetan wurde.

Er sieht das Schild, versteht ein klein wenig an diesem fremden Ort. Ist es die Übelkeit, die ihn geschwächt hat, oder sind es die schrecklichen Bilder, die seinen Geist überfluten, was ihn dorthin treibt? Egal warum, er ist im Toilettenabteil, über die Schüssel gebeugt, erbricht. Oder versucht zumindest, sich zu erbrechen. Nichts als trockenes Würgen, sein Magen ist leer.

Er reißt Papier ab, wischt sich über Gesicht und Hände, spült. Als er sich aufrichtet, scheint die Welt sich bedrohlich zur Seite zu neigen. Er bekommt keine Luft, weiß nichts. Die anderen Menschen im Toilettenraum lachen über ihn. Sie umkreisen ihn wie Schulhofschläger. Er kann sich nicht konzentrieren, kann sich nur an das schreckliche Gefühl des Messers in seiner Hand erinnern, an die Kraft, die ihn durchflutete, als er es eingesetzt hat, die gerechte Wut. Er spürt es jetzt wieder, schwer in seiner Hand.

Jetzt lachen sie nicht mehr. Schweigen hat sich herabgesenkt. Sogar das dröhnende Stampfen der Musik draußen ist verstummt. Er sieht sich um, bemerkt zum ersten Mal den hohen Spiegel vor sich. Es fällt ihm schwer, irgendetwas anderes zu sehen als die Bilder von Gemetzel, die ihm vor Augen stehen. Aber jetzt kann er einen Mann sehen, den er nicht wiedererkennt, verhärmt und hager, in schmutzige Kleider gehüllt, das Haar verfilzt und grau. Er beobachtet, fasziniert, entsetzt, wie der Mann eine Hand hebt. Die Faust ist um ein kurzes Teppichmesser geschlossen, die Klinge zeigt nach innen auf seine bloßliegende Kehle. Er hat das schon einmal getan, denkt er, während er die willkommene Berührung kalten Stahls auf seiner Haut wahrnimmt.

Blut spritzt auf den Spiegel.

12

Das Revier war in Aufruhr, als McLean am nächsten Morgen zur Arbeit kam. Nach einem Curry zum Mitnehmen war er früh zu Bett gegangen. Jetzt fühlte er sich sehr viel besser als der hirntote Zombie, der er die vorigen Tage gewesen war. Er war eine halbe Stunde zu früh für die Morgenkonferenz im Smythe-Fall und hatte gehofft, die Zeit nutzen zu können, um seinen überfälligen Papierkram anzugehen. Als er auf dem Weg zur Treppe am Einsatzraum vorbeikam, konnte er Dagwoods unverwechselbare Stimme durch die offenstehende Tür rumpeln hören.

»Wunderbar! Erst kann man die Kerle nicht draußen halten, und wenn sie dann reinkommen, sind es alles Irre ...«

Er lugte durch den Türrahmen, in der Hoffnung, sich schnell einen Überblick verschaffen und dann unbemerkt vorbeigehen zu können. Der Chief Inspector nutzte jedoch denselben Augenblick, um sein Gespräch mit ein paar uniformierten Sergeants zu unterbrechen und sich umzusehen.

»Ah, McLean. Gut. Schön, dass Sie schon da sind. Sie können hier beim Aufräumen helfen.«

»Aufräumen, Sir?« McLean blickte sich im Raum um und sah Constables, die Sachen in Kartons packten, Fotos von den Wänden nahmen und die Weißwandtafeln sauberwischten.

»Ja, Tony. Wir haben ihn letzte Nacht geschnappt. Kein Zweifel an seiner Schuld, seine Fingerabdrücke waren überall in Smythes Bibliothek.«

»Sie haben den Mörder gefasst?« McLean fand es schwierig, den Stand der Ermittlungen von gestern Abend mit dem, was ihm gesagt wurde, in Einklang zu bringen. Er hoffte, sein Mund stand nicht offen. »Wie?«

»Na ja, ich würde nicht direkt sagen, gefasst«, gestand Duguid ein. »Dieser Mann ist gestern Abend gegen halb elf in einen Pub direkt am St Andrews Square marschiert. Ist in die Herrentoilette gegangen und hat sich selbst die Kehle durchgeschnitten. Es war sogar dasselbe Messer, das bei Smythe verwendet worden war.«

»Ist er in Ordnung?«

»Nein, natürlich ist er nicht in Ordnung, Sie Dummbeutel. Er ist tot. Glauben Sie, wir würden das hier alles abräumen, wenn wir ihn zum Verhör in der Zelle hätten?«

»Nein, Sir. Natürlich nicht.« McLean beobachtete, wie der Abbau des Einsatzraumes rasch voranschritt. »Wer war es denn?«

»Illegaler Einwanderer. Hieß Akimbo oder so. Ich weiß ja nie, wie ich diese ausländischen Namen aussprechen soll.«

»Wer hat ihn identifiziert?«

»So ein Mäuschen von der Kriminaltechnik. Baird heißt die, glaube ich. Der Fingerabdruck-Abgleich hat nichts ergeben, aber dann hatte sie die glänzende Idee, es mit dem Register der Illegalen zu versuchen. Dieser Kerl hätte hinter Gittern sein müssen. Hätte längst zu den Hottentotten zurückgeschickt gehört, oder wo immer er herkam.«

McLean versuchte, Duguids Alltagsrassismus zu ignorieren. Der Chief Inspector war wirklich ein lebendes Beispiel für alles, was in der Polizei nicht stimmte. Je eher der Mann in Pension ging, desto besser. »Die Chief Super wird wohl glücklich sein, der Chief Constable mit Sicherheit auch. Ich weiß, dass da ziemlich Druck für ein schnelles Ergebnis gemacht wurde.«

»Ganz richtig. Weshalb wir den Bericht bis heute Abend geschrieben und auf Jaynes Tisch liegen haben müssen. Ich denke nicht, dass der Staatsanwalt die Sache noch weiterverfolgen wird, aber wir müssen den Dienstweg einhalten. Sie werden der

Obduktion beiwohnen müssen, nur um unangenehme Überraschungen auszuschließen. Aber die Belege sind ziemlich überzeugend. Er hatte Smythes Blut auf seiner Kleidung. Die DNA-Analyse wird das bestätigen, da bin ich sicher. Er ist unser Mann.«

Na toll. Wieder eine Gelegenheit zuzusehen, wie ein Leichnam aufgeschnitten wurde. »Um wie viel Uhr findet die Obduktion statt, Sir?« McLean sah auf die Uhr. Es war sieben Uhr morgens.

»Um zehn, glaube ich. Rufen Sie lieber an, und fragen Sie nach.«

»Zehn. Da habe ich einen Termin mit …« Aber McLean sprach nicht weiter. Er wusste, dass es keinen Sinn hatte, sich bei Duguid zu beschweren. Es würde den Mann nur zu einer seiner Tiraden provozieren. »Ich organisiere das um.«

»Tun Sie das, McLean.«

Der kleine Einsatzraum war leer, als McLean es endlich geschafft hatte, sich von Duguid loszueisen und in den hinteren Teil des Reviers zu gelangen. Grumpy Bobs Zeitung lag auf einem der beiden Tische, auf dem anderen hatte Constable MacBride die Akten ordentlich aufgestapelt. Er blätterte kurz hindurch: Einbruchsberichte aus den letzten fünf Jahren. Gelbe Klebezettelchen mit Fragen darauf ragten zwischen den Blättern hervor. Nun, immerhin war wenigstens einer fleißig gewesen.

Die Fotos der Organe und der anderen Gegenstände aus dem eingemauerten Kellerraum waren an eine Wand geheftet, im Kreis angeordnet, genau wie sie aufgefunden worden waren. Eine Gesamtaufnahme des verrenkten und geschändeten Körpers des Mädchens, auf A3 vergrößert, hing in der Mitte des Kreises. Er starrte immer noch darauf, als einige Minuten später die Tür aufging.

»Morgen, Sir. Schon das Neueste gehört?« DC MacBride sah

aus, als hätte er sich rotgescheuert. Sein Haar war noch feucht von der Dusche, und auf seinem weichen, runden Gesicht lag ein Ausdruck unschuldiger Hoffnung und Aufregung.

»Das Neueste? Oh, Smythes Mörder. Finden Sie das nicht ein bisschen merkwürdig?«

»Wieso, Sir?«

»Na ja, warum sollte er so was machen? Warum sollte er in das Haus eines alten Mannes einbrechen und ihn aufschlitzen? Warum ihm die Milz in den Mund stopfen? Und warum sich dann nur Tage später selbst umbringen?«

»Na ja, er war ein illegaler Einwanderer, oder?«

McLean ging hoch. »Fangen Sie jetzt nicht auch noch damit an, bitte. Die kommen nicht alle nur ins Land, um unsere Frauen zu vergewaltigen und uns die Jobs wegzunehmen, wissen Sie. Es ist schon schlimm genug, sich diesen Unsinn von Dagwood anhören zu müssen.«

»Das meinte ich nicht, Sir.« MacBrides Gesicht wurde noch röter, die Ohrläppchen liefen beinahe blutrot an. »Ich meinte, es könnte sein, dass er irgendwas gegen Smythe hatte, weil der Vorsitzender des Berufungsausschusses der Einwanderungsbehörde war.«

»War er das? Woher wissen Sie das?«

»Alison ... ähm, Constable Kydd hat mir das gesagt, Sir.«

Jetzt spürte McLean, wie ihm warm vor Scham wurde. »Es tut mir leid, Stuart. Ich wollte Sie nicht so anfahren. Was wissen Sie noch über Smythe, was ich nicht mitbekommen habe?«

»Na ja, Sir, obwohl er schon vierundachtzig war, hat er noch jeden Tag gearbeitet. Er saß im Aufsichtsrat von ein Dutzend verschiedenen Unternehmen und war Mehrheitsgesellschafter bei mindestens zwei Biotechnologie-Startups. Direkt nach dem Krieg hat er die Handelsbank seines Vaters übernommen und sie zu einem der größten Finanzinstitute der Stadt gemacht, bevor er sie direkt vor dem Platzen der Dotcom-Blase verkaufte.

Seitdem gründete er vor allem Wohltätigkeitsstiftungen für verschiedene gute Zwecke. Er beschäftigte in seinem Stadthaus drei Hausangestellte fest, die an dem Abend, an dem er ermordet wurde, alle frei hatten. Anscheinend war das nicht ungewöhnlich. Er hat sie ziemlich oft abends weggeschickt, damit er allein sein konnte.«

McLean lauschte noch weiter dem Allgemeinwissen über Smythe, wobei ihm auffiel, dass der Constable die Einzelheiten auswendig gelernt haben musste. Abgesehen von dem schwachen Bezug zur illegalen Einwanderung und Abschiebung gab es absolut nichts, was Smythe mit dem Mann verband, der ihn ermordet hatte.

»Wie hieß der Mörder noch mal?«

Dieses Mal zog MacBride sein Notizbuch heraus und leckte sich den Finger an, bevor er durch die Seiten blätterte.

»Jonathan Okolo. Anscheinend kam er aus Nigeria. Hat vor drei Jahren Asyl beantragt, wurde aber abgelehnt. Bis April war er in einer geschlossenen Einrichtung untergebracht, wo er auf seine Abschiebung wartete, steht in den Akten. Niemand weiß genau, wie er entkommen konnte, aber es sind im letzten Jahr noch ein paar andere verschwunden.«

»Haben Sie die Namen?«

»Nein, Sir. Aber ich bin sicher, dass ich die rausfinden könnte. Warum?«

»Ich weiß es nicht genau. Duguid wird den Fall so schnell wie möglich zu den Akten legen wollen. Mit ziemlicher Wahrscheinlichkeit werden der Chief Constable und die anderen hohen Tiere ihn da auch mit Vergnügen liegen lassen. Wenn ich nur einigermaßen bei Trost wäre, würde ich dasselbe tun. Aber ich habe das ungute Gefühl, dass wir noch nicht alles über Jonathan Okolo gehört haben. Es würde mir nichts ausmachen, vorbereitet zu sein, wenn sein Name wiederauftaucht.«

»Ich bohre ein bisschen nach, Sir.« MacBride machte sich eine

Notiz und steckte das Büchlein dann sorgfältig wieder ein. McLean fragte sich, was er mit seinem eigenen Notizbuch gemacht hatte. Wahrscheinlich lag es oben im Büro. Zusammen mit dem ganzen Papierkram, der sich ebenfalls nicht von selbst abarbeiten würde.

»Was haben Sie heute noch auf dem Zettel, Constable?«

»Detective Sergeant Laird und ich sollen heute ein paar von diesen Einbruchsopfern befragen, Sir. Sobald er kommt.«

»Also, Grumpy Bob war schon immer eher Nachtarbeiter.« MacBrides Gesicht nach hatte er den Spitznamen des Sergeants noch nie gehört. »Ich sag Ihnen was, Constable: Wenn er kommt, sagen Sie ihm, er kann diese Befragungen allein durchführen. Er kann jemanden von den Uniformierten mitnehmen, falls er sich einsam fühlt. Ich möchte, dass Sie in der nächsten Stunde alles zusammentragen, was Sie über Okolo und seine Freunde herausfinden können. Dann machen wir beide einen Ausflug runter zur Cowgate und sehen Dr. Cadwallader dabei zu, wie er ihn aufschneidet.«

»Ähm, muss ich da mit, Sir?« MacBrides rötliches Gesicht nahm einen blässlichen Grünton an.

»Sie waren doch schon bei einer Obduktion dabei, oder, Constable?«

»Ja, Sir. War ich. Ein paar Mal. Deshalb wäre ich ja lieber woanders.«

Er fand sein Notizbuch, wo er es liegen gelassen hatte: unter dem Beweismittelbeutel mit dem Blümchenkleid des toten Mädchens auf seinem Schreibtisch. McLean steckte es in die Tasche und nahm sich vor, das Kleid nachher wieder mit nach unten in den Einsatzraum zu nehmen. Das Zettelchen mit Carstairs' Nummer lag immer noch neben dem Telefon. Er rief an, verschob das Treffen auf den späten Nachmittag, dann schaltete er seinen Rechner ein und zog den Stapel Papiere zu sich heran.

Er sah die Notwendigkeit ein, alles genau abzurechnen und zu dokumentieren. Er wünschte nur, jemand anderes könnte es für ihn erledigen.

Es war eine stupide Arbeit, die ihm aber doch gerade so viel Konzentration abverlangte, dass er sich dabei keine anderen Dinge durch den Kopf gehen lassen konnte. Und die ganze Zeit konnte er aus dem Augenwinkel das Kleid sehen. Als er schließlich, optimistisch geschätzt, die Hälfte des Stapels abgearbeitet hatte, zog er sein Notizbuch heraus, schob den Stuhl zurück und blätterte durch die Seiten.

Er kam beinahe sofort zu den seltsam wirbelnden Mustern, die er in dem Kellerraum gesehen hatte oder von denen er zumindest dachte, sie gesehen zu haben. Sie hatten den Mord wie ein rituelles Opfer wirken lassen, aber die verborgenen Nischen hatten wesentlich naheliegendere und verführerischere Hinweise geliefert. Also hatte er sich auf die Namen konzentriert, die konservierten Organe und die persönlichen Gegenstände. Aber wie sein alter Mentor immer gesagt hatte, waren meist die weniger offensichtlichen Dinge der Schlüssel zu einem Fall.

McLean sah auf die Uhr. Es war halb zehn. Er loggte sich aus dem Computer aus, nahm das Kleid und machte sich auf den Weg nach unten zu dem winzigen Einsatzraum. Grumpy Bob war da und las wieder Zeitung. Constable MacBride konzentrierte sich auf den Bildschirm seines Laptops und haute wild in die Tasten.

»Morgen, Sir.« Grumpy Bob faltete seine Zeitung zusammen und steckte sie in einen Karton unter dem Tisch.

»Morgen, Bob. Habt ihr die Fotos vom Tatort?«

Grumpy Bob sah zu MacBride hinüber, bekam aber keine Reaktion und musste folglich den Karton selbst aus der Ecke holen. Er setzte sich an den Tisch und holte ein paar Hochglanzabzüge heraus.

»Wonach suchst du?«

»Es müsste eine Serie von Fotos vom Boden dabei sein, etwa einen Meter von der Wand entfernt.«

»Aye, ich habe mich schon gefragt, warum der Fotograf die gemacht hat.« Grumpy Bob wühlte noch ein bisschen länger herum und richtete sich schließlich mit einer Handvoll Abzüge in der Hand wieder auf. Er legte sie auf dem Tisch aus, wobei er gelegentlich auf die auf der Rückseite aufgedruckten Nummern sah.

»Ich habe ihn darum gebeten.« McLean musterte das erste Foto, dann die nächsten beiden. Sie sahen alle gleich aus: überblendet durch den Blitz, sah der Fußboden glatt aus, makelloses Holz ohne jegliche Zeichnung. Er zog sein Notizbuch wieder vor und betrachtete die Formen, die er aufgezeichnet hatte. Die er ganz sicher gesehen hatte.

»Sind das alle?«, fragte er Bob, nachdem er jedes Bild noch einmal angesehen und nichts herausgelesen hatte.

»Soweit ich weiß.«

»Gut, frag noch einmal beim Spurensicherungsteam nach, ja, Bob? Ich suche nach Bildern vom Fußboden, auf denen solche Zeichen zu sehen sind.« Er zeigte dem Sergeant die Bilder in seinem Notizbuch.

»Kann das nicht Constable MacBride machen?«, beschwerte Bob sich. »Du weißt doch, dass er bei all dem technischen Kram viel besser ist als ich.«

»Tut mir leid, Bob. Er kommt mit mir.« Er drehte sich zum Constable um. »Sind Sie so weit?«

»Sofort, Sir. Einen Augenblick.« MacBride drückte ein paar Tasten, dann klappte er das Notebook zusammen. »Ich gehe noch schnell am Drucker vorbei und nehme das auf dem Weg mit. Es sei denn, Sie würden lieber Sergeant Laird zu der Obduktion mitnehmen, Sir?« Hoffnung lag in seiner Stimme.

McLean lächelte. »Ich nehme an, Bob hat gerade erst gefrühstückt. Und ich für meinen Teil möchte nicht so genau wissen, was das war.«

13

»Das sind jetzt drei Mal innerhalb von achtundvierzig Stunden, Inspector. Wenn ich es nicht besser wüsste, würde ich sagen, Sie stalken mich.« Dr. Sharp erwartete sie, als sie das rechtsmedizinische Institut betraten. »Wer ist denn Ihr hübscher Begleiter?«

»Das ist Detective Constable MacBride. Seien Sie nett zu ihm, es ist sein erstes Mal.« McLean ignorierte MacBrides rot anlaufendes Gesicht. »Ist der Doktor da?«, fragte er.

»Bereitet sich gerade vor«, sagte Tracy. »Gehen Sie nur durch.«

Der Sektionssaal hatte sich seit dem Vortag nicht sonderlich verändert. Nur der Leichnam, der auf dem Tisch lag, war ein anderer. Der Rechtsmediziner grüßte sie, als sie hereinkamen.

»Ah, Tony. Sieht aus, als hättest du das mit dem Delegieren noch nicht so richtig im Griff. Normalerweise schickt man einen rangniedrigeren Officer zu etwas los, was man selbst nicht erledigen will. Warum hat dich Dagwood denn hergeschickt?«

»Weil ihn dieser Platz hier zu sehr an sein Zuhause erinnert?«

»Hm, gut möglich.« Cadwallader grinste. »Sollen wir zum geschäftlichen Teil übergehen?«

Wie aufs Stichwort erschien Tracy aus dem kleinen Zimmer, das ihnen als Büro diente. Sie hatte OP-Kleidung angelegt und lange Gummihandschuhe an und rollte einen stählernen Wagen vor sich her, auf dem sie verschiedene Folterinstrumente ausgelegt hatte. McLean spürte, wie Constable MacBride sich neben ihm anspannte und fast unmerklich auf den Fersen zu schaukeln begann.

»Männlicher Toter, Afrikaner, einsachtundachtzig. Schätzungsweise im Alter von Ende fünfzig.«

»Vierundvierzig.« MacBrides Stimme klang etwas höher als gewöhnlich, dabei war noch nicht einmal der erste Schnitt erfolgt.

»Wie bitte?« Cadwallader legte die Hand über das Mikrofon, das über dem Tisch hing.

»Er war vierundvierzig, Sir. So steht's in seiner Akte.« MacBride hielt die Blätter hoch, die er auf dem Weg nach draußen aus dem Drucker geholt hatte.

»Hm, danach sieht er aber nicht aus. Tracy, haben wir hier die richtige Leiche?«

Die Assistentin sah in ihren Unterlagen nach, kontrollierte das Schildchen am Fuß des Toten, dann ging sie zu den in die Wand eingelassenen Kühlfächern, zog ein paar Schubladen auf und lugte hinein, bevor sie wieder zurückkam.

»Yup«, sagte sie. »Jonathan Okolo. Gestern Nacht spät eingeliefert. Identifiziert durch Fingerabdrücke aus seiner Einwanderungsakte.«

»Hm, das ist komisch.« Cadwallader wandte sich wieder seinem Patienten zu. »Wenn er erst vierundvierzig ist, dann möchte ich lieber nicht darüber nachdenken, was für ein Leben er hatte. Okay, machen wir weiter.« Er fuhr damit fort, den Leichnam genau zu inspizieren.

»Die Hände sind rau, Fingernägel rau und kurz. Er hat ein paar jüngere Narben, die zu den Splittern in Handflächen und Fingern passen. Jemand, der mit den Händen arbeitet, auch wenn ich mir nicht vorstellen kann, dass er angesichts seines Gesundheitszustands besonders leistungsfähig war. Ah, jetzt wird's interessant.« Der Rechtsmediziner wandte sich dem Kopf des Toten zu und führte eine Pinzette in dessen schütteres graues, krauses Haar. »Probenglas, bitte, Tracy. Wenn ich mich nicht irre, ist das Putz. Sein Haar ist voll damit.«

McLean bemerkte aus dem Augenwinkel eine Bewegung, wandte sich um und sah Constable MacBride wild Notizen kritzeln. Er lächelte. Innerhalb eines Tages würde das alles hier säuberlich getippt auf seinem Schreibtisch liegen, aber ein bisschen Arbeitseifer schadete ja nicht. Abgesehen davon mochte es den Constable von dem ablenken, was als Nächstes kam.

Es lag eine gewisse Eleganz in der Art und Weise, wie ein geübter Rechtsmediziner eine Leiche öffnete. Cadwallader war vielleicht der Beste, den McLean je gesehen hatte. Seine Geschicklichkeit und das ruhige Geplänkel mit seiner Assistentin machten die ganze Prozedur einigermaßen erträglich. Dennoch war er froh, als alles vorbei war und das Zunähen begann. Es bedeutete, dass sie aus dem Sektionssaal herauskamen, was wiederum hieß, dass sie das Gebäude bald verlassen konnten.

»Wie lautet das Urteil, Angus? Kannst du ihn retten?« McLean sah, wie der Witz ein Lächeln aufflackern ließ, aber es wurde sofort von einem besorgten Stirnrunzeln abgelöst.

»Ich bin überrascht, dass er noch lange genug gelebt hat, um Smythe zu töten, ganz zu schweigen von sich selbst«, sagte Cadwallader.

»Was meinst du damit?«

»Er hat ein fortgeschrittenes Emphysem, akute Leberzirrhose, und seine Nieren sind ebenfalls geschädigt. Gott allein weiß, wie ein Herz mit so viel Narbengewebe überhaupt noch ausreichend arbeiten konnte, um ihn auf den Beinen zu halten.«

»Meinst du, er hat Smythe nicht getötet?« Ein kalter Schauer lief McLean über den Rücken.

»Oh, er hat ihn getötet, das ja. Seine Kleidung war vollgesogen mit Smythes Blut, und unter den Fingernägeln finden sich auch Spuren davon. Dieses Teppichmesser passt perfekt zu den Einschnitten an der Halswirbelsäule. Er ist definitiv unser Mann.«

»Könnte er einen Komplizen gehabt haben?« McLean hatte ein dumpfes Gefühl in der Magengegend. Er wusste, dass er sich äußerst unbeliebt machen würde, wenn er auch nur die Möglichkeit erwähnte, aber er konnte es nicht ignorieren.

»Du bist der Detective, Tony. Sag du's mir.«

14

Carstairs Weddell belegten ein ganzes georgianisches Reihenhaus im Westen der Stadt. Wo modernere und fortschrittlichere Kanzleien in neue Bürobauten an der Lothian Road oder noch weiter nach draußen Richtung Gogarburn gezogen waren, hatte diese kleine Sozietät sich dem Sog des Wandels widersetzt. McLean erinnerte sich noch daran, dass früher – es war noch gar nicht so lange her – all die großen alten Edinburgher Familienunternehmen, die Anwälte und Börsenmakler, Handelsbanken und Importeure edler Waren ihre Büros in den großen Altbauten des Westends hatten. Nun waren die Straßen voll mit Kellerrestaurants, Boutiquen, Fitnessclubs und teuren Wohnungen. Die Zeiten änderten sich, aber die Stadt passte sich stets an.

Er war eine Stunde zu früh für seinen Termin, aber die Sekretärin teilte ihm mit, dass das wahrscheinlich kein Problem sei. Sie bat ihn in einen eleganten Empfangsraum mit bequemen Ledersesseln und Porträts von Männern mit ernsten Gesichtern an den Wänden. Es fühlte sich mehr an wie ein Raum in einem Herrenclub, aber zumindest war es im Vergleich zu der zunehmenden Hitze draußen kühl hier drin.

»Inspector McLean, wie schön, Sie wiederzusehen.« McLean drehte sich zu der Stimme um. Er hatte die Tür nicht aufgehen gehört, aber jetzt stand da ein weißhaariger Mann mit einer Brille mit dünnem Metallrahmen vor ihm und streckte ihm die Hand hin. McLean schüttelte sie.

»Mr Carstairs. Haben wir uns schon mal gesehen?« Er kam ihm bekannt vor. Es war natürlich immer möglich, dass er irgendwann bei Gericht gewesen war, wenn McLean ausgesagt hatte. Vielleicht war er von dem Anwalt auch schon mal ins Kreuzverhör genommen worden.

»Das will ich wohl meinen. Allerdings ist es schon ein paar Jahre her. Esther hat früher so wundervolle Partys gegeben, aber leider hat sie damit aufgehört, als Sie auf die Universität gegangen sind. Ich habe nie herausgefunden, warum.«

McLean stellte sich den stetigen Strom der Menschen vor, die häufig im Haus seiner Großmutter zu Besuch gewesen waren. Das Einzige, woran er sich erinnern konnte, war, dass die meisten von ihnen relativ alt gewesen waren. Andererseits war seine Großmutter das auch gewesen, insofern war es wenig verwunderlich. Jonas Carstairs war jetzt auch alt, aber damals war er sicher jung genug gewesen, um zu diesen Leuten gehört zu haben.

»Ich denke, im Grunde hätte sie lieber als Einsiedlerin gelebt, Mr Carstairs. Sie dachte nur, dass es mir guttun würde, Leute zu treffen. Als ich ausgezogen und nach Newington gegangen bin, hat sie damit aufgehört.«

Carstairs nickte, als klinge das überzeugend für ihn. »Bitte nennen Sie mich Jonas.« Er zog eine Taschenuhr aus der Weste, klappte sie auf, um nach der Uhrzeit zu sehen, dann steckte er sie in einer fließenden, geübten Bewegung sorgfältig wieder zurück.

»Was halten Sie davon, wenn wir kurz einen Happen essen gehen? Direkt um die Ecke hat gerade ein neues Lokal aufgemacht, und ich habe gehört, es soll sehr gut sein.«

McLean dachte an den Papierstapel, der auf seinem Tisch darauf wartete, abgearbeitet zu werden. Das Mädchen war schon so lange tot, dass es auf ein paar Stunden nicht ankam. Grumpy Bob hatte die Nachforschungen zu den Einbrüchen im Griff, und MacBride würde noch damit beschäftigt sein, alle möglichen Informationen über Jonathan Okolo zusammenzutragen, die er auftreiben konnte. Er wäre da wirklich nur im Weg.

»Hört sich nach einer guten Idee an, Jonas. Aber wenn ich

nicht im Dienst bin, müssen Sie aufhören, mich Inspector zu nennen.«

Es war nicht gerade die Sorte Restaurant, die McLean normalerweise besuchte. Die Neueröffnung lag im Souterrain und war ziemlich voll, erfüllt von den gedämpften Geräuschen zufriedener Gäste, die ein beschauliches Mittagessen genossen. Sie wurden zu einem kleinen Tisch in einer Nische geführt, deren Fenster tiefer lagen als der Bürgersteig. Als er nach oben zum Himmel blickte, merkte McLean, dass er jeder Frau, die vorbeiging, unter den Rock sehen konnte, und konzentrierte sich lieber auf die Speisekarte.

»Der Fisch soll hier ziemlich gut sein, hat man mir gesagt«, erklärte Carstairs. »Um diese Jahreszeit müsste man wohl den Lachs nehmen.«

McLean bestellte den Lachs, unterdrückte den Drang, Pommes dazu zu bestellen, und verordnete sich Mineralwasser. Es kam in einer blauen, tropfenförmigen Flasche mit einer walisischen Beschriftung.

»Früher haben die Apotheker giftige Substanzen in blauen Flaschen aufbewahrt. Damit sie nicht aus Versehen getrunken wurden.« Er schenkte sich selbst ein Glas ein und bot dem Anwalt auch etwas an.

»Nun, Edinburgh hat ja reichlich Giftmörder gehabt, wie Sie zweifellos wissen. Waren Sie schon mal in der Pathologie-Abteilung im Surgeons'-Hall-Museum?«

»Angus Cadwallader hat mich vor ein paar Jahren mal da herumgeführt. Als ich noch Sergeant war.«

»Ah ja, Angus. Er hat diese unangenehme Angewohnheit, das Theater mitten während der Vorstellung zu verlassen. Der Job, nehme ich an.«

Sie sprachen über Polizeiarbeit, rechtliche Fragen und die paar gemeinsamen Freunde und Bekanntschaften, die sie ausmachen konnten, bis das Essen kam. McLean war nur halb enttäuscht, als er entdeckte, dass sein Lachs gedünstet war statt in Backteig frittiert. Nicht dass er gutes Essen nicht zu schätzen gewusst hätte – er hatte nur meistens schlichtweg keine Zeit dafür. Er konnte sich nicht erinnern, wann er zum letzten Mal in einem Restaurant wie diesem hier gewesen war.

»Sie sind nicht verheiratet, Tony?« Carstairs Frage war unschuldig, aber sie löste ein unbehagliches Schweigen aus, als McLean merkte, dass er sich sehr wohl daran erinnerte, wann er zum letzten Mal in so einem feinen Restaurant wie diesem gewesen war. Seine Begleitung war damals wesentlich jünger und hübscher gewesen und hatte nicht das Geringste davon geahnt, zu welcher lebensverändernden Frage er seinen ganzen Mut zusammennahm.

»Nein«, sagte er und merkte, wie flach seine Stimme klang, ohne dass er etwas dagegen tun konnte.

»Sind Sie mit jemandem zusammen?«

»Nein.«

»Ein Jammer. Ein junger Mann wie Sie sollte doch eine Frau haben, die sich um ihn kümmert. Ich bin sicher, Esther hätte ...«

»Es gab jemanden. Vor ein paar Jahren. Wir waren verlobt. Sie ... ist gestorben.« McLean konnte immer noch ihr Gesicht vor sich sehen, die geschlossenen Augen, die Haut glatt wie Alabaster und ebenso weiß. Die Lippen blau und das lange schwarze Haar um sie herum aufgefächert, während das eisige, träge dahinfließende Wasser des Leith daran zog.

»Oh, das tut mir leid. Das wusste ich nicht.« Carstairs' Stimme drang in seine Erinnerungen, und McLean wusste irgendwie, dass der alte Anwalt log. Es konnte nicht viele Leute in der Stadt geben, die sich nicht an die Geschichte erinnerten.

»Sie sagten, Sie wollten mit mir über das Testament meiner Großmutter sprechen«, klammerte er sich an das erste Thema, das ihm einfiel.

»Ja, in der Tat, das wollte ich. Aber ich dachte, es wäre netter, sich mit einem alten Freund der Familie erst einmal ein wenig zu unterhalten. Es wird Sie natürlich nicht überraschen zu erfahren, dass Esther alles Ihnen vermacht hat. Sie hatte ja niemand anderen, dem sie es hätte geben können.«

»Um ehrlich zu sein, habe ich noch nicht viel darüber nachgedacht. Es fällt mir schwer, mich damit abzufinden, dass sie gestorben ist. Muss mich ständig daran erinnern, dass ich nicht mehr jeden Abend beim Krankenhaus vorbeifahren und sie besuchen muss.«

Carstairs erwiderte nichts darauf, und eine Weile aßen sie schweigend weiter. Der Anwalt leerte seinen Teller und wischte sich das Gesicht mit der weichen weißen Serviette ab. Erst dann ergriff er wieder das Wort.

»Die Trauerfeier wird am Montag stattfinden. Um zehn Uhr in Mortonhall. Im heutigen *Scotsman* steht die Anzeige.«

McLean nickte und ließ den Rest seines Essens stehen. So köstlich es war, ihm war der Appetit vergangen.

Als sie in der Kanzlei zurück waren, führte Carstairs ihn zu einem großen Zimmer an der rückwärtigen Seite des Hauses, das auf einen gepflegten Garten hinausging. Ein antiker Schreibtisch stand in einer Ecke des Raumes, aber Carstairs forderte McLean mit einer Geste dazu auf, in einem der Ledersessel neben dem leeren Kamin Platz zu nehmen, bevor er sich in den anderen setzte. Das erinnerte den Inspector an sein Gespräch mit McIntyre am Vortag. Eine reine Informalität.

Eine dicke Akte, die mit einem schwarzen Stoffband zusammengehalten wurde, wartete auf einem niedrigen Mahagonitischchen, das zwischen ihnen stand. Carstairs beugte sich vor, nahm die Akte und löste das Band. McLean konnte nicht übersehen, dass er sich mit einer für einen Mann seines Alters bemerkenswerten Geschmeidigkeit und Anmut bewegte. Wie ein jüngerer Schauspieler, der einen alten Mann spielt.

»Dies ist eine Übersicht des Vermögens Ihrer Großmutter zum Zeitpunkt ihres Todes. Wir haben sie schon seit vielen Jahren vertreten, seit dem Tod Ihres Großvaters. Neben dem Grundbesitz hatte sie ein ziemlich umfangreiches Aktienportfolio.«

»Ach ja?« McLean war ehrlich überrascht. Er hatte gewusst, dass es seiner Großmutter finanziell gut ging, aber sie hatte sich nie anmerken lassen, dass sie reich war. Einfach nur eine alte Dame, die das Familienanwesen geerbt hatte. Eine Ärztin, die hart gearbeitet hatte und mit einer auskömmlichen Pension in den Ruhestand gegangen war.

»Oh ja. Esther war eine ziemlich raffinierte Anlegerin. Einige ihrer Empfehlungen haben sogar unsere Finanzabteilung überrascht, aber sie hat selten Geld verloren.«

»Wie kommt es, dass ich davon nie etwas wusste?« McLean wusste nicht, ob er schockiert oder wütend war.

»Ihre Großmutter hat mir schon lange vor dem Schlaganfall eine Vollmacht gegeben, Anthony.« Carstairs' Stimme klang sanft und beruhigend, als wüsste er, dass die Nachrichten, die er überbrachte, verstörend sein konnten. »Sie hat mich auch explizit darum gebeten, Sie nicht vor ihrem Tod über ihr Vermögen zu informieren. Da war sie ziemlich altmodisch, die gute Esther. Ich vermute, sie fürchtete, dass Sie sich davon abhalten lassen könnten, Ihre Karriere zu verfolgen, wenn Sie gewusst hätten, dass Sie so ein umfangreiches Vermögen erben würden.«

McLean konnte nicht widersprechen. Es hörte sich dermaßen nach seiner Großmutter an, dass er sie beinahe vor sich sah, wie sie da in ihrem Lieblingssessel am Feuer saß und ihm eine Predigt darüber hielt, wie wichtig harte Arbeit war. Außerdem hatte sie einen ziemlich schelmischen Humor gehabt und lachte sich wahrscheinlich gerade irgendwo über ihn kaputt. Überrascht merkte er, wie sich ein Lächeln auf seinen Lippen bildete, als er an sie dachte. Das war das erste Mal seit Monaten, dass er sich an sie als eine lebendige, temperamentvolle Person erinnerte anstatt an das mausetote Gemüse, zu dem sie geworden war.

»Haben Sie eine Ahnung davon, wie viel das alles wert ist?« Er fand, dass die Frage raffgierig klang, aber ihm fiel nichts anderes ein.

»Eine Schätzung stammt von unserer Abteilung für Vermögensübertragung. Die Aktien sind nach ihrem Marktwert am Tag nach ihrem Tod eingerechnet. Natürlich gibt es noch diverse Sachwerte. Ich vermute, die Möbel und Bilder im Haus werden ebenfalls einen gewissen Wert haben, und dann gibt es noch allerlei Kleinkram. Esther hatte für solche Dinge immer ein gutes Auge.« Carstairs zog ein einzelnes Blatt oben aus der Akte heraus, legte es auf den Tisch und drehte es so herum, dass McLean es lesen konnte.

Er nahm es mit zitternden Händen auf und versuchte, die verschiedenen Spalten und Zahlen zu erfassen, bis seine Augen die fett gedruckte und doppelt unterstrichene Summe ganz unten entdeckten.

»Ach du lieber Gott.«

Seine Großmutter hatte ihm ein großes Haus und ein Aktienportfolio hinterlassen, das deutlich mehr als fünf Millionen Pfund wert war.

15

Das Präsidium lag fast auf dem Weg von der Kanzlei Carstairs Weddell zurück zum Revier. Nahe genug für McLean, um den Umweg vor sich selbst zu rechtfertigen. Dass er Duguid umso wahrscheinlicher nicht mehr antreffen würde, je weiter er seine Rückkehr hinauszögerte, hatte natürlich nichts mit seiner Entscheidung zu tun. Er musste mit jemandem über die Fotos vom Tatort sprechen, das war der Grund. Zumindest war es das, was er sich selbst sagte.

Wie gewöhnlich war der Trakt der Kriminaltechnik beinahe leer. Der gelangweilte Officer am Eingang ließ ihn in verlassene Flure ein, in denen aber zumindest die Klimaanlage funktionierte. Unten im Untergeschoss, das durch hoch unter der Decke angebrachte Fenster nur spärlich erhellt wurde, fand er das Fotolabor, dessen Tür von einem verkeilten Metallstuhl offengehalten wurde. Er klopfte, rief »Hallo« und schlenderte hinein. Der Raum war vom leisen Summen der Maschinen erfüllt, deren Funktion er nicht einmal erahnen konnte. An der gegenüberliegenden Wand führte ein hölzerner Tresen entlang, unter den Fenstern direkt unter der Decke, und eine ganze Reihe Rechner mit riesigen Flachmonitoren flackerte und piepte. Am hintersten kauerte eine einsame Gestalt vor einem verschwommenen Bild. Sie schien vollkommen in ihre Aufgabe versunken zu sein.

»Hallo?«, sagte McLean noch einmal, dann bemerkte er die weißen Ohrhörer-Kabel. Langsam trat er näher, versuchte, die Aufmerksamkeit der Mitarbeiterin auf sich zu lenken. Doch je näher er kam, desto lauter bekam er den Lärm aus den Ohrhörern mit. Es gab keinen einfachen Weg.

»Mein Gott! Sie haben mir beinahe einen Herzanfall beschert.« Die Frau schlug sich eine Hand vor die Brust, zog die Ohrhörer heraus und ließ sie auf den Tisch fallen. Das Kabel schlängelte sich in den Computer vor ihr. Jetzt erkannte McLean sie. Sie war bei dem Einbruch gewesen und hatte nach Fingerabdrücken gesucht, und in Smythes Haus auch.

»Es tut mir leid. Ich habe versucht zu rufen ...«

»Ja. Okay. Schätze mal, ich hatte es ein bisschen zu laut. Was kann ich für Sie tun, Inspector? Ist ja eher selten, dass wir hier unten einen von den Oberbossen zu Gesicht bekommen.«

»Hier ist es kühler als in meinem Einsatzraum.« McLean hatte nichts dagegen, mal als Vorgesetzter bezeichnet zu werden. Als der jüngste frisch beförderte Inspector in der Truppe wurde er viel öfter als Grünschnabel behandelt. »Und ich habe mich gefragt, ob Sie die Originale zu den Fotos vom Tatort in dem Haus in Sighthill haben.«

»Sergeant Laird hat davon gesprochen.« Sie griff nach der Maus und klickte schnell nacheinander einige Fenster zu. McLean dachte, er hätte eine Seite mit Vorschaubildern zu den Fotos zum Smythe-Mord unter den Bildern gesehen, aber bevor er sich sicher sein konnte, war sie verschwunden. Dann füllte sich der Bildschirm mit einer ganzen Serie gleich aussehender Bilder.

»Fünfundvierzig hochaufgelöste digitale Bilder von einem Stück Fußboden. Ich erinnere mich noch, dass Malky sich darüber beschwert hat. Sie haben ihn in den Raum mit der Leiche zurückbeordert. Merkwürdig, ehrlich. Ist ja nicht so, als hätte er über die Jahre nicht Dutzende fotografiert, vielleicht Hunderte. Tut mir leid, ich rede dummes Zeug. Was wollten Sie sehen?«

McLean zog sein Notizbuch heraus und blätterte durch die Seiten, bis er die erste Skizze fand. Er stellte sich die Szene wieder vor, versuchte, sich zu erinnern, was er den Fotografen als Erstes hatte aufnehmen lassen.

»Ich habe Zeichen auf dem Fußboden gesehen, in der Nähe

der Stelle, wo die Wand eingeschlagen war. So sahen sie aus.« Er zeigte ihr das Bild. Sie klickte auf das erste Foto und vergrößerte es auf volle Bildschirmgröße. Da war der glatte Holzfußboden, ein bisschen Bauschutt am Rand. Aber keine Zeichen, keine Abdrücke.

»Das ist definitiv der Platz, wo ich sie gesehen habe. Könnte der Blitz sie überblendet haben?«

»Mal sehen.« Sie klickte mit der Maus, rief mit atemberaubender Geschwindigkeit Menüs auf und wählte Befehle aus. Was immer für ein Programm sie benutzte, sie war absolut vertraut damit. Das Bild wurde grau, verblasste, hellte sich auf, verlor den Kontrast und verkehrte sich ins Negativ. Es blieb aber immer mehr oder weniger gleich. Es war nicht mehr zu sehen als auf dem Original.

»Nichts, fürchte ich. Sind Sie sicher, dass es nicht nur Schatten waren? Die Bogenlampen können ziemlich seltsame werfen, besonders in einem abgeschlossenen Raum.«

»Na ja, das ist möglich, nehme ich an. Aber die Art, wie sie angeordnet waren, hat mich an einen Kreis denken lassen, auf dem sechs Punkte markiert waren. Und Sie wissen ja, was wir an jedem dieser Punkte in den Wänden gefunden haben.«

»Hmm. Nun, da gibt's noch eins, was ich probieren könnte. Holen Sie sich einen Stuhl. Es wird ein, zwei Minuten dauern, bis das durchgerechnet ist.«

»Danke ... ähm, Ms Baird, oder?« McLean setzte sich auf den nächstbesten Stuhl, bemerkte, dass er wesentlich bequemer war als der in seinem Büro und dass die Holzstühle im winzigen Einsatzraum sich dagegen anfühlten, als wären sie mit Splittern besetzt. Die Kriminaltechnik hatte offensichtlich ein größeres Einrichtungsbudget zur Verfügung als die Kriminalpolizei. Oder eine kreativere Finanzverwaltung.

»Miss, um genau zu sein. Aber ja, das bin ich. Woher wissen Sie das?«

»Ich bin Detective. Es ist mein Job, so was rauszufinden.« Ihm fiel auf, dass ihr Gesicht unter dem wilden lackschwarzen Haarschopf leicht errötete. Unbewusst kratzte sie sich an der Stupsnase, während ihre Augen zum Bildschirm zurückhuschten, auf dem eine wenig überzeugende Sanduhr sich leerte, sich drehte, sich wieder leerte und wieder drehte.

»Nun, Mr Detective-Oberschlau, dann erklären Sie mir doch mal eins. Wenn Sie so ein guter Beobachter sind, wie kommt es dann, dass Sie das Schild drüben an der Tür nicht bemerkt haben? Das, auf dem steht: *Zutritt für Unbefugte verboten*?«

McLean sah über die Schulter zurück zur Tür. Sie stand weit offen zum Flur dahinter, aufgehalten durch einen unter die Klinke geklemmten Stuhl. Da hing kein Schild, abgesehen von einer Raumnummer – B12. Er sah wieder zurück, verwirrt, und blickte in ein breites Lächeln.

»Reingelegt. Ah, da ist es ja.« Sie wandte sich wieder dem Bildschirm zu, klickte erneut mit der Maus, um eine Ecke des neu berechneten Bildes auszuwählen. »Mal sehen, ob sich das nicht noch verbessern lässt ... Ja, da ist es. Sie hatten recht.«

McLean lugte auf den Monitor, kniff die Augen zusammen, um nicht geblendet zu werden. Was immer die Kriminaltechnikerin getan hatte, es hatte das Bild beinahe reinweiß gemacht. Der Schutt der aufgebrochenen Wand schien über dem Fußboden zu schweben, in die Luft geätzt mit feinen schwarzen Linien. Und direkt darunter war, im hellsten Grauton über dem ganzen Weiß, etwas von den wirbelnden Zeichenmustern zu sehen.

»Wie haben Sie das gemacht?«

»Würden Sie es verstehen, wenn ich es Ihnen sagen würde?«

»Wahrscheinlich nicht.« McLean blickte auf seine Notizen, dann wieder hoch zum Bildschirm. Er hatte schon angefangen, daran zu zweifeln, was er gesehen hatte, und es gefiel ihm überhaupt nicht, wohin ihn dieser Gedankengang führte.

»Können Sie die anderen Fotos auch mit dem Programm bearbeiten?«

»Aye, klar. Na ja, ich fange an und lasse dann Malky die restlichen machen, wenn er zurückkommt. Er wird froh sein, dass er sie nicht alle umsonst gemacht hat.«

»Danke. Sie haben mir sehr geholfen. Einen Moment lang dachte ich schon, ich würde verrückt.«

»Na ja, vielleicht sind Sie's ja. Es ist unmöglich, dass Sie diese Zeichen überhaupt sehen konnten, ganz egal wie sie entstanden sind.«

»Ich werde das abklären und beim nächsten Termin meinen Augenarzt danach fragen.« McLean schob sich vom Stuhl, steckte sein Notizbuch wieder ein und wandte sich zum Gehen.

»Ich schicke die Daten auf Ihren Drucker. Die sollten da schon auf Sie warten, wenn Sie zurückkommen.«

»Das können Sie?« Der Wunder war kein Ende.

»Klar, keine Sorge. Ist schneller, als sie quer durch die Stadt zu fahren. Wobei ich mich sowieso bald in Ihre Richtung aufmachen werde. Sie kommen doch auch mit den anderen in den Pub, oder?«

»Pub?«

»Aye, Duguid gibt allen, die am Smythe-Fall beteiligt waren, einen aus. Mir wurde gesagt, dass es nicht so häufig vorkommt, dass er was springen lässt, also wird's wohl voll werden.«

»Dagwood gibt einen aus?« McLean schüttelte ungläubig den Kopf. »Das muss ich mir ansehen.«

16

Wie von Miss-nicht-Ms Baird versprochen, wartete ein Stapel frisch ausgedruckter Fotos auf McLean, als er ins Büro zurückkam. Er nahm sie mit in den kleinen Einsatzraum, der jetzt am späten Nachmittag leer und ruhig dalag. Das tote Mädchen an der Wand starrte ihn immer noch an, schrie seinen sechzig Jahre alten stillen Schrei, klagte ihn an, dass er nicht genug tat, um herauszufinden, wer es war und wer es ermordet hatte. Er starrte es an, dann auf die Ausdrucke, von denen jeder beinahe vollständig weiß war. Dünne schwarze Linien kennzeichneten die Kanten der Dielen und umkreisten hier und da einen Astknoten. Im fluoreszierenden Licht kaum zu erkennen, schlängelte sich ein gewundenes Muster in blassem Grau durch jedes der Bilder.

McLean fand einen Filzstift mit dünner Spitze und versuchte, die Kanten des Musters auf dem ersten Bild nachzuzeichnen. Es war fast nicht zu erkennen, aber während er sich durch den Stapel hindurcharbeitete, wurden Wiederholungen klarer und die Aufgabe leichter. Er schob die Tische an die Wände, versuchte, so viel Raum auf dem Fußboden zu schaffen wie möglich und verbrachte dann eine halbe Stunde damit, die Fotos im Kreis auszulegen. Als er das letzte Puzzleteil an seinem Platz einfügte und sein Werk im Ganzen betrachtete, schob sich eine Wolke über die untergehende Sonne draußen, und die Luft wurde plötzlich kühl.

Er stand in der Mitte eines komplexen Kreises aus sechs ineinander verschlungenen Strängen. An sechs jeweils gleich weit voneinander entfernten Punkten auf der Kreislinie verwoben sie sich zu abstrusen Knoten, zu unwirklichen Formen, die, während er sie anschaute, sich wie Schlangen zu winden schienen. Er fühlte sich gefangen, sein Brustkorb fühlte sich eng an, als sei er fest mit Bandagen umwickelt. Das Licht wurde schwächer, das allgegenwärtige Brummen der Stadt verklang beinahe ganz. Er konnte hören, wie sein Atem durch die Nase aus- und einströmte, konnte sein Herz langsam und gleichmäßig schlagen fühlen. Er versuchte, die Füße zu bewegen, aber sie klebten am Boden. Nur den Kopf konnte er bewegen.

Panik stieg in ihm auf, eine animalische Angst, und die Stränge begannen sich vor seinen Augen langsam voneinander zu lösen.

Dann ging die Tür auf, wobei ein paar der Bilder aus dem Kreis verschoben wurden. Es wurde wieder hell. Die Enge in seinem Brustkorb verschwand, und sein Kopf fühlte sich plötzlich leicht an. Irgendwo in der Ferne hallte ein Wutschrei durch die Nacht. Die unsichtbaren Fesseln lösten sich, und McLean taumelte nach vorn, aus dem Gleichgewicht geraten, als Chief Superintendent McIntyre den Raum betrat.

»Was war denn das?« Sie legte den Kopf leicht schief, als lauschte sie einem Echo nach, das nicht kam.

McLean antwortete nicht. Er war zu sehr damit beschäftigt, wieder zu Atem zu kommen.

»Alles in Ordnung, Tony? Sie sehen aus, als hätten Sie einen Geist gesehen.«

Er ging in die Knie und zog die Fotos zu sich hin, begann mit dem verwobenen Siegel, das begonnen hatte, sich zu enflechten. Auf dem glänzenden Papier war nichts zu sehen außer ein paar grün nachgezogenen Linien, aber es jagte ihm immer noch einen Schauer über den Rücken, als er es betrachtete.

»Ich bin nur zu schnell aufgestanden«, sagte er, und im gleichen Moment glaubte er seine Worte selbst.

»Nun, was haben Sie denn überhaupt da unten gesucht?«

McLean erklärte die Sache mit den Fotos, den Zeichen, die er gesehen hatte und die ihn zu den eingemauerten Nischen geführt hatten. Er sagte nichts über seine seltsame Halluzination. Irgendwie vermutete er, dass die Chefin nicht sonderlich mitfühlend darauf reagieren würde, und abgesehen davon begann die Erinnerung bereits zu verblassen und hinterließ nur wenig mehr als ein schwaches Gefühl der Beunruhigung.

»Sehen wir uns die mal näher an.« McIntyre nahm ihm die Fotos ab, blätterte sie durch und hielt bei denen mit den sechs grün markierten Knoten inne.

»Sagt Ihnen das irgendwas?«, fragte er.

»Ich habe nicht die geringste Ahnung.«

»Ich dachte, es könnte irgendeine Art Schutzkreis sein.«

»Was?«

»Sie wissen schon, ein Schutzkreis. Fünfzackiger Stern, Kerzen, hält den Dämon gefangen, wenn man ihn heraufbeschwört, so was in der Art.«

»Ich weiß, was ein Schutzkreis ist. Ich weiß nur nicht recht, wie Sie einen Dämon verhaften wollen. Da ist dieses kleine Problem, dass so etwas außerhalb der Fantasie irgendwelcher Schundautoren und Trash-Metal-Fans nicht existiert.«

»Das weiß ich, Ma'am. Gott weiß, unser Job ist schon schwer genug, ohne dass sich übernatürliche Kräfte einmischen. Aber nur weil es keine Dämonen gibt, heißt das ja nicht, dass nicht irgendjemand fest genug daran glauben kann, um zu morden.«

»Aye, da haben Sie wohl recht.«

»Das macht es aber auch nicht leichter herauszufinden, welche Form von Wahnsinn hierfür verantwortlich ist.« McLean rieb sich Augen und Gesicht in dem vergeblichen Versuch, seine Schwäche zu vertreiben.

»Nun, wenn es sich um magische Zirkel und Dämonenverehrung handelt und Sie mehr darüber wissen wollen, dann sollten Sie mit Madame Rose unten am Leith Walk sprechen.«

»Äh ... sollte ich das?«

»Glauben Sie mir: Kaum jemand weiß mehr über Okkultismus als Madame Rose.«

So, wie sie das sagte, konnte McLean nicht ausmachen, ob sie ihn auf den Arm nahm oder nicht. Falls ja, musste er daran denken, niemals mit der Chefin Poker zu spielen. Für den Fall, dass sie es ehrlich meinte, beschloss er, ebenfalls mit offenen Karten zu spielen.

»Dann schaue ich wohl besser mal bei ihr vorbei. Vielleicht erklärt sie mir ja auch die Zukunft, das könnte ich brauchen.«

»Tun Sie das, Tony. Aber das kann jetzt warten.« McIntyre schob die Fotos zusammen und legte sie entschlossen auf den Tisch. »Ich bin nicht gekommen, um mit Ihnen darüber zu sprechen, wie man Dämonen beschwört. Nicht diese Sorte jedenfalls. Charles hat mir wegen des Smythe-Falls die Ohren vollgejammert. Haben Sie abgesegnet, dass DC MacBride Informationen von der Einwanderungsbehörde einholt?«

McLean hatte nicht so viele Worte darum gemacht, aber er würde den Jungen nicht dafür bestrafen, dass er sich so engagierte.

»Ja, habe ich. Ich fand es wichtig, ein Motiv zu finden und das vielleicht durch Aussagen von Okolos Mitinsassen zu erhärten. Die Autopsie hat ein paar schwierige Fragen aufgeworfen.«

»Weshalb Sie genau das tun sollten, was Chief Inspector Duguid angeordnet hat, und die Sache ruhen lassen. Wir wissen, dass Okolo seit über zwei Jahren in Abschiebehaft saß. Es ist nicht schön, eingesperrt zu sein, ganz besonders nicht, wenn man glaubt, nichts falsch gemacht zu haben. Smythe war ein häufiger Besucher, also konnte jeder ihn kennen. Okolo ist ausgebrochen, hat den Mann aufgespürt, den er für seine Qualen verantwortlich machte, und ihn im Blutrausch ermordet. Ende der Geschichte.«

»Aber es sind noch andere ausgebrochen. Was, wenn die dieselbe Idee hatten? Was ist mit den anderen Leuten aus dem Berufungsausschuss der Einwanderungsbehörde?«

»Alle anderen Ausbrecher sind gefasst und in die Einrichtung rückgeführt worden. Zwei von ihnen sind bereits abgeschoben. Okolo war ein irrer Einzeltäter. Möglich, dass wir ihn in den Wahnsinn getrieben haben, aber darum geht es nicht. Es gibt keine direkten Hinweise darauf, dass noch irgendjemand in diesen Mord verwickelt war. Ich kann es mir nicht leisten, noch mehr Personal damit zu beschäftigen, und offen gesagt, halte ich es für Zeitverschwendung, die Ermittlung noch weiterzuführen.«

»Aber ...«

»Lassen Sie's einfach gut sein, Tony.« McIntyre sah auf ihre Uhr. »Und überhaupt, wieso sind Sie nicht längst im Pub? Es kommt nicht oft vor, dass Charles einen ausgibt.«

»Chief Inspector Duguid hat es versäumt, mich darüber zu informieren.« McLean merkte noch beim Sprechen, wie kleinlich sich das anhörte.

»Ach, tun Sie doch nicht so aufgeblasen. Vorhin habe ich Constable MacBride und Sergeant Laird losgehen sehen, und die hatten nicht mal was mit dem Fall zu tun. So gut wie die ganze Tagschicht ist hingegangen. Was meinen Sie denn, was die jungen Officer von Ihnen denken, wenn Sie sich hier mit Ihren komischen Fotos eingraben? Zu fein, um sich mit den niederen Dienstgraden abzugeben, jetzt, wo Sie's endlich zum Inspector gebracht haben?«

So gesehen, sah McLean ein, wie unvernünftig er sich benahm.

»Es tut mir leid. Wahrscheinlich habe ich den Fall einfach zu nah an mich herangelassen. Aber lose Enden kann ich wirklich nicht leiden.«

»Und deshalb sind Sie DI, Tony. Aber nicht länger als zwölf Stunden am Tag, zumindest nicht auf meinem Revier. Und ganz sicher nicht, einen Tag nachdem Ihre Großmutter gestorben ist.

Jetzt gehen Sie in den Pub. Oder nach Hause. Ist mir egal. Aber vergessen Sie Barnaby Smythe und Jonathan Okolo. Über den Bericht für den Staatsanwalt machen wir uns morgen früh Gedanken.«

Im Pub sah es aus wie auf einer Polizeikonferenz, die aus dem Ruder gelaufen ist. McLean bedauerte alle Stammgäste, die nichts mit der Polizei zu tun hatten, auch wenn er, als er sich in der Menge umsah, kein Gesicht ausmachen konnte, das er nicht schon zuvor auf dem Revier gesehen hatte. Die Party war offensichtlich schon gut im Gang: Kleine Grüppchen hatten sich abgespalten und alle verfügbaren Tische besetzt, Freundschaften und Allianzen waren klar zu erkennen, Feindschaften und Abneigungen noch klarer. Duguid stand an der Bar, was McLean ins Dilemma brachte. Er wollte sich nicht in eine Lage bringen, in der der Chief Inspector sich weigern konnte, ihm einen Drink zu spendieren, wollte gleichzeitig aber auch nicht unbedingt einen von dem Mann annehmen. Aber es war auch ein bisschen blöd, hereinzukommen und kein Pint zu trinken.

»Da bist du ja, Sir. Ich hab schon gedacht, du hättest uns versetzt.« McLean sah sich um und entdeckte Grumpy Bob, der gerade aus der Herrentoilette kam. Er zeigte auf einen Tisch in einer dunklen Ecke, um den sich ein vertraut aussehendes Trüppchen drängte. »Wir sitzen hier drüben. Dagwood hat einfach nur einen Fünfziger auf den Tresen gepackt, der Geizkragen. Hat nicht mal für ein halbes Pint für jeden gereicht.«

»Ich weiß nicht, worüber du dich beschwerst, Bob. Du hast nicht mal an dem Fall gearbeitet.«

»Darum geht's doch gar nicht. Man kann nicht groß verkünden, allen einen auszugeben, und dann nur die Hälfte bezahlen.«

Sie erreichten die Nische, bevor McLean etwas dagegen sagen konnte. Constable MacBride saß in der hinteren Ecke, Constable Kydd neben ihm. Bob drängte sich an dem imposanten Leib von Andy Houseman vorbei und ließ sich auf einen Sitz fallen, weshalb McLean nichts anderes übrig blieb, als sich neben Miss-nicht-Ms Baird zu quetschen.

»Du hast Emma schon kennengelernt? Sie ist von den schwindelnden Höhen Aberdeens zu uns herabgestiegen.« Grumpy Bob tat sein Bestes, um einen nordostschottischen Akzent mit heftig gerolltem R zu parodieren.

»Aye, wir kennen uns.« McLean ließ sich auf die Bank gleiten.

»Also haben Sie's doch noch geschafft«, sagte Emma, während Grumpy Bob nach einem vollen Pint frischem Lager griff, es zu McLean hinüberschob und sich dann selbst das letzte verbliebene nahm.

»Hau rein, Sir.«

»Cheers.« McLean hob das Glas zu allen, dann nahm er einen Schluck. Es war kühl und nass und prickelnd. Mehr konnte er darüber nicht sagen, denn es hatte keinen erkennbaren Eigengeschmack.

»Ich habe Ihre Fotos bekommen, danke dafür.« Er wandte sich an die Kriminaltechnikerin.

»Gehört zum Service. Haben sie Ihnen irgendwas genützt? Ich konnte kaum was anderes als Weiß darauf erkennen.«

»Ja, sie waren ... okay.« McLean schauderte, als er sich an die seltsame Hilflosigkeit erinnerte, die ihn überkommen hatte, an das unheimliche Echo eines Wutschreis. Es fühlte sich an wie ein Traum, aber vielleicht machte auch seine Fantasie Überstunden. Nein, er war einfach zu schnell aufgestanden, nachdem er so lange am Boden gekauert hatte.

»Redet ihr zwei da über die Arbeit? Nicht im Ernst, oder?« Grumpy Bob grinste triumphierend, sein Glas war leer. Er versetzte Constable MacBride einen Stoß vor die Brust. »Damit schulden Sie mir zehn Pfund, mein Junge. Ich hab gesagt, der Inspector würde als Letzter kommen und als Erster verlieren.«

»Was geht denn hier ab?«, fragte Emma mit besorgtem Stirnrunzeln. McLean seufzte und zog sein Portemonnaie aus der Jackentasche. Er würde sowieso die nächste Runde bezahlen müssen. Nicht dass er es sich nicht leisten konnte.

»Im Pub über den Job zu reden ist bei Strafe verboten. Wer verliert, zahlt. Das ist eine alte Tradition, die bis in die Zeiten zurückreicht, als Grumpy Bob noch Constable auf Streife war, also irgendwann zwischen den Weltkriegen. Stimmt's, Bob?« Er zog einen Zwanzigpfundschein heraus, ließ ihn auf den Tisch klatschen und achtete nicht auf Grumpy Bobs Protest. »Stuart, tun Sie uns den Gefallen, ja?«

»Was? Warum ich?«

»Weil Sie der Jüngste sind.«

Grummelnd arbeitete Constable MacBride sich aus seiner gemütlichen Ecke heraus, nahm das Geld und ging zum Tresen.

»Und sorgen Sie dafür, dass es diesmal anständiges Bier ist.«

Eine ganze Weile später winkte McLean einem Taxi voller angetrunkener Constables und Tatort-Experten nach. Big Andy war schon früher gegangen, heim zu seiner Frau und seinem kleinen Kind, weshalb nur noch Grumpy Bob McLean zu Fuß nach Hause begleitete und, seinem Zustand nach zu urteilen, wohl im Gästezimmer schlafen würde. Es wäre nicht das erste Mal, und es war auch nicht so, als würde Mrs Bob auf ihn warten. Sie war schon vor vielen Jahren ausgezogen.

»Nettes Mädchen, diese Emma, findest du nicht?«

»Findest du nicht, du bist ein bisschen zu alt, um noch mal in den Hafen der Ehe einzulaufen, Bob?« McLean wappnete sich für einen spielerischen Hieb auf die Schulter und wurde nicht enttäuscht.

»Nicht für mich, du Haubentaucher. Ich rede über dich.«

»Ich weiß, Bob. Und ja, sie ist nett. Komischer Musikgeschmack, aber das ist nicht so wichtig. Weißt du irgendwas über sie?«

»Nur dass sie vor ein paar Monaten zu uns versetzt worden ist. Sie kommt aus Aberdeen.« Wieder rollte Grumpy Bob seinen schrecklichen Aberdeen-Akzent aus.

»Ja, das sagtest du bereits.«

»Gibt sonst nicht viel mehr zu wissen. Diese Typen von der Kriminaltechnik halten viel von ihr, also muss sie gut in ihrem Job sein. Und es ist doch nett, mal ein hübsches Gesicht zu sehen statt den üblichen Haufen Sauertöpfe.«

Eine Weile gingen sie schweigend nebeneinanderher, im Gleichschritt wie ein in Ehren ergrauter Sergeant und sein nicht mehr ganz so junger Constable auf nächtlicher Streife. Die Luft war kühl, der Himmel über ihren Köpfen dunkel mit einer Spur Orange. Man konnte die Sterne nicht mehr sehen – zu viel Lichtverschmutzung.

Plötzlich blieb Grumpy Bob stehen. »Ich hab das von deiner Granma gehört, Tony. Es tut mir leid. Sie war eine klasse Frau.«

»Danke, Bob. Weißt du, ich kann es immer noch nicht glauben, dass sie wirklich tot sein soll. Ich habe dauernd das Gefühl, ich müsste Schwarz tragen und mir die Haare raufen. Vielleicht wäre auch ein bisschen Heulen und Zähneklappern nicht schlecht. Aber es ist komisch. Ich bin eher erleichtert als traurig. Sie lag so lange im Koma.«

»Du hast recht. Es ist wirklich besser so.« Sie gingen weiter, bogen in McLeans Straße ein.

»Heute habe ich ihren Anwalt besucht. Sie hat mir alles vermacht, weißt du. Ist ein hübsches Sümmchen.«

»Mein Gott, Tony, du wirst doch jetzt nicht von der Fahne gehen, oder?«

Der Gedanke war ihm bis zu diesem Augenblick noch nicht gekommen, aber McLean nahm sich dennoch fünf Sekunden Zeit, bis er antwortete.

»Meine Güte, nein, Bob. Was sollte ich denn machen? Und

abgesehen davon: Wer würde dich dann decken, wenn du den ganzen Tag Zeitung liest?«

Sie erreichten die Haustür des Mietshausblockes, und McLean bemerkte denselben strategisch geschickt platzierten Stein, der die Tür offen hielt.

»Bist du fit genug, um nach Hause zu gehen, Bob, oder willst du das Gästebett?«

»Nee, ich gönn mir noch einen kleinen Spaziergang, schnapp ein bisschen Luft. Wer weiß, vielleicht bin ich sogar nüchtern, bis ich zu Hause ankomme.«

»Okay dann. Schlaf gut.«

Ohne sich noch umzudrehen, winkte ihm Grumpy Bob zu und ging weiter die Straße entlang. McLean fragte sich, wie weit er wohl kommen würde, bis er beschließen würde, ein Taxi heranzuwinken.

17

Das Gelände von Penstemmin Security Systems lag auf einem weitläufigen Neubaugrundstück unten an der Küste des Forth zwischen Leith und Trinity. Das Gebäude selbst war ein nichtssagender moderner Zweckbau. Es hätte genauso gut einen Baumarkt oder ein Callcenter beherbergen können, auch wenn diese üblicherweise nicht mit Nato-Stacheldraht, Bewegungsmeldern und mehr Überwachungskameras als in einem durchschnittlichen Gefängnis gesichert waren. Die Wände waren in einem stumpfen Nato-Dunkelgrau gestrichen, und direkt unterhalb der Dachrinne des Flachdachs zog sich eine verdunkelte Glasfront wie ein Band um das gesamte Gebäude herum. An der Ecke vor ihnen reichten die Fenster bis zum Boden und bildeten ein kleines Foyer um den Haupteingang.

Constable MacBride stellte den Dienstwagen auf dem einzigen Parkplatz ab, der für Besucher ausgewiesen war. Der weiße Opel Vectra sah neben den hochglänzenden BMW- und Mercedes-Geländewagen ziemlich fehl am Platze aus. Der Direktor konnte es sich leisten, in einem nagelneuen Ferrari zur Arbeit zu kommen, wie McLean bemerkte.

»Sieht aus, als hätten wir uns für die falsche Branche entschieden.«

Er folgte dem Constable über den Parkplatz und genoss die kühle Morgenbrise, die vom Firth hereinkam. MacBrides Gesicht war blass, die dunklen Ringe unter seinen Augen sprachen von den Exzessen des gestrigen Abends. Die Tequila-Slammers, die er mit PC Kydd zusammen gekippt hatte, hatten ihn zweifellos ein paar Millionen funktionierender Gehirnzellen gekostet.

Erst machte er ein leicht verwirrtes Gesicht, dann bemerkte er schließlich die Sammlung kostspieliger Automobile.

»Ich hätte nicht gedacht, dass Sie so ein Autofreak sind. Man sagt, Sie hätten nicht mal ein eigenes.«

McLean unterdrückte das Verlangen nachzufragen, wer denn »man« sei. Es gab Schlimmeres, was andere über einen sagen konnten. »Habe ich auch nicht. Aber das muss ja nicht heißen, dass ich gar nichts über Autos weiß.«

Da sie bereits am Eingangstor zu dem ganzen eingezäunten Komplex kontrolliert worden waren, mussten sie sich nur an der Sprechanlage vorstellen und der Überwachungskamera zeigen, bevor sie das Gebäude betreten durften. Schließlich wurden sie in Empfang genommen von einer elegant gekleideten jungen Frau mit burschikos kurzem Haarschnitt und einer dick umrandeten rechteckigen Brille, deren Gläser so schmal waren, dass sie die Welt wie durch einen Briefkastenschlitz wahrnehmen musste.

»Detective Constable MacBride?« Sie streckte McLean die Hand hin.

»Äh, nein. Ich bin Detective Inspector McLean. Das hier ist mein Mitarbeiter, DC MacBride.«

»Oh, tut mir leid. Courtney Rayne.« Man begrüßte sich mit Handschlag, dann führte die junge Frau sie durch eine ganze Reihe von Sicherheitstüren ins Herz des Gebäudes. Es war eine weitläufige, hohe Halle, die von einer spinnennetzartigen Konstruktion aus Dachträgern überspannt war. Eine Klimaanlage pumpte eiskalte Luft in den riesigen Raum, sodass McLean unwillkürlich fröstelte.

Die Halle war mit Raumteilern in kleine Büros unterteilt. In jeder Zone saßen ein Dutzend oder mehr Leute an Monitoren, hatten Telefon-Headsets auf und sprachen in kleine Mikrofone, die wie Wespen über einer Kaffeetafel vor ihren Lippen schwebten. Es war laut, gelegentlich wurde der gleichförmige Lärm unterbrochen, wenn ein Gruppenleiter von einer Workstation zur anderen eilte und Hektik auslöste.

»Unser Zentrum überwacht über zwanzigtausend Alarmanlagen in ganz Zentralschottland«, erklärte Ms Rayne. McLean beschloss, dass sie definitiv eine Ms war, auch wenn sie vielleicht verheiratet war.

»Ich hatte keine Ahnung, dass Penstemmin so ein großes Unternehmen ist.«

»Oh, das sind nicht nur Penstemmin-Anlagen. Wir bieten auch Monitoring-Dienste für etwa zwölf weitere kleinere Firmen an. Die Pods auf der anderen Seite der Halle gehören zur Polizeiregion Strathclyde, diese beiden hier überwachen alle Alarmanlagen in Lothian and Borders.«

»Pods?«

»So nennen wir unsere Teams, Inspector. Jede Arbeitsgruppe ist ein Pod. Fragen Sie mich nicht, warum, ich habe nicht die geringste Ahnung.«

Ms Rayne führte sie über einen breiten Gang durch die Mitte der großen Halle, der die beiden großen Städte Schottlands so sichtbar voneinander trennte, wie die historische Feindschaft zwischen ihnen tief war. McLean betrachtete die bleichen Angestellten an ihren Konsolen. Während die Frau in ihrem figurbetonten Anzug vorbeiging, zogen sie die Köpfe ein und täuschten Geschäftigkeit vor, selbst wenn sie kurz zuvor gerade nichts getan hatten. Es fühlte sich nicht nach einem angenehmen Arbeitsumfeld an. Er fragte sich, wie hoch die Personalfluktuation sein mochte und ob einige von ihnen mit Groll im Herzen und geheimen Informationen in der Tasche gingen.

An der hinteren Seite der Halle führte eine Treppe zu einer langen Galerie. Büros mit Glasfronten führten um das gesamte Gebäude herum, ihre einzeln sitzenden Bewohner waren zweifellos die Eigentümer der protzigen Flotte vor der Tür. Die armen Schweine unten kamen wohl eher mit dem

Bus zur Arbeit oder parkten außerhalb der Anlage auf der Straße.

Nachdem sie die Halle der Länge nach durchschritten hatten, um zur Treppe zu gelangen, wanderten sie jetzt wieder zurück zur Vorderseite. McLean vermutete, dass es auch einen kürzeren Weg gab, der vom Empfang vorne schneller nach oben geführt hätte, aber aus irgendeinem Grund hatte Ms Rayne ihnen wohl die große Halle zeigen wollen. Vielleicht wollten sie mit ihrem Professionalismus Eindruck bei der Polizei schinden. Falls das ihre Absicht gewesen war, waren sie gescheitert. McLean hatte schon jetzt genug von Penstemmin Security Systems, und dabei hatte er noch keine einzige Frage gestellt.

Sie kamen an eine Milchglaswand, die eine Ecke des Gebäudes abtrennte. Ihre Führerin blieb kurz vor der breitflügeligen Milchglastür stehen, um leise anzuklopfen, dann drückte sie die Tür auf und kündete ihre Ankunft an.

»Doug? Ich habe hier Inspector McLean von der CID Lothian and Borders. Du weißt schon: der Constable, der angerufen hatte.« Bei McLeans Eintreten war der Mann, den sie angesprochen hatte, von seinem Sessel hinter einem riesigen Schreibtisch aufgestanden und hatte sich auf den Weg durch sein weitläufiges Büro gemacht. Dagegen waren die Räume der »Pods« gar nichts. Dieses Büro hier hätte man mit Wasser füllen und darin locker ein halbes Dutzend Blauwale schwimmen lassen können.

»Doug Fairbairn. Freut mich, Sie kennenzulernen, Inspector. Constable.« Ein strahlendes Lächeln, blitzend weiße Zähne in einem sonnengebräunten Gesicht. Er trug ein lose sitzendes Hemd mit schweren goldenen Manschettenknöpfen und eine sauber gebundene Krawatte um den Hals. Sein Jackett hing über der Sessellehne, und seine Anzughose war maßgeschneidert, um einen wachsenden Bauch zu kaschieren.

»Mr Fairbairn.« McLean ergriff die dargebotene Hand und schüttelte sie, spürte einen festen Griff. Fairbairn strahlte Selbstvertrauen aus. Oder Arroganz – es war noch zu früh, das zu entscheiden. »Ist das Ihr Ferrari da draußen?«

»Ein F 430 Spider. Sie mögen Autos, Inspector?«

»Als Junge war ich oft in Knockhill und habe mir die Rennen angesehen. Jetzt habe ich keine Zeit mehr für so was.«

»Der ist zu stark für Knockhill. Ich muss runter in den Süden fahren, um ihm ein bisschen Auslauf zu verschaffen. Letztes Jahr war ich am Ring. Hier, nehmen Sie doch Platz.« Fairbairn zeigte auf ein niedriges Ledersofa und Sessel in minimalistischem Grau. »Was kann ich für Sie tun, Inspector?«

Kein Tee oder Gebäck. Nur selbstverliebte Witzeleien.

»Ich ermittle in einer Einbruchserie. Professionell ausgeführt, könnte man sagen. Jedenfalls keine einfachen Brüche. Momentan können wir nur eine sehr schwache Verbindung zwischen den Delikten herstellen. Aber in mindestens den letzten drei Fällen waren Penstemmin-Alarmanlagen installiert. Und in jedem dieser Fälle waren die Alarmanlagen umgangen worden, ohne dass jemand etwas davon bemerkt hätte.«

»Courtney, die Akte bitte.« Fairbairn nickte der gestrengen Geschäftsfrau zu, die an der Tür stehen geblieben war. Sie ging hinaus, um kurz darauf mit einer einzelnen Aktenmappe zurückzukommen.

»Ich nehme an, hier geht es um den jüngsten Einbruch in das Haus von Mrs Douglas. Überaus bedauerlich natürlich, Inspector. Aber ich habe das System komplett überprüfen lassen, und da ist nichts, was darauf hindeutet, dass die Anlage manipuliert wurde.«

»Zeichnet Ihr System auf, wann die Alarmanlage eingeschaltet wird, Sir?« DC MacBride hatte sein Notizbuch herausgezogen und hielt den Stift bereit.

»Ja, das tut es, Constable. Mr Douglas hatte eine hochklassige Anlage. Unser Computersystem hat das Einschalten des Alarms verzeichnet um …«, Fairbairn schlug die Mappe auf und zog einen Ausdruck heraus, »halb elf morgens am fraglichen Tag. Um Viertel vor drei nachmittags wurde er wieder ausgeschaltet. Die Überwachung hat ein paar Peaks während dieses Zeitraums aufgezeichnet, aber daran ist nichts Ungewöhnliches. Die Stromversorgung der Stadt ist für ihre Schwankungen bekannt.«

»Könnte jemand den Alarm umgangen haben? Ich weiß nicht – vielleicht die Aufzeichnung neu gestartet haben?«

»Technisch ist das möglich, denke ich. Aber dazu müssten Sie direkten Zugang zu unserem Zentralrechner haben, der sich unten im Keller hinter einer dicken Stahltür befindet. Außerdem hätte man erst mal hier hereinkommen müssen, was nicht so einfach ist, das kann ich Ihnen versichern. Und man müsste unser System in- und auswendig kennen, und dazu die aktuellen Passwörter. Und selbst dann würden Sie sehr wahrscheinlich Spuren hinterlassen. Wir haben das ganze System von den besten Computersicherheitsfirmen der Branche testen lassen. Das ist bombensicher.«

»Also, wenn die Anlage umgangen worden wäre, hätte das nur ein Insider tun können?« McLean genoss den panischen Ausdruck, den seine Worte auf Fairbairns Gesicht hervorriefen.

»Das ist ausgeschlossen. Unsere Belegschaft wird einer umfassenden Überprüfung unterzogen, und niemand hat Zugriff auf alle Teile des Systems. Wir sind sehr stolz auf unsere Integrität.«

»Natürlich, Sir. Können Sie mir sagen, wer die Anlage bei Mr Douglas installiert hat?«

Fairbairn sah in der Mappe nach, blätterte nervös hin und her. Jetzt schien er sich nicht mehr so sicher zu sein.

»Carpenter«, sagte er nach einer Weile. »Geoff Carpenter. Er ist einer unserer besten Monteure. Courtney, kannst du mal nachsehen, ob Geoff gerade unterwegs ist? Wenn nicht, hol ihn kurz rein, ja?«

Ms Rayne verschwand wieder aus dem Büro. Durch die noch

immer offenstehende Tür war ein gedämpftes Telefongespräch zu hören.

»Ich nehme an, Sie möchten mit ihm sprechen«, sagte Fairbairn.

»Das würde helfen, sicher«, antwortete McLean und schaute den Mann dabei fest an. »Sagen Sie mir, Mr Fairbairn: Ms Rayne sagt, Sie bieten von hier aus auch Monitoring für verschiedene andere Firmen an. Könnten Sie mir eine Liste mit den Namen geben?«

»Das sind sehr vertrauliche Informationen, Inspector.« Fairbairn zögerte einen Moment lang, spielte mit seinen Fingern, allerdings wesentlich weniger geübt als Grumpy Bob. Schließlich rieb er sich die Hände an seiner teuren Seidenhose ab. »Aber ich darf Ihnen das wohl liefern. Schließlich arbeiten wir sowieso eng mit Schottlands Polizeikräften zusammen.«

»Ich mache es Ihnen leichter. Sagen Ihnen die Namen ›Secure Home‹, ›Lothian Alarm Systems‹ und ›Subsisto Raptor‹ irgendetwas?«

Fairbairns Miene wurde leicht panisch. »Ich ... Äh, das ist ... Ja, Inspector. Wir überwachen für alle drei Firmen die Anlagen in Edinburgh.«

»Wie lange arbeiten Sie schon mit diesen Firmen zusammen, Mr Fairbairn?« Constable MacBride schlug eine neue Seite auf seinem Notizblock auf und leckte die Spitze seines Stiftes an. Der Junge hatte eindeutig zu viele Krimis gesehen, dachte McLean, aber es war trotzdem lustig mitanzusehen.

»Oh, ähm, lassen Sie mich sehen. Lothian haben wir erst vor ein paar Monaten selbst übernommen, aber wir arbeiten schon seit etwa fünf Jahren für sie. Secure Home müsste seit etwa vorletztem Jahr mit uns zusammenarbeiten. Subsisto Raptor kam vor ungefähr eineinhalb Jahren mit an Bord. Ich kann die exakten Daten ausgraben, wenn Sie möchten. Das sind die Fälle, die sich ähneln, oder?«

»In der Tat, Mr Fairbairn.«

»Ich hoffe, Sie wollen damit nicht andeuten ...«

»Ich deute gar nichts an, Mr Fairbairn. Ich gehe nur einer Frage nach. Ich glaube nicht, dass Ihre Firma versucht, systematisch Kunden zu betrügen. Das wäre dumm. Aber irgendwo in Ihrem System gibt es eine Schwachstelle, und ich habe vor, die zu finden.«

»Natürlich, Inspector. Das ist Ihre Aufgabe. Aber bitte berücksichtigen Sie, dass unser guter Ruf für uns alles ist. Wenn herauskommt, dass unser System versagt hat, dann sind wir innerhalb eines Jahres weg vom Fenster.«

»Sie wissen schon, dass mich das nicht wirklich interessiert, Mr Fairbairn. Firmen wie Ihre machen uns unseren Job im Allgemeinen natürlich sehr viel leichter. Aber ich werde denjenigen schnappen, der das getan hat, wer auch immer es sein mag.«

»Irgendetwas übersehe ich, Constable.«

»Sir?«

»Irgendetwas Offensichtliches. Etwas, das ich von Anfang an hätte erkennen müssen.«

»Na ja, Fairbairn sagt uns nicht alles, so viel steht fest.«

»Was? Ach nein. Tut mir leid. Ich dachte an das tote Mädchen.«

Auf dem Rückweg zum Revier fuhren sie den Leith Walk entlang. Abseits der Küste und zwischen den hohen Bauten auf beiden Straßenseiten wurde die Hitze des Tages im Wagen immer drückender. McLean hatte das Fenster offen, aber sie kamen so langsam voran, dass von Fahrtwind keine Rede sein konnte. Irgendwo weiter vorne war der Verkehr vollständig zum Erliegen gekommen.

»Nehmen Sie die nächste links.« McLean zeigte auf eine schmale Seitenstraße.

»Aber zum Revier geht's geradeaus, Sir.«

»Ich will noch nicht gleich zurück. Ich möchte mir diesen Keller noch mal ansehen.«

»In Sighthill?«

»Wir kommen wesentlicher schneller da hin, wenn Sie aufhören, dumme Fragen zu stellen.«

»Ja, Sir. Entschuldigung, Sir.« MacBride zog in die Busspur, kroch am Stau vorbei und bog ab.

McLean bedauerte es, ihn angefahren zu haben. Er wusste nicht genau, warum er auf einmal so schlechte Laune hatte.

»Was wissen wir über dieses Mädchen?«

»Ähm, was meinen Sie, Sir?«

»Na, denken Sie mal nach. Sie ist jung, arm, trägt ihr bestes Kleid. Was hat sie getan, als sie ermordet wurde?«

»Zu einer Party gegangen?«

»Halten Sie diesen Gedanken fest. Eine Party. Nehmen wir mal an, die Party war in dem Haus, in dem wir sie gefunden haben. Was bedeutet das?«

Schweigen, während sie sich durch das Gewirr der Straßen rund um Holyrood Palace arbeiteten.

»Dass, wer auch immer das Haus besaß, als sie ermordet wurde, von dem Mord gewusst hat?«

»Und wem gehörte es?«

»Der Farquhar's Bank. Die Eigentumsurkunden zeigen, dass die Bank es 1920 erworben und behalten hat, bis sie vor eineinhalb Jahren von Mid-Eastern Finance aufgekauft wurden.«

»Okay, lassen Sie mich es anders formulieren. Wer hat in dem Haus gewohnt? Wer hat die Farquhar's Bank geleitet, bevor sie verkauft wurde?«

»Keine Ahnung, Sir. Jemand namens Farquhar vielleicht?«

McLean seufzte. Da gab es definitiv etwas, was er übersah.

»Wir müssen mit Mid-Eastern Finance reden. Die müssen doch Angestellte von der alten Bank übernommen haben. Oder zumindest Unterlagen darüber haben, wer dort gearbeitet hat. Verfolgen Sie das, wenn wir ins Büro zurückkommen.«

»Wollen Sie jetzt doch gleich zurückfahren, Sir?«

»Nein. Ich will mir erst dieses Haus ansehen. Früher oder später werde ich McAllister weiterarbeiten lassen müssen. Die Spurensicherung hat inzwischen natürlich alles geputzt und aufgeräumt. Aber ich muss es mir noch einmal selbst ansehen.«

Das Haus lag verlassen da, als sie ankamen, die Personalcontainer waren abgeschlossen. Die Fensteröffnungen im Erdgeschoss waren mit dicken Sperrholzbrettern verrammelt, und ein solides Bügelschloss verwehrte den Zutritt durch die Tür. McLean befahl MacBride, sich ans Telefon zu hängen, um die Schlüssel zu besorgen, dann machte er sich auf einen Rundgang über das Gelände.

Anders als bei solchen Häusern üblich, befand sich der Turm auf der Rückseite. Angesichts des abblätternden Putzes und der vielen zerbrochenen Dachpfannen, die in dem zugewucherten Garten lagen, nahm McLean an, dass schon seit vielen Jahren niemand mehr in dem Haus gewohnt hatte. Brombeeren wuchsen an den feuchten Wänden bis zu den zerbrochenen Fensterscheiben des ersten Stockwerks hinauf, und das, was früher ein Rasen gewesen sein musste, war dicht besetzt mit Sprösslingen eines nebenan stehenden Ahornbaumes. Das Ganze war von einer hohen Steinmauer umgeben, auf deren Krone Glassplitter im bröckelnden Mörtel saßen. Ein ausgetretener Pfad führte zu einem kleinen Tor. Die alte Holztür lag verrottend im Unterholz, die Öffnung, die sie gelassen hatte, war ebenfalls mit dickem Sperrholz vernagelt. Tommy McAllister war offensichtlich Sighthills Drogensüchtigen und Vandalen gegenüber weniger gastfreundlich eingestellt als die Farquhar's Bank.

Es dauerte nur zehn Minuten, bis ein Auto mit den Schlüsseln kam. Es war die junge Constable, die die Baustelle in der Nacht bewacht hatte, als die Leiche entdeckt worden war.

»Sind Sie bald fertig hier, Sir? Ist nur, weil ich Tommy McAllister heute schon drei Mal am Telefon hatte, der mir die Ohren vollgeheult hat, dass er Arbeiter fürs Nichtstun bezahlen muss.« Sie schloss das Vorhängeschloss auf und ließ den Schlüssel stecken.

»Ich behalte das im Hinterkopf, Constable, aber ich führe diese Ermittlung nicht so, dass es für Mr McAllister bequem ist.«

»Aye, das weiß ich, Sir. Aber Sie müssen ihn sich auch nicht anhören, oder?«

»Wenn er sich wieder beschwert, sagen Sie ihm, er soll sich an mich wenden«, sagte McLean.

»Das werde ich tun, Sir. Und schließen Sie bitte selbst ab, wenn Sie fertig sind.« Die Constable drehte sich um und ging zurück zu ihrem Streifenwagen.

Kopfschüttelnd betrat McLean das alte Haus, wobei ihm wieder bewusst wurde, dass er immer noch nicht ihren Namen kannte.

Absperrband der Polizei verwehrte den Zutritt zum Keller, aber als er darunter hindurchtauchte und die Steintreppe hinunterstieg, war McLean sich sicher, dass jemand hier gewesen war und saubergemacht hatte. Der Bauschutt um das Loch, das zu der verborgenen Kammer führte, war fort, nur noch sauber gewischte Bodenfliesen waren zu sehen. Es war zwar möglich, dass die Kriminaltechniker aufgeräumt hatten, bevor sie gegangen waren, aber das wäre das erste Mal gewesen.

Er zog seine Taschenlampe heraus und stieg durch das kleine Loch in den Raum. Es fühlte sich ganz anders darin an, jetzt, wo der arme gefolterte Leichnam entfernt worden war. Sechs saubere Nischen waren in regelmäßigen Abständen in die glatt verputzte Wand eingelassen. Er sah in jede einzelne hinein, ohne besonders viel zu erwarten. Sie waren schlicht, entstanden durch das Herausnehmen einzelner Steine aus den Kellermauern. Darunter zeugte jeweils ein kleiner Haufen Schutt und Holz davon, womit sie wieder geschlossen worden waren.

»Ist sie hier gefunden worden?« McLean sah sich um und erblickte DC MacBride im Eingang, der das Licht der nackten Glühbirnen draußen abschirmte. Er war noch nicht am Tatort gewesen, wurde McLean klar.

»Ja, Constable. Kommen Sie herein und schauen Sie sich um. Sagen Sie mir, was Sie sehen.«

MacBride hatte eine größere Taschenlampe als er, fiel McLean auf. Vielleicht gehörte sie zur Standardausrüstung der Dienstwagen, aber er bezweifelte das. Der Constable ging langsam im Raum herum, richtete den Lichtstrahl erst an die Decke, dann auf den Boden und die vier kleinen Löcher, wo die Nägel gesessen hatten. Schließlich sah er auf die Wände und tastete mit den Händen über den Putz.

»Es ist ein Albtraum, einen runden Raum zu verputzen«, sagte er. »Wer auch immer das gemacht hat, war ein geschickter Handwerker.«

McLean starrte ihn an. Dann sah er wieder zu den Nischen und dem Rahmen der ursprünglichen Tür, die zugemauert worden war, um das schreckliche Verbrechen zu verbergen. Wie konnte er so dumm gewesen sein?

»Das ist es.«

»Das ist was?«

»Die Arbeiten, die hier unten ausgeführt wurden. Die Nischen verschließen, die Tür zumauern. Dafür braucht man Handwerker.«

»Hm, ja.«

»Und wenn wir die Ritual-Theorie verfolgen, dann würde das auf gebildete Menschen hinweisen. Außerdem wohlhabende Menschen, wenn sie zu Partys in Häuser wie diesem gingen.«

»Und?«

»Und vor sechzig Jahren waren wohlhabende Menschen noch keine Heimwerker. Sie hätten eine Putzkelle nicht von einer Spitzhacke unterscheiden können.«

»Ich verstehe nicht ...«

»Denken Sie nach, Constable. Die Organe waren in den Nischen versteckt, was bedeutet, die Putzarbeiten müssen stattgefunden haben, nachdem das Mädchen getötet worden war. Wer immer das getan hat, musste jemanden anstellen, um das alles fertig zu machen. Und diese Person muss gesehen haben, was hier drin war. Was meinen Sie, wie haben die Mörder ihn davon abgehalten, etwas darüber zu sagen, was er gesehen hat?«

»Ihn umgebracht, nachdem er die Arbeit erledigt hatte?«

»Genau. Sie hätten ihn unmöglich am Leben lassen können.«

»Aber wie bringt uns das weiter? Ich meine, wenn er tot ist ... Nun, da ist nichts zu machen. Und wenn sie seine Leiche versteckt haben?«

»Sie vergessen etwas, Constable. Wir können nicht anfangen, das Mädchen über die Vermisstendaten zu identifizieren, weil wir nichts über es wissen. Es hätte eine Obdachlose sein können, eine Fremde, irgendwer. Aber wer immer diesen Raum verputzt hat, hat auch diese Nischen verborgen. Das war ein Fachmann, wahrscheinlich jemand aus der Region.«

»Aber hätte es nicht auch jemand von denen sein können? Einer von den sechsen, meine ich.«

McLean schwieg. Der Schnellzug seiner Schlussfolgerungen war durch MacBrides gnadenlose Logik entgleist. Dann fielen ihm die Gegenstände wieder ein, die in den Nischen gelegen waren. Ein goldener Manschettenknopf, ein silbernes Zigarettenetui, ein Netsuke-Kästchen, ein Pillendöschen, eine Krawattennadel. Nur die Brille hätte in den 1940ern einem Arbeiter gehört haben können, und sogar das war unwahrscheinlich, oder?

»Möglich«, gestand er ein. »Aber ich halte es für unwahrscheinlich. Und im Moment ist das der beste Ansatz, den wir haben. Mag sein, dass wir uns durch zwanzig Jahre Archiv hindurchwühlen müssen, aber es wird irgendetwas über einen vermissten Stukkateur zu finden geben. Wenn wir ihn finden, können wir auch denjenigen finden, für den er gearbeitet hat.«

18

»Oh, Mr McLean. Nur ganz kurz, ich habe ein Päckchen für Sie.«

McLean blieb am Fuß der Treppe stehen und versuchte, den Gestank nach Katzenpisse nicht einzuatmen. Die alte Mrs McCutcheon musste in ihrem kleinen Flur gesessen und darauf gewartet haben, dass er nach Hause kam. Sie hatte die Tür offen gelassen, während sie in den Tiefen ihrer Wohnung verschwand. Kaum war sie weg, kam auch schon ein schlanker schwarzer Kater auf leisen Pfoten heraus und erschnupperte mit nickendem Kopf die Treppenhausluft. Einen Augenblick lang überkam McLean die irre Vorstellung, dass die alte Frau eine Hexe war und die Gestalt dieses Tieres angenommen hatte. Vielleicht hatte sie es sich zur Gewohnheit gemacht, nachts durch die Straßen Newingtons zu streifen und in die Fenster zu lugen, um zu sehen, was vor sich ging. Das würde jedenfalls erklären, warum sie immer so viel über alles wusste, was vor sich ging.

»Es hat mir so leid getan, vom Tod Ihrer Großmutter zu hören. Sie war eine gute Frau.« Mrs McCutcheon kam mit einem großen Paket in den faltigen und zittrigen Händen zurück. Die Katze schlängelte sich um ihre Beine und brachte sie beinahe zu Fall. So viel zu der Theorie.

»Danke, Mrs M. Das ist sehr nett von Ihnen.« McLean nahm ihr das Paket ab, bevor sie es fallen ließ.

»Keine Ursache. Ich hatte ja keine Ahnung, wie viel sie in ihrem Leben gemacht hat. Und ihren Sohn so zu verlieren ... Oh.« Mrs McCutcheon sah ihm kurz in die Augen, dann senkte sie den Blick. »Oh, das tut mir leid. Das muss ja Ihr Vater gewesen sein.«

»Bitte, Mrs M, machen Sie sich keine Gedanken«, sagte McLean. »Es ist ja schon sehr lange her. Aber wie haben Sie davon erfahren?«

»Oh, das steht in der Zeitung.« Sie verschwand wieder in der Wohnung und erschien kurz darauf mit der aktuellen Ausgabe des *Scotsman*. »Hier, Sie können sie behalten, ich habe schon alles gelesen.«

McLean dankte ihr wieder, dann stieg er die gewundene Steintreppe hinauf zum obersten Stockwerk und seiner eigenen Wohnung. Der Anrufbeantworter blinkte wild und zeigte eine rote Zwei. Er drückte den Knopf, legte das Paket und die Zeitung weg, während das winzige Band zurückspulte.

»Hi, Tony, Phil hier. Leg die Handschellen weg und triff uns um acht im Pub. Jen hat mir gesagt, du würdest jetzt als Transe gehen, und das musst du mir ganz genau erklären.«

Das Gerät piepste, dann spielte es die zweite Nachricht ab.

»Inspector McLean? Jonas Carstairs hier. Ich wollte nur bestätigen, dass die Trauerfeier für Montagmittag angesetzt ist. Ich schicke Ihnen um elf einen Wagen vorbei, der Sie abholt. Rufen Sie mich an, wenn Sie noch etwas brauchen. Sie haben meine Festnetz- und meine Handynummer. Oh, am Wochenende sollten Sie ein Paket bekommen. Es sind Kopien sämtlicher Unterlagen und andere Sachen zum Vermögen Ihrer Großmutter. Ich dachte, Sie wollten sich das vielleicht ansehen. Wir können später im Einzelnen darüber sprechen.«

McLean sah das Paket an. Es trug den Absenderstempel von Carstairs Weddell. Er öffnete es und zog einen dicken Stapel Papiere heraus, die noch leicht nach Kopierer rochen. Auf dem Deckblatt stand in geschwungener Handschrift: »Letzter Wille und Testament«, und er wollte gerade anfangen zu lesen, als der Apparat noch einmal piepte.

»Bitte helfen Sie mir. Bitte finden Sie mich. Bitte retten Sie mich. Bitte. Bitte.«

Die Stimme jagte einen Schauer über seinen Rücken. Es war eine junge Frau, vielleicht ein Mädchen. Ihr Akzent kam ihm unbekannt vor. Schottisch, Ostküste, aber nicht Edinburgh. Er sah auf den Anrufbeantworter. Die rote LED-Anzeige zeigte immer noch »2« an. Zwei Nachrichten. Er drückte wieder auf »Play«, wartete ungeduldig, während das Band zurückspulte. Phils fröhliche Stimme kam, dann Jonas Carstairs. Dann nichts. Das Band knackte und blieb stehen.

Er spulte zurück und spielte die Nachrichten noch zwei Mal ab. Immer noch nur zwei. Er ging ins Arbeitszimmer, wühlte in seinem Schreibtisch nach dem alten Diktiergerät und verbrachte dann zehn Minuten damit, nach passenden Batterien zu suchen. Er legte das Band aus dem Anrufbeantworter ein und spielte es noch einmal von Anfang an ab.

Da war die Ansage. Klang seine Stimme wirklich so trostlos und gelangweilt? Dann eine kurze Pause, gefolgt von Phils Nachricht. Noch einmal kurz Stille, dann Jonas. Ein Haufen alter Nachrichten, die noch nicht durch neue überschrieben waren, aber nichts, das sich auch nur entfernt so anhörte wie das, was er eben gehört hatte. Oder wovon er dachte, es gehört zu haben. Und dann Schweigen. Er ließ das Band noch ein bisschen weiterlaufen, dann drückte er auf Vorlauf. Das Diktiergerät würde jetzt alles abspielen, was es je aufgenommen hatte, nur schneller. Er müsste das Mädchen hören können. Aber es gab nur eine Pause und dann eine Folge sehr alter Nachrichten, die ein paar Minuten in Anspruch nahmen. Dann Stille.

Hatte er sich das nur eingebildet? Eine sehr seltsame Halluzination, falls das der Fall sein sollte. Und doch lief das Band rasch schweigend weiter, bis es ans Ende kam. Er holte es heraus, drehte es um, drückte auf »Play«.

»Hi, dies ist der Anschluss von Tony und Kirsty. Wir sind viel zu sehr damit beschäftigt, Unrecht wiedergutzumachen und Verbrechen zu bekämpfen, um jetzt ans Telefon zu gehen. Sie werden sich damit begnügen müssen, nach dem Signalton eine Nachricht zu hinterlassen.«

McLean ging langsam in die Knie, die Muskeln in seinen Beinen waren nicht mehr in der Lage, sein Gewicht zu tragen. Er nahm den Raum um sich herum nur noch schemenhaft wahr, aber er hatte sich deutlich verdüstert. Ihre Stimme. Wie viele Jahre war es her, dass er ihre Stimme gehört hatte? Dieses letzte, vertrauensvolle »Bis bald«, das nicht stimmte? Und die ganze Zeit war ihre Stimme hier auf diesem blöden Apparat gespeichert gewesen.

Ohne nachzudenken, spulte er zurück und spielte die alte Ansage noch einmal ab. Ihre Worte hallten in der leeren Wohnung wieder, und für kurze Zeit löste sich der Lärm der Stadt im Hintergrund auf. Er sah sich um, sah dieselben alten Bilder an der Wand, den Teppich, ein bisschen abgetreten inzwischen, der auf den hellen, matt geschliffenen Dielen lag, den kleinen Tisch neben der Tür, wo das Telefon stand, und seine Schlüssel. Sie hatten die Sachen in dem alten Trödelladen unten in Duddingston gekauft. »Nestchenbauen« hatte Phil es genannt. So wenig hatte sich in dieser Wohnung verändert, seit Kirsty tot war. Sie war so plötzlich gegangen, dass sie sogar ihre Stimme dagelassen hatte.

Die Klingel schreckte McLean aus seiner Melancholie auf. Einen Augenblick lang überlegte er, nicht aufzumachen, so zu tun, als sei er nicht zu Hause. Er könnte den ganzen Abend damit verbringen, ihrer Stimme zu lauschen und zu glauben, sie käme wieder zurück. Doch er wusste, dass das unmöglich war. Er hatte ihren kalten Leichnam auf dem Tisch liegen gesehen. Hatte ihren Sarg hinter den letzten Vorhang gleiten sehen. Er nahm den Hörer der Gegensprechanlage ab.

»Ja?«

Es war Phil. McLean drückte auf den Summer und dachte, dass die Studenten von unten die Tür anscheinend nicht mehr mit Steinen offenhielten. Er öffnete seine eigene Wohnungstür einen Spaltbreit und hörte auf die Schritte, die langsam nach oben kamen. Mehr als ein Paar, also musste Phil Rachel mitgebracht haben. Das war komisch. Sein ehemaliger Mitbewohner kam eigentlich immer allein zu Besuch.

Phil, Rachel und Jenny platzten in die Wohnung, lachten über irgendeinen Witz, den sie sich auf dem Weg nach oben erzählt hatten. Ihr Lachen erstarb nur allzu schnell.

»Meine Güte, Tony – du siehst ja aus, als hättest du einen Geist gesehen!« Phil trat in den Flur, als wohnte er noch hier. Die beiden Frauen blieben unsicher in der Tür stehen.

McLean war ganz kurz wütend darüber, dass sie hier waren. Er wollte mit seinem Unglück allein sein. Dann wurde ihm klar, wie bescheuert das war. Kirsty war tot. Er hatte sich schon lange damit abgefunden. Ihre Stimme zu hören hatte ihn einfach aus dem Gleichgewicht gebracht.

»Tut mir leid, ihr habt mich auf dem falschen Fuß erwischt. Ladys, kommt doch bitte rein. Macht es euch bequem. Phil hat bestimmt schon angefangen.« Er ließ das Diktiergerät in die Jackett-Tasche gleiten, dann zeigte er auf die Tür zum Wohnzimmer in der Hoffnung, dass es einigermaßen aufgeräumt war. Er konnte sich nicht mehr erinnern, wann er zum letzten Mal darin gesessen hatte. »Möchte irgendwer was zu trinken?«

Es war ungewohnt, Frauen in der Wohnung zu haben. McLean war nach ein paar besonders heftigen Fallabschlussfeiern an Grumpy Bobs zweifelhafte Gesellschaft gewöhnt, und Phil kam hin und wieder vorbei, normalerweise, wenn er gerade mit einer seiner Studentinnen Schluss gemacht hatte und Trost bei einer Flasche Malt-Whisky suchen musste. Aber ansonsten konnte McLean sich nicht erinnern, wann er zum letzten Mal Gäste gehabt hatte. Er lebte gern allein und zog es vor, seine Sozialkontakte im Pub zu pflegen. Weshalb seine Küche nur dürftig mit Nahrungsmitteln ausgestattet war. Er hatte eine Großpackung gerösteter Erdnüsse gefunden, aber die näherte sich dem ersten Jahrestag ihres Verfallsdatums und blähte sich unheilverkündend wie der Bauch eines Toten.

»Was ist los, Tony? Wenn ich's nicht besser wüsste, würde ich sagen, du versuchst, uns aus dem Weg zu gehen.«

Er drehte sich um und sah Phil in der Tür stehen. »Ich suche nur nach was zum Essen, Phil.« McLean öffnete zur Demonstration einen Hängeschrank.

»Ich bin's, Tony. Dein ehemaliger Mitbewohner, schon vergessen? Mag ja sein, dass du den Typen vom psychologischen Dienst auf der Arbeit reinlegen kannst, aber mir machst du nichts vor, dafür kenne ich dich schon zu lange. Irgendetwas stimmt doch nicht. Ist es wegen deiner Granma?«

McLean warf einen Blick auf das Paket mit den Unterlagen. Er hatte es zusammen mit den Einbruchsberichten und einer Akte zu dem toten Mädchen auf dem Küchentisch abgelegt. Noch ein Grund, warum er lieber keine Gäste hatte. Man wusste nie, was die so fanden.

»Es hat nichts mit meiner Gran zu tun, Phil. Sie habe ich schon vor achtzehn Monaten verloren. Ich hatte reichlich Zeit, um mich damit abzufinden.«

»Was bedrückt dich dann?«

»Ich hab das hier gefunden. Genau bevor du gekommen bist.« McLean zog das Diktiergerät aus der Tasche, legte es auf die Arbeitsplatte und drückte auf »Play«.

Phils Gesicht wurde kreidebleich. »Meine Güte, Tony, das tut mir leid.« Er ließ sich schwer auf einen der Küchenstühle fallen. »Ich erinnere mich noch an diese Ansage. Mein Gott, das muss zehn Jahre her sein! Wie um Himmels willen ...?«

McLean setzte zu einer Erklärung an, aber dann fiel ihm wieder ein, dass es die seltsame Stimme des toten Mädchens gewesen war, die ihn überhaupt erst dazu veranlasst hatte, das Band komplett abzuhören. Er musste sich das eingebildet haben, aber jetzt verschmolz diese Einbildung mit Kirstys Stimme zum verzweifelten Flehen einer längst Verstorbenen, die weit außerhalb seiner Reichweite lag. Er schauderte bei dem Gedanken.

»Du siehst aus, als könntest du ein bisschen Gesellschaft brauchen, Kumpel.« Phil nahm die verdächtige Erdnusstüte, piekte ein paar Mal mit dem Finger auf das aufgeblasene Ding, bevor er sie zum Mülleimer hinübertrug und in dessen ansonsten leeren Tiefen versenkte. »Und wenn Rae und ich dir dabei helfen sollen, deine umfangreiche Weinkollektion auszutrinken, dann brauchen wir Pizza.«

»Also ist es was Ernstes zwischen dir und Rachel?«

»Keine Ahnung. Vielleicht. Ich werde ja auch nicht jünger. Und sie hat es schon sehr viel länger mit mir ausgehalten als die meisten.« Phil trat von einem Bein aufs andere, vergrub die Hände in den Taschen und lieferte eine überzeugende Darstellung eines beschämten Schuljungen ab.

McLean konnte nicht anders, lachte laut auf und fühlte sich gleich etwas besser. Und beinahe im selben Augenblick explodierte Musik aus dem Wohnzimmer. The Blue Nile schmetterten ein ohrenbetäubendes »Tinseltown in the rain«, bevor sie auf immer noch bedenkliche Lautstärke heruntergeregelt wurden. McLean stürmte hinüber und wollte sie bitten, leiser zu machen. Aber dann erinnerte er sich an all die Nächte, in denen er von den Studenten unten wachgehalten worden war. Es war Freitagabend. Alle im Haus würden sich irgendwie amüsieren, abgesehen von Mrs McCutcheon, und die war taub wie eine Nuss. Warum sollte er sich darum bemühen, keinen Lärm zu machen?

Rachel saß auf der Sofalehne und schien sich etwas unwohl zu fühlen. Ihr Gesicht leuchtete auf, als Phil direkt hinter McLean hereinkam. Jenny hockte vor den Regalen, die die eine Wand säumten, und blätterte durch seine Plattensammlung. Mit dem Rücken zu ihnen und unter der lauten Musik merkte sie nicht, dass sie hereingekommen waren.

»Da Tony ein hoffnungsloser Junggeselle ist, gibt's im ganzen Haus keinen Krümel zu essen«, rief Phil über den Lärm hinweg. »Also müssen wir wohl Pizza bestellen.«

»Ich dachte, wir gehen in den Pub«, sagte Rachel.

Beim Ton ihrer Stimme drehte Jenny sich halb um und sah auf. Sie griff nach dem Lautstärkeregler an der Anlage und drehte die Musik leiser.

»Tut mir leid, ich hätte nicht ... Ich ...« Sie geriet ins Stottern und errötete.

»Schon in Ordnung«, sagte McLean. »Man muss die immer mal wieder abspielen, sonst verschwindet mit der Zeit die Musik.«

»Ich glaube nicht, dass ich überhaupt jemanden kenne, der noch einen Plattenspieler hat. Und so viele Platten. Die müssen ein Vermögen wert sein.«

»Das ist kein Plattenspieler, Jen«, sagte Phil. »Das ist eine Linn-Sondek-Anlage, die ein bisschen mehr wert ist als das Bruttoinlandsprodukt einer kleinen afrikanischen Diktatur. Tony muss dich wirklich sehr nett finden. Mir hätte er die Hände abgehackt, wenn ich das Ding auch nur angerührt hätte.«

»Ach komm, Phil. Ich weiß genau, dass du immer die alte Alison-Moyet-Platte gespielt hast, wenn ich nicht zu Hause war.«

»Alison Moyet! Du kränkst mich, Detective Inspector McLean. Ich sollte Sie zum Duell fordern, Sir.«

»Die üblichen Waffen?«

»Klar.«

»Dann nehme ich Ihre Forderung an.« McLean lächelte, während Jenny und Rachel verwirrte Gesichter machten. Phil verschwand, um kurz darauf mit zwei Luffa-Schwämmen aus dem Badezimmer zurückzukehren. Sie waren knochentrocken und voller Spinnweben, offensichtlich seit vielen Jahren nicht angerührt worden.

»Rachel wird meine Sekundantin sein. Jen, würdest du unserem Gastgeber die Ehre erweisen?« Mit einer Verbeugung reichte Phil ihr einen der Schwämme. »Im Flur, denke ich.«

»Ihr meint das wohl ernst, oder?«, fragte Rachel. Im Hintergrund sang inzwischen Neil Buchanan mit seiner trauervollen Stimme »Stay«, was in krassem Gegensatz zur zunehmenden allgemeinen Ausgelassenheit stand.

»Natürlich, meine Dame. Verletzte Ehre muss wiederhergestellt werden.« Er schritt in den Flur hinaus, und McLean folgte ihm.

»Ähm, was habt ihr vor?«, fragte Jenny, als er den Teppich aufrollte und ihn in eine Ecke des langen, schmalen Flurs schob.

»Luffa-Duell. So haben wir als Studenten Streitigkeiten beigelegt.«

»Männer.« Sie verdrehte die Augen, händigte die Waffen aus und zog sich in sichere Entfernung zurück, während Phil an der Küchentür Position bezog.

Als der Pizzabote kam, waren sie gerade dabei, wieder aufzuräumen. McLean war nicht sicher, wer gewonnen hatte, aber er fühlte sich besser als seit Tagen. Der zynische Detective in ihm hatte begriffen, dass Phil das alles absichtlich arrangiert hatte. Normalerweise wäre sein alter Freund wesentlich später vorbeigekommen, sehr wahrscheinlich allein. Sie hätten deprimierende Musik gehört, Malt-Whisky getrunken und über das Leben im Allgemeinen und die schrecklichen Auswirkungen des Älterwerdens im Besonderen geklagt. Indem er die beiden Schwestern mitgebracht hatte, hatte er das Ganze eher in eine Party verwandelt. Eine Totenwache für Esther McLean. Und auf gewisse Weise hätte seine Großmutter dem wohl von ganzem Herzen zugestimmt.

Was sie von Jenny gehalten hätte, wusste er hingegen nicht so genau. Sie war ein gutes Stück älter als ihre Schwester, wahrscheinlich mehr oder weniger sein Alter. Sie trug nicht das Outfit, das sie im Laden angehabt hatte, sondern unauffällige Jeans und eine schlichte weiße Bluse. Ohne das Make-up, das ohne Zweifel zu ihrem Geschäfts-Outfit gehörte, sah sie auf eine etwas verlebte Art und Weise attraktiv aus. Er war nicht ganz sicher, warum ihm das nicht aufgefallen war, als er sie zum ersten Mal getroffen hatte. Möglicherweise, weil die Beleuchtung im Newington Arms wenig schmeichelhaft war. Wahrscheinlicher jedoch, weil er mit den Gedanken bei verstümmelten Leichen gewesen war.

»Einen Penny für deine Gedanken.« Der Gegenstand seiner Grübeleien beugte sich zu ihm vor und nahm sich noch ein Stück Pizza. Phil und Rachel waren in ein Gespräch vertieft über einen Film, den sie gesehen hatten.

»Äh? Oh, sorry. Ich war meilenweit weg.«

»Das habe ich gemerkt. Du bist nicht oft hier, was? Also, wo waren Sie, Inspector?« Sie nutzte den Titel im Spaß, traf jedoch schmerzlich ins Schwarze. Sogar hier, bei Wein, Pizza und guter Gesellschaft, war der Job immer präsent, ließ ihn nie los.

»Ich habe mich nur gefragt, ob deine Schwester am Ende noch einen anständigen Mann aus meinem alten Freund machen wird.«

»Oh, das bezweifle ich. Sie hatte schon immer einen sehr verderblichen Einfluss.«

»Gibt es etwas, wovor ich Phil warnen sollte?«

»Ich fürchte, dafür ist es zu spät.«

»Machst du dir keine Gedanken, dass sie sich mit einem älteren Mann einlässt?«

»Ne, sie hatte schon immer was für die Freunde ihres großen Bruders übrig, und Eric ist wahrscheinlich sogar älter als du.«

»Also ziemlich viel Abstand zwischen den Geschwistern?«

»Rae ist unser Nesthäkchen. Ich war zehn, als sie zur Welt kam, Eric war vierzehn. Und was ist mit dir, Tony? Irgendwelche heimlichen Geschwister?«

»Nicht dass ich wüsste. Ich bin sicher, meine Gran hätte es mir erzählt, wenn noch irgendwo da draußen McLeans lauern würden.«

»Oh, entschuldige. Das war taktlos von mir. Phil hat mir erzählt, dass sie ... gestorben ist.« Jenny setzte sich gerade hin, knetete die Hände im Schoß und sah beschämt aus.

»Ach was. Ich rede lieber über sie, als um das Thema herumzueiern. Sie hatte vor eineinhalb Jahren einen Schlaganfall, ist ins Koma gefallen und nie wieder daraus aufgewacht. Im Grunde war sie schon seit über einem Jahr tot. Nur konnte ich sie noch nicht begraben und mit dem Leben weitermachen.«

»Aber du hast sie sehr gemocht.«

»Meine Eltern sind gestorben, als ich vier war. Ich glaube nicht, dass ich meine Großmutter jemals darüber klagen gehört habe, dass sie mich großziehen musste. Obwohl sie ihren einzigen Sohn verloren hatte. Sie war immer da für mich, sogar als ...« Doch er wurde vom Telefon unterbrochen, das draußen im Flur klingelte. Eine Augenblick lang dachte er, einfach den Anrufbeantworter drangehen zu lassen. Dann fiel ihm wieder ein, dass er das Band herausgenommen hatte, und eine Flut anderer Erinnerungen brach über ihn herein. »Entschuldige, ich gehe da besser dran. Könnte Arbeit sein.«

McLean warf einen Blick auf die Uhr, als er abnahm. Kurz nach elf. Wo war der Abend geblieben?

»McLean.« Er bemühte sich, den Ärger aus seiner Stimme herauszuhalten. Wenn ihn jemand um diese Uhrzeit anrief, konnte das nur einen Grund haben.

»Sie sind nicht besoffen, oder?« Duguids nasale Stimme klang durch den Hörer noch schlimmer. McLean überdachte, was er getrunken hatte: vielleicht eine halbe Flasche Wein, verteilt über drei Stunden oder mehr. Und er hatte auch etwas gegessen, was für ihn ungewöhnlich war.

»Nein, Sir.«

»Gut. Ich hab Ihnen einen Wagen vorbeigeschickt, um Sie abzuholen. Müsste jeden Moment da sein.« Wie durch perverse Zauberei klingelte es an der Tür.

»Worum geht's denn, Sir? Was ist so wichtig, dass es nicht noch bis morgen warten kann?« Er wusste, noch während er sie aussprach, dass die Frage idiotisch war. Vielleicht hatte er doch ein bisschen zu viel getrunken.

»Es hat wieder einen Mord gegeben, McLean. Ist das für Sie wichtig genug?«

19

Constable Kydd sagte kein Wort, während sie durch die Stadt fuhren, was McLean zu der Vermutung brachte, dass sie ebenfalls eigentlich frei gehabt hatte. Er dachte daran, sie nach mehr Information zu fragen, als Duguid geboten hatte, aber er spürte, wie es in ihr brodelte, und wollte sich nicht selbst als Zielscheibe ihres Ärgers anbieten.

Wie es der Zufall wollte, lag ihr Ziel nur ein paar Minuten von seiner Wohnung entfernt. Streifenwagen blitzten blaues Licht auf die Pflastersteine vor der Royal Mile, direkt gegenüber der St. Gile's Cathedral, während Uniformierte neugierige Freitagnachtschwärmer abwehrten, die unbedingt einen Blick auf das werfen wollten, was da vor sich ging. Constable Kydd parkte mitten auf der abgeriegelten Straße, und McLean ging auf den Transporter der Spurensicherung zu. Er stand mit dem Heck so dicht wie möglich an der Einmündung zu einer schmalen Gasse zwischen zwei Schaufenstern. Gedämpftes Licht ließ eine Reihe Mülltonnen erkennen, die hinter einem schmiedeeisernen Sicherheitszaun weggeschlossen standen. Dahinter führten ein paar flache Steinstufen zur Eingangstür eines Hauses mit Etagenwohnungen.

»Wo ist Chief Inspector Duguid?« McLean zeigte einem der Constables, die blau-weißes Band abrollten, seinen Dienstausweis.

»Keine Ahnung, Sir. Hab ihn hier noch nicht gesehen. Die Spurensicherung und der Doktor sind oben.« Der Mann sah hoch und zeigte zum Dach des fünfstöckigen Gebäudes hinauf.

Wunderbar, einfach wunderbar, dachte McLean. Das sah Dagwood ähnlich, lieber ihn am Feierabend rauszujagen, statt seinen eigenen erbärmlichen Arsch hochzukriegen. Wütend stapfte er am Spurensicherungswagen vorbei in die Gasse und wollte gerade in das Gebäude gehen, als eine laute Stimme den nächtlichen Lärm übertönte.

»Oi! Wo zur Hölle wollen Sie denn hin?«

McLean erstarrte, sah sich um und erblickte eine Gestalt in einem weißen Overall, die aus den düsteren Tiefen des Transporters kletterte. Als sie in eine der schwachen Lichtinseln trat, erkannte er Miss-nicht-Ms Emma Baird. Beinahe hätte sie die Tasche fallen gelassen, die sie in der Hand hatte.

»Oh mein Gott. Es tut mir leid, Sir. Ich hab Sie nicht erkannt.«

»Schon in Ordnung, Emma. Ich nehme an, Sie sind noch nicht fertig mit dem Tatort?« Dumm von ihm. Er hätte das klären müssen, bevor er einfach so hier hereinlatschte.

»Ziehen Sie wenigstens einen Overall und Handschuhe an, Sir. Die Jungs werden nicht erfreut sein, wenn sie bei allen Leuten Proben von den Klamotten nehmen müssen, um sie auszuschließen.« Sie kletterte zurück in den Transporter und holte ein weißes Päckchen heraus. McLean streifte sich den Anzug über, zog weiße Füßlinge über die Schuhe und Latexhandschuhe über die Hände, bevor er der jungen Frau eine schmale, gewundene Treppe hinauffolgte.

Ein über die gesamte Länge reichendes Glasdach hätte den großzügigen Raum am Ende der Treppe bei Tage mit natürlichem Licht erfüllt. Jetzt, spätnachts, spendeten nur zwei Wandstrahler an den Wohnungstüren das nötigste Licht. Beide Türen standen offen, und neben beiden waren die weiß gestrichenen Wände blutverschmiert, sodass nicht zu sagen war, welche die richtige war. McLean wollte der Kriminaltechnikerin durch die eine Tür folgen, aber sie zeigte auf die andere.

»Fingerabdrücke des Zeugen zum Ausschluss, Sir. Ihre Leiche ist da drüben.«

Er kam sich wie ein Idiot vor, weil er rein gar nichts über den Tatort wusste, geschweige denn über das Verbrechen. McLean bedankte sich mit einem Nicken, drehte sich um und ging auf die andere Seite des Treppenabsatzes. Aus der Wohnung drangen leise Stimmen. Er lugte durch die Tür hinein. Sergeant Andy Houseman stand im Flur. Er trug keinen Overall.

»Andy, was haben Sie für mich?« McLean wich zurück, als der große Sergeant beinahe vor Schreck aus der Haut fuhr.

»Meine Güte! Sie hätten mir beinahe einen Herzinfarkt verschafft.« Der große Mann drehte sich um, sah, wer gekommen war, und entspannte sich. »Dem Himmel sei Dank, endlich ein Detective. Ich war die letzten zwei Stunden ununterbrochen an dem verdammten Funkgerät.«

»Nun, ich habe den Anruf erst vor zwanzig Minuten bekommen, Andy. Also geben Sie mir nicht die Schuld. Eigentlich ist das mein freies Wochenende.«

»Sorry, Sir. Es ist nur … Na ja, ich komme schon die ganze Zeit hier nicht weg, und so schön ist es hier nun auch wieder nicht.«

McLean sah sich im Flur der Wohnung um. Er war kostspielig eingerichtet, der Wohnraum war mit antikem Mobiliar vollgestellt. An den Wänden hing eine reiche Auswahl aus Gemälden dicht an dicht, vom Stil her eher Moderne. Eines ganz in der Nähe weckte seine Aufmerksamkeit, sodass er es sich etwas näher ansah.

»Das ist ein Picasso, Sir. Denke ich zumindest. Ich kenne mich da nicht aus.«

»Okay, Andy. Gehen Sie davon aus, dass ich rein gar nichts über dieses Verbrechen weiß. Bringen Sie mich auf den Stand.«

»Constable Peters und ich waren auf der High Street auf Streife, als wir den Anruf bekamen, Sir. Das muss gegen einundzwanzig Uhr gewesen sein. Einbruch und schwere Körperverletzung. Wir sind hergekommen und haben das Tor und die Haustür offen stehend vorgefunden. Dann sind wir der Spur gefolgt und haben den alten Mr Garner auf dem Treppenabsatz in seinem Bademantel gefunden.«

»Mr Garner?«

»Der Nachbar, Sir. Mr Stewart und er waren gute Freunde. Na ja, wenn Sie mich fragen, waren sie vielleicht ein bisschen mehr als nur gute Freunde, aber das geht mich nichts an, Sir.«

»Mr Stewart?« McLean kam sich schon wieder wie ein Vollidiot vor und verfluchte Duguid, der ihn in diese missliche Lage gebracht hatte.

»Das Opfer, Sir. Ein Mr Buchan Stewart. Er ist da drin.« Der Sergeant zeigte auf die einzige offene Tür im Flur, machte jedoch keinerlei Anstalten, auch nur ein Stückchen näher zu treten.

»Okay, Andy. Ich übernehme ab hier. Aber gehen Sie nicht zu weit weg. Ich brauche immer noch ein vollständiges Briefing.« McLean wartete, bis der Sergeant die Wohnung verlassen hatte, und betrat dann das Zimmer.

Als Erstes traf ihn der Geruch. Er war die ganze Zeit schon da gewesen, hatte im Hintergrund gelauert. Aber draußen war er gedämpft gewesen. Hier drin stank es förmlich nach Eisen, dem Geruch frisch vergossenen Blutes. Das Zimmer war das private Arbeitszimmer eines wohlhabenden Mannes, angefüllt mit noch mehr Antiquitäten und moderner Kunst. Mr Buchan Stewart war nicht wählerisch gewesen, es gab für jeden Geschmack etwas. Aber nichts davon würde ihm jetzt noch etwas nützen.

Er saß in einem Queen-Anne-Stuhl und blickte ins Zimmer. Er hatte einen Schlafanzug getragen und einen langen Morgenmantel aus Samt, aber jemand hatte ihm alle Kleider ausgezogen und sie sauber zusammengefaltet auf den Tisch gelegt. Blut hing in roten Klumpen in dem grauen, gekräuselten Haar auf seiner Brust, es quoll aus einer Wunde, die von Ohr zu Ohr quer über seinen Hals verlief. Der Kopf war in den Nacken gekippt. Die Augen starrten blind an die kunstvoll verputzte Decke, und um den Mund herum war noch mehr Blut verschmiert, das übers Kinn getröpfelt war.

»Ah, McLean. Wird Zeit, dass hier mal ein Detective auftaucht.«

McLeans Blick huschte zum Schoß des Toten, da bemerkte er erst den Rechtsmediziner und seinen Assistenten in weißen Overalls am Boden kauern. Dr. Peachey war nicht sein Liebling unter den Rechtsmedizinern der Stadt.

»Ihnen auch einen guten Abend, Doktor.« Vorsichtig trat er näher, achtete auf den Teich aus Blut, der sich dunkel unter Buchan Stewarts Stuhl erstreckte. »Wie geht's dem Patienten?«

»Ich sitze hier seit anderthalb Stunden und warte darauf, dass einer von Ihnen sich herbequemt, damit wir diese Leiche hier rausholen können. Wo zum Teufel haben Sie gesteckt?«

»Ich war zu Hause, mit ein paar Freunden, bei Pizza und einer Flasche Wein. Ich habe den Anruf vor genau einer halben Stunde bekommen, Doktor. Es tut mir leid, wenn Ihr Abend verdorben ist, aber ich schätze mal, da sind Sie nicht der Einzige. Mr Stewart hier ist auch nicht gerade begeistert von der Wendung, die die Ereignisse genommen haben. Also, warum erzählen Sie mir nicht einfach, was hier los ist, ja?«

Dr. Peachey sah mit bleichem Gesicht und zusammengekniffenen Augen zu ihm hoch und rang offensichtlich wütend mit sich. Mit Angus wäre es leichter gewesen, dachte McLean. Typisch für mein Glück, dass ich Dr. Bolshey erwischen musste.

»Todesursache ist sehr wahrscheinlich ein massiver Blutverlust.« Dr. Peachey sprach in kurzen, abgehackten Sätzen. »Kehle des Opfers wurde mit einem scharfen Messer durchtrennt. Der Rest des Körpers zeigt keinerlei Anzeichen von unmittelbaren Verletzungen, abgesehen von den Geschlechtsteilen.« Er stemmte sich vom Boden hoch und trat zur Seite, sodass McLean besser sehen konnte. »Penis und Skrotum sind entfernt worden.«

»Sind sie weg? Hat der Mörder sie mitgenommen?« McLean

fühlte die Pizza schwer in seinem Magen liegen, und der Wein stieß ihm sauer auf.

Dr. Peachey griff nach einem Beweismittelbeutel, der neben seiner offenen Arzttasche lag, und hob ihn hoch ins Licht. Es enthielt etwas, das bemerkenswert den Dingern ähnlich sah, die man in Tütchen eingeschweißt in gekauften Weihnachtstruthähnen vorfand.

»Nein, hat er hiergelassen. Aber er hat sie dem Opfer in den Mund gestopft, bevor er gegangen ist.«

20

Timothy Garner war zerbrechlich und zittrig. Seine Haut war beinahe durchscheinend, wie man es bei sehr alten Menschen oft sieht, wie Reispapier, das über gelbe Muskeln und blaue Adern gezogen war. Constable Kydd saß bei ihm in seiner aufgeräumten Wohnung. Als McLean hereinkam, sah sie hoffnungsvoll auf. Er hatte zugesehen, wie die Bestatter Buchan Stewarts Leichnam abgeholt hatten, um ihn in die Rechtsmedizin zu bringen, hatte die Kriminaltechniker zusammenpacken und gehen sehen, die auch die ganzen Mülltonnen herausgezogen hatten. Irgendjemand würde sich heute Nacht damit amüsieren müssen. Sergeant Houseman kümmerte sich darum, dass ein halbes Dutzend Uniformierter die Wohnungseigentümer der unteren Stockwerke befragte. Somit blieb nur noch der Zeuge übrig, der das Verbrechen als Erster gemeldet hatte.

»Mr Garner, ich bin Detective Inspector McLean.« Er hielt seinen Dienstausweis hoch, aber der alte Mann hob den Blick nicht. Er starrte vor sich ins Leere, während seine Hände in langsamen Bewegungen immer wieder die Falten seines Morgenmantels über den Oberschenkeln glatt strichen.

»Sie könnten nicht zufällig eine Tasse Tee aufsetzen, oder, Constable?«

»Sir.« Kydd sprang auf, als hätte jemand ihr eine Gabel in den Hintern gerammt, und eilte hinaus. Mr Garners Gesellschaft war wohl nicht allzu angenehm gewesen. McLean setzte sich auf ihren Platz neben dem alten Mann.

»Mr Garner, ich muss Ihnen ein paar Fragen stellen. Ich kann auch später wiederkommen, aber es ist am besten, wenn wir es jetzt machen. Solange die Erinnerungen noch frisch sind.«

Der alte Mann reagierte immer noch nicht. Er sah nicht auf, strich einfach weiter über seine Oberschenkel, ganz langsam. McLean streckte die Hand aus und berührte einen von Garners Handrücken mit den Fingern, was ihn endlich innehalten ließ. Die Berührung schien die Trance zu durchbrechen, in die er gefallen war. Er schaute sich um, sein Blick konzentrierte sich mehr und mehr auf den Inspector. Tränen quollen unter den verschwollenen, faltigen Lidern hervor.

»Ich habe ihn einen betrügerischen Bastard genannt. Das war das Letzte, was ich zu ihm gesagt habe.« Seine Stimme war dünn und hoch, von einem weichen Morningside-Akzent gefärbt, der überhaupt nicht zu dem Schimpfwort passen wollte.

»Sie kannten Mr Stewart gut, Mr Garner?«

»Oh ja. Buchan und ich haben uns in den Fünfzigern kennengelernt, wissen Sie. Seitdem haben wir geschäftlich zusammengearbeitet.«

»Und was für ein Geschäft war das?«

»Antiquitäten, Kunst. Buchan hat ein Auge dafür, Inspector. Er kann Talent sofort erkennen, und er weiß immer, wie sich die Märkte entwickeln werden.«

»Das habe ich an seiner Wohnung gesehen.« McLean schaute sich in Garners Wohnzimmer um. Es war gut eingerichtet, aber nicht mit derselben Opulenz wie die Wohnung seines Geschäftspartners. »Und was ist mit Ihnen, Mr Garner? Was haben Sie mit eingebracht?«

»Brillante Männer brauchen einen Gegenpart, Inspector, und Buchan Stewart ist ein brillanter Mann.« Garner schluckte, sein vorstehender Adamsapfel hüpfte an seinem dünnen, sehnigen Hals auf und ab. »Ich sollte sagen, *war* ein brillanter Mann.«

»Können Sie mir sagen, worüber Sie sich gestritten haben?«

»Buchan hat etwas vor mir geheim gehalten, Inspector. Da bin ich mir sicher. Erst in den letzten paar Tagen, aber ich kenne ihn lange genug.«

»Und Sie dachten, er betrügt Sie. Worum ging es, Geschäftsbeziehungen zu einem anderen Mann?«

»So könnte man es nennen, ja, Inspector. Ich habe den starken Verdacht, dass ein anderer Mann etwas damit zu tun hatte.«

»Der Mann, der ihn getötet hat, vielleicht?«

»Ich weiß es nicht. Vielleicht.«

»Haben Sie diesen Mann gesehen?«

»Nein.« Garner schüttelte den Kopf, als wollte er der Antwort für sich selbst mehr Gewicht verleihen, aber seine Stimme klang unsicher. McLean sagte nichts, ließ den Zweifel seine Arbeit tun.

»Ich kann nicht erwarten, dass Sie das verstehen, Inspector. Sie sind noch jung. Wenn Sie so alt sind wie ich, werden Sie vielleicht wissen, wovon ich spreche. Buchan war mehr für mich als nur ein Geschäftspartner. Er und ich, wir waren …«

»Ein Paar? Das ist kein Verbrechen, Mr Garner. Nicht mehr.«

»Aye, aber Schande ist da immer noch, oder nicht? Die Art, wie einen die Leute auf der Straße ansehen, das gibt es immer noch. Ich lebe sehr zurückgezogen, Inspector. Ich bin gern für mich. Und ich bin inzwischen viel zu alt, um mich noch für Sex zu interessieren. Ich dachte, Buchan wäre es auch.«

»Aber jetzt denken Sie, er sei mit jemand anderem zusammen gewesen? Einem anderen Mann?«

»Ich war mir sicher. Warum sonst sollte er so geheimnistuerisch getan haben? Warum sonst sollte er so ausfallend geworden sein und mich weggeschickt haben?«

McLean sagte eine Weile nichts. In der Stille konnte er einen Wasserkocher brodeln hören, das Klingeln eines Teelöffels an Porzellan.

»Erzählen Sie mir, was heute Abend passiert ist, Mr Garner. Wie Sie Mr Stewart gefunden haben.«

Der alte Mann zögerte. Seine Hände nahmen ihre rhythmischen Bewegungen wieder auf, dann ballte er sie zu Fäusten, um sich selbst daran zu hindern.

»Wir hatten Streit. Heute Nachmittag. Buchan wollte, dass ich für ein paar Wochen wegfahre. In New York ist bald eine große Kunstmesse, und er dachte, es würde mir guttun, dorthin zu fahren. Er hatte sogar schon die Flugtickets besorgt, ein Hotel gebucht, alles. Aber ich habe mich schon vor Jahren aus dem Geschäft zurückgezogen. Ich habe ihm gesagt, dass ich nicht mehr die Kraft für so eine weite Reise habe, ganz zu schweigen davon, da eine Auktion durchzustehen. Ich habe ihm gesagt, ich würde lieber hierbleiben und ihn fliegen lassen. Er hatte immer so viel mehr Energie als ich.«

»Also haben Sie gestritten. Aber später sind Sie zurück in seine Wohnung gegangen, um mit ihm zu sprechen, stimmt das?« McLean erkannte, dass der alte Mann den Faden verlor, und führte ihn behutsam zum Thema zurück.

»Was? Oh ja. Das muss etwa gegen neun gewesen sein, vielleicht Viertel nach. Ich lasse einen Streit nicht gern ungelöst in der Luft hängen, und ich hatte auch ein paar harte Worte gesagt, also dachte ich, ich gehe rüber und entschuldige mich. Manchmal sitzen wir abends noch spät zusammen, trinken vielleicht einen kleinen Brandy und reden über die Welt. Ich habe einen Schlüssel zu seiner Wohnung, also konnte ich hinein, ohne zu klingeln. Aber ich brauchte ihn gar nicht: Die Tür stand sperrangelweit offen. Ich nahm einen scheußlichen Geruch wahr, als ob die Kanalisation übergelaufen wäre. Also bin ich hineingegangen und … Oh Gott …«

Garner begann zu schluchzen. Constable Kydd suchte sich ausgerechnet diesen Moment aus, um mit einem Tablett zurückzukommen, auf dem drei Porzellantassen und eine Teekanne standen.

»Ich weiß, das ist hart, Mr Garner, aber bitte versuchen Sie, mir zu erzählen, was Sie gesehen haben. Falls es Sie tröstet: Manchmal hilft es, den Schock zu lindern, wenn man es laut ausspricht.«

Der alte Mann schniefte, nahm mit zittrigen Händen eine Tasse Tee an und nippte an der milchigen Flüssigkeit.

»Er saß da drin, nackt. Ich dachte, er hätte sich selbst befriedigt. Ich habe erst nicht begriffen, warum er sich nicht rührte und warum er so an die Decke starrte. Dann habe ich das Blut gesehen. Keine Ahnung, wieso ich das nicht gleich gesehen habe. Es war ja überall.«

»Was haben Sie dann getan, Mr Garner? Haben Sie versucht, Mr Stewart zu helfen?«

»Was? Oh. Ja. Ich … Das heißt, nein. Ich bin zu ihm gegangen, aber ich konnte sehen, dass er tot ist. Ich habe 999 gewählt, glaube ich. Das Nächste, woran ich mich erinnere, ist, dass ein Polizist hier war.«

»Haben Sie irgendetwas angefasst? Außer dem Telefon?«

»Ich … ich glaube nicht. Warum?«

»Die Polizistin, die vorhin bei Ihnen war, hat Ihre Fingerabdrücke abgenommen, damit wir sie von anderen unterscheiden können, die wir in Mr Stewarts Wohnung finden. Es hilft uns, wenn wir wissen, wo Sie waren.« McLean hob die Tasse an die Lippen.

Garner tat dasselbe und nahm einen großen Schluck. Der alte Mann erschauerte, als der warme Tee durch seine Kehle rann, der vorstehende Adamsapfel hüpfte wieder mit jedem Schluck auf und ab. Sie saßen noch eine Weile schweigend nebeneinander, dann stellte McLean seine Tasse zurück auf das Tablett. Er bemerkte, dass Constable Kydd nichts aus ihrer Tasse getrunken hatte.

»Sie werden zum Revier kommen und eine Aussage machen müssen, Mr Garner. Nicht jetzt, morgen reicht auch noch«, setzte er hinzu, als der alte Mann sich zum Aufstehen anschickte.

»Ich kann einen Wagen vorbeischicken, der Sie abholt und wieder zurückbringt. Sollen wir sagen, zehn Uhr?«

»Ja, ja. Natürlich. Früher, wenn Sie wollen. Ich glaube nicht, dass ich heute Nacht viel schlafe.«

»Gibt es jemanden, den wir anrufen können, der Ihnen Gesellschaft leisten kann? Ich bin sicher, wir könnten auch einen Constable erübrigen.« McLean sah zu Constable Kydd hinüber und bekam einen vernichtenden Blick zurück.

»Nein. Ich komme schon zurecht, ganz sicher.« Mr Garner legte die Hände wieder auf die Oberschenkel, aber nur, um vom Stuhl aufzustehen. »Aber vielleicht nehme ich ein Bad. Das hilft mir normalerweise einzuschlafen.«

»Vielen Dank. Sie haben uns sehr geholfen.« McLean stand mit weniger Mühe auf und bot dem alten Mann die Hand. »Wir werden die ganze Nacht einen Constable vor Mr Stewarts Wohnung postieren. Wenn Sie irgendetwas auf dem Herzen haben, können Sie sich jederzeit an ihn wenden. Er kann über Funk das Revier verständigen.«

»Danke, Inspector. Das ist sehr aufmerksam von Ihnen.«

Vor Mr Garners Wohnung war es still. Die Tür gegenüber stand offen, aber es gab keinerlei Anzeichen mehr dafür, dass noch jemand darin war. McLean trampelte die Treppe hinunter und auf die Straße hinaus, wo ein paar wenige Uniformierte sich noch beschäftigten. Er sprach Sergeant Houseman an, der an der Absperrung vor dem Tor Wache stand. Der Transporter der Kriminaltechnik war längst weggefahren.

»Wie kommen Sie mit den anderen Bewohnern voran?«

Big Andy zog sein Notizbuch heraus. »Die meisten Wohnungen stehen leer. Anscheinend gehören sie einer Leasing-Gesellschaft. Die bringen ausländische Führungskräfte und solche Leute darin unter. Im Erdgeschoss sind zwei Wohnungen. Keiner von den Leuten dort hat etwas gehört, bevor wir angekommen sind. Oh, und eine Souterrainwohnung gibt es auch. Der Mieter ist vor etwa einer halben Stunde mit seiner Freundin nach Hause gekommen und wurde ziemlich unhöflich, als wir ihm gesagt haben, dass wir ihn nicht ohne Begleitung hineinlassen können. Sergeant Gordon hat sich eine blutige Nase geholt, und jetzt wird Mr Cartwright ein bisschen Zeit in der Zelle verbringen.«

»Wegen Pöbelei unter Alkoholeinfluss?«

»Wegen Drogenbesitz, Sir. Wahrscheinlich mit Verkaufsabsicht. Man würde doch annehmen, dass jemand, der ein Pfund Hasch dabeihat, sich von der Polizei fernhält.«

»Das würde man, in der Tat. Sie hatten übrigens recht.«

»Ich? Womit?«

»Buchan Stewart und Timothy Garner. Seltsames Arrangement, finde ich. In zwei getrennten Wohnungen direkt einander gegenüber zu leben.«

»Die Welt ist voll mit komischen Vögeln, Sir. Manchmal denke ich, ich bin der einzige Normale, den es noch gibt.«

»Das ist eine Tatsache, Andy.« McLean sah auf die Uhr, es war bald zwei Uhr morgens. »Ich denke, wir haben so ziemlich alles getan, was wir heute Nacht hier tun können. Stellen Sie zwei Leute als Wache auf. Wir haben einen potenziellen Zeugen. Ich möchte nicht, dass unser Mörder zurückkommt und versucht, ihn zum Schweigen zu bringen.«

»Sie glauben also nicht, dass Garner verdächtig ist?«

»Nein. Außer er ist ein sehr guter Schauspieler. Mein Bauch sagt mir, dass da mehr dran ist als an einem Krach zwischen zwei Liebhabern, der aus dem Ruder gelaufen ist. Aber Garner ist im Augenblick nicht vernehmungsfähig. Ich denke auch nicht, dass er eine Nacht in der Zelle gut überstehen würde.« McLean sah zu den Fenstern hoch, aus denen sich Licht in die Nacht ergoss. »Der geht nirgendwohin. Es wird das Beste sein, ihn etwas zur Ruhe kommen zu lassen, dann rede ich morgen mit ihm. Wer immer den kurzen Strohhalm zieht und Wache schieben muss, sagen Sie ihm, dass er da ist. Wenn er irgendetwas braucht, schicken wir einen DC vorbei, der ihn begleitet. Okay?«

»Sie haben recht, Sir.« Big Andy trottete davon und brüllte den wenigen übrig gebliebenen Polizisten Befehle zu.

McLean drehte sich zu Constable Kydd um, die ein Gähnen unterdrückte. »Ich dachte, Sie hätten Tagschicht.«

»Habe ich ja auch.«

»Wie sind Sie dann in diesen Einsatz geraten?«

»Ich habe einen von den Vernehmungsräumen zum Lernen benutzt, Sir. Bei mir zu Hause ist es schon zu den besten Zeiten nicht gerade ruhig. Freitagabend ist es am besten, irgendwo anders zu sein, wenn man seine Ruhe haben will.«

»Lassen Sie mich raten: Duguid hat Sie gefunden und zu mir geschickt. Irgendeine Idee, warum er sich nicht selbst darum kümmern konnte?«

»Das möchte ich lieber nicht sagen, Sir.«

McLean hörte auf, Kydd in die Mangel zu nehmen. Sie konnte nichts dafür, dass für sie beide der Abend ruiniert war. Früher oder später würde er herausfinden, warum ihm der Fall übertragen worden war.

»Dann fahren wir jetzt nach Hause und schlafen ein bisschen. Und kommen Sie morgen früh ruhig etwas später. Ich kläre das mit dem wachhabenden Sergeant, wir jonglieren ein bisschen mit dem Dienstplan.«

»Danke, Sir.« Sie lächelte schwach. »Soll ich Sie nach Hause fahren?«

»Nein, vielen Dank.« McLean sah die High Street hinunter. Trotz der späten Stunde waren immer noch ein paar Leute unterwegs. Nachtschwärmer auf dem Weg vom Pub nach Hause, Menschen, die aus Nachtclubs strömten, Kebab- und Burgerbars, die so spät noch offen hatten und glänzende Geschäfte machten. Die Stadt schlief nie wirklich. Und irgendwo da draußen lief ein Killer herum mit Blut an den Händen. Ein Killer, der seinem Opfer einen Körperteil abgeschnitten und ihm in den Mund gestopft hatte. Genau wie bei Barnaby Smythe. Ein Trittbrettfahrer? Zufall? Er brauchte Zeit, Luft, Abstand, um das alles zu durchenken.

»Ich glaube, ich gehe zu Fuß.«

21

Der Samstag wäre sein freier Tag gewesen. Nicht dass er irgendwelche Pläne gemacht hätte, aber was auch immer er vorgehabt hätte – um halb neun Uhr morgens im Polizeirevier im Büro zu sitzen war ganz sicher nicht oben auf der Liste seiner möglichen Aktivitäten gestanden. Nicht nach weniger als vier Stunden Schlaf. McLean klickte sich durch die digitalen Fotos vom Stewart-Tatort auf seinem Computer. Er würde sie ausdrucken lassen müssen. Es war unmöglich, an dem winzigen Bildschirm zu arbeiten. Er wählte den ganzen Stapel aus, schickte die Daten auf den Netzwerkdrucker unten im Flur und hoffte, dass zur Abwechslung genug Papier und Toner im Drucker waren.

Die Wohnung war dankenswerterweise leer gewesen, als er nach Hause gekommen war, nachdem er die zwei Kilometer von Buchan Stewarts Wohnung zurückgelaufen war. Es war nicht so, dass er nicht gern Gesellschaft hatte, aber er zog es vor, sich in einer Menschenmenge zu verlieren. Eine Begegnung von Mensch zu Mensch war ihm, außerhalb des beruflichen Umfelds, einfach zu sehr behaftet mit Möglichkeiten und Schwierigkeiten, als dass er sie jemals wirklich genießen konnte. Sogar wenn er gerade vom Schauplatz eines Gewaltverbrechens zurückkehrte, zog er seine eigene Gesellschaft der anderer vor. Nur er und seine Geister.

»Ah, Tony. Ich habe gehofft, dass ich Sie heute Morgen erwische.«

Verblüfft sah McLean auf und erblickte Jayne McIntyre, die durch den Flur auf ihn zukam. Ihre Uniform schmeichelte ihr nicht gerade, und ihm ging die müßige Frage durch den Kopf, ob sie zugenommen hatte.

»Ma'am?«

»Sie haben den Stewart-Fall gestern Nacht übernommen. Danke dafür.« Sie ging weiter neben ihm her.

»Ich habe mich allerdings gefragt, warum das niemand anderes tun konnte.«

»Ah. Ja. Na ja, Chief Inspector Duguid wollte den Fall, aber sobald ich darüber informiert worden war, musste ich darauf bestehen, dass er ihn an jemand anderen abgibt.«

»Warum?«

»Buchan Stewart ist ... war sein Onkel.«

»Ah.«

»Also sollten Sie sich wirklich geschmeichelt fühlen, dass er Sie ausgewählt hat, um den Fall zu leiten. Ich weiß, dass Sie beide nicht immer auf einer Wellenlänge sind.«

»Höflich ausgedrückt, Ma'am.«

»Nun, in einem Job wie meinem muss ich höflich sein. Und ich muss sicherstellen, dass meine hochrangigen Officer miteinander arbeiten können. Machen Sie diesen Job gut, Tony, und ich bin sicher: Was auch immer Dagwood gegen Sie haben mag, er wird es vergessen.«

Es war das erste Mal, dass er McIntyre den Chief Inspector bei seinem Spitznamen nennen hörte. Er lächelte bei diesem Versuch von ihr, sich mit ihm zu verbünden, aber sie hatte das Wesen ihrer Feindschaft vollkommen falsch interpretiert. Er mochte Duguid nicht, weil der Chief Inspector ein schlampiger Ermittler war. Duguid mochte ihn nicht, weil er das wusste.

»Also, was haben Sie bis jetzt?«, fragte McIntyre.

»Es ist wirklich noch zu früh. Aber ich tendiere zu Eifersucht als Motiv. Es ist auf den ersten Blick nichts gestohlen worden, also war es kein Raub. Und Stewart war nackt, was nahelegt, dass er Sex erwartet hat. Er war homosexuell, und es ist möglich, dass er in jüngster Zeit einen neuen Partner gefunden hat. Den würde ich als unseren Hauptverdächtigen ansehen. Schätzungsweise ein jüngerer Mann, vielleicht sogar beträchtlich jünger.«

»Irgendwelche Zeugen? Aufnahmen aus Überwachungskameras?«

»Niemand im Haus hat etwas gesehen. Ich habe DC MacBride an die Aufnahmen von gestern Nacht gesetzt, aber überwachungstechnisch ist das ein ziemlich toter Winkel. Mit etwas Glück können wir das Geschehen etwas besser eingrenzen, wenn uns der Rechtsmediziner einen genaueren Todeszeitpunkt nennt.«

»Was ist mit dem Mann, der den Überfall gemeldet hat?«

»Timothy Garner. Lebt gegenüber. Er war jahrelang Stewarts Partner, geschäftlich und, ähm, privat.«

»Hätte er es tun können?«

»Ich glaube nicht. Es fühlte sich einfach nicht danach an. Er sollte eigentlich heute im Lauf des Vormittags noch hereinkommen, um eine Aussage zu machen, aber ich glaube, ich gehe lieber rüber und vernehme ihn zu Hause. Da wird er entspannter sein.«

»Gute Idee. Das wird auch dazu beitragen, die Geschichte noch ein Weilchen aus der Öffentlichkeit zu halten. Ich vermute, DCI Duguid wird das zu schätzen wissen.« McIntyre zwinkerte ihm verschwörerisch zu. »Sehen Sie, Tony, Sie können auch diplomatisch sein, wenn Sie sich Mühe geben.«

Das an der Treppe verschmierte Blut sah im Tageslicht, das durch das Glasdach hereinschien, blasser und weniger unheilvoll aus. Ein Constable stand vor Buchan Stewarts Wohnung Wache. Er sah tödlich gelangweilt aus, nahm jedoch schlagartig Haltung an, als er den Inspector die Treppe hinaufkommen sah. Constable Kydd trottete hinter ihm her. Sie war wieder seine Fahrerin für diesen Tag.

»Ist irgendjemand gekommen oder gegangen, Don?«, fragte McLean.

»Kein Mucks, Sir.«

»Gut.« Er klopfte leise an die Tür zu Garners Wohnung. »Mr Garner? Inspector McLean.«

Keine Reaktion. Er klopfte ein bisschen fester.

»Mr Garner?« McLean drehte sich zu dem Constable um. »Er ist nicht rausgekommen, oder?«

»Nein, Sir. Ich bin seit sieben hier, und seitdem hat sich da nichts gerührt. Phil … Constable Patterson hatte die Schicht vor mir. Meinte, es wäre alles totenstill gewesen.«

McLean klopfte noch einmal, dann probierte er es mit der Türklinke. Sie klickte, und die Tür öffnete sich zu einem dunklen Flur.

»Mr Garner?« Ein Schauder rann ihm über den Rücken. Was, wenn der alte Mann an einem Herzanfall gestorben war? Er drehte sich zu Constable Kydd um. »Kommen Sie mit«, sagte er, bevor er eintrat.

Abgesehen vom Ticken der antiken Standuhr im Flur war es absolut still in der Wohnung. Während McLean ins Wohnzimmer ging, wo sie zuvor Garner vernommen hatten, ging Constable Kydd ans andere Ende der Diele, wo sie die Küche vermutete. Der alte Mann saß nicht auf dem Stuhl, auf dem sie ihn gestern zurückgelassen hatten. Er war aber auch nicht in seinem Arbeitszimmer, wie McLean herausfand, als er durch die Tür nebenan lugte. Das Zimmer war sauber und ordentlich, der Tisch leer bis auf eine Schreibtischlampe mit grünem Glasschirm, die eingeschaltet war und nach unten zeigte, wo sie ein einzelnes Blatt Papier anstrahlte.

Mit rasenden Gedanken durchquerte er den Raum. Als er sich vorbeugte, konnte er die Worte lesen, die in säuberlicher Schrift mit einem Füllhalter geschrieben waren:

Ich habe meinen Seelengefährten getötet, meinen Liebhaber, meinen Freund. Ich wollte es nicht, aber das Schicksal wollte es so. Ich konnte nicht länger mit ihm leben, aber jetzt merke ich, dass ich auch ohne ihn nicht leben kann. An denjenigen, der diesen Brief findet …

Ein lautes Keuchen hallte durch die stille Wohnung. McLean eilte aus dem Arbeitszimmer. »Constable?«

»Sir! Hier drin.«

Er rannte durch den Eingangsbereich in einen schmalen Korridor, aber er wusste schon, was ihn erwartete. Constable Kydd stand mit kreidebleichem Gesicht und weit aufgerissenen Augen in der Tür zum Badezimmer. Behutsam schob er sie beiseite und ging an ihr vorbei.

Timothy Garner hatte sein Bad genommen. Und dann hatte er eine Rasierklinge an seine Handgelenke angesetzt.

22

Das war schnell, Tony. Damit haben Sie womöglich sogar Duguids Rekord geschlagen.« DCS McIntyre setzte sich auf seine Tischkante. Abgesehen von dem Stuhl, auf dem McLean saß, gab es keine weitere Sitzgelegenheit. Sie sah ausnahmsweise zufrieden aus. Es gab doch nichts Besseres als ein schnelles Resultat, um die Statistik aufzufrischen. Ein Jammer, dass er ihre Begeisterung nicht teilen konnte.

»Ich glaube nicht, dass er es war, Ma'am.«

»Hat er denn nicht ein Geständnis hinterlassen?«

»Doch, er hat eine Nachricht hinterlassen.« McLean nahm den A4-Ausdruck des Digitalfotos, der alles war, was ihm von Timothy Garners letzten Worten geblieben war, und reichte ihn McIntyre. Die Kriminaltechniker hatten das Original an sich genommen, um »es zu untersuchen«. Er hätte ihnen sagen können, dass sie sich keine Mühe zu machen brauchten. Es würde sich herausstellen, dass es Garners Schrift war. Das Papier würde keine Fingerabdrücke hergeben außer denen des Toten, und die Analyse der Flüssigkeit, die über den letzten Satz gespritzt war, würde enthüllen, dass es seine Tränen waren.

»›Ich habe meinen Seelengefährten getötet, meinen Liebhaber, meinen Freund.‹ Was davon sehen Sie nicht als Geständnis? Sie haben doch gesagt, es hätte Streit gegeben, weil Garner dachte, Stewart würde fremdgehen. Es war ein brutaler Angriff, ja. Aber Verbrechen aus Leidenschaft sind oft brutal. Und als ihm dann klar wurde, was er getan hat, konnte er nicht damit leben.«

»Ich weiß nicht. Es fühlt sich falsch an. Und das ist so blumig geschrieben. Es kann genauso sein, dass er sich einfach nur die

Schuld gibt, nicht bei Stewart gewesen zu sein, als es passiert ist.«

»Ich bitte Sie. Er hatte das Motiv, er hatte die Waffe.«

»Hatte er? Das Messer passt nicht zu der Wunde an Stewarts Kehle. Sie haben nur gesagt, dass es rasiermesserscharf war.«

»Lassen Sie's gut sein, Tony. Okay? Sie haben sämtliche Überwachungsaufnahmen der Zeitspanne durchgesehen, in der der Mord geschehen ist. Eine halbe Stunde um den Todeszeitpunkt herum hat niemand das Gebäude betreten oder verlassen. Es gab keine Zeugen für den Mord, und derjenige, der am wahrscheinlichsten das Verbrechen begangen hat, hat ein Geständnis abgelegt. Also gießen Sie bitte nicht unnötig Öl ins Feuer.«

McLean ließ sich in seinen unbequemen Stuhl zurückfallen und sah zu seiner Chefin auf. Natürlich hatte sie recht. Timothy Garner war der naheliegendste Verdächtige.

»Was ist mit den Fingerabdrücken? Nicht alle waren Garner zuzuordnen.«

»Weil sie so verschmiert waren, dass sie niemandem mehr zuzuordnen waren. In Garners Waschbecken, in dem er sich die Hände gewaschen hatte, wurden Spuren von Stewarts Blut gefunden. Und seine Kleidung war auch damit bespritzt. Wahrscheinlich hätte man auch etwas davon in seiner Wanne gefunden, wenn er die nicht mit seinem eigenen gefüllt hätte.« McIntyre ließ die Kopie des Geständnisses auf McLeans Tisch fallen, gefolgt von dem dünnen braunen Hefter, den sie mitgebracht hatte: der Bericht über den Mord an Buchan Stewart. »Machen Sie sich nichts vor, Tony. Ihr Bericht sagt mehr oder weniger klar, dass Garner Stewart getötet und dann Selbstmord begangen hat. Und das ist es, was auch an den Staatsanwalt gehen wird. Fall abgeschlossen.«

»Wird das so schnell unter den Tisch gekehrt, damit Duguid der Welt nichts über seinen schwulen Onkel erklären muss?«

Kaum hatte McLean es ausgesprochen, wusste er, dass er das nicht hätte sagen dürfen.

McIntyre spannte sich an, stand von ihrem Platz auf der Schreibtischkante auf und zog ihre Uniform glatt. »Ich tue, als hätte ich das nicht gehört, Detective Inspector. Ebenso wie ich die Tatsache ignoriere, dass Sie Garner allein zu Hause gelassen haben, als er dem Gesetz nach in eine Zelle gehört oder zumindest einen Opferschutzbeamten zur Gesellschaft hätte haben müssen. Jetzt unterschreiben Sie diesen Bericht, und nichts wie raus mit Ihnen. Ist da nicht eine Beerdigung, bei der Sie anwesend sein sollten?« Sie drehte sich um und ging.

McLean zog sich seufzend den schmalen Ordner heran. Er spürte, dass seine Ohren angesichts der Rüge warm geworden waren, und er wusste, dass er das Wohlwollen der Chefin verloren hatte, zumindest für die nächsten Tage. Aber er konnte den Gedanken nicht abschütteln, dass an Buchan Stewarts Tod sehr viel mehr dran war. Ebensowenig konnte er aufhören, sich die Schuld an Timothy Garners Selbstmord zu geben. Er hätte darauf bestehen müssen, dass jemand über Nacht bei dem alten Mann blieb. Ja, verdammt, er hätte ihn eigentlich sogar als Verdächtigen in Gewahrsam nehmen müssen. Warum hatte er das eigentlich nicht getan?

Er warf einen Blick zum Fenster hinaus. Vor dem hellblauen Morgenhimmel lagen die Wohnhäuser hinter dem Revier in tiefen Schatten. Er unterdrückte ein Gähnen, reckte und streckte sich, bis Rückenmuskeln und Gelenke protestierten. Er hätte das Wochenende frei haben sollen. Stattdessen war es lang und überwiegend trübselig gewesen, während er auf die Ergebnisse von Buchan Stewarts Autopsie, den Bericht der Spurensicherung und die Fingerabdrücke gewartet hatte.

Alles deutete darauf hin, dass Garner der Schuldige war, und doch konnte McLean das nicht hinnehmen. Irgendetwas in seiner Magengrube wand sich, während er sich daran erinnerte, wie er bei dem alten Mann gesessen und seine Hand berührt hatte, um ihn aus seiner Trance zu wecken, und seiner Geschichte zugehört hatte. Er war achtzig Jahre alt gewesen, gebrechlich. Wie hätte er die Kraft aufbringen können, um zu töten? Und einen Mann dermaßen zu verstümmeln?

Unterm Strich spielte es keine Rolle. Chief Superintendent McIntyre hatte ihn angewiesen, den Fall abzuschließen. Sie mochte damit versuchen, Duguid zu schützen, vielleicht war auch Druck von weiter oben ausgeübt worden. Es spielte keine Rolle. Solange er keine unwiderlegbaren Beweise dafür vorlegen konnte, dass jemand Drittes an dem Verbrechen beteiligt war, war der Fall nach Meinung aller anderen als gelöst zu betrachten. Ein großer Pluspunkt in den Jahresstatistiken und eine geschenkte Ermittlung obendrein. Alle glücklich.

Abgesehen von dem armen alten Buchan Stewart, der auf einem kalten Sektionstisch lag, seine Männlichkeit in einem Plastikbeutel neben sich. Abgesehen von Timothy Garner, bleich und ausgeblutet wie ein frisch geschlachtetes Schwein.

Abgesehen von ihm.

Er schob den Gedanken beiseite, schlug die Akte auf und warf einen Blick auf die Uhr an der Wand. Gerade neun. Noch eine halbe Stunde, bis der Wagen kam, um ihn abzuholen. Er klickte seinen Computer wach und begann zu tippen. Wenn McIntyre einen schöngefärbten Bericht wollte, würde er nicht allzu viel Zeit darauf verschwenden.

Er ist verwirrt, hungrig, voller Angst. Schmerz füllt seinen Kopf, macht es ihm schwer, sich zu konzentrieren, sich zu erinnern, wer er eigentlich ist. Seine Hände sind rau vom Waschen, beinahe bis auf den Knochen aufgeschürft, und dennoch fühlt er sich immer noch schmutzig. Es gibt nichts, was ihn reinwaschen könnte.

Es gab einen Ort, an den er jeden Tag gegangen ist. Da gab es

Wasser und Essen. Bilder taumeln durch seinen Kopf, und eines bleibt hängen. Hände, die mit Seife aneinandergerieben wurden, unter einem Wasserhahn, aus dem warmes Wasser kam. Das rhythmische Ritual der Finger, die ineinandergreifen, der Handflächen, die aneinandergleiten, der Daumen, die massieren. Er kennt diesen Ort und weiß, dass er in der Nähe ist. Da muss er hin. Da kann er wieder sauber werden.

Die Straßen sind Schluchten, hohe Gebäude erheben sich zu beiden Seiten, schirmen das Licht ab, aber lassen die Hitze sich wie in einem Backofen aufstauen. Autos dröhnen vorbei, die Reifen brummen auf dem Kopfsteinpflaster. Sie beachten ihn nicht, und er beachtet sie ebenfalls nicht. Er hat jetzt ein Ziel, und wenn er erst dort ist, wird alles wieder gut sein. Er muss sich bloß die Hände waschen.

Treppenstufen führen von der Straße hinauf. Sie sind wie Berge für seine erschöpften, schmerzgeplagten Beine. Was hat er getan, dass er sich so schwach fühlt? Warum kann er sich nicht erinnern, wo er gewesen ist? Warum kann er sich nicht erinnern, wer er ist?

Die Tür ist aus Glas, und sie gleitet zur Seite, als er näher kommt, als sei er zu schrecklich, um sich ihm zu stellen. Der Raum dahinter ist hell und luftig, kühler als die übelriechende Hitze draußen. Unsicher verlässt er das Straßenpflaster und tritt auf polierten Boden, schaut sich zaghaft um, versucht, sich zu erinnern, wo diese Wasserhähne waren, die Seife. Er blickt auf seine Hände hinunter, plötzlich voller Angst vor ihnen, davor, wozu sie in der Lage sind. Er schiebt sie in die Taschen, und die Rechte fühlt etwas Hartes, Glattes, greift instinktiv danach.

Jemand spricht mit ihm, eine beharrliche Stimme, die er nicht versteht. Er sieht sich um. Der Raum ist plötzlich viel zu hell, das Licht sticht wie Dolche in seine Augen. Eine Frau sitzt hinter einem Tresen, ihr Gesicht weiß, die Augen weit aufgerissen. Er denkt, dass er sie kennen müsste. Hinter ihr stehen Männer in hellen Anzügen wie Marionetten, denen man die Fäden abgeschnitten hat. Er denkt, dass er auch sie kennen müsste. Er nimmt die Hand aus der Tasche, will ihnen zuwinken, ihnen seine befleckten Hände zeigen, ihnen versichern, dass er sie bloß waschen möchte. Aber der glatte, harte Gegenstand kommt mit heraus, und mit ihm eine Erinnerung.

Und er weiß, was er tun muss.

23

Das Krematorium Mortonhall barg wahrscheinlich nicht für viele Leute glückliche Erinnerungen. Vielleicht waren die Gärtner, die das Grundstück pflegten, stolz auf ihre Arbeit, und die Angestellten zogen vielleicht grimmige Genugtuung daraus, dass sie die Trauergäste so effizient im Halbstundentakt hindurchschleusten. Aber für alle anderen war es ein Ort der Trauer, des endgültigen Abschiednehmens. McLean war durch seine Arbeit schon viel zu oft hier gewesen, als dass der Ort ihn noch berühren konnte. Stattdessen hatte er mit geschultem Blick festgestellt, wie wenig sich im Lauf der Jahre hier geändert hatte.

Es waren nicht viele Menschen für seine Großmutter gekommen, was in Anbetracht ihres Alters und seiner Neigung zum Alleinsein nicht wirklich überraschend war. Phil saß mit Rachel neben ihm in der ersten Reihe, und Jenny war auch gekommen, was überraschend, aber nicht unwillkommen war. Grumpy Bob war da, der einzige Vertreter der Lothian and Borders Police, und Angus Cadwallader hatte sich kurz vor Beginn noch schnell ganz hinten hingesetzt. Jonas Carstairs saß teilnahmslos mit erhobenem Kopf da und starrte auf einen Punkt in der Ferne, während der Trauerredner versuchte, tröstende Worte über eine Frau zu finden, die er nie gekannt hatte. Ein paar ältere Freunde, die McLean nur vage bekannt vorkamen, saßen in kleinen Gruppen in der leeren Halle. Es hätte ihm etwas ausmachen sollen, dass nur so wenige da waren, um sich zu verabschieden, aber er fand es schon tröstlich, dass überhaupt jemand gekommen war. Und natürlich konnte er sich selbst immer mit dem Gedanken trösten, dass seine Großmutter all ihre Freunde überlebt hatte.

Die Feier verging barmherzig zügig, und dann fielen die Vorhänge um den Sarg, die Kanten trafen nicht ganz aufeinander, um die motorisierte Passage zum funktionalen Bereich des Krematoriums ganz zu verbergen. Er erinnerte sich, wie er zum ersten Mal hier gewesen war: ein verwirrter vierjähriger Junge, der auf zwei Holzkästen starrte und nicht ganz begriff, dass seine Eltern darin lagen, und der sich fragte, warum sie nicht aufwachten. Seine Großmutter war damals bei ihm gewesen, hatte seine Hand gehalten und versucht, ihm ein Trost zu sein, während sie selbst über ihren Verlust trauerte. Sie hatte auf ihre sorgsame, logische Art versucht, ihm alles über den Tod zu erklären. Er verstand, warum sie das getan hatte, aber es hatte nichts genützt. Als sich die Vorhänge schlossen, hatte er geglaubt, dass sich eine Tür zu einem gigantischen Ofen öffnen würde und er die Flammen zu sehen bekäme, die mit glühenden Fingern nach ihrer neuen Nahrungsquelle griffen. Die Albträume darüber hatten ihn noch Jahre später begleitet.

Sie gingen durch die Vordertüren hinaus. Hinten hatte sich bereits eine große Menge versammelt, um den nächsten Toten zu verabschieden. Draußen wurde der Morgen zunehmend heißer, die Sonne war über die hohen Bäume geklettert, die das Gelände umgaben. McLean schüttelte allen die Hand und dankte ihnen für ihr Kommen, ein Akt, der etwa fünf Minuten dauerte. Jenny Spiers hielt sich im Hintergrund, wie er bemerkte, und wollte sich nicht einreihen. Am Ende ging er stattdessen zu ihr hinüber.

»Es war gut, dass du gekommen bist.«

»Ich war mir nicht sicher, um ehrlich zu sein. Schließlich habe ich deine Großmutter nicht gekannt.« Jenny schnippte sich eine lose Haarsträhne aus dem Gesicht. Sie war direkt aus dem Laden gekommen, nach ihrem Outfit zu schließen: düster, der Gelegenheit angemessen, aber es war wahrscheinlich eher etwas, was

McLeans Großmutter als Zwanzigjährige zu einer Beerdigung getragen hätte. Er fragte sich, ob sie das Kleid absichtlich ausgewählt hatte. Es stand ihr, das musste er zugeben.

»Ich sage immer, dass es bei so etwas um die Lebenden geht, nicht um die Toten. Und wenn du nicht gekommen wärst, wäre das Durchschnittsalter der Leute hier gut dreistellig.«

»So schlimm ist es nicht. Rae ist auch hier, und sie ist erst sechsundzwanzig.«

»Auch wieder wahr«, gestand McLean. »Kommst du noch auf eine Tasse zu lange gezogenem Tee und ein Fischpasteten-Sandwich mit?« Er nickte in Richtung des Balm Well auf der anderen Straßenseite, dann hielt er ihr den Arm hin. Verschiedene ältere Herrschaften in dunklen Anzügen und Kleidern versuchten, eine Lücke im Verkehr zu erwischen, um ihren Anteil an der Gastfreundschaft der verstorbenen Esther McLean einzufordern. Gemeinsam halfen sie ihnen schließlich über die Straße und in den Pub.

Jonas Carstairs hatte einen anständigen Leichenschmaus organisiert. Es war nur schade, dass er sich beim Essen um ein paar Größenordnungen verschätzt hatte. Alte Menschen, bemerkte McLean, hatten außerdem nicht viel Appetit. Er hoffte nur, dass der Pub jemanden fand, an den er die ganzen Reste verfüttern konnte. Dass er dafür bezahlte, machte ihm nicht so viel aus wie der Gedanke, all die guten Sachen könnten im Mülleimer landen. Seine Großmutter wäre ebenfalls darüber entsetzt gewesen, wäre sie nicht inzwischen über so etwas hinaus.

Er ließ Jenny bei Phil und ihrer Schwester und arbeitete sich mit so viel Würde, wie er aufbringen konnte, durch die kleine Gruppe aus Trauergästen hindurch. Die meisten sagten dasselbe über seine Granma, ein paar erwähnten seine Eltern. Es war eine Pflicht, die er zu erfüllen hatte, aber es war auch eine Last, und er wäre, ganz ehrlich, viel lieber bei der Arbeit gewesen und hätte DC MacBride geholfen, sich durch einen Stapel Vermisstenberichte zu wühlen, die so alt waren, dass niemand sich die Mühe gemacht hatte, sie zu digitalisieren. Oder hätte versucht herauszufinden, wer in den Vierzigerjahren im Farquhar House gelebt und gefeiert hatte.

»Ich denke, alles in allem ist es ganz ordentlich gelaufen.« McLean wandte sich vom letzten, im Rollstuhl sitzenden Freund seiner Großmutter ab, dessen Namen er schon fast wieder vergessen hatte, kaum hatte er ihn gehört, und stand Jonas Carstairs gegenüber. Der Anwalt hatte einen doppelten Whisky in der Hand und nahm einen großen Schluck.

»Vielleicht haben Sie die Zahl der Gäste etwas überschätzt?«, fragte McLean.

Etwas wie ein gequälter Ausdruck huschte über Carstairs' Gesicht. Er warf einen Blick über die Schulter, und McLean beschlich das Gefühl, dass er nach jemandem Ausschau hielt, statt die Zahl der Gäste zu schätzen. Als hätte er einen weiteren Trauergast erwartet, der nicht gekommen war.

»Es ist immer schwierig, diese Dinge richtig abzuwägen.« Carstairs nahm noch einen kräftigen Schluck aus seinem Glas.

»Vermissen Sie jemand Bestimmtes?«

»Ich vergesse manchmal, dass der kleine Junge inzwischen Detective Inspector geworden ist.« Carstairs grinste freudlos. »Ja, da war jemand. Nun, vielleicht wäre er gekommen. Vielleicht wusste er es auch nicht.«

»Jemand, den ich kenne?«

»Oh, das bezweifle ich sehr. Es war jemand, den Ihre Großmutter kannte, bevor sie Ihren Großvater geheiratet hat. Sie standen sich sehr nahe.« Carstairs schüttelte den Kopf. »Nach allem, was ich weiß, ist er schon vor Jahren gestorben.«

McLean wollte gerade nach dem Namen des lang verstorbenen Freundes fragen, als ihm etwas anderes einfiel. »Haben Sie irgendwann mal für die Farquhar's Bank gearbeitet?«

Carstairs verschluckte sich beinahe an seinem Whisky. »Wie kommen Sie denn darauf?«

»Oh, nur ein Fall, an dem ich gerade arbeite. Ich versuche herauszufinden, wer gegen Ende des Zweiten Weltkriegs in Farquhar House gelebt hat.«

»Nun, das ist leicht zu beantworten. Das muss der alte Farquhar gewesen sein. Menzies Farquhar. Er hat die Bank um die Jahrhundertwende gegründet. Ich kannte seinen Sohn, Bertie. Sie müssten von ihm gehört haben.«

McLean schüttelte den Kopf. »Sagt mir nichts.«

»Ich vergesse immer wieder, wie lange das alles her ist. Noch vor Ihrer Geburt. Der arme alte Bertie.« Carstairs schüttelte den Kopf. »Oder vielleicht sollte ich sagen, dummer alter Bertie. Er hat sein Auto in eine Bushaltestelle gejagt und ein halbes Dutzend Leute umgebracht. Wahrscheinlich wäre das alles für die Familie noch viel schlimmer gewesen, wenn er nicht den Anstand gehabt hätte, sich bei der Gelegenheit gleich selbst mit umzubringen. Der alte Farquhar war danach jedenfalls nicht mehr derselbe. Er hat Farquhar House geschlossen und ist in die Borders gezogen. Soweit ich weiß, stand es seither leer.«

»Aber jetzt nicht mehr lang. Ein Bauunternehmen hat es gekauft. Die wollen Luxuswohnungen da reinbauen oder so etwas.«

»Ach ja?« Carstairs wollte noch einen Schluck trinken, merkte aber, dass er das Glas bereits geleert hatte. Er stellte es vorsichtig auf einem Tisch in der Nähe ab, zog ein weißes Taschentuch aus der Brusttasche und tupfte sich die Lippen ab. »Wie kommt man denn auf so eine Idee? Ich meine, das ist schließlich nicht eine der gefragtesten Gegenden, oder?«

»Nein, nicht wirklich.«

»Mr Carstairs – Sir?«

McLean drehte sich um. Ein Mann in dunklem Anzug stand

in höflichem Abstand hinter ihnen, die Augen fest auf den Anwalt gerichtet.

»Kann das nicht warten, Forster?«

»Ich fürchte nicht, Sir. Sie sagten, wir sollten Sie informieren, wenn er Kontakt aufnimmt.«

Carstairs spannte sich an, und ein gequälter Ausdruck huschte über sein Gesicht wie bei einem aufgeschreckten Stück Wild. Er erholte sich rasch, aber nicht rasch genug, als dass McLean es nicht bemerkt hätte.

»Ist etwas passiert?«

»In der Kanzlei, ja.« Carstairs klopfte seine Jackentasche ab, als suchte er nach etwas, sah das leere Whisky-Glas auf dem Tisch neben sich und hob es hoch, als wollte er seinen Drink austrinken, bevor er merkte, was er da tat. »Ein sehr wichtiger Mandant. Es tut mir so leid, Tony, aber ich werde gehen müssen.«

»Machen Sie sich nichts daraus. Ich bin schon dankbar, dass Sie überhaupt gekommen sind. Nachdem Sie so viel Mühe hatten, alles zu organisieren.« McLean streckte die Hand aus und schüttelte die von Carstairs. »Ich würde sehr gern noch mal mit Ihnen sprechen. Offensichtlich kannten Sie meine Großmutter besser als ich. Kann ich Sie vielleicht bei Gelegenheit mal anrufen?«

»Natürlich, Tony. Jederzeit. Sie haben meine Nummer«, sagte Carstairs lächelnd. Doch als er ging, konnte McLean das Gefühl nicht loswerden, dass er nicht wirklich meinte, was er sagte.

24

Es war ein weiter Weg nach Hause, nachdem der Leichenschmaus schließlich zu Ende gegangen war, aber McLean hatte den Wagen abgelehnt, den Carstairs organisiert hatte. Er wollte gern allein sein, brauchte eine Gelegenheit nachzudenken, die er nur im Rhythmus seiner Schritte auf dem Pflaster bekam. Erst nachdem er etwa eine halbe Stunde gegangen war, merkte er, dass sie ihn in das Viertel führten, in dem das Haus seiner Großmutter stand, und nicht zurück zur Wohnung in Newington. Er änderte die Richtung. Dann blieb er stehen. Seit Barnaby Smythes Leiche gefunden worden war, war er nicht mehr dort gewesen.

Vor dem Schlaganfall hatte McLean oft bei seiner Großmutter Rat gesucht, sie um Hilfe bei Problemen gebeten, wenn ihm keine Lösung einfallen wollte. Normalerweise sprach sie dann einfach mit ihm über das Thema, bis er selbst auf die Lösung kam, aber ihr Beitrag war immer wertvoll für ihn gewesen. Als sie dann ins Krankenhaus gekommen war, hatte das Haus seine Seele verloren. Er ging dorthin, weil er musste. Musste die Zählerstände kontrollieren, die Post hereinholen, nachsehen, ob nicht eingebrochen worden war. Aber es war immer eine lästige Pflicht. Jetzt, wo seine Großmutter unter der Erde lag, wieder zu ihrem Haus zurückzukehren – seinem Haus, sobald der Papierkram erledigt war und das Finanzamt sich seinen Anteil geholt hatte –, fühlte sich richtig an. Vielleicht würde es ihm sogar bei ein paar Problemen helfen, die nicht einmal ein langer Spaziergang entwirren konnte.

Der späte Nachmittag ging in den frühen Abend über, und mit

wachsender Entfernung zum Stadtzentrum verklang der Lärm zu einem entfernten Summen im Hintergrund. Als er schließlich in die Straße einbog, wo das Haus stand, war es beinahe, als sei er aufs Land gekommen. Die großen Ahornbäume, deren Wurzeln die Bürgersteige durchbrachen, dämpften gleichermaßen den Lärm der Stadt wie das Licht der Abendsonne. Die meisten Häuser standen wie riesige Kolosse etwas zurückgesetzt von der Straße still in ihren alten Gärten. Nur hin und wieder waren Lebenszeichen zu bemerken – eine zugeknallte Tür, Stimmen, die durch ein offenes Fenster drangen, zeigten ihm, dass er nicht vollkommen allein war. Eine Weile begleitete ihn auf der anderen Straßenseite die schwarze Katze, wartete, bis sie sicher sein konnte, dass er sie gesehen hatte, bevor sie über eine hohe Steinmauer verschwand, als er sein Ziel erreichte.

Das Knirschen des Kieses unter seinen Füßen hörte sich vertraut an und vermittelte ihm ein Gefühl der Sicherheit. Das Haus vor ihm sah tot aus, leer, wie ein Gespenst, das sich aus den zugewucherten Blumenrabatten erhob, aber sobald er die Straße verlassen hatte, roch er den vertrauten Geruch von Zuhause. McLean nahm die Hintertür, ging direkt zur Alarmanlage und gab den Code ein, um alle Sensoren auszuschalten. Als er das Penstemmin-Logo sah, fiel ihm ein, dass er den Installateur noch befragen musste, der Mrs Douglas' Alarmanlage eingerichtet hatte. Ein weiterer Fall, bei dem er der Lösung noch keinen Schritt näher gekommen war.

Es war amüsant zu sehen, wie viele Finanzunternehmen der Verstorbenen Privatkredite oder Kreditkarten anbieten wollten. Er blätterte durch den Stapel mit Werbepost, der sich in den letzten paar Tagen nach seinem Besuch hinter der Haustür angesammelt hatte, sortierte die paar Briefe aus, die wichtig aussahen, und warf den Rest in den Papierkorb. Die Eingangshalle lag im hereinbrechenden Abend in Dunkelheit, aber als er in die Bibliothek ging, war der ganze Raum in das rot-orangefarbene

Licht der untergehenden Sonne getaucht, die von den hohen Wolken reflektiert wurde.

McLean verbrachte ein paar Minuten damit, die weißen Tücher von den Möbeln zu ziehen, sie ordentlich zusammenzufalten und neben der Tür aufzustapeln. Der Schreibtisch seiner Großmutter stand in einer Ecke. Der Flachbildschirm und die Tastatur schienen nicht recht zum antiken Mobiliar zu passen. Die Anwälte hatten sich um alles gekümmert, und ihm war das nur recht gewesen. Aber irgendwann würde er ihre Unterlagen durchgehen müssen, sowohl die auf Papier als auch die digitalen. Alles in Ordnung bringen. Allein der Gedanke daran ermüdete ihn.

Er schenkte sich eine ordentliche Menge aus der Kristallkaraffe aus dem Getränkeregal ein, das hinter einer falschen Bücherwand kunstvoll verborgen war. Dann wurde ihm bewusst, dass der Inhalt der Wasserflasche mindestens achtzehn Monate alt war. Er schnupperte daran. Es schien in Ordnung zu sein, also gab er einen Schuss in seinen Whisky und schlürfte die bernsteinfarbene Flüssigkeit. Islay, kein Zweifel. Und stark. Während er noch etwas mehr Wasser hinzugab, erinnerte er sich an die Vorliebe seiner Großmutter für Lagavulin und fragte sich, ob dies eine der in Fassstärke abgefüllten Sorten von der Malt Whisky Society war. Es war eine Weile her, seit er etwas so Edles getrunken hatte.

Den Drink in der Hand ließ McLean sich in einem der Ohrensessel neben dem leeren Kamin nieder. Die Bibliothek war warm, diese hohen Fenster sammelten das Nachmittagslicht und die Abendsonne. Diesen Raum hatte er immer am liebsten gehabt. Es war ein Heiligtum, himmlisch ruhig und friedlich, wo er dem Irrsinn der Stadt da draußen entfliehen konnte. Den Kopf an das weiche Leder der Sessellehne gestützt schloss McLean die Augen und ergab sich der Müdigkeit.

Er erwachte in tiefer Dunkelheit. Einen Moment lang wusste er nicht, wo er war, doch dann kam die Erinnerung zurück. McLean wollte gerade nach der Lampe auf dem Tisch neben sich greifen, auf dem auch die Briefe lagen und sein angefangener Whisky stand, als ihm bewusst wurde, wovon er aufgewacht war. Da war ein Geräusch gewesen, nur ein ganz leises Knarren der Dielen, aber er war sicher, es gehört zu haben.

Es war noch jemand im Haus.

Er blieb reglos sitzen, spitzte die Ohren, versuchte, das laute Klopfen seines eigenen Herzens zu überhören. Hatte er sich das eingebildet? Das Haus war alt, und alle Dielen knackten oder ächzten, wenn sie sich bei schwankenden Temperaturen ausdehnten oder zusammenzogen. Aber an diese Geräusche war er gewöhnt, er war damit aufgewachsen. Dies hier war anders. Er atmete leise aus, dann hielt er den Atem an, spürte das Haus um sich herum. Hatte er die Hintertür richtig zugemacht? Was war, wenn sie nicht ganz ins Schloss gefallen war?

Etwas Metallenes klirrte gegen Porzellan. Draußen in der Eingangsdiele standen zwei große Vasen. McLean konnte den heimlichen Eindringling beinahe vor sich sehen, wie er mit einem Ring an der Hand versehentlich dagegenstieß. Jetzt, wo er wusste, wo er hinlauschen musste, konnte er mehr hören: leises Atmen, das gedämpfte Rascheln locker sitzender Kleidung, das leise Aufsetzen eines harten Gegenstandes, der sehr vorsichtig auf einer Holzfläche abgestellt wurde. Es hörte sich alles zielgerichtet an, eher leise aus Gewohnheit denn aus Bemühen. Wer immer in der Eingangshalle war, glaubte, das Haus leer vorzufinden.

Er lugte um die Ecke des Sessels herum und sah zur Tür. Kein Lichtschein drang unter der Tür hindurch, also musste derjenige auf der anderen Seite sich entweder vorantasten oder ein Nachtsichtgerät verwenden. Er tippte auf Letzteres, und das brachte ihn auf eine Idee.

In der Bibliothek war es dämmrig. Die dunklen, mit Büchern gesäumten Wände reflektierten nicht viel von dem gedämpften Schimmer, der von der Stadt draußen hereindrang. Aber es war ausreichend, um die Umrisse der großen Möbelstücke auszumachen. Außerdem wusste er, welche Dielen lose waren, um die Tür und den Kamin herum. McLean streifte vorsichtig die Schuhe ab, dann tappte er, so leise er konnte, an der Außenwand entlang, bis er die Tür erreichte. Von draußen hörte er immer noch etwas, als der Einbrecher sich systematisch durch die Eingangshalle bewegte. Er wartete geduldig, ohne sich zu bewegen, atmete flach und gleichmäßig.

Es schien ewig zu dauern, bis der Eindringling endlich an der Bibliothek angekommen war, aber irgendwann sah McLean endlich, wie sich der Messingtürknauf zu drehen begann. Er wartete, bis die Tür halb offen war. Ein Kopf, halb verdeckt von dem voluminösen Nachtsichtgerät, wurde durch den Spalt gesteckt. Mit einem leisen Klicken schaltete McLean die Deckenbeleuchtung ein.

»Argh! Mistkerl!«

Die Gestalt war näher, als McLean erwartet hatte, griff sich an den Kopf und versuchte, das schwere Gerät abzustreifen, bevor die Lichtverstärker darin, ihm die Netzhaut wegbrannten. Ohne zu zögern und bevor der Einbrecher ihn orten konnte, sprang McLean vor, packte den Kerl vorn am T-Shirt und riss heftig daran, während er ihm gleichzeitig ein Bein stellte. Sie gingen beide zu Boden, McLean landete oben, mühte sich, den Einbrecher in den Schwitzkasten zu bekommen.

»Polizei. Sie sind verhaftet.«

Es funktionierte nie, aber die Anwälte bestanden darauf. McLean bekam einen schmerzhaften Ellbogenstoß in die Magengrube, der ihm den Atem raubte. Der Einbrecher trat um sich, wand sich und versuchte gleichzeitig immer noch mit einer Hand, das Nachtsichtgerät loszuwerden. Er war kräftig und drahtig unter dem eng sitzenden schwarzen T-Shirt und den Jeans und keinesfalls gewillt stillzuhalten. McLean bekam eine Hand um seinen Hals, ein Knie in seinen Rücken, ganz wie es auf der Polizeischule gelehrt wurde. Es half ihm nicht viel, denn der Einbrecher wand sich wie ein Sack voller Aale. Er drehte sich allmählich herum, bis sie wie ein Liebespaar einander gegenüberlagen, und zog dann die Knie auf eine Weise hoch, die McLean anatomisch nicht für möglich gehalten hätte.

»Uff!« Ein Tritt trieb McLean die Luft aus den Lungen. Er wurde weggestoßen und knallte in einen der Sessel, rollte sich ab und kam stolpernd auf die Füße, während der Einbrecher auf die Tür zuhechtete.

»Oh nein, das machst du nicht!« McLean warf sich nach vorn und erwischte den Mann in einem perfekten Rugby-Tackle. Ihr gemeinsamer Schwung trug sie zu weit, und der Kopf des Einbrechers krachte mit einem Übelkeit erregenden Geräusch gegen die Kante der offenstehenden Tür. Er fiel um, als hätte ihm jemand den Stecker gezogen, und McLean, der sich selbst nicht mehr abfangen konnte, landete schwer auf ihm, mit dem Gesicht auf dem Hinterteil des Einbrechers.

Er rappelte sich auf, er schnaufte und hustete, griff nach dem Arm des Eindringlings und bog ihn hinter dessen Rücken. »Du bist geschnappt, verdammt«, keuchte er, aber das war vergebliche Liebesmüh. Der Mann war bewusstlos. Sein teures Nachtsichtgerät hing zerschmettert schief an seinem Kopf, und ein großer Bluterguss erblühte quer über seinem Gesicht.

25

Dienstagmorgen, und in Vernehmungsraum drei war es schon heiß und stickig. Er hatte kein Fenster, nur einen Lüftungsschlitz in der Decke, durch den eigentlich frische Luft hereinkommen sollte, was aber nicht der Fall war. Ein schlichter weißer Tisch stand in der Mitte, ein paar Brandlöcher zierten die Resopal-Oberfläche. Gegenüber der schmalen Tür war ein Plastikstuhl am Boden befestigt, gerade weit genug vom Tisch entfernt, dass der darin Sitzende die Ellbogen nicht bequem aufstützen konnte. Er hatte es versucht, mehrmals, und ließ sich jetzt zurückfallen, die mit Handschellen gefesselten Hände im Schoß.

McLean beobachtete ihn eine Weile, ohne ein Wort zu sagen. Bis jetzt hatte sich der Einbrecher geweigert, seinen Namen zu nennen, was ärgerlich war. Er war ein junger Mann, schätzungsweise Ende zwanzig, Anfang dreißig. Sportlich auch. McLean hatte von der Rangelei eine hübsche Prellung an der rechten Seite davongetragen, aber das war nichts im Vergleich zu dem katastrophalen Anblick, den das Gesicht des anderen bot.

Die Tür flog auf, und Grumpy Bob platzte herein. Er hatte ein Tablett mit zwei Teebechern und einem Teller Kekse dabei. Er stellte alles auf den Tisch, gab einen Becher McLean, nahm sich den anderen selbst und tunkte dann einen Rich-Tea-Biscuit in die heiße, milchige Flüssigkeit.

»Was ist mit mir? Krieg ich nichts?« Der Akzent des jungen Einbrechers war breitestes Glasgow, was ihn wie einen Kleinkriminellen aus einem Hochhausghetto wirken ließ. Aber McLean ließ sich nicht täuschen. Jeder, der ein Schloss knacken konnte und genug Grips hatte, um ein Nachtsichtgerät zu verwenden, war dem durchschnittlichen drogenabhängigen Einbrecher schon weit überlegen.

»Lassen Sie mal sehen.« Er tat, als dächte er nach, während er in kleinen Schlucken aus seinem eigenen Teebecher trank. »Nein. Kriegen Sie nicht. Das läuft nämlich so: Sie kooperieren, und wir sind nett.«

»Wie wär's wenigstens mit 'ner Zichte? Ich bin schon ganz zittrig.«

McLean zeigte auf das »Rauchen verboten«-Schild, das an der Wand angebracht war. Seine Wirkung wurde etwas beeinträchtigt dadurch, dass jemand mit dickem schwarzem Kuli versucht hatte, das Wort »verboten« durchzustreichen.

»Eine der wenigen guten Entscheidungen aus Holyrood. Man darf in diesem Gebäude nirgendwo rauchen. Nicht mal in den Zellen. Und Sie werden viel Zeit darin verbringen, wenn Sie nicht mit uns zusammenarbeiten.«

»Sie können mich nicht hier eingesperrt halten. Ich kenne meine Rechte. Ich will einen Anwalt sprechen.«

»Das haben Sie aus dem Fernsehen, was?«, fragte Grumpy Bob. »Glauben wohl, Sie wüssten alles über die Bullen, weil Sie CSI gucken, was? Sie kriegen einen Anwalt, wenn wir es Ihnen erlauben, Sonnenscheinchen. Und je länger Sie uns ärgern, desto länger wird das dauern.« Er nahm sich noch einen Keks und biss hinein. Krümel regneten um ihn herum auf den Boden.

»Okay. Fangen wir mit dem an, was wir wissen.« McLean zog sein Jackett aus und hängte es über die Stuhllehne. Er fischte in einer der Jackentaschen und kam mit einem Paar Einmalhandschuhe heraus, die er langsam überstreifte, wobei er den Gummi schnalzen ließ und jeden Finger einzeln zurechtzupfte. Die ganze Zeit beobachtete ihn der Einbrecher mit weit aufgerissenen grauen Augen.

»Sie wurden gestern Nacht im Haus der verstorbenen Esther McLean aufgegriffen.« McLean beugte sich nach unten und hob einen stabilen Pappkarton vom Boden auf, richtete sich auf und ließ ihn auf den Tisch fallen. Er zog eine schwere Sporttasche aus Segeltuch heraus, die in Plastik eingeschlagen war. »Sie hatten diese Tasche bei sich und trugen dieses Nachtsichtgerät.« Er holte das verbeulte, zerbrochene Nachtsichtgerät aus dem Karton und legte es auf den Tisch. Auch dieses Gerät steckte in einem Plastikbeutel.

»In der Tasche haben wir verschiedene Gegenstände aus dem Haus gefunden.« Er hob ein paar Stücke des Silbergeschirrs, das aus einer Vitrine in der Eingangshalle stammte. Es fühlte sich seltsam an, so mit den Besitztümern seiner Großmutter umzugehen, selbst wenn sie eingepackt waren. »Außerdem hatten Sie einen Satz Lockpicking-Werkzeuge bei sich, ein Stethoskop, eine elektrische Sperrpistole und einen Satz Kleidung, wie sie ein Mann Ihres Alters in einem Nachtclub tragen würde.« Er legte die belastenden Gegenstände auf dem Tisch aus. »Oh, und diesen Schlüsselbund, der wohl zu Ihrer eigenen Wohnung gehört. Es waren auch Autoschlüssel zu einem BMW dabei, aber mein Kollege Detective Constable MacBride hat sie zur nächsten Vertragswerkstatt mitgenommen, um den Code der Fernbedienung mit der Eigentümer-Datenbank abzugleichen.«

Wie aufs Stichwort klopfte es an der Tür. Sie öffnete sich einen Spalt weit, und MacBride steckte den Kopf herein. »Für Sie, Sir«, sagte er und reichte ihm ein Blatt Papier und einen weiteren Beweismittelbeutel. McLean sah ihn sich an und lächelte.

»Nun, Mr McReadie, sieht aus, als bräuchten wir Ihre Kooperationsbereitschaft nicht mehr.« Er starrte den Einbrecher an, suchte nach Anzeichen für Unwohlsein und fand sie, unübersehbar.

»Bring ihn zurück in die Zelle, Bob. Und sag dem wachhabenden Sergeant, keine Kippen, okay?« Er nahm den Beweismittelbeutel mit den Schlüsseln und steckte ihn zurück in seine

Tasche. »Stuart, trommeln Sie ein paar Constables zusammen, wir treffen uns vorne. Ich kümmere mich um einen Durchsuchungsbefehl.«

*

Für einen Kleinkriminellen war Mr Fergus McReadie ziemlich erfolgreich. Seine Wohnung lag in einem großen Loft, einem ehemaligen Lagerhaus unten an den Leith Docks. Vor zwanzig Jahren war die Gegend noch von Prostitution und Drogenhandel heimgesucht, aber seit die schottische Verwaltung in die Docks verlagert worden war und es das Museumsschiff *HMY Britannia* gab, war Leith auf dem aufsteigenden Ast. Den Autos nach zu urteilen, die da auf den Dauerparkplätzen standen, war es auch keine billige Wohngegend mehr.

»Wie in *How the Other Half live*, was, Sir?«, sagte Constable MacBride, als sie im Aufzug fünf Stockwerke bis nach ganz oben fuhren.

Als die Türen aufgingen, erblickten sie ein makelloses Treppenhaus, von dem nur zwei Wohnungstüren abgingen. McReadies Wohnung war die auf der linken Seite.

»Ich weiß nicht. Man kann es ja nicht wirklich Mietshaus nennen, wenn es nicht nach abgestandener Pisse riecht.« McLean zeigte auf die gegenüberliegende Tür. »Sehen Sie nach, ob die Nachbarn zu Hause sind. Mit ein bisschen Glück können die was über das andere Leben unseres Einbrechers sagen.«

Während der Constable an der Tür zur Rechten klingelte, schloss McLean die Tür zu McReadies Wohnung auf. Es war ein riesiger Raum, groß wie ein Flugzeughangar, der von alten hölzernen Dachbalken überspannt war. Die Ladeluken waren in bodentiefe Fenster umgewandelt worden, die auf die Docks und auf den Firth of Forth hinausblickten. In einer Ecke war eine offene Küche eingebaut, und am anderen Ende führte eine Wendeltreppe zum Dach und einer Schlafempore hinauf. Die beiden Türen darunter legten die Vermutung nahe, dass dort noch ein paar weitere Räume abgeteilt waren.

»Okay, Leute: Wir suchen nach allem, was Diebesgut sein könnte, und nach jeglichen Informationen über Mr McReadie, die wir auftreiben können.«

Er stand in der Mitte des Raumes, als Constable Kydd und Grumpy Bob anfingen herumzukramen, Türen aufzumachen und unter Kissen zu schauen. Ein riesiger Fernseher mit Plasmabildschirm dominierte eine Wand, und darunter war ein Regal mit sauber einsortierten DVDs. McLean sah sich ein paar der Titel an: Die meisten waren japanische Mangas und Kung-Fu-Filme. An einem Ende, beinahe wie ein nachträglicher Einfall, klemmte eine Sammlung mit allen Pink-Panther-Filmen. Die Hüllen waren angeschlagen und abgescheuert, als seien sie sehr oft angesehen worden. Nur die letzte nicht, die noch in Folie eingeschweißt war.

»Sir?«

McLean schaute sich um und sah DC MacBride in der offenen Tür stehen. Eine Frau stand hinter ihm. Ihr langes blondes Haar war wirr, als hätte sie geschlafen. Mit weit aufgerissenen Augen beobachtete sie, wie die Polizisten die Wohnung durchsuchten. Er eilte zu ihnen.

»Das ist Miss Adamson«, sagte MacBride. Er sah leicht überfordert aus. »Sie wohnt nebenan.«

Bei näherer Betrachtung erkannte McLean, dass Miss Adamson nichts außer einem langen seidenen Morgenmantel anhatte. Ihre Füße waren nackt.

»Was ist denn hier los? Wo ist denn Fergus? Steckt er in Schwierigkeiten?« Ihre Stimme war weich, belegt vom Schlaf und mit einem Hauch Amerikanisch im Edinburgh-Englisch.

»Miss Adamson. Detective Inspector McLean.« Er hielt ihr seinen Dienstausweis hin, aber sie schien sich kaum auf etwas konzentrieren zu können. »Es tut mir leid, wenn wir Sie gestört haben, aber ich frage mich, ob Sie uns vielleicht trotzdem ein paar Fragen beantworten könnten.«

»Klar, schätze schon. Ich krieg doch keinen Ärger, oder?«

»Überhaupt nicht, Miss. Nein. Ich interessiere mich nur dafür, was Sie über Ihren Nachbarn wissen, Fergus McReadie.«

»Okay. Kommen Sie rüber, ich setz einen Kaffee auf.«

Miss Adamsons Wohnung war kleiner als die von McReadie, aber immer noch groß genug. Sie trat mit leichtem Schritt um einen Edelstahltresen herum, der ihre Küche vom riesigen Wohnraum abtrennte, und machte sich mit Kaffeebohnen und Mahlwerk zu schaffen. Schon bald war die Luft von kräftigem Kaffeeduft erfüllt.

»Also, was hat Fergus denn angestellt, Inspector? Ich dachte ja immer, dass er irgendwas Unheimliches an sich hat.«

McLean kletterte auf einen der Barhocker, die an dem Tresen aufgereiht standen. Hinter sich konnte er MacBrides Unbehagen spüren.

»Das kann ich Ihnen leider nicht genau sagen, jedenfalls nicht, bevor er offiziell angeklagt ist. Aber wir haben ihn auf frischer Tat ertappt, Miss Adamson.«

»Vanessa, bitte. Nur mein Agent nennt mich Miss Adamson.«

»Also Vanessa. Sagen Sie mir, kennen Sie Fergus McReadie schon lange?«

»Er war schon hier, als ich vor – tja, wie lange? – zwei Jahren eingezogen bin. Ich habe ihn im Aufzug gesehen, wir haben uns gegrüßt. Sie wissen ja, wie das ist.« Sie drückte den Stempel der Glaskanne herunter, dann schenkte sie drei Becher voll und holte einen großen Tetrapack mit fettfreier Milch aus einem gigantischen Kühlschrank hinter sich. McLean fiel auf, dass er, abgesehen von ein paar Flaschen Champagner, ziemlich leer war. »Er hat ein paar Mal versucht, mich anzumachen. Aber er ist nicht mein Typ. Zu dämlich, und dieser Akzent ging mir auf die Nerven.«

»Wissen Sie, womit er sein Geld verdient?« McLean nahm den dargebotenen Kaffee an und fragte sich, warum MacBride so zögerte, an den Tresen zu kommen und zuzugreifen.

»Er ist irgendeine Art Computersicherheitsexperte, glaube ich. Einmal hat er versucht, es mir zu erklären. Mein Fehler, dass ich ihn zu der Party eingeladen hatte, schätze ich. Er hat es ziemlich glamourös klingen lassen, als würde er sein Leben damit verbringen, in Banken einzubrechen und so was. Also, ihnen zu zeigen, wo ihre Schwachstellen liegen, verstehen Sie? Ich hatte den Eindruck, dass es hauptsächlich darin besteht, vor einem Monitor zu sitzen und durchlaufende Zahlenkolonnen zu beobachten.«

Es klopfte leise an der Tür. McLean schaute sich um und erblickte Constable Kydd im Eingang. Ihr Blick wanderte von ihm zu Vanessa, und ihre Augenbrauen schossen in die Höhe. Er sah ebenfalls zu seiner Gastgeberin und fragte sich, was er nicht mitbekam.

»Oh, kommen Sie doch herein, Officer. Es ist noch reichlich Kaffee da.« Miss Adamson beugte sich vor, um noch einen Becher einzuschenken, und McLean gingen beinahe die Augen über, als sich der Morgenmantel etwas öffnete und vielleicht mehr enthüllte, als beabsichtigt war.

»Das ist sehr freundlich, Ma'am«, sagte Kydd, ohne sich aus dem Eingang zu rühren. »Aber ich denke, der Inspector sollte sich ansehen, was wir gefunden haben.«

»Kein Frieden den Gottlosen, was?« McLean stieg von dem Stuhl. »Constable MacBride, bleiben Sie hier, und holen Sie so detaillierte Informationen über unseren Einbrecher ein, wie Sie können. Vanessa, vielen Dank für Ihre Hilfe. Wenn Sie nichts dagegen haben, komme ich nachher wieder, um den Kaffee auszutrinken.«

»Aber natürlich, Inspector. Das ist so ziemlich das Spannendste, was mir den ganzen Sommer passiert ist. Und wer weiß, wann ich mal eine Polizistin spielen muss. Das ist eine wunderbare Gelegenheit, um zu recherchieren.«

Als er sich zum Gehen wandte, meinte McLean, dass er Constable Kydd tonlos MacBride fragen sah: »Vanessa?«, aber ihre Miene wandelte sich sofort wieder zu ihrem normalen, nicht ganz wütenden Ausdruck, bevor er sich sicher sein konnte. Er folgte ihr hinaus, durch den Flur zurück in McReadies Wohnung. Eine der beiden Türen am anderen Ende stand offen.

»Habe ich hier irgendwas nicht mitgekriegt, Constable?«, fragte McLean, während sie den weitläufigen Raum durchquerten.

»Haben Sie sie denn nicht erkannt, Sir? Vanessa Adamson? Die letztes Jahr einen BAFTA für ihre Rolle in diesem BBC-Historiendrama gewonnen hat? Die die Oscarnominierung für diesen Johnny-Depp-Film hat?«

McLean hatte keinen der beiden Filme gesehen. Aber jetzt, wo er darüber nachdachte, fiel ihm ein, dass er sie wohl mal in den Nachrichten gesehen hatte. Er spürte, wie seine Ohrenspitzen warm wurden. Kein Wunder, dass sie ihm irgendwie bekannt vorgekommen war.

»Ehrlich? Ich hatte sie mir größer vorgestellt.« Er suchte in dem Raum hinter der offenen Tür Zuflucht vor seiner Beschämung – einem großen Studio, das durch ein einzelnes, bodentiefes Fenster erhellt wurde. Auf einem breiten Schreibtisch mit Glasplatte standen ein Laptop und ein Telefon, aber sonst nichts. Grumpy Bob saß in dem schwarzen Ledersessel dahinter und drehte sich von einer Seite zur anderen.

»Was gefunden, Bob?«

»Ich glaube, das wird dir gefallen, Sir.« Er stand auf und griff nach einem Buch auf dem obersten Regalbrett hinter sich. Als er es herauszog, klickte das ganze Regal, bewegte sich auf leisen Rollen nach vorn und dann zur Seite. Dahinter befanden sich weitere Regale, dieses Mal aus Glas, und die einzelnen Fächer waren von unten beleuchtet. Darin befand sich eine atemberaubende Schmucksammlung.

»Wie um Himmels willen seid ihr denn darauf gekommen?« McLean ging um den Tisch herum und warf einen Blick in die Schatzkammer.

»Ich habe mir die Buchtitel angesehen. Sah eines, das McReadie selbst geschrieben hat. Dachte, ich schau's mir mal an, gucke mal, ob vielleicht ein Lebenslauf drinsteht. Nur dass er es gar nicht geschrieben hatte, nicht wahr. Kleiner privater Scherz.«

»Na dann: zehn von zehn Punkten für Aufmerksamkeit. Elf von zehn für den Glückstreffer.«

»Es kommt noch besser, Sir. Ich hab auch noch die hier gefunden.« Bob griff nach unten und zog ein paar Zeitungen aus dem Papierkorb unter dem Tisch. Ausgaben des *Scotsman* der vergangenen Woche. Er schlug beide auf und breitete sie aus. Eine war im Anzeigenteil aufgeschlagen, die andere bei den Nachrufen. In beiden waren Artikel mit schwarzem Kuli umkringelt. McLean erkannte das körnige Schwarz-Weiß-Foto seiner Großmutter, das vor vierzig Jahren aufgenommen worden war.

Grumpy Bob strahlte das Lächeln, das ihm vor vielen Jahren seinen Spitznamen eingetragen hatte.

»Ich denke, wir haben gerade unseren Beerdigungseinbrecher gefunden, Sir.«

26

McLean! Wo zum Teufel haben Sie sich gestern Morgen rumgetrieben? Warum sind Sie nicht ans Telefon gegangen?«

Chief Inspector Duguid kam wutentbrannt auf ihn zumarschiert, das Gesicht knallrot, die Hände zu hässlichen Fäusten geballt. McLean hatte einen Moment lang Mühe, sich zu erinnern, was er gemacht hatte, weil seitdem so viel passiert war. Dann fiel ihm alles wieder ein.

»Ich hatte frei, Sir. Ich habe meine Großmutter beerdigt. Wenn Sie mit Chief Superintendent McIntyre gesprochen hätten, hätte sie es Ihnen bestimmt gesagt. Vielleicht hätte sie Sie auch wissen lassen, dass ich davor noch reingekommen war, um den Bericht über den Tod Ihres Onkels und den Selbstmord seines Mörders fertig zu schreiben.«

Duguids Gesichtsfarbe wechselte innerhalb eines Wimpernschlags von knallrot zu kreidebleich. Seine kleinen Schweineäuglein wurden groß, und seine Nasenflügel bebten wie bei einem angriffsbereiten Stier.

»Wagen Sie ja nicht, das hier drin zu erwähnen, McLean«, zischte er durch schmale Lippen und sah sich nervös um, ob jemand etwas mitgehört hatte. Ein paar Uniformierte waren um sie herum beschäftigt, aber sie hatten genug Selbsterhaltungstrieb, um Blickkontakt mit dem Chief Inspector zu vermeiden. Falls sie irgendetwas mitgehört hatten, zeigten sie es nicht.

»War da etwas, das Sie wollten, Sir?« McLean hielt seine Stimme ruhig und gleichmäßig. Er wollte auf jeden Fall vermeiden, dass Duguid in einem Wutanfall über ihn herfiel, nachdem der Tag so gut angefangen hatte.

»Allerdings, verdammt noch mal. Irgendein Geisteskranker namens Andrews ist gestern mitten in der Innenstadt in ein volles Büro gelatscht und hat sich da die Kehle aufgeschnitten. Ich will, dass Sie rausfinden, wer er war und warum er das gemacht hat.«

»Gibt es denn niemand anderen, der das übernehmen könnte? Ich bin gut mit Fällen ausgelastet, so wie's aussieht …«

»Sie wissen doch nicht mal, wie man ›ausgelastet‹ schreibt, McLean. Hören Sie auf rumzujammern, und machen Sie den Job, für den Sie hier bezahlt werden.«

»Natürlich, Sir.« McLean biss sich beinahe auf die Zunge, um keine Widerworte zu geben. Es hatte keinen Sinn, wenn Duguid schon wütend war. »Wer hat die Anfangsermittlung gemacht?«

»Sie.« Duguid sah auf die Uhr. »Jedenfalls innerhalb der nächsten halben Stunde, wenn Sie schlau sind. Auf Ihrem Schreibtisch liegt ein Bericht von dem Sergeant, der den Fall aufgenommen hat. Sie erinnern sich doch an Ihren Schreibtisch, oder, Inspector? In Ihrem Büro?« Mit dieser sarkastischen Bemerkung stiefelte er davon, immer noch wütend vor sich hin murmelnd.

Erst als er weg war, kam Grumpy Bob aus einem Versteck hinter dem Kopierer hervor.

»Meine Güte. Was ist dem denn über die Leber gelaufen?«

»Ich weiß nicht. Wahrscheinlich hat er erfahren, dass sein Onkel sein ganzes Geld dem Tierschutzverein vermacht hat oder so was.«

»Sein Onkel?« Bob hatte also nicht gelauscht.

»Vergiss es, Bob. Sehen wir mal nach diesem Selbstmord. Die Kriminaltechnik wird eine Weile brauchen, um diesen ganzen Schmuck zu untersuchen. Bis dahin können wir sowieso nichts mit den anderen Einbrüchen abgleichen.«

»Was ist mit McReadie? Willst du ihn anklagen?«

»Sollten wir wohl besser. Aber du weißt doch, dass er sich dann irgendeinen aalglatten Anwalt holt und noch vor heute

Abend auf Kaution raus ist. Du hast seine Wohnung gesehen: Dem kommt das Geld schon zu den Ohren raus. Der kann sich seine Freiheit erkaufen, und das weiß er auch.«

»Dann lass ich ihn bis zum letzten Augenblick schmoren. Ich klär mal ab, wann genau er eingebuchtet wurde.«

Grumpy Bob schlenderte zum zentralen Aufnahmetresen. McLean machte sich auf den Weg in sein Büro. Wie zu erwarten, lag oben auf dem riesigen Stapel Überstundenabrechnungen eine dünne Aktenmappe, in der ein einziges getipptes Blatt dokumentierte, dass Mr Peter Andrews sich augenscheinlich umgebracht hatte. Es standen Namen und Adressen von einem Dutzend Zeugen da, alle Angestellte desselben Finanzdienstleisters, der Hoggett Scotia. Andrews hatte selbst dort gearbeitet. Anscheinend war er einfach vorne in den Empfang gekommen – er hatte ausgesehen, als hätte er seit zwei Tagen in seinen Klamotten geschlafen –, ein altmodisches Rasiermesser aus der Tasche gezogen und sich die Kehle durchgeschnitten. Und all das war vor mehr als zwanzig Stunden passiert. In denen die Polizei rein gar nichts unternommen hatte.

McLean seufzte. Es war nicht nur sehr wahrscheinlich, dass die Untersuchung des Selbstmords ergebnislos im Sande verlaufen würde, sondern er musste auch damit rechnen, auf Feindseligkeit und Wut zu stoßen, weil es so lange gedauert hatte, bis die Polizei etwas in der Sache unternahm. Herrlich, einfach herrlich.

Er griff zum Telefon und wählte die Nummer der Rechtsmedizin. Tracys piepsige Stimme meldete sich.

»Haben Sie gestern einen Selbstmord reinbekommen? Mit dem Namen Andrews?«, fragte McLean, nachdem sie den üblichen Flirtversuch unternommen hatte.

»Am Vormittag, ja«, bestätigte sie. »Dr. Cadwallader wollte ihn heute Nachmittag drannehmen. Gegen vier.«

McLean bedankte sich, sagte, dass er sie dann dort treffen würde, und legte auf. Er sah noch einmal die Notizen durch.

Wenigstens war es nicht zu weit weg, um zu Fuß zu gehen. Erst die Vernehmungen, dann die Obduktion. Mit etwas Glück war dann, wenn er zurückkam, der Schmuck, den sie in McReadies Wohnung gefunden hatten, aus der Kriminaltechnik zurück. Dann könnten sie sich damit amüsieren, die Stücke mit der Liste der gestohlenen Gegenstände abzugleichen. Was für ein Spaß.

Er nahm den Ordner, ignorierte den Stapel Überstundenzettel, die abgearbeitet werden mussten, und machte sich auf die Suche nach DC MacBride.

»Du hast uns letzte Woche ganz schön beschäftigt, Tony.«

McLean zog eine Grimasse. »Guten Tag auch, Angus. Und vielen Dank, dass du gestern gekommen bist, übrigens.«

»Keine Ursache. Das alte Mädchen hat mir ja auch das eine oder andere beigebracht. War das Mindeste, was ich tun konnte, mich ordentlich von ihr zu verabschieden.« Der Rechtsmediziner trug bereits OP-Kleidung und lange, engsitzende Handschuhe. Sie gingen in den Sektionssaal, wo Peter Andrews bereits in all seiner bleichen Pracht auf dem Edelstahltisch lag. Abgesehen von der aufgerissenen Kehle sah er seltsam sauber und friedlich aus. Sein Haar war zerrauft und grau, aber sein Gesicht sah jung aus. McLean hätte ihn auf Ende dreißig, Anfang vierzig geschätzt. Das war bei solch käseblassen Leichen immer schwer zu sagen.

Cadwallader begann mit einer gründlichen Inspektion des Toten, suchte nach Hinweisen auf Verletzungen, Drogenmissbrauch oder Krankheiten. McLean beobachtete ihn, hörte aber nur halb den leise gesprochenen Kommentaren zu und fragte sich währenddessen, was einen Mann dazu bringen konnte, auf so gewaltsame und hässliche Weise Selbstmord zu begehen. Es war ihm unmöglich nachzuvollziehen, was jemanden dazu brachte, sich lieber selbst zu töten, anstatt weiterzuleben. Er war selbst schon verzweifelt gewesen, mehr als einmal, aber er hatte immer an den Kummer und den Schrecken derjenigen gedacht, die seine Leiche finden würden, an die seelischen Verletzungen, die so etwas bei anderen hinterließ. Vielleicht war das der Unterschied zwischen lebensmüde und depressiv: Es musste einem gleichgültig sein, was andere Leute empfanden.

Wenn das der Fall war, dann war Andrews vielleicht doch ein guter Kandidat. Seinem Boss zufolge war er ein rücksichtsloser Geschäftsmann gewesen. McLean verstand nicht viel davon, wie Fondsmanagement im Einzelnen funktionierte, aber er wusste genug, um zu wissen, dass man, indem man sich entschloss, Aktien aus einem Portfolio zu werfen, eine Firma auch zerstören konnte. Doch während diese Rücksichtslosigkeit Andrews zu einem Selbstmordkandidaten machen konnte, sprach der Rest seines Lebens eher dafür, dass er alles gehabt hatte, wofür es sich zu leben lohnte. Er war nicht verheiratet, hatte keine Freundin, die ihn gehalten hätte. Er war wohlhabend, erfolgreich, seine Arbeit schien ihm Spaß zu machen. Niemand bei Hoggett Scotia hatte ein schlechtes Wort über ihn verloren. Die Eltern musste er noch vernehmen. Sie lebten in London und würden erst am Nachmittag in den Norden kommen.

»Ah, das ist jetzt aber interessant.« Der Wechsel in Cadwalladers Tonfall riss McLean aus seinen Gedanken. Er schaute auf und sah, dass der Rechtsmediziner mit der innerlichen Inspektion begonnen hatte.

»Was ist interessant?«

»Das hier.« Er zeigte auf das glänzende Durcheinander aus Eingeweiden. »Er hat Krebs, na ja, überall. Sieht aus, als hätte es im Darm angefangen, aber sich dann auf jedes Organ in seinem Körper ausgebreitet. Wenn er sich nicht selbst getötet hätte, wäre er in ein oder zwei Monaten tot gewesen. Wissen wir, wer sein Arzt war? Mit so etwas hätte er eigentlich ernsthaft medikamentös behandelt werden müssen.«

»Verlieren Chemopatienten nicht normalerweise die Haare?«, fragte McLean.

»Guter Einwand, Inspector. Schätze mal, deswegen bist du Detective geworden und ich nur Rechtsmediziner.« Cadwallader beugte sich dicht über den Kopf des Toten herunter und riss mit einer Pinzette ein paar Haare aus. Er legte sie in eine Edelstahlschale, die ihm von seiner Assistentin hingehalten wurde. »Mach eine Spektroskopie davon, Tracy. Ich wette, er hat nichts Stärkeres als Ibuprofen genommen.« Er wandte sich wieder McLean zu. »Chemo hinterlässt noch andere, subtilere Spuren an einem Körper, Tony. Dieser Mann weist keine davon auf.«

»Könnte er eine Behandlung verweigert haben?«

»Etwas anderes fällt mir nicht ein. Er muss gewusst haben, was mit ihm passierte. Warum hätte er sich sonst umbringen sollen?«

»Warum sonst, Angus, genau. Warum sonst?«

27

Als McLean zurück auf das Revier kam, war Duguid nirgendwo zu sehen. Er sandte ein stilles Dankesgebet zum Himmel und eilte zu dem winzigen Einsatzraum. Die Hitze kochte aus der offenstehenden Tür, weil sich die Abendsonne auf dem Fenster mit der unverdrossen unter vollem Dampf bullernden Heizung verbündet hatte. DC MacBride und Grumpy Bob hatten beide Jackett und Krawatte abgelegt. Schweiß stand auf der Stirn des Constables, der gerade auf seinem Laptop tippte.

»Erinnern Sie mich daran, Sie irgendwann zu fragen, wie Sie an das Teil gekommen sind, Stuart.«

MacBride sah von seinem Monitor auf. »Mike Simpson ist mein Cousin«, sagte er. »Ich hab ihn gefragt, ob er nicht noch irgendwas rumliegen hat.«

»Was, Nerd Simpson? Der IT-Typ aus der Kriminaltechnik?«

»Genau der. Und er ist echt nicht so ein Nerd, Sir. Er sieht nur so aus.«

»Aye, und wenn er redet, verstehe ich zwar jedes Wort, das er benutzt, aber irgendwie erschließt sich mir der Sinn von allen zusammen nie. Also, der ist Ihr Cousin, was?« Könnte nützlich sein. War schon nützlich gewesen, nach dem Laptop zu schließen, auf dem MacBride arbeitete. Vielleicht war der sogar nagelneu. »Haben Sie ihn gebeten, einen Blick auf McReadies Computer zu werfen?«

»Er arbeitet gerade daran. Ich glaube nicht, dass ich ihn jemals so aufgeregt gesehen habe. Anscheinend ist McReadie in der Hacker-Szene hier in Edinburgh so was wie ein Gott. Er nennt sich da Clouseau.«

McLean dachte an die Pink-Panther-DVDs in der Sammlung des Einbrechers. Alle deutlich gebraucht bis auf die letzte.

»Wundert mich, dass er sich ausgerechnet den Namen ausgesucht hat. Man sollte doch denken, dass er sich eher mit der Figur identifiziert, die von David Niven gespielt wird.«

Detective Constable MacBrides Gesicht teilte überdeutlich mit, dass er nicht die geringste Ahnung hatte, wovon McLean sprach.

»Der rosarote Panther, Constable. Niven hat Sir Charles Lytton gespielt, den Gentleman-Dieb. Einen Meisterdieb.«

»Ah ja. Ich dachte, es ginge um eine Zeichentrickfigur.«

Kopfschüttelnd drehte McLean sich um. Sein Blick fiel auf die Fotos des toten Mädchens, die immer noch an die Wand hinter Grumpy Bob gepinnt waren.

»Das erinnert mich daran: Haben Sie irgendwas über diesen vermissten Maurer rausgefunden?«

MacBride tippte kurz zu Ende, bevor er antwortete: »Tut mir leid, Sir. Ich habe mit der Vermisstenabteilung gesprochen, aber die digitalisierten Archive reichen nur bis in die Sechziger zurück. Für alles, was länger zurückliegt, werde ich ins Archiv müssen. Da wollte ich heute Nachmittag hin.«

»Maurer?«, fragte Grumpy Bob.

»MacBrides Idee, ja.« McLean nickte zu MacBride, der bis über beide Ohren rot anlief. »Unsere Mörder waren Männer aus einer höheren Gesellschaftsschicht. Es ist unwahrscheinlich, dass sie wussten, wie man mauert oder pflastert. Aber irgendjemand hat die Nischen verputzen und den Raum zumauern müssen. Sie brauchten einen Maurer.«

»Aber kein Maurer würde so etwas decken«, wandte Grumpy Bob ein. »Ich meine, er muss doch ihre Leiche gesehen haben. Er muss doch auch die Behälter gesehen haben. Ich an seiner Stelle hätte mich schlicht geweigert. Ich hätte die zum Teufel gejagt.«

»Ah, aber du bist auch kein Maurer aus der Arbeiterklasse,

der Anfang des zwanzigsten Jahrhunderts geboren wurde, Bob. Sighthill war damals kaum mehr als ein Dorf, für die Leute war der örtliche Gutsherr mehr oder wenig der König. Und ich würde es unseren Mördern auch durchaus zutrauen, dass sie die Familie bedroht haben. Diese Leute sind nicht gerade zimperlich gewesen.«

»Der Grundbesitzer?«

»Das Anwesen gehörte Menzies Farquhar. Der, der die Farquhar's Bank gegründet hat.«

»Also glaubst du, dass er es war? Dass er einen Maurer aus dem Ort dazu gezwungen hat, die Kammer zuzumauern, und ihn dann hat verschwinden lassen?« Grumpy Bob sah mehr als skeptisch aus, und während er die Theorie zusammenfasste, konnte McLean seinem alten Freund dafür kaum einen Vorwurf machen. Was in der beunruhigenden Atmosphäre des Tatorts so überzeugend erschienen war, wirkte in der Hitze des winzigen Einsatzraums auf einmal ziemlich weit hergeholt. Es war dünner als die Ausrede eines Schuljungen. Aber es war alles, was sie hatten.

»Nicht Menzies Farquhar, nein. Aber sein Sohn hätte es sein können, Albert.« McLean erinnerte sich an sein kurzes Gespräch mit Jonas Carstairs nach der Beerdigung. Konnte es wirklich so einfach sein? Nein. War es nie. »Aber das ist im Augenblick alles noch sehr zufällig. Wir wissen im Grunde nichts über die Familie, und noch weniger darüber, wer um die Kriegszeit für sie gearbeitet hat. Es ist unwahrscheinlich, dass noch irgendjemand lebt, mit dem man darüber sprechen könnte. Aber zumindest würde ich doch gern unserem Opfer einen Namen geben können, und unsere beste Chance darauf bietet derzeit ein vermisster Maurer.« Er drehte sich wieder zu dem Constable um. »Stuart, ich möchte, dass Sie alles ausgraben, was über Menzies und Albert Farquhar zu finden ist. Wenn Sie das erledigt haben, können Sie Bob im Archiv helfen.«

»Oh, aye? Und was werde ich da machen?« Der alte Sergeant machte ein verschlagenes Gesicht, als wüsste er nicht längst die Antwort.

»Du wirst alle ungelösten Fälle heraussuchen, bei denen es um einen vermissten Maurer aus der Gegend um Sighthill geht. Fünfundvierzig bis fünfzig sollte reichen. Wenn wir nichts finden, können wir den Suchzeitraum an jedem Ende ausdehnen.«

»Von 1945? Das meinst du nicht ernst.« Grumpy Bob sah entsetzt aus.

»Du weißt, dass die Archive noch weiter zurückreichen, Bob.«

»Aye, im Keller, in großen, staubigen Aktenkartons.«

»Nun, nimm dir einen Constable mit, der dir hilft«, sagte McLean, als Constable Kydd an die offenstehende Tür klopfte. »Siehst du, du brauchst nicht mal suchen zu gehen.«

»Sir?« Kydd schaute zwischen Grumpy Bob und McLean hin und her und runzelte besorgt die Stirn.

»Nichts«, sagte McLean. »Was können wir für Sie tun?«

Sie kam herein und zog einen Rollwagen hinter sich her. Er war mit Kartons beladen. »Das sind die Sachen aus McReadies Wohnung, Sir. Die Kriminaltechnik ist durch damit. Anscheinend ist das alles reiner als DC Porters Seele, was immer das heißen mag.«

»Er ist Zeuge Jehovas, Constable. Hat er noch nicht versucht, Sie zu bekehren?«

»Ähm, nein, Sir. Ich glaube nicht. Und ich habe noch eine Nachricht von der Rezeption. Sie haben es in Ihrem Büro versucht, aber niemanden erreicht, und Ihr Handy schaltet direkt auf die Mailbox um.«

McLean hob sein Handy hoch. Er war sicher, dass er es über Nacht aufgeladen hatte. Das Display war dunkel, und auf das Drücken des Einschaltknopfes erfolgte keine Reaktion.

»Der verdammte Akku ist schon wieder leer. Warum rufen die nicht einfach direkt hier an? Nein, vergessen Sie das.« Er blickte zu dem einsamen Telefon hinüber, das auf dem Tisch neben dem Laptop stand. Vielleicht funktionierte es, aber er hatte noch nie jemanden damit telefonieren sehen. »Worum geht's?«

»Anscheinend wartet unten ein Mr Donald Andrews auf Sie. Irgendwas wegen der Identifizierung seines Sohnes.«

»Oh, Mist.« McLean warf MacBride sein Handy zu. »Seien Sie so nett und leihen Sie uns Ihr Funkgerät, Constable. Ich muss zurück in die Rechtsmedizin.«

Donald Andrews sah seinem Sohn nicht besonders ähnlich. Kantige Wangenknochen und eine spitze Nase schärften seine Gesichtszüge, als hätte er zu viel Zeit in starkem Wind verbracht. Er trug das Haar kurzgeschoren, ein bisschen Grau zeigte sich an den Schläfen. Seine Augen waren hellblau und durchdringend, und er sprach mit abgehacktem Home-Counties-Akzent. McLean forderte einen Wagen mit Fahrer an, der sie quer durch die Stadt zum rechtsmedizinischen Institut kutschierte. Er ließ den Constable im Wagen warten und hoffte, dass es nicht lang dauern würde.

Dr. Sharp hatte die Leiche bereits vorbereitet. Sie war ganz mit einem Tuch überdeckt und lag auf einem Tisch in einem kleinen Nebenraum zum Obduktionssaal. Als sie ankamen, führte sie sie hinein, schlug dann sorgfältig das Laken zurück und enthüllte den Kopf des Mannes, ohne aber die klaffende Wunde am Hals sehen zu lassen.

Donald Andrews stand lange schweigend da, ohne sich zu rühren, und starrte auf das bleiche weiße Gesicht. Dann drehte er sich langsam zu McLean um.

»Was ist hier los?«, fragte er barsch. »Was ist mit meinem Sohn passiert?«

»Entschuldigen Sie, Sir. Das ist doch Ihr Sohn, Peter Andrews, oder?« McLean hatte plötzlich das Gefühl, als packte eine kalte Faust seinen Magen.

»Ich ... ja ... das heißt, ich nehme es an. Aber ... kann ich bitte den Rest seines Körpers sehen.« Es war keine Frage.

»Sir, ich weiß nicht, ob Sie das wirklich wollen. Er ist ...«

»Ich bin Chirurg, verdammt noch mal! Ich weiß, was mit ihm passiert ist.«

»Tut mir leid, Sir. Das war mir nicht klar.« McLean nickte Tracy zu, die den Rest des Tuches zurückrollte. Höchstwahrscheinlich war sie es gewesen, die den Leichnam wieder zugenäht hatte, nachdem Dr. Cadwallader seine Untersuchung zu Ende geführt hatte. McLean war beeindruckt von ihrer Geschicklichkeit und Sorgfalt, aber es war nicht zu übersehen, dass Peter Andrews grausam filetiert worden war. Während die meisten Väter entsetzt gewesen wären, zog Donald Andrews eine zierliche Brille heraus und beugte sich dichter heran, um seinen Sohn zu inspizieren.

»Das ist er«, sagte er einige Minuten später. »Er hat ein Muttermal und ein paar Narben, die ich jederzeit erkennen würde. Aber ich verstehe nicht, was mit ihm los ist. Wie ist er so geworden?«

»Was meinen Sie, Sir? So war er, als er gestorben ist.« McLean schluckte. »Man hat Ihnen doch gesagt, wie er gestorben ist, oder?«

»Ja, und das allein finde ich schon schwer zu glauben. Peter hatte seine Schwierigkeiten, aber Depressionen zählten ganz bestimmt nicht dazu.«

»Wussten Sie, dass er Krebs im Endstadium hatte, Sir?«

»Was? Aber das ist unmöglich!«

»Wann haben Sie Ihren Sohn das letzte Mal gesehen, Sir?«

»Im April. Er ist zum Marathon nach London heruntergekommen. Er ist da jedes Jahr gelaufen, um Geld für das Sick-Kids-Hospital zu sammeln.«

McLean schaute auf den ausgemergelten Körper herunter, der vor ihnen auf dem Tisch lag. Er wusste, dass alle möglichen Leute an Marathons teilnahmen. Manche wanderten sogar tagelang die Strecke ab, statt zu laufen. Peter Andrews sah aus, als hätte er ein Taxi dafür nehmen müssen. Seine Beine waren verkümmert, sein Rücken gebeugt. Die Nähte machten es schwierig zu erkennen, in welchem Zustand er vor der Obduktion gewesen war, aber McLean konnte sich an einen Speckbauch erinnern.

»Dieses Krankenhaus muss ihm sehr wichtig gewesen sein, dass er all diese Mühen auf sich nahm. Hat er viel gesammelt?«

»Es ging nicht ums Geld, Inspector. Er hat es um des Laufens willen getan. Sie brauchen heutzutage eine Wohltätigkeitsorganisation im Hintergrund, um einen Startplatz beim London-Marathon zu bekommen.«

»Entschuldigen Sie, aber wollen Sie mir sagen, dass Ihr Sohn regelmäßig gelaufen ist?«

»Ungefähr seit er fünfzehn war. Er hätte es beinahe professionell gemacht.« Donald Andrews streckte die Hand aus und berührte das Haar seines Sohnes. Tränen glänzten in seinen vorwurfsvollen Augen. »Er hat das letzte Rennen in zweieinhalb Stunden geschafft.«

28

Der ungewohnte Ton des Funkgerätes, das sich in seiner Tasche meldete, lenkte ihn ab, während er zum Revier zurückging.

»McLean«, sagte er, nachdem ihm wieder eingefallen war, wie man das Teil bediente. Es war klobiger als ein Handy und komplizierter, aber immerhin hatte sich der Akku nicht entladen. Zumindest bis jetzt nicht.

»Ah, hallo, Inspector. Ich habe mich schon gefragt, ob ich jemals durchgestellt würde.« McLean erkannte die Stimme des Anwalts seiner Großmutter.

»Mr Carstairs, ich hätte mich sowieso noch bei Ihnen gemeldet. Wegen Albert Farquhar.«

Eine Pause, als hätte er den Anwalt auf dem falschen Fuß erwischt. »Natürlich. Aber deswegen rufe ich nicht an. Ich habe die Papiere Ihrer Großmutter jetzt vorbereitet. Sie brauchen nur noch ein paar Formulare zu unterschreiben, und dann können wir uns an die langwierige Aufgabe machen, Eigentumsurkunden umzuschreiben und so weiter.«

McLean warf einen Blick auf die Uhr. Der Nachmittag zerrann ihm zwischen den Fingern, und es stapelte sich noch ein Berg Papierkram auf seinem Schreibtisch, der abgearbeitet werden musste, bevor er McReadies Trophäen näher ansehen konnte, was wesentlich interessanter zu werden versprach. »Ich bin im Moment ziemlich beschäftigt, Mr Carstairs.«

»Natürlich, Tony. Aber auch Detective Inspectors müssen irgendwann essen. Ich dachte, Sie hätten vielleicht Lust, dass wir uns zum Abendessen treffen. Sagen wir gegen acht? Dann können Sie die Papiere unterschreiben, und wir regeln den Rest für

Sie. Außerdem hat Esther mir diverse persönliche Botschaften aufgetragen, die ich Ihnen nach ihrem Tod übermitteln sollte. Es erschien mir unpassend, das bei der Beerdigung zu tun. Und ich kann Ihnen dann alles über Bertie Farquhar erzählen, was Sie wollen, auch wenn es ein eher unangenehmes Thema ist.«

Das war wahrscheinlich das beste Angebot, das er bekommen würde, und es wäre um Längen besser als irgendwas zum Mitnehmen auf dem Heimweg kurz vor Mitternacht, worauf der Abend hinauszulaufen schien. Und wenn er dabei noch ein bisschen mehr über Farquhar herausfinden konnte, na ja, dann war es praktisch sowieso ein Arbeitsessen.

»Das ist sehr freundlich, Jonas.«

»Acht Uhr dann?«

»Ja, gern.«

Carstairs nannte ihm noch einmal seine Adresse, dann legte er auf. McLean war in der Zwischenzeit fast am Revier angelangt. Als er die Haupteingangstür aufstieß und hineinging, hielt er immer noch das Funkgerät in der Hand und war damit beschäftigt herauszufinden, wie man es ausschaltete.

»Oh, es geschehen noch Zeichen und Wunder«, sagte der wachhabende Sergeant hinter dem Tresen. »Ein Detective Inspector mit einem Funkgerät.«

»Das gehört nicht mir, Pete, ich habe es von einem Constable geborgt.« McLean schüttelte das Ding, drückte wahllos auf die Knöpfe an der Vorderseite, fruchtlos. »Wie schaltet man das verdammte Ding aus?«

Unten in dem winzigen Einsatzraum herrschte Chaos. Die Kartons, die Constable Kydd auf dem Wägelchen hereingerollt hatte, standen überall aufeinandergestapelt, einige geöffnet, andere noch zugeklebt. Im Auge des Sturms kniete DC MacBride mit einem Bündel Papiere, die er hoffnungsvoll durchblätterte.

»Amüsieren Sie sich gut, Constable?« McLean sah auf seine

Armbanduhr. »Sollten Sie nicht längst nach Hause gegangen sein?«

»Dachte, ich fange lieber gleich damit an, diese Stücke hier zu identifizieren, Sir.« MacBride hielt einen Beweismittelbeutel hoch, der ein juwelenbesetztes Gold-Ei von einzigartiger Protzigkeit enthielt.

»Nun, ich hab noch eine Stunde totzuschlagen. Schieben Sie mir eins von diesen Blättern rüber, und ich helfe Ihnen. Hatten Sie schon Erfolg?«

MacBride zeigte auf einen kleinen Haufen Gegenstände auf dem Tisch. »Die standen auf Mrs Douglas' Liste. Dem Inventarverzeichnis zufolge lagen sie im untersten Fach ganz rechts. Und sie lagen alle dicht beieinander. Ich arbeite mit der Hypothese, dass McReadie systematisch vorgegangen ist. Immerhin ist er Computerspezialist.«

»Hört sich nach einer guten Strategie an.« McLean besah sich die Kartons, glich die Beschriftung mit seiner Liste ab. »Also müsste das hier das oberste Fach sein, von links anfangend. Sein erster Einbruch. Major Ronald Duchesne.«

Er öffnete den Karton, sah die Beweismittelbeutel darin durch und versuchte, ihren Inhalt mit den Listen der gestohlenen Gegenstände abzugleichen. Es war unwahrscheinlich, dass alles da war. McReadie hatte wahrscheinlich die Stücke verkauft, die ihm nicht gefallen hatten, und Opfer von Diebstählen setzten fast immer noch zusätzliche Sachen auf die Listen der gestohlenen Gegenstände. Aber der Karton enthielt überhaupt nichts, das auch nur ungefähr passte. Nachdem er alles herausgeholt und ordentlich auf dem Boden um sich herum aufgestellt hatte, wollte McLean das Ganze schon wieder einräumen und mit dem nächsten Karton anfangen, als er noch einen Beutel bemerkte. Er nahm ihn heraus und hielt ihn ins Licht.

Ein kalter Schauer lief ihm über den Rücken.

An der Wand hingen, stark vergrößert und in einem Kreis, die

Fotos der sechs Gegenstände, die in den Nischen zusammen mit den konservierten Organen des toten Mädchens gefunden worden waren. Gerade jetzt blickte er auf das Bild eines einzelnen goldenen Manschettenknopfs mit üppigen Gravuren und einem großen Rubin darauf.

Ganz unten in dem Beweismittelbeutel lag ein absolut gleich aussehendes Gegenstück dazu.

29

Sie versteht nicht, was mit ihr nicht stimmt. Es hat alles angefangen, als …? Ja, wann? Sie weiß es nicht mehr. Da waren Schreie, Leute rannten herum. Sie hatte Angst, ihr war sogar ein bisschen schlecht. Aber dann fiel eine warme Decke über alles, sogar über ihr Denken.

Stimmen flüstern ihr zu, tadelnd und tröstend, treiben sie weiter voran. Irgendwie ist sie schon meilenweit gelaufen, aber sie kann sich nicht mehr an den Weg erinnern. Nur ein dumpfer Schmerz in ihren Beinen, im Rücken, in der Magengrube. Sie ist hungrig, so hungrig.

Der Geruch steigt ihr in die Nase und zieht sie an wie ein Seil. Sie kann dem Sog nicht widerstehen, auch wenn ihre Füße sich wie blutige Wunden am Ende ihrer Beine anfühlen. Um sie herum sind Leute, die ihren täglichen Geschäften nachgehen. Sie schämt sich, sich so vor ihnen sehen zu lassen, aber sie ignorieren sie ohnehin, weichen aus, während sie weitertaumelt. Ein dummer Saufbold mehr.

Sie ist wütend auf sie, weil sie so von ihr denken. Sie möchte um sich schlagen, ihnen wehtun, um sie als die engstirnigen Idioten bloßzustellen, die sie sind. Aber die Stimmen beruhigen sie, nehmen ihre Wut und sammeln sie für später. Sie fragt nicht, was später bedeutet, sie geht einfach weiter auf den Geruch zu.

Es ist wie ein Traum. Sie springt von einem Standbild zum nächsten, ohne die langweilige Bewegung dazwischen. Sie ist in einer belebten Geschäftsstraße – sie ist in einer ruhigen Seitenstraße – sie steht vor einem großen Haus, das etwas zurückgesetzt von der Straße steht – sie ist drin.

Er sieht sie da stehen, dreht sich zu ihr um. Er ist alt, bewegt sich aber wie ein junger Mensch, als er auf sie zugeht. Dann sieht er ihr in die Augen, und etwas in ihr stirbt. Da ist ein Hochmut in seiner Haltung, die ihre Wut wieder zum Leben erweckt. Die flüsternden Stimmen steigern sich zum Tumult, die Wut bricht sich Bahn. Erinnerungen, die ein Leben lang verborgen waren, blühen wie schwarze Blumen, wachsen und vergehen. Alte Männer, die schwitzen und zustoßen. Schmerz hüllt sie ein. Mach, dass es aufhört. Gott, bitte mach, dass es aufhört. Aber es hört nie auf. Weiter und weiter, Nacht über Nacht über Nacht. Sie haben Dinge mit ihr gemacht. Er hat Dinge mit ihr gemacht, da ist sie sich jetzt sicher – selbst wenn sie alles vergisst, was sie je gewesen ist.

Etwas Kaltes und Hartes und Scharfes ist jetzt in ihrer Hand. Sie hat keine Ahnung, wie es dahin gekommen ist, keine Ahnung, wer sie ist, wo sie ist. Aber sie weiß, warum sie hierhergekommen ist, und was sie tun muss.

30

»Wo ist McReadie? In welcher Zelle sitzt er?« McLean platzte wie eine Explosion durch die Tür ins Büro des Sergeants vom Dienst. Der Sergeant sah von seinem Teebecher auf, die Verwaltungsangestellten der Spätschicht drehten sich um, um zu sehen, was der Lärm sollte.

»McReadie? Der ist vor ein paar Stunden entlassen worden.«

»Was?«

»Es tut mir leid, Sir, wir haben so lange gewartet wie möglich. Aber wir mussten ihn irgendwann des Einbruchs anklagen. Kurz darauf stand sein Anwalt hier auf der Matte. Es sprach nichts dagegen, ihn gegen Kaution freizulassen.«

»Verdammt. Ich muss mit ihm sprechen.«

»Kann das nicht bis morgen warten, Sir? Wenn Sie ihn jetzt bedrängen, wird er wegen Schikane Beschwerde einlegen. Sie wollen doch nicht, dass er wegen Verfahrensfehlern davonkommt, oder?«

McLean versuchte, sich zu beruhigen. Es konnte warten. Das junge Mädchen würde davon nicht weniger tot sein.

»Sie haben recht, Bill«, sagte er. »Tut mir leid, dass ich so hereingeplatzt bin.«

»Kein Problem, Sir. Aber wo Sie schon mal da sind, könnten Sie vielleicht irgendwas gegen den Stapel Überstundenzettel auf Ihrem Schreibtisch unternehmen? Es ist nur, weil bald Monatsende ist und wir den Dienstplan machen müssen.«

»Ich erledige das«, versprach er, während er sich aus dem Kontrollraum zurückzog. Doch statt nach oben in sein Büro zu gehen, kehrte er in den kleinen Einsatzraum zurück und umklammerte die ganze Zeit den Beweismittelbeutel. DC MacBride war immer noch da, er durchsuchte jetzt einen anderen Stapel Kartons.

»Schon gefunden?«

»Es ist hier irgendwo, Sir. Ah, da haben wir's.« Der Constable richtete sich auf und hielt einen weiteren Beutel hoch, der ebenfalls einen protzigen Manschettenknopf mit einem Edelstein enthielt. Er reichte ihn McLean, der beide nebeneinanderhielt. Es bestand kein Zweifel, dass sie zusammengehörten, auch wenn der aus der Nische in dem Kellerraum sauberer war und weniger verkratzt, so als hätte derjenige, der ihn dort hinterlassen hatte, den anderen weiter getragen. Bis er irgendwie in der Sammlung von Mr Fergus McReadie gelandet war.

Er warf einen Blick auf die Uhr. Viertel vor acht. Keiner von ihnen sollte jetzt noch bei der Arbeit sein. Es war frustrierend, so dicht dran zu sein und dennoch warten zu müssen. Aber der Sergeant vom Dienst hatte recht: Er konnte McReadie so kurz nach seiner Entlassung nicht wieder herbeizerren, ohne dass es nach Schikane aussah. Nicht, nachdem sie sich so viel Zeit gelassen hatten, um den Mann offiziell anzuklagen. Es würde bis morgen früh warten müssen.

»Wie kommt Ihr Cousin Mike mit dem Computer voran?«, fragte McLean.

»Das Letzte, was ich von ihm gehört habe, war, dass er hofft, ihn bis morgen geknackt zu haben.«

»Okay, gehen Sie nach Hause, Stuart. Wir machen morgen hier weiter. Ich weiß sowieso nicht, was Sie hier so spät noch machen.«

Der Constable lief rot an unter seinem blonden Haarschopf und murmelte irgendetwas davon, dass er noch auf jemanden wartete, dessen Schicht um neun zu Ende sei.

»Gut, dann dürfen Sie zur Belohnung und zur Abwechslung mal richtige Polizeiarbeit machen.«

»Darf ich?« MacBrides Gesicht leuchtete auf wie ein verfrühter Weihnachtsbaum.

»Ja, dürfen Sie. Gehen Sie hoch in mein Büro und ordnen Sie die Überstundenzettel. Ich zeichne sie ab, wenn ich morgen reinkomme.« McLean wartete den Dank des Constables nicht mehr ab.

Es war ein kurzer Spaziergang vom Revier hinunter nach Inverleith und zu den Stockbridge Colonies. Die Sonne war hinter den Häusern verschwunden und produzierte irgendwo im Nordwesten Dunst, aber es war immer noch hell. Richtig dunkel würde es um diese Jahreszeit erst in ein paar Stunden werden. Im Winter würden sie natürlich dafür bezahlen.

Als er hinter dem Water of Leith an die Botanischen Gärten kam, wechselte die Bebauung von den georgianischen Reihenhäusern zu großen, freistehenden Gebäuden. Die Adresse, die Carstairs ihm genannt hatte, war ein imposantes dreistöckiges Gebäude, das in einer schmalen Seitenstraße stand. Sie war an einem Ende für den Verkehr gesperrt, damit sie nicht von den Pendlern als Schleichweg benutzt werden konnte. Es war angenehm ruhig hier, weit genug von der Hauptstraße entfernt, und erinnerte ihn an die Straße am anderen Ende der Stadt, in der das Haus seiner Großmutter stand. Edinburgh war voll von solchen Inseln der Eleganz, die sich still zwischen den weniger angenehmen Gegenden verbargen.

Als er auf das Haus zuging, sah McLean aus dem Augenwinkel eine junge Frau, die schon betrunken war, bevor der Abend richtig angefangen hatte, und auf dem Bürgersteig in der entgegengesetzten Richtung davonwankte. Da das *Edinburgh Festival* und *The Fringe* in vollem Gange waren, war es nicht ungewöhnlich, zu jeder Zeit irgendwelche angeheiterten Narren zu sehen, daher dachte er sich nicht viel dabei. Ein Schwerlaster, der in Richtung der Sackgasse ratterte, lenkte ihn kurz ab, und als er wieder hinsah, war sie verschwunden. Er vertrieb das Bild aus seinem Kopf und stieg das halbe Dutzend breiter Steinstufen hinauf, die zu Carstairs' Veranda führte, dann hob er die Hand, um am Klingelzug zu ziehen.

Die Tür stand schon offen.

Irgendwo in der Entfernung schlug eine Glocke zur vollen Stunde. McLean trat ein, nahm an, dass Carstairs ihn bereits erwartete. Gut möglich, dass er die Tür absichtlich offen gelassen hatte. Ein kleiner Windfang enthielt einen Schirmständer mit drei Schirmen und ein paar Spazierstöcken darin. Eine Reihe abgetragener Übermäntel hing von eisernen Haken. Eine weitere Tür, ebenfalls offen, führte in die zentrale Halle des Hauses.

»Mr Carstairs?« McLean erhob die Stimme gerade so, dass es noch kein Rufen war. Er hatte keine Ahnung, wo sein Gastgeber sich in diesem großen Haus aufhalten könnte. Stille empfing ihn, als er auf den schwarz-weiß gefliesten Boden trat. Es war dunkler hier drin. Das Licht drang nur durch ein hohes Fenster herein, das hinten und auf halber Treppenhöhe lag und von einem großen Baum verdunkelt wurde.

»Mr Carstairs? Jonas?« Er schaute sich um, bemerkte die Vertäfelung aus dunklem Holz, den Kamin, im Moment unbenutzt, aber sicher Wintergästen hochwillkommen. Großformatige Ölgemälde von düsteren Gentlemen säumten die Wände. Ein überladener Messingkronleuchter hing von der hohen Decke. Es roch seltsam.

Es war ein Geruch, dem er vor Kurzem erst begegnet war, und während er sich durch seine Erinnerungen arbeitete, fiel McLeans Blick auf den schwarz-weiß gefliesten Boden. Eine Spur aus dunklen Flecken mäanderte vom Windfang aus quer durch die Halle zu einer halb geöffneten Tür auf der linken Seite. Er folgte ihnen, wobei er sorgsam darauf achtete, nirgendwo hineinzutreten.

»Jonas? Sind Sie da drin?« McLean rief, obwohl er bereits

die Antwort wusste. Er stieß die Tür mit der Fußspitze auf. Sie schwang auf gut geölten Angeln leicht herum und entließ einen überwältigenden Gestank nach heißem Eisen und Exkrementen. Er musste ein Taschentuch nehmen und es sich vor Nase und Mund halten, damit das Würgen aufhörte.

Der Raum war ein kleines Arbeitszimmer, mit Bücherregalen an den Wänden und einem hübschen antiken Schreibtisch in der Mitte. Jonas Carstairs saß an seinem Schreibtisch, den Kopf in den Nacken gelegt, und starrte zur Decke. Sein Unterkörper war dankenswerterweise durch den Tisch verdeckt. Sein Oberkörper war eine nackte, blutige Sauerei.

31

Als fünf Minuten später der erste Streifenwagen ankam, saß McLean auf der Steintreppe vor dem Haus, atmete die frische Stadtluft ein und versuchte, nicht über das nachzudenken, was er gesehen hatte. Er beauftragte die beiden PCs damit, den Tatort abzusichern, obwohl er ganz sicher wusste, dass die Hintertür abgeschlossen war, und wartete weiter auf den Polizeiarzt. Währenddessen kam der Transporter der Spurensicherung die Straße hinaufgerumpelt, aus dem sich ein halbes Dutzend Polizisten schälten. Es überraschte ihn, dass er sich freute, das lächelnde Gesicht von Miss-nicht-Ms Emma Baird zu erblicken, die ihre Digitalkamera bereits aus dem Koffer genommen und schussbereit um den Hals hängen hatte. Dann fiel ihm wieder ein, was sie fotografieren würde.

»Sie haben noch eine Leiche für uns, Inspector. Das wird allmählich zur Gewohnheit, oder?«

McLean lachte halbherzig auf und beobachtete das Spurensicherungsteam dabei, wie sie in ihre weißen Overalls schlüpften und ihre Koffer hinten aus dem Laderaum des Transporters hoben.

»Was haben Sie angefasst?«, fragte der leitende Kriminaltechniker, als er McLean einen Overall gab.

»Die Haustür, die innere Tür und die Hintertür. Und ich musste das Telefon benutzen. Um es zu melden.«

»Geben die keine Handys mehr an Inspektoren aus?«

»Akku ist leer.« McLean hob das unzuverlässige Gerät aus der Tasche, wedelte damit dem anderen vor der Nase herum und steckte es wieder ein, um sich den Overall überzuziehen. Während sie sich fertig machten, ratterte ein zerbeulter VW-Golf herbei, parkte mitten auf der Straße und spuckte einen beleibten Riesen in einem schlecht sitzenden Anzug aus. Er zog eine Arzttasche vom Rücksitz und watschelte zu ihnen. Dr. Buckley war ein freundlicher Gesell, solange man ihm keine dummen Fragen stellte.

»Wo ist denn die Leiche?«

»Sie werden sich erst einkleiden müssen, Doc«, sagte McLean, wusste, dass er sich damit einen finsteren Blick einhandeln würde, und wurde nicht enttäuscht. Es dauerte eine Weile, bis ein passender Overall gefunden war, aber schließlich waren sie so weit, dass sie ins Haus zurückkehren konnten. Er führte sie direkt ins Arbeitszimmer. Der Geruch war noch schlimmer geworden, falls das überhaupt möglich war. Stubenfliegen brummten träge um den Leichnam herum.

»Er ist tot«, sagte Dr. Buckley, ohne den Raum auch nur zu betreten. Er wandte sich zum Gehen.

»Ist das alles? Wollen Sie ihn nicht untersuchen?«, fragte McLean.

»Nicht mein Job, und das wissen Sie auch, Inspector. Ich kann von hier sehen, dass ihm die Kehle aufgeschlitzt wurde. Der Tod muss beinahe sofort eingetreten sein. Dr. Cadwallader wird Ihnen detaillierter Auskunft geben können, wenn er eintrifft. Schönen Tag noch.«

McLean sah dem dicken Mann nach, als er aus dem Haus watschelte, dann drehte er sich zum Spurensicherungsteam um. »Okay, schätze, Sie können mit dem Raum anfangen, aber berühren Sie die Leiche nicht, bevor der Rechtsmediziner hier ist.«

Sie schwärmten aus wie ein kleiner, aber effizienter Trupp Ameisen. Das Blitzen von Emmas Kamera verklang, als McLean schließlich doch den Raum betrat. Als Erstes fiel ihm die Kleidung auf, die säuberlich zusammengelegt über der Lehne eines

Ledersessels in der Ecke hing. Hemd, Jackett, Krawatte. Er sah zu der Leiche zurück und bemerkte, dass nur der Oberkörper entkleidet war. Als er hinter den Schreibtisch trat und die Masse der Gedärme sah, die sich in den Schoß des Anwalts ergossen hatten und teilweise auf die polierten Bodendielen gerutscht waren, zuckte er zurück. Der Sessel stand ein wenig vom Tisch abgerückt, und Carstairs saß beinahe aufrecht, die Arme hingen lose an den Seiten herunter. Blut war die nackten Arme entlanggelaufen, tröpfelte von den Fingerspitzen und bildete zwei gleich aussehende kleine Pfützen unter dem Stuhl. Ein japanisches Küchenmesser mit kurzer Klinge lag auf dem Tisch vor ihm, mit frischem und geronnenem Blut beschmiert.

»Guter Gott, Tony. Was ist denn hier los?«

McLean drehte sich um und sah Angus Cadwallader in der Tür stehen. Er hatte schon einen Overall übergezogen. Dr. Sharp stand nervös hinter ihm.

»Kommt dir irgendwas hier bekannt vor, Angus?« McLean trat beiseite, damit der Rechtsmediziner besser sehen konnte.

»Auf den ersten Blick, ja. Das ist offensichtlich eine Nachahmung der Morde an Smythe und Stewart.« Cadwallader beugte sich dicht an die Leiche herunter und drückte mit den in Latexhandschuhen steckenden Fingern an Carstairs' Hals herum. »Aber ich kann hier nicht sagen, was zuerst passiert ist, der Schnitt durch die Kehle oder das Ausweiden. Ist auch schwer zu sehen, ob irgendwas fehlt. Ah, was ist das?« Er richtete sich auf, beugte sich über die Leiche und drückte ihr den Mund auf.

»Beutel bitte, Tracy, und eine Pinzette.« Cadwallader nahm das Instrument zur Hand und fing an herumzutasten. »Man sollte nicht meinen, dass sie ganz hier reinpasst. Ah, nein, sie ist einmal durchgeschnitten. Das erklärt es.«

»Erklärt was, Angus?« McLean unterdrückte ein Aufstoßen. Meine Güte, wäre das peinlich, sich hier zu übergeben. Er war schließlich kein grüner Junge mehr, der seine erste Leiche zu

Gesicht bekam. Aber andererseits war er hergekommen, um mit Carstairs zu Abend zu essen.

»Das, Inspector, ist, was wir Ärzte die Leber nennen.«

Cadwallader hielt einen langen, glitschigen braunroten Streifen Material hoch, den er mit seiner großen Pinzette hielt, dann ließ er ihn in den bereitgehaltenen Beutel fallen. »Dein Mörder hat einen Streifen abgeschnitten und ihn dem Opfer in den Mund gestopft. Ich kann jetzt nicht beurteilen, ob es seine ist oder nicht, aber ich kann mir eigentlich keinen anderen Grund denken, warum er sonst hätte so aufgerissen werden müssen.« Er zeigte auf die Sauerei, die einst Carstairs Bauch und Brustkorb gewesen waren. »Schaffen wir ihn ins Institut. Sehen wir mal, was er für Geheimnisse zu enthüllen hat.«

32

Es tut mir leid, Tony, aber ich werde den Fall Chief Inspector Duguid geben müssen.«

McLean stand vor Chief Superintendent McIntyres Tisch, nicht gerade stramm, aber ebensowenig entspannt. Sie hatte ihn im selben Augenblick zu sich bestellt, als er im Revier eingetroffen war, in aller Frühe nach einer unruhigen Nacht voller Albträume. Er biss die Zähne zusammen, um die Antwort zu unterdrücken, die ihm auf der Zunge lag, und zwang sich zur Ruhe. Die Beherrschung vor der Chefin zu verlieren war nie von Nutzen.

»Warum?«, fragte er schließlich freundlich.

»Weil Sie Carstairs zu nahe stehen.«

»Was? Ich kenne den Mann doch kaum.«

»Er war der Vermögensverwalter Ihrer Großmutter. Und Sie sind der einzige Erbe. Er war auf ihrer Beerdigung. Sie wollten mit ihm zu Abend essen. Er war, kurz gesagt, ein Freund der Familie. Ich kann nicht riskieren, dass das eine sehr wichtige Ermittlung gefährdet. Haben Sie eine Vorstellung davon, was Carstairs im Lauf seines Lebens für diese Stadt getan hat?«

»Ich ... Nein.«

»Nun, seit fünf Uhr heute Morgen haben mich schon diverse sehr wichtige Leute angerufen, um mir genau das mitzuteilen. Der Chief Constable hat mit ihm Golf gespielt, der Erste Minister hat ihn regelmäßig zum Angelurlaub eingeladen, er war maßgeblich an der Konzipierung der Verfassung für das neue Parlament beteiligt.«

»Warum Duguid? Kann nicht Chief Inspector Powell den Fall übernehmen? Oder jemand anderer?«

»Charles ist ein erfahrener Detective, Tony. Und er hat alle damit beeindruckt, wie er mit dem Smythe-Fall umgegangen ist.«

Außer mich, dachte McLean. »Aber er vereinfacht die Dinge oft zu sehr.«

»Und Sie verkomplizieren sie ohne Not. Es ist eine Schande, dass Sie beide nicht zusammenarbeiten können. Sie würden einander ergänzen.«

»Also, war's das? Ich habe nichts mehr mit dem Fall zu tun?«

»Nicht ganz. Ich möchte, dass Sie Ihren Beitrag leisten, wo es hilfreich ist, aber den Fall nicht leiten. Abgesehen davon gibt es bei dem Fall eine noch wesentlich drängendere Frage, an der Sie arbeiten können. Sie waren bei Smythe am Tatort, und Sie waren der Erste, der Carstairs gesehen hat, nachdem er ermordet wurde. Für wie wahrscheinlich halten Sie es, dass die Ähnlichkeiten zwischen beiden Fällen reiner Zufall sind?«

»Aber wir wissen, dass Smythes Mörder tot ist. Er hat sich weniger als zwanzig Stunden später umgebracht.«

»Ganz genau. Und wir haben keine Einzelheiten über den Mord an die Presse gegeben. In den Berichten stand nur, dass er brutal überfallen wurde. Was bedeutet, wer immer Carstairs ermordet hat, hatte Zugang zu den detaillierten Tatortberichten. Das ist ein Leck, das ich nicht hinnehmen kann. Finden Sie es, Tony, und stopfen Sie es.«

»Hm. Ist das nicht eine Aufgabe für die Dienstaufsicht?«

McIntyre massierte sich müde die Schläfen. »Wollen Sie wirklich, dass die alles unter die Lupe nehmen, was Sie, Duguid und jeder andere in der Kripo in den letzten Gott weiß wie vielen Monaten gemacht hat? Dazu kann es noch kommen, Tony, aber fürs Erste möchte ich, dass sich jemand darum kümmert, dem ich vertrauen kann.«

*

Sie beobachtet voller Ehrfurcht, wie die Sonne aufgeht. Noch sitzt sie am östlichen Horizont, eine große, fette rote Kugel voller Kraft, die sie mit ihrer Hitze erfüllt. Die Stimmen singen ihr von großen Aufgaben, und sie weiß, dass sie ihr Rachewerkzeug ist. Es war gut, die Arbeit für sie zu erledigen.

Sie sieht auf ihre Hände, die schmutzig und blutig sind, und spürt wieder die Wärme und Feuchtigkeit der Haut des Mannes. Rot quoll es auf, als das Messer das Fleisch zerteilte, um das pulsierende Leben darunter bloßzulegen. Sie hatte es in ihren Händen gehalten, es aus ihm herausgeschnitten und ihn dazu gezwungen, es zu essen. Sein Henkersmahl, bevor sie ihm die Seele herausgerissen und den Stimmen zum Fraß vorgeworfen hatte.

Aber sie ist müde, so müde. Und der Hunger tobt immer noch durch ihren Bauch. Der Schmerz in ihren Beinen ist ein ständiger Begleiter, durch ihren Rücken schießt er mit jedem quälenden Schritt. Die Stimmen trösten sie immer noch, drängen sie immer noch weiter. Es ist noch mehr Arbeit zu tun, mehr Rache zu nehmen. Er war schließlich nicht der Einzige, der sie geschändet hat. Die anderen müssen ebenfalls bezahlen.

Aber es ist schwer, so schwer, ihrem Drängen nachzukommen. Wenn sie nur die Sonne berühren könnte. Nur einen winzigen Teil ihrer unermesslichen Kraft für sich selbst abzweigen. Dann kann sie den Stimmen gehorchen. Und sie verzehrt sich nach dem guten Gefühl, wenn sie ihnen gehorcht. Sie will nichts lieber als das. Wie sie sich ihr ganzes Leben lang danach gesehnt hat, zum Rachewerkzeug zu werden.

Irgendwie ist sie auf dem Dach der Welt. Wind pfeift um sie herum wie eine panisch schreiende Menschenmenge. Sie achtet nicht darauf. Es gibt nur sie, nur die Sonne, nur die Stimmen, denen sie dienen möchte.

Sie breitet die Arme weit aus und springt in den Himmel.

33

An der Waverley Station war schon normalerweise viel los. Mit dem *Festival Fringe* war es ein Albtraum, ein Gewühl aus Rucksäcken, hupenden Taxis und verirrten Touristen. Fügte man da noch einen Krankenwagen und ein paar Polizeiautos dazu und hielt alle Züge an, war das Chaos vollständig.

McLean sah all dies von der Brücke aus, die die Princes Street neben dem Balmoral Hotel mit der Market Street auf der anderen Seite verband. Bevor die Eisenbahn gebaut worden war, war das hier eine übelriechende Kloake gewesen, die mit dem Müll und den Abwässern der Altstadt gefüllt wurde. Manchmal wünschte er, man würde es wieder fluten.

Dr. Buckley war ihm diesmal am Tatort zuvorgekommen. Der beleibte Arzt beugte sich nach unten über die Schienen und musterte einen zusammengesackten Haufen. Als McLean näher kam, realisierte er, dass das mal ein Mensch gewesen war, möglicherweise weiblich. Der Sturz von der North Bridge, durch das verstärkte Glasdach des Bahnhofs und direkt vor den Zug von King's Cross hatte nicht viel übrig gelassen, woran man das festmachen konnte.

»Auch tot?«

Bei seinen Worten sah der Arzt auf. »Ah, Inspector. Ich dachte mir schon, dass Sie's sind. Ja, sie ist tot. Wahrscheinlich war sie schon tot, als sie auf das Glas aufgeschlagen ist, das arme Ding.«

McLean suchte nach einem Uniformierten, der aussah, als sei er hier zuständig. Zwei Constables waren damit beschäftigt, die Schaulustigen fernzuhalten, aber abgesehen von ihnen war niemand da.

»Wer hat Sie gerufen?«, fragte er den Arzt.

»Oh, Sergeant Houseman war bis vor einer Minute noch hier. Ich glaube, er war der Erste, der am Tatort war.«

»Und wo ist er jetzt?«

»Ich bin Arzt, nicht Detective, Inspector. Ich denke, er wollte mit dem Bahnhofsvorsteher sprechen.«

»Tut mir leid, Doc. War ein frustrierender Morgen.«

»Was Sie nicht sagen. Ah. Da ist er ja.«

Big Andy drängte sich durch die Menge, dicht gefolgt von Emma Baird und ihrer Kamera. Beide sprangen vom Bahnsteig und überquerten die Schienen.

»Andy, können wir hier ein Zelt aufbauen?«, sagte McLean, als um ihn herum die Schaulustigen anfingen, Handyfotos zu machen. »Die ganzen Gaffer auf dem Bahnsteig gefallen mir nicht.«

»Schon in Arbeit, Sir.« Big Andy zeigte auf zwei Angestellte der ScotRail, die sich mit einem Baustellenzelt abmühten. Sie schienen sich zu scheuen näher zu kommen, sodass am Ende McLean und der Sergeant selbst das Zelt bändigten und an der richtigen Stelle aufbauten. Baird fing an, den Tatort abzulichten, und plötzlich beschlich McLean ein hässlicher Gedanke. Sie war die offizielle Fotografin der Spurensicherung. Wer sonst hätte noch so leichten Zugang zu den Tatortfotos vom Mord an Barnaby Smythe?

Außer ihr nur jeder von den etwa hundert Officern, die Duguid zu dem Fall hinzugezogen hatte, und jeder aus der Verwaltung, der aus irgendeinem Grund in der kurzen Zeitspanne während der Ermittlung den Einsatzraum betreten hatte. Kopfschüttelnd verabschiedete McLean sich von dem Gedanken.

»Was ist passiert?«, fragte er.

»Da gibt's nicht viel zu sagen, Sir. Anscheinend ist es vor etwa einer halben Stunde passiert. Ich habe zwei Constables oben auf der Brücke, die sich die Namen der Zeugen geben lassen, aber nur wenig Leute sind bereit einzugestehen, dass sie zugeschaut haben. Sieht aus, als sei sie auf das Geländer gestiegen und gesprungen. Pech, dass sie eine Glasscheibe getroffen hat und durchgebrochen ist, noch mehr Pech, dass genau zu dem Zeitpunkt der Zug gerade in den Bahnhof einfuhr. Schon ziemlich unwahrscheinlich das alles, oder?«

»Verdammt unwahrscheinlich, würde ich sagen. Wie steht's mit Zeugen hier unten?«

»Nun, da ist zum Ersten der Zugführer. Ein paar Leute standen auf dem Bahnsteig, aber hier herrscht das Chaos. Es müssen ebenso viele weggerannt sein, wie hingerannt sind, um besser zu sehen.«

»Ja, ich weiß. Gut, tun Sie, was Sie können, okay? Sehen Sie, ob wir irgendwo hier einen Raum für Vernehmungen bekommen können. Ich glaube nicht, dass wir aus den Zeugen viel herausbekommen werden, aber wir müssen die Vorschriften einhalten.«

»Der Bahnhofsvorsteher räumt uns gerade ein Büro frei, Sir. Ich könnte noch ein paar mehr Constables brauchen, wenn das in Ordnung ist.«

»Rufen Sie auf dem Revier an und lassen Sie sich alle schicken, die dumm genug sind, noch da rumzuhängen. Ich genehmige die Stunden. Wir müssen sie hier wegkriegen, bevor die ganze Stadt zum Stillstand kommt.«

McLean kniete neben dem gebrochenen Haufen nieder, der einmal ein Mensch gewesen war. Was sie trug, sah nach Bürokleidung aus: ein knielanger Rock aus zweckmäßiger beigefarbener Baumwolle, eine einstmals weiße Bluse, deren Ausschnitt den Saum ihres BHs darunter sehen ließ, eine schicke Jacke mit dicken Schulterpolstern, die sich zum Teil in langen Strähnen aufgefasert hatten. Ihre Beine waren nackt, unnatürlich abgewinkelt und zerschrammt, aber vor Kurzem rasiert. Sie trug Stiefeletten mit hohem Absatz, wie sie in den späten Achtzigern modern gewesen waren und zweifellos jetzt wieder modern wurden. Es war unmöglich zu sagen, wie ihr Gesicht einmal ausgesehen haben mochte. Ihr Rücken war wesentlich stärker verkrümmt, als nötig gewesen wäre, um die Wirbelsäule zu brechen, und ihr Kopf war tief in den Schotter zwischen den Schwellen eingegraben. Blut verklebte das rotbraune Haar, auch ihre Hände waren damit beschmiert.

»Mein Gott, wie ich Springer hasse.«

McLean sah auf, als Cadwallader sich neben ihn kniete. Der Rechtsmediziner sah müde aus, während er den Leichnam in Augenschein nahm und die freiliegende Haut mit behandschuhten Fingern untersuchte. Er beugte sich ganz tief hinunter, um unter dem Bogen des verkrümmten Rückens hindurchzusehen. »Ist es okay, wenn wir sie bewegen?«, fragte er.

Cadwallader stand auf und streckte den Rücken wie eine Katze. »Klar. Von hier aus kann ich sowieso nicht viel mehr sagen, als dass sie gestorben ist, bevor sie den Großteil der Verletzungen erlitten hat. Der Blutverlust ist nicht groß genug. Manche sind schon tot, bevor sie auf dem Boden aufschlagen.« Er schaute nach oben. »Oder in diesem Fall auf dem Dach. Mit etwas Glück gehörte sie dazu.«

McLean drehte sich um und nickte dem wartenden Fahrer zu. Er sprang aus dem Krankenwagen und brachte eine Bahre und einen Träger mit. Zusammen hoben sie die tote Frau aus ihrer kleinen Grube. McLean war erleichtert, als er sah, dass nichts abfiel, als sie in den schwarzen Leichensack gelegt und dieser mit einem Reißverschluss zugezogen wurde. Emma Baird machte eine Nahaufnahme von dem Abdruck im Schotter, der Blitz ihrer Kamera tauchte für einen Augenblick alles in gleißendes Licht. Cadwallader hatte recht: Es gab auf dem Boden überhaupt keine Blutflecken, nur Öl. In der Mitte wuchs ein struppiges Unkraut mit einer einzelnen gelben Blüte in der Mitte.

»Wo ist der Zug?«, fragte er niemanden im Speziellen.

Ein kleiner Mann eilte beflissen herbei, das dünn werdende Haar war ölig über die beginnende Glatze gekämmt, und der kleine Schnurrbart nur Millimeter von einem Hitlerbärtchen entfernt. Er trug eine grell orangefarbene Warnjacke und hielt ein Walkie-Talkie in der Hand.

»Bryan Alexander«, stellte er sich vor und streckte McLean eine fette Hand hin. »Ich bin der Fahrdienstleiter. Wird es noch lange dauern, Inspector?«

»Eine Frau ist tot, Mr Alexander.«

»Aye, das weiß ich.« Er hatte zumindest den Anstand, ein leicht beschämtes Gesicht zu machen. »Aber ich hab hier zehntausend Lebende stehen, die auf ihre Züge warten.«

»Gut, dann zeigen Sie mir den, der sie getroffen hat, ja?«

»Genau vor Ihnen, Inspector.« Mr Alexander zeigte die Schienen entlang in Richtung England. Etwa zwanzig Meter entfernt stand ein roter Intercity etwas seitwärts geneigt, dessen Waggons sich eine Kurve entlangreihten. Von seinem Standpunkt aus wirkte es absurderweise, als hätte der Zug einen Platten.

»Wir mussten ihn zurücksetzen. Zum Glück war er sowieso kurz vor einem Halt. Ich arbeite jetzt fast dreißig Jahre bei der Bahn, und ich kann Ihnen sagen, dass ein fahrender Zug nicht viel von einem menschlichen Körper übrig lässt, auf den er trifft.«

McLean ging zur Lokomotive. Er hatte sich nie klargemacht, wie groß die waren. Sie ragte hoch über ihm auf, roch nach Hitze und Dieselöl. Eine dünne Blutspur verschmierte die gewölbte Frontscheibe und kennzeichnete die Stelle, an der die Frau mit voller Wucht aufgeschlagen war. Sehr wahrscheinlich war sie dann abgeprallt und an ihre vorerst letzte Ruhestätte geschleudert worden. Er drehte sich um und rief: »Miss Baird!«

Sie kam angetrabt.

»Bilder, bitte.« Er zeigte auf die Front der Lokomotive. »Versuchen Sie, eins von der Aufprallstelle zu kriegen.«

Als sich die Fotografin der Spurensicherung an die Arbeit

machte, bemerkte McLean, wie Mr Alexander auf seine Armbanduhr schielte. Im selben Augenblick trat Cadwallader zu ihnen und taxierte den Zug.

»Da ist auch nicht viel Blut.« Er schaute nach oben zum Glasdach und der einen zerbrochenen Scheibe. »Können wir da rauf?«

»Aye, wenn Sie mir bitte folgen wollen.« Der Fahrdienstleiter führte sie ans Ende des Bahnsteigs, zurück zum Hauptgebäude. Emma Baird schoss noch ein paar Fotos und beeilte sich dann, zu ihnen aufzuschließen, als sie das Bahnhofsgebäude durch eine Seitentür mit der Aufschrift »Nur für autorisiertes Personal« betraten. Sie stiegen eine schmale Treppe hinauf und blieben vor einer weiteren abgeschlossenen Tür stehen, während Mr Alexander nach dem passenden Schlüssel suchte.

Es war ein seltsames Erlebnis, auf das Bahnhofsdach hinauszutreten. Von hier bot sich eine vollkommen neue Perspektive auf die Stadt. Man sah hinauf zur Unterseite der North Bridge und auf die unteren Geschosse des Balmoral Hotel. McLean hatte es im Geist immer das »North British« genannt. Soweit es ihn betraf, war Balmoral ein Schloss in Aberdeenshire.

Ein schmiedeeisernes Geländer säumte den Laufgang über das Glasdach. Es war, als ginge man über ein gigantisches viktorianisches Gewächshaus, nur dass das Glas dick, verstärkt und milchig war. Zu McLeans großer Erleichterung befand sich die zerbrochene Scheibe direkt am Laufgang. Er fand es nicht sonderlich verlockend, sein ganzes Gewicht dem Glas anzuvertrauen, auch wenn es eigentlich mehr als stabil genug dafür sein sollte. Es hatte schon einmal nachgegeben, und das war einmal zu viel.

Cadwallader kniete sich neben das Loch und lugte hindurch nach unten auf die Schienen. »Hier ist überhaupt kein Blut«, sagte er schließlich, nachdem Baird noch mehr Fotos gemacht hatte. Wenn jemand gründlich war, dann sie. McLean schaute nach oben zum Bogen der Brücke und versuchte, die Höhe abzuschätzen.

»Sind wir hier fertig?«, fragte Mr Alexander. McLean entschied, dass er den Mann wirklich nicht leiden konnte, auch wenn ihm ebenso klar war, dass der Bahnhof so bald wie möglich wieder in Betrieb gesetzt werden musste. Er hatte keine Lust auf eine Gardinenpredigt von McIntyre, weil die ScotRail eine Beschwerde einlegte.

»Angus?« Er sah zu dem Rechtsmediziner hinüber.

»Ich schätze mal, der Aufprall hat sie getötet. Wahrscheinlich das Genick gebrochen. Die Schnitte stammen höchstwahrscheinlich vom Zug. Wenn sie schon tot war, als sie aufschlug, würde das erklären, warum unten so wenig Blut war.«

»Ich kann da ein Aber kommen hören«, sagte McLean.

»Na ja, wenn sie nach dem Aufprall mit dem Zug nicht heftig geblutet hat und hier kaum Hautfetzen zu sehen sind: Warum ist dann ihr Haar mit Blut verklebt, und warum klebt überall an ihren Händen welches?«

34

McLean ließ Grumpy Bob in Waverley die weiteren Ermittlungen koordinieren. Er ging durch die Unmengen unbekümmerter ahnungsloser Touristen und Kauflustiger zurück zum Revier und dachte dabei über die vielen Fälle nach, mit denen er jonglierte. Alle waren wichtig, aber sosehr er sich auch bemühen mochte, es war immer das tote Mädchen aus dem Kellerraum, das den Löwenanteil seiner Aufmerksamkeit beanspruchte. Das war nicht unbedingt erklärlich, denn sie war kein aktueller Fall. Es war unwahrscheinlich, überhaupt noch einen Lebenden zu finden, der für ihren Tod verantwortlich gemacht werden konnte. Und doch machte die Tatsache, dass das Unrecht, das man ihr angetan hatte, so lange vor sich hin gefault hatte, alles irgendwie schlimmer. Vielleicht war der Fall ihm aber auch nur deshalb so wichtig, weil sich sonst niemand dafür zu interessieren schien?

»Ich muss McReadie sprechen, um herauszufinden, bei wem er diese Manschettenknöpfe hat mitgehen lassen. Besorgen Sie uns einen Wagen, dann statten wir unserem Fassadenkletterer einen Besuch ab.«

DC MacBride unten im Einsatzraum war schwer beschäftigt, er hämmerte auf die Tastatur seines hochglänzenden Laptops ein. Jetzt hielt er inne, klappte den Ordner zu, mit dem er gearbeitet hatte, und schwieg eine Weile, bevor er antwortete.

»Ähm, das könnte unklug sein.«

»Wieso, Constable?«

»Weil Mr McReadies Anwalt schon eine offizielle Beschwerde eingelegt hat, in der er geltend macht, sein Mandant sei bei der

Verhaftung unnötiger Härte ausgesetzt worden und dann länger als nötig ohne Anklage festgehalten worden.«

»Er ist was?« McLean explodierte beinahe vor Wut. »Der kleine Scheißkerl bricht am Tag ihrer Beerdigung ins Haus meiner Großmutter ein und denkt, er kann sich jetzt erlauben, so eine Show abzuziehen?«

»Ja, ich weiß. Er wird damit auch nicht durchkommen. Aber es könnte eine gute Idee sein, ihm ein Weilchen aus dem Weg zu gehen.«

»Ich ermittle in einem Mordfall, Constable. Er verfügt über Informationen, die mich zum Mörder führen könnten.« McLean sah MacBride an, dem das Unwohlsein ins Gesicht geschrieben stand. »Wer hat Ihnen das denn überhaupt erzählt?«

»Chief Superintendent McIntyre, Sir. Sie hat mich gebeten, Ihnen auszurichten, sich von ihm fernzuhalten, falls Sie wüssten, was gut für Sie ist.« Er hob die Hände. »Ihre Worte, Sir, nicht meine.«

McLean rieb sich müde die Stirn. »Großartig. Einfach großartig. Haben Sie die Manschettenknöpfe hier?«

MacBride schob die Papiere auf dem Tisch hin und her, dann gab er ihm zwei Beweismittelbeutel. McLean stopfte sie in seine Jackentasche, dann ging er zur Tür.

»Na, dann kommen Sie mal«, sagte er.

»Aber ich dachte ... McReadie ...«

»Wir gehen nicht zu Fergus McReadie, Constable. Jedenfalls jetzt nicht. Viele Wege führen nach Rom.«

Douglas and Footes, Juweliere Ihrer Majestät der Queen, zeigten ein unauffälliges Schaufenster am westlichen Ende der George Street. Das Geschäft machte den Eindruck, als sei es sogar schon hier gewesen, bevor James Craig seinen Masterplan für New Town auch nur entworfen hatte. Das einzige Zugeständnis an die Moderne bestand darin, dass trotz des »Geöffnet«-

Schildes die Tür abgeschlossen war. Man musste klingeln, um hineinzukommen. McLean zeigte seinen Dienstausweis, woraufhin sie in ein Hinterzimmer geführt wurden, das in einem alten Landhaus irgendwann um die Wende zum 19. Jahrhundert gut das Anrichtezimmer des Butlers hätte gewesen sein können. Sie warteten ein paar Minuten schweigend, dann wurden sie von einem älteren Herrn in einem ebenfalls älteren Nadelstreifenanzug begrüßt, der eine schmale Lederschürze umgebunden hatte.

»Inspector McLean! Wie schön, Sie zu sehen. Es hat mir so leidgetan, vom Tod Ihrer Großmutter zu hören. So eine intelligente Dame, und mit einem guten Auge für Qualität noch dazu.«

»Danke, Mr Tedder. Sehr freundlich von Ihnen.« McLean schüttelte die ihm entgegengestreckte Hand. »Ich denke, sie ist gern hierhergekommen. Sie hat sich oft darüber beschwert, dass die Geschäfte in der Innenstadt nicht mehr das sind, was sie früher mal waren, aber bei Douglas and Footes konnte sie sicher sein, gut bedient zu werden.«

»Wir tun unser Bestes, Inspector. Aber ich nehme an, Sie sind nicht hergekommen, um Komplimente auszutauschen.«

»Nein, allerdings nicht. Ich frage mich, ob Sie mir vielleicht etwas über die hier sagen können.« Er zog die Beutel aus der Tasche und reichte sie dem Juwelier. Mr Tedder betrachtete die Manschettenknöpfe durch die Plastikfolie, streckte den Arm zu einem Tresen in der Nähe aus und schaltete eine große Anglepoise-Lampe ein.

»Kann ich sie vielleicht herausnehmen?«

»Ja, gerne. Bringen Sie sie bitte nur nicht durcheinander.«

»Die Gefahr besteht wohl kaum. Sie sind ja ziemlich gut zu unterscheiden.«

»Sie meinen, sie gehören nicht zusammen?«

Mr Tedder zog ein kleines Augenglas aus der Tasche, klemmte es sich in ein Auge und beugte sich über den ersten Manschettenknopf, während er ihn in den Fingern hin- und herrollte.

Eine Minute später ließ er ihn zurück in die Tüte fallen und unterzog den anderen derselben Behandlung.

»Es ist ein Paar, doch«, sagte er schließlich. »Aber einer ist regelmäßig benutzt worden, während der andere so gut wie neu aussieht.«

»Woher wissen Sie dann, dass es ein Paar ist?«, fragte DC Mac-Bride.

»Die Punzierungen sind auf jedem gleich. Wie's der Zufall will, von uns hergestellt, im Jahr 1932. Ein erlesenes Stück Handwerkskunst, wenn ich das sagen darf. Wahrscheinlich haben sie zu einem Set für einen jungen Gentleman gehört, zusammen mit dazu passenden Jackettknöpfen und möglicherweise einem Siegelring.«

»Haben Sie eine Idee, wem sie vielleicht geschenkt worden sind?«

»Hm, lassen Sie mal sehen, 1932.« Mr Tedder griff zu einem staubigen Regal, in dem ledergebundene Bestandsbücher standen. Er ließ die Finger darübergleiten, bis er fand, wonach er suchte. Er zog einen schmalen Band heraus.

»Es gab nicht viele Leute, die in den frühen Dreißigern solche Stücke in Auftrag gegeben haben. Die Wirtschaftskrise, wissen Sie.« Er legte den Band auf den Tresen, schlug ihn vorsichtig hinten auf und sah in dem fein säuberlich und in gestochen scharfer Handschrift verfassten Inhaltsverzeichnis nach, dessen Tinte durch das Alter leicht verblichen war. Sein Finger fuhr die Zeilen schneller entlang, als McLean die eng geschriebene, spitze Schrift mitlesen konnte. Dann kam er zum Halten und blätterte eine Seite nach der anderen zurück, bis er an die richtige Stelle kam.

»Ah ja. Hier ist es. Goldener Siegelring, ein Paar goldener Manschettenknöpfe, ein Set mit rund geschnittenen Rubin-Brillanten. Dazu passendes Set mit sechs Jackettknöpfen, ebenfalls in Gold mit Rubinen. Sie wurden an einen Mr Menzies Farquhar aus Sighthill verkauft. Oh ja, natürlich, Farquhar's Bank. Nun, die haben zwischen den Kriegen nicht sonderlich gelitten. Wenn ich mich recht erinnere, dann haben sie eine Menge Geld an der Finanzierung der Wiederbewaffnung verdient.«

»Also gehörten die Menzies Farquhar?« McLean hielt die Manschettenknöpfe in ihren Plastikbeuteln hoch.

»Nun, er hat sie gekauft. Aber hier steht, dass in die Geschenkschatulle eine Inschrift eingeprägt werden sollte. ›Albert Menzies Farquhar, zum Erreichen seiner Volljährigkeit, 13. August 1932‹.«

»Ich muss mit Ihnen reden, McLean. In meinem Büro.«

McLean blieb wie angewurzelt stehen. Duguid war im selben Augenblick, als er und Constable MacBride vorbeigingen, aus McIntyres Büro gekommen. Langsam drehte McLean sich um, um seinem Ankläger ins Gesicht zu schauen.

»Ist es dringend? Ich habe eine wichtige neue Spur in dem Ritualmordfall.«

»Ich bin sicher, dass jemand, der seit sechzig Jahren tot ist, auch noch ein, zwei Tage länger auf Gerechtigkeit warten kann, Inspector.« Duguids Gesicht war rot angelaufen. Das war nie ein gutes Zeichen.

»Ah, aber ihre Mörder werden auch nicht jünger. Ich würde zumindest gern einen noch erwischen, bevor er stirbt.«

»Wie dem auch sei, das hier ist wichtig.«

»Okay, Sir.« McLean wandte sich MacBride zu und gab ihm die eingetüteten Manschettenknöpfe. »Bringen Sie die zurück in den Einsatzraum, Constable. Und sehen Sie mal, was Sie über Albert Farquhar ausgraben können. Irgendwo müsste ja sein Tod verzeichnet sein.«

MacBride nahm die Beutel und eilte davon. McLean sah ihm gerade lange genug nach, um seinen Standpunkt klarzumachen, dann folgte er Duguid in dessen Büro. Es war wesentlich geräumiger als sein eigenes winziges Zimmer, mit ausreichend Platz für bequeme Sessel und einen niedrigen Tisch. Duguid schloss die Tür zum leeren, stillen Flur, setzte sich jedoch nicht.

»Ich möchte wissen, in welcher Beziehung genau Sie zu Jonas Carstairs standen«, sagte er.

»Wie meinen Sie das?« Der Raum schien sich auf einmal um ihn herum zusammenzuziehen, während McLean angespannt mit dem Rücken zur Tür stand.

»Sie wissen verdammt genau, was ich meine, McLean. Sie waren der Erste am Tatort, Sie haben die Leiche entdeckt. Warum hat Carstairs Sie in sein Haus eingeladen?«

»Woher wissen Sie, dass er das getan hat?«

Duguid nahm ein Blatt Papier von seinem Tisch. »Weil ich die Mitschrift eines Telefongesprächs zwischen Ihnen beiden hier habe. Das, wie ich hinzusetzen sollte, nur Stunden vor seinem Tod stattgefunden hat.«

McLean wollte fragen, wie Duguid an das Abhörprotokoll gekommen war, dann fiel ihm ein, dass Carstairs' Anruf vom Revier über DC MacBrides Funkgerät durchgestellt worden war. Natürlich war das aufgenommen worden.

»Wenn Sie die Mitschrift gelesen haben, Sir, dann müssten Sie wissen, dass Carstairs angerufen hatte, damit ich einige Papiere unterschreibe, die das Vermögen meiner verstorbenen Großmutter betrafen. Er hat mich zum Abendessen eingeladen, weil ihm wohl klar geworden war, dass ich tagsüber nur schwerlich Zeit gefunden hätte, dafür in seiner Kanzlei zu erscheinen, nehme ich an.«

»Erscheint Ihnen das als normales Verhalten für einen Anwalt? Er hätte doch die Unterlagen einfach per Kurier hierherschicken können, damit Sie sie unterschreiben.«

»Ist es normal, dass der Seniorpartner einer angesehenen Notarskanzlei die Abwicklung eines Testaments persönlich übernimmt, Sir? Würden Sie es für selbstverständlich halten, dass er an einer Trauerfeier teilnimmt? Mr Carstairs war ein alter Freund meiner Großmutter. Ich vermute, er fühlte sich ihr persönlich verpflichtet, dafür zu sorgen, dass alle ihre Angelegenheiten ordentlich geregelt wurden.«

»Und diese Botschaften, die ihm Ihre Großmutter aufgetragen hatte?« Duguid las vom Blatt ab. »Was hat es damit auf sich?«

»Ist das eine offizielle Vernehmung, Sir? Falls ja, sollten wir sie nicht aufnehmen? Und sollte nicht noch ein weiterer Kollege dabei sein?«

»Natürlich ist es keine verdammte offizielle Vernehmung, Mann! Sie sind kein Verdächtiger. Ich will nur die näheren Umstände des Auffindens klären.« Duguids Gesicht wurde noch röter.

»Ich verstehe nicht, was der letzte Wille meiner Großmutter damit zu tun haben soll.«

»Ach nein? Nun, vielleicht können Sie mir ja erklären, warum Carstairs sein eigenes Testament erst vor wenigen Tagen geändert hat?«

»Ich habe, ehrlich gesagt, nicht die geringste Ahnung, wovon Sie sprechen, Sir. Ich habe den Mann erst vor einer Woche kennengelernt. Ich kannte ihn kaum.«

Duguid legte das Blatt mit dem Abhörprotokoll auf seinen Schreibtisch zurück und nahm ein anderes Blatt in die Hand. Es war eine Kopie von der Titelseite eines Dokuments, dessen Buchstaben durch das Faxgerät verschmiert worden waren. Ganz oben standen die Faxnummer und der Name des Senders: Carstairs Weddell Solicitors.

»Wenn das so ist, warum hat er dann Ihrer Meinung nach Ihnen sein ganzes persönliches Vermögen vermacht?«

35

Grumpy Bob las seine Zeitung, die Füße auf dem Tisch gegen die Beutel mit den Beweismitteln gestützt, als McLean schließlich in ihren Einsatzraum gestolpert kam.

»Alles in Ordnung, Sir? Du siehst aus, als hättest du gerade eine halb abgebissene Made in deinem Apfel entdeckt.«

»Was? Oh nein. Mir geht's gut, Bob. Nur leicht geschockt, das ist alles.« Er erzählte seinem Sergeant das Neueste.

»Wow. Du hast aber einen Lauf. Schätze mal, du kannst mir nicht ein bisschen was leihen?«

»Das ist nicht witzig, Bob. Er hat mir alles vermacht, abgesehen von seinem Anteil an der Kanzlei. Warum sollte er so was tun?«

»Keine Ahnung. Vielleicht hatte er sonst niemanden, dem er es hinterlassen konnte. Vielleicht hat er schon immer für deine Granma geschwärmt und sich gedacht, dass er es lieber dir vermacht als dem Tierschutzverein.«

Für deine Granma geschwärmt. Bobs Worte riefen ihm eine Erinnerung ins Gedächtnis, die durch die Flut der jüngsten Ereignisse verdrängt worden war. Eine Fotoserie in einem leeren Schlafzimmer. Ein Mann, der nicht sein Großvater war, aber gleichwohl wie sein Vater aussah. Und wie er. Konnte das der junge Carstairs gewesen sein? Wirklich? Nein. Seine Großmutter hätte doch niemals … Wirklich nicht?

»Aber er hat das Testament doch erst letzte Woche geändert.« McLean beantwortete seine und Bobs Frage gleichzeitig. Er versuchte, sich an die wenigen Gespräche zu erinnern, die er mit dem alten Anwalt geführt hatte, seit seine Großmutter gestorben war. Er war sehr freundlich gewesen, beinahe onkelhaft am Anfang. Aber bei der Trauerfeier hatte er einen unkonzentrierten Eindruck gemacht, als erwartete er noch jemanden. Und dann dieses seltsame Gespräch am Nachmittag, bevor er getötet worden war. Was hatte das alles zu bedeuten? Welche Botschaften hatte seine Großmutter bei Carstairs hinterlegt, die er erst nach ihrem Tod erst ausrichten sollte? Oder war es etwas, das Carstairs selbst ihm sagen wollte? Etwas, was den alten Mann beunruhigt hatte? Jetzt würde er es nie erfahren.

»Ich weiß nicht, was du daran auszusetzen hast. Kommt schließlich nicht oft vor, dass ein Anwalt einem Geld gibt.«

McLean versuchte, über den Witz zu lächeln, aber es fiel ihm schwer. »Wo ist DC MacBride?«

»Der ist zum *Scotsman* gegangen. Irgendwas von wegen Archive durchsehen.«

»Um etwas über Albert Farquhar herauszufinden. Gut. Wie kommst du mit McReadie voran?«

Grumpy Bob legte die Zeitung weg, nahm die Füße vom Tisch und setzte sich gerade hin. »Wir haben Gegenstände aus allen fünf Einbrüchen gefunden, die wir untersuchen. Nicht alles, was als gestohlen gemeldet wurde, ist hier, aber mit Sicherheit genug, um McReadie für eine ordentliche Zeitspanne aus dem Verkehr zu ziehen. Die IT-Jungs haben seinen Computer ziemlich gründlich auseinandergenommen. Ich glaube nicht, dass er sich da rauswinden kann, selbst wenn er sich so einen hippen Anwalt besorgt hat.«

»Gut. Was ist mit dem Manschettenknopf? Hat die IT schon eine Adresse für das Stück ausfindig gemacht?«

Grumpy Bob wühlte in dem Haufen Beweismittelbeutel auf seinem Tisch, zog ein paar zusammengeheftete Blatt Papier hervor und blätterte darin, bis er fand, was er suchte.

»Der stammt aus einem Haus in Penicuik, wurde vor etwa sieben Jahren gestohlen. Einer Miss Louisa Emmerson.«

»Wissen wir, ob der Diebstahl gemeldet wurde?«

»Das prüfe ich, Sir.« Grumpy Bob schlurfte zum Laptop und drückte ein paar Tasten. »Unter der Adresse oder unter dem Namen ist nichts in der Datenbank.«

»Hab ich auch nicht erwartet. Hol uns einen Wagen, Bob. Ich hab Lust auf einen Ausflug aufs Land.«

Penicuik schmiegte sich in ein Tal zehn Meilen südlich der Stadt und wurde durch den sich schlängelnden Fluss Esk in zwei Hälften geteilt. McLean erinnerte sich vage an Wochenendausflüge in die Scottish Borders mit seinen Eltern, an Zwischenstopps bei Giapetti's, um auf dem Weg zu irgendwelchen Sehenswürdigkeiten noch ein Eis zu essen. Er hatte sich tödlich gelangweilt in all den kalten, alten Bauten, aber er hatte es geliebt, auf dem Rücksitz des Autos seines Vaters zu sitzen und die kahle, wilde Landschaft vorüberziehen zu sehen, zum Brummen des Motors und dem Summen der Reifen auf dem Asphalt einzuschlafen. Und das Eis hatte er auch geliebt. Die Stadt war gewachsen seit damals, hatte sich bis in die Hügel ausgebreitet und nördlich in Richtung der Army-Kasernen. Die Hauptstraße war jetzt eine Fußgängerzone, Giapetti's längst unter dem Kolossalbau eines gesichtslosen Supermarkts verschwunden.

Das Haus, nach dem sie suchten, stand etwas außerhalb der Stadt, wenn man die Old Church Road in Richtung Pentland Hills fuhr. Abseits der Straße, in einem großen Garten, umgeben von alten Bäumen, war es aus dunkelrotem Sandstein erbaut, mit hohen, schmalen Fenstern und einem steilen Giebeldach – sehr wahrscheinlich ein Anwesen aus der Zeit, als man von Pastoren noch erwartete, dass sie Dutzende von Kindern hatten. Als sie die langgezogene Kiesauffahrt hinauffuhren und vor dem Haupteingang mit seiner aus dickem Stein gemauerten Vorhalle zum Halten kamen, wirbelte ein ganzes Rudel kleiner Hunde zur Tür heraus, schrill kläffend vor Aufregung.

»Bist du sicher, dass du das willst?«, fragte Grumpy Bob, als McLean die Tür aufmachen wollte. Ein Meer aus feuchten Nasen und aufgeregtem Kläffen empfing ihn.

»Nur wenn sie überhaupt keinen Ton von sich geben, muss man sich Sorgen machen, Bob.« Er beugte sich hinunter und bot seine Hand dar, damit sie beschnuppert und abgeleckt werden konnte. Der Sergeant blieb, wo er war, den Sicherheitsgurt angeschnallt, die Tür fest geschlossen.

»Keine Sorge wegen der Hunde, die beißen nur, wenn sie hungrig sind.«

McLean sah von der Meute auf und erblickte eine stattliche Lady in Gummistiefeln und Tweedrock. Sie war vielleicht Ende fünfzig und hielt in einer Hand eine Gartenschere und in der Armbeuge einen Holzkorb.

»Das sind Dandie Dinmonts, oder?« Er tätschelte einem der Tiere den Kopf.

»Ja, in der Tat. Wie schön, jemanden kennenzulernen, der ein bisschen Ahnung hat. Was kann ich für Sie tun?«

»Detective Inspector McLean. Lothian and Borders Police.« Er zog seinen Dienstausweis hervor und wartete dann, bis die Frau eine Lesebrille aufgesetzt hatte, die ihr an einer Kette um den Hals hing. Erst betrachtete sie das winzige Foto, dann auf eher irritierende Weise ihn selbst. »Wohnen Sie schon lange hier, Mrs …?«

»Johnson, Emily Johnson. Es überrascht mich nicht, dass Sie mich nicht erkennen, Inspector. Wie lange ist das jetzt her, seit ich Sie zum letzten Mal gesehen habe? Über dreißig Jahre?«

Nicht ganz dreiunddreißig Jahre, und er war noch nicht ganz fünf gewesen. Als sie seine Mutter und seinen Vater in einer Ecke des Mortonhall Cemetery zur Ruhe gebettet hatten. Meine Güte, die Welt konnte manchmal wirklich klein sein.

»Ich dachte, Sie wären nach dem Flugzeugabsturz nach London gezogen.«

Das war eine Information, die er Jahre später zufällig aufgeschnappt hatte. In der schwierigen Phase als Teenager, als er, besessen vom Tod seiner Eltern, jedes Fitzelchen Information über sie sammelte, dessen er habhaft werden konnte, und über die Menschen, die mit ihnen in diesem Flugzeug gestorben waren.

»Ganz recht. Das war ich. Aber vor etwa sieben Jahren habe ich das Haus hier geerbt. London wurde mir allmählich zu viel, also schien es genau der richtige Zeitpunkt zum Umziehen.«

»Und Sie haben nie wieder geheiratet. Nachdem ...«

»Nachdem mein Schwiegervater meinen Mann und Ihre Eltern in seinem verdammten Flugzeug getötet hat? Nein. Ich hatte nicht den Mut, das alles noch einmal durchzumachen.« Die Miene der Frau verdüsterte sich kurz, beinahe sah sie böse aus. »Aber Sie sind nicht hergekommen, um das Angedenken der Toten zu ehren, Inspector. Sie haben ja gar nicht erwartet, mich hier anzutreffen. Was hat Sie also hergeführt?«

»Ein Einbruch, Mrs Johnson. Kurz nachdem Miss Louisa Emmerson in diesem Haus gestorben war.«

»Louisa war Tobys Cousine. Sie war mit Bertie Farquhar verheiratet. Der alte Menzies hat ihnen dieses Haus als Hochzeitsgeschenk gekauft. Können Sie sich das vorstellen? Sie hat ihren Geburtsnamen wieder angenommen, nachdem Bertie gestorben war. Das muss Anfang der Sechziger gewesen sein. Die ganze Geschichte war wirklich unerfreulich. Hat sich sinnlos betrunken und dann sein Auto in eine Bushaltestelle rasen lassen. Sie hat dann bis zu ihrem Tod hier allein gelebt. Ich habe erst später erfahren, dass sie es mir vermacht hatte. Schätze mal, es war niemand sonst in der Familie, dem sie es hätte vererben können.«

»Also waren Albert Farquhars Sachen hier?«

»Aber ja. Das meiste davon ist es immer noch. Die Farquhars hatten es nie nötig, Sachen zu verkaufen, um die Heizungsrechnung zu bezahlen, wenn Sie verstehen, was ich meine.«

McLean sah an dem großen Haus empor, dann zu einem niedrigeren Gebäude etwas weiter weg, einer umgebauten Remise. Ein nagelneuer Range Rover steckte die Nase aus einer breiten Garage. Geld schien an manchen Leuten einfach hängenzubleiben – sie waren so reich, dass sie nicht merkten, wenn sie bestohlen wurden. War er auch so? Würde er so werden?

»Wussten Sie, dass hier eingebrochen worden ist, Mrs Johnson?«

»Lieber Gott, nein. Wann soll das gewesen sein?«

»Vor sieben Jahren. Am vierzehnten März. An dem Tag, an dem Miss Emmerson beerdigt wurde.«

»Nun, das ist das erste Mal, dass ich davon höre. Ich habe in dem Jahr das Haus nicht vor Juli bekommen, es gab einen Haufen Formalitäten, die erst geregelt werden mussten. Das hat mich zurück nach Schottland geführt, und als ich einmal hier war, wurde mir klar, wie sehr ich inzwischen London verabscheute.« Mrs Johnson holte Luft, dann kniff sie die Augen leicht zusammen. »Aber woher wissen Sie denn, dass es einen Einbruch gegeben hat, Inspector?«

»Wir haben den Einbrecher dabei erwischt, wie er aus einem anderen Haus etwas stehlen wollte. Er hat Buch darüber geführt, wo er eingebrochen ist, und von jedem Einbruch Erinnerungsstücke aufgehoben.«

»Wie überaus dumm von ihm. Was hat er von hier mitgehen lassen?«

»Ein paar kleine Gegenstände, darunter einen goldenen Manschettenknopf, den wir jetzt als Eigentum von Albert Farquhar identifizieren konnten.«

»Und ist das wichtig?«

»Es könnte der Schlüssel zur Aufklärung eines besonders hässlichen Mordes sein.«

*

»Das hörte sich an, als hättet ihr euch gekannt. Hast du bekommen, wonach du gesucht hast?«

McLean hielt den Blick auf die Straße gerichtet, als sie den Dienstwagen in die Stadt zurückfuhren. Grumpy Bob hatte sich während des ganzen Gesprächs nicht aus dem Wagen bewegt.

»Mrs Emily Johnson war mit Andrew Johnson verheiratet. Dessen Vater Tobias hat das Flugzeug geflogen, das auf dem Weg von Inverness nach Edinburgh in den Ben MacDui gekracht ist, wobei er selbst, sein Sohn und meine Eltern ums Leben kamen. 1974 war das.« Er konstatierte die Fakten und fragte sich, warum sie ihn immer wieder heimsuchten. »Das letzte Mal, als ich sie gesehen habe, war bei der Beerdigung.«

»Meine Güte. Wie unwahrscheinlich ist das denn!«

»Wahrscheinlicher, als man denkt, Bob.« McLean erklärte die kompliziert verschlungenen Verwandtschaftsbeziehungen, die die derzeitige Besitzerin des Hauses mit Bertie Farquhar verbanden.

»Also glaubst du, Farquhar ist unser Mann?«

»Einer davon. Ich habe Mrs Johnson gefragt, ob ihr der Spitzname ›Toots‹ bekannt vorkam, aber der Name sagte ihr nichts. Aber immerhin hat sie gesagt, sie hätte den Speicher nach alten Fotos und anderen Sachen durchsucht. Und dabei hat sie eine andere interessante Information zu Tage gefördert.«

»Oh, aye. Was war das?«

»Farquhar und Tobias Johnson waren alte Freunde. Sie haben während des Zweiten Weltkriegs zusammen in der Army gedient. In irgendeiner Spezialtruppe in Westafrika.«

Danach schwiegen sie, während McLean den Wagen am Abzweig Richtung Roslin und der rätselhaften Kapelle dort vorbeisteuerte, an Loanhead und dem blauen Kasten des IKEA-Möbelhauses vorbei, dessen Parkplatz übervoll mit einkaufswilligen Kunden war, unter der Umgehungsstraße hindurch und durch Burdiehouse, und schließlich bergan über Mortonhall und Liberton Brae und in die Innenstadt hinein. Als sie am Eingang zum Krematorium vorbeifuhren, trat er auf die Bremse und bog unter dem wütenden Hupen des Autos hinter ihnen unvermittelt in das Tor ein. Grumpy Bob stützte sich am Armaturenbrett ab und stemmte die Füße in den Fußraum des Beifahrersitzes.

»Meine Güte! Nächstes Mal kündigst du das an, ja?«

»Tut mir leid, Bob.« McLean fuhr in eine Parklücke, schaltete den Motor aus und warf die Schlüssel seinem Beifahrer zu. »Bring den Wagen zurück zum Revier, ja? Ich hab hier noch was zu erledigen.«

36

McLean beobachtete, wie der Wagen davonfuhr, dann machte er sich auf die Suche nach dem Leiter. Kurz darauf verließ er das Gebäude des Krematoriums, ging durch den Park, der es umgab, und hielt eine winzige, schlichte Terrakottaurne im Arm. Er brauchte nicht lange, bis er den Platz erreichte, nach dem er suchte. Ein leichtes Schuldgefühl überkam ihn bei dem Gedanken, dass er schon seit drei Jahren nicht mehr hier gewesen war. Der Grabstein stand etwas zur Seite geneigt, wahrscheinlich das Werk von Baumwurzeln. Er trug den Namen seines Großvaters und die Daten, darunter war eine große Lücke, dann folgten die Namen seiner Mutter und seines Vaters. Zwei Jahre trennten ihre Geburtsdaten, aber gestorben waren sie am selben Tag. Im selben Augenblick, als das Flugzeug in die Flanke eines Berges südlich von Inverness gekracht war. Er stellte sich gern vor, dass sie einander an den Händen gehalten hatten, als es passierte, aber in Wahrheit kannte er sie kaum.

Jemand hatte ein ordentliches kleines Loch am Fuß des Grabsteins gegraben, und für einen Augenblick war er empört darüber, dass die letzte Ruhestätte seiner Eltern so geschändet worden war. Dann fiel ihm wieder ein, warum er hier war. Es sah auf die Urne. Sie war schlicht, funktional und nicht mit irgendwelchen Verzierungen geschmückt. Ganz wie die Frau, deren Überreste sie enthielt. Er unterdrückte den Impuls, den Deckel aufzumachen und nachzusehen, was darin war. Das hier war seine Großmutter. Auf ein kleines Häufchen Asche reduziert, aber es war immer noch seine Großmutter. Die Frau, die ihn aufgezogen hatte, ihn ernährt, ihn gekleidet, ihn geliebt hatte.

Er war der Meinung gewesen, er hätte sich schon vor langer Zeit mit ihrem Tod abgefunden, seit er akzeptiert hatte, dass sie sich nie wieder von ihrem Schlaganfall erholen würde. Doch als er jetzt auf das Familiengrab blickte, die Namen auf dem Grabstein las und den freien Platz sah, der darauf wartete, dass ihr Name ergänzt würde, begriff er endgültig, dass sie fort war.

Die Erde unter den Bäumen war trocken, als er sich hinkniete und die Urne in das Loch setzte. Daneben lag die ausgehobene Erde auf einem Haufen, zugedeckt mit einer grünen Plane, um zu verhindern, dass der Anblick der nackten Erde die Hinterbliebenen kränkte oder aufregte. Natürlich würde später jemand kommen und das Loch wieder füllen, aber das fühlte sich irgendwie verkehrt an. Respektlos. McLean sah sich nach einer Schaufel um, aber wer auch immer das Loch gegraben hatte, hatte sein Werkzeug danach wieder mitgenommen. Also schlug er vorsichtig die Abdeckung zur Seite, kniete sich in die Überreste seiner toten Eltern und schob mit bloßen Händen die weiche, trockene Erde in das Loch zurück.

»Esther Morrison war eine gute Frau.«

McLean sprang auf und drehte sich so schnell um, dass ihm ein Schmerz durch die Wirbelsäule bis in den Nacken schoss. Ein älterer Herr stand hinter ihm. Der Augusthitze zum Trotz trug er einen langen schwarzen Mantel. Er hielt einen dunklen Hut mit breiter Krempe in einer knotigen Hand und stützte sich schwer auf einen Gehstock. Sein Kopf war von einem dicken weißen Haarschopf gekrönt, aber es war sein Gesicht, das McLeans Aufmerksamkeit erregte. Einst stolze, starke Gesichtszüge waren durch einen schrecklichen Unfall ruiniert worden, und jetzt wirkte das ganze Gesicht wie ein Flickenteppich aus Narbengewebe und unglücklich verwachsenen Hauttransplantaten. Es war ein Gesicht, das man eigentlich nicht vergessen können sollte, diese durchdringenden Augen ebenso wenig wie die Narben. Dennoch kam es McLean erschreckend bekannt vor, aber ihm fiel beim besten Willen kein Name dazu ein.

»Kannten Sie sie, Mr …?«, fragte er.

»Spenser.« Der Mann zog einen Lederhandschuh aus und streckte ihm die Hand hin. »Gavin Spenser. Ja, ich kannte Esther. Vor langer Zeit. Ich habe sie sogar gebeten, mich zu heiraten, aber Bill hat mich geschlagen.«

»Ich glaube, ich habe in meinem ganzen Leben noch nie jemanden meinen Großvater einfach Bill nennen hören.« McLean wischte sich die Hände an seinem Anzug sauber, dann nahm er die ihm angebotene Hand. »Anthony McLean«, setzte er hinzu.

»Der Polizist, ja, ich habe von Ihnen gehört.«

»Sie waren nicht bei der Trauerfeier.«

»Nein, nein. Ich lebe schon seit Jahren im Ausland. Überwiegend in Amerika. Ich habe erst vorgestern davon erfahren.«

»Und woher kennen Sie meine Großmutter?«

»Wir haben uns an der Universität kennengelernt, das muss, oh … 1933 gewesen sein. Esther war die glänzende junge Medizinstudentin, mit der jeder zusammen sein wollte. Es hat mir fast das Herz gebrochen, als sie Bill mir vorgezogen hat, aber das ist eine alte Geschichte.«

»Und doch sind Sie den ganzen Weg hergekommen, um ihr die letzte Ehre zu erweisen.«

»Ah, natürlich, der Detective.« Als Spenser lächelte, verzerrte sich sein vernarbtes Gesicht. »Ich hatte noch etwas zu erledigen. So ist das, wenn man delegiert: Man verbringt meistens doppelt so viel Zeit damit, das Durcheinander wieder zu beseitigen, das andere hinterlassen haben.«

»Ich kenne ein paar Leute, die so sind, aber auf die meisten meiner Kollegen kann ich mich ziemlich gut verlassen.«

»Nun, da haben Sie Glück, Inspector. Mir kommt es derzeit vor, als würde ich die meiste Zeit damit zu tun haben, anderer Leute Fehler wieder auszubügeln.« Spenser lachte leise. Er griff in die Tasche seines Mantels und zog ein flaches silbernes Etui heraus. Darin lagen ein paar Visitenkarten, von denen er McLean eine reichte. »Das ist meine Adresse in Edinburgh. Voraussichtlich bin ich ein oder zwei Wochen hier. Kommen Sie doch mal vorbei, damit wir über … Ihre Großmutter sprechen können, ja? Wer hätte das gedacht?«

»Sehr gern, Sir«, sagte McLean und schüttelte dem Mann noch einmal die Hand.

»Gut, ich mache mich auf den Weg«, sagte Spenser, während er den Hut wieder aufsetzte. »Hab noch was zu tun. Außerdem möchten Sie bestimmt hier noch ein wenig allein sein.« Für einen Mann seines Alters bewegte er sich erstaunlich schnell und geschmeidig, als er fortging und seinen Stock im Takt zu einem tonlosen Pfeifen schwenkte.

McLean erwischte auf Höhe des Howdenhall-Gefängnisses eine Mitfahrgelegenheit in einem Streifenwagen. Der PC am Steuer bot ihm an, ihn bis in die Innenstadt zu fahren, aber er wusste, dass dort nur ein haushoher Stapel Überstundenzettel auf ihn wartete, um die er sich kümmern musste. Das passierte, wenn man einen ganzen Vormittag lang den Hauptbahnhof abriegelte. Er brauchte Zeit zum Nachdenken, also ließ er sich von dem Streifenwagen in Grange absetzen und ging den Rest des Weges zum Haus seiner Großmutter zu Fuß. Da der Akku seines Handys sich immer noch weigerte, länger als eine halbe Stunde aufgeladen zu bleiben, standen die Chancen auf Ruhe und Frieden für eine kurze Zeit nicht schlecht. Später würde er dafür bezahlen müssen, klar, aber lief es nicht ohnehin immer so?

Sobald er die Hintertür aufgeschlossen hatte, wusste er, dass etwas nicht stimmte. Die Haare in seinem Nacken stellten sich auf. Da war ein Geruch, den er nicht identifizieren konnte. Vielleicht der leiseste Hauch eines Parfüms oder einfach nur ein Loch in der Luft, durch das vor Kurzem jemand hindurchgegangen war. Eigentlich hätte niemand hier drin sein dürfen seit dem Team, das gekommen war, um McReadie zum Revier zu bringen. Er hatte hinter ihnen abgeschlossen und seither keine Zeit mehr gefunden, um hierher zurückzukommen. Auch nicht, um die Schlösser austauschen zu lassen. Und McReadie war jetzt wieder ein freier Mann. Ein freier Mann mit einem Groll. Verdammt. McLean stand ganz still, lauschte, ob irgendein noch so kleines Geräusch verriet, dass sich noch jemand im Haus befand, aber es war nichts zu hören.

Er folgte seiner Nase, schnupperte vorsichtig dem kaum wahrnehmbaren Duft nach. In der Halle war er stärker, aber in der Bibliothek und im Esszimmer konnte er nichts davon wahrnehmen. Oben ging er rasch durch die leeren Räume, sah in Zimmer, die sich nicht verändert hatten, seit er das letzte Mal darin gewesen war, und die ihm doch vollkommen anders erschienen. Sein eigenes Zimmer, in dem er aufgewachsen war, war noch genauso, wie er es in Erinnerung hatte. Das Bett schien zu schmal zu sein, um komfortabel darin zu schlafen, und diese ausgeblichenen Poster an der Wand waren einfach nur peinlich, obwohl sie unter Glas in großen Wechselrahmen steckten. Die massiven Möbel – Toilettentisch, Kommode, ein großer Hängeschrank – nahmen alle den Platz ein, den er erwartete, aber der Holzstuhl, der ordentlich unter den Schreibtisch geschoben sein sollte, stand ganz leicht abgerückt und etwas schräg. Hatte er ihn wirklich so hinterlassen? Apropos: Wann war er eigentlich das letzte Mal hier drin gewesen?

Im Badezimmer war der Geruch am stärksten, wenn auch immer noch schwach, aber ausreichend, um eine vage Erinnerung heraufzubeschwören. Reflexhaft suchte er in seinen Jackentaschen nach einem Paar Latexhandschuhe, um sie anzuziehen, bevor er irgendetwas berührte. Da er keine fand, nahm er sein Taschentuch zu Hilfe und benutzte nur die Fingerspitzen, um nicht potenzielle Fingerabdrücke zu beschädigen. Der Badezimmerschrank enthielt alles, was er für einen Übernachtungsbesuch hätte brauchen können, auch wenn er nicht sicher sagen konnte, wie alt die Zahnbürste wohl war. Ein Fläschchen mit Schmerztabletten von vor ein paar Jahren, als er bei seiner Großmutter wohnte, um sich von der Schusswunde zu erholen, die ihn schließlich zum Sergeant befördert hatte. Aber sonst war nichts der Rede wert. Nur dieser Geruch.

McLean hob den Toilettendeckel an, aber darunter war außer abgestandenem Wasser nichts zu sehen. Kalkringe zeigten, wie viel Wasser in den letzten Monaten verdunstet war. Instinktiv streckte er die Hand nach dem Hebel am Spülkasten aus, dann hielt er inne, während ihn eine schreckliche Gewissheit überkam. Eine dünne Staubschicht bedeckte die Badewanne und den Toilettendeckel, aber der Deckel des Spülkastens glänzte makellos sauber. Er kehrte in sein Zimmer zurück und fischte ein zusätzliches Taschentuch aus der Kommodenschublade, woraufhin der starke Geruch nach Zeder und Mottenkugeln den anderen, eher feinen Geruch vollständig überdeckte. Mit beiden Taschentüchern in den Händen hob er vorsichtig den Deckel des Spülkastens ab und legte ihn auf den Boden. Dann sah er hinein.

Nichts. Was hatte er erwartet? Dass jemand sich die Mühe machen würde, irgendetwas Inkriminierendes im Haus seiner Großmutter zu platzieren? Ihm etwas anzuhängen? Allmählich setzte ihm der Druck der Arbeit doch sehr zu. Paranoia, aus Erschöpfung geboren.

Erst als er den Porzellandeckel wieder anheben wollte, bemerkte er, dass er nicht gleichmäßig auf dem Boden auflag. Er drehte ihn langsam um.

Ein braunes, in Plastik eingeschlagenes Päckchen war sorgfältig an der Unterseite festgeklebt.

37

»Wow, Sir. Einen schönen Palast haben Sie hier.«

Detective Constable MacBride stand im Flur und schaute den breiten Treppenaufgang hinauf zu der Glaskuppel in der Decke zwei Stockwerke höher. McLean ließ ihn ein Weilchen glotzen, während er sich leise flüsternd mit Grumpy Bob unterhielt.

»Hältst du es für eine gute Idee, ihn hier mit reinzuziehen?«

»Meinst du, man kann ihm nicht vertrauen? Er ist ein anständiger Kerl.«

»Darum geht's nicht«, sagte McLean, obwohl er seine Vorbehalte hatte. Eigentlich hätte er die Drogenfahndung miteinbeziehen sollen, Chief Superintendent McIntyre und alle, die ihm sonst noch einfielen. Aber wenn er die offiziellen Kanäle bemühte, würde er zumindest für die absehbare Zukunft von allen aktiven Fällen abgezogen werden. Bis sein Name wieder reingewaschen war. Und dann hätte er es immer noch für den Rest seiner Laufbahn am Hals – der Detective Inspector, der ein Kilo Koks in seiner Klospülung versteckt gehabt hatte. Es war viel besser, wenn so wenig Leute wie möglich davon erfuhren und er selbst ermittelte, obwohl er sich ziemlich sicher war zu wissen, wer genau dahintersteckte.

»Ich mache mir eher Sorgen um seine Zukunft als Detective, wenn rauskommt, dass er hier war.«

»Oh, und ich zähle wohl gar nicht, was?« Grumpy Bob zog ein beleidigtes Gesicht. »Mach dir um den Jungen keine Sorgen. Er hat sich freiwillig gemeldet.«

McLean sah zu dem jungen Detective Constable hinüber und

fragte sich, was er getan hatte, um solche Ergebenheit zu verdienen.

»Ich mach's wieder gut bei ihm, wenn ich kann. Bei euch beiden«, sagte McLean. Grumpy Bob lachte nur und stieß ihn in die Rippen.

»Okay, Sir. Wo ist es denn? Wir verschwenden hier kostbare Zeit zum Bechern.«

»Oben.« McLean übernahm die Führung. Zusammen zogen sie durch sein Schlafzimmer und ins Bad dahinter. Der Deckel des Spülkastens mit dem verdächtigen Päckchen daran lag unangetastet auf dem Boden.

»Habt ihr einen Koffer für die Fingerabdrücke organisieren können?«, fragte McLean, während Grumpy Bob Latexhandschuhe verteilte.

»Sollte jeden Moment eintreffen«, antwortete Bob. Wie auf Befehl klingelte es an der Haustür.

»Wer?«

»Das wird Em sein«, vermutete Grumpy Bob.

»Em? Emma Baird? Du hast ihr hiervon erzählt?«

»Sie ist ausgebildete Expertin für Fingerabdrücke und kommt an die Utensilien, ohne dass es jemandem verdächtig vorkommt. Und falls sie was findet, kann sie es gleich durch die Datenbank laufen lassen. Außerdem ist sie neu. Hat mit niemandem ein Hühnchen zu rupfen und schuldet niemandem einen Gefallen. Na ja, zumindest noch nicht.«

Es klingelte wieder, und obwohl der Ton genau derselbe war wie vorher, klang es doch irgendwie nachdrücklicher, als bestehe da jemand auf einer Reaktion. McLean gefiel es noch weniger, sie hierin verwickelt zu sehen, als bei DC MacBride, aber er vertraute Grumpy Bob. Von dem offensichtlichen Fehler abgesehen, der ihm bei der Wahl seiner Ehefrau unterlaufen war, gab es an seinem Urteilsvermögen normalerweise nichts auszusetzen. Und es stimmte, dass sie jemanden mit kriminaltechnischer Erfahrung brauchten. Er stand auf und ging die Tür öffnen.

»Ich wusste gar nicht, dass ein Inspector so gut bezahlt wird. Darf ich reinkommen?« Emma war in Zivil, sie trug ausgeblichene Jeans und ein weites T-Shirt. Über ihrer Schulter hing die Kameratasche, die kaum ein Gegengewicht war zu dem schweren, verbeulten Koffer mit der Ausrüstung für Fingerabdrücke.

»Danke, dass Sie gekommen sind. Ich weiß es wirklich zu schätzen. Lassen Sie mich Ihnen das abnehmen.« McLean nahm den Koffer und führte sie durch die Eingangshalle zur Treppe. Ihre Schritte hallten laut auf den Bodenfliesen, als sie ihm folgte. Er drehte sich um und sah, dass sie schwarzlederne, verzierte Cowboystiefel trug. Nicht gerade vorschriftsmäßige Tatortkleidung.

»Bob meinte, es sei dringend. Hätte ich mich erst umziehen sollen?«

»Nein, ist schon in Ordnung so. Ich hatte Sie mir nur nie als den Line-Dance-Typ vorgestellt.« McLean spürte, wie seine Ohren heiß wurden. »Hier entlang.« Er ging die Treppe hoch.

»Direkt ins Schlafzimmer. Ich mag Männer, die wissen, was sie wollen.«

Emma sah zum Bett hinüber, als sie das Zimmer durchquerten. »Allerdings ein bisschen schmal für meinen Geschmack.«

Im Bad hatte Grumpy Bob das Päckchen geöffnet und betrachtete mit einem irritierten Stirnrunzeln den Inhalt.

»Sieht aus wie Kokain, Sir. Ohne ein Testkit kann ich zwar nichts Sicheres sagen, aber wenn du nicht gerade die Gewohnheit hast, deinen Talkumpuder im Spülkasten aufzubewahren, ist es das Wahrscheinlichste. Allerdings ist das hier eine Menge Geld wert. Zehntausende Pfund. Wer würde so viel darauf verschwenden, dich reinzulegen?«

»Ich versuche, unvoreingenommen zu bleiben, aber jemand, der sich ein luxuriös zur Wohnung umgebautes Lagerhaus in

Leith leisten kann, steht ganz oben auf meiner Verdächtigenliste.«

»Da ist was dran. Na, dann müssen wir wohl herausfinden, woher das hier kommt. Was bedeutet, es muss irgendwo anders gefunden werden.«

»Vielleicht auch nicht«, sagte Emma. »Eigentlich müsste ich es hinkriegen, eine Probe durchlaufen zu lassen, ohne dass es im System registriert wird. Im Labor gibt es Leute, die mir mehr als einen Gefallen schulden, und wir könnten es als Kalibrierung laufen lassen.«

»Würden Sie das für mich tun?« McLean wusste zwar nicht genau, warum sie beschlossen hatte, sich auf seine Seite zu schlagen, war aber trotzdem dankbar.

»Sicher, aber es wird Sie was kosten.«

»Haben Sie was Spezielles im Sinn?« Er sah auf das fest eingewickelte Päckchen auf dem Boden neben dem Spülkasten hinunter. Es gab Dinge, die er nicht tun würde, selbst wenn sein Job auf dem Spiel stand. Selbst wenn es um seine Freiheit ging. Emma folgte seinem Blick und lachte.

»Wie wär's mit einer Einladung zum Abendessen?«

McLean war so erleichtert, dass sie nicht hinter den Drogen her war, dass er eine Weile brauchte, um zu merken, was sie stattdessen vorgeschlagen hatte. Neben ihm unterdrückte Grumpy Bob ein Kichern, und DC MacBride sah entschieden unbehaglich aus. So hatte er sich die Arbeit bei der Kriminalpolizei wohl nicht vorgestellt.

»Okay. Aber heute Abend wird das nichts, fürchte ich. Es sei denn, Pizza und Bier in Gesellschaft dieser beiden vom rechten Weg Abgekommenen zählt für Sie als Einladung zum Abendessen.«

»Nicht ganz, was ich mir vorgestellt hatte.«

»Nein, habe ich auch nicht gedacht.«

Es wurde nach Mitternacht, bis sie das Haus von oben bis unten durchkämmt hatten. McLeans unbekannter Gönner hatte sich nicht damit begnügt, Kokain in seinem Spülkasten zu verstecken, sondern hatte auch noch eine Tüte Bargeld im Wassertank auf dem Dachboden versteckt: abgenutzte Zwanziger und Zehner, die sich auf mehrere tausend Pfund summierten in nichtssagender, wasserdichter Verpackung.

Emma hatte ein halbes Dutzend unvollständiger Fingerabdrücke gefunden, hauptsächlich um die Hintertür herum und im Badezimmer. Ein vielversprechender, halb verschmierter Fingerabdruck stammte von dem glänzend weißen Rahmen der Tür, die auf den Dachboden führte, dicht an einem herausstehenden Nagel, der einen Latexhandschuh aufgerissen haben konnte. Er sah aus, als hätte jemand versucht, ihn mit einem rauen Stoff wegzuwischen. Davon abgesehen war das Haus voller Fingerabdrücke, hauptsächlich die von McLean.

»Hier gibt es eine Alarmanlage, oder?«, fragte Emma, als sie um den Küchentisch saßen, Pizza kauten und die letzten Flaschen Bier aus dem Keller tranken. Wie so ziemlich alles im Haus waren auch sie vor achtzehn Monaten abgelaufen, was aber niemandem viel auszumachen schien.

»Ja, aber ich bin nicht ganz sicher, ob sie funktioniert. Das Letzte, was ich gehört habe, war, dass Penstemmin sich abmüht herauszufinden, was McReadie mit ihrem System angestellt hat. Allmählich wünsche ich mir, ich hätte den Schweinehund nie erwischt.«

Grumpy Bob ließ sich in seinen Stuhl zurückfallen und atmete laut seufzend aus. »Glaubst du wirklich, er hasst dich so sehr, dass er das alles hier auf sich nimmt? Mein Gott, der Mann ist nicht arm, aber das geht doch ein bisschen zu weit, oder?«

»Fällt dir sonst noch jemand ein?«

Das Schweigen, das sich am Tisch ausbreitete, war Antwort genug.

»Gut, morgen gleiche ich als Erstes diese unvollständigen Abdrücke mit seinen Fingerabdrücken ab.« Emma sah auf die Uhr. »Besser gesagt, heute. Ich sollte wirklich gehen.« Sie schob den Stuhl zurück und stand auf. McLean folgte ihr zur Tür.

»Danke, Emma. Ich weiß, dass Sie viel riskiert haben, um mir zu helfen.«

»Da haben Sie verdammt recht, aber ich kenne Kokainsüchtige, und Sie sind nicht der Typ dafür. Und was das Geld angeht: Sie haben dieses Haus, wofür sollten Sie es brauchen?«

»Stimmt. Ich hoffe nur, ich muss das sonst niemandem beweisen. Ich bin mir sicher, Sie verstehen, wie ungemütlich es werden könnte, wenn das herauskäme. Für uns alle.«

Sie lächelte, wobei ihre Augenwinkel sich leicht in Falten legten. »Machen Sie sich keine Sorgen, meine Lippen sind versiegelt. Aber Sie schulden mir ein Abendessen, und zwar mit Kerzenlicht.«

Grumpy Bob und DC MacBride gesellten sich an der Haustür zu ihm, als sie davonfuhr.

»Mit der solltest du lieber vorsichtig sein«, sagte Bob. »Sie ist berüchtigt, weißt du.«

»Du warst es, der sie hergebracht hat«, setzte McLean an, dann sah er das Grinsen, das sich auf Grumpy Bobs Gesicht breitmachte, und unterbrach sich. »Na los, nach Hause mit euch, alle beide. Macht, dass ihr nach Hause kommt.«

Er sah ihnen nach, wie sie in die Nacht fuhren, und kehrte dann in die Küche zurück. Das Kokain und das Geld lagen neben den Pizzaresten auf dem Tisch. Letztere würden wahrscheinlich kalt zum Frühstück noch okay sein, aber Ersteres war ein Problem. McLean sah auf die Uhr an der Küchenwand. Es war spät, aber noch nicht zu spät. Nicht hierfür. Wofür hatte man schließlich Freunde, wenn man sie nicht mit einem Anruf in den frühen Morgenstunden aus dem Bett werfen konnte?

Das Telefon klingelte dreimal, bevor abgenommen wurde. Phil hörte sich etwas atemlos an. McLean wollte angesichts der legendären Abneigung seines ehemaligen Mitbewohners gegen Sport nicht mutmaßen, warum.

»Phil, tut mir leid, dass ich so spät anrufe. Ich muss dich um einen Gefallen bitten.« McLean wog den in Plastikfolie gewickelten Backstein aus Kokain in der Hand. »Ich frage mich, ob ich diesen Verbrennungsofen mal benutzen dürfte, den du in deinem hochmodernen Labor stehen hast.«

*

Rachel war bei Phil, als sie sich vor der Hintertür des Laborkomplexes trafen, was McLean überraschte. Er zweifelte nicht daran, dass sie bei ihm gewesen war, als er seinen Freund angerufen hatte, aber eigentlich hätte sie doch nicht mitkommen müssen, oder? Um diese Uhrzeit hätte sie es doch im Bett viel gemütlicher gehabt, sogar allein.

»Danke, Phil.« McLean hievte sich die Tasche auf die Schulter. Es war überraschend, wie viel ein Kilo Koks und fünfzigtausend Pfund in unmarkierten Scheinen wiegen konnten. Ganz besonders wenn man sie in den frühen Morgenstunden durch die Straßen der Stadt trug. Er hatte überlegt, ein Taxi zu nehmen, war dann aber zu dem Schluss gekommen, dass es besser war, so wenig Zeugen wie möglich zu haben.

»Ich weiß immer noch nicht, worum es geht«, sagte Phil. »Du spannst uns beide auf die Folter, Tony.«

»Aye, nun. Können wir hineingehen?« Er nickte zur Tür, ängstlich darauf bedacht, dem allgegenwärtigen Starren der Sicherheitskameras zu entkommen.

»Ja, natürlich.« Phil tippte einen Code in die Tastatur neben der Tür, die sich daraufhin bereitwillig öffnete. Drinnen lagen der hintere Teil und die Lagerräume des Labors im Halbdunkel. Schweigend gingen sie zwei Treppen nach oben, durch einen

Raum voll mit teuren Geräten, die allein vor sich hin summten und brummten, bis sie schließlich in Phils Büro gelangten. Erst als die Tür sich hinter ihm schloss, entspannte McLean sich etwas. Er ließ die Tasche auf den Schreibtisch fallen und erzählte ihnen die ganze Geschichte.

»Ähm, solltest du das nicht der Polizei erzählen?«, brach Rachel das unangenehme Schweigen, das sich danach ausbreitete.

»Bestenfalls würde ich für sechs Monate suspendiert, während die von der Internen Ermittlung alles unter die Lupe nehmen, was mich betrifft. Und selbst wenn sie nichts gegen mich finden, wäre ich für den Rest meiner Karriere der Bulle mit dem Kilo Koks im Spülkasten und den Fünfzigtausend in bar.«

»So schlimm kann es doch nicht sein, oder?«, fragte Phil.

»Du kennst die Polizei nicht, Phil. Und so was kommt in deine Akte, ganz egal wie es ausgeht. Ich habe auch keine schmutzigen Geheimnisse zu verbergen, aber das heißt nicht, dass die Interne Ermittlung keine findet. Wenn das hier bei Granma war, dann ist in meiner Wohnung noch mehr Zeug. Und wahrscheinlich läuft da draußen ein ganzer Haufen Petzen herum, die nur zu gern ein bisschen Arbeitszeit der Polizei verschwenden und mir alles Mögliche unterstellen würden, nur damit es sich am Ende als Lüge herausstellt.«

»Aber … warum?« Rachel drückte sich von der Wand ab, an der sie gelehnt hatte, öffnete die Tasche und hob den Packen Geld hoch.

»Ich habe nicht den geringsten Schimmer.« McLean zuckte mit den Schultern, vielleicht ein bisschen zu theatralisch. »Trotzdem, ich muss wohl jemanden schwer verärgert haben.«

»Dann willst du es also verbrennen?«, fragte Phil. »Du willst fünfzigtausend Pfund nicht nachzuverfolgendes Bargeld verbrennen?«

»Ich will die Drogen zerstören. So viel steht fest, und mir wäre es lieber, wenn das Geld auch weg wäre. Um ehrlich zu sein, ich habe keine Ahnung, ob es gestohlen ist oder was. Zugegeben, es ist nicht markiert, aber abgesehen davon?«

»Es kommt mir nur vor wie eine ungeheuerliche Verschwendung. Ich meine, wenn es nun wirklich nicht nachzuverfolgen ist? Es würde denjenigen, der es eingeschleust hat, doch wirklich wütend machen, wenn es nie gefunden und dazu benutzt würde, dich zu belasten.«

McLean blickte auf das Geld in Rachels Händen. Er war mit der Absicht hergekommen, alles zu zerstören. Er brauchte das Geld wirklich nicht. Aber andererseits könnte es woanders gut verwendet werden, und es läge doch eine gewisse Ironie darin, wenn er es schaffte, damit davonzukommen.

»Okay. Gib mir eine Handvoll.« Das Bündel Geld war fest eingepackt und immer noch mit grauem Staub bedeckt, wo Emma es auf Fingerabdrücke untersucht hatte. Er packte es vorsichtig aus und zog das erste Päckchen aus der Banderole.

»Rachel, kannst du ein paar Seriennummern aufschreiben, wenn ich sie dir vorlese?«

Es dauerte zehn Minuten, bevor McLean sicher war, dass er genug hatte. Er wählte ein weiteres Bündel zufällig aus, um es auf Fälschungen zu untersuchen, dann packte er alles wieder ein und gab es Phil. Rachel gab ihm das Blatt mit den Seriennummern.

»Ich lasse die hier so schnell wie möglich mit bekannten Raubüberfällen abgleichen«, sagte er. »Und ich werde mich versichern, dass sie echt sind. Bis dahin rührt niemand diese Geldscheine an. Versteckt sie irgendwo, wo sie auf keinen Fall zufällig gefunden werden können. Ihr wollt nicht wirklich im Besitz von verdächtigen Banknoten erwischt werden. Sollten sie sauber sein, könnt ihr sie nehmen, um eure Hochzeit zu bezahlen.«

»Willst du sie denn nicht?«, fragte Phil.

»Nein, wirklich nicht. Und Glückwunsch übrigens.«

»Zu was?«

»Zur Verlobung. Ihr habt nichts abgestritten, als ich von Hochzeit gesprochen habe, das hab ich gemerkt.«

»Phil, das sollte doch ein Geheimnis bleiben, bis ich mein Examen habe.« Rachels Gesicht verfärbte sich zu einem wütenden Rot, und sie versetzte ihm einen Schlag auf den Rücken.

»Mach dir keine Sorgen, Rachel. Meine Lippen sind versiegelt, bis ihr es öffentlich bekanntgebt.« McLean grinste. Zum ersten Mal in den letzten vierundzwanzig Stunden fühlte er sich entspannt und gut gelaunt. »Und jetzt lasst uns ein paar Drogen verbrennen.«

38

Die Morgendämmerung hatte den Himmel schon eine Zeitlang grau gefärbt, als McLean durch den Haupteingang sein Mietshaus in Newington betrat. Seine Augen waren trocken vor Schlafmangel, er fühlte sich ausgelaugt und schlecht gelaunt. Ein Kilo Kokain zu verbrennen hatte überraschend lang gedauert, sogar in einem Verbrennungsofen, der eigens für die sichere Beseitigung von umweltschädlichem Müll gedacht war. Damit und mit der Suche nach einem passenden Versteck für das Geld war so viel Zeit vergangen, dass er kein bisschen Schlaf bekommen hatte. Er hatte gehofft, der Gang durch die Stadt würde ihn aufmuntern, doch stattdessen fühlte er sich nur noch schlechter.

»Hat Ihr Freund Sie gefunden?«

McLean fuhr zusammen und drehte sich zu der alten Mrs McCutcheon um. Sie stand in ihrer halb offenstehenden Tür am Fuß der Steintreppe, die zu den anderen Wohnungen führte. Er war nicht in der Stimmung für hohles Geplauder mit der Klatschtante des Mietshauses. Er wollte nur duschen und dann vielleicht ein paar Stunden schlafen, bevor er wieder zur Arbeit ging. Wie ferngesteuert lächelte er sie an, nickte und fühlte sich schuldig, als er auf die Treppe zuging. Dann wurde ihm allmählich bewusst, was sie gesagt hatte.

»Mein Freund?«

»Wann war es – vorgestern Abend, glaube ich. Ziemlich spät, aber Sie Polizisten kommen und gehen ja immer zu merkwürdigen Zeiten.«

Vorgestern Abend. Als jemand gefälschte Beweise ins Haus seiner Großmutter eingeschleust hatte. Nicht lange nachdem

Fergus McReadie auf Kaution freigelassen worden war. Nicht lange nachdem Jonas Carstairs ermordet worden war.

»Haben Sie mit ihm gesprochen, Mrs McCutcheon? Hat er Ihnen seinen Namen genannt?«

»Oh nein, mein Lieber. Ich saß nur im Vorderzimmer und habe gestrickt. Sie wissen ja, wie das ist, wenn man alt wird. Schlafen ist was für junge Leute. Ich weiß nicht, wie spät es war, aber die Busse fuhren nicht mehr, also muss es lange nach Mitternacht gewesen sein. Da kam dieser junge Mann den Weg hinauf und hat bei Ihnen geklingelt.«

»Woher wussten Sie, dass es meine Klingel war?«

»Och, die hören sich alle verschieden an, wissen Sie. Jedenfalls kam er direkt herein und ging die Treppe hinauf. Ich fand es merkwürdig, weil ich gar nicht gehört hatte, wie Sie die Tür aufgemacht haben. Dann ist mir wieder eingefallen, dass die Studenten sie verkeilen, wenn sie in den Pub gehen. Aber die waren schon nach Hause gekommen, und ich bin mir sicher, dass sie sie richtig zugemacht hatten. Aber, ach, ich weiß nicht.«

»Ist er lange geblieben?«

»Oh nein. Er war nur halb die Treppe hinaufgekommen, als einer der Studenten herauskam und ihn angeschrien hat. Sie wissen ja, wie sie sind, wenn sie einen über den Durst getrunken haben, stimmt's?«

McLean wusste es. Oft genug hatte er unbändige Mieter daran erinnern müssen, dass im Dachgeschoss ein Polizist wohnte, der es nicht schätzte, wenn sein Schlaf gestört wurde.

»Er kam die Treppe wieder heruntergeflitzt. Ich glaube nicht, dass er mich gesehen hat, so schnell ist er gerannt. Ich war gerade dabei, eine von den Katzen rauszulassen. Hat mich ganz schön erschreckt.«

McLean sah die alte Frau an. Sie hatte bereits im Erdgeschoss gewohnt, als er einzog. Wahrscheinlich hatte sie ihr ganzes Leben dort verbracht. Mr McCutcheon hatte er nie kennengelernt und nahm an, dass der Mann vor einigen Jahren gestorben war. Ehrlich gesagt, wusste er wirklich nicht viel über sie, nur dass sie alt war, gern wusste, was passierte, und allmählich sehr zerbrechlich aussah.

»Machen Sie sich keine Sorgen darüber, Mrs M«, sagte er in dem Versuch, sie zu beruhigen. »Was wirklich wichtig ist, ist, dass jemand gestern in den frühen Morgenstunden vorbeigekommen ist. Das sagten Sie doch, oder?«

Die alte Dame nickte.

»Und Sie haben ihn gesehen. Sie haben sein Gesicht gesehen?«

Sie nickte wieder.

»Glauben Sie, Sie könnten ihn auf einem Foto wiedererkennen?«

Mrs McCutcheon hielt inne. Ihr gewöhnlich positives Selbst wurde von einem gebrechlicheren, unsichereren verdrängt.

»Ich bin mir nicht sicher, dass ich das Haus so lang allein lassen könnte«, sagte sie nach einer Pause. »Die Katzen ...«

McLean wusste, dass die Katzen gut auf sich selbst aufpassen konnten, sagte es aber nicht.

»Vielleicht könnte ich die Fotografien ja zu Ihnen bringen, Mrs M. Es würde mir wirklich helfen, wenn Sie den Mann für mich identifizieren könnten.«

»Ich kann nicht zulassen, dass Sie McReadie wieder festnehmen. Nicht solange Sie nichts Konkretes haben, dessen Sie ihn beschuldigen können.«

McLean stand gerade eben in McIntyres Büro, traute sich aber nicht näher heran.

Das Erste, was er getan hatte, als er auf dem Revier eintraf, war, den Sergeant vom Dienst zu bitten, McReadie zur Vernehmung vorzuladen. Wahrscheinlich war es ein Fehler gewesen, Pete anzuschreien, als der sich weigerte. Schließlich war der arme Mann nur den Anweisungen seiner Chefin gefolgt.

»Er hat Bertie Farquhars Manschettenknopf gestohlen. Ich muss wissen, was er sonst noch dort hat mitgehen lassen.«

»Nein, Tony. Das müssen Sie nicht.« McIntyre blieb an ihrem Schreibtisch sitzen. Aufreizend ruhig und logisch, Gott verdamme sie. »Sie wissen, wo er den herhat, und außerdem haben Sie, wenn ich recht verstehe, bereits herausgefunden, wem der Manschettenknopf gehört. Es war eine gute Idee, die Juweliere aufzusuchen.«

»Er hat sich vor meiner Wohnung herumgetrieben.«

»Das wissen Sie nicht. Sie haben nur die Aussage einer verwirrten alten Frau, dass jemand, der möglicherweise McReadie gewesen sein könnte, nach Ihnen gesucht hat.«

»Aber ich muss ...« Er musste ihn fragen, ob er ein Kilo Koks im Haus seiner Großmutter versteckt hatte. Was er in seiner Wohnung versteckt hatte, das er nicht hatte finden können.

»Sie müssen ihn in Frieden lassen – das ist es, was Sie tun müssen.« McIntyre nahm ihre Lesebrille ab und rieb sich die Augen. Vielleicht hatte sie ja auch nicht geschlafen. »Wir haben ihn schon am Wickel. Auf frischer Tat und mit einem Haufen gestohlener Wertsachen bei sich zu Hause. Aber er hat bereits eine Beschwerde gegen Sie eingereicht, wegen ungerechtfertigter Gewaltanwendung, und sein Anwalt hat sich auch schon mit den Voraussetzungen für einen Durchsuchungsbefehl befasst.«

»Er ...« McLeans Gehirn holte seinen Mund ein. »Er hat was?«

»Wenn er mit einem davon durchkommt, dann wird unser Fall wirklich wackelig. Die Staatsanwaltschaft könnte sogar beschließen, ihn nur wegen Hehlerei anzuzeigen. Bei einem Kerl wie ihm bedeutet das Bewährung.«

»Aber das kann er nicht tun. Der kleine Schweinehund ist ins Haus meiner Großmutter eingebrochen.«

»Ich weiß, Tony. Und wenn es nach mir ginge, dann würde er in Untersuchungshaft schmoren, bis er vor Gericht kommt. Aber er hat genug Geld, um sich den besten Anwalt leisten zu können, und was noch schlimmer ist: Er hat Beziehungen. Sie können sich nicht vorstellen, von wie weit oben ich Druck bekomme.«

»Damit kommt er nicht davon. Sie werden keinen Deal mit ihm machen.«

McIntyre verzog das Gesicht. »Nein, das kommt nicht in Frage. Ich lasse mir von Anzugträgern nichts befehlen. Aber ich kann auch nicht zulassen, dass Sie in dem Fall jemandem auf die Füße treten, nur weil McReadie Sie verärgert hat. Das ist genau das, was er will, und diese Genugtuung werde ich ihm nicht gönnen.«

»Aber ...«

»Kein Aber, Tony. Es ist nicht einmal mehr Ihr Fall. Sie sind das Opfer, meine Güte. Sie dürfen sich da nicht einmischen. Kümmern Sie sich doch um Ihre anderen Fälle, warum machen Sie das nicht? Sie waren nicht einmal bei dieser Spezialistin für Okkultismus, von der ich Ihnen gestern erzählt habe, oder?«

Scheiße. Und das Schlimmste war, dass sie recht hatte. McLean wusste verdammt gut, dass er McReadie schon das erste Mal nicht hätte vernehmen dürfen. Er hätte ihn an jemanden übergeben müssen, der nicht involviert war.

»Bitte sagen Sie mir, dass Sie damit nicht zu Duguid gehen.« Es hörte sich an wie ein erbärmliches, trotziges Wehklagen.

»Eigentlich dachte ich, Bob Laird wäre besser dafür geeignet.« McIntyre schob ihre Brille mit leichtem Schmunzeln wieder ihre Nase hoch. »Sie können es ihm selbst sagen.«

McLean traf Constable Kydd auf dem Weg nach unten zum Einsatzraum. Sie trug eine schwere Ladung Akten und einen noch schwereren Ausdruck des Grauens auf dem Gesicht. Sie war auf dem Weg zu dem Einsatzraum, der gerade erst vom Barnaby-Smythe-Fall geräumt worden war und jetzt hastig wieder bezogen wurde, damit sich Detective Chief Inspector Charles Duguid erneut der Herausforderung stellen und alles noch einmal mit Pauken und Trompeten in den Sand setzen konnte.

»Lassen Sie mich raten: Dagwood hat alle diensttüchtigen Leute dieses Reviers in sein Team geholt?«

Constable Kydd nickte unglücklich zustimmend mit dem Kopf. »Es gibt eine Menge Druck von oben.«

»Es gibt immer eine Menge Druck von oben.« Aber natürlich würde es den wegen jemandem wie Carstairs wirklich geben. Genau wie wegen Smythe. Wichtige Männer hatten wichtige Freunde. Es war eine Schande, dass kleine Leute keine Unterstützung dieser Art hatten. Wie das arme Mädchen, das im Keller eines reichen und einflussreichen Mannes als Teil eines ausgedachten, kranken Rituals verstümmelt worden war.

»Sie können doch mit PhotoFit umgehen, oder, Constable?«, fragte McLean, indem er Informationen aus einem Gespräch ausgrub, an das er sich halbwegs erinnerte.

»Ähm, aye.« Constable Kydd bejahte nur sehr zögernd.

»Was würden Sie davon halten, ein bisschen kriminalpolizeiliche Arbeit zu machen? Ich habe gehört, Sie lernen für die Prüfung.« McIntyre würde nicht zulassen, dass er McReadie ohne guten Grund vernahm. Was könnte also besser sein, als zu beweisen, dass der Mann nur Stunden, nachdem er auf Kaution freigekommen war, um McLeans Mietshaus herumgeschnüffelt hatte?

»Ich hab ein bisschen zu tun, Sir.« Kydd hob die Aktenkisten an, und düsterer Trübsinn breitete sich auf ihrem Gesicht aus.

»Machen Sie sich keine Sorgen. Ich kläre das mit Dagwood. Heute Morgen habe ich sowieso noch anderes zu tun, aber wenn Sie einen Laptop mit ID-Software besorgen könnten, und vielleicht auch ein paar zufällige Verbrecherfotos? Und legen Sie die von Fergus McReadie dazu, die wir gerade gemacht haben. Ich besorge uns beiden einen Wagen.«

»Ich …«

»Ich weiß, dass die Chefin gesagt hat, ich soll ihn nicht unter Druck setzen.« Mein Gott, hatte sie das allen auf dem Revier gesagt? Für wie impulsiv hielt sie ihn denn? »Ich habe nicht vor, mich ihm auch nur zu nähern, glauben Sie mir.«

39

Auf dem Schild an der Tür stand »HANDLESEN, TAROT, ZU‑KUNFTSVORHERSAGEN«. McLean hatte immer gedacht, dass dieses Haus als Tarnung für etwas anderes diente, höchstwahrscheinlich für Prostitution, aber das hier war die Adresse, die McIntyre ihm gegeben hatte. Außerdem hatte er sich umgehört, und es schien, als sei Madame Rose über jeden Verdacht erhaben, da sie genau tat, was sie versprach. Alles andere war natürlich gelogen, ihrem naiven Publikum angepasst. In Edinburgh gab es keine besonders große Nachfrage nach dieser besonderen Art, Ahnungslose um ihr Geld zu erleichtern, aber es gab offensichtlich genug Leute, die daran glauben wollten, sodass ein geschäftstüchtiger Mensch davon leben konnte.

»Was machen wir hier, Sir?« Detective Constable MacBride hatte den Kürzeren gezogen und begleitete ihn in diese merkwürdige Sackgasse in der stetig wachsenden Reihe von Fällen. Grumpy Bob hatte die noch dankbarere Aufgabe zu versuchen, die Waverley-Springerin zu identifizieren, während er die gesamten Beweise gegen Fergus McReadie für den Staatsanwalt zusammenstellte. Blieb nur noch herauszufinden, wie die Tatortinformationen hatten durchsickern können, was die offensichtlichste Erklärung war für die verstörenden Gemeinsamkeiten zwischen den Morden an Jonathan Carstairs und Barnaby Smythe. Und das tote Mädchen natürlich. Sollte eigentlich an einem Tag zu schaffen sein.

»Wir sind hier, um etwas über Menschenopfer und dämonische Rituale zu erfahren. Offenbar ist Madame Rose so etwas wie eine Expertin für Okkultismus. Das ganze magische Showzeug ist nur Fassade. Hat man mir zumindest gesagt.« McLean drückte die Tür auf. Sie öffnete sich auf einen engen Korridor, von dem aus eine Treppe nach oben führte. Ein fadenscheiniger Teppichboden, mehr Flecken als Muster, sonderte eine Geruchsmischung nach Frittierfett und Schimmel ab – einen merkwürdigen Geruch von Hoffnungslosigkeit. Oberhalb der Treppe traten sie durch einen einstmals glitzernden Perlenvorhang, der von den Fettausdünstungen matt und schmierig geworden war, und fanden sich in einem kleinen Zimmer wieder, das wohl allzu gern als Boudoir bezeichnet werden wollte, aber eigentlich nicht einmal die Bezeichnung Wartezimmer verdiente. Derselbe Teppichboden wie auf der Treppe bedeckte den Boden bis zur Wand, noch mehr Flecken breiteten sich wie Hexenringe in pilzreichen Wäldern aus. An manchen Stellen hatten sie sogar angefangen, die Wände zu kolonisieren, wo sie mit hässlicher Raufasertapete und billigen Drucken wetteiferten, die vage orientalisch und mystisch anmutende Szenen darstellten. McLean war überhaupt nicht überrascht, bei einem Blick nach oben auch noch an der Zimmerdecke Flecken zu sehen. Die Hitze des Tages machte es auch nicht besser. Dieser Küchengeruch und der feuchte Mief ließen es angeraten erscheinen, durch den Mund zu atmen, wenn auch nur flach. Und hier kamen Leute aus freien Stücken her?

Ein niedriges Sofa stand an der äußeren Wand, unter dem einzigen Fenster im Raum. Sich darauf zu setzen war wahrscheinlich keine gute Idee. Zwei klapprige Holzstühle flankierten einen niedrigen Tisch, der mit altersschwachen Ausgaben von *Reader's Digest* und *Tarot Monthly* bedeckt war. Auf der dem Treppenhaus gegenüberliegenden Seite hatte jemand, der sich nicht besonders gut aufs Heimwerken verstand, einen schmalen Tresen gebaut, hinter dem sich eine geschlossene Tür befand. Auf einem schmuddeligen Zettel, der an der Wand hing, standen die Preise für unterschiedliche Dienstleistungen.

Zehn Pfund für gewöhnliches Handlesen, zwanzig dafür, dass die Karten zu Rate gezogen wurden. Ein paar verrückte Kunden blätterten womöglich sogar über einhundert Pfund für etwas hin, das sich »umfassende karmische Aufschlüsselung« nannte.

»Oh. Mir war doch, als hätte ich etwas im Äther gespürt. Wundervoll.« Eine tiefe, rauchige Stimme, vermutlich das Ergebnis zu vieler Zigaretten und zu vieler Whiskys. Die Worte standen im Raum, noch bevor McLean bemerkte, dass sich die Tür geöffnet hatte. Eine riesige Frau walzte hindurch und halbierte durch ihre Gegenwart die Größe des Empfangszimmers. Sie trug etwas, das aussah wie ein rotes Samtzelt und sich um ihren Körper wand wie die Wickel einer einstmals fetten Mumie. Ihre Hände sahen aus wie müde, goldbesetzte rosa Ballons. Auf fleischige Finger waren üppig verzierte, billige Ringe gezwängt, und die Nägel waren in einem Rotton lackiert, der sich geringfügig von dem ihres Kleides unterschied.

»Ich muss Ihre Handflächen sehen.« Madame Rose ergriff McLeans Hände mit erstaunlicher Geschwindigkeit, drehte eine herum und zog die Linien wie in einer sanften Liebkosung nach. Er versuchte, sich ihr zu entziehen, aber der Griff der Frau war wie Eisen.

»Oh, so jung und schon so ein tragisches Leben. Und, du liebe Zeit, noch so viel vor sich. Sie armer, armer Junge. Und was ist das hier?« Sie ließ genauso plötzlich los, wie sie zugegriffen hatte. Machte einen theatralischen Schritt zurück, eine Hand auf ihrem ausladenden Busen, mit gespreizten Fingern, die andere an ihrer faltigen Kehle. »Sie sind ausersehen. Für etwas Großes. Etwas Schreckliches.«

»Es reicht mit der Show.« McLean hielt seinen Dienstausweis hoch. »Ich bin nicht für irgendwelchen Firlefanz hergekommen.«

»Ich versichere Ihnen, Detective Inspector, dass ich hier keinen Firlefanz veranstalte. Nein, ich habe Ihre Aura schon gespürt, als Sie durch die Haustür kamen.«

»Dann wissen Sie also, warum wir hier sind?« Es war MacBride, der die Frage stellte, aber nur, weil er McLean zuvorkam.

»Aber natürlich, natürlich. Sie wollen etwas über Ritualmorde erfahren. Scheußliche Angelegenheit. Es funktioniert nie, zumindest meiner Erfahrung nach, aber es bringt, schlimmer als Alkohol, den Teufel im Menschen zum Vorschein, wenn Sie verstehen, was ich meine.«

»Wie haben Sie ...?« MacBride blieb der Mund offen stehen, nachdem ihm die Worte entschlüpft waren.

Madame Rose brach in ein reichlich undamenhaftes prustendes Gelächter aus. »Die Geisterwelt spricht zu mir, Detective Sergeant. Und Jane McIntyre auch, hin und wieder.«

»Ich habe nicht viel Zeit und noch weniger Geduld.« McLean stopfte seinen Ausweis zurück in die Tasche. »Man hat mich glauben gemacht, Sie wüssten etwas über okkulte Praktiken. Wenn das nicht stimmt, werde ich Ihre Zeit nicht länger in Anspruch nehmen.«

»Empfindlich ist er, was?« Madame Rose zwinkerte MacBride zu, der bis über beide Ohren errötete. Sie wandte sich wieder an McLean. »Kommen Sie mit ins Büro. Heute ist sowieso nicht viel los.«

Das Büro entpuppte sich als großer Raum im hinteren Teil des Gebäudes. Ein hohes Fenster ging auf einen grauen Hinterhof hinaus, der voller schlapper Wäsche auf durchhängenden Leinen hing. Der Kontrast zum Wartezimmer und dem Empfangsraum, den sie durchquerten, hätte nicht größer sein können. Wo diese schäbig und voll mit kitschigen Kinkerlitzchen waren, wie man sie bei einer wahrsagenden Zigeunerin erwarten würde, sahen die wenigen Kunstwerke, die im Büro zu sehen waren, nicht nur echt aus, sondern auch beunruhigend.

Alle vier Wände waren von Bücherregalen gesäumt, die bis an die hohe Decke reichten, die meisten vollgepackt mit einer scheinbar zufälligen Sammlung alter und moderner Werke. Zwei Regale zu jeder Seite des großen antiken Schreibtischs enthielten Glasbehälter, in denen sich eine Wildkatze und eine Schneeeule befanden. Beide waren in den Genuss der ganzen Kunstfertigkeit eines Präparators gekommen und beim Töten ihrer jeweiligen Beute festgehalten worden. Auf dem Schreibtisch stand etwas, was verdächtig nach einer welken menschlichen Hand aussah, auf einer Holzplatte zum Dienst als Bücherstütze gezwungen. Weitere Dinge lauerten in dunklen Ecken. Unheimlich, wenn man sie aus dem Augenwinkel betrachtete, wurden sie zu ganz und gar unschuldigen Gegenständen, wenn man ihnen volle Beachtung schenkte: ein Kleiderständer mit Filzhut, Wintermantel und Schirm hatte sich als dunkler Auftragsmörder getarnt; die kunstfertig abgelegte Stola auf der Lehne eines mottenzerfressenen Ohrensessels war ein lebendiger Fuchs gewesen, enger Vertrauter einer Hexe, der ihn mit fiesem Blick anstarrte. McLean zwinkerte, und die Stola zwinkerte zurück, dann gähnte sie ein großes, zähnefletschendes Maunzen, streckte sich und sprang vom Sessel auf den Boden. Kein Fuchs, sondern eine Katze, so mager wie ein Toastständer und mit einem Schwanz, der sich bog wie ein langes, struppiges Fragezeichen, als sie durchs Zimmer stelzte, um die Neuankömmlinge zu inspizieren.

»So, Detective Inspector McLean, Detective Constable MacBride. Sie wollen also etwas über Menschenopfer erfahren, herausfinden, warum Menschen versuchen könnten, so etwas zu tun, so in dieser Richtung?« Madame Rose zog einen Kneifer aus ihrem Dekolleté, wo er an einer Silberkette hing, und setzte ihn sich auf die Nase.

»So ungefähr. Ich versuche, ein bestimmtes Ritual zu verstehen. Wir glauben, dass wahrscheinlich mehr als eine Person daran beteiligt war.«

»Oh, das ist normalerweise immer so. Andernfalls geht es nur darum, Aufmerksamkeit zu erregen.«

»Ich meinte, mehr als ein Mörder. Sechs möglicherweise.«

McLean erläuterte kurz, was sie in dem eingemauerten Kellerraum gefunden hatten, erwähnte dabei aber so wenig Details wie möglich.

»Sechs?« Madame Rose beugte sich in ihrem Stuhl vor. »Das ist ... ungewöhnlich. Meistens ist es eine eher private Angelegenheit. Zwei Leute, wenn Sie das Opfer mitzählen. Menschen, die einen Ritualmord begehen, sind meist nicht sonderlich sozial, wissen Sie.«

»Warum macht jemand so was?«, wollte MacBride wissen. McLean hatte dem Constable nicht wirklich gesagt, dass er den Mund halten sollte, also versuchte er, seinen Ärger nicht zu zeigen.

»Eine sehr wichtige Frage, junger Mann«, antwortete Madame Rose. »Manche mutmaßen, dass diese Leute sich wichtig fühlen wollen – etwas, was ihnen wohl im täglichen Leben fehlt. Andere meinen, dass Kindheitserlebnisse – gewöhnlich grausame, die von nahen Verwandten ausgehen – ein Individuum dazu bringen, Beachtung mit Liebe zu verknüpfen und daher ihre eigene Liebe auf diese Weise zu zeigen. Viele kommen aus streng religiösen Elternhäusern, in denen einem Kind die Rute nicht erspart wurde. Rituale sind ihnen wichtig, genau wie ihre Auflösung. Ich persönlich glaube, dass sie es hauptsächlich tun, weil sie verrückt sind.«

»Wenn ich recht verstehe, glauben Sie also nicht, dass es funktioniert«, sagte McLean.

»Oh, aber sicher glaube ich das. Und unsere sechs Wahnsinnigen auch. Nun, das mussten sie doch, sonst hätten sie das Mädchen wohl nicht umgebracht. Zumindest einer von ihnen muss daran geglaubt haben, und der hat die anderen fünf in seinen Bann geschlagen.«

»Glauben Sie, dass so etwas möglich ist? Dass Menschen so töten können, nur weil es ihnen jemand befiehlt?«

»Natürlich. Wenn der Anführer charismatisch genug ist. Denken Sie an Waco, an Jonestown, an die El Kaida. Die meisten Anhänger eines Kultes glauben nicht wirklich an das, was ihnen aufgetischt wird. Sie wollen nur, dass ihnen jemand sagt, was sie tun sollen. Es ist einfacher so.«

Okay. Das war nicht ganz, was er erwartet hatte, als er herkam. »Dann ist dieses Ritual also nichts Besonderes? Es könnte sich einfach um einen beliebigen Verrückten mit einem Gotteswahn handeln?«

»Das habe ich nicht gesagt, Inspector.« Madame Rose griff nach einem Buch, das aussah, als wäre es erst kürzlich vom Regal auf den Schreibtisch geholt worden. Sie schlug es auf einer bereits gekennzeichneten Seite auf. »Sechs Organe, sechs Gegenstände, sechs Namen. Aufgestellt an den Kardinalpunkten um die Leiche herum. Sagen Sie, waren Zeichnungen auf dem Boden? Ein Schutzkreis vielleicht?«

Sie drehte das Buch herum und zeigte McLean die Seite. Es war eine grobe Schwarz-Weiß-Zeichnung in mittelalterlichem Stil, sie zeigte eine weibliche Figur, die mit ausgestreckten Armen und Beinen dalag. Ein Spalt öffnete ihren Oberkörper mit nichts weiter darin als schwarzer Tinte. Um sie herum ein verschlungener Kreis aus miteinander verflochtenen Schlingpflanzen, die an ihren Händen, Füßen, ihrem Kopf und zwischen ihren Beinen Knoten bildeten. Unter dem Bild waren die Worte »Opus diaboli« eingraviert. McLean zog das Buch zu sich heran, aber Madame Rose riss es an sich.

»Das ist aus dem siebzehnten Jahrhundert. Wahrscheinlich mehr wert, als Ihr junger Constable hier in einem Jahr verdient.«

»Wo haben Sie es her?«, fragte McLean.

»Interessante Frage, Inspector.« Madame Rose strich vorsichtig mit dem Finger über die Seite. »Ich habe es bei einem Antiquar unten auf der Royal Mile gekauft. Vor vielen, vielen Jahren. Ich glaube, er hat dieses und viele andere aus der Erbschaft des verstorbenen Albert Farquhar erstanden. Bertie Farquhar war ein begeisterter Anhänger des Okkultismus, habe ich gehört.«

Ein weiteres Stück im Puzzle. »Und was soll das Ritual bewirken?«

»Jetzt wird es interessant.« Madame Rose ließ den Finger unter die Seite gleiten und blätterte sie vorsichtig um, bevor sie ihm das Buch wieder zuschob. McLean blickte auf ein neues Kapitel und war einen Augenblick lang verwirrt von der elegant ausgemalten, hängenden Initiale. Dann bemerkte er den zackigen Rand einer herausgerissenen Seite. Die zerfetzten Ränder waren nicht frisch.

»Das war schon so, als ich es gekauft habe, falls Sie sich das fragen.« Madame Rose nahm das Buch wieder an sich, schloss es behutsam und legte es zurück auf den Schreibtisch, wobei sie den Einband wie ein gehorsames Schoßtier tätschelte. »Ich habe die letzten zwanzig Jahre damit verbracht, nach einem zweiten Exemplar zu suchen.«

»Sie haben also keine Ahnung, was ...« McLean wies mit der Hand auf das Buch und das grausige Bild, das es enthielt. »Was das hier bewirken sollte.«

»›Opus diaboli‹, Inspector. Teufelswerk.«

Erst als er auf die Straße hinaustrat, bemerkte McLean, wie kalt es in Madame Roses Arbeitszimmer gewesen war. Vielleicht weil es im Schatten der Nordseite des Gebäudes lag, aber es hatte sich nach etwas anderem angefühlt. Als lebte der Ort in seiner eigenen Dimension. Er sah zur Tür zurück, aber auf dem Schild stand immer noch »HANDLESEN, TAROT, ZUKUNFTSVORHERSAGEN«. Die Backsteinmauer war immer noch schmutzig, und die Fensterbank verrottete immer noch, weil sie nicht gestrichen wurde. Er schüttelte den Kopf, und ein Schauer durchfuhr seinen Körper, als der sich wieder an die Sonnenwärme gewöhnte.

»Sie war ein bisschen bizarr.« DC MacBride sprach das Offensichtliche aus.

»Mehr als ein bisschen.« McLean steckte die Hände in die Hosentaschen, und sie gingen zum Revier zurück. »Aber ich glaube, es wäre wahrscheinlich fairer zu sagen: *er*.«

»Er?« MacBride ging noch drei Schritte weiter. Oder vier. Dann drehte er sich um und schaute McLean an. »Sie meinen, sie war ein ... Er war eine ...«

»An einer Frau sieht man normalerweise keinen solchen Adamsapfel, Stuart. Oder so große Hände. Ich wette, dass auch dieser ausladende Busen mehr ausgestopft war als natürlich.«

»Dann ist Madame Rose also wirklich ein Scharlatan. Und gleich auf mehrere Arten.«

»Oh, machen Sie sie nicht nur schlecht. Wer dumm genug ist, für so etwas sein Geld wegzuwerfen, verdient es nicht besser, wenn Sie mich fragen. Außerdem hat sie ... er ... uns schließlich weitergeholfen.«

MacBride hatte das Päckchen im Arm, in das Madame Rose das Buch vorsichtig eingewickelt hatte. Sie hatte auf einer Quittung dafür bestanden, als McLean gefragt hatte, ob er es als Beweismaterial mitnehmen dürfe. Die fünfstellige Summe, die sie als Wert angegeben hatte, konnte übertrieben sein, aber der Constable ging auf Nummer sicher.

»Wir haben doch schon den Manschettenknopf«, sagte er. »Brauchen wir das Buch wirklich auch noch? Wir wissen, dass Bertie Farquhar es getan hat.«

»Es ist immer schön, eine Bestätigung zu haben.« Und außerdem hatte dieses Buch etwas an sich. Er wollte es sich näher ansehen können, auch wenn die entscheidende Seite fehlte.

»Eins stört mich aber, Sir.«

»Nur eins?«

»Aye, na ja.« MacBride hielt einen Moment inne und sammelte sich – oder er war sich nicht ganz sicher. »Dieses Buch. Madame Rose da drinnen. Sie, er, was auch immer, hatte es dort auf dem Schreibtisch liegen. Sie hatte sogar die Seite bereits gekennzeichnet.«

»Das habe ich gemerkt.«

»Aber woher wusste sie, wonach wir suchen?«

40

»Das sieht ihm ein bisschen ähnlich, aber vielleicht etwas dunkler? Nein, das hier. Oder vielleicht dieses?«

McLean war nie vorher in Mrs McCutcheons Allerheiligstem gewesen, obwohl er seit mehr als fünfzehn Jahren im selben Haus wohnte wie sie. Dennoch überraschte ihn nichts in ihrem Zimmer. Es sah genau so aus, wie er es sich vorgestellt hätte. Die Aufteilung des Wohnzimmers ähnelte seinem eigenen drei Stockwerke höher, aber da endeten die Gemeinsamkeiten auch schon. Sie hatte überall Staubfänger stehen, hauptsächlich von der Art viktorianische Schokoladendose und anderen Kitsch im Schottenmuster, und der große Raum wirkte allein wegen der Menge an Zeugs wesentlich kleiner. Zeugs und die Katzen. Er hatte bei zehn aufgehört zu zählen und war sich nicht sicher, ob er welche doppelt gezählt hatte. Sie starrten von Regalen herunter, lugten von Stühlen hinauf, schmiegten sich um seine Beine, bis er nicht mehr wagte, sich zu bewegen. Und sich hinzusetzen kam gar nicht in Frage.

»Ich weiß nicht, mein Lieber. Die sehen alle etwas düster aus, nicht wahr? Haben Sie keine, auf denen sie lächeln? Der junge Mann, den ich gesehen habe, hatte ein breites Grinsen auf dem Gesicht.«

Constable Kydd saß neben der alten Frau auf einem Sofa, das mit Leichtigkeit älter sein konnte als sie beide zusammen. Die Rückenlehne war mit einem Sofaschoner aus zierlicher Spitze bedeckt, genau wie die beiden dazu passenden Sessel, die zurzeit von argwöhnischen Augen und vibrierenden Schnurrbärten bevölkert waren. Trotz der Katzen war alles in dem überladenen Zimmer ordentlich und sauber. Es gab einfach nur zu viel. Überraschenderweise roch es ausschließlich nach Möbelpolitur und Alter. Nach dem Geruch auf dem großen Flur außen vor der Wohnung zu urteilen, hatte Mrs McCutcheon ihren Katzen beigebracht, woandershin zu gehen.

»Der hier. Also, ich glaube, der könnte es sein.« Die alte Frau äugte durch halbmondförmige Brillengläser auf den Laptop, den Constable Kydd mitgebracht hatte. Er war voll mit Verbrecherfotos und verfügte außerdem über das Programm PhotoFit. Bis jetzt war es nur darum gegangen, Fotos durchzusehen, zwischen denen McReadies Konterfei strategisch platziert war, und daran zu denken, den Tee nicht zu trinken. McLean hatte gesehen, wie er gemacht wurde, als sie hereinkamen. Einen Teebeutel für jeden und einen für die Kanne, wie Mrs McCutcheon gesagt hatte. Nur war der Kessel leider gerade groß genug für einen halben Liter Wasser.

»Ja, ich bin mir sicher. Er hatte diese komischen Augen. Zu nah beieinander. Deshalb sah er ein bisschen, na ja, bescheuert aus.«

McLean lächelte über das Wort und beugte sich vor, um den Bildschirm selbst zu betrachten. Kydd drehte ihn nach oben, ihre Miene ein Bild des Triumphes.

»Er ist es«, setzte sie hinzu, aber das musste sie McLean nicht sagen. Auf dem Laptop sah er das Bild, das er hatte sehen wollen. Fergus McReadie, mit finsterem Blick.

»Wir müssen zurück aufs Revier. Ich will, dass McReadie so bald wie möglich festgenommen wird. Diesmal kommt der kleine Schweinehund nicht auf Kaution frei.«

Sie gingen zur Pleasance hinunter, auf dem Weg zurück ins Stadtzentrum. Sie hatten länger gebraucht, als es McLean lieb war, um aus Mrs McCutcheons Wohnung herauszukommen, und die ganze Zeit hatte er versucht, den Gedanken an Fergus

McReadie in seinem BMW zu unterdrücken, wie er irgendwohin entfloh, wo die Sonne zu viel schien und man eine wenig hilfreiche Einstellung zur Auslieferung überführter Verbrecher hatte.

»Wollen Sie, dass ich es melde, Sir?« Constable Kydd fummelte mit der Laptoptasche herum, die über ihrer Schulter hing, versuchte, sie aus dem Weg zu schaffen, damit sie an ihr Funkgerät kam. McLean blieb stehen und drehte sich zu ihr um.

»Hier, geben Sie mir das. Nein, den Laptop. Ich habe keine Ahnung, wie man mit dem anderen umgeht.« Er nahm die Tasche und hängte sie sich über die eigene Schulter. Kydd holte ihr Funkgerät hervor, drückte ein paar Knöpfe und hob es ans Ohr.

»Yeah, Zentrale? Hier ist zwei-drei-neun … Oh mein Gott – Achtung!«

Es geschah zu schnell, um auch nur zu denken. Kydd ließ das Funkgerät los, warf sich auf McLean, traf ihn mit der Schulter im Magen und stieß ihn zur Seite. Er fiel hintenüber, weil er über die Steintreppe stolperte, die zu dem offenen Eingang eines Mietshauses führte. Seine Knie gaben nach, während er in dem vergeblichen Versuch, das Gleichgewicht zu halten, mit den Armen ruderte. Er schlug mit Wucht auf dem Gehweg auf, stauchte sich den Rücken und bekam keine Luft mehr. Die Frage »Was?« formte sich auf seinen Lippen, aber sie war beantwortet, bevor er auch nur damit fertig war, sie zu denken.

Ein weißer Ford Transit raste auf den Bürgersteig, wobei er eine Mülltonne auf die Straße schleuderte. Constable Kydd war in seinem Weg gefangen wie ein Kaninchen im Scheinwerferlicht. Für einen Augenblick, der eine Ewigkeit anzudauern schien, stand sie da, halb vorgebeugt, während sie versuchte, ihr Gleichgewicht wiederzufinden, die Augen mehr vor Erstaunen als vor Angst aufgerissen. Dann erfasste sie der Lieferwagen, riss ihr die Füße weg und schleuderte sie in die Luft wie die weggeworfene Puppe eines Kindes. Dann erst hörte McLean das gequälte Röhren eines Motors bei Vollgas, den Aufprall eines

Körpers auf dem Boden, das Splittern von Glas. Quietschende Bremsen.

Nach Atem ringend zwang er sich wieder auf die Füße, zurück aus dem Eingang, der ihm Schutz gewährt hatte. Der Lieferwagen schlingerte auf die Straße zurück, erkämpfte sich seinen Weg durch den Verkehr wie ein betrunkener Boxer. McLean konnte am Heck kein Nummernschild sehen, und in Sekundenschnelle war der Wagen um die Ecke verschwunden, in Richtung Holyrood Park.

Constable Kydd lag fünf oder sechs Meter vom Hauseingang entfernt, ihr Körper grausam verdreht. McLean sah sich nach dem Funkgerät um und erblickte nur Stücke von zerbrochener Elektronik, die auf der Straße verstreut lagen. Sein eigenes Handy war nutzlos. Warum zum Teufel konnte es keine Ladung halten? Er zog seinen Dienstausweis heraus, stellte sich dem nächsten Auto in den Weg und schlug mit den Händen auf die Motorhaube.

»Haben Sie ein Telefon?«

Der erschrockene Fahrer zeigte auf eine Halterung, die mit Saugnäpfen an der Windschutzscheibe befestigt war. »Ich habe es nicht benutzt. Ehrlich.«

»Das ist mir scheißegal. Geben Sie's mir.« McLean griff nach dem Telefon, bevor der Fahrer es selbst zum Fenster herausreichen konnte. Er tippte die Nummer des Reviers ein. Wartete die Einleitung nicht ab, von der er wusste, dass sie kommen würde.

»Pete? McLean. Ich bin genau gegenüber von der Pleasance. Wir haben hier einen Unfall mit Fahrerflucht. Constable Kydd ist bewusstlos. Ich brauche *vorgestern* einen Krankenwagen. Und geben Sie eine Fahndungsmeldung heraus nach einem weißen Ford Transit, unbekanntes Nummernschild. Allerdings muss er eine ganz schöne Beule in der Motorhaube haben. Wahrscheinlich auch eine zerbrochene Windschutzscheibe. Wurde zuletzt gesehen, wie er die Canongate hinunter in Richtung Holyrood fuhr.«

Das Telefon immer noch in den Händen rannte McLean zu Constable Kydd. Blut rann ihr aus Mund und Nase, leuchtend und sprudelnd. Ihre Hüfte hätte sich nicht so verdrehen können dürfen, und er wollte nicht wissen, was mit ihren Beinen los war. Ihre Augen waren allerdings offen, glasig vom Schock.

»Bleib bei mir, Alison. Der Krankenwagen ist auf dem Weg.« McLean nahm eine ihrer zerschnittenen Hände in seine, wollte sie nicht mehr bewegen als unbedingt nötig, auch wenn er bezweifelte, dass sie jemals wieder würde gehen können. Wenn sie denn überhaupt noch die nächsten fünf Minuten durchhielt.

Irgendwo in der Ferne fing ein Martinshorn an zu heulen.

41

Der billige Plastikstuhl war unbequem, aber McLean bemerkte kaum, wie sein Hinterteil einschlief, während er durch den leeren Wartesaal auf die Pinnwand und ihre ungelesenen Zettel starrte. Sogar jetzt noch vermischte sich in seiner Erinnerung die Fahrt im Krankenwagen durch die Stadt zu einer wirren Reihe aufblitzender Bilder. Ein Rettungssanitäter, der mit einer Stimme sprach, die er nicht hörte; wohlwollende, aber bestimmte Hände, die seinen Griff aus dem von Constable Kydd lösten; ausgebildete Fachkräfte, die all die kleinen Wunder vollbrachten, die sie konnten, die eine Halskrause anlegten und ein Korsett; die den verdrehten Körper in den Krankenwagen hoben, so klein, so jung; eine Fahrt durch die Stadt ins Krankenhaus, das er nie hatte wiedersehen wollen; ernste Gesichter mit ernsten Worten wie Operation, Notoperation, Quadriplegie. Und jetzt das lange Warten auf Nachrichten, von denen er wusste, dass sie in jedem Fall schrecklich sein würden.

Ein leises Rascheln in der Luft, als sich jemand neben ihn setzte. McLean musste sich nicht umdrehen, um zu wissen, wer es war. Er würde das Parfüm überall wiedererkennen. Eine Mischung aus Akten, Sorgen und einer Spur Chanel.

»Wie geht es ihr?« Chief Superintendent McIntyre hörte sich müde an. Er wusste, wie sie sich fühlte.

»Die Ärzte operieren sie gerade.«

»Was ist geschehen, Tony?«

»Unfall mit Fahrerflucht. Absichtlich. Ich glaube, die hatten es auf mich abgesehen.« So. Jetzt hatte er es ausgesprochen. Seine Paranoia in Worte gefasst.

McIntyre atmete tief ein und hielt den Atem einen Augenblick lang an, so als fürchte sie sich davor weiterzusprechen. »Sind Sie sich da sicher?«

»Sicher? Nein. Ich glaube, ich bin mir bei gar nichts mehr sicher.« McLean rieb sich die trockenen Augen. Fragte sich, ob Tränen missdeutet würden. »Sie hat es kommen sehen. Constable Kydd. Sie hat mich aus dem Weg gestoßen. Hätte sich selbst retten können, aber ihr erster Reflex war, mich zu retten.«

»Sie ist eine tüchtige Polizistin.«

McLean nahm zur Kenntnis, dass sie nicht hinzufügte: »Sie wird es weit bringen.« Gut möglich, dass sie es nie mehr irgendwohin bringen würde. Nicht ohne Räder.

»Was hatten Sie überhaupt da zu suchen?«

Und jetzt der schwierige Teil. »Wir waren auf dem Weg zurück zum Büro. Constable Kydd hatte mir geholfen, jemanden zu identifizieren, der sich neulich am Abend vor meiner Wohnung herumgetrieben hat, als ich nicht da war. Meine Nachbarin hatte gesehen, wie er sich verdächtig verhielt.« Mein Gott, hörte er sich erbärmlich an.

»McReadie?« In McIntyres Stimme klang die Spur einer Frage mit, aber McLean wusste, dass sie keine Antwort erwartete. Er nickte trotzdem.

»Warum hat Sergeant Laird das nicht nachverfolgt? Tony, ich hatte es Ihnen gesagt. Halten Sie sich von McReadie fern. Er spielt mit Ihnen.«

»Er versucht immer noch, mich umzubringen, das tut er.«

»Sind Sie sicher? Finden Sie das nicht ein bisschen extrem?«

Nein, weil nämlich der Schweinehund fünfzigtausend Mäuse und ein Kilo Koks bei mir versteckt hat, um mir eine Falle zu stellen, ich aber nicht getan hab, was er von mir erwartete, und er deshalb jetzt den direkten Weg nimmt.

»Es würde mir schwerfallen, vor Gericht gegen ihn auszusagen, wenn ich tot wäre.«

»Hören Sie damit auf, Tony. Melodramatik passt einfach nicht zu Ihnen. Und außerdem war Fergus McReadie zur Vernehmung, als Sie heute Nachmittag um vier Uhr angerufen haben, um den Unfall zu melden, und er hatte einen Anwalt dabei, der so scharf war, dass er sich wahrscheinlich jeden Morgen beim Anziehen schneidet.«

»Er würde so was nicht eigenhändig machen. Er würde jemanden dafür bezahlen. Ich wette mit Ihnen, dass er freiwillig angeboten hat, heute Nachmittag zu kommen. Das verschafft ihm ein perfektes Alibi.«

McIntyre atmete lang und tief aus und ließ den Kopf nach hinten an die Wand fallen.

»Sie machen es mir nicht leicht, Tony.«

»Ich mache es Ihnen nicht leicht?« Er drehte sich zu ihr um, aber seine Chefin wich seinem Blick aus. Stattdessen sprach sie zu dem leeren Wartesaal.

»Gehen Sie nach Hause. Schlafen Sie. Sie können hier nichts tun.«

»Aber ich muss ...«

»Sie müssen nach Hause gehen. Wenn Sie jetzt noch nicht im Schock sind, kommt das bald. Muss ich einen Befehl daraus machen?«

McLean ließ sich geschlagen auf den Stuhl zurückfallen. Er hasste es, wenn die Chefin recht hatte. »Nein.«

»Gut, das Nächste ist nämlich ein Befehl. Ich will nicht, dass Sie vor nächster Woche wieder zur Arbeit kommen.«

»Was? Es ist doch erst Mittwoch.«

»Nächste Woche, Tony.« Endlich sah ihn McIntyre an. »Sie können mir einen Bericht darüber schreiben, was genau heute Nachmittag vorgefallen ist. Und dann will ich bis nächsten Montag von Ihnen keinen Piep mehr hören.«

»Aber was passiert mit McReadie?«

»Machen Sie sich um den keine Sorgen. Sie haben eine Zeugin, die bestätigt, dass er sich bei Ihrer Wohnung herumgetrieben hat. Das hört sich nach einer klaren Verletzung seiner Kautionsbedingungen an.« McIntyre nahm ihr Telefon zur Hand, wählte aber nicht. »Er wird eine Zeitlang niemanden belästigen.«

»Danke.« McLean ließ seinen Hinterkopf leicht gegen die Wand fallen. »Sind Sie sicher, dass ...«

»Halten Sie sich raus. Wenn Sie recht haben und jemand hinter Ihnen her ist, dann können Sie nicht herumlaufen und ermitteln. Genau wie Sie McReadie nicht ständig unter Druck setzen können. Es gibt ein ordentliches rechtsstaatliches Verfahren, Tony. Hören Sie auf. Ich werde diesen Fall eigenhändig leiten, ich erfahre also, wenn Sie Ihre Nase in etwas hineinstecken, wo sie nichts zu suchen hat.«

»Ich ...«

»Ab nach Hause, Inspector. Kein Wort mehr.« McIntyre stand auf, wobei ihre Hände automatisch die Falten ihrer Uniform glatt strichen, während sie sich umdrehte und wegging. McLean sah ihr nach, dann starrte er wieder die Wand an.

Police Constable Alison Kydd wurde morgens um Viertel nach eins vom OP auf die Intensivstation verlegt. Acht Stunden Operation hatten vielleicht ihr Leben gerettet, aber die Ärzte hielten sie im künstlichen Koma, nur für alle Fälle. Es stand fest, dass sie nie wieder würde gehen können, falls niemand eine Methode erfand, mit der man eine durchgebrochene Wirbelsäule wieder zusammenwachsen lassen konnte. Erst mit der Zeit würde sich herausstellen, ob sie ihre Arme würde gebrauchen können und wenigstens Kontrolle über ihre Blase bekommen würde. Und es bestand immer noch die Möglichkeit, dass sie überhaupt nicht wieder aufwachte.

Die Ärztin, die McLean all dies berichtet hatte, sah fast so jung aus, als würde sie noch studieren, aber sie schien zu wissen, was sie tat. Sie war vorsichtig optimistisch. »Besser als fünfzig-

fünfzig« waren ihre Worte gewesen. Ausgesprochen, als wäre das etwas Gutes, mit einem müden Lächeln zur Bekräftigung.

Sowohl die Worte als auch das Lächeln verfolgten ihn noch den ganzen Weg nach Hause in dem Taxi, auf das der Regen trommelte. Sie blieben auch bei ihm, als er mit dem Bericht für die Chief Super und mit einer Flasche Single-Malt-Whisky anfing. Es wurde schon dämmrig, als er mit dem einen fertig war und merkte, dass die andere dabei nicht hilfreich gewesen war. Sich allein volllaufen zu lassen war einfach nicht sein Stil. Er brauchte ein paar gute Freunde, die ihm dabei Gesellschaft leisteten. Und die ganze Zeit sagte er sich ständig, dass es nicht seine Schuld war. Wenn er es nur oft genug sagte, glaubte er es am Ende vielleicht noch.

Um sechs Uhr rief er im Krankenhaus an, wo man ihm sagte, dass alles unverändert sei und man in absehbarer Zukunft auch keine Veränderung erwarte. Die Schwester am anderen Ende hatte es zwar nicht gesagt, aber er konnte in ihrer Stimme hören, dass sie weniger höflich sein würde, wenn er zu bald wieder anrief. Er hätte müde sein sollen – schließlich hatte er vierundzwanzig Stunden lang nicht geschlafen –, aber Schuldgefühle und Wut ließen ihn nicht zur Ruhe kommen. Stattdessen duschte er, las seinen Bericht noch einmal durch und nahm ein paar Änderungen vor, bevor er ihn per E-Mail verschickte. Es war nicht seine Schuld. Unmöglich hätte er vorhersehen können, was geschehen war.

Aber in gewisser Weise war es eben doch seine Schuld. Wie McIntyre gesagt hatte, hätte es Grumpy Bob sein sollen, der einen Constable zum Besuch bei Mrs McCutcheon mitnahm. McReadie hätte seinen Handlanger irgendwo ganz anders hinschicken können, um McLean plattzumachen, wo niemand bereit gewesen wäre, sein Leben für ihn zu opfern. Mein Gott, worum ging es hier? Was hatte der dumme kleine …?

Seine Faust hatte die Scheibe schon fast erreicht, als er bemerkte, dass er sie geballt hatte. Er zog den Schlag zur Seite und traf stattdessen mit der Handfläche den Fensterrahmen, wobei er das heiße Stechen von Tränen in den Augen spürte, das mit Schmerz nichts zu tun hatte. Zumindest nicht mit körperlichem Schmerz. Der verschwand bald. Wenn der andere das doch nur auch täte.

Manchmal war er so verdammt stur. Wenn er nur auf das hören würde, was andere Leute ihm sagten, oder ab und zu sogar delegieren würde, wäre das alles nie passiert. Und jetzt saß er hier fest, würde den Großteil der Woche die Wände hochgehen, weil man ihm gesagt hatte, er solle sich raushalten, und konnte nichts dagegen tun. Mein Gott, was für ein Schlamassel.

Es gab zu viel zu tun, zu viele andere Fälle, die seiner Aufmerksamkeit bedurften. McIntyre konnte nicht wirklich von ihm verlangen, bis Montag nichts zu tun, oder? Er würde keinen Ärger bekommen, solange er sich vom Revier fernhielt und von allem, was mit McReadie oder mit der Suche nach dem Lieferwagen zu tun hatte, der Alison überfahren hatte. Dann blieben immer noch das tote Mädchen und die beiden Selbstmorde, ganz zu schweigen von den durchgesickerten Details von den Tatorten.

Als er die Wohnung verließ, fühlte er sich wie damals, als er sich zum Rauchen hinter dem Fahrradschuppen versteckt hatte, aber er musste zumindest Essen einkaufen gehen. Und wenn alle Stricke rissen, gab es doch nichts Besseres als einen guten Spaziergang, um ihm beim Nachdenken zu helfen.

»Inspector. Was für eine nette Überraschung.«

McLean drehte sich nach der Stimme um und sah einen glänzenden schwarzen Bentley die Straße entlanggleiten, ein Fenster heruntergefahren, wie ein nächtlicher Besucher des Autostrichs auf der Suche nach käuflicher Liebe. Nicht dass man in dieser Gegend Mädchen fände, die auf den Straßenstrich gingen, aber es hätte ihn nicht überrascht, wenn eines dieser eleganten, großen Häuser auf die Wünsche etwas anspruchsvollerer Kunden ausgerichtet wäre. Als er sich etwas hinunterbeugte, erblickte er flüchtig eine behandschuhte Hand, einen dunklen Mantel und ein vernarbtes Gesicht, bevor das Auto lautlos anhielt. Die Tür öffnete sich, schwang weit auf und offenbarte weiches rotes Leder, die Art Innenausstattung, von der Sigmund Freud Anfälle bekommen hätte. Von drinnen winkte ihm Gavin Spenser zu.

»Kann ich Sie mitnehmen?«

McLean sah die leere Straße entlang und dann zurück dorthin, wo er herkam. Eine halbe Stunde konzentrierten Gehens hatte seinen Schuldgefühlen und seinem Selbstmitleid nicht abgeholfen. Und seiner Frustration auch nicht.

»Ich wollte eigentlich nirgendwohin.«

»Dann könnten wir vielleicht zusammen Kaffee trinken. Es ist nicht weit.«

Warum zum Teufel nicht? Er hatte ja wirklich nichts anderes vor. McLean stieg ins Auto, nickte dem riesigen Brocken von Fahrer zu, der hinter dem Lenkrad klemmte, und versank in den weichen Ledersitz neben Spenser. In diesem Wagen gab es so etwas Schäbiges wie eine Rückbank nicht. Sie fuhren mit einem leisen Flüstern des Motors an, von der Straße drang keinerlei Lärm herein. *How the other half live.*

»Netter Wagen«, war alles, was McLean dazu einfiel.

»Ich kann nicht mehr selbst fahren, deshalb ist mir Bequemlichkeit wichtiger als Kraft.«

Spenser nickte zu dem rasierten Kopf des Fahrers. »Ich wage zu behaupten, dass Jethro ihn ab und zu rausholt und scheucht.«

Da er ihn im Spiegel ansah, bemerkte McLean, wie der Mund des Fahrers sich zu einem minimalen Lächeln verzog. Keine Glasscheibe für Privatsphäre – Spenser vertraute dem Mann offensichtlich.

»Das letzte Mal, als ich Ihre Großmutter gesehen habe, fuhr

sie in diesem schrecklichen italienischen Ding herum. Was war das?«

»Der Alfa Romeo?« McLean hatte schon lange nicht mehr daran gedacht. Wahrscheinlich stand er immer noch hinten in der Garage, unbenutzt, seit seine Großmutter endlich beschlossen hatte, dass sie zu alt und zu blind war, um noch zu fahren. Sie hätte ihn niemals verkauft, und er konnte sich nicht mehr an das letzte Mal erinnern, als er in der Garage gewesen war, um nachzusehen. »Das war der Wagen meines Vaters. Gran hat ein Vermögen darauf verwendet, um ihn am Laufen zu halten. Neuer Motor, neuer Lack, eine Unmenge von Karosserieteilen, die über die Jahre ausgewechselt wurden. Es war ein bisschen wie mit George Washingtons Axt.«

»Ah ja, die berühmte Sparsamkeit der McLeans. Esther war eine gewitzte Frau. Ah, da wären wir.«

Der Bentley fuhr durch ein steinernes Eingangstor und eine kurze Einfahrt entlang zu einer dieser erstaunlich großen Villen, die überraschenderweise in manchen Winkeln Edinburghs versteckt sind. Sie war von Land umgeben, für das ein Bauunternehmer einen Mord begehen würde – genug, um mindestens zwanzig luxuriöse Einfamilienhäuser zu bauen, und alles umstanden von großen Bäumen und gut gepflegten Gärten. Das Haus selbst war edwardianisch, groß, aber wohlproportioniert, und es stand hoch genug, um einen atemberaubenden Blick über die Stadt zu bieten: mit dem Schloss, Arthur's Seat und dem Meer aus Turmspitzen und Dächern dazwischen. Jethro legte den Sicherheitsgurt ab, stieg aus und öffnete Spensers Tür, bevor McLean auch nur bemerkt hatte, dass sie angehalten hatten. Der alte Mann stieg mit einer Beweglichkeit aus, die nicht zu seiner Erscheinung passte. Keine krachenden Gelenke, keine Schwierigkeiten beim Aufrichten. McLean war beinahe neidisch, als er sich herauswand, seine Füße im tiefen Kies kratzten und ein paar Wirbel in seinem Rücken knackten.

»Kommen Sie«, sagte Spenser. »Hinten herum ist es ein wenig ruhiger.«

Sie gingen um das Haus herum, wobei Spenser ihn im Gehen auf interessante Details hinwies. Hinten wuchs eine große Orangerie aus dem Haus, die von einem erhöhten, in den Siebzigerjahren dazugebauten Patio umgeben war. Das verrückte Pflaster war makellos erhalten, wie geschmacklos es auch sein mochte, und in der Mitte warteten ein Tisch und Stühle. Das Einzige, was fehlte, war ein Schwimmbecken – aber nein, da war es ja, eingebettet zwischen einem Tennisplatz und einem makellos ebenen Crocketrasen. Es war eine Menge Aufwand getrieben worden, um das alles zu erhalten, aber Spenser konnte es sich leisten.

Ein wortkarger Butler brachte ihnen schweigend Kaffee. McLean sah zu, wie eingeschenkt wurde, lehnte Milch und Zucker ab, nippte an dem besten Gebräu, das er seit Langem gekostet hatte, und atmete das köstliche Aroma perfekt gerösteter Arabica-Bohnen ein. *Wie die andere Hälfte so lebte.*

»Sie sagten, Sie kannten meine Großmutter, als sie studierte. Nichts für ungut, aber das muss lange her sein.«

»Neunzehnhundertachtunddreißig war das, glaube ich.« Spenser verzog das Gesicht, als versuchte er, sich zu erinnern, und die Falten seiner Narben wurden tiefrot und gelblich weiß. »Könnte auch siebenunddreißig gewesen sein. Irgendwann lässt das Gedächtnis nach.«

McLean bezweifelte das stark. Spensers Verstand war noch so scharf wie eine der Nadeln, die immer in neuen Hemden versteckt sind.

»Hat sie …? Waren Sie …?« Warum war es so schwer, die Frage zu stellen?

»*Zusammen*, wie ich glaube, dass Sie junge Leute heute sagen?« Spenser runzelte die Stirn, und eine ganze Reihe neuer Formen kämpfte auf seinem zerstörten Fleisch. »Leider nicht. Wir waren gut befreundet. Eng. Aber Esther spielte nicht gern herum, und sie musste doppelt so hart arbeiten wie wir anderen.«

»Oh? Ich dachte, sie wäre sehr klug gewesen.«

»Das war sie auch. Wohl der klügste Kopf, den ich jemals getroffen habe. Rasierklingenscharfer Verstand, sie lernte alles mühelos. Aber sie hatte ein großes Handicap: Sie war eine Frau.«

»In den Dreißigern gab es doch schon weibliche Ärzte.«

»Oh ja. Ein paar furchtlose Seelen. Aber es war nicht leicht, es zu schaffen. Man musste nicht nur so gut sein wie die Männer, man musste besser sein. Esther, na ja … ihr gefiel diese Art Herausforderung, aber es machte sie auch sehr zielstrebig. Ich fürchte, all meinem Charme zum Trotz konnte ich da nicht mithalten.«

»Dann muss es ja ganz schön ärgerlich gewesen sein, als mein Großvater auftauchte.«

»Bill?« Spenser zuckte mit den Schultern. »Er war immer schon da. Aber er studierte ebenfalls Medizin und konnte daher mehr Zeit mit Esther verbringen als wir anderen.«

»Wir anderen?«

»Verhören Sie mich, Inspector?« Spenser lächelte. »Oder darf ich Tony sagen?«

»Natürlich, entschuldigen Sie. Für beides. Ich hätte es anbieten sollen. Und es ist eine schlechte Angewohnheit, fürchte ich. Hat alles damit zu tun, dass ich Detective bin.«

»Das hat mich überrascht, als ich davon hörte.« Spenser trank seinen Kaffee aus und stellte die Tasse auf den Tisch.

»Dass ich Detective bin? Warum?«

»Es ist eine merkwürdige Entscheidung. Ich meine, Ihre Großmutter war Medizinerin, Ihr Großvater auch. Ihr Vater war Anwalt, und er wäre ein guter geworden, wenn er die Chance dazu bekommen hätte. Warum haben Sie beschlossen, zur Polizei zu gehen?«

»Nun, erst einmal hatte ich nie den Kopf, um Arzt zu werden.« McLean erinnerte sich an die resignierte Enttäuschung, jedes Mal, wenn er wieder mit schlechten Noten in naturwissenschaftlichen Fächern nach Hause gekommen war. »Und was Jura angeht, so habe ich einfach nie darüber nachgedacht. Mein Vater hatte ja nicht gerade großen Einfluss auf mein Leben.«

Etwas wie Trauer zog über Spensers Gesicht, obwohl das schwer zu erkennen war unter all der plastischen Chirurgie.

»Ihr Vater. Ja, John war ein kluger Junge. Ich erinnere mich gut an ihn. Ich mochte ihn sehr.«

»Es scheint, als wüssten Sie mehr über meine Familie als ich, Mr Spenser.«

»Gavin, bitte. Nur meine Angestellten nennen mich Mr Spenser, und auch die nur, wenn ich in Hörweite bin.«

Gavin. Das war nicht richtig. Als würde er seine Gran Esther nennen oder seinen Großvater Bill. McLean schwappte den Kaffeesatz auf dem Boden seiner Tasse umher, beäugte die Kanne in der Hoffnung, sie wieder gefüllt zu bekommen, wobei er sich nicht sicher war, ob das damit zu tun hatte, dass der Kaffee so gut war, oder ob er ein Hilfsmittel brauchte, um sein Unwohlsein zu überwinden. Und das war das Problem. Warum fühlte er sich in der Gegenwart dieses Mannes unwohl? Abgesehen von seiner Verunstaltung – und das konnte es nicht sein – war Spenser nichts weniger als ein perfekter Gentleman. Ein alter Freund der Familie, der in Trauerzeiten Beistand leistete. Warum also sagte sein Bauchgefühl McLean, dass hier etwas nicht stimmte?

»Übrigens bringt mich das auf etwas anderes«, sagte Spenser. »Was würden Sie davon halten, für mich zu arbeiten?«

McLean ließ beinah seine Kaffeetasse fallen. »Was?«

»Ich meine es ernst. Dass Sie bei der Polizei sind, ist reine Verschwendung, und wenn wahr ist, was ich gehört habe, dann schaffen Sie es auch nicht viel weiter die rutschige Karriereleiter hinauf. Sie sind kein Politiker, habe ich recht?«

McLean nickte, unsicher, was er sagen sollte. Anscheinend war er hier nicht der Einzige, der Detektiv spielte.

»Wohingegen mir so etwas vollkommen gleichgültig ist. Die Fähigkeiten eines Menschen, das ist es, was mich interessiert. Wie Jethro hier. Die meisten Leute hätten ihm nicht mal eine Chance gegeben, so wie er gebaut ist, so wie er spricht. Jethro kann nicht gut mit Worten umgehen. Aber er ist intelligenter, als er aussieht, und er tut seine Arbeit. Sie tun Ihre Arbeit, Tony. Das ist es, was ich über Sie gehört habe. Ich könnte einen Mann mit Ihren Fähigkeiten gebrauchen. Und seien wir ehrlich: auch mit Ihrer Ausbildung.«

»Ich weiß nicht so ganz, was ich sagen soll.« Abgesehen davon, dass Grumpy Bob ihn umbringen würde, wenn er die Polizei verließ. Und warum dachte er überhaupt darüber nach? Er liebte seine Arbeit als Detective, hatte sie immer geliebt. Aber es machte nicht so viel Spaß, Inspector zu sein, wie er es sich ausgemalt hatte, als er noch Sergeant war. Und dann gab es Zeiten, wo der endlose Strom von Scheiße anfing, einen aufzureiben, das stimmte. Es wäre schön, etwas zu tun, bei dem man gelegentlich innehalten und mit Stolz auf seine Leistungen zurückblicken könnte. Dieser Tage fand er kaum Zeit, auch nur Luft zu holen, bevor er direkt zurück in die Scheiße springen musste.

»Es ginge hauptsächlich um das Ausräumen von Problemen. Wir operieren weltweit, und manchmal braucht es jemanden, der von außen kommt und alles ein bisschen durcheinanderwirbelt. Besonders wenn die Einnahmen nachlassen.«

»Das hört sich ... interessant an.«

»Denken Sie einfach darüber nach, ja?« Spenser lächelte wieder, und etwas Bekanntes geisterte über sein verunstaltetes Gesicht. Etwas in diesen dunklen Augen, das von dem fahlen Rosa und Weiß des Narbengewebes darum herum noch unterstrichen wurde. Was für ein schrecklicher Unfall hatte diesen Mann so entstellt? Wie wäre es wohl, für einen Mann zu arbeiten, der schon so lange so etwas mit sich herumtrug? Und was konnte es schaden, über sein Angebot nachzudenken? Schließlich bedeutete es ja nicht, dass er es annehmen müsste.

»Okay, Gavin. Ich denke darüber nach.«

42

Der Wagen war noch da, hinten in der umgebauten Remise versteckt, die als Garage diente. Er war von Gavin Spensers Haus direkt hierhergegangen und hatte auf dem Weg intensiv über das merkwürdige Angebot nachgedacht, das ihm der alte Mann gemacht hatte. Es war natürlich immer noch eine rein philosophische Frage. Unter keinen Umständen würde er die Polizei verlassen. Aber es war trotzdem interessant, sich vorzustellen, wie er um die Welt reiste und Probleme in dem weit gespannten Imperium löste, das Spenser Industries darstellte. Abgesehen davon, dass er keine genaue Vorstellung davon hatte, was Spenser Industries eigentlich machte. Er erinnerte sich nur an ein Firmenlogo auf Computerzubehör und den einen oder anderen zufälligen Informationsfetzen, den er aus der Zeitung oder den Nachrichten aufgeschnappt und sich – aus welchem Grund auch immer – gemerkt hatte.

McLean schüttelte den Kopf und wandte seine Aufmerksamkeit dem anderen Mysterium zu, das die Unterhaltung ihm beschert hatte. Er musste den alten Rasenmäher und mehrere Kartons wegschieben, bevor er nah genug herankam, um den maßgeschneiderten Überzug herunterzuziehen, aber nachdem er das getan hatte, brachte das Auto darunter so viele Erinnerungen zurück.

Das Rot war dunkler als in seiner Erinnerung, der Lack glänzte wie neu. Die kleinen Spiegel, der herzförmige Kühler und die Radkappen waren aus glitzerndem Chrom, auch wenn das Salz auf den Straßen im Winter das Metall etwas angefressen hatte. Er strich mit einer Hand über das Dach und zog versuchsweise am Türgriff. Der Wagen war abgeschlossen, aber die Schlüssel hingen an ihrem Haken im Kasten neben der Tür, die in die ehemalige Sattelkammer führte. Das steife Schloss leistete zunächst Widerstand, dann gab es mit einem Quietschen nach, das teure Restaurationsrechnungen ankündigte. In dem Augenblick wurde ihm klar, dass er, wie schon seine Großmutter vor ihm, dieses Auto am Leben erhalten würde – das letzte Erinnerungsstück an seinen lang verstorbenen Vater. Was hatte MacBride noch gesagt, als sie Penstemmin Alarms besucht hatten? »Man sagt, Sie hätten nicht mal ein Auto.« Nun, jetzt hatte er eins.

Drinnen schienen die schwarzen Ledersitze unglaublich dünn und schmal, im Vergleich zu den massigen, gepolsterten Dingern, die er für gewöhnlich in seinen gesichtslosen Dienstwagen vorfand. Das Lenkrad wirkte zierlich, als er sich dahinterklemmte: Metallstreben, die zu einem kleinen Knopf zusammenliefen, entworfen zu einer Zeit, da Airbags eine Fantasie waren und die Warteliste für Organtransplantationen sehr viel kürzer. Nicht einmal Sicherheitsgurte gehörten zur Grundausstattung. Daran, wie sein Vater ihm das erzählt hatte, konnte er sich noch entsinnen – eine Erinnerung, an die er in Jahrzehnten nicht gedacht hatte. Diese Kindheitswochenenden, an denen seine Eltern ihn auf lange Fahrten in die Borders mitgenommen hatten.

Er atmete tief ein. Es roch genau wie in seiner Erinnerung. Er steckte den Schlüssel ins Zündschloss, drehte ihn einmal. Nichts. Nun, das war keine Überraschung. Der Wagen hatte seit mehr als zwei Jahren unbenutzt dagestanden. Er würde die Nummer der Werkstatt draußen in Loanhead ausgraben müssen, wo er gewartet worden war. Sollten die ihn wieder in Dienst stellen, oder wie das bei alten Autos hieß. Die Bremsen prüfen, neue Reifen aufziehen, solche Sachen. Widerstrebend stieg McLean aus dem Wagen, richtete alles wieder so her, wie er es vorgefunden hatte, und schloss die Garage ab.

*

Die Unterlagen zu dem Wagen waren im Aktenschrank, genau wo sie sein sollten. McLean war überrascht zu sehen, dass zu der Zeit, in der seine Großmutter den Schlaganfall erlitten hatte, die Steuern bezahlt und der Wagen versichert gewesen war. Er fragte sich, ob die Kanzlei weiterhin bezahlt hatte. Wahrscheinlich hatten sie ihm irgendwann eine Nachricht geschickt, und er hatte die auf den Haufen der zu erledigenden Dinge gelegt. Auf diesem Haufen lag eine Menge, und früher oder später würde er hindurchwaten müssen. Dabei war der Papierkram im Büro schon schlimm genug. Musste er sich wirklich zu Hause auch noch um solchen Mist kümmern? Natürlich musste er. So war das Leben, und man kam nicht drum herum.

Das Klingeln des Telefons jagte einen Schrecken durch ihn hindurch, als hätte er in eine Steckdose gefasst. In der Garage war es so still gewesen, und im Haus auch. Und wer sollte ihn überhaupt hier anrufen? Es hatte kaum jemand die Nummer. Er nahm schnell den Hörer ab und bellte lauter hinein, als er vorgehabt hatte.

»McLean.«

»Keine sehr freundliche Begrüßung, Inspector.« Er erkannte die Stimme.

»Tut mir leid, Emma. Langer Tag.«

»Das sagen Sie mir. Ein paar von uns haben den ganzen Tag lang versucht, Kokainproben mit bekannten Lieferungen zu vergleichen. Haben Sie eine Ahnung, wie viele verschiedene Chemikalien unter die gewöhnliche Linie Koks gemischt werden?«

Irgendwann im letzten Jahr hatte es dazu ein Briefing gegeben. Die Drogenfahndung hatte versucht, den kleinen Detectives zu zeigen, wie viel wichtiger und schwieriger ihr Job doch war. Es war letztlich ein regelrechter Krieg. McLean erinnerte sich vage an irgendwelches technisches Gefasel darüber, wie Kokain hergestellt wurde, und über all den Mist, mit dem es zwischen dem kolumbianischen Dschungel und dem Endverbraucher mit seinem zusammengerollten Zehnpfundschein vermischt wurde.

»Denken Sie nicht, dass ich das nicht zu würdigen weiß. Haben Sie was gefunden?«

»Nein. Na ja, das stimmt nicht ganz. Es stimmt mit keinem Profil hier in Großbritannien überein, aber das ist kaum überraschend, es ist nämlich rein.«

»Unverschnitten?«

»Absolut. So was habe ich noch nie gesehen. Wir können mit dem Wert locker auf das Doppelte von dem erhöhen, was wir dachten. Gott sei Dank sind Sie kein Kokser. Ein paar Linien hätten Sie umgebracht.«

Sehr beruhigend. »Was ist mit den Fingerabdrücken? Haben Sie da was gefunden?«

»Tut mir leid, nein. Zu verwischt. Ich habe sie erst mit denen von McReadie verglichen, aber wir haben einfach nicht genug Details, um darauf eine wasserdichte Anklage zu bauen. Wenn ich raten sollte, würde ich sagen, es sind seine, aber vor Gericht würde es nicht reichen.«

McLean blätterte durch den Ordner vor ihm auf dem Schreibtisch, bevor er merkte, dass es sich um die Autopapiere handelte.

»Na gut. Sie haben es versucht. Herzlichen Dank. Ich schulde Ihnen was.«

»Das tun Sie tatsächlich, Inspector. Ein Abendessen, wenn ich mich recht erinnere. Und wie ich gehört habe, haben Sie gerade frei.«

Berüchtigt. Das war's, was Grumpy Bob gesagt hatte. Nun, er konnte an der Charakteranalyse des Sergeants nicht mehr bemängeln als an Emmas Logik. McLean blickte auf die Uhr – sieben – und fragte sich, was mit dem Großteil des Tages passiert war.

»Wo sind Sie jetzt? Im Präsidium?«

»Nein, ich bin auf dem Revier. Habe gerade ein paar Sachen im Asservatenlager abgegeben. Dann bin ich bei Ihrem Büro vorbeigegangen, aber da hat man mir gesagt, Sie wären ... na ja, Sie wissen schon.«

Polizisten waren schreckliche Klatschmäuler. Zweifellos war seine zeitweilige Beurlaubung schon bis Lothian and Borders vorgedrungen. Ganz toll.

»Okay. Treffen wir uns in einer Stunde, ja?« Er schlug ein passendes Restaurant vor und legte dann auf. Starrte eine Weile die Wand an. Draußen bereiteten sich Leute in der ganzen Stadt auf eine weitere Partynacht beim *Festival Fringe* vor, voller Rummel und Spaß. Er war sich nicht sicher, ob er in seiner Laune viel davon ertragen könnte. Sein schönes, bequemes, langweiliges, sicheres altes Leben löste sich allmählich auf, und er konnte nichts dagegen tun. Am liebsten hätte er sich irgendwo verkrochen. Doch er kämpfte gegen den Impuls an. Er musste die Situation unter Kontrolle bringen.

Der Ordner lag immer noch offen vor ihm auf dem Tisch. Nun, morgen war auch noch ein Tag, um sich damit zu befassen. Er schob die Papiere zusammen, um sie wegzuräumen, und dabei bemerkte er das Foto, das hinten steckte.

Es musste aufgenommen worden sein, als der Wagen nagelneu gewesen war, die Farben etwas unrealistisch und lebhaft, als hätten die dazwischenliegenden Jahre die Welt verbleichen lassen. Seine Mutter und sein Vater standen vor dem Alfa, der vor einem altertümlichen Werkstatthof geparkt war. Er selbst stand auch dort, in kurzer Hose und einer ordentlichen Jacke, mit einer Hand einen Teddybären umklammernd, die andere in der Hand seiner Mutter. Er drehte das Foto um, aber da war nichts weiter als das Wasserzeichen des Papierherstellers. Er sah wieder das Foto an, und leise flackerte die Erinnerung auf. Konnte er sich tatsächlich an diesen Tag erinnern, an diese Stunde, diese Sekunde? Oder konstruierte er nur angesichts des Fotos ein mögliches Szenario darum herum?

Er legte es zurück auf den Rest der Papiere und klappte den

Ordner zu. Er kannte diese Menschen nicht, spürte keine Gefühlsregung mehr, wenn er sie sah. Aber als er aufstand, den Ordner zurück in den Aktenschrank steckte und die Schublade schloss, konnte er das Bild nicht loswerden, konnte nicht anders, als das Lächeln in den dunklen Augen seines Vaters zu sehen.

43

Sie gingen in ein thailändisches Restaurant in der Nähe des Reviers. McLean hatte schon häufig hier gegessen, meist mit großen Gruppen hungriger Polizisten.

»Was ist gut? Ich glaube, ich habe noch nie thailändisch gegessen.« Emma trank einen Schluck von ihrem Bier. Sie hatte gleich ein Pint bestellt, stellte er fest.

»Das kommt darauf an. Mögen Sie's lieber scharf, oder hätten Sie's gern etwas leichter?«

»Scharf, immer. Je schärfer, desto besser.«

McLean lächelte. Er genoss die Herausforderung. »Okay. Dann würde ich vorschlagen, Sie fangen mit Gung Dong an und nehmen dann ein Panang. Und dann sehen wir, ob Sie danach noch Platz für einen Kokoscremepudding haben.«

»Wissen Sie über alles so gut Bescheid, Inspector?« Emma zog fragend eine Augenbraue hoch und schüttelte sich das kurze schwarze Haar aus dem Gesicht. McLean wusste, dass sie ihn aufzog, konnte aber nicht anders, als den Köder zu schlucken.

»Ich habe gehört, dass sogar ein Inspector ab und zu mal frei hat. Außerdem bin ich bis Montag beurlaubt. Und Sie können mich Tony nennen, ja?«

»Also, was tut ein Inspector, wenn er nicht bei der Arbeit ist, Tony?«

Die letzten achtzehn Monate, seitdem er sie bewusstlos in ihrem Sessel gefunden hatte, hatte er seine Gran im Krankenhaus besucht. Oder er hatte gearbeitet, oder er war zu Hause gewesen und hatte geschlafen. McLean konnte sich nicht erinnern, wann er zum letzten Mal im Kino gewesen war oder im Theater. Er hatte nicht mehr als ein paar Tage Urlaub am Stück gemacht, und sogar dann hatte er nichts weiter getan, als sein altes Mountainbike hinaus in die Pentland Hills zu fahren und sich zu wundern, warum sie mit jedem Mal so viel steiler wurden.

»Meistens gehe ich in den Pub. Oder in ein Thai-Restaurant«, sagte er schulterzuckend.

»Nicht allein, hoffe ich«, lachte Emma. »Das wäre doch ziemlich traurig.«

McLean sagte nichts, und Emmas Lachen verstummte zu peinlichem Schweigen. Es war schon viel zu lange her, seit er so etwas gemacht hatte. Er wusste nicht genau, was er sagen sollte.

»Einmal habe ich meine Gran hierher eingeladen«, brachte er schließlich heraus. »Bevor sie ihren Schlaganfall hatte.«

»Sie war sehr wichtig für Sie, nicht wahr?«

»Kann man so sagen. Als ich vier Jahre alt war, sind meine Eltern bei einem Unfall südlich von Inverness gestorben. Gran hat mich aufgezogen wie ihr eigenes Kind.«

»Oh Tony, das tut mir leid. Das wusste ich nicht.«

»Schon in Ordnung. Darüber bin ich schon lange weg. Mit vier Jahren passt man sich schnell an. Aber als Gran gestorben ist, hat sich das mehr angefühlt, als hätte ich einen Elternteil verloren. Und sie lag so lange im Koma. Es war schrecklich zu sehen, wie sie so dahinschwand.«

»Mein Vater ist vor ein paar Jahren gestorben«, sagte Emma. »Er hat sich zu Tode gesoffen. Ich kann nicht behaupten, dass es mir oder meiner Mutter leidgetan hätte, als wir ihn von hinten gesehen haben. Ist das schlimm?«

»Ich weiß nicht. Nein. Ich würde sagen, nein. War er gewalttätig?«

»Eigentlich nicht, nur unachtsam.«

»Haben Sie Geschwister?« McLean versuchte, die Unterhaltung nicht allzu rührselig werden zu lassen.

»Nein, es gibt nur mich.«

»Und was tut eine Polizistin der Spurensicherung in ihrer Freizeit? Wenn sie denn welche hat.«

Emma lachte. »Wahrscheinlich auch nicht mehr als ein Detective Inspector. Es ist so einfach, sich von der Arbeit einnehmen zu lassen. Und vierundzwanzig Stunden lang in Rufbereitschaft zu sein ruiniert am Ende jedes Sozialleben.«

»Hört sich an, als hätten Sie ein paar bittere Erfahrungen gemacht.«

»Haben wir das nicht alle?«

»Dann sind Sie also im Moment mit niemandem zusammen?«

»Sie sind der Detective, Tony. Glauben Sie, ich säße hier und würde mit Ihnen Bier trinken und Curry essen, wenn dem so wäre?«

»Tut mir leid, dumme Frage. Erzählen Sie mir von Kokain und all den merkwürdigen Dingen, auf die Dealer kommen, um es zu strecken.«

Es war vielleicht ein bisschen traurig, aber er fand es leichter, über die Arbeit zu sprechen als über alles andere. Emma schien sich mit diesem Thema ebenfalls wohler zu fühlen, und er hatte den Verdacht, dass ihr Vater mehr als nur unachtsam gewesen war. Jedes Leben wird von endlos vielen kleinen Tragödien bestimmt.

Als ihr Essen kam, waren sie gerade tief in ein Gespräch über die Notwendigkeit strenger Hygiene im Labor verstrickt. Die Mahlzeit verging unter einer Folge von Anekdoten über Arbeitskollegen, und dann hatte er auch schon die Rechnung bezahlt, und sie traten in die Nacht hinaus.

»Dieser Pudding war wunderbar. Wie hieß der noch mal?« Emma hakte sich bei ihm unter und lehnte sich gegen ihn, während sie langsam die Straße entlanggingen.

»*Kanom Bliak Ban.* Zumindest glaube ich, dass es so ausgesprochen wird.« McLean hatte keine Ahnung, wohin sie gingen. Er hatte das Abendessen als eine Aufgabe gesehen, eine Verpflichtung, mit der er einen Gefallen zurückzahlte. Es war etwas überraschend für ihn, dass er ihre Gesellschaft so angenehm fand. Und er hatte wirklich nichts geplant. Die Nacht war kühl geworden, der Nordostwind wehte vom Meer herein. Ihr Körper fühlte sich warm an neben ihm. Jahre der Übung im Alleinsein drängten ihn, sie wegzuschieben, auf Distanz zu bleiben, aber zum ersten Mal, soweit er sich erinnern konnte, setzte er sich darüber hinweg. »Hätten Sie noch Lust auf einen Absacker?«

Sie fingen im Guildford Arms an, weil es in der Nähe lag und gutes Bier ausschenkte. Danach schlug Emma vor zu versuchen, noch Karten für eine Komödie aus dem Festivalprogramm zu bekommen. McLean vermutete, dass sie von Anfang an gewusst hatte, wo sie hinwollte, aber er ließ sich gern führen. Die Bar, in die sie sich schließlich hineinzwängen konnten, war winzig und gesteckt voll mit verschwitzten Menschen. Es war Open-Mic-Nacht, und eine Reihe hoffnungsvoller Comedians trotzte einem missgünstigen und betrunkenen Publikum für ein paar kurze Minuten Berühmtheit. Manche von ihnen waren ziemlich gut, andere so schlecht, dass sie gerade deshalb Lacher ernteten.

Als die letzte Nummer vorüber war und die Bar sich leerte, war es zwei Uhr morgens, und draußen auf der Straße herrschte ein bemerkenswerter Mangel an Taxis. McLean suchte in seiner Tasche nach dem Handy, zog es heraus und sah bestürzt auf das Display.

»Der verdammte Akku ist schon wieder leer. Ich schwöre, ich bin verflucht, wenn es um diese verflixten Dinger geht.«

»Sie sollten mit Malky Watt aus der Kriminaltechnik sprechen. Er hat eine Theorie über die Aura von Menschen, und wie manche davon das Leben aus Elektrogeräten saugen. Besonders wenn jemand Mächtiges negativ über einen denkt.«

»Der hört sich ja komplett verrückt an.«

»Jap. Stimmt genau.«

»Früher hat es einwandfrei funktioniert, erst seit letztem Monat oder so passiert mir das ständig. Ich habe es mit einem neuen Telefon versucht, mit einem neuen Akku, alles. Das verdammte Ding ist nutzlos, wenn es nicht gerade in die Wand gestöpselt ist, was ja irgendwie nicht Sinn der Sache ist.«

»Ich verstehe.« Emma sah auf das dunkle Display. »Halb so wild. Meine Wohnung ist nur fünf Minuten von hier. Sie können von dort aus ein Taxi rufen.«

»Ach so, ich wollte für Sie eines rufen, nicht für mich. Ich kann von hier nach Newington zurücklaufen, kein Problem. Mir gefällt die Stadt ganz gut so in der Nacht. Erinnert mich an damals, als ich noch Streife gegangen bin. Kommen Sie, ich bringe Sie nach Hause.« McLean bot ihr seinen Arm, und Emma nahm ihn wieder.

Ihre Wohnung befand sich in einer Reihe von Steinhäusern unten in Warriston, die hinten zum Water of Leith hinausgingen. McLean erschauerte, als sie das Ende der Straße erreichten.

»Kalt, Inspector?« Emma umfasste ihn und zog ihn an sich. Er versteifte sich.

»Nein, nicht kalt. Etwas anderes. Würde ich lieber nicht drüber reden.«

Sie sah ihn seltsam an. »Okay.« Dann ging sie weiter.

McLean blieb neben ihr, aber der Augenblick war vorbei. Er konnte nicht anders, als sich nach der Brücke umzusehen, unter der er vor so vielen Jahren Kirstys Leichnam gefunden hatte.

Nach ein paar hundert Metern erreichten sie ihre Haustür. Emma suchte in ihrer Handtasche nach den Hausschlüsseln. »Wollen Sie noch auf einen Kaffee hereinkommen?«

Die Versuchung war groß. Sie war warm und freundlich, roch nach sorgenfreien Tagen und nach Spaß. Für einen ganzen Abend lang hatte sie seine Gespenster vertrieben, aber jetzt waren sie wieder zurück. Wenn sie in einer anderen Straße gewohnt hätte, hätte er vielleicht ja gesagt.

»Ich kann nicht.« Er sah umständlich auf die Uhr. »Ich muss

nach Hause. War ein langer Tag heute, und es sieht aus, als würde der morgen noch schlimmer.«

»Lügner. Sie sind doch beurlaubt, heißt es. Sie können so lange schlafen, wie Sie wollen. Sie haben ja keine Ahnung, wie ich Sie beneide.« Emma stieß ihn spielerisch vor die Brust. »Aber das ist schon in Ordnung. Ich muss um acht im Labor sein. Hat aber Spaß gemacht.«

»Ja, hat es. Sollten wir wieder tun.«

»Ist das eine Verabredung, Inspector McLean?«

»Ah, da bin ich mir nicht so sicher. Wenn es das wäre, müsste ich ja für Sie kochen.«

»Schön. Ich bringe den Wein mit.« Emma trat dicht an ihn heran, beugte sich vor und küsste ihn leicht auf den Mund, dann trat sie zurück und flitzte die Treppe hinauf, bevor er reagieren konnte. »Gute Nacht, Tony«, rief sie, als sie die Tür aufschloss und drinnen verschwand.

Erst als er schon den halben Weg zurück zur Princes Street gegangen war, fiel ihm auf, dass er den ganzen Abend lang nicht an Constable Kydd gedacht hatte.

44

Ein durchdringendes Summen sickerte von den Rändern seines Traumes herein und brachte ihn zurück unter die Lebenden. McLean öffnete ein Auge, um auf den Wecker neben dem Bett zu schauen. Sechs Uhr, und er fühlte sich wie der Tod. Das schien ihm unfair zu sein, nachdem der letzte Abend so angenehm gewesen war. Und er hatte sich auch darauf gefreut, im Bett zu bleiben.

Er streckte den Arm aus und schlug auf die Schlummertaste auf dem Wecker. Das Summen hörte nicht auf, und jetzt bemerkte er, dass es von seiner Kommode kam, die an der anderen Seite des Zimmers stand. Er stolperte aus dem Bett und griff nach seinem zerdrückten Jackett, gerade als das Summen aufhörte. Darunter, in das Ladegerät eingestöpselt, leuchtete auf dem Display seines Handys eine einzige SMS, die besagte, er solle im Büro anrufen. Als er das gerade tun wollte, fing sein Festnetztelefon auf dem Flur an zu klingeln.

Er tappte in Unterhose hinaus und erreichte das Telefon gerade, als auch dieses aufhörte zu klingeln. Er hatte die Kassette im Anrufbeantworter immer noch nicht ausgewechselt. Vielleicht würde er einfach einen neuen kaufen. Einen digitalen, der nicht mehr die Stimmen der Toten speichern würde. Er sah auf die SMS auf dem Telefon in seiner Hand, drückte auf die Kurzwahl und bat darum, verbunden zu werden.

Zehn Minuten später war er geduscht, angezogen und zur Haustür hinaus. Das Frühstück würde warten müssen.

Ein kalter Morgenwind wehte durch die enge Straße und wurde von den hohen Gebäuden zu beiden Seiten noch verschärft. Ein bequemer Wind, so hätte seine Gran ihn genannt, der lieber geradewegs durch einen hindurchwehte, als sich die Mühe zu machen, um einen herumzuwehen. McLean zitterte in seinem dünnen Sommeranzug, ihm war immer noch kalt, weil er nicht gefrühstückt und zu wenig Schlaf bekommen hatte und dann von Neuigkeiten rüde geweckt worden war, auf die er lieber verzichtet hätte. Manchmal erschien ihm das Leben eines Verwaltungsbeamten schon sehr verlockend – Schicht zu Ende, und weg war man. Nach Hause mit dem sicheren Gefühl, dass niemand mitten in der Nacht anrufen und einen einbestellen würde, um noch ein paar Berichte zu bearbeiten, oder was Leute mit normalen Bürojobs so machten.

Detective Constable MacBride wartete am Eingang des rechtsmedizinischen Instituts auf ihn und lungerte nervös auf der Straße herum wie ein frisch eingeschriebener Student im ersten Semester, der sich fragte, ob er die Nerven hatte, allein in einen der berüchtigten Pubs an der Cowgate zu gehen. Er sah noch verfrorener aus, als McLean sich fühlte, falls das überhaupt möglich war.

»Worum geht's, Constable?«, fragte McLean, wobei er seinen Polizeiausweis einem jungen Uniformierten hinhielt, der sorgsam schwarzes und gelbes Klebeband um die Autozufahrt herum ausrollte.

»Es geht um das junge Mädchen, Sir. Das aus dem Haus in Sighthill. Sie ... Nun, ich glaube, es ist besser, wenn Sie mit Dr. Sharp sprechen.«

Im Gebäude herrschte ungewöhnlich viel Leben. Ein Spurensicherungsteam staubte auf der Suche nach Fingerabdrücken und anderen Hinweisen alles ab, wobei es von einer nervösen Assistentin beobachtet wurde.

»Was ist los, Tracy?«, fragte McLean. Sie sah erleichtert aus, ihn zu sehen, ein vertrautes Gesicht inmitten des Chaos.

»Jemand ist hier eingebrochen und hat eine unserer Leichen gestohlen. Das verstümmelte Mädchen. Die konservierten Organe haben sie auch mitgenommen.«

»Fehlt sonst noch was?«

»Es fehlt nichts. Aber ich war an den Computern. Sie sind alle mit Passwort geschützt, aber als ich hereinkam, lief meiner. Ich könnte schwören, dass ich ihn gestern Abend heruntergefahren habe. Ich habe nicht groß darüber nachgedacht, bis wir gemerkt haben, dass die Leiche verschwunden ist. Soweit ich sehen kann, ist nichts gelöscht worden, aber die könnten Kopien von allen meinen Dokumenten gemacht haben.«

»Und die anderen Leichen?« McLean sah durch die Glasscheibe hindurch, die das Büro vom Sektionssaal trennte. Emma ballerte mit ihrer Blitzwaffe herum. Hielt inne, als sie ihn sah, und winkte ihm fröhlich zu.

»Die scheinen nicht angerührt worden zu sein. Wer auch immer das hier getan hat, wusste genau, wonach er gesucht hat.«

»Dann ist es möglich, dass die Spurensicherung nichts finden wird. Sieht aus, als wäre das sehr gut geplant gewesen. Sind Sie sicher, dass es heute Nacht passiert ist?«

»Nicht hundertprozentig. Schließlich haben wir sie ja nicht jeden Tag herausgeholt, um nachzusehen, ob sie noch da ist. Aber die Organe waren im Sicherheitsraum hier drüben aufbewahrt.« Sie zeigte auf eine schwere Holztür mit einem kleinen Panzerglasfenster in Kopfhöhe. »Gestern Abend waren sie noch da, als ich die Kleider des Selbstmordopfers verstaut habe. Und heute Morgen, als ich noch eine Kiste Probengläser holen wollte, waren sie weg. Kaum habe ich das gemerkt, habe ich die Schubladen durchgesehen, und da war auch die Leiche weg.«

»Um wie viel Uhr sind Sie gestern Abend gegangen?«

»Ungefähr um acht, glaube ich. Aber hier ist rund um die Uhr jemand. Wir wissen ja nie, wann eine Leiche gebracht wird.«

»Ich nehme an, dass nicht einfach jemand von der Straße hier hereinspazieren kann.« McLean wusste bereits über die Sicherheitsvorkehrungen Bescheid. Sie waren nicht perfekt, aber bisher waren sie ihm mehr als angemessen erschienen. Gut genug, um Leute davon abzuhalten, ohne Genehmigung hereinzukommen. »Wie könnte man eine Leiche hier herausschaffen? Ich meine, man kann sie sich ja nicht einfach über die Schulter werfen und damit zur Cowgate rausmarschieren.«

»Die meisten Leichen kommen mit dem Krankenwagen oder dem Leichenwagen her. Vielleicht wurde sie so abtransportiert?«

»Könnte sein, nehme ich an. Wie viele Leichen sind gestern Nacht reingekommen?«

»Lassen Sie mich nachsehen.« Sie wandte sich ihrem Computer zu und hielt dann inne. »Darf ich den überhaupt benutzen?«

McLean griff sich einen vorbeikommenden Officer der Spurensicherung und stellte ihm dieselbe Frage.

»Wir haben ihn nach Fingerabdrücken untersucht, aber es ist unwahrscheinlich, dass wir was finden. Keine auf der Tastatur der Alarmanlage, und nichts auf den Türen zum Kühlraum. Wer auch immer das hier getan hat, hatte wohl Handschuhe an.«

»Dann machen Sie nur«, nickte McLean Tracy zu. Sie drückte ein paar Tasten.

»Wir haben Ihren Selbstmord um halb zwei aufgenommen. Um acht ist noch ein verdächtiger Herzinfarkt reingekommen. Doch, ich erinnere mich noch, wie der Mann gebracht wurde. Danach nichts mehr. Muss eine ruhige Nacht gewesen sein.«

»Und der Nachtdienst kann das bestätigen?«

»Ich frage nach.« Tracy nahm den Telefonhörer, ohne einen Spurensicherungskollegen zu fragen, ob das in Ordnung war. Sie sprach kurz, notierte eine Nummer, dann legte sie auf und wählte erneut. Eine Zeitlang herrschte Stille. Dann endlich: »Pete?

Hallo, hier spricht Tracy von der Arbeit. Ja, tut mir leid, ich weiß, dass du Nachtschicht schiebst. Aber hier ist eingebrochen worden. Polizei überall. Nein, ich mache keine Witze. Sie wollen mit dir sprechen. Hast du sonst noch Leichen aufgenommen, nachdem Mr Lentin gestern Abend hereinkam?« Pause. »Was? Bist du dir sicher? Okay. Okay. Danke.« Sie legte auf.

»Um zwei Uhr morgens kam ein Krankenwagen. Pete schwört, dass er das eingetragen hat, aber im System ist nichts.«

»Das ist das System, das Sie eingeschaltet vorgefunden haben, als Sie hereinkamen?« McLean musste die Sorgfalt des Diebes bewundern. Professionelle Arbeit von vorne bis hinten. Aber warum sollte jemand eine sechzig Jahre alte Leiche stehlen wollen, die sie noch nicht einmal hatten identifizieren können?

»Sie hatten recht, wissen Sie?«

»Recht? Womit?« McLean stand im Eingang zu Chief Superintendent McIntyres Büro. Ihre Tür war bekanntlich immer offen, aber er zögerte hineinzugehen. Ihr erschöpftes, resigniertes Seufzen, als sie ihn erblickte, genügte, um zu wissen, dass er sein Schicksal herausforderte.

»McReadie. Er sollte erst am nächsten Tag verhört werden, aber sein Anwalt hat angerufen und Charles überredet, ihn auf der Liste weiter nach oben zu setzen. Deshalb war er hier, als Constable Kydd überfahren wurde. Wird ihm auch nichts helfen. Er ist gerade auf dem Weg nach Saughton.«

Das war für die arme Alison auch kein Trost. »Ich habe im Krankenhaus angerufen.«

»Ich auch, Tony. Keine Veränderung, ich weiß. Sie ist hart im Nehmen, aber sie haben sie schon auf dem Operationstisch beinahe verloren. Ich brauche Ihnen nicht zu sagen, wie schlecht ihre Chancen stehen.« Oder was für ein Leben sie führen wird, falls sie es schafft. McLean sah zu, wie McIntyre sich mit der

Hand müde übers Gesicht strich. Er ließ ihr Zeit, um auf den Punkt zu kommen. »Nun, was machen Sie eigentlich hier? Sie sollten doch frei haben.«

Er erzählte ihr von der gestohlenen Leiche. »Wir wissen, dass Bertie Farquhar einer der Mörder war, aber ich glaube, dass mindestens einer der anderen noch am Leben ist.«

»Sie glauben, die haben sie mitgenommen?«

»Zumindest haben sie sie verschwinden lassen. Farquhar wäre jetzt in den Neunzigern, wenn er seinen Wagen nicht zu Schrott gefahren hätte. Ich gehe davon aus, dass derjenige, der noch darin verwickelt war – wer immer es ist –, ungefähr im selben Alter sein muss. Nicht gerade die Art von Leuten, die in der städtischen Leichenhalle einbrechen würden. Wahrscheinlicher würden sie eher hereingerollt.« McLean versuchte ziemlich erfolglos, ein Lächeln zustandezubringen. »Wer auch immer es war, hat Einfluss. Oder Geld. Wahrscheinlich beides. Wir sind mit dem Leichenfund zwar nicht gerade an die Öffentlichkeit gegangen, aber irgendjemand wusste, dass wir sie gefunden haben und wo wir sie hatten. Ich nehme an, sie versuchen jetzt, ihre Spuren zu verwischen.«

»Sie wissen schon, dass ich ›Montag‹ gesagt hatte. Sie sollten gar nicht hier sein.«

»Ich weiß. Aber ich kann das hier nicht DS Laird überlassen. Nicht zusätzlich zu all dem anderen, worum er sich noch kümmern muss. Und ich werde verrückt, wenn ich zu Hause sitzen muss und weiß, dass der Mörder da draußen gerade all unser Beweismaterial vernichtet.«

Die Chief Superintendent sagte einen Augenblick lang nichts, lehnte sich auf ihrem Stuhl zurück und starrte ihn bloß an. McLean gab ihr so viel Zeit, wie sie brauchte.

»Was haben Sie vor?«, fragte sie schließlich.

»Ich versuche, Bertie Farquhars Freunde zu finden. Constable MacBride ist bereits die Archive durchgegangen, und wir haben nach seinen Papieren aus dem Krieg gefragt. Ich wollte nachsehen, ob Emily Johnson sonst noch etwas gefunden hat. Sie wollte auf dem Dachboden nach Farquhars alten Fotoalben und Ähnlichem suchen.«

»Warum habe ich das Gefühl, dass Sie heute sowieso Miss Johnson noch einen Besuch abgestattet hätten?« McIntyre wischte McLeans Unschuldsbezeugungen beiseite. »Gehen Sie, Tony. Finden Sie Ihr verschwundenes totes Mädchen und seinen greisen Mörder. Aber halten Sie sich von McReadie fern. Wenn ich erfahre, dass Sie in seiner Nähe waren, bekommen Sie's mit der Dienstaufsicht zu tun, verstanden?«

45

Grumpy Bob sah rundum glücklich aus, wie er da auf dem Rand eines ältlichen, haarbedeckten Sofas hockte. Die Dandie Dinmonts waren in der Küche weggeschlossen, er hatte Tee, und er hatte Kekse. Um diese Tageszeit, wusste McLean, brauchte der Sergeant nichts weiter.

Emily Johnson hatte sie willkommen geheißen und ihnen verkündet, dass sie auf dem Dachboden gewesen war und alte Kisten durchsucht hatte. Jetzt saßen sie alle im Wohnzimmer und blätterten durch endlose Seiten von Schwarz-Weiß-Fotos.

»Ich glaube, ich werde einen professionellen Schätzer herbestellen«, sagte sie. »Da oben ist so viel Kram, der nur verrottet. Ich dachte, ich könnte eine Wohltätigkeitsversteigerung veranstalten. Alles an kranke Kinder geben. Das Geld brauche ich schließlich nicht, und nichts davon hat irgendeinen ideellen Wert für mich.«

McLean dachte an seine eigene Lage – plötzlich überschwemmt mit alten Familienerbstücken, die er nicht besonders mochte und eigentlich nicht behalten wollte. Vielleicht sollte man es tatsächlich so machen: alles versteigern und den Erlös dazu benutzen, eine Wohltätigkeitsorganisation zu gründen.

»Ich wäre Ihnen dankbar, wenn Sie uns Zeit gäben, um Alberts Sachen durchzugehen, bevor Sie sie weggeben, Mrs Johnson.« Er wollte auf keinen Fall riskieren, nützliches Beweismaterial bei einer Auktion zu verlieren.

»Machen Sie sich keine Sorgen, Inspector. Ich werde Jahre brauchen, um etwas zu organisieren. Oh – übrigens habe ich das hier gefunden.«

Mrs Johnson stand auf, holte etwas Kleines aus einer Porzellanschüssel auf dem Kaminsims und reichte es McLean. Er blickte auf die kleine, verzierte Lederschmuckschatulle, die an den Kanten aufgerieben war. Auf der Unterseite stand in verblichenen Goldbuchstaben die Inschrift: Douglas and Footes, Juweliere. Innen war sie mit dunkelgrünem gerüschtem Samt gefüttert, und im Deckel stand: »Albert Menzies Farquhar, zum Erreichen seiner Volljährigkeit, 13. August 1932.« In den Löchern im Samt steckten vier kleine Manschettenknöpfe, mit glitzernden roten Rubinen besetzt wie mit kleinen blutigen Tränen. Zwei weitere Knöpfe hatten ihren Kopf verloren. Es gab noch einen Platz für einen Siegelring, aber er war leer.

»Sie haben die Manschettenknöpfe gefunden, die zu dem Set gehörten.«

»Das haben wir, und dies hier bestätigt den Verdacht, den ich schon die ganze Zeit hatte.« McLean klappte die Schatulle zu und gab sie ihr zurück. »Ich nehme an, dass der gestohlene Manschettenknopf rein technisch Ihnen gehört. Bob, denk dran, sie beide Mrs Johnson zurückzugeben, wenn der Fall endlich abgeschlossen ist.«

»Tun Sie das nicht, Inspector. Ich will die ekligen Dinger nicht. Ich konnte Bertie schon nicht leiden, als er am Leben war. Ehrlich gesagt überrascht es mich überhaupt nicht, dass er jemanden umgebracht haben soll. Schließlich ist er auch in diese Haltestelle hineingefahren.«

»Kannten Sie ihn gut?«

»Nicht besonders, Gott sei Dank. Er war in Tobys Alter, glaube ich, und er mochte meinen Mann Andrew wirklich gern. Aber mir war er unheimlich, wie er mich immer unter diesen Hängelidern hervor angestarrt hat. Ich habe mich schon schmutzig gefühlt, wenn ich nur mit ihm im selben Zimmer war.«

»Was war mit dem Haus in Sighthill? Waren Sie jemals dort zu Besuch?«

»Oh Gott, Herrscher Mings Wahnsinn. So haben wir es genannt. Ich bin mir sicher, dass es früher mal großartig war. Aber es sah einfach so lächerlich aus zwischen all den Sozialbauten. Und dann noch so nah am Gefängnis. Ich weiß nicht, warum der alte Herr es nicht einfach abgerissen hat, und gut war's. Schließlich hätte er es sich leisten können.«

»Ich glaube eher, dass er etwas versteckt halten wollte.« McLean griff nach einem der ledergebundenen Fotoalben, die Mrs Johnson auf dem Kaffeetisch ausgebreitet hatte. Gegenüber nahm Grumpy Bob noch einen Keks und blätterte weiter das Album durch, mit dem er bereits angefangen hatte. »Er wusste, was sein Sohn getan hat, und hat versucht, es zu vertuschen. Sogar nach seinem Tod hat die Farquhar's Bank das leere Haus gehalten. Der Rest des Besitzes wurde verkauft, warum also das nicht? Ein ehrwürdiges, etabliertes Haus wie diese Bank hat den letzten Willen des Gründers respektiert, aber als sie dann von Mid-Eastern Finance aufgekauft wurde, war alles offen.«

»Sie haben eine Leiche in dem Haus gefunden?« Mrs Johnson griff sich mit der Hand an die Kehle, und ihr ganzer Körper erstarrte plötzlich.

»Es tut mir leid. Ich hatte es Ihnen nicht gesagt. Ja, das haben wir. Ein junges Mädchen, das im Keller versteckt war. Wir glauben, dass sie kurz nach Kriegsende ermordet worden sein muss.«

»Mein Gott. Die ganze Zeit. All die schrecklichen Partys in diesem Haus, und ich wusste nichts. Wie ist sie denn gestorben?«

»Sagen wir einfach, sie ist ermordet worden, und dabei belassen wir es, Mrs Johnson. Ich bin eher daran interessiert herauszufinden, wer Albert Farquhar geholfen haben könnte, und ob noch jemand am Leben ist, der daran beteiligt war.«

»Natürlich. Na ja, ich nehme an, er hatte Freunde. Ich meine, Toby und er waren ... Sie glauben doch nicht, dass Toby etwas damit zu tun hatte, oder?«

»Zurzeit ist alles offen. Ich weiß, dass Farquhar schuldig ist.

Ihr Schwiegervater ist vor langer Zeit gestorben, und es gibt wenig, was ich bei den Toten ausrichten kann. Aber irgendwo da draußen ist noch jemand lebendig, der mit all dem zu tun hat, und ich gebe nicht auf, bevor ich ihn zur Rechenschaft gezogen habe.«

»Na, was haben wir denn da!« Grumpy Bob unterbrach das Gespräch mit triumphierender Stimme. Er hielt das Fotoalbum offen hin, drehte es um und legte es auf all die anderen auf den Kaffeetisch. McLean beugte sich vor, um besser zu sehen, und wurde mit einem Schwarz-Weiß-Bild von fünf Männern in weißen Flanellhosen und Blazern belohnt. Sie waren alle jung, Teenager oder Anfang zwanzig, und alle hatten sie einen Haarschnitt, wie er kurz vor dem Krieg modern gewesen war. Vier von ihnen standen Schulter an Schulter und hielten eine hölzerne Trophäe hoch. Der fünfte lag auf dem Boden zu ihren Füßen, und hinter ihnen allen konnte McLean ein schlankes Ruderboot ausmachen, Ruder und einen Fluss. Unter das Foto hatte jemand den Satz geklebt: »Edinburgh University Coxed Four. Henley Regatta 1938.«

Aber was ihn mehr interessierte, waren die Unterschriften, die auf dem Foto selbst standen.

Tobias Johnson
Albert Farquhar
Barnaby Smythe
Buchan Stewart
Jonas Carstairs

46

Haben Sie kurz Zeit, Sir?«

McLean stand im Eingang des größten Einsatzraums im ganzen Haus. Es schien eine Wiederholung des Barnaby-Smythe-Falls zu sein, nur hing jetzt anstelle des Fotos des Bankers eines von Jonas Carstairs an der Wand. Wieder einmal hatte es Duguid geschafft, den Großteil des aktiven Personals in seine Ermittlung zu nötigen, zu schwatzen und zu beordern, und wieder einmal schien es, als bestünde seine Vorgehensweise, um Ergebnisse zu erzielen, darin, jeden Beteiligten so lange wieder und wieder zu verhören, bis sich von selbst irgendeine Lösung am Horizont abzeichnete.

Der Mann selbst stand ein paar Schritte entfernt, die Hände in die Hüften gestemmt, und überblickte das geschäftige Treiben, als wäre Aktivität an sich bereits ein Zeichen dafür, dass die Dinge gut liefen. Und höchstwahrscheinlich glaubte er das sogar. Er hätte den geborenen Verwaltungsbeamten abgegeben.

»Ich dachte, Sie wären bis Montag beurlaubt.« Der Chief Inspector sah nicht besonders erfreut aus, ihn zu sehen.

»Es ist etwas passiert. Ich hab's mit der Chefin geklärt.«

»Natürlich haben Sie das.«

McLean ignorierte den Hohn. Das hier war zu wichtig. »Ich wollte wissen, ob Sie im Fall Carstairs schon weitergekommen sind?«

»Sie sind hier, um sich daran zu weiden, nicht?« Eine Ader pulsierte an Duguids Schläfe, seine Wangen röteten sich.

»Überhaupt nicht, Sir. Nur ist sein Name in einer meiner Ermittlungen aufgetaucht. Dem Ritualmord.«

»Ah ja. Der ungeklärte Fall. Jayne hat Ihnen den nur gegeben, weil sie dachte, da könnten Sie nicht viel Schaden anrichten. Ich wette, sie bereut es bereits.«

»Tatsächlich haben wir bereits einen der Mörder identifiziert.«

»Haben Sie ihn denn festgenommen?«

»Tja, er ist tot. Und das schon seit fünfzig Jahren.«

»Dann sind Sie ja einen Scheißdreck weitergekommen.«

»So kann man das nicht sagen, Sir.« McLean kämpfte gegen den Drang an, seinen Vorgesetzten ins Gesicht zu schlagen. Es würde guttun, aber es würde sehr schwer sein, mit den Folgen zu leben. »Ich habe neue Beweise entdeckt, die ihn mit Jonas Carstairs, Barnaby Smythe und Ihrem Onkel verknüpfen.«

Okay, diese letzte Stichelei war nicht sonderlich geschickt, aber der Mann hatte geradezu darum gebettelt. McLean trat unfreiwillig einen Schritt zurück, als der DCI erstarrte und seine Hände sich zu Fäusten ballten.

»Wagen Sie es nicht, das hier drin zu erwähnen.« Duguids Stimme war ein drohendes Knurren. »Als Nächstes werden Sie noch behaupten, er wäre ein Verdächtiger. Verdammt lächerlich.«

»Also, das ist genau das, was ich behaupte. Er, Carstairs, Smythe und noch zwei andere. Und ich glaube, dass noch ein sechster Mann beteiligt ist. Jemand, der noch am Leben ist und alles daran setzt zu verhindern, dass wir ihn finden.«

»Einschließlich, seine Mitverschwörer umzubringen?« Duguid lachte tatsächlich, was wenigstens seinen Ärger etwas besänftigte. »Wir wissen, wer Smythe und Buchan Stewart getötet hat. Es ist nur eine Frage der Zeit, bis wir auch den kranken Schweinehund fangen, der Ihren Anwaltsfreund um die Ecke gebracht hat.«

Mein Gott noch mal. Wie hast du es nur geschafft, überhaupt Chief Inspector zu werden? »Dann sind Sie also nah dran? Haben Sie schon einen Verdächtigen im Sinn?«

»Eigentlich wollte ich Ihnen ein paar Fragen zu Ihrer Beziehung zu Carstairs stellen.«

»Haben wir darüber nicht schon gesprochen? Ich habe den Mann kaum gekannt.«

»Und Sie hatten während der letzten achtzehn Monate geschäftlich mit seiner Kanzlei zu tun.«

McLean unterdrückte den Impuls zu seufzen. Wie oft musste er es noch sagen, bis es endlich in diesen kahl werdenden Schädel drang?

»Er war ein Freund meiner Großmutter. Seine Kanzlei hatte sich bereits seit Jahren um ihre Angelegenheiten gekümmert. Ich habe sie einfach weitermachen lassen, als sie ihren Schlaganfall hatte. Es schien mir einfacher so. Ich habe Carstairs nie persönlich getroffen, habe immer mit einem Typen namens Stephenson zu tun gehabt.«

»Und in den ganzen achtzehn Monaten haben Sie Carstairs nie gesehen? Haben nie mit dem Mann gesprochen, der ein so alter Freund der Familie war, dass Ihre Großmutter ihr nicht unbeträchtliches Vermögen in seine Hände gelegt hat? Der Mann, der Sie so gern hatte, dass er Ihnen seinen gesamten persönlichen Besitz vermacht hat?«

»Nein. Und zum ersten Mal habe ich davon gehört, als Sie es mir am Morgen nach seinem Tod gesagt haben.« McLean wusste, er sollte einfach zu reden aufhören, nur die Fragen beantworten und sonst nichts, aber Duguid hatte etwas von einem roten Tuch an sich. Er konnte einfach nicht anders. »Ich weiß nicht, ob Sie sich erinnern, Sir, aber als Detective Inspector ist man oft beschäftigt. Ich war ganz froh, dass es schon geregelt war, bevor meine Großmutter ihren Schlaganfall hatte, sodass ich mich nicht noch zusätzlich zu meinem ständig wachsenden Papierkram um ihren kümmern musste. Ich bin wirklich lieber draußen, um die bösen Kerle zu fangen.«

»Mir gefällt Ihr Ton nicht, McLean.«

»Und mir ist das egal, Sir. Ich bin hergekommen, um zu fragen, ob Sie schon irgendwelche Hinweise zu Carstairs' Ermordung gefunden haben, aber da Sie offensichtlich nicht die geringste Spur haben, werde ich Sie nicht länger aufhalten.«

McLean wollte sich abwenden, wollte Duguid keine Zeit geben zu reagieren, dachte dann aber: Was soll's? Jetzt konnte er auch gleich ganz abräumen. »Eins noch: Sie sollten die Fälle Smythe und Stewart wiederaufnehmen, Sir. Werten Sie die Spuren noch einmal mit frischem Blick aus, überprüfen Sie die Aussagen der Zeugen, solche Sachen.«

»Sagen Sie mir verdammt noch mal nicht, wie ich meine Ermittlung zu führen habe.« Duguid griff nach McLeans Arm, aber der schüttelte ihn ab.

»Sie kannten sich alle untereinander, Sir. Carstairs, Smythe, Ihr verdammter Onkel. Sie waren zusammen auf der Universität und beim Militär. Ich habe den starken Verdacht, dass sie zusammen ein junges Mädchen vergewaltigt und ermordet haben. Und jetzt sind sie alle eines bemerkenswert ähnlichen Todes gestorben. Finden Sie nicht, dass das zumindest einen beiläufigen zweiten Blick verdient?«

Er wartete die Antwort nicht ab, ließ Duguid allein darüber brodeln. Der Chief Inspector würde entweder jemanden anschreien, damit der sich das ansah, oder er würde zur Chefin kriechen und sich beschweren. Weder das eine noch das andere störte McLean, als er den Flur entlang zu seinem eigenen Einsatzraum eilte. Nein, was ihn störte, war die intuitive Gewissheit, dass die drei Männer in den Ritualmord verwickelt waren und die Morde an ihnen irgendwie in Verbindung zueinander standen. Ein Organ für jeden der Ritualmörder. Ein Organ, das ihnen aus dem Körper gerissen und in den Mund gestopft worden war. Das waren einfach zu viele Zufälle aufeinander. Es würde nicht mehr viel brauchen, um das Bild zu vervollständigen.

»Was, wenn er noch am Leben ist?«

Verwunderte Gesichter blickten zu McLean auf, als er den Einsatzraum betrat. Grumpy Bob hatte zumindest seine Zeitung vorübergehend weggelegt, wenn auch seine Füße noch auf dem Tisch lagen – möglicherweise hatte er gerade ein Schläfchen gehalten. MacBride war über seinen Laptop gebeugt und lugte auf etwas, was Miniatur-Vorschaubilder zu sein schienen, die auf dem Bildschirm verteilt waren. Als er aufsah, war McLean überrascht, wie blass er war, die Augen rot umrandet, als hätte er nächtelang nicht geschlafen. Sein Anzug sah nicht so perfekt aus wie gewöhnlich, und sein Haar war in jüngster Zeit mit keinem Kamm in Berührung gekommen.

»Der sechste Mann. Der, der nicht hier drauf ist.« McLean zeigte auf das Foto, das an die Wand geheftet war und das junge Ruderteam zeigte. »Was, wenn er noch am Leben ist, wenn er weiß, dass wir die Leiche gefunden haben, und versucht, seine Spuren zu verwischen?«

Grumpy Bob starrte ihn immer noch an wie jemand, der gerade aufgewacht war.

»Seht mal: Die Leiche ist weg, zusammen mit allen Organen und Gläsern. Das Einzige, was wir noch haben, sind die Gegenstände, die sie hinterlassen haben. Wir wissen, dass es darauf keine Fingerabdrücke gibt und keine Spuren von DNA, sie werden uns also kaum weiterhelfen. Sogar wenn wir einen Namen hätten, wäre es immer noch schwierig, ihm etwas anzuhängen. Nur mit Bertie Farquhar zu tun gehabt zu haben reicht nicht. Meine Güte, meine Großmutter kannte mindestens drei von diesen Leuten, und ich glaube nicht, dass sie irgendetwas damit zu tun hatte. Aber bis vor zwei Wochen waren drei von diesen fünf Männern noch am Leben.«

MacBride war der Erste, der weiterdachte. »Aber wir wissen, dass Jonathan Okolo Barnaby Smythe getötet hat. Und Buchan Stewart wurde von einem eifersüchtigen Liebhaber umgebracht.«

»Sind Sie sich da sicher, Constable? Ich bin es nämlich nicht. Ich fürchte, dieser Fall wurde so schnell abgeschlossen, um einem Chief Inspector Verlegenheit zu ersparen. Genau wie im Fall Smythe nicht weiterermittelt wurde, sobald wir Okolo hatten. Und Duguid hat nicht die geringste Ahnung, wer Jonas Carstairs auf dem Gewissen hat. Jetzt wissen wir, dass sie alle mit dem Ritualmord in Verbindung standen, und jemand hat ihnen allen Organe herausgeschnitten. Drei Morde, alle einander viel zu ähnlich, als dass es ein Zufall sein kann.«

»Ähm, also, es könnte etwas geben, das es erklärt, Sir.« MacBride drehte seinen Laptop um, um ihnen den Bildschirm zu zeigen. »Ich habe versucht, eine undichte Stelle zu finden. Um zu erklären, wie ein Nachahmer so viel über den Mord an Smythe wissen konnte, wo wir doch den Medien nichts gesagt hatten. Na ja, mir fiel ein, dass die Fotos der Spurensicherung heute doch alle digital sind. Es ist einfach, elektronische Kopien zu machen. Man kann Tausende von Fotos auf eine Karte von der Größe einer Briefmarke laden. Aber ich konnte doch nicht direkt ins Büro der Spurensicherung gehen und fragen, und ich bin auch nicht darauf gekommen, was irgendjemand mit Kopien vorhaben sollte, außer sie an die Presse zu verkaufen.«

»In Brasilien würden Sie dafür gutes Geld bekommen.«

»Was?«

»Dort ist der Tod ein Teil der Kultur. Da gibt es Zeitungen, die darauf spezialisiert sind, Bilder von tödlichen Unfällen zu veröffentlichen. Manchmal sind die Fotografen schon vor der Polizei und den Krankenwagen vor Ort. Man kann diese Zeitungen bei Straßenverkäufern erwerben. Solche Fotos wären dort sehr populär.«

MacBride schauderte. »Woher wissen Sie so was, Sir?«

»Der Nutzen einer teuren Schulbildung. Ich weiß ein bisschen über eine Menge Dinge. Das, und natürlich der *Discovery Chan-*

nel. Also, Sie waren dabei, mir von Smythe und seinen Fotos zu erzählen.«

»War ich? Ach, aye. Also, ich dachte mir, wenn man sie verkaufen wollte, würde man das im Internet tun. Also habe ich nach verdächtigen Bildern gesucht.«

»Von einem Dienstrechner aus? Das war mutig.«

»Es geht schon, Sir. Mike hat mir seinen Laptop geliehen. Der ist vom Hauptüberwachungskreis ausgeschlossen. Sonst hätte ich Dagwood bitten müssen, eine Verfügung zu unterschreiben, und Sie wissen ja, wie er ist.«

»Die Bilder, Constable.« McLean zeigt wieder auf den Bildschirm.

»Ja, Sir. Also, ich habe viele gefunden. Tatortfotos, Autounfälle. Ich nehme an, etwas von diesem brasilianischen Zeug, das Sie erwähnt haben, obwohl ich die Sprache nicht verstand. Es war wie Spanisch, nur anders.«

»Das liegt daran, dass in Brasilien portugiesisch gesprochen wird.«

»Portugiesisch. Richtig. Na ja, am Ende habe ich diese Newsgroup hier gefunden, die mit extremen Sicherheitsvorkehrungen geschützt ist. Und da war dann alles: die Tatorte von Smythe, Buchan Stewart, Jonas Carstairs. Sogar die beiden Selbstmorde. Da ist noch eine Menge mehr, aber die Bilder, die ich wiedererkannt habe, waren alle von jemandem hochgeladen worden, der sich MB nennt.«

McLean klickte auf die Seite mit den Miniaturansichten. Beim Herunterscrollen zählte er mehr als hundert Bilder, und es gab noch Dutzende mehr von diesen Seiten.

»Wer auch immer das hier tut, muss Zugang zu allen Fotos haben, die wir jemals gemacht haben«, sagte er. »Wie viele Fotografen haben wir bei der Spurensicherung?«

»Etwa ein Dutzend sind darauf spezialisiert, aber alle können die Kameras bedienen. Und ich nehme an, dass auch die Techniker und die Wartungsleute Zugang haben könnten. Aber es könnte genauso leicht ein Polizeibeamter sein. Wir alle haben Zugang zu diesen Fotos, Sir.«

»Können wir diesen oder diese MB von der Website aus zurückverfolgen?«

»Das bezweifle ich, Sir. Mike wird es sich morgen ansehen, aber die Server sind alle anonym, und die Accounts stammen aus Übersee. Viel zu hoch für mich. Aber es erklärt, wie jemand die Details des Mordes an Smythe erfahren haben könnte. Und ich nehme an, wenn einem so ein Zeug gefällt, ist es nur eine Frage der Zeit, bevor man eskaliert.«

Verdammt. Er war sich so sicher gewesen. War es immer noch. Aber das hier war zu viel, um es nicht zu beachten. »Gute Arbeit, Stuart. Schreiben Sie so schnell wie möglich einen Bericht, und ich sorge dafür, dass die Chief Super erfährt, wer die ganze Arbeit geleistet hat. In der Zwischenzeit möchte ich weiter an der Theorie arbeiten, dass unser sechster Mann noch da draußen herumläuft und alles tut, damit wir ihn nicht finden.«

»Hat da jemand meinen Namen erwähnt?«

McLean drehte sich um und sah die Chief Superintendent in der Tür stehen. MacBride sprang auf, als hätte man ihn mit einem Elektroschocker gezappt. Grumpy Bob nickte und nahm die Füße vom Tisch.

»Ich hatte Constable MacBride gebeten, sich mit der undichten Stelle bezüglich der Tatortfotos zu befassen. Und ich glaube, er hat sie gefunden.« McLean berichtete McIntyre kurz, was er gerade erfahren hatte. Sie zappelte während des kurzen Vortrags wie ein junges Mädchen, das mal muss, aber nicht weiß, wie es fragen soll.

»Erstklassige Arbeit, Constable«, sagte sie dann. »Und Gott weiß, wir können gute Nachrichten gebrauchen.«

Und da ahnte McLean, was als Nächstes kam. Es stand ihr ins Gesicht geschrieben.

»Soll ich …?« Er zeigte auf die Tür.

»Nein. Ist schon in Ordnung, Tony. Das ist mein Job. Und ich dachte nur, es wäre fair, wenn ich es Ihnen selbst sage. Ihnen allen.« McIntyre zog sich die Uniformjacke glatt und schien einen Augenblick lang unsicher, wie sie fortfahren sollte. »Es geht um Constable Kydd. Es hat sich zum Schlechteren gewendet. Die Ärzte haben ihr Bestes gegeben, aber ihre Verletzungen waren zu schwer. Sie ist vor etwa einer Stunde gestorben.«

47

Es gab nicht viele Plätze, an die er gehen konnte, wenn es hart auf hart kam. Da war natürlich Phil – abgesehen davon, dass Phils Heilmittel für alles gewöhnlich aus einem Fass oder einer Flasche kam und McLean keine Lust darauf hatte, sich zu betrinken. Auf Grumpy Bob konnte man sich normalerweise verlassen, wenn es darum ging, ihn vom Verdrießlichwerden abzuhalten. Aber der alte Sergeant schien eine onkelhafte Zuneigung zu Constable Kydd gefasst zu haben und hatte die Nachricht von ihrem Tod mit untypischen Tränen aufgenommen. McIntyre hatte ihm gesagt, er solle den Rest des Tages freinehmen, hatte ihnen allen in ihrer schulmeisterlichen Art klargemacht, dass sie keinen von ihnen in den nächsten vierundzwanzig Stunden sehen wollte. Sie hatte genug eigene Probleme, um sich auch noch mit seinen Schuldgefühlen zu belasten.

Früher war seine Großmutter da gewesen. Sogar als sie im Koma im Krankenhaus lag, war sie noch eine gute Zuhörerin gewesen, aber jetzt hatte selbst sie ihn verlassen. Und deshalb fand sich McLean bereits weniger als eine Stunde, nachdem er die Nachricht erhalten hatte und noch immer etwas benommen war, in der Rechtsmedizin wieder. So viel zu einem breit gefächerten und lebendigen Freundeskreis.

»Wir haben dafür einen Ausdruck, Tony. Es heißt Überlebenden-Syndrom.« Angus Cadwallader trug noch immer seine OP-Kleidung von der letzten Autopsie des Tages.

»Ich weiß, Angus. Psychologie. Uni. Ich war der Beste, erinnerst du dich? Nur hilft es anscheinend nicht, dass ich es weiß. Sie hat mich aus dem Weg geschubst. Sie hat ihr eigenes Leben dafür aufgegeben, dass ich weiterleben konnte. Was ist daran fair?«

»Fairness ist etwas, wovon wir Kindern erzählen, damit sie uns gehorchen.«

»Hmmm. Ich weiß nicht genau, ob das hilft.«

»Ich tu mein Bestes.« Cadwallader zog seine langen Gummihandschuhe aus und ließ sie in den Sterilisationsmülleimer fallen. McLean sah sich um und bemerkte zum ersten Mal, dass es keine Anzeichen auf eine laufende forensische Ermittlung gab.

»Die Spurensicherung hat sich hier ja nicht lange aufgehalten«, sagte er. »Normalerweise brauchen die doch Tage, um noch nach den kleinsten Spuren zu suchen.«

»Nun, ich bin froh, dass sie das nicht getan haben. Es war schlimm genug, einen Arbeitstag zu verlieren. Die Leute hören nicht auf zu sterben, weißt du. Ich bin dermaßen im Rückstand, dass ich Wochen brauchen werde, alles aufzuholen, dank deines hilfreichen Diebs.«

»Wer ist dann das hier?« McLean nickte in Richtung des zugedeckten Leichnams, während Cadwallader in nahen Schubladen nach etwas wühlte.

»Das ist dein Selbstmordopfer. Die Frau vom Bahnhof. Habe immer noch keinen Namen für die Arme. Wir haben sie heute Morgen untersucht. Tracy muss sie noch fertig säubern, und dann muss sie warten, bis wir wissen, wer sie ist. Komische Sache allerdings. Erinnerst du dich, dass ihre Hände und ihr Gesicht blutgetränkt waren? Dass wir nicht verstehen konnten, wo das alles herkam?«

McLean nickte, obwohl in Wirklichkeit so viel geschehen war, seit er zu ihrem Selbstmord gerufen worden war, dass er den völlig vergessen hatte.

»Es war nicht ihres, das war der Grund.«

Emma Baird lief beinahe in ihn hinein, als er die Rechtsmedizin verließ. Sie kämpfte mit einer großen Isolierkiste, deren Inhalt McLean lieber nicht kennen wollte, und war rückwärts durch die Tür gekommen, als er sie gerade öffnete. Unter anderen Umständen wäre der Anblick, wie sie da rückwärts in seine Arme taumelte, lustig gewesen.

»Passen Sie auf.«

»Blöder ... was zum Teufel ...« Emma befreite sich, wandte sich um und bemerkte, wer es war. »Oh Gott, Tony. Ähm, Inspector, Sir.«

McLean half ihr auf die Füße, versuchte, das Kichern zu unterdrücken, das aus seiner Kehle bersten wollte. Sie sah so wütend aus, so aufgeregt und voller Leben. Er wusste, wenn er jetzt anfing zu lachen, würde er vermutlich nicht wieder aufhören können.

»Tut mir leid, Em. Ich habe Sie nicht durch die Tür kommen sehen. Und Tony ist schon in Ordnung, ehrlich. Ich komme auch zu den besten Zeiten ohne diesen Sir- und Inspector-Unsinn zurecht.« Er brauchte nicht zu sagen, dass dies keine der besten Zeiten war.

»Ja. Ich hab's gehört. Es tut mir so leid. Sie war ein nettes Mädchen.«

Ein nettes Mädchen. Kein beeindruckender Nachruf. Und sie war nur ein Mädchen. Noch nicht lange von der Polizeiakademie entlassen, erpicht darauf, es so schnell wie möglich zur Detective zu schaffen. Klug, engagiert, freundlich, tot.

»Sind Sie auf dem Weg hinein oder hinaus?« Emmas Frage überbrückte das unangenehme Schweigen.

»Was? Oh, hinaus.« McLean sah auf die Uhr. Lang nach Feierabend, sogar wenn die Chefin ihr Team nicht bereits nach Hause geschickt hätte. Er nickte zur Kiste hin. »Und Sie? Abliefern oder abholen?«

»Das hier? Oh, ich bin dabei, es abzuliefern. Dr. Sharp hat es uns letzte Woche geliehen, als wir noch eines brauchten. Es lag auf meinem Heimweg, also habe ich gesagt, dass ich es zurückbringe.«

»Lassen Sie mich Ihnen helfen.« McLean griff nach der Kiste.

»Nein, geht schon.« Emma hielt sie fest wie ein liebgewordenes Andenken. »Aber gegen Begleitung hätte ich nichts.«

Es dauerte nicht lange, und sie hatten die Kiste abgegeben und waren wieder an der Tür angelangt. McLean brauchte nichts zu sagen. Emma konnte gut für zwei sprechen.

»Dann sind Sie also weg für heute?«, fragte sie, als er ihr die Tür aufhielt.

»Ich sollte wahrscheinlich zum Revier zurückgehen. Da liegt ein Haufen Papierkram mit meinem Namen drauf, und ein Sergeant vom Dienst wird jedes Mal kreativer in seinen Drohungen.« Während er das sagte, erfüllte der Gedanke daran ihn bereits mit trauriger Resignation. Er würde hintenherum gehen, damit man ihn nicht sah, würde dort sitzen und den Stapel abarbeiten, bis entweder der Stapel oder er selbst am Ende war. Und auch wenn er ihn schaffte, würde es bald genug einen neuen geben, der seinen Platz einnahm. In Zeiten wie diesen fragte er sich, warum er den verdammten Job überhaupt machte. Er könnte genauso gut für Gavin Spenser arbeiten und in einem großen Haus mit Schwimmbad wohnen.

»So, wie Sie das sagen, könnte ich fast in Versuchung geraten, auch etwas Papierkram abzuarbeiten. Was ganz Besonderes.«

»Also, wenn Sie mir anbieten ...«

»Ich schlage vor, Sie kommen mit und trinken erst einmal was. Danach sehen Sie, wie viel Lust Sie noch dazu haben.«

Noch bevor er antworten konnte, ging Emma los, die Cowgate entlang in Richtung Grassmarket. McLean musste laufen, um sie einzuholen, und fasste sie an der Schulter.

»Emma.«

»Ehrlich, Inspector. Hat Ihnen schon mal jemand gesagt, dass Sie ein Spielverderber sind?«

»Nein, in letzter Zeit nicht. Ich habe nur den Verdacht, dass Sie sich in Edinburgh überhaupt nicht auskennen, okay?« Er zeigte über die Straße in die entgegengesetzte Richtung. »Der einzig anständige Pub hier in der Nähe liegt da.«

Aus einem Bier wurden zwei, dann machten sie eine Tour durch die besseren Altstadtpubs, dann ein Curry. Es war beinahe genug Abwechslung, um zu vergessen, dass Alison Kydd tot war. Beinahe, aber nicht ganz. McLean mied die üblichen Polizeikneipen, wusste, dass sie voller Bullen sein würden, die auf ihre gefallene Kameradin trinken würden. Er konnte ihr Mitgefühl nicht ausstehen und wollte sich außerdem nicht mit den unvermeidlichen wenigen befassen, die ihm anstelle des flüchtigen Fahrers die Schuld gaben. Emma hatte es auch gespürt, das merkte er. Sie schwatzte unaufhörlich, aber hauptsächlich über ihre eigene Arbeit und die Wonnen eines Umzugs von Aberdeen nach Edinburgh.

Sie trennten sich mit einem einfachen »Hat Spaß gemacht, sollten wir wieder machen«. Sie berührte ihn zum Abschied leicht am Arm, dann drehte sie sich um und verschwand die dunkle Straße entlang zum Ort seiner Albträume. Er schüttelte sie ab, steckte die Hände in die Taschen, senkte den Kopf und machte sich auf den Heimweg.

Die Stadt schlief nie ganz, besonders während des Festivals nicht. Zu den üblichen Nachtarbeitern und Schlaflosen kamen betrunkene Studenten und Möchtegernschauspieler, Müllmänner und Straßenkehrer. Im Vergleich zu tagsüber war es ruhig in den Straßen, aber es war noch früh, und ein unablässiger Strom von Autos kämpfte sich mit ihren Einmannbesatzungen zu unbekannten Zielen vor. Lieferwagen schlängelten sich von einem Lieferpunkt zum nächsten wie fette, übelriechende Schmeißfliegen. McLean versuchte, sich im Gehen von seinen Schuldgefühlen zu befreien, lauschte dem Rhythmus seiner Füße auf dem Asphalt, um so ein paar Antworten auf all die Fragen zu finden, die ihm durch den Kopf gingen.

Es gab etwas, was ihm entging, etwas, was nicht passte. Nein – es gab vieles, was ihm entging. Vieles, was nicht passte. Und das Wichtigste war die grausige Ähnlichkeit zwischen den Morden an drei alten Männern, alle alte Freunde, alle in Verbindung zu einem schrecklichen, gewalttätigen Verbrechen stehend. Ein fantasievoller Mensch würde sagen, dass sie Opfer eines unheiligen Rachefeldzugs geworden waren. Opus diaboli. Sie hatten mit dem Werk des Teufels herumgestümpert, und jetzt war er gekommen, um sie dafür zur Rechenschaft zu ziehen. Doch die Wirklichkeit war viel banaler. Barnaby Smythe war von einem illegalen Einwanderer, der einen Groll gegen ihn hegte, ausgeweidet worden. Buchan Stewart war einem eifersüchtigen Liebhaber zum Opfer gefallen. Und Jonas Carstairs? Nun, zweifellos würde Duguid jemanden finden, den er dafür beschuldigen konnte.

Klick, klack, klick, klack schlugen seine Füße einen gleichmäßigen Takt auf dem Bürgersteig, und das langsame Tempo passte zu seinen Gedanken. Er wusste, dass Okolo Smythe getötet hatte, so viel stimmte. Er würde allerdings seinen Job darauf verwetten, dass Timothy Garner Buchan Stewart nicht ermordet hatte, was bedeutete, dass der Mörder noch frei herumlief. Hatte jemand DC MacBrides brasilianisches Fotoarchiv gefunden und war auf Amoklauf gegangen? Würden die noch nach jemand anderem suchen? Und wenn ja, wie wählten sie ihre Opfer aus? War es möglich, dass jemand von dem Ritualmord wusste und es geschafft hatte, die Mörder ausfindig zu machen?

Oder war es der sechste Mann, der seine Spuren verwischte, seine alten Mittäter umbrachte, den Leichnam stahl, der das einzig wirkliche Beweisstück war, und jemanden dafür bezahlte, dass er den Polizisten überfuhr, der die Ermittlung leitete? Dieses Szenario passte besser als die Alternativen, aber es war nicht gerade beruhigend.

McLean blieb plötzlich stehen, als ihm klar wurde, dass er sich ganz allein auf der Straße befand. Er schauderte, sah sich um, erwartete, einen weißen Lieferwagen zu sehen, der den Motor aufheulen ließ und direkt auf ihn zuraste. Seine Füße hatten ihn, möglicherweise unvermeidlich, zur Pleasance geführt. Ein großes blaues Schild »Polizeiliche Bekanntmachung« auf dem Bürgersteig klagte ihn mit seinen eigenen Vorwürfen an. *Hier ist ein Unfall geschehen … haben Sie etwas gesehen … Kontaktieren Sie uns …* Er stand an der Stelle, an der Alison überfahren worden war. Wo sie sich geopfert hatte, damit er leben konnte. Mein Gott, was für eine Verschwendung von Leben. Er ballte die Fäuste und schwor, dass er den Mann aufspüren würde, der dafür verantwortlich war. Es trug nicht dazu bei, dass er sich besser fühlte.

Es war nicht mehr weit zu seiner Wohnung, auch gut. Die Schuldgefühle und die Wut machten es ihm schwer, die Fäden seiner Gedanken wieder aufzunehmen. Die Tür war wieder mit ein paar Steinen verkeilt. Diese verdammten Studenten, die immer ihre Schlüssel verloren und dann zu geizig waren, sich neue zu besorgen. Zumindest müsste Mrs McCutcheon um diese Zeit im Bett liegen. So blieb ihm die Freude erspart, lächeln zu müssen, wenn sie ihrer Sorge wegen seiner langen Arbeitszeiten Ausdruck verlieh. Er schlappte die Treppe hinauf und merkte, wie Müdigkeit sich um seine Augen legte. Das Bett rief, und er war mehr als bereit dafür.

Nur dass oben auf dem Treppenabsatz jemand auf ihn wartete.

48

Sie hockte an der Tür zu seiner Wohnung, hatte die Knie an die Brust gezogen und ihre dünne Jacke gegen die nächtliche Kühle eng um sich gezogen. Er dachte, sie schliefe, aber als er näher kam, sah sie auf, und er erkannte ihr Gesicht.

»Jenny? Was machst du denn hier?«

Jenny Spiers starrte ihn aus geschwollenen, rotgeweinten Augen an. Ihr Gesicht war bleich, ihr Haar hing auf beiden Seiten schlaff herunter, umrahmte ihr Unglück. Ihre Nasenspitze glänzte, als wäre sie schon seit Tagen erkältet.

»Es geht um Chloe«, sagte sie. »Sie ist verschwunden.« Und brach in Tränen aus.

McLean nahm die letzten Stufen auf einmal. Er ging in die Knie und nahm Jennys Hände.

»Hey, ist schon in Ordnung. Wir finden sie.« Dann wurde ihm klar, dass er nicht einmal wusste, wer verschwunden war. »Wer ist Chloe?«

Das war wohl die falsche Frage. Jenny brach in noch größere Tränenfluten aus.

»Nun komm schon, Jenny. Steh auf.« Er zog sie auf die Füße, schloss auf und öffnete die Tür, dann führte er sie in die Küche und setzte sie auf einen Stuhl. Alle Gedanken an Bett und Schlaf waren verschwunden. Er füllte den Wasserkocher und schaltete ihn ein, dann nahm er zwei Becher und ein Glas Instantkaffee zur Hand.

»Erzähl mir, was passiert ist. Warum bist du zu mir gekommen?« Er hielt Jenny eine Rolle Küchenpapier hin, als Ersatz für das durchnässte Taschentuch, das sie in ihrer Faust zerknüllte.

»Chloe ist weg. Sie hätte um elf zu Hause sein sollen. Sie kommt nie zu spät. Sogar wenn sie pünktlich ist, ruft sie vorher an.«

»Warte mal, Jenny. Du musst mir auf die Sprünge helfen. Wer ist Chloe?«

Jenny sah ihn mit ungläubigem Gesicht an. »Meine Tochter. Das weißt du doch, du hast sie im Laden kennengelernt.«

McLean schlug einen mentalen Purzelbaum. Er erinnerte sich an sie, gekleidet wie ein Flapper aus den Zwanzigerjahren, originalgetreu mit Bob-Haarschnitt. Hatte an der Kasse gestanden, als Jenny hinten war.

»Tut mir leid, das hatte ich nicht mitbekommen. Um ehrlich zu sein, wusste ich nicht mal, dass du verheiratet bist.«

»Bin ich auch nicht. Chloe war … na, sagen wir mal, ihr Vater war ein leichter Irrtum. Er bekam seinen Willen, und dann haben wir ihn nie wiedergesehen. Aber Chloe ist ein gutes Mädchen, Tony. Sie würde nicht lange wegbleiben, und wenn sie irgendwo aufgehalten worden wäre, hätte sie mich angerufen.«

McLean versuchte, die neue Information zu verarbeiten. Sich auf das Problem zu konzentrieren. »Um welche Zeit ist sie weggegangen?«

»Ungefähr um halb acht. Sie hatte Eintrittskarten für Bill Bailey in den Assembly Rooms. Die sind so selten wie Goldstaub, weißt du. Sie war so aufgeregt.«

»Und du sagst, sie hätte um elf zurück sein sollen.«

»Richtig. Ich habe ihr das Geld für ein Taxi gegeben. Ich wollte nicht, dass sie um diese Zeit noch auf der Straße herumläuft.«

»Ist sie allein zu der Show gegangen?«

»Nein, mit ein paar Schulkameradinnen. Aber die wohnen am anderen Ende der Stadt.«

»Und die sind inzwischen zu Hause, nehme ich an.«

»Ich habe angerufen und nachgefragt. Beide waren um Viertel vor zwölf zu Hause.«

»Wie alt ist Chloe?« McLean versuchte, sich an das Mädchen im Laden zu erinnern, aber sein exotisches Kostüm machte es schwer, das Alter zu schätzen.

»Fast sechzehn.« Alt genug, um allein wegzugehen. Alt genug, um die Grenzen zwischen dem, was sie tun durfte und was nicht, zu verschieben.

»Hast du die Polizei benachrichtigt?«

Jenny nickte. »Sie waren in meiner Wohnung und haben Formulare ausgefüllt. Ich habe ihnen ein Foto gegeben. Sie haben den Laden durchsucht, für den Fall, dass sie sich dort versteckt.«

»Das ist gut. Das bedeutet, dass sie nach Vorschrift vorgehen.« McLean goss kochendes Wasser in die Becher und gab Milch dazu. »Aber du musst verstehen, dass es sich gut um einen Fall von Teenagerrebellion handeln könnte. Gut möglich, dass sie ohne besonderen Grund länger wegbleibt.«

»Aber sie macht das nie.« Jennys Gesicht rötete sich. Sie ballte die Fäuste. »Sie würde so was nie machen.«

»Ich glaube dir ja. Ich rufe auf dem Revier an und frage nach, ob irgendwas passiert ist. Du solltest jetzt zu Hause sein, Jen. Nicht hier. Was, wenn sie zurückkommt, und du bist nicht da?«

Ein kurzes Zweifeln flackerte in Jennys Augen auf, ein ruheloser Blick. »Ich habe einen Zettel hinterlassen. Auf dem Küchentisch. Aber sie war um eins noch nicht zu Hause. Ich musste etwas tun.«

McLean fiel ein, dass er nicht einmal wusste, wo Jenny Spiers wohnte. Er hatte das mit ihrer Tochter nicht richtig mitbekommen. Eigentlich wusste er nur, dass Jenny eine Schwester hatte, die mit seinem besten Freund verlobt war. Und wenn er ehrlich war, wusste er auch über Rachel nicht besonders viel. Er hatte es schon lange aufgegeben, sich an alle Studentinnen seines Exmitbewohners zu erinnern. Nur dass sie diejenige war, die schließlich den Preis bekam, den so viele vor ihr nicht bekommen hatten. Er hatte eigentlich keine Ahnung, warum Jenny ausgerechnet zu ihm gekommen war.

»Wohnt ihr über dem Laden?«

Jenny nickte wieder, schniefte dann und wischte sich die Nase. McLean ging über den Flur und rief das Revier an. Es klingelte lange, bevor der Sergeant vom Dienst endlich abnahm.

»DI McLean am Apparat. Sie haben die Vermisstenanzeige für ein Mädchen bekommen, Chloe Spiers?«

»Aye, glaube schon. Warten Sie einen Augenblick.« McLean konnte im Hintergrund das Rascheln von Papier hören, als der Sergeant vom Dienst die Protokolle der Nacht durchblätterte. »Warum wollen Sie das wissen?«

»Ihre Mutter sitzt in meiner Küche und trinkt Kaffee.«

»Sie Glücklicher, Inspector. Wenn ich mich richtig erinnere, sieht sie richtig gut aus. Ah, hier ist es: Um elf Uhr achtundfünfzig Anzeige erstattet. Die nächste Streife ist dem Anruf um zwölf Uhr neun nachgegangen. Beschreibung ist an alle Reviere gegangen, Einzelheiten im Computersystem. Wenn sie bis zum Morgen nicht auftaucht, suchen wir in den Krankenhäusern.«

»Nun, Tom, tun Sie mir bitte einen Gefallen. Schicken Sie die Bekanntmachung noch einmal heraus. Und wenn Sie Zeit haben, rufen Sie die Krankenhäuser sofort an.«

»Okay, Sir. Im Moment ist es ruhig. Ich sehe, was ich tun kann.«

»Danke, Tom. Ich schulde Ihnen was.«

»Abendessen, oder, Sir?«

McLean gefror. »Was?«

»Ich glaube, das ist der aktuelle Kurs für einen Gefallen dieser Tage, oder? Oder war Miss Baird ein Sonderfall?«

»Ich … wer hat Ihnen gesagt …?«, stotterte McLean ins Telefon, und der Sergeant brach in Lachen aus. »Wie viele auf dem Revier wissen davon?«

»Ich würde sagen, alle, Sir. Schließlich haben Sie sich an der Eingangstür mit ihr getroffen. Und sie in den Red Dragon eingeladen – da geht fast immer irgendein Kollege in seiner Freizeit zum Essen hin, und wenn es nur zum Mitnehmen ist.«

McLean schäumte, als er auflegte. Verdammte Bullen. Wenn es ums Tratschen ging, konnten sie es mit jedem Fischweib aufnehmen. Nun, seinem Ruf würde es wohl kaum schaden.

»Haben sie sie gefunden?« Jennys besorgte Stimme brachte ihn zurück zu den dringenderen Problemen.

»Nein, tut mir leid. Aber das Verfahren läuft.« McLean berichtete ihr, was der Sergeant vom Dienst ihm versprochen hatte. Als er die Krankenhäuser erwähnte, wurde sie totenbleich.

»Könnte sie tatsächlich dort sein?«

»Ich glaube es nicht, Jen. Wenn sie in Schwierigkeiten steckt, hätte sie schon bei dir angerufen. Es ist viel wahrscheinlicher, dass sie ein paar andere Freunde getroffen hat und noch durch die Pubs zieht. Morgen früh ist sie zurück und fühlt sich grauenvoll, und du kannst sie dann in der Luft zerreißen.«

Aber er wusste genau, dass er das nur sagte, um sie zu trösten.

49

Er weiß nicht, wie lang er schon in diesem Garten steht und das stille Haus anstarrt. Eine Zeitlang war es dunkel, und jetzt wird es vielleicht schon hell. Wie viele Tage war er schon so? Sein Kopf hat schon vor langer Zeit aufgehört, richtig zu funktionieren, und jetzt kann er nur noch gehorchen. Die Stimmen sprechen weniger mit ihm, als dass sie seine Handlungen bestimmen. Er hat nicht mehr Kontrolle über seinen Körper als eine Marionette. Aber er spürt den Schmerz umso mehr, je weniger er in der Lage ist, etwas dagegen zu unternehmen.

Die Beute ist dort drin, das weiß er. Er kann sie riechen, wenn er sich auch nicht sicher ist, was es ist, das er riecht. Da ist verrottendes Laub und warme, trockene Erde, entfernte Autoabgase und der süßere malzige Geruch der Brauerei. Sein Magen ist voller Säure, die mit höllischen Schmerzen in seine Gedärme sickert, aber er steht da und wartet und beobachtet.

Etwas raschelt im Gebüsch, drängt sich bösartig knurrend hindurch. Er senkt den Blick und sieht einen Hund, einen Dobermann mit zu scharfen Spitzen kupierten Ohren. Der Hund fletscht die Zähne und knurrt ihn drohend an. Die Stimmen ziehen seine Lippen auseinander und lassen ein Fauchen tief unten aus seiner Kehle brechen. Erschreckt jault der Hund auf, den Stummelschwanz zwischen die Hinterbeine geklemmt. Ein Plätschern unter ihm, und der warme Gestank von Hundepisse erfüllt die Luft.

Noch ein scharfes Fauchen, und der Hund macht sich davon, poltert zurück ins Gebüsch, wo er hergekommen ist, jault nicht einmal mehr, während er nur noch versucht wegzukommen.

Er hatte immer Angst vor Hunden, aber die Stimmen sind aus härterem Holz geschnitzt.

Sein Kopf hämmert, als wäre die Migräne der ganzen Welt darin versammelt. Sein ganzer Körper fühlt sich geschwollen und aufgetrieben an, so wie diese verhungernden afrikanischen Kinder, die er immer im Fernsehen gesehen hat. Jedes Gelenk in seinem Körper ist glühend heiß, die Knorpel fühlen sich an, als wären sie herausgerissen und gegen Sandpapier vertauscht. Trotzdem steht er da und beobachtet.

Jetzt wird es lauter. Eine größere Masse schiebt sich ins Zwielicht seines Verstecks. Er wendet sich langsam um und begrüßt den Mann, schreit innerlich wegen der Pein, die ihm jede noch so kleine Bewegung verursacht. Die Stimmen halten ihn ruhig.

»Was tun Sie hier?«, fragt der Mann, aber seine Worte sind unendlich weit weg. Die Stimmen rufen zum Angriff, und er muss ihnen gehorchen.

Er springt auf, aber sein Körper ist schwach vor Hunger und tausend schlimmen Krankheiten. Da ist ein Messer in seiner Hand. Er kann sich nicht erinnern, woher er es hat, und auch nicht, ob er es irgendwann nicht in der Hand hatte. Es ist unwichtig. Nur anzugreifen ist wichtig. Und der Schmerz.

Etwas knackt, und er merkt, dass es sein Arm ist. Der Mann ist groß, viel größer als er, und so gebaut wie die Männer, die er möglichst nicht angestarrt hat, als er noch ins Fitnessstudio ging. Aber die Stimmen sagen, dass er ihn angreifen muss, und so tut er das, zielt auf die Augen, kratzt seine Haut.

»Du kleiner Scheißer. Ich bring dich um, verdammt noch mal.« Der Mann ist wütend, und die Stimmen schreien ihre Freude jetzt laut heraus. Er schlägt zu, noch einmal, landet einen Treffer, und Blut schießt dem Mann aus der Nase. Er spürt einen kurzen Augenblick des Triumphs durch die Pein seines abgemagerten Körpers.

Und dann wird er ins Gesicht geschlagen. Eine Hand wie eine

Riesenklaue hat ihn an der Kehle und quetscht das Leben aus ihm heraus. Er wird von den Füßen gehoben, weggeworfen. Er schlägt mit einem nassen Klatschen auf dem Boden auf, und alles wird schwarz. Der Schmerz ist überall, nimmt ihn ganz in Anspruch. Warm, nass, mit dem Geschmack von brodelndem Eisen, das seine Kehle und seinen Mund füllt. Er bekommt keine Luft mehr, sieht nichts mehr, spürt nichts mehr. Er kann nur noch das triumphierende Kichern der Stimmen hören, als sie ihn sterbend liegenlassen.

50

Mandy sah aus wie die Art Mädchen, die nicht in den Morgen gehörten. McLean hatte wenig Erfahrung mit Heranwachsenden, zumindest nicht mit denen, die nicht an Bushaltestellen herumhingen und Buckfast tranken, wobei sie jedem Schimpfwörter nachriefen, der ihnen zu nahe kam. Mandy war sauberer als die Früchtchen, die in den Wohntürmen in Trinity und Craigmillar herangezogen wurden und obszön daherredeten, aber sie war genauso ausdruckslos, wie sie ihm am Küchentisch gegenübersaß und auf eine Schale matschiger Cornflakes starrte.

»Du hast keinen Mist gebaut, Mandy, ganz im Gegenteil.« Er nahm an, dass sie mit einer genetisch bedingten Unfähigkeit kämpfte, der Polizei zu helfen. »Ich bin nicht einmal als Polizist hier. Ich bin hier als ein Freund von Chloes Mum. Sie sorgt sich zu Tode, weil Chloe gestern Nacht nicht nach Hause gekommen ist. Hast du eine Ahnung, wo sie hingegangen sein könnte?«

Mandy rutschte nervös auf ihrem Stuhl herum. Wäre sie in einem Vernehmungszimmer, hätte McLean das als ein Zeichen dafür gedeutet, dass sie etwas wusste, es aber nicht sagen wollte. Hier konnte er nur raten.

»Hatte sie einen Freund? Vielleicht hatten sie ausgemacht, sich zu treffen.« Er ließ den Vorschlag im stillen Raum stehen. Zu seinem Ärger sprang Mandys Mutter in die Bresche.

»Ist schon okay, Kleines. Du kannst mit dem Inspector sprechen. Er wird dich nicht einsperren.«

»Mrs Cowie, könnte ich einen Augenblick mit Ihrer Tochter allein sprechen?«

Sie sah ihn an, als sei er blöde. Dann nahm sie ihren Becher Kaffee, wobei sie braune Flüssigkeit auf dem Tisch verschüttete.

»Aber nur ein paar Minuten. Sie hat zu tun.« Und dann schlurfte sie in ihren rosa Häschenpantoffeln hinaus. McLean wartete einen Augenblick, nachdem die Tür sich geschlossen hatte und er ein Knarren auf der Treppe hörte. Mandys Blick wanderte zur Decke, dann zurück auf ihre unberührten Cornflakes.

»Also, Mandy. Ich will ehrlich sein. Wenn du irgendetwas weißt, das uns helfen könnte, Chloe zu finden, kannst du es mir sagen. Ich werde deinen Eltern kein Wort sagen, versprochen. Es geht hier nicht um dich, sondern um Chloe. Wir müssen sie finden. Und je länger sie vermisst ist, umso schlechter stehen unsere Chancen.«

Die Stille hing schwer in der Luft, wurde nur von den trampelnden Geräuschen oben gestört, wo Mrs Cowie im Bad herumtappte. McLean versuchte, Mandys Blick aufzufangen, aber sie war fasziniert von ihrer Müslischale. Er wollte gerade aufgeben, als sie endlich anfing zu sprechen.

»Sie werden Mum nichts sagen?«

»Nein, Mandy. Du hast mein Wort. Und ich werde auch Chloes Mum nichts erzählen.«

»Da war dieser Typ. Sie hat ihn im Internet kennengelernt.«

Oh mein Gott, jetzt geht's los.

»Er schien ... Ich weiß nicht. Okay. Ihm gefiel das ganze Comedy-Ding, er war völlig aus dem Häuschen, als Chloe ihm von den Karten für die Bill-Bailey-Vorstellung erzählte. Hat gesagt, er würde auch zu der Show kommen. Nur ist er nie aufgetaucht.«

»Wie wollten sie sich treffen?« McLean grub in seiner Erinnerung nach dem Namen des anderen Mädchens. Er würde sie als Nächste befragen. »Wusste er, dass du und Karen auch dabei sein würden?«

»Keine Ahnung, was Chloe ihm gesagt hat. Ich glaube nicht,

dass sie ihm ihre Telefonnummer gegeben hat. So dumm ist sie nicht, wissen Sie. Aber sie kriegt diese wilden Klamotten aus dem Laden ihrer Mutter, und gestern Abend hatte sie was davon an. Vielleicht hat sie ihm gesagt, er sollte nach dem Zwanzigerjahre-Mädchen Ausschau halten. Nicht schwer zu erkennen.«

Und leicht, sie nach der Show auf der Straße abzupassen. Als sie nach Hause ging, weil es ja nicht weit war und weil man das Taxigeld ja für etwas Interessanteres ausgeben konnte.

»Hatte der Typ einen Namen?«

»Ja, er hat sich Fergie genannt. Ich weiß aber nicht, ob das sein richtiger Name war.«

»Wie lange hatte er schon … Wie lange hat Chloe schon mit ihm Kontakt gehabt?« McLean hatte keine Ahnung, wie Internet-Chatrooms funktionierten.

»Nicht lang. Vielleicht seit zwei Tagen, vielleicht eine Woche.«

So kurze Zeit, um einem Fremden zu vertrauen. War er in diesem Alter auch so unbedarft gewesen? McLean musste zugeben, dass das wahrscheinlich der Fall gewesen war. Aber vor dem Internet, als sich alles darum drehte, den Mut aufzubringen, hinzugehen und ein Mädchen anzusprechen, war alles noch viel unschuldiger gewesen. Die Kinder heutzutage machten viele Erfahrungen früher, das stimmte schon, aber sie waren genauso naiv wie früher. Und Fergie. Der Name ließ ihn sofort an McReadie denken, obwohl es doch Tausende von Fergus und Fergusons in der Stadt geben musste. Er musste klar denken und durfte keine voreiligen Schlüsse ziehen, die sich auf wilde Spekulationen gründeten.

»Ich muss wissen, um welche Uhrzeit ihr euch gestern Nacht getrennt habt, Mandy.« Erst jetzt zog McLean sein Notizbuch hervor. »Geh noch einmal deine Schritte von dem Moment an zurück, in dem die Show zu Ende war.«

*

Karen Beckwith erzählte dieselbe Geschichte, nur war es nicht so schwer, sie aus ihr herauszubekommen. McLean verglich die beiden Aussagen, als er vor den Assembly Rooms in der George Street stand, sich im Tagesverkehr umsah und versuchte, sich vorzustellen, wie es wohl um elf Uhr nachts hier ausgesehen hatte. Ungefähr zur selben Zeit hatten Emma und er im Guildford Arms gesessen, keine fünf Minuten Fußweg entfernt. Karen und Mandy hatten ein Taxi nach Hause genommen, nachdem sie mit Chloe zu dem Taxistand in der Castle Street gegangen waren. Er folgte ihrer kurzen Wegstrecke, sah an den Häuserfronten hoch und besah sich die Ausrichtung der Überwachungskameras. Im Stadtzentrum konnte man nichts tun, ohne dabei gefilmt zu werden.

Vom Taxistand gab es nur einen vernünftigen Weg zum Laden zurück: die Princes Street entlang und über North und South Bridges auf die Clerk Street. Das hätte nicht länger als eine halbe Stunde dauern sollen, und auf einem guten Teil des Weges gab es Kameras. Er wusste, um welche Uhrzeit Chloe zuletzt gesehen worden war. Er wusste, wie sie gekleidet war. Jetzt ging es nur darum, die Aufnahmen der Überwachungskameras durchzugehen, aber wenn er an die Zahl der Kameras dachte, würde das eine Weile dauern.

»Hier ist etwas, Sir. Wollen Sie mal sehen?«

McLean wandte sich von den flackernden Bildschirmen voll unscharfer Menschen ab, die in ungleichmäßigem Rhythmus die orangefarbene Straße entlangsprangen. DC MacBride saß in der Nähe an einer Konsole, beschämend vertraut mit der Technik.

»Was haben Sie?« Er rollte seinen Stuhl über die Teppichquadrate, bis er auf den anderen Bildschirm sehen konnte. MacBride drehte den Schalter gegen den Uhrzeigersinn und spulte die Aufnahme bis Viertel nach elf zurück.

»Das ist der Taxistand in der Castle Street, Sir.« Er stellte das Gerät wieder auf normale Geschwindigkeit und zeigte auf den Bildschirm. Sommerzeit und das Festival in vollem Gang, das bedeutete, dass die Straßen der Stadt womöglich bei Nacht voller waren als am Tag. »Ich glaube, hier habe ich unsere drei Mädchen.« Er drückte auf den Pausenschalter und zeigte auf drei Gestalten, die Arm in Arm gingen. Die in der Mitte trug einen gerade geschnittenen Faltenrock, ein ärmelloses Top und einen Glockenhut. Die Federboa, die er kannte, war um ihren Hals geschlungen. Karen und Mandy in ihren engen Jeans und T-Shirts sahen neben ihr ziemlich billig aus.

»Das ist sie«, sagte McLean. »Können wir sehen, wo sie hingeht?«

MacBride spulte das Band vorwärts, und sie sahen zu, wie die Mädchen sich in der Schlange am Taxistand anstellten. Chloe wartete, bis die anderen beiden abgefahren waren, und machte sich dann auf den Weg den Hügel hinunter in Richtung Princes Street.

»Hier müssen wir die Kameras wechseln.« MacBride machte irgendetwas mit dem verwirrenden Sammelsurium von Schaltern auf der Konsole, und das Bild änderte sich zu einer anderen Aufnahmeperspektive. Chloe ging die Straße entlang, allein und selbstbewusst in ihrem Gang. Sie folgten ihr durch die Aufnahmen zweier anderer Kameras, dann hielt sie an, als ein schwarzer Wagen neben ihr auf der Straße hielt.

Wenn er es nicht besser gewusst hätte, hätte er gesagt, es handelte sich um einen klassischen Fall von Autostrich. Chloe beugte sich zu dem Wagen hinunter, sprach offenbar mit dem Fahrer. Ihre Körpersprache zeigte keine Anzeichen von Besorgtheit, und kurze Zeit später öffnete sie die Wagentür und stieg ein. Der Wagen fuhr in Richtung North British Hotel.

»Können wir dieses Bild verbessern? Eine Nummer für dieses Auto bekommen?«

»So geht das nur im Film. Dies hier sind keine Kameras mit hoher Auflösung, und das Licht ist scheußlich. Eigentlich müsste eine andere Kamera eine bessere Perspektive bieten, aber die ist letzte Nacht offenbar ausgefallen.«

»Wir müssten ihn trotzdem aufspüren können. Schwarzer oder dunkelblauer BMW, 3er Serie. Taucht der auf einer der anderen Aufnahmen auf?«

MacBride drückte Knöpfe, sah, wie der Wagen von der Princes Street auf den Mound Place abbog. Er tauchte kurz auf einer anderen Kameraaufnahme auf, dann gab es nichts mehr. »Die Abdeckung ist außerhalb der Hotspots des Stadtzentrums nicht so gut. Aber wir können versuchen, für die fragliche Uhrzeit andere Kameras zu durchsuchen. Sehen, ob er auftaucht.«

»Wie lang wird das dauern?«

»Ich weiß es nicht, Sir. Wir könnten Glück haben, aber es kann auch den ganzen Tag dauern.«

»Okay. Fangen Sie an. Schauen Sie mal, ob Sie auf diesem Bild eine Autonummer erkennen können. Ein Teil würde schon helfen. Schicken Sie sie zu Emma, die ist gut mit Fotos ...«

McLean erstarrte, als er dies aussprach. Sie war gut mit Fotos. Sie hatte die Tatortfotos von dem Haus in Sighthill ausgesucht, hatte die merkwürdigen Muster entdeckt, die er auf dem Boden gesehen hatte. Und vorher war etwas anderes auf ihrem Monitor gewesen. Miniaturen von Fotos. Hatte sie die nur zum Archivieren durchgesehen, oder geschah da etwas Schlimmeres? MB. Em B. Emma Baird.

»Geht es Ihnen gut, Sir? Sie sehen ja aus wie Ihr eigener Tod.« DC MacBrides blasses, rundes Gesicht sah im Halbdunkel des Videoraums zu ihm auf.

»Ich glaube, ich weiß, wer diese Tatortfotos ins Netz gestellt haben könnte.«

Aber er hoffte um Gottes willen, dass er falschlag.

51

Das Telefon geht immer noch nicht, nehme ich an?«

Der Sergeant vom Dienst, Pete Murray, begrüßte ihn mit einem Grinsen, als er am Montagmorgen ins Büro kam. McLean klopfte seine Taschen ab, bis er das Gerät gefunden hatte, konnte sich aber nicht erinnern, ob er sich gestern Nacht auch nur die Mühe gemacht hatte, es aufzuladen. Er war abgelenkt gewesen, die Chancen standen also nicht gut. Und tatsächlich war das Telefon tot, als er versuchte, auf die Knöpfe zu drücken.

»Was machen Sie nur mit den armen Dingern? Verfluchen Sie die?« Pete schob einen hohen Stapel Papiere in seine Richtung, wobei er zur anderen Seite des Empfangsraums hinübernickte. »Hier ist ein Stapel Unterlagen, um die Sie sich kümmern müssen, und der Kerl da drüben hat nach Ihnen persönlich gefragt. Sagt, er sei von der Vermögensverwaltung von Hoggett Scotia. Für mich sieht er aus wie ein Banker.«

Überrascht sah McLean sich um und versuchte, sich zu erinnern, wo er den Namen schon einmal gehört hatte. Mr Masters sah aus wie einer von tausend gesichtslosen Geschäftsleuten in Anzügen: Anfang vierzig, ergrauendes Haar; ein leichter Bauchansatz, den er mit zwei Mal Squash in der Woche nicht mehr wegschmelzen konnte; kostspielige lederne Aktentasche voll mit elektronischem Spielzeug; Frau und Kinder in einem Vorort, Geliebte in einer Altstadtwohnung.

»Inspector McLean? Danke, dass Sie mich empfangen. Jonathan Masters, Hoggett Scotia.« Masters sprang auf, bevor McLean auch nur den halben Flur durchquert hatte. Erst da fielen die Puzzleteile alle an ihren Platz.

»Mr Masters. Sie waren einer der Zeugen des Selbstmords von Peter Andrews.«

Jonathan Masters zuckte bei der Erwähnung seines früheren Kollegen zusammen. »Es ist eine schwere Woche gewesen bei Hoggett Scotia, Inspector. Peter war einer unserer Topanalytiker. Er fehlt uns sehr.«

Ein Topanalytiker. Nicht »ein feiner Kerl« oder »die Seele jeder Feier«. Kein Freund.

»Ich habe mit seinem Vater gesprochen, Mr Masters. Es scheint, als wäre er ein Mann gewesen, der alles hatte, wofür es sich zu leben lohnt, bis er herausfand, dass er unheilbar an Krebs erkrankt war.«

»Das war vollkommen überraschend. Er hat keinem von uns davon erzählt. Vielleicht, wenn er das getan hätte ...« Masters verstummte.

»Aber ich nehme an, Sie sind nicht hier, um mir von Peter Andrews zu erzählen, Sir.«

»Nein, natürlich nicht. Es war eine schwere Woche. Aber wir vermissen eine Sekretärin. Sally Dent.«

»Dent. War sie nicht auch eine Zeugin?«

»Ja, sie saß am Empfang. Wir haben ihr den Rest des Tages freigegeben. Das war das Mindeste, was wir tun konnten. Wir haben darüber hinweggesehen, dass sie auch am nächsten Tag nicht erschienen ist, und dann war Wochenende. Aber sie ist auch heute nicht gekommen. Sie ist seitdem ... na ja, seit Peter ... Sie wissen schon.«

»Sie haben versucht, sich mit ihr in Verbindung zu setzen, nehme ich an.« McLean überkam die schreckliche Ahnung eines Déjà-vu-Erlebnisses, das sich wie der Schatten einer Spinne aus seinem Unterbewusstsein erhob.

»Natürlich. Wir haben bei ihr zu Hause angerufen, aber ihre Mutter dachte, sie sei ins Ausland gereist. Es ist schon dumm, sie sollte eigentlich mit einem unserer Fondsmanager nach Tokio fliegen, aber das Ganze wurde abgeblasen, nachdem ...«

»Sie dachten also, sie sei zu Hause, und ihre Mutter dachte, sie sei im Ausland, und keiner von Ihnen beiden weiß, wo sie ist, seit Peter Andrews sich umgebracht hat.«

»So in etwa, Inspector.«

»Erzählen Sie mir von Sally Dent, Mr Masters«, sagte McLean. »Wie sieht sie aus?«

»Oh, ich habe etwas Besseres. Hier.« Masters stellte seine Aktentasche auf einer Plastikbank ab und öffnete die beiden Verschlüsse. McLean sah einen winzigen Laptop, ein Tablet, ein GPS-Gerät und ein schmales Handy in das weiche Lederfutter geschmiegt, bevor Masters ein A4-Blatt herausnahm und die Tasche wieder verschloss. »Aus ihrer Personalakte.«

McLean nahm das Blatt und hielt es ins Licht, sodass er das gedruckte Foto besser sehen konnte. Was ihn am meisten überraschte, war nicht, dass er die Frau wiedererkannte. Sondern dass er damit gerechnet hatte, auf dem Foto ihr Gesicht zu sehen. Auf dem Bild war es ein hübscheres Gesicht, lächelnd und hoffnungsvoll. Das letzte Mal, als er sie gesehen hatte, hatte sie auf dem stählernen Untersuchungstisch in Angus Cadwalladers Sektionssaal gelegen. Das erste Mal, zerbrochen und verdreht, das Haar matt von Blut, auf dem mit Müll übersäten, ölverseuchten Schotter des Schienenstrangs in der Waverley Station.

»Du hältst es wirklich nicht ohne uns aus, was, Tony? Weißt du, du könntest zum rechtsmedizinischen Assistenten umschulen, dann könnten wir uns all die Spielchen sparen.«

Angus Cadwallader grinste von seinem Bürostuhl herüber, als McLean an die offene Tür klopfte. Er hatte Masters im allgemein zugänglichen Warteraum zurückgelassen, der verärgert immer wieder auf die Uhr schaute. Je schneller sie es hinter sich brachten, umso besser.

»Das ist verlockend, Angus, aber ich weiß doch, dass du nur Augen für Tracy hast.«

Das Grinsen wankte ein ganz kleines bisschen – und verspannte sich der Rechtsmediziner ein wenig? Interessant.

»Nun, was kann ich für dich tun?«

»Die Frau, die letzte Woche von der Waverley Bridge gesprungen ist. Ich glaube, es könnte sich um Sally Dent handeln. Können wir sie zum Identifizieren vorbereiten? Ich habe ihren Chef oben sitzen.«

»Kein Problem. Ich lasse sie herausrollen und sage Bescheid, wenn sie so weit ist.« Der Rechtsmediziner eilte in den Sektionssaal hinaus zu den Lagerschubladen und griff sich im Laufen eine stählerne Trage auf Rollen. McLean folgte ihm.

»Hast du ihren Bericht schon eingeschickt?«

»Was? Oh ja. Ich glaube schon. Tracy schickt sie normalerweise rüber, sobald wir fertig sind. Warum?«

»Ich habe ihn noch nicht gesehen, das ist alles.«

»Ah, dann weißt du also noch nichts von den Plaques, die Löcher in ihr Gehirn gefressen hatten.«

»Von den … was?« Ein kalter Knoten wuchs in McLeans Magengrube. Komplikationen. Es gab immer Komplikationen.

»Creutzfeldt-Jacob. Ziemlich fortgeschritten. Ich habe den Verdacht, dass sie ziemlich lebhafte Halluzinationen hatte, bevor sie gesprungen ist. Das war wahrscheinlich der Grund.« Cadwallader öffnete die Schublade und enthüllte Sally Dents bleichen, gesäuberten Körper. Die Schnitte auf ihrem Gesicht waren ordentlich vernäht, aber immer noch schrecklich verunstaltend. Er schob sie auf die Trage hinüber und bedeckte sie mit einem langen weißen Tuch. Zusammen rollten sie sie in den Identifikationsraum, wo ein verängstigt aussehender Jonathan Masters aufsprang, als hätte ihn jemand angeschrien.

»Tut mir leid, dass Sie warten mussten, Mr Masters. Ich sollte Sie warnen. Sie war ziemlich schwer verletzt, als sie gestorben ist.«

Masters nahm einen grünlich weißen Farbton an und nickte schweigend, als er die verhüllte Gestalt betrachtete. Cadwallader wandte sich dem Laken zu und enthüllte nur das Gesicht. Der Bankier sah hinunter, und McLean erkannte den Schrecken des Wiedererkennens auf seinem Gesicht. Ein Blick, den er schon zu oft gesehen hatte.

»Was ist ihr passiert?« Masters' Stimme war gleichzeitig hoch und krächzend, aber er war nicht zusammengebrochen wie andere. Das musste McLean ihm zugutehalten.

»Sie ist von der North Bridge gesprungen.«

»Der Selbstmord? Ich habe davon gehört. Aber Sally ... Nein ... Sally würde nicht ...«

»Sie hatte eine schwere neurologische Erkrankung.« Cadwallader deckte das zerschlagene Gesicht wieder zu. »Es kann sein, dass sie nicht einmal wusste, was sie tat.«

»Und ihre Mutter?« Masters schaute McLean mit flehendem Blick an. »Wer wird ihr das erklären?«

»Schon in Ordnung, Mr Masters. Ich werde mit Mrs Dent sprechen.« McLean nahm den Geschäftsmann am Arm und führte ihn aus dem Zimmer. »Sind Sie okay? Soll ich jemanden holen, der Sie ins Büro zurückbringt?«

In größerem Abstand zu der Leiche schien sich Masters wieder zu fangen. Er straffte die Schultern und schaute wieder auf die Uhr. »Nein, es geht schon, Inspector. Danke. Ich muss ins Büro zurück. Oh Gott, Sally.« Er schüttelte den Kopf.

»Das könnte eine geschmacklose Frage sein, Mr Masters, aber war da was zwischen Miss Dent und Mr Andrews?«

Masters sah McLean mit einem Ausdruck an, als hielte er den Inspector für verrückt. »Was meinen Sie?«

»Ich habe mich nur gefragt, ob sie eine Beziehung hatten, die über das rein Berufliche hinausging. Die beiden Selbstmorde so schnell hintereinander.«

»Peter Andrews war schwul, Inspector. Wussten Sie das nicht?«

Als McLean Jonathan Masters aus dem Gebäude begleitet hatte und in den Hauptsektionssaal zurückgekehrt war, hatte Cadwallader die tote Frau wieder in ihre kalte Zelle zurückgebracht und war ins Büro zurückgekehrt. McLean sah herein und bemerkte zum ersten Mal, dass die immer fröhliche Assistentin nirgends zu sehen war.

»Was hast du mit Tracy gemacht?«, fragte er.

»Lass die Pfoten von meiner Assistentin, Tony.«

McLean hielt die Hände hoch, so als würde er aufgeben. »Sie ist nicht mein Typ, Angus.«

»Nein, ich habe gehört, du ziehst Kolleginnen der Spurensicherung vor. Aber niemand ist vollkommen.« Cadwallader lachte. »Tracy hat ein paar Proben ins Labor gebracht. Ab und zu lasse ich sie hier raus. Wenn du ausnahmsweise nicht zu sehr damit beschäftigt bist, mein Leichenhaus mit Toten zu füllen.«

»Tut mir leid.« McLean zuckte entschuldigend mit den Schultern. »Erzähl mir mehr über Sally Dent. Da war was mit ihrem Blut, glaube ich mich zu erinnern.«

»Es war nicht ihr Blut. Sie war bedeckt mit dem von jemand anderem.«

»Hast du herausgefunden, wessen Blut?«

Cadwallader schüttelte den Kopf. »Wir haben die Blutgruppe, aber die ist ziemlich häufig. Blutgruppe O, Rhesusfaktor D, also positiv. Ich habe eine Probe zur DNA-Analyse geschickt, aber wenn du nicht zufällig jemanden kennst, der in letzter Zeit eine Menge davon verloren hat, könnte es eine Weile dauern, es zu bestimmen.«

Jemand, der in letzter Zeit eine Menge verloren hat.

Ein schrecklicher, unmöglicher Gedanke ging McLean durch den Kopf. »Was ist mit Jonas Carstairs?«

»Was? Du meinst, dass diese leichtgewichtige Frau hier drin …« Cadwallader zeigte auf die Reihen von Kühlräumen. »Du meinst, sie hat einen starken, gesunden Mann wie Carstairs festgehalten und aufgeschlitzt?«

»Er war ein alter Mann, so stark konnte er nicht sein.« Während er das sagte, fiel ihm ein, dass er auch den Bericht zu Carstairs' Tod nicht zu Gesicht bekommen hatte.

»Der war fit wie ein Turnschuh. Muss den ganzen Yoga- und Müslikram mitgemacht haben, der heutzutage so in ist.« Der Rechtsmediziner drehte sich wieder zu seinem Computer um, drückte ein paar Tasten, um den fraglichen Bericht aufzurufen, und schaute auf die Seite. »Hier ist es. Analyse des Blutes, das an Sally Dents Haar und Händen gefunden wurde.« Er tippte noch einmal und öffnete ein weiteres Fenster. »Blutprobe von Jonas Carstairs … Mein Gott.«

McLean sah über Cadwalladers Schulter auf den Bericht, ohne ganz zu verstehen, was da stand. Der Rechtsmediziner drehte langsam seinen Stuhl herum. »Das sind dieselben.«

»Dieselbe Blutgruppe?«

»Nein, dasselbe Blut. So gleich, wie es nur sein kann. Ich werde ein DNA-Profil erstellen, nur um sicherzugehen. Aber alle Marker sind identisch.«

»Tu es trotzdem, bitte.« McLean lehnte sich mit dem Rücken an den Tresen und versuchte herauszufinden, wohin ihn all diese widersprüchlichen Informationsbrocken führten. Opus diaboli. Teufelswerk. Sie führten ihn an keinen schönen Ort.

»Hast du Peter Andrews noch hier?«, fragte er.

Cadwallader nickte. »Verdammte Plage. Er sollte letzte Woche runter nach London geschafft werden, aber dieser Einbruch hat alle Pläne durcheinandergebracht. Ich warte immer noch darauf, dass sie kommen und ihn abholen.«

»Hatte er Blut an sich?«

»Er hat sich die Kehle durchgeschnitten, Tony. Er war voll mit dem Zeug.«

»Ja, aber war es alles seins?«

»Ich würde sagen, ja. Wir haben ihn gewaschen. Nun, Tracy hat ihn gewaschen. Sie hat nichts von verschiedenen Schichten gesagt. Worauf willst du hinaus, Tony?«

»Ich bin mir nicht sicher. Zumindest glaube ich nicht, dass ich sicher sein will. Angus, könntest du mir einen Riesengefallen tun?«

»Das kommt darauf an. Wenn du möchtest, dass ich dich auf einer weiteren der kleinen Soireen des Chief Constable vertrete, dann leider nicht.«

»Nein, nichts davon. Ich frage mich nur, ob du dir vielleicht Peter Andrews noch einmal ansehen könntest.«

»Ich habe ihn ziemlich gründlich untersucht.« Der Rechtsmediziner machte ein leicht gekränktes Gesicht, aber McLean wusste, dass er nur so tat.

»Ich weiß, Angus, aber du hast dir einen Selbstmörder angesehen. Ich möchte, dass du ihn dir ansiehst, als wäre er ein Mordopfer.«

52

Chief Inspector Duguid wartete in dem winzigen Einsatzraum, saß auf Grumpy Bobs Stuhl und betrachtete die Fotos, die an der Wand hingen. McLean zog sich beinahe noch im Türrahmen wieder zurück, aber in manche sauren Äpfel beißt man am besten sofort.

»Kann ich Ihnen helfen, Sir?«

»Ich dachte, Sie hätten Urlaub.«

»Und ich denke, dass ich meine Zeit besser damit verbringen sollte, Verbrecher zu fangen, Sir. Sie wissen noch, was das heißt, Sir?«

»Mir gefällt Ihr Ton immer noch nicht, McLean.«

»Und ich bin nicht gerade froh darüber, dass jemand versucht, mich umzubringen, aber so hat jeder sein Kreuz zu tragen. Also, was wollen Sie von mir?«

Duguid hievte sich aus Grumpy Bobs Stuhl hoch. Sein Gesicht verdüsterte sich. »Ich wusste nicht mal, dass Sie hier sind. Ich habe nach Ihrem jungen Constable gesucht, Mac-Irgendwas. Er sagte, Sie hätten eine Spur zu unserem Informationsleck. Irgendetwas mit einer Internetseite?«

»Was ist damit, Sir?«

»Was soll damit sein, McLean? Wie soll ich denn Ihrer Vorstellung nach im Mord an Carstairs ermitteln, wenn Sie sich nicht um Ihren Teil kümmern? Diese undichte Stelle ist ein Hauptstrang unserer Ermittlungen.«

Der Einzige, wenn Sie hier unten sind, um aus meinem Team Antworten herauszuquetschen, dachte McLean. Er hatte nicht die Nerven, dem Mann zu sagen, dass die Mörderin tot in der

Leichenhalle lag. Cadwallader sollte zuerst den DNA-Test durchlaufen lassen und dann selbst die Resultate weitergeben. McLean wollte keine Anerkennung für die Entdeckung, wenn es dazu führte, dass Duguid ihm noch feindlicher gesonnen wäre. Er hatte schon einmal den Fehler begangen, dem Chief Inspector Fälle zu lösen.

»Detective Constable MacBride hat eine geschützte Internetseite gefunden, auf der Leute grausame Bilder ausstellen und damit handeln, einschließlich Tatortfotos, Sir. Anscheinend gibt es da draußen im Cyberspace ziemlich morbide Typen. Ich habe Bilder aus Barnaby Smythes Arbeitszimmer dort wiedererkannt.«

»Also könnte, wer auch immer Carstairs ermordet hat, ein regelmäßiger Besucher dieser Seiten sein. Und? Haben die jetzt beschlossen, ihre kranken Fantasien in die Tat umzusetzen? Mein Gott, das fehlt uns gerade noch.« Duguid massierte sich die Stirn mit den Fingern. »Also, wer ist es? Wer stellt diese Bilder ins Internet und füttert diese Gestörten mit Ideen?«

»Das weiß ich nicht, Sir.«

»Aber Sie haben eine Ahnung – oder, McLean? Ich weiß doch, wie Ihr Kopf arbeitet.«

»Ich muss erst noch etwas überprüfen, Sir. Bevor ...«

»Unfug, Inspector. Wenn Sie einen Verdacht haben, teilen Sie ihn mit uns. Wir können keine Zeit damit verschwenden, auf Samtpfötchen hier umeinanderzuschleichen. Da draußen ist wahrscheinlich ein Mörder gerade dabei, sich sein nächstes Opfer auszusuchen.«

Nein, da ist keiner. Sie sind jetzt alle tot. Er hat sein schmutziges kleines Geheimnis aus der Welt geschafft, auch wenn Gott allein weiß, wie. Die Internetseite ist nur ein Ablenkungsmanöver.

»Ich glaube wirklich nicht, dass es eilig ist, Sir.« McLean versuchte, seine Worte sorgsam zu wählen. Wenn er recht hatte und Emma wirklich für die Fotos im Netz verantwortlich war, dann wollte er es sein, der sie festnagelte. Und was er tun würde, wenn sich sein Verdacht erhärtete, das wusste er einfach noch nicht.

»Sie schützen jemanden, nicht wahr, Inspector? Hoffen, den ganzen Ruhm für sich zu bekommen, was?« Duguid drängte sich an ihm vorbei aus dem Einsatzraum hinaus. »Oder geht's um was völlig anderes?«

McLean sah Duguid nach, dann griff er zum Telefon und versuchte zu wählen. Es war tot. Er fischte sein Handy aus der Tasche, schüttelte es und drückte auf den Einschaltknopf. Nichts. Verdammt. Wenn Cadwallader von seinem Abendessen mit Emma wusste, dann wusste Dagwood mit Sicherheit ebenfalls Bescheid, und der Chief Inspector würde nicht lange brauchen, um zwei und zwei zusammenzuzählen. Schließlich war er Detective, auch wenn es manchmal schwer zu glauben war. Er blickte wieder das Telefon an. Sollte er sie wirklich warnen, dass sie unter Verdacht stand? Ja, das sollte er. Wenn sie schuldig war, würden sie versuchen, ihr eine Anklage für Beihilfe zum Mord anzuhängen. Und selbst wenn das nicht gelang, würde ihr Name dennoch in den Medien durch den Schmutz gezogen werden. Und wenn er wirklich ehrlich war, wollte er da lieber nicht mit hineingezogen werden, genauso wenig, wie er mitansehen wollte, wie das einer Freundin geschah.

Fluchend stapfte er aus dem Zimmer, machte sich auf die Suche nach einem funktionierenden Telefon, wobei er beinahe in DC MacBride hineinlief, der draußen den Flur entlangrannte.

»Zum Teufel, was ist denn in Sie gefahren?«

»Sie haben ihn gefunden, Sir.« MacBrides Gesicht war rot vor Aufregung.

»Was gefunden?«

»Den Lieferwagen, Sir. Den, mit dem Alison getötet wurde.«

Ein frischer Wind war in den letzten Jahren durch Edinburgh geweht, hatte die alten, müden Mietshäuser, die gepfändeten

Lagerhäuser, Schrottplätze und heruntergekommenen Anwesen aus dem Weg geräumt und sie durch neue Bauprojekte, Freizeitzentren, Luxuswohnungen und Einkaufszentren ersetzt. Aber es gab ein paar Orte, die mit der Anmut eines erhobenen Mittelfingers jeder Gentrifizierung trotzten. Newhaven stellte sich noch den Kräften der Entwicklung entgegen, wo Leith und Trinity bereits aufgegeben hatten. Die windumwehte Südküste des Firth of Forth war einfach zu hässlich, um Neuankömmlinge anzuziehen, die neugewonnenen Grundstücke zu verseucht durch die Industrie.

McLean schaute zum Beifahrerfenster des Wagens hinaus, als DC MacBride durch ein aufgebrochenes Tor auf ein verlassenes Grundstück fuhr. Zwei Streifenwagen waren bereits vor Ort. Sie parkten neben dem Spurensicherungswagen, und McLean überkam eine Welle der Hoffnung, Emma dort zu sehen. Wenn er nur einen Augenblick lang allein mit ihr sprechen könnte, könnte er die Wahrheit über die Fotografien erfahren und sie warnen, falls das nötig sein sollte. Es überraschte ihn, dass er auch aus rein persönlichen Gründen hoffte, dass sie hier war. Er konnte sich nicht erinnern, wann er das letzte Mal jemandem gegenüber so empfunden hatte.

Irgendwann hatte das Lagerhaus wahrscheinlich etwas Wertvolles enthalten, aber jetzt gab es kein Dach mehr, und die schmiedeeisernen Träger waren zur Heimstatt für Tauben und Rost geworden. Sogar jetzt im Sommer, nach Tagen trockener Hitze, war der Zementboden noch mit schmutzigen Wasserpfützen bedeckt. Im Winter, wenn der Ostwind Schneeregen von der Nordsee hereinwehte, musste es erst richtig heimelig hier sein. Ein fauler Gestank füllte die ganze Gegend – verrottende Kadaver und Rauch, gemischt mit Vogelscheiße und dem Salzgeruch des Meeres. In der Mitte, umgeben von Spurensicherungsofficern wie ein toter Vogel von Ameisen, stand ein geschwärzter Transit.

Sie sehen alle gleich aus, sagte sich McLean, als er näher kam. Aber etwas an diesem Wagen verriet McLean, dass es derselbe war, den er zuletzt gesehen hatte, wie er unten an der Pleasance quietschend um die Ecke raste, in Richtung Holyrood. Die Nummernschilder fehlten, aber das war schon so gewesen. Möglicherweise waren auch die Nummern am Fahrgestell abgefeilt worden. Ein Erkennungsmerkmal gab es allerdings: eine lange, frische Beule im verkohlten Blech der Motorhaube, genau dort, wo ein vielversprechendes junges Leben vor der Zeit beendet worden war.

Er ging um den Wagen herum, wobei er Abstand hielt, um den Fundort nicht zu kontaminieren. Ein weiß gekleideter Kriminaltechniker kniete daneben und zupfte mit einer Pinzette an dem vernarbten und blasigen Lack herum. Ein Blitz ging hinter ihm los, und er drehte sich um in der Erwartung, Emma zu sehen. Doch diesmal stand ein anderer Kriminaltechniker hinter der Linse.

Malky, erinnerte sich McLean, der Fotograf vom Tatort im Farquhar House. Der Junge, der nach Seife roch und glaubte, dass negative Gedanken die Elektrizität aus Handyakkus saugen konnten. Nun, das ergab schon irgendeinen perversen Sinn. Genauso viel Sinn wie das hier.

»Ist Emma Baird nicht hier?«

»Sie ist an einem anderen Fall.« Der Akzent war aus Glasgow, aber kultivierter als der von Fergus McReadie.

»Sie müssen Malky sein«, sagte McLean. Als er die Worte aussprach, wusste er bereits, dass er einen Fehler gemacht hatte. Die Züge des Mannes verhärteten sich zu einer Maske des Widerwillens, die DCI Duguid entspannt erscheinen ließ.

»Malcolm, bitte. Malcolm Buchanan Watt.«

»Tut mir leid, Malcolm. Es war nur …«

»Ich weiß, wie mich die anderen nennen, Inspector. Bei anderen Details ihrer Arbeit sind sie genauso nachlässig. Das sollten

Sie berücksichtigen, wenn Sie das nächste Mal mit solchen wie Ms Baird arbeiten.«

»Na, na, Malcolm. Emma ist genauso professionell wie Sie.«

Der Fotograf machte sich nicht die Mühe, hierauf zu antworten, sondern beschloss stattdessen, sich hinter seiner Kamera zu verstecken und weiterzufotografieren. McLean schüttelte den Kopf. Warum mussten manche Leute so empfindlich sein? Er wollte gerade auf die andere Seite des Wagens gehen, wo die Schiebetür weit offen stand, als eine bekannte Stimme ihn aufhielt.

»Gott sei Dank. Endlich ein Detective Inspector.« Big Andy Houseman grinste. »Ich bin froh, dass Sie hier sind, Sir. Wir alle wollen hier ein gutes Ergebnis.«

»Eigentlich bin ich gar nicht hier, Andy. Sie haben mich nie gesehen, okay?«

»Was? Sagen Sie mir nicht, dass Dagwood das hier übertragen bekommt.«

»Ich bin eines der Opfer, Andy. Ich darf nichts mit der Ermittlung zu tun haben.« McLean streckte bittend die Hände aus, obwohl er die Enttäuschung des Sergeants teilte. »Wie sieht's aus?«

»Ein Junge, der seinen Hund an der Küste ausgeführt hat, hat ihn gesehen und angerufen. Ich hab ein paar Officer, die auf der anderen Straßenseite in den Wohnungen herumfragen, aber ich glaube nicht, dass jemand irgendwas gesehen hat. Selbst wenn sie was gesehen haben.«

»Und der Wagen – haben Sie ihn schon identifiziert?«

»Wir arbeiten daran, Sir. Aber nach allem, was wir hier sehen können, ist er professionell gesäubert worden. Keine Nummernschilder, keine Fahrgestellnummer.«

»Woher wissen Sie dann, dass es der Wagen ist, der Alison überfahren hat?«

»Wir wissen es nicht. Nicht mit Sicherheit. Aber es ist wahrscheinlich. Die Schnauze ist eingedellt, als hätte er etwas gerammt. Sie sind wahrscheinlich der beste Zeuge, aber wir wissen, dass es ein Transit war. Die Spurensicherung ist dran, aber ich verwette mein Urlaubsgeld darauf, dass es derselbe Wagen ist.«

»Ist es möglich, dass wir Fingerabdrücke finden? Um herauszufinden, wer gefahren ist?«

»Wir haben was Besseres. Wir haben eine Leiche. Hier entlang.« Big Andy führte McLean zur anderen Seite des Lieferwagens. Eine vertraute Gestalt beugte sich über etwas Schwarzes und Verbranntes darin, offensichtlich der Brandherd. Angus Cadwallader stand auf, und sein Rücken knackte, als er sich streckte.

»Wenn wir uns weiter so häufig treffen, Tony, muss ich dich meiner Mutter vorstellen.«

»Das hast du bereits, Angus. Bei dieser Party in Holyrood, schon vergessen? Was hast du hier?«

Cadwallader wandte sich wieder dem Gegenstand seiner Untersuchung zu, wobei er mit einem behandschuhten Finger auf die hellen Flecken in etwas zeigte, das aussah wie eine halb verbrannte Rolle Teppich. Das weiße Latex war mit fettiger Asche beschmiert. McLean musste nichts dazu sagen. Seine Nase hatte ihm bereits mitgeteilt, was dort lag.

»Die Frage ist nicht so sehr, was«, sagte der Rechtsmediziner, »sondern vielmehr: wer.«

53

Cadwallader hatte versprochen, die Leiche gleich bei seiner Rückkehr in die Rechtsmedizin zu untersuchen. Das und die Warnung, dass DCI Duguid auf dem Weg hierher war, ließ McLean keine andere Möglichkeit, als zu gehen. Er ließ wieder DC MacBride fahren und sah die Stadt vorüberziehen, während sie sich durch den Verkehr zum Revier zurückkämpften.

»Glauben Sie an Geister, Constable?«, fragte er, als sie an einer Ampel standen.

»Wie diese Tussi im Fernsehen? Die mit der komischen Kamera herumrennt, in der alles grün aussieht? Nein, nicht wirklich. Aber mein Onkel schwört, dass er mal einen Geist gesehen hat.«

»Und was ist mit Dämonen? Dem Teufel?«

»Nee. Das ist nur Zeug, das sich die Priester ausgedacht haben, damit man sich benimmt. Warum? Meinen Sie, da könnte was dran sein, Sir?«

»Mein Gott, nein. Das Leben ist schon schwer genug, wenn man es mit gewöhnlichen Verbrechern zu tun hat. Ich will gar nicht daran denken, was wäre, wenn ich auch noch höllische Heerscharen festnehmen müsste. Aber Bertie Farquhar und seine Freunde haben fest genug an etwas geglaubt, um dieses Mädchen umzubringen. Was bringt einen Mann dazu, und warum sollte man so was tun? Was könnten sie davon gehabt haben?«

»Reichtum? Unsterblichkeit? Ist es nicht das, was die Leute normalerweise wollen?«

»Dann hat es für die nicht besonders gut geklappt.« Hatte es aber doch, bis zu einem gewissen Grad. Sie waren alle fabelhaft reich und erfolgreich gewesen, und keiner von ihnen war eines natürlichen Todes gestorben. Was hatte Angus über Smythe gesagt? Eine Lunge, die einen Teenager beschämen würde? Und hatte er nicht auch gesagt, dass Carstairs fit wie ein Turnschuh gewesen war? Wie weit konnte man den Placeboeffekt treiben, bis alles danach aussah, als wären fremde Mächte am Werk?

Der Wagen kroch weiter vorwärts, an Baustellen für die Straßenbahn vorbei, die es niemals geben würde. Auf der anderen Straßenseite zogen die schäbigen Gebäude dieses armen Viertels vorbei, in ihren fleckigen, schmutzigen Farben. Schmierige Fenster, die auf Pfandleihhäuser hinuntersahen, und ein Fish-and-Chips-Laden, in dem man wahrscheinlich eine Lebensmittelvergiftung bekam, wenn man nicht gerade in dieser Gegend groß geworden und immunisiert war. Sein Blick fiel auf eine bekannte Tür mit abgeblätterter Farbe und einem Schild: »HANDLESEN, TAROT, ZUKUNFTSVORHERSAGEN«.

»Halten Sie an, Constable. Suchen Sie einen Parkplatz.«

MacBride tat, wie ihm geheißen, sehr zum Ärger der Fahrer hinter ihm.

»Wohin gehen wir?«, fragte er, als sie ausstiegen.

McLean zeigte über die Straße. »Ich muss mir die Zukunft vorhersagen lassen.«

Madame Rose war gerade mit einer Kundin fertig, einer verblüfft aussehenden Frau mittleren Alters, die ihr Haar mit einem Schal bedeckte und ihre frisch erleichterte Handtasche fest unter einen Arm geklemmt hielt. McLean zog eine Augenbraue hoch, sagte aber nichts, als sie in das Hinterzimmer geführt wurden.

»Mrs Brown kommt zu mir, seit ihr Mann gestorben ist. Das muss jetzt ungefähr drei Jahre her sein. Alle zwei Monate.« Madame Rose jagte Katzen von zwei Stühlen, bedeutete ihnen, sich hinzusetzen, und nahm dann ihren Platz ein. »Ich kann nichts für sie tun. Mit den Toten zu sprechen ist nicht mein Ding, und ich habe das Gefühl, dass ihr Donald eigentlich gar nicht mit ihr reden will. Aber ich kann sie doch auch nicht davon abhalten, mir ihr Geld zu bringen, oder?«

McLean lächelte in sich hinein. »Und hier sitze ich, der ich dachte, das wäre alles nur Schall und Rauch.«

»Aber nein.« Madame Rose legte eine große, geschmückte Hand auf ihren ausladenden falschen Busen. »Ich dachte, Sie unter allen Menschen hätten verstanden. Bei Ihrer Vergangenheit.«

Das Lächeln verschwand so schnell, wie es aufgetaucht war. »Ich habe keine Ahnung, wovon Sie sprechen.«

»Und trotzdem sind Sie hier. Sind zu mir gekommen, um Rat wegen Dämonen zu suchen. Schon wieder.«

Vielleicht war es doch keine so gute Idee gewesen. McLean wusste, dass das hier alles Unfug war, aber sogar er musste zugeben, dass Madame Roses Darbietung wirklich überzeugend war. Schließlich war seine Vergangenheit öffentlich bekannt, sosehr er sich auch wünschte, dass dem nicht so wäre. Es war alles Teil der Vorführung, es ging darum, seinen Kunden gut genug zu kennen, damit er sich unbehaglich fühlte. Das lenkte ihn von allem anderen ab, was geschah. Machte es einem schwer, beim eigenen Vorhaben zu bleiben.

»Sie sagen das, als hätten Sie uns erwartet.«

»Sie erwartet, Inspector …« Madame Rose nickte in seine Richtung. »Ich gebe zu, dass ich Ihren jungen Freund hier nicht gesehen habe, als ich das letzte Mal die Karten zu Rate gezogen habe.«

Und es wäre wahrscheinlich einfacher zu fragen, was er wollte, wenn MacBride nicht hier wäre und zuhören würde. McLean musste den Drang unterdrücken, auf seinem Stuhl herumzurutschen wie ein Schuljunge, der mal musste, sich aber nicht traute, den Lehrer zu fragen.

»Sie wollen wissen, ob es sie wirklich gibt. Die Dämonen.« Madame Rose nannte die Frage, bevor er etwas sagen konnte, und beantwortete sie ebenso schnell. »Kommen Sie. Ich will Ihnen etwas zeigen.«

Sie stand auf, was neugierige Blicke der Katzen hervorrief. McLean folgte ihr, aber als MacBride von seinem Stuhl aufstand, winkte Madame Rose ihm ab.

»Sie nicht, mein Lieber. Das hier ist nur für die Augen des Inspectors bestimmt. Bleiben Sie hier und passen Sie auf meine Kleinen auf.«

Als wäre es ihr befohlen worden, sprang die nächste Katze auf den Schoß des DCs. Der streckte eine Hand aus, um sie abzuwehren, aber sie stieß ihn mit dem Kopf an und schnurrte laut.

»Sie bleiben besser hier, Constable. Ich glaube nicht, dass es lange dauert.« McLean folgte Madame Rose durch eine andere Tür als die, durch die sie hereingekommen waren. Sie führte in einen Lagerraum, dessen Wände voll mit Bücherregalen waren. Auch auf dem Boden stapelten sich Bücher, zwischen denen gerade genug Platz zum Durchgehen für die Wahrsagerin war, aber nicht mehr für McLean. Sie wurden unangenehm dicht aneinandergedrängt. Die Luft war erfüllt vom trockenen Geruch nach altem Papier und Leder, der ihn nervös machte. Antiquariate zählten nicht zu seinen Lieblingsaufenthaltsorten, und dieser Raum hier war quasi ein hochkonzentriertes Destillat.

»Sie fühlen sich in Gesellschaft der Weisheit nicht wohl, Inspector McLean.« Madame Rose legte den mystischen Ton ab, den sie für ihre Kunden annahm, und der Transvestit zeigte seine ruppige Seite. »Dabei sind Sie selbst von Dämonen berührt.«

»Ich bin nicht hier, damit Sie mir aus der Hand lesen, Madame Rose, oder Stan, oder wie immer Sie auch heißen.« McLean wollte den Raum verlassen, aber die hohen Bücherstapel hielten ihn gefangen. Madame Rose war ihm so nah, dass er die Poren in ihrer Haut sehen konnte. In seiner Haut, verdammt. Dies war ein Mann, der ihn zum Narren hielt. Was zum Teufel machte er hier?

»Nein. Sie sind hier, um etwas über Dämonen zu erfahren. Und ich habe Sie hierhergebracht, weil ich sehen konnte, dass Sie vor dem jungen Constable da draußen Ihre Bedenken nicht laut aussprechen wollten.«

»Es gibt keine Dämonen.«

»Oh, ich glaube, wir wissen beide, dass das nicht stimmt. Und sie kommen in vielerlei Gestalt.« Madame Rose nahm ein schweres Buch von einem hohen Regal herunter und hielt es im Arm wie ein Baby, während sie durch die knisternden Seiten blätterte. »Nicht alle Dämonen sind böse Monster, Inspector, und manche leben nur in unseren Köpfen. Aber es gibt andere, seltenere Kreaturen, die unter uns leben und uns beeinflussen, und ja, uns dazu anstiften, schreckliche Dinge zu tun. Was nicht heißt, dass wir nicht auch ohne ihre Hilfe schreckliche Dinge tun könnten. Hier.«

Sie drehte das Buch herum, sodass er die Seite sehen konnte. Er hatte eine alte Ausgabe erwartet, handgeschriebene lateinische Schrift, elegant gesetzt. Was er bekam, sah ein wenig aus wie das Jahrbuch einer weiterführenden Schule, nur dass es, wenn man es genauer betrachtete, Männer mittleren Alters abbildete. Ein Gesicht stach besonders hervor, wenn es auch jünger war als der Mann, den er kannte. Der Anblick allein reichte, um ihn am ganzen Körper erschauern zu lassen. Er schlug das Buch zu, gab es Madame Rose zurück und drehte sich um, um zu gehen. Eine schwere Hand auf seinem Arm hielt ihn auf.

»Ich weiß, was Ihnen passiert ist, Inspector. Wir sind keine große Gemeinschaft, die Wahrsager und Medien hier in der Stadt, aber wir alle kennen Ihre Geschichte.«

»Das ist lange her.« McLean entzog sich, aber Madam Roses Griff war stark.

»Damals wurden Sie von einem Dämon berührt.«

»Donald Anderson ist kein Dämon. Er ist ein kranker Schweinehund, der es verdient, den Rest seines Lebens im Gefängnis zu verfaulen.«

»Er war ein Mensch, Inspector. Er war in vieler Hinsicht wie ich. Mehr an alten Büchern interessiert als an allem anderen. Aber er kam in Kontakt mit einem Dämon, und er veränderte sich.«

»Donald Anderson war ein Dreckskerl, der vergewaltigt und gemordet hat, sonst nichts.« McLean schüttelte seinen Arm frei und drehte sich zu Madame Rose um, als seine Wut aufloderte. Schlimm genug, dass er täglich mit Leuten wie Dagwood zu tun hatte, aber so etwas musste er sich nicht bieten lassen. Dafür war er nicht hergekommen. Wozu war er eigentlich hergekommen?

»Vielleicht. Aber bei Dämonen weiß man nie.«

»Genug. Ich bin nicht hergekommen, um über den verdammten Donald Anderson zu sprechen, und eigentlich ist es mir auch egal, ob es Dämonen gibt oder nicht. Ich muss wissen, was diese Männer sich erhofft haben. Was hätten sie bekommen können, indem sie ein junges Mädchen ermordeten?«

»Ein junges Mädchen?« Madame Rose zog eine Augenbraue hoch. »Eine Jungfrau zweifellos. Was hätten sie nicht dafür bekommen können? Ich würde sagen, nur die Kraft ihrer Vorstellung hat die Grenzen gesetzt.«

»Also Unsterblichkeit, Reichtum, das Übliche.« McLean erinnerte sich an MacBrides früheren Vorschlag.

»So einfach ist das wohl nicht. Wie gesagt, nur ihre Vorstellungskraft war die Grenze.«

»Und was kann dabei schiefgehen? Normalerweise?«

»Dabei gibt es kein Normalerweise, Inspector. Wir sprechen hier von Dämonen.« Madame Rose verbesserte sich. »Oder zumindest von Menschen, die tatsächlich glauben, dass sie mit Dämonen im Bunde stehen. Klassischerweise steht derjenige, der den Dämon beschwört, innerhalb des Kreises, um sich vor ihm zu schützen, während die anderen ihre Forderungen stellen. Wenn sie ihn dann dorthin zurückbefohlen haben, wo er herkam, können sie den Kreis verlassen und in die Welt hinausgehen. Schiefgeht es, wenn irgendein Idiot denselben Dämon irgendwann später wieder heraufbeschwört. Die haben ein gutes Erinnerungsvermögen, Inspector, und es gefällt ihnen nicht, hin- und herbeordert zu werden.«

»Die Leiche lag innerhalb des Kreises«, sagte McLean.

»In dem Fall haben sie versucht, den Dämon an das Mädchen zu binden. Was funktioniert, solange der Kreis geschlossen bleibt.«

McLean rief sich den Tatort in Erinnerung. Eine Wand war von den Arbeitern eingerissen worden. Bauschutt lag verstreut auf dem Boden. »Und wenn er aufgebrochen wurde?«

»Nun, dann haben Sie einen Dämon, der nicht nur sauer ist, weil er heraufbeschworen wurde, sondern auch noch einen, den Sie jahrelang, vielleicht sogar jahrzehntelang eingesperrt hatten. Wie würden Sie sich dabei fühlen?«

54

Die Leichenhalle war immer still. Es gab kein Geschwätz unter den Toten, die in den verschiedenen kalten Särgen lagen. Aber irgendwie war es nachmittags noch einmal anders, als wäre jegliches Geräusch aus dem Ort herausgesogen worden. Sogar seine Schritte auf dem Linoleumboden hallten wie von ferne, als McLean sich Cadwalladers Büro näherte. Vielleicht war es aber auch nur der Nachhall von der Zeit, die er mit Madame Rose verbracht hatte. Der Doktor war nirgends zu sehen, aber seine Assistentin war damit beschäftigt, mit Kopfhörern über den Ohren etwas zu tippen.

»Hallo, Tracy.« McLean klopfte vielleicht ein bisschen zu fest an den Rahmen der offenen Tür, obwohl er die junge Frau nicht erschrecken wollte. Sie zuckte leicht zusammen.

»Inspector. Was für eine Überraschung.«

McLean lächelte über den Sarkasmus in ihrer Stimme. »Ist der Doktor da?«

»Er duscht gerade.« Etwas daran, wie Tracy das sagte, ließ ihn vermuten, dass sie das gern mit ihm zusammen getan hätte. Es war ein merkwürdiger Gedanke. Cadwallader war alt genug, um der Vater seiner Assistentin zu sein. McLean schob den Gedanken beiseite.

»Langer Tag im Büro?«

»Übler Nachmittag. Verbrannte Leichen sind nie schön.«

»Dann ist er fertig?« McLean spürte eine Welle der Erleichterung darüber, dass er nicht würde zusehen müssen.

»Ja. Daher die Dusche. Ich tippe nur gerade die Notizen ab. Kein schöner Fall.«

»Wieso?«

»Er ist bei lebendigem Leib verbrannt, ich kann mir nicht vorstellen, dass das besonders spaßig war. Verbrennungen dritten Grades auf achtzig Prozent der Körperoberfläche, Vernarbungen in den Lungen, wo er das Feuer eingeatmet hat. Wenigstens war er wahrscheinlich betrunken genug, um nicht viel von den Schmerzen mitzukriegen. Das hoffe ich jedenfalls.«

»Betrunken?«

»Der Alkoholgehalt in seinem Blut lag bei eins Komma acht Promille. Gut auf dem Weg zur Bewusstlosigkeit.«

»Todeszeitpunkt?«

»Schwer, es schon genau zu sagen. Aber Tage, nicht Stunden.«

McLean ging in Gedanken zurück zu dem Moment, als er den Lieferwagen gesehen hatte. Es passte zum zeitlichen Ablauf.

»Was gab es an besonderen Kennzeichen? Sind wir der Identifizierung schon näher gekommen?«

»Oh, ihr Kleingläubigen.« Tracy stieß sich von ihrem Stuhl ab und ging zum Tresen, der die Hinterwand des Büros einnahm. Auf einem Metalltablett lagen ein paar Gegenstände, alle in Plastikbeuteln und alle schwarz verbrannt. Sie trug es herüber. »Wir haben seine Brieftasche in der Innentasche gefunden. Von außen ist sie ganz verkohlt, aber gutes altmodisches Leder hält eine Menge Feuer aus. Führerschein und Kreditkarten sind auf den Namen Donald R. Murdo ausgestellt.«

»Mr McAllister ist in einer Besprechung, Inspector. Sie können da nicht hineingehen.«

McLean war nicht in der Stimmung, um zu warten. Er drängte sich an der Sekretärin vorbei und stieß die Tür zu McAllisters Büro auf. Der Mann selbst befand sich auf der anderen Seite des Schreibtischs, tief in ein Gespräch mit einem Geschäftsmann in grauem Anzug vertieft, der so fehl am Platze wirkte wie eine Nonne in einem Bordell. Beide starrten sie zu ihm herüber, als er eintrat – der Geschäftsmann mit dem gehetzten Blick eines beim Rauchen ertappten Schuljungen, McAllister mit einem schnell gelöschten Funken Wut.

»Inspector McLean. Das ist eine Überraschung.«

»Mr McAllister, es tut mir leid. Ich habe versucht, ihn aufzuhalten ...«

»Beruhigen Sie sich, Janette. Meine Tür steht immer offen für unsere Freunde und Helfer von Lothian and Borders.« McAllister wandte sich wieder dem Geschäftsmann zu, der noch beunruhigter aussah, als ihm klar wurde, wen er vor sich hatte. »Mr Roberts, ich glaube, wir haben alles besprochen, nicht wahr?«

Mr Roberts nickte, schien nicht sprechen zu wollen und nahm seine Papiere vom Schreibtisch, um sie eilig in seiner Ledermappe zu verstauen. Ab und zu sah er zu McLean auf, blickte ihm aber nie direkt in die Augen. Nach ein paar Sekunden, die ihm aber wie Minuten erschienen, klemmte er sich die noch immer offene Mappe unter den Arm, nickte McAllister kurz zu und hastete hinaus.

»Und welchem Zufall verdanke ich diese angenehme Überraschung, Inspector? Sind Sie gekommen, um mir zu sagen, dass ich wieder anfangen kann, in dem Haus in Sighthill zu arbeiten? Dafür ist es leider zu spät. Ich habe es gerade an Mr Roberts hier verkauft. Oder zumindest an die Firma, die er vertritt. Habe daran auch ein bisschen was verdient.«

»Obwohl es der Schauplatz eines brutalen Mordes war?«

»Oh, ich vermute, gerade deswegen, Inspector. Der Käufer war ganz wild darauf, alle Einzelheiten zu erfahren, die ich ihm geben konnte.«

McLean wusste, dass McAllister ihn dazu bringen wollte zu fragen, wer der Käufer war. Dann könnte der Bauunternehmer so tun, als handele es sich um vertrauliche Informationen, und sich weigern, sie preiszugeben. Unwichtig, wirklich, besonders weil er ein Logo auf ein paar Blättern gesehen hatte, die Roberts in seine Mappe gestopft hatte. Das nachzuzeichnen und dann herumzugeben, bis es jemand erkannte, sollte nicht allzu schwer sein.

»Wir haben etwas gefunden, das Ihnen gehört«, sagte er stattdessen.

»Ach ja?« McAllister machte es sich wieder auf seinem Stuhl bequem. Er hatte McLean den freigewordenen nicht angeboten.

»Einen weißen Ford Transit. Nun, er war mal weiß. Jetzt ist er hauptsächlich schwarz.«

»Einen Transit? Ich habe keinen, Inspector. Mein Bruder führt die Fiat-Vertretung am anderen Ende der Stadt und liefert mir eine schöne Reihe Ducatos. Ich wüsste nicht, dass mir einer fehlt.«

»Dieser Lieferwagen war in einen Unfall mit Fahrerflucht verwickelt. Er ist auf der Pleasance auf den Bürgersteig gerast und hat eine Polizistin überfahren. Zwei Tage später ist sie gestorben. Erinnern Sie sich noch an Constable Kydd, Mr McAllister?«

»Lassen Sie mich nachdenken. Die hübsche Kleine, die letztes Mal mit Ihnen zusammen hier war? Oh, das ist aber traurig, Inspector.« McAllisters Unaufrichtigkeit hätte einen Politiker erröten lassen. Dann wurde sein Gesicht hart. »Sie wollen doch nicht etwa behaupten, ich hätte etwas damit zu tun, Inspector?«

»Wo ist Murdo?«, fragte McLean.

»Donnie? Ich habe keine Ahnung. Er hat nicht mehr für mich gearbeitet, seit Sie das letzte Mal hier waren. Wir hatten Streit wegen dem Haus in Sighthill. Ich habe ihn gefeuert.«

McLean spürte, wie ihm der Wind aus den Segeln genommen wurde. Er war sich so sicher gewesen, und jetzt hatte er das schreckliche Gefühl, als kompletter Esel dazustehen.

»Sie haben ihn gefeuert? Warum?«

»Wenn Sie es wirklich wissen müssen: Er hat illegale Einwanderer als billige Arbeitskräfte eingesetzt. Geld auf die Hand und keine Fragen.« McAllisters Augen blitzten gefährlich, seine Wut flammte wieder auf. »Ich führe meine Firma nicht so. Habe ich nie getan und werde es auch nie tun. Mein Ruf ist alles, was ich habe. Wenn Sie sich umgehört hätten, wüssten Sie das. Ich habe nichts als Ärger mit der Polizei, seit ich diese Leiche gemeldet habe, und jetzt kommen Sie hier hereingeschneit mit grundlosen Beschuldigungen. Haben Sie vielleicht Beweise? Natürlich nicht. Sonst würden Sie mich verhaften. Sie haben gar nichts, außer halbgaren Theorien, und Sie wagen es, hier hereinzukommen und meinen Namen damit zu beschmutzen. Ich werde Dienstaufsichtsbeschwerde gegen Sie erheben. Und jetzt, wenn Sie nichts dagegen haben, habe ich zu tun.«

55

Das Revier war still, als McLean sich durch die Hintertür hereinschob, was seiner schlechten Laune zupasskam. Nichts war schlimmer, als als Vollidiot dazustehen und auf alles und jeden sauer zu werden. Eine Frau aus der Verwaltung hetzte verschreckt an ihm vorbei, wobei sie ihm sagte, dass Duguid zu einer Besprechung gerufen hatte. Offenbar gab es neue Beweise, die die Richtung der Ermittlung dramatisch verändern konnten oder so. Beeindruckt davon, wie schnell Cadwallader, oder wahrscheinlicher Tracy, die Blutanalyse bekommen hatte, ging er hintenherum zu dem kleinen Einsatzraum hinunter, um nicht gesehen zu werden. Es half nichts. Chief Superintendent McIntyre erwartete ihn bereits.

»Wie kann es sein, dass Sie hierherkommen, anstatt nach Hause zu gehen?«

»Ma'am?«

»Hören Sie mir auf mit ›Ma'am‹, Tony. Ich habe gerade am Telefon mit einem sehr aufgebrachten Herrn namens McAllister gesprochen. Anscheinend ist einer meiner Mitarbeiter in sein Büro eingedrungen und hat ihn bedroht.«

»Ich …«

»Was verstehen Sie nicht an ›Halten Sie sich aus dem Fall heraus‹?«

McLean versuchte, die Chief Superintendent zu bremsen, bevor sie ganz aus der Haut fuhr. Genauso gut hätte er versuchen können, einen Tiger am Schwanz festzuhalten. »Ma'am, ich …«

»Ich bin noch nicht fertig. Was zum Teufel hatten Sie überhaupt bei McAllister zu suchen? Was hat er mit Ihrem vermissten Mädchen zu tun?«

»Er ...«

»Nichts. Überhaupt nichts. In keinster Weise. Schlimm genug, dass Sie überhaupt hingegangen sind. Und was, verdammt noch mal, hatten Sie bei dem verbrannten Lieferwagen in Newhaven zu suchen? Und dann noch Angus Caldwallader die Identität des Fahrers aus der Nase zu ziehen?«

»Es tut mir leid, Ma'am. Es handelte sich um den Lieferwagen, der Constable Kydd überfahren hat. Ich musste ihn einfach sehen.«

»Sie sind ein Opfer dieses Verbrechens, Tony. Sie dürfen nicht mal in der Nähe der Ermittlung auftauchen. Sie wissen genau, was ein halbwegs anständiger Verteidiger mit unserem Fall anstellen wird, wenn er das herausfindet. Jesus, Maria und Josef, es ist schon schlimm genug, dass Sie hinter McReadie her waren.«

McIntyre sackte auf dem Tisch in sich zusammen. Und seufzte tief, während sie die Handballen auf die Augen presste. Sie sah müde aus, und McLean verstand plötzlich, wie ihr Leben aussah. Er stöhnte darüber, dass er mit den Überstundenplänen für sein kleines Team jonglieren musste – aber sie musste das ganze Revier managen. Sie hatte eine Constable verloren, irgendjemand stellte Tatortfotos ins Internet, sie koordinierte wer weiß wie viele andere Ermittlungen, und hier kam er und machte ihr das Leben noch schwerer.

»Es tut mir leid. Ich wollte es Ihnen nicht schwermachen.«

»Mit Macht kommt Verantwortung, Tony. Ich habe Sie zum Inspector vorgeschlagen, weil ich dachte, Sie wären verantwortungsbewusst genug für den Job. Lassen Sie mich bitte nicht zu dem Schluss kommen, dass ich mich geirrt habe.«

»Das werde ich nicht. Und ich werde mich persönlich bei Tommy McAllister entschuldigen. Ich habe mich geirrt. Ich habe mich von meinen Gefühlen leiten lassen.«

»Lassen Sie's ein paar Tage gut sein, ja? Gehen Sie nach Hause.«

»Was ist mit Chloe?« McLean wollte die Worte zurücknehmen, sobald er sie ausgesprochen hatte, aber da war es schon zu spät. McIntyre sah mit einer Mischung aus Unglauben und Verzweiflung zu ihm auf.

»Sie sind nicht der einzige Polizist, der nach ihr sucht, wissen Sie. Wir klopfen die gewöhnlichen Verdächtigen ab und arbeiten an dem Material der Überwachungskameras, um den Wagen identifizieren zu können. Wir werden sie finden. Und das ist sowieso Grumpy Bobs Fall. Lassen Sie ihn damit weitermachen.«

»Ich fühle mich nur so unnütz.«

»Dann gehen Sie eben hin und sprechen Sie mit der Mutter. Sie ist Ihre Freundin. Vielleicht können Sie sie davon überzeugen, dass wir tun, was wir können.«

Später Nachmittag mitten in der Festivalsaison, aber der Laden war geschlossen. McLean spähte durch das Fenster hinein, versuchte zu erkennen, ob irgendjemand da war, aber der Raum lag verlassen da. Neben dem Laden führte eine Tür in die Wohnung darüber, und auf einer der Klingeln stand der Name »Spiers«. Er drückte den Knopf und wurde nach einem Moment mit dem blechernen Klang einer Stimme belohnt.

»Hallo?«

»Jenny? Hier ist Tony McLean. Kann ich hochkommen?«

Die Tür klickte auf, und McLean ging hinein.

Anders als in seinem Haus direkt um die Ecke roch es in diesem Flur nicht nach Katzenpisse. Der Boden war gewischt, und jemand hatte Topfpflanzen auf die Fensterbänke gestellt, deren Fenster auf einen gepflegten Garten und einen Wäschetrockenplatz hinter dem Haus hinauswiesen.

Jenny stand in der offenen Tür zu ihrer Wohnung, und ihr

Gesicht war von Sorge gezeichnet. Sie trug einen Morgenmantel über einem langen Nachthemd und war barfuß. Ihr Haar war unordentlich, ihre Augen rot gerändert und eingesunken.

»Haben sie sie gefunden?« Es war ein Flüstern, sowohl voller Hoffnung als auch voller Angst.

»Noch nicht, nein. Darf ich hereinkommen?«

Jenny trat beiseite und ließ McLean in den winzigen Flur. Er sah sich um, bemerkte die Unordnung. Wie schnell das Chaos in einem Haushalt Einzug hielt, sobald die Routine unterbrochen wurde. Als er sich umwandte, sah er Jenny noch immer durch die Wohnungstür auf die Treppe starren, als wollte sie ihre Tochter mit Willenskraft dazu bringen, die Treppe heraufstolziert zu kommen.

»Wir werden sie finden, Jenny.«

»Wirklich? Werdet ihr das? Oder sagst du das nur, um mich zu trösten?« Jennys Stimme wurde hart, Zorn klang durch. Sie schloss die Tür und drängte sich an ihm vorbei. McLean folgte ihr in die winzige Küche.

»Wir haben sie auf den Aufzeichnungen der Überwachungskameras gefunden, wie sie nach der Show die Princes Street entlangging«, sagte McLean. Jenny hatte begonnen, Kaffee aufzusetzen, aber sie hielt inne und drehte sich zu ihm um.

»Sie sollte ein Taxi nehmen.«

»Sie ist ein Teenager. Ich bin mir sicher, dass sie ihr Taxigeld schon seit Jahren spart.«

»Was ist passiert? Wo ist sie hingegangen?«

»Ein Wagen hat angehalten. Sie hat mit der Person darin gesprochen und ist dann eingestiegen. Wir glauben, sie könnte schon vorher mit ihm in Verbindung gestanden haben. Übers Internet.«

Jenny schlug sich die Hände vors Gesicht, ihre Finger drückten tief in die Wangen und hinterließen weiße Striemen auf der

Haut. »Oh Gott. Sie ist von einem Pädophilen entführt worden. Mein kleines Mädchen.«

McLean trat vor, nahm Jennys Arme und zog sie von ihrem Gesicht. »Ich habe nicht nur diese schlechte Nachricht, Jenny. Wir haben einen Teil des Nummernschildes, die Automarke und das Modell. Wir suchen in diesem Augenblick danach.«

»Aber mein kleines Mädchen … sie ist … er ist …«

»Hör mir zu, Jenny. Ich weiß, es ist schlimm. Ich lüge dich nicht an. Aber wir haben eine Menge Informationen, mit denen wir arbeiten können. Und sie waren verabredet, es war kein Zufall. Das ist die gute Nachricht.«

»Gut? Wie kannst du daran nur irgendwas Gutes finden?«

McLean verfluchte sich, dass er so unsensibel sein konnte. An der ganzen Sache gab es nichts Gutes, nur Kleinigkeiten, die weniger schlimm waren.

»Es bedeutet, dass, wer auch immer es war, Chloe lebendig will.« Fürs Erste zumindest.

Das Telefon klingelte, als McLean gerade den Schlüssel ins Schloss seiner Wohnungstür steckte. Er dachte daran, den Anrufbeantworter drangehen zu lassen. Die Stunde, in der er versucht hatte, Jenny Spiers zu beruhigen, hatte ihn ausgelaugt. Dann fiel ihm ein, dass die Kassette noch in seiner Schreibtischschublade lag. Er stürzte hin und schaffte es gerade noch, den Hörer abzunehmen, bevor es aufhörte zu klingeln.

»McLean.«

»Ah, Sir. Gut, dass Sie da sind. Hier spricht Constable MacBride.«

»Was kann ich für Sie tun, Constable?«

»Es geht um Dag … ähm, DCI Duguid, Sir.« McLean erriet, dass MacBride sich in Gesellschaft von höherrangigen Kollegen befand.

»Was hat er diesmal angestellt?«

»Er ist mit einem Durchsuchungsbefehl zur Spurensicherung gegangen, Sir. Hat alle unsere Computertechniker mitgenommen. Er will Emma Baird verhaften.«

56

Er kam gerade zu spät, um noch irgendetwas anderes tun zu können, als im Weg zu stehen. Duguid war in die Vollen gegangen, zweifellos um seinen Vorgesetzten im Präsidium zu zeigen, wie gründlich er arbeitete. Wahrscheinlich war ihm nie in den Sinn gekommen, dass die Männer sich lieber damit beschäftigen sollten, nach Chloe Spiers zu suchen.

Der Eingang zum Spurensicherungslabor wurde von Uniformierten blockiert, und als McLean sich näherte, drängte sich Duguid hindurch und hinaus auf den Parkplatz, dicht gefolgt von ein paar Sergeants, die Emma Baird in Handschellen flankierten. Sie sah verschreckt aus, ihr Blick traf auf seinen, auf der Suche nach einem freundlichen Gesicht.

»Was zum Teufel machen Sie denn hier, McLean?« Duguid hatte ihn zuerst entdeckt.

»Ich versuche, Sie daran zu hindern, einen schweren Fehler zu begehen, Sir. Sie ist es nicht, nach der Sie suchen.«

»Tony, was ist hier los?«, fragte Emma. Duguid drehte sich um, als er ihre Stimme hörte, und richtete seine Befehle an die zwei Sergeants: »Nehmen Sie sie mit aufs Revier. Bearbeiten Sie die Angelegenheit so schnell wie möglich.«

»Sind Sie sicher, dass das eine gute Idee ist, Chief Inspector?«, fragte McLean mit Betonung auf »Chief«.

»Ah, der galante Ritter, der angeritten kommt, um seine Freundin zu retten. Sagen Sie mir nicht, wie ich meine Ermittlung zu führen habe, McLean.«

»Sie ist eine von uns, Sir. Sie behandeln sie wie einen Crackjunkie.«

Duguid wandte sich wieder McLean zu und tippte ihm auf die Brust, während er sprach. »Sie hat Beihilfe zum Mord an Jonas Carstairs geleistet. Sie weiß, wer ihn ermordet hat, da bin ich ganz sicher, und ich habe vor, diese Information aus ihr herauszubekommen, bevor noch jemand stirbt.«

Mist. Die Blutanalyse war also doch noch nicht da. Und Duguid wieder einmal auf dem falschen Dampfer.

»Sie hat zu gar nichts Beihilfe geleistet, Sir. Sally Dent hat Jonas Carstairs ermordet.«

»Was quatschen Sie da, McLean? Sie waren es doch, der als Erster mit dem Finger auf sie gezeigt hat. Und versuchen Sie jetzt nicht, sich da rauszureden.«

»Stimmt das?« Emma starrte ihn direkt an. Ihr Schock war noch da, aber jetzt war sie nur noch einen Schritt von Wut entfernt.

»Warum ist diese Frau immer noch hier?«, blaffte Duguid. Bevor McLean noch etwas sagen konnte, hatten die beiden Sergeants sie zu einem wartenden Streifenwagen gezerrt.

»Sie hätten mich das hier regeln lassen sollen, Sir.« McLean musste durch zusammengebissene Zähne sprechen. Als er draußen auf dem Parkplatz stand, kamen mit Computern beladene Kollegen aus dem Kriminaltechnikgebäude heraus und begannen, das Equipment in einen wartenden Kleinbus zu laden.

»Was, und zulassen, dass Sie Ihr Schätzchen warnen, damit sie ihre Spuren verwischen kann? Ganz sicher nicht, McLean.«

»Sie ist nicht ›mein Schätzchen‹, Sir. Sie ist eine Freundin. Und wenn Sie es mir überlassen hätten, hätte ich herausfinden können, was wirklich passiert ist, ohne diese ganze Aktion hier.« McLean zeigte auf das Gedränge von Polizisten und verwirrt aussehenden Kriminaltechnikern. »Sie haben gerade unsere gesamte Kriminaltechnik lahmgelegt und außerdem jegliches Wohlwollen verspielt, das uns von den Leuten entgegengebracht wurde, die den Großteil unserer Tatortarbeit tun. Gute Polizeiarbeit, Sir. Prima gemacht.«

Er stapfte davon und ließ Duguid mit offenem Mund stehen. Dann erst sah er Emma, die aus dem offenen Fenster des Streifenwagens starrte, in Hörweite. Ihre Blicke trafen sich zu kurz, als dass er ihre Miene hätte lesen können, und dann wandte sie sich demonstrativ ab.

McLean wollte nichts lieber als nach Hause gehen und schlafen oder aber in Gesellschaft einer Whiskyflasche abstürzen. Alles war schiefgelaufen, sein Kopf war voller Dämonen, Chloe Spiers wurde jetzt schon seit beinahe vierundzwanzig Stunden vermisst, und er konnte sich gar nicht mehr daran erinnern, wann er sein Bett zum letzten Mal gesehen hatte. Dass Emma festgenommen worden war, war nur noch das Sahnehäubchen gewesen, Duguids spektakulärster Pfusch bisher.

Er konnte nicht klar denken, aber es gab noch etwas, das er erfahren musste. Also ließ er sich von einem Streifenwagen zurück auf das Revier mitnehmen, anstatt ein Taxi anzuhalten, das ihn nach Hause gebracht hätte. Trotz der späten Stunde herrschte unten im Keller fieberhaft Aktivität, als ein Dutzend Computer aus der fotografischen Abteilung des Spurensicherungslabors hereingeschafft, auseinandergenommen und durchsucht wurden. Mike Simpson sah von einem Durcheinander aus Kabeln auf und warf ihm einen finsteren Blick zu, als er den Raum betrat.

»Was wollen Sie hier?« Sein Ton war wütend, anklagend. McLean hob die Hände zu einer beschwichtigenden Geste.

»Woah, mal langsam, Mike. Womit hab ich das verdient?«

»Wie wär's damit: Weil Sie Emma verpfiffen haben? Oder uns all das hier aufgehalst haben?« Mike sah sich zu seinen Technikerkollegen um, die alle mit trüben Augen auf flackernde Bildschirme blickten oder mit Krokodilklemmen im Inneren von Computern merkwürdige Dinge anstellten.

»Ich habe Emma nicht verpfiffen. Ich habe versucht, sie zu schützen.«

»Das ist aber nicht das, was Dagwood sagt.«

»Und Sie glauben ihm eher als mir? Ich habe Sie für klüger gehalten.«

Mikes mürrisches Gesicht wurde etwas freundlicher. »Kann schon sein. Aber Sie hatten sie in Verdacht.«

»Ich bin Detective, Mike. Das ist mein Job. Jemand, der Zugang zu allen Tatortfotos hat und die Initialen MB benutzt, um sich zu identifizieren? Natürlich hätte ich nachgeforscht. Ich dachte nur, es wäre einfacher, sie selbst zu fragen, ganz im Stillen. Das hätte mit Sicherheit all das hier vermieden.«

Mike zuckte mit den Schultern. »Wir haben hier noch einen ganzen Haufen Scheiße, durch den wir deswegen waten dürfen.«

»Nun, das war mein Fehler, tut' mir leid. Ich geb' ein Bier aus zur Entschuldigung.«

Das schien Mike merklich aufzuheitern. Es war ziemlich wahrscheinlich, dass er noch nie ein so großzügiges Angebot erhalten hatte. »Angenommen, Sir. Und jetzt muss ich das hier auseinandernehmen und vor Mitternacht noch durchchecken, wenn Sie nichts dagegen haben. Wir versuchen, das Spurensicherungslabor bis morgen früh wieder funktionsfähig zu bekommen.«

»Noch eins ...«

Der Techniker ließ die Schultern mit amateurhafter Theatralik herunterfallen. »Was?«

»Fergus McReadie. Haben Sie seinen PC noch?«

»Es ist ein Power Mac. Aber ja, wir haben den noch. Warum?«

»Wir wissen von Penstemmin Security, aber wie viele andere Hintereingänge hat er noch? Für wen hat er außerdem noch Sicherheitsdienstleistungen übernommen?«

»Wie weit wollen Sie zurückgehen?« Der Techniker sah müde und überarbeitet aus. »Er ist schon seit über einem Jahrzehnt in dem Spiel.«

»Ich weiß nicht. Vielleicht nur das letzte Jahr. Für wen hat er gearbeitet, als wir ihn festgenommen haben? Was ist mit seinen E-Mails?«

Mike erhob sich von seinem Stuhl und ging zu einem anderen Computer hinüber, der versteckt in einer entfernten Ecke des Raums stand. McLean folgte ihm und sah zu, wie der Techniker Fenster für Fenster mit Informationen aufrief. Schließlich erschien eine Liste, alphabetisch geordnet.

»Hier haben wir es, Sir. E-Mails, die in der Woche, bevor wir McReadies Computer beschlagnahmt haben, versendet und empfangen wurden. Sieht nach einer anständigen Kundenzahl aus.«

Aber nur einer erregte McLeans Aufmerksamkeit. Mindestens zwei Dutzend Nachrichten, die zwischen Fergus McReadie und einem Mann namens Christopher Roberts von Carstairs Weddell Solicitors hin- und hergegangen waren.

57

Vernehmungszimmer vier war ein dunkler, kleiner Raum, und sein winziges, hohes Fenster wurde durch nachträglich angebaute Lüftungsschächte an der Außenseite des Gebäudes verdunkelt. Die Klimaanlage klonkte und gluckerte, aber sie schien die Luft, die in den Raum tröpfelte, nicht zu klimatisieren. Wenigstens war es noch nicht so warm, die volle Sonnenhitze würde erst in ein paar Stunden herrschen.

Christopher Roberts sah aus, als hätte er kein Auge zugetan, seit McLean ihn am Vortag bei McAllister gesehen hatte. Er trug denselben Anzug, und sein Gesicht war vom dunklen Schatten eines Stoppelbarts aufgeraut. Er war von einem Streifenwagen im Bridge Motel in Queensferry aufgegriffen worden, was ein merkwürdiger Ort zum Übernachten war für einen Mann, der in Cramond wohnte. Das Nummernschild an seinem glänzend roten BMW passte zu den Bruchstücken, die Constable MacBride auf den Bändern der Überwachungskameras an dem Wagen hatte erkennen können, in den Chloe Spiers eingestiegen war. Das konnte ein Zufall sein – es gab reichlich dunkle BMWs mit derselben Jahresnummer und denselben ersten beiden Buchstaben. Aber in letzter Zeit hatte McLean zu viele Zufälle gesehen, um noch daran glauben zu können.

»Warum sind Sie gestern Nacht nicht nach Hause gefahren, Mr Roberts?«, fragte McLean, nachdem er die Einleitungsformalitäten der Vernehmung hinter sich gebracht hatte. Roberts antwortete nicht, sondern studierte stattdessen seine Hände und knibbelte an seinen Fingernägeln.

»Okay«, sagte McLean. »Lassen Sie uns mit etwas Leichtem anfangen. Für wen arbeiten Sie?«

»Ich arbeite für Carstairs Weddell, die Anwaltskanzlei. Ich bin ein Partner in ihrer Liegenschaftsabteilung.«

»So viel weiß ich schon. Sagen Sie mir, warum Sie gestern in Tommy McAllisters Büro waren. Sie haben den Verkauf des Farquhar House in Sighthill abgewickelt. Wer ist der Käufer?«

Roberts Gesicht wurde bleich, Schweißperlen begannen auf seine Stirn zu treten. »Das kann ich nicht sagen, das ist vertraulich. Schweigepflicht.«

McLean verzog das Gesicht. Das würde nicht leicht werden. »Na gut. Sagen Sie mir Folgendes: Wo haben Sie Chloe Spiers hingebracht, nachdem Sie sie um halb elf vorgestern Nacht in der Princes Street aufgelesen haben?«

»Ich ... ich weiß nicht, wovon Sie sprechen.«

»Mr Roberts, wir haben Aufnahmen von Überwachungskameras, auf denen Ms Spiers in Ihr Auto steigt. Unsere forensischen Fachleute nehmen es gerade auseinander. Es ist nur eine Frage der Zeit, bevor sie Beweise dafür finden, dass sie darin gesessen hat. Also, wo haben Sie sie hingebracht?« Das war eine Lüge. Der Wagen stand zwar in der Polizeigarage, das stimmte, aber wie lange es brauchen würde, um die Kriminaltechniker dazu zu bringen, mit ihrer Arbeit anzufangen, stand noch in den Sternen.

»Das kann ich nicht sagen.«

»Aber Sie haben sie irgendwo hingebracht.«

»Bitte, bringen Sie mich nicht dazu, etwas zu sagen. Die bringen mich um, wenn ich was sage. Sie bringen meine Frau um.«

McLean drehte sich zu Grumpy Bob um, der hinter ihm an der Wand lehnte. »Schick einen Streifenwagen zu Mr Roberts' Haus und nimm seine Frau in Schutzhaft.«

Der Sergeant nickte und verließ den Raum. McLean wandte seine Aufmerksamkeit wieder Mr Roberts zu.

»Wenn jemand Sie bedroht, Mr Roberts, dann sagen Sie uns am besten, wer das ist. Wir können Sie und Ihre Frau beschützen. Wenn Sie aber weiter schweigen und Chloe Spiers etwas zustößt, dann sorge ich dafür, dass Sie für eine sehr lange Zeit ins Gefängnis gehen.« Er ließ die Worte im Raum stehen, schwieg die ganze Zeit lang, die es dauerte, bis Grumpy Bob zurückkam. Roberts sagte kein Wort.

»Sagen Sie mir, wie Sie Chloe überredet haben einzusteigen«, sagte McLean nach einer Weile. »Sie ist ein kluges Kind, hat man mir gesagt. Sie würde nicht einfach zu irgendeinem fremden, alten Kerl ins Auto steigen.«

Roberts machte den Mund nicht auf, aber seine Augen waren vor Angst geweitet.

»Das war kein zufälliges Treffen, Sie haben nach ihr gesucht, nicht wahr?«

»Ich ... ich hätte es nicht sein sollen. Die haben mich gezwungen. Die haben gesagt, sie würden Irene was antun.«

»Wer hätte es denn sein sollen, Mr Roberts? Hätte es Fergie sein sollen? Haben die Sie gezwungen, sich für ihn auszugeben?«

Roberts sagte nichts, aber sein Kopf nickte unmerklich, als wäre er selbst sich dessen nicht bewusst.

»Wer also ist Fergie? Und warum konnte er es nicht selbst tun?«

Roberts presste die Lippen aufeinander und verdrehte die Hände auf dem Schoß wie ein Mann mit einem schlechten Gewissen. Angst lag wie Fieber auf ihm. Gott allein wusste, wie man ihn so verängstigt hatte.

McLean war klar, dass es keinen Sinn hatte. Roberts würde nicht reden, wenigstens nicht, bis er wusste, dass seine Frau in Sicherheit war. Und vielleicht nicht einmal dann. Aber er konnte sich auch vorstellen, warum Fergie nicht zu seinem Treffen mit Chloe Spiers erschienen war. Jetzt musste er es nur noch beweisen.

Das Gefängnis Ihrer Majestät in Saughton war kein Ort, den man häufig aufsuchen wollte. McLean hasste ihn, und nicht nur wegen der Häftlinge, die er hinter diese leblosen Wände geschickt hatte. Da war etwas mit diesem Gefängnis, das die Freude aus einem heraussaugte, den Lebenswillen. Er hatte in seiner Laufbahn genügend andere Gefängnisse besucht, und in allen ging es ihm zu einem gewissen Maß so, aber Saughton war am schlimmsten.

Er und Bob wurden in einen kleinen Raum mit einem einzigen Fenster oben unter der Decke und ohne Klimaanlage geführt. Obwohl es noch Morgen war, war es heiß genug, um es unbequem zu machen. McReadies Anwalt wartete bereits. Sein ausgemergeltes Gesicht, die Hakennase und die lange Mähne aus silbergrauem Haar ließen ihn aussehen wie einen Geier. Es bestand kein Zweifel, warum er sich für diesen Beruf entschieden hatte.

»Sie verstehen, dass es sich hierbei um Nötigung meines Mandanten handelt, Inspector.« Kein Handschlag, kein Nicken zur Begrüßung und kein unkompliziertes Hallo.

»Ihr Mandant wird der Kindesentführung verdächtigt. Wenn es zu einem Mordfall wird, zeige ich Ihnen, was Nötigung ist.« McLean starrte den Anwalt an, der keine Miene verzog und nicht antwortete. Grumpy Bob lehnte unauffällig in der Ecke an der Wand. Nach ein paar Minuten kam ein Wärter herein, der Fergus McReadie vor sich her schob. Er drückte den Gefangenen auf einen Stuhl, zeigte mit dem Daumen auf die Tür, vermutlich, um aufzuzeigen, dass er draußen wäre, falls man ihn bräuchte, und zog sich dann zurück. Das Schloss schnappte ein, und sie blieben zu viert zurück.

McReadie sah müde aus, als hätte er nicht mehr gut geschlafen, seit er hier in Untersuchungshaft saß. Das alles war sehr weit weg von seiner gewohnten Umgebung, der Wohnung im Penthouse, Tür an Tür mit den Stars. Er neigte sich zu seinem

Anwalt hinüber, der ihm etwas ins Ohr flüsterte, setzte sich dann wieder auf, schüttelte den Kopf und machte ein finsteres Gesicht.

»Das Gefängnis steht Ihnen, Fergus«, sagte McLean und lehnte sich auf seinem Stuhl zurück.

»Das ist schade. Ich habe nicht vor, hier länger zu bleiben.« McReadie saß unbehaglich da, mit seinen gefesselten Händen und den Gefängnisklamotten, die einem Mann, der an Designerkleidung gewöhnt war, schlecht standen.

»Sie nehmen wohl an, Ihnen wird nicht viel passieren, Fergus. Eine Schreibtisch-Straftat, ein bisschen Hacking, ein bisschen Diebstahl. Ihr Vorstrafenregister ist ziemlich sauber, der Richter wird sanft mit Ihnen umgehen, sogar wenn ich den Chief Constable bitte, mich zu unterstützen. Man weiß nie, ein guter Anwalt, und Sie könnten mit fünf Jahren davonkommen. Bei guter Führung sind das dann noch achtzehn Monate. Im offenen Vollzug, weil Sie ja nicht gewalttätig sind. Eigentlich nicht viel dafür, Tote zu bestehlen.«

McReadie sagte nichts, blickte ihn nur überheblich an.

McLean lächelte ihn an, wobei er sich vorbeugte. »Aber wenn es sich herumspräche, dass Sie ein fünfzehnjähriges Mädchen zum Sex verführt haben? Nun, Häftlinge sind ein merkwürdiges Völkchen. Die haben diesen ziemlich wirren Moralkodex. Und die sorgen dafür, dass die Strafe dem Verbrechen angemessen ist, wenn Sie verstehen, was ich meine.«

Stille machte sich im Raum breit, aber McLean konnte sehen, dass seine Worte wirkten. Das überhebliche Starren verschwand und machte einem sorgenvollen Blick Platz. McReadies Blick huschte zur Tür hinüber, zu seinem Anwalt, dann zurück zu McLean, der sich wieder zurücklehnte und die Stille wachsen ließ.

»Sie haben nichts über mich. Das stimmt nicht.« McReadie sprach zuerst.

»Mr McReadie, ich rate Ihnen, nichts zu sagen«, sagte der Anwalt.

McReadie starrte ihn an, sein Gesicht eine wütende Grimasse. McLean las Feindseligkeit heraus und beschloss, sich die zunutze zu machen.

»Wir haben Ihre E-Mails und die von Chloe auch. Oh, ich glaube, wir haben reichlich über Sie, Fergie. War das geschickt, den eigenen Namen zu benutzen?«

»Es ... es war nicht so.«

»Wie war es denn? Liebe?«

»Ich kann es Ihnen nicht sagen, er würde mich umbringen.«

»Mr McReadie, als Ihr Anwalt muss ich darauf bestehen ...«

»Wer würde Sie umbringen?«

McReadie antwortete nicht. McLean konnte die Angst in seinen Augen sehen. Es würde schwer werden, sie zu durchbrechen. Roberts konnte er verstehen, aber McReadie war ein harter Kerl. Was hatte man getan, ihm solche Angst einzujagen?

»Wir haben Christopher Roberts verhaftet, Fergus. Er hatte eine Menge über Sie zu sagen. Wie Sie die kleine Chloe verführt haben. Was hatte sie an sich, das Sie angezogen hat? Sie ist schon bald volljährig. Ich dachte, Sie mögen sie ein bisschen jünger.«

»Was meinen Sie damit, ey? Ich bin kein Kinderschänder!« Wut trat in McReadies Augen. McLean hatte einen Nerv getroffen.

»Dann hängen Sie also einfach nur gern in Teenager-Chatrooms rum, ist es das?«

»Ich habe sie nicht ausgesucht. Die haben mir ihren Namen gegeben. Ich habe nur meinen Job gemacht.«

»Wer hat Ihnen ihren Namen gegeben? Und welchen Job?«

McReadie sagte nichts, aber McLean konnte sehen, dass er vor etwas Angst hatte und sich Sorgen machte, er könne bereits zu viel gesagt haben. Er entschloss sich, seine Strategie zu ändern.

»Warum haben Sie versucht, mir eine Falle zu stellen, Fergus? War es einfach nur Rache, weil ich Sie festgenommen habe?«

McReadie lachte, ein nervöses kleines Aufkeuchen. »Und all das Geld verschwenden? Sie machen Witze. Es war meine eigene Dummheit, dass Sie mich erwischt haben. Ich nehme es Ihnen nicht übel.«

»Gehörte alles zum Spiel, was? Warum haben Sie es denn dann getan? Sie sagen, jemand hätte Sie dazu angestiftet? Haben die Ihnen auch die Drogen gegeben?«

Auf McReadies Gesicht bekämpften sich widerstreitende Gefühle. Er hatte Angst, das stimmte. Jemand hatte ihm ordentlich Angst eingejagt. Aber er war auch ein Spieler, der verzweifelt versuchte, sich den Weg aus diesem Loch herauszutricksen. »Was springt für mich dabei heraus? Holen Sie mich aus diesem Scheißloch heraus. Bringen Sie mich ins Zeugenschutzprogramm, und vielleicht rede ich dann.«

»Ich glaube, ich würde gern einen Augenblick allein mit meinem Mandanten sprechen«, sagte der Anwalt. Sein Geiergesicht sah aus, als hätte er an einer Zitrone geleckt, seine Augen waren größer und größer geworden, je tiefer McReadie sich hineingeritten hatte.

McLean nickte. »Das ist wahrscheinlich keine schlechte Idee. Versuchen Sie, ihm etwas Vernunft einzuhauchen. Wenn das Mädchen verletzt ist, sind alle Deals abgeblasen.«

Er stand auf. Grumpy Bob klopfte, damit die Tür aufgeschlossen wurde. Draußen auf dem Flur wurden sie von einem weiteren Gefängniswärter angesprochen.

»Inspector McLean?«

»Ja?«

»Ein Telefongespräch für Sie, Sir.«

McLean folgte ihm hinaus, durch den Flur in ein Büro, wo ein Hörer auf dem Schreibtisch lag. Er nahm ihn. »McLean.«

»MacBride hier, Sir. Ich glaube, Sie sollten rüberkommen. Es ist eine Leiche gefunden worden. Direkt um die Ecke vom Haus Ihrer Großmutter.«

Er erinnerte sich, wie er als Kind in der kleinen Sackgasse gespielt hatte. Damals war sie ein Lieblingsplatz für Spaziergänger gewesen. Die Straße lief in einem laubübersäten Pfad aus, der sich die steile Seite einer engen Schlucht bis zum Fluss hinunterwand. Ohne angemessene Straßenbeleuchtung, war er in den letzten Jahren nicht mehr so beliebt gewesen und inzwischen so zugewachsen, dass er beinahe unbegehbar war. Weggeworfene Coladosen, Chipstüten und benutzte Kondome zeigten, wofür er dieser Tage benutzt wurde.

Streifenwagen riegelten die Straße vollständig ab und zwangen sie, etwas entfernt zu parken. McLean und Grumpy Bob gingen den unebenen Bürgersteig im Schatten riesiger alter Ahornbäume entlang auf den Haufen Uniformierter zu, der sich am Ende drängte.

»Hier drüben, Sir.« DC MacBride winkte sie zu einem dichten Gebüsch und ein paar Gestalten in Einwegoveralls hinüber, die am Boden knieten.

»Wer hat sie gefunden?«, fragte McLean.

»Eine alte Frau, die ihren Hund ausführte. Er wollte nicht kommen, als sie nach ihm rief, also ist sie hergekommen, um nachzusehen, was da so interessant war.«

»Wo ist sie jetzt?«

»Sie haben sie ins Krankenhaus gebracht. Sie hat einen ganz schönen Schock bekommen.«

Beim Klang der Stimme des Detective Constables stand eine der weiß gekleideten Gestalten, die mit dem Rücken zu ihnen kauerten, auf und drehte sich um. »Du lieferst uns wirklich die interessantesten Leichen, Tony«, sagte Angus Caldwallader. »Die hier scheint mit schweren Faustschlägen misshandelt worden zu sein. Ich habe ähnliche Blutergüsse bei Männern gesehen, die in Boxkämpfe mit bloßen Händen verwickelt waren. Aber der Schaden ist meiner Ansicht nach nicht groß genug, als dass er ihn hätte töten können.«

McLean trat vor, um sich die Leiche anzusehen. Er war ein kleiner, untersetzter Mann gewesen, obwohl er jetzt aufgebläht und sein blassblaues Hemd ein wenig mehr gedehnt war, als das im Leben geschehen wäre. Er lag mit ausgebreiteten Armen im verrottenden Laub, als hätte er sich gerade auf den Rücken gedreht, um ein Schläfchen zu halten. Sein Kopf war zur Seite gewandt, das Gesicht blutunterlaufen, die Nase gebrochen. Seine Kleider waren ramponiert und schmutzig, ein winziges rotes »Virgin Rail«-Wappen auf der dunkelblauen Jacke.

»Haben wir ihn schon identifiziert?«

DC MacBride händigte ihm eine schmale Lederbrieftasche aus. »Das hier hatte er bei sich, Sir. Das Gesicht stimmt mit dem Foto auf dem Führerschein überein.«

»David Brown, South Queensferry. Woran erinnert mich der Name?«

Grumpy Bob kam herüber, kniete sich hin und sah sich den Toten an.

»Ich weiß, wer er ist«, sagte er ruhig. »Ich habe ihn erst vor ein paar Tagen vernommen. Er hat den Zug gefahren, der Sally Dent getötet hat. Was in Gottes Namen hatte er hier zu suchen?«

58

Die Obduktion von David Brown war für den Spätnachmittag vorgesehen. McLean verwendete die Zeit dafür, sich durch die Papierstapel auf seinem Schreibtisch zu wühlen. Es half nichts, dass ihm befohlen worden war, eine Woche Urlaub zu nehmen – die Überstundenzettel, die Personalanforderungen und noch tausendundeine andere unnütze Kleinigkeit hatten nicht aufgehört, sich immer höher zu stapeln. Was würde passieren, wenn er einen ganzen Monat lang verschwand? Würde das Büro schließlich in Papier ersticken? Oder würde jemand anderes am Ende die Ärmel hochkrempeln und sich darum kümmern?

Ein Klopfen an der Tür lenkte ihn ab. Als er aufsah, erblickte er DC MacBride, der mit großen Augen ins Chaos starrte.

»Kommen Sie herein, Constable. Wenn Sie Platz finden.«

»Geht schon, Sir. Ich dachte nur, Sie sollten es erfahren. Heute Nachmittag wird Emma angeklagt.«

»Weswegen?« McLean ballte die Fäuste vor Scham und Wut. In all der Hetze wegen Brown hatte er sie ganz vergessen.

»Dagwood will sie wegen Beihilfe zum Mord anklagen, aber ich glaube, die Super hat ihn überreden können, sich auf Behinderung der Justiz zu beschränken.«

»Scheiße. Glauben Sie, dass sie es getan hat, Stuart?«

»Sie, Sir?«

»Nein. Aber wenn sie sie anklagen, müssen sie schließlich Beweise haben.«

»Sie sind im Spurensicherungslabor gewesen, Sir. Wir wissen, dass alle dort sich Rechner und Passwörter teilen. Die Sicherheit da ist ein Witz.«

McLean kam ein Gedanke. »Die Seite, wo Sie die Bilder gefunden haben – gibt es die noch?«

MacBride nickte. »Sie wird von einem Server in Übersee gehostet. Es könnte Monate dauern, bis wir sie wegbekommen.«

»Und die Tatorte sind nicht kenntlich gemacht, oder? Es sind nur die Bilder?«

»Und Datumsangaben, Sir. Aber keine Orte, Beschreibungen. Nur so Zeug wie ›zerquetschter Torso‹ und ›durchgeschnittene Kehle‹.«

»Hübsch. Haben wir die anderen Tatorte, die ›MB‹ hochgeladen hat, identifizieren können, wer auch immer sie oder er ist?«

»Ich glaube nicht, dass es jemand versucht hat, Sir. Die Fotos von Smythes und Stewarts Tatorten waren genug. Emma war die Fotografin der Spurensicherung an beiden.«

»Aber alle haben Zugang zu ihrem Computer. Und wir haben diese Fotos in unseren Einsatzräumen verteilt, als wäre Weihnachten. Tun Sie mir einen Gefallen, Stuart. Emma war in Aberdeen stationiert, bevor sie hierhergekommen ist. Nehmen Sie eine Stichprobe der früheren Fotos, und schicken Sie sie in die Queen Street. Prüfen Sie nach, ob irgendjemand sie als aus seinem Revier stammend wiedererkennt. Und finden Sie heraus, wer sonst noch vor Kurzem zu unserem Spurensicherungsteam versetzt worden ist. Und dann tun Sie dasselbe mit deren alten Revieren.«

»Ich bin schon dabei, Sir.« MacBrides Augen leuchteten voller Eifer, als er davoneilte, um seine Aufgabe anzugehen.

McLean wünschte, er könnte sich etwas davon ausleihen. Er war kaum mit dem Papierkram vorangekommen. Er griff nach dem nächsten Hefter voller bedeutungsloser Zahlen und stieß aus Versehen den ganzen Stapel auf den Boden.

»Ach, Mist!« Er zwängte sich hinter dem Schreibtisch hervor und beugte sich hinunter, um die Papiere aufzulesen. Es waren ein paar Fallakten darunter, und eine davon hatte sich im Fallen geöffnet. Das tote Gesicht von Jonathan Okolo starrte mit anklagenden Augen zu ihm herauf. Er hob das Foto auf und wollte es gerade wieder in die Akte stecken, als er die Akte zu Peter Andrews Selbstmord bemerkte, die dicht daneben lag. Er schlug sie auf und sah noch ein totes Gesicht. Derselbe anklagende Blick, so als würden sie ihn dafür kritisieren, dass er sich nicht genug um sie kümmerte. Aber was hatten die beiden gemeinsam, abgesehen davon, dass sie tot waren?

»Na, sie haben sich beide in der Öffentlichkeit die Kehle durchgeschnitten.« McLean erkannte seine Stimme kaum wieder. Es war ein wilder Gedanke, der aber leicht nachgeprüft werden konnte. Und es war viel interessanter, als durch die monatlichen Verbrechensstatistiken zu waten. Er nahm beide Fotos an sich, steckte sie in die Jackentasche und ging zur Tür hinaus.

Im Feasting Fox war es am Nachmittag ruhig. Nur ein paar verspätete Mittagstrinker kühlten ihre Kehle, bevor sie sich wieder der Arbeit stellten. Der Fettgeruch von Frittiertem hing in der Luft und besiegte beinahe, aber doch nicht ganz den Kaffeeduft, der von einer unterbeschäftigten Espressomaschine hinter der Bar ausging. Weniger als die Hälfte der Tische waren besetzt, und der Barmann sah gelangweilt aus, während er mit abwesendem Blick Gläser polierte.

»Ein Pint Deuchars«, sagte McLean, der den Hahn bemerkt hatte.

»Deuchars ist aus.« Der Barmann drehte das Etikett am Griff herum, sodass es von den Gästen wegzeigte.

»Dann eben nicht.« McLean griff in die Tasche und zog die beiden Fotos heraus. Er legte das erste auf den Tresen, Peter Andrews. »Ist dieser Mann mal hier gewesen?«

»Wer will das wissen?«

McLean seufzte und griff nach seinem Dienstausweis. »Ich. Und es geht um eine Mordermittlung. Hilfreich zu sein wäre also im Moment Ihre beste Strategie.«

Der Barmann linste zwei Sekunden lang auf das Foto und sagte dann: »Ja, der trinkt hier meistens abends. Arbeitet irgendwo um den Block herum. In letzter Zeit habe ich ihn aber nicht gesehen.«

»Haben Sie jemals gesehen, dass er mit diesem Mann gesprochen hat?« McLean legte das Foto von Jonathan Okolo hin. Die Augen des Bartenders weiteten sich.

»Das ist der Mann, der … Sie wissen schon.«

»Ja, ich weiß«, sagte McLean. »Aber haben Sie ihn jemals hier mit dem anderen Mann sprechen sehen?«

»Ich glaube nicht. Ich glaube, ich habe ihn noch nie gesehen, bevor er an dem Abend hier hereinkam.«

»Und was genau haben Sie da gesehen?«

»Nun, wie ich es den anderen Polizisten schon gesagt habe. Ich stand hier an der Bar. Es war unheimlich voll, Sie wissen, wie das ist, mit dem *Fringe* und allem. Aber es ist mir aufgefallen, als der Kerl hier hereinkam, richtig, weil er nämlich so schmutzig war und sich ein bisschen merkwürdig benommen hat. Aber er ist direkt in die Herrentoilette gegangen, noch bevor ich ihn abfangen konnte. Ich bin ihm nachgegangen, wir wollen solche Leute nicht hier drin. Aber da hatte er schon auf den ganzen Boden geblutet, mein Gott, war das eine Sauerei.«

»War sonst noch jemand auf den Toiletten, als er sich umgebracht hat?«

»Ich weiß nicht. Ich glaube nicht.« Der Barmann kratzte sich die Bartstoppeln. »Nein, warten Sie. Das stimmt nicht. Jemand ist rausgekommen, kurz bevor ich hineingegangen bin. Könnte dieser Mann da sein, jetzt, wo Sie mir das Bild gezeigt haben.« Er zeigte auf Peter Andrews.

»Ich nehme an, Sie haben keine Überwachungskamera?«

»Auf den Klos? Nein, das wäre zu eklig.«

»Was ist mit dem Rest der Bar?«

»Ja, es gibt ein paar Kameras: eine für die Eingangstür, eine für hinten.«

»Wie lang behalten Sie die Bänder?«

»Eine Woche, vielleicht zehn Tage. Kommt darauf an.«

»Haben Sie das Band für die Nacht, in der die beiden hier waren?« McLean zeigte auf die Fotografien.

»Nein, tut mir leid. Ihre Leute haben das mitgenommen. Und die haben es noch nicht zurückgebracht.«

»Ein bisschen zurück. Richtig. Da.«

Die Qualität war schlechter als die Aufnahmen der Überwachungskameras auf der Princes Street, ein Bild alle zwei Sekunden ließ die Leute springen und verschwinden wie verrückte Zauberer. Körnige Farbe und schlechtes Licht halfen auch nicht, aber zumindest deckte die Kamera an der Hintertür auch den Eingang zur Herrentoilette ab.

Das Band von Duguid zu bekommen war nicht einfach gewesen. McLean wusste, dass er von dem Mann kein Wohlwollen erwarten konnte, er war und blieb ein Arschloch. Aber er wünschte sich schon ab und zu, dass der Chief Inspector etwas kooperativer wäre. Nun, jetzt hatte er es, und in der verdunkelten Enge des Videoraums, der ansonsten als Vernehmungszimmer vier bekannt war und dessen Jalousien heruntergelassen waren, konnten sie die Trinker im Feasting Fox sehen, wie sie vor fast zwei Wochen dicht beieinandergestanden hatten.

»Der Arbeitsschutz würde dieses Band sicher gern sehen«, sagte MacBride, als ein Haufen Gäste den engen Durchgang hinter der Herrentoilette zum Hinterausgang verstopfte. Aus dem Winkel der anderen Kamera konnte man leicht sehen, warum: der Hauptraum der Bar war gesteckt voll wie eine Sardinenbüchse, es gab nur noch Stehplätze. Dann öffnete sich die Tür, und Jonathan Okolo kam herein.

Er war schmutzig, das konnte man sogar auf dem schlechten Bild erkennen.

Als er in einer Reihe kleiner Sprünge an der Kamera vorbeiging, schien die Menge sich um ihn herum zu teilen wie das Rote Meer für Moses. McLean hatte die Zeugenaussagen gelesen, die damals aufgenommen worden waren, und fragte sich, wie es möglich war, dass niemand sich daran erinnern konnte, den Mann gesehen zu haben. Er musste zum Himmel gestunken haben, dass sie so auf Abstand zu ihm gingen. Aber andererseits tranken sie ja auch alle, als ob Alkohol demnächst vom Markt genommen würde, und wer wollte überhaupt heutzutage noch mit der Polizei reden?

Ein paar Sekunden nachdem er aus dem Blickfeld der ersten Kamera verschwunden war, erschien Okolo auf der zweiten. Die Menge im Durchgang um ihn herum wich zurück, als er sich in die Herrentoilette drängte. Es gab ein paar Sekunden Pause, dann öffnete sich die Tür wieder.

»Stoppen Sie hier«, sagte McLean. MacBride drückte auf die Pausentaste. Es war ein merkwürdiger Winkel, von der Decke hinunter. Und die Fischaugenlinse verzog die Gesichter. Aber aus irgendeinem Grund sah der Mann, der aus der Toilette kam, auf, als er hinausging – so als wüsste er, dass dies sein Augenblick im Rampenlicht war.

Und es handelte sich unverkennbar um Peter Andrews.

59

Du bist spät dran, Tony. Das sieht dir gar nicht ähnlich.«

»Tut mir leid, Angus. Mir ist was dazwischengekommen. Hast du ohne mich angefangen?« McLean trat ohne Umweg in den Obduktionssaal. Der war nicht gerade sein Lieblingsplatz, und in letzter Zeit verbrachte er sowieso zu viel Zeit hier.

»Allerdings«, sagte Cadwallader. Er stand über die nackte Leiche gebeugt und untersuchte eine ihrer Hände. »Hast du die geröntgt, Tracy?«, fragte er.

»Ja, Doktor. Sie hängen am Leuchtkasten.«

Cadwallader ging zur Wand hinüber, wo eine Art Leuchttisch an der Wand hing und Licht durch aufgehängte Röntgenbilder leuchtete. McLean folgte ihm, dankbar, die Leiche nicht mehr ansehen zu müssen.

»Siehst du die?« Der Arzt zeigte auf verschiedene helle und dunkle Schatten auf den Röntgenbildern. »Mehrfach gebrochene Fingerknochen. Normalerweise würde man hier erwarten, dass die Hände zu Brei geschlagen waren. Von einer Dampfwalze überrollt oder so etwas. Aber er hat nur Blutergüsse. Okay, übel, aber nicht lebensbedrohlich. Und dann das hier.« Er zog die ersten Röntgenbilder herunter und hängte ein paar neue auf. »Seine beiden Oberschenkelknochen sind an verschiedenen Stellen gebrochen. Die Schien- und Wadenbeine auch. Und hier.« Noch ein Satz Bilder. »Die Rippen sind ein einziges Durcheinander, ich glaube, ich habe nicht eine gefunden, die nicht gebrochen war.«

McLean stöhnte, spürte regelrecht den Schmerz. »War er in einen Kampf verwickelt?«

»Nein, nicht in einen Kampf. Dabei hätte es eine gewisse Fairness gegeben. Er wurde angegriffen, aber er konnte sich nicht verteidigen. Fortgeschrittene Osteoporose. Seine Knochen sind wie Porzellan. Sie brechen bei der leichtesten Berührung. Es brauchte nicht viel, um ihn zu töten. Ich glaube, ein Rippensplitter hat sich in seine Lunge gebohrt, und er ist an seinem eigenen Blut erstickt.«

McLean blickte zu dem toten Mann zurück, der auf dem Tisch lag. »Aber er war Lokführer. Wie konnte er mit solchen Knochen seine Arbeit tun?«

»Ich vermute, sehr vorsichtig«, sagte Cadwallader. »Aber ich bezweifle, dass er sein Geheimnis noch viel länger hätte für sich behalten können.«

Der Rechtsmediziner ging zu seinem Arbeitsgegenstand zurück, und McLean begab sich in seine ungeliebte Position: Er beobachtete, wie die Obduktion durchgeführt wurde. Tracy schaffte es, ein paar teilweise erhaltene Fingerabdrücke von den Blutergüssen am Hals des Mannes zu nehmen, und dann eröffneten sie ihn gemeinsam.

»Ah, wie ich dachte«, sagte Cadwallader nach zu vielen Minuten, die von unangenehm schmatzenden Geräuschen erfüllt waren. »Die vierte Rippe, oh, und die fünfte auch. Beide auf der rechten Seite, direkt in die Lunge. Und auf der linken Seite nur die fünfte. Das Herz ist auch nicht in besonders gutem Zustand. Es könnte durchaus aufgegeben haben, bevor er erstickt ist.«

Als alles vorbei und Tracy damit beschäftigt war, David Brown wieder zuzunähen, folgte McLean Cadwallader zurück in sein kleines Büro.

»Also, wie lautet das Urteil, Angus?«

»Er wurde zusammengeschlagen, wahrscheinlich von jemand Großem: Die Abdrücke weisen auf dicke Finger hin. Normalerweise sollte man erwarten, dass ein Mann seines Alters und Gewichts das überlebt, aber bei seinen schwachen Knochen und mit seinem Herzen konnte er jederzeit zusammenbrechen. Und du sagst, er war Lokführer?«

McLean nickte.

»Dann, glaube ich, haben wir Glück gehabt.«

»Er aber nicht.«

»Nein.« Cadwallader verstummte einen Augenblick lang und schien sich dann an etwas zu erinnern. »Oh, übrigens hattest du recht.«

»Hatte ich? Womit?«

»Dieser Selbstmordfall, Andrews. Ich habe mir die Leiche noch einmal angesehen und winzige Spuren von Blut und Haut unter seinen Fingernägeln gefunden. Er hatte sie ziemlich gründlich geschrubbt, an manchen Stellen war die Haut roh, aber sein Vater sagte mir, dass er immer schon penibel war, was seine Sauberkeit anging. Weshalb es schon merkwürdig ist, dass er auf so eine schmutzige Art Selbstmord begangen haben soll.«

»Irgendeine Ahnung, um wessen Blut und Haut es sich handelt?«

»Ich habe kaum genug für eine grundlegende Untersuchung gefunden, bin mir aber ziemlich sicher, dass es nicht sein eigenes war. Ich kann es für einen DNA-Test ins Labor schicken, wenn du möchtest. Aber ich nehme an, dass du bereits weißt, von wem es stammt.«

McLean nickte, aber die Vorstellung, recht zu haben, gefiel ihm nicht wirklich.

Der Abend war bereits hereingebrochen, als er es zurück ins Büro schaffte. Noch ein Tag war in der Aufregung verwirrender Ereignisse verstrichen. Ein weiterer Tag, und er war weder damit weitergekommen, Chloe zu finden, noch Alisons Mörder. Oder den mysteriösen sechsten Mann. Wenigstens saß McReadie hinter Schloss und Riegel und konnte nicht verschwinden. Das war immerhin etwas.

»Ah, Inspector. Die Chief Super möchte mit Ihnen sprechen.« Bill, der Sergeant vom Dienst, ließ ihn in den hinteren Teil des Reviers durch.

»Hat sie gesagt, weswegen?«

»Nein. Nur dass es dringend ist.«

McLean eilte durch die verwinkelten Flure und fragte sich, was wohl los war. Er klopfte mit einem etwas ängstlichen Gefühl an den Türrahmen des Büros der Superintendent. McIntyre sah von ihrer Arbeit auf und bedeutete ihm hereinzukommen.

»Ich hatte gerade Detective Chief Superintendent Jamieson aus der Division Glasgow Central and West am Telefon, Tony. Es scheint, als hätte Ihr junger Protegé DC MacBride ihm ein paar nette Fotos zum Anschauen geschickt, und er war ziemlich gespannt herauszufinden, wo die wohl herstammen.«

Glasgow, nicht Aberdeen. McLean stieß einen erleichterten Seufzer aus. »Ich nehme an, er hat sie wiedererkannt, Ma'am.«

»Ja, das hat er. Sie stammen von einer Reihe von Fällen in den letzten drei Jahren. Vielleicht erinnern Sie sich ja daran, von der letzten Runde der Eiscreme-Kriege gelesen zu haben.«

Das tat McLean. Nur war es nicht Speiseeis gewesen, weswegen sich die harten Männer Glasgows gegenseitig umgebracht hatten. »Wie viele verschiedene Tatorte gab es?«

»Das hat er nicht gesagt. Aber ich glaube, dass wir mit Sicherheit annehmen können: Wer auch immer die Bilder ins Internet gestellt hat, hatte in dieser Zeitspanne Zugang zu den Büros der Spurensicherung in Glasgow. Und da eine gewisse Emma Baird damals in Aberdeen gelernt hat, musste Inspector Duguid sie freilassen und hat sich katzbuckelnd entschuldigt.«

Oh, Scheiße. Er hatte es wieder geschafft. Hatte sich wieder in den Fall eines anderen Detectives eingemischt und ihn an dessen Stelle gelöst.

»Er ist nur teilweise dadurch besänftigt, dass der wahre Schuldige jetzt in der Zelle sitzt, die Miss Baird gerade erst verlassen hat.«

»Das tut mir leid, Ma'am. Ich war es ihr einfach schuldig, der Sache gründlich nachzugehen.«

»Sogar nachdem Sie sie zum Abendessen ausgeführt hatten?« McIntyre zog eine Augenbraue hoch. »Verstehen Sie mich nicht falsch, Tony. Ich halte Sie für einen sehr guten Detective, aber wenn Sie weiter den Leuten so auf die Zehen treten, bleiben Sie für den Rest Ihrer Laufbahn Inspector.«

Es gab Schlimmeres. Er strebte nicht danach, auf anderer Leute Rücken und über ihre Köpfe hinweg die Karriereleiter zu erklimmen. Eigentlich wollte er nur Bösewichte fangen.

»Ich werde daran denken, Ma'am.«

»Tun Sie das, Tony. Und halten Sie sich für ein, zwei Tage von Charles Duguid fern, ja? Er ist fuchsteufelswild.«

McLean eilte durch das Revier in sein Büro, in der Hoffnung, allen aus dem Weg gehen zu können, die ihn aufhalten könnten. Er musste die neueste Information jetzt aus seinem Kopf und auf ein Blatt Papier bekommen, bevor alles wieder herausrann und verloren ging. Es bestand eine Verbindung zwischen Okolo, Andrews, Dent und Brown. Jeder hatte den Tod des Vorigen miterlebt. Er wollte nicht daran denken, wie das zu dem passte, was Madame Rose gesagt hatte. Es musste eine vernünftige Erklärung geben, aber das Beste, was ihm einfiel, war, dass jemand diese Leute so manipuliert hatte, dass sie erst andere und dann sich selbst töteten. War das überhaupt möglich? Und wenn ja, wer hatte dann Brown ermordet und ihn in die Sackgasse geworfen, und wo war der Täter jetzt?

Ein Brief wartete auf ihn. Er lag oben auf dem Stapel aus unerledigtem Papierkram auf seinem Schreibtisch. Er hob ihn auf, bemerkte die handgeschriebene Adresse, den Briefkopf und den

Namen von Carstairs Weddell, Anwälte und Notare. Er enthielt ein einziges, festes Blatt Papier, das mit spinnwebartiger Handschrift bedeckt war, hastig geschrieben und schwierig zu lesen. Als er es umdrehte, sah er eine Unterschrift, und darunter den Namen in Blockbuchstaben: Jonas Carstairs, Kronanwalt. Er klemmte sich hinter seinen Schreibtisch und schaltete die Lampe an.

Mein lieber Anthony,
wenn Sie diesen Brief lesen, dann bin ich tot, und die Sünden meiner Jugend haben mich endlich eingeholt. Ich habe keine Entschuldigung für das, was ich getan habe. Es war ein abscheuliches Verbrechen, wofür ich zweifellos in der Hölle schmoren werde. Aber ich kann versuchen, es zu erklären, und vielleicht kann ich etwas dazu beitragen, es wiedergutzumachen.

Ich kannte Barny Smythe gut. Wir waren zusammen auf der Schule und zogen dann zur gleichen Zeit nach Edinburgh. Und dort habe ich Buchan Stewart, Bertie Farquhar und Toby Johnson kennengelernt. Dann, als der Krieg ausbrach, haben wir uns gemeinsam freiwillig gemeldet und sind zusammen in Westafrika stationiert worden. Wir waren alle beim Geheimdienst und damit beauftragt, Informationen an Hitler abzufangen, und wir waren ziemlich erfolgreich. Aber der Krieg verändert einen Menschen, und wir haben in Afrika Dinge gesehen, die niemand je erleben sollte.

Ich mache Ausflüchte, aber es gibt keine Entschuldigung für das, was wir getan haben, als wir fünfundvierzig wieder nach Hause kamen. Das arme junge Mädchen ist so lange gestorben. Ich kann nachts noch immer seine Schreie hören. Und jetzt sind seine Überreste entdeckt worden, der arme Barny wurde ermordet, und Buchan auch. Die Bestie wird als Nächstes zu mir kommen. Ich spüre, wie sie näher und näher kommt. Wenn ich dann tot bin, ist nur noch einer von uns übrig: derjenige, mit dem alles angefangen hat.

Ich kann seinen Namen nicht nennen. Das würde einen Eid brechen, der mich viel fester bindet als meine Ehre. Aber Sie kennen ihn, Tony. Und er kennt Sie. Der Mann, den wir alle bewunderten, der unser Leben im Krieg mehr als einmal gerettet hat und der uns alle dazu verführt hat, unsere Torheit in die Tat umzusetzen. Er wird jüngere Toren um sich scharen und dieses irre Ritual wiederholen. Das ist seine einzige Möglichkeit, sich zu schützen. Ich fürchte, dass dabei noch eine unschuldige Seele verloren gehen wird. Aber wenn er scheitert, dann wird das, was wir eingeschlossen haben, frei sein, um umherzuschweifen, und frei, um zu morden. Es lebt von Gewalt, das ist alles, was es kennt.

Es gibt ein paar Nachrichten, die ich auf Bitten Ihrer Großmutter an Sie weitergeben soll. Dinge, von denen sie nicht wollte, dass Sie sie erfuhren, solange sie noch am Leben war. Dinge, die sie tief beschämend fand, schmerzhaft und sehr peinlich, obwohl sie eigentlich keine Schuld daran trug. Dieser Brief ist nicht der rechte Ort dafür. Ich werde sie Ihnen entweder von Angesicht zu Angesicht enthüllen oder mit ins Grab nehmen. Früher einmal erschienen diese Dinge wichtig, aber in Wirklichkeit sind sie beinahe folgenlos geblieben. Sie sind ganz einfach nicht zu dem Mann geworden, der Sie nach ihrer Befürchtung hätten werden können, also belassen wir es vielleicht am besten dabei.

Heute habe ich mein Testament geändert und Ihnen alle meine persönliche Habe überschrieben. Verstehen Sie bitte, dass es sich hierbei nicht um einen Versuch handelt, mein

Gewissen zu retten. Ich bin verdammt, und ich weiß es. Aber Sie können wiedergutmachen, was ich, Barny und die anderen getan haben. Und das ist das Einzige, was ich aus dem Grab noch tun kann, um zu helfen.
Der Ihrige in Reue,
Jonas Carstairs

McLean starrte minutenlang auf die zittrige Handschrift, wobei er gelegentlich das Blatt umdrehte, als könnte er die Information, die er brauchte, auf der anderen Seite finden. Aber Carstairs hatte das, was er wirklich wissen musste, nicht gesagt, hatte ihren Anführer nicht genannt. Und was hatte es mit dem Absatz über seine Großmutter auf sich? Ein richtiger Anwalt: sich niemals festlegen. Alles war verklausuliert. Das war beinahe enttäuschender, als hätte es den Brief nie gegeben. Er lieferte nicht mehr als ungenaue Tipps und die Androhung eines weiteren brutalen Mordes.

Und dann fiel der Groschen. Noch ein Mord. Das Ritual noch einmal durchführen. Ein junges Mädchen, auf der Schwelle zum Frausein. Er wusste, wozu sie Chloe Spiers entführt hatten. Es war so offensichtlich, dass er sich in den Hintern hätte treten können, weil er nicht früher darauf gekommen war. Als er nach dem Telefon griff und gerade wählen wollte, fing es in seiner Hand an zu klingeln.

»McLean.« Er bellte seinen Namen ungeduldig, wollte das Gespräch so schnell wie möglich hinter sich bringen. Die Zeit lief ab. Er brauchte Antworten, und diesmal würde kein geiergesichtiger Anwalt ihm im Weg stehen.

»Hier spricht DC MacBride, Sir. Ich habe gerade einen Anruf aus Saughton erhalten.«

»Oh ja? Ich wollte gerade dort anrufen. Wir müssen dringend mit McReadie sprechen, Stuart. Er weiß, wer Chloe Spiers entführt hat, und ich weiß, was sie mit ihr vorhaben.«

»Ah. Das könnte schwierig werden, Sir.«

McLean blieb sein Atemzug im Halse stecken. »Warum?«

»McReadie ist tot. Er hat sich heute Abend in seiner Zelle erhängt.«

60

McLean saß im verdunkelten Videoüberwachungszentrum im Gefängnis Saughton und sah sich das Video an, in dem ein riesiger Mann den Besucherraum betrat und sich an den einsamen Tisch setzte. Er war sportlich gekleidet: dunkle Lederjacke und ausgeblichene Jeans, ein T-Shirt mit einem unleserlichen Logo darauf. Aus dem Zusammenhang gerissen, konnte McLean ihn nicht einordnen, aber er kam ihm bekannt vor.

»Ich kenne diesen Mann. Wie heißt er?«

Der Gefängniswärter, der ihn durch das Gebäude begleitet hatte, nahm ein Blatt Papier zur Hand, das auf einem Clipboard klemmte.

»Hat sich als Callum, J. eingetragen. Adresse in Joppa.«

»Hat ihn jemand überprüft?« Alarmglocken fingen in McLeans Kopf an zu läuten, aber das Schulterzucken, das er anstelle einer Antwort erhielt, war klar genug. Er merkte sich den Namen und die Adresse und wandte sich dann wieder dem Bildschirm zu, rechtzeitig, um zu sehen, wie McReadie in den Raum geführt wurde. Die Reaktion des Diebes, als er den großen Mann sah, war verhalten, aber nicht der Horror, den McLean erwartet hätte.

»Haben Sie hierzu Ton?«, fragte er.

Der Wärter schüttelte den Kopf. »Nee. Vor ein paar Jahren gab es diesen großen Krach wegen der Menschenrechte. Mich wundert, dass wir sie überhaupt noch einsperren dürfen.«

McLean nickte zustimmend – wie verrückt doch alles war –, dann schaute er wieder auf den Bildschirm. Die beiden Männer redeten ein paar Minuten lang, wobei McReadies Körpersprache zunehmend aufgeregt wurde. Dann hielt er plötzlich still, ließ die Hände ruhig an beiden Seiten herunterfallen und sah den Besucher mit einem beinah hypnotisierten Blick an. Nach ungefähr dreißig Sekunden stand der große Mann auf und ging. Ein Wärter trat zu ihm und führte einen sehr gefügigen McReadie davon, dann war das Band zu Ende.

»Ungefähr eine halbe Stunde später haben wir die normale Runde durch die Zellen gemacht und ihn tot aufgefunden. Er hatte sein Hemd in Streifen gerissen und es benutzt, um sich aufzuhängen.«

»Komisch. Er schien mir nicht der Typ zu sein, der sich umbringt.«

»Nein. Wir hatten ihn auch nicht unter besonderer Überwachung oder so.« Der Wärter sah nervös aus. Vielleicht war er besorgt, dass er Ärger bekommen könnte. Soweit es McLean anging, hatte McReadie der Welt einen großen Gefallen getan. Aber es wäre besser gewesen, wenn er ihnen vorher erzählt hätte, wo Chloe war und wer sein mysteriöser Auftraggeber war. Jetzt war nur noch ein Mensch übrig, mit dem er sprechen konnte.

»Ich weiß, was sie mit ihr vorhaben, Mr Roberts. Und Sie?«

Noch eine Stunde war vergangen, noch einmal sechzig Minuten, die vertickten, bis es zu spät sein würde. Wenn es das nicht schon war. McLean war zurück im Revier, wo er versuchte, ein paar Antworten aus einem völlig verängstigten Mr Roberts herauszuquetschen.

»Sie werden ihr die Hände und Füße am Boden festnageln. Sie werden sie vergewaltigen. Dann werden sie ein Messer nehmen und ihr den Bauch aufschneiden. Und während sie noch lebt, werden sie damit anfangen, ihre Organe eines nach dem anderen herauszunehmen. Sie werden zu sechst sein, und jeder wird ein Organ für sich bekommen. Sollten Sie einer der sechs sein, Mr Roberts? War Fergus McReadie einer davon? Nur dass Sie beide

Ihre Chance auf Unsterblichkeit verpassen, oder was Sie kranke Schweinehunde dachten, dass Sie bekommen würden. Sie sind mit mir hier drin, und Fergus ist tot.«

Roberts stieß bei dieser Nachricht einen kleinen alarmierten Schrei aus, sagte aber sonst nichts.

»Die kriminaltechnischen Ergebnisse sind da. Wir wissen, dass Chloe in Ihrem Auto gewesen ist«, log McLean. Die Spurensicherung und die Kriminaltechniker arbeiteten immer noch langsam, obwohl Emma für unschuldig befunden worden war. Es würde eine Weile dauern, bevor Dagwood dazu überredet werden konnte, sich zu entschuldigen, besonders weil es ja wirklich eine undichte Stelle gegeben hatte. Und noch länger, bis jemand dazu kommen würde, sich Roberts' BMW anzusehen. »Wo haben Sie sie hingebracht? Zu wem haben Sie sie gebracht? War es Callum?«

Das rief eine leise Reaktion hervor. Roberts' Augenlid zitterte nervös. »Wie ist er gestorben?«, fragte er mit kleiner, wackeliger Stimme.

»Was?«

»Fergus. Wie ist er gestorben?«

McLean lehnte sich über den Tisch, sein Gesicht dicht an Roberts'. »Er hat sein Hemd in Streifen gerissen, sie in einer Schlinge um seinen Hals gelegt, das andere Ende oben an sein Stockbett in der Zelle gebunden und dann sein eigenes Körpergewicht dazu benutzt, um sich zu Tode zu würgen.«

Ein leises Klopfen an der Tür unterbrach sie. McLean drückte sich vom Tisch ab. »Herein.«

DC MacBride steckte den Kopf durch die offene Tür. »Ein paar Analysenergebnisse, von denen ich dachte, dass sie Sie interessieren, sind gerade hereingekommen, Sir.«

»Was ist es, Stuart?«

»Fingerabdrücke von David Browns Hals, Sir. Sie passen ganz gut zu unserem Callum. Er scheint in Form zu sein. Hat zu einer

Straßenbande aus Trinity gehört. Aber vor ungefähr zehn Jahren ist er vom Radar verschwunden. Seitdem hat ihn keiner mehr gesehen.«

»Nun, jetzt ist er wieder da. Danke, Constable.« McLean wandte sich wieder an Roberts. Es war an der Zeit, es anders zu versuchen.

»Sehen Sie, Mr Roberts: Wir wissen, dass Sie gezwungen worden sind. Sie sind Anwalt, kein Mörder. Wir können Sie beschützen und beschützen bereits Ihre Frau. Aber Sie müssen uns helfen. Wenn wir Chloe nicht bald finden, wird es zu spät sein.«

Roberts saß auf seinem unbequemen Plastikstuhl und starrte die gegenüberliegende Wand an. Er ließ sich nicht in die Augen sehen, sein Gesicht war totenbleich geworden.

»Die haben Fergus erwischt. Das muss es gewesen sein. Ich kann nichts sagen. Sie werden es erfahren, und dann bringen sie mich um.«

Und danach sagte Christopher Roberts kein Wort mehr.

»Geben Sie eine Fahndung nach Callum raus.«

McLean saß mit DC MacBride und Grumpy Bob in dem winzigen Einsatzraum und versuchte, sich nicht von seiner Frustration wegen Roberts überwältigen zu lassen. Es ärgerte ihn außerdem, dass er den großen Mann nicht zuordnen konnte. Der Name klang vertraut, aber auf dem Band der Überwachungskamera war sein Gesicht nicht gut genug zu erkennen. »Schauen Sie, ob wir außerdem ein anständiges Foto von ihm bekommen können, ja?«

Ihm fiel ein, dass er eigentlich nicht an der Suche nach Chloe beteiligt sein sollte. Es war Grumpy Bobs Fall. Aber der alte Sergeant schien ganz erfreut zu sein, ihn abzugeben. Neben ihm nahm DC MacBride sein Funkgerät zur Hand und begann, Anrufe zu erledigen. Seine weiche Stimme füllte die Stille, während McLean auf die Fotos starrte, die an der Wand hingen. Die vermisste Leiche und ihre konservierten Organe. Warum sollte die jemand stehlen? Wozu könnten sie sie haben wollen?

»Mein Gott, bin ich dumm!« McLean sprang auf die Füße.

»Was?« Grumpy Bob blickte auf, und DC MacBride beendete seinen Anruf.

»Es ist so verdammt offensichtlich. Ich hätte schon vor Tagen darauf kommen sollen.«

»Worauf kommen sollen?«

»Wo sie die Leiche hingebracht haben.« McLean zeigte auf die Fotos an der Wand. »Wo sie Chloe ermorden wollen.«

61

Der Abendhimmel brannte in einem wütenden Rot, als sie durch das Tor zum Farquhar House rasten. Tommy McAllister hatte keine Zeit verloren und seine Maschinen von der Baustelle abgezogen, aber das Haus selbst war noch verrammelt, und zerrissenes blau-weißes Polizeiband flatterte im Wind. Die unteren Fenster sahen aus, als wären sie seit dem letzten Mal, als er hier war, nicht angerührt worden, und die Tür war mit einem langen Schließband und einem Vorhängeschloss gesichert.

»Ein Brecheisen, würde ich sagen. Ich kann nicht auf die Schlüssel warten.« McLean schickte DC MacBride zum Auto, um ein passendes Stemmeisen zu suchen, während er und Bob sich umsahen, um herauszufinden, ob etwas nicht stimmte. Der Boden war von dem Baustellen-Durcheinander so aufgewühlt, dass es unmöglich war, etwas zu erkennen.

Der Constable kam mit einem langen Reifenheber zurück, und nach einem Moment frenetischen Hebelns fiel das Schließband mit einem satten Reißen von der Holztür.

Drinnen roch das Gebäude staubig und unbenutzt und war vollkommen still und so dunkel wie ein Grab. McLean knipste seine Taschenlampe an und durchquerte die leere, höhlenartige Halle zur Kellertreppe. Die Tür war geschlossen und verriegelt worden. Er trat kräftig dagegen, und der holzwurmbefallene Rahmen gab nach. Staub wallte überall um sie herum auf und reizte sie zum Husten, aber er stürzte weiter, die Treppe hinunter, von einem schrecklichen Gefühl der Dringlichkeit getrieben.

Die Strahler waren aus dem Keller verschwunden, aber das dunkle Loch in der Wand war noch da. McLean leuchtete mit seiner Taschenlampe hindurch, und einen Augenblick lang setzte sein Herz aus. Ein Körper lag mit ausgestreckten Gliedern in der Mitte des verborgenen Raumes, Hände und Füße mit glänzenden neuen Nägeln an den Holzboden genagelt. Der Kopf war in einem endlosen Schrei des Leidens zurückgebogen, und der Bauch war aufgeschnitten, woraus die Rippen im Lampenlicht weiß aufleuchteten. Er ließ den Lichtstrahl die Wände hinaufwandern, und da waren die sechs Nischen, ihre kostbaren Organe in Einweckgläsern.

Dann drang ein unterdrücktes Schluchzen an seine Ohren. Er sah sich um, hielt die Taschenlampe auf einen zweiten Körper, der an der Wand kauerte, mit Ketten um die Hand- und Fußgelenke, die sich zu einem glänzenden neuen Haken im Putz hinaufwanden. Chloe trug immer noch ihr Zwanzigerjahre-Flapperkostüm, nur den Topfhut hatte sie verloren. Tränen hatten Ströme von dunkler Wimperntusche ihre Wangen herunterrinnen lassen, und ihre Handgelenke waren aufgescheuert, weil sie gegen ihre Fesseln angekämpft hatte. Aber sie lebte. Chloe Spiers lebte.

McLean kletterte in den Geheimraum und spürte, wie die Temperatur sank, als wäre er in einem Kühlschrank. Er beleuchtete mit der Taschenlampe sein eigenes Gesicht, damit sie sah, wer er war, dann beugte er sich hinunter, um das Klebeband zu entfernen, mit dem ihr Mund verschlossen war.

»Alles in Ordnung, Chloe. Ich bin Polizist. Wir bringen dich nach Hause.« Sie zog die Knie dicht an die Brust und sagte nichts, während er ihre Fesseln löste. Ab und zu durchsuchten ihre Augen den dunklen Raum und die undeutliche Erhebung in der Mitte. Wie lange war sie schon mit der Leiche hier eingeschlossen? Wie viel davon hatte sie gesehen, bevor sie das Licht ausgeschaltet und sie allein gelassen hatten?

»Komm. Hier.« Er zog sie hoch, trug sie halb aus dem Raum dorthin, wo die anderen warteten.

»Er wollte mich aufschneiden. Wie er es mit ihr getan hatte vor all diesen Jahren. Sie hat es mir gesagt. In der Dunkelheit.« Chloes Stimme klang wie ein blasses Abbild ihrer Mutter. Sie zitterte leise, als sie sich an ihn klammerte.

»Alles in Ordnung, Chloe. Niemand wird dir mehr was tun. Du bist in Sicherheit.« McLean war noch dabei, sich besänftigende Dinge auszudenken, die er zu ihr sagen könnte, als ihre Worte bei ihm ankamen. »Wer wollte dir das antun, Chloe?«

»Der narbige Mann. Er hat sie ermordet. Er will mich auch töten.«

Und da fing alles an, einen Sinn zu ergeben. Wenn Wahnsinn denn jemals einen Sinn ergeben konnte.

62

Als sie aus dem Haus kamen, McLean mit Chloe auf dem Arm, die sich an ihn klammerte, als hinge ihr Leben davon ab, war die Verstärkung eingetroffen. Es brauchte seine Zeit, sie davon zu überzeugen, mit den Sanitätern zu gehen. Sie willigte erst ein, als er ihr sagte, dass er den narbigen Mann verhaften würde.

Sie ließen Grumpy Bob zurück, um aufzuräumen und das Lob entgegenzunehmen, wenn die Superintendent ankam, weil es ja schließlich sein Fall war. DC MacBride fuhr, und sie brauchten lange Minuten, um sich den Weg aus der engen Einfahrt heraus zu bahnen, während mehr und mehr Streifenwagen eintrafen.

»Wohin fahren wir, Sir?«, fragte er, als sie es schließlich auf die Dalry Road geschafft hatten. McLean gab ihm die Adresse des Hauses durch, das nicht weit entfernt von dem seiner Großmutter lag. Wohin er in einem Wagen gebracht worden war, den ein Jethro Callum im Anzug gesteuert hatte. Nicht weit von dort, wo die Leiche von David Brown gefunden worden war. Grenzte das Anwesen nicht sogar an den verlassenen Weg?

»Fahren Sie nach Grange. Und schalten Sie Blaulicht ein.« Er gab MacBride die Adresse. Dann lehnte er sich in den Beifahrersitz zurück und sah zu, wie der Verkehr ihnen Platz machte.

»Wie sind Sie darauf gekommen, Sir? Dass sie dort sein würde?«

»Ich habe einen Brief von Jonas Carstairs bekommen. Er hat sich zu dem Mord bekannt und die anderen genannt, die wir in Verdacht hatten. Und er hat geschrieben, es gäbe einen sechsten Mann, genau, wie wir dachten. Er hat allerdings seinen Namen nicht genannt, was nicht sehr hilfreich war. Aber er hat geschrieben, dass er auch in Edinburgh lebt und dass er versuchen würde, das Ritual noch einmal zu vollziehen. Wo sonst sollte er das tun?«

»Es ist aber doch weit hergeholt, oder, Sir?«

»Eigentlich nicht. Ich hätte es schon früher erkennen müssen. Sobald wir Roberts als den Mann identifiziert hatten, der Chloe mitgenommen hatte. Er hat es für jemanden getan, der das alte Haus kaufen wollte. Jemand, der bereit war, einen überhöhten Preis dafür zu zahlen. Ich wusste nur nicht, wer. Darauf habe ich mich konzentriert, als ich nach dem Warum hätte fragen sollen.«

»Und wissen Sie jetzt, wer es war?«

»Der narbige Mann, hat Chloe gesagt. Ich habe vor ein paar Tagen einen narbigen Mann kennengelernt. Einen alten Freund meiner Großmutter. Sagte, er sei in der Stadt, um unerledigte Geschäfte abzuschließen. Mein Gott, kann ich manchmal langsam sein. Gavin Spenser. Jethro Callum ist sein Chauffeur – und mehr als das, nehme ich an. Und Roberts hat Spenser Industries vertreten. Ich habe deren Briefkopf bei McAllister auf seinen Unterlagen gesehen. Hatte es nur bis jetzt nicht wiedererkannt.«

Sie fuhren den Rest des Weges in angespanntem Schweigen. Als sie sich dem Haus näherten, schaltete MacBride das Blaulicht aus, um niemanden vorzuwarnen. McLean dirigierte ihn in Richtung der Adresse, Straßen entlang, die er sein ganzes Leben gekannt hatte, an Häusern vorbei, die ihm immer vertraut gewesen waren, die ihm jetzt aber fremd und bedrohlich erschienen.

»Halten Sie hier.« Er zeigte auf ein offenes Tor. Licht schien aus mehreren Fenstern im ersten Stock auf den glänzenden Bentley, der vor der Veranda geparkt war. Als er sich dem Haus näherte, durchfuhr McLean ein untypischer Schauer der Angst, und dann sah er, dass die Eingangstür weit offen stand. Er betrat das Haus, wollte sich beeilen, obwohl all die Jahre des Trainings ihn drängten, doch vorsichtig zu sein. Der Flur wurde von einer dunklen Eichentreppe dominiert, die zum hinteren Teil des

Hauses hinaufführte. Türen mit verzierter Täfelung gingen zu beiden Seiten ab, alle geschlossen bis auf eine.

»Sollten wir ...«, setzte MacBride an. McLean brachte ihn mit erhobener Hand zum Schweigen. Er zeigte auf den hinteren Teil des Hauses und bedeutete ihm, dort zuerst zu suchen. Dann schritt er leise durch die Halle auf die offene Tür zu, glaubte aus dem Raum dahinter ganz leise Geräusche zu hören. Nasse, unangenehme Geräusche. Er holte tief Luft, dann drückte er die Tür weit auf und trat ein.

Das private Arbeitszimmer war mit überraschend modernen Büromöbeln ausgestattet. Ein kleiner Schreibtisch neben der Tür wäre der Platz einer Sekretärin gewesen, aber der Stuhl für die Schreibkraft war leer. Dahinter gab es einen offenen Raum mit ein paar funktionellen Sofas, einem niedrigen Tisch dazwischen und dahinter einen großen Schreibtisch. An dem Gavin Spenser saß.

Er war von der Taille aufwärts nackt, seine Kleider waren ordentlich gefaltet und lagen auf einem niedrigen Aktenschrank auf einer Seite. Träge Fliegen krabbelten über das weiße Fleisch und summten um das dicke Blut herum, das von seinen Fingerspitzen hing, trocken und matt. Sein narbiges Gesicht war weiß, blinde Augen erstarrt in einem letzten Ausdruck von Horror. Er war schon eine Weile tot, seine Brust war aufgerissen. Wenn er hätte raten sollen, hätte McLean drauf getippt, dass jemand ihm das Herz herausgeschnitten hatte.

Der Schatten einer Bewegung, und seine Instinkte übernahmen die Führung. Er duckte sich und drehte sich um, als der riesige Mann auf ihn zusprang. Jethro Callum hielt ein Jagdmesser in der Hand und bewegte sich mit einer flüssigen Eleganz, die überhaupt nicht zu seiner Körpermasse passen wollte. Man sollte niemals damit rechnen, dass ein dicker Mann langsam ist. Das hatten sie ihm in der Selbstverteidigung beigebracht. McLean wich der Klinge aus, machte sich bereit, um den erwarteten

Stoß abzuwehren. Aber statt zu kämpfen, machte Callum einen Schritt zurück und setzte das Messer an seinem eigenen Hals an.

»Oh nein, das wirst du nicht tun!« McLean machte einen Satz nach vorn und schlug Callum das Messer aus der Hand. Zusammen gingen sie zu Boden. McLean hatte den Vorteil, oben gelandet zu sein, aber sein Angreifer war mindestens dreißig Zentimeter größer und eineinhalb Mal so schwer wie er. Die Muskeln unter seiner Lederjacke waren hart wie Stein, straff und gespannt. Er schob McLean nicht weg, sondern schleuderte ihn gewaltsam von sich, bevor er wegrollte und nach dem Messer griff.

McLean zog ein Paar Handschellen aus der Tasche und klappte sie auseinander, während er vorwärtssprang. Er rutschte auf etwas Quatschigem auf dem Teppich aus, verlor die Balance und schlug auf Callums Rücken auf. Wieder fielen sie beide auf den Boden, aber diesmal schaffte es McLean, ihm eine Handschelle anzulegen. Callum streckte die Hand nach dem Messer aus, seine fetten Finger kratzten verzweifelt auf dem blutigen Teppich. McLean verdrehte die gefesselte Hand scharf nach oben zwischen Callums Schulterblätter, wobei er die Handschelle als Hebel benutzte, kniete sich auf seinen Nacken und drückte ihm das Gesicht in den Teppich. Und immer noch streckte sich der große Mann nach dem Messer, trat um sich und wand seinen Oberkörper in dem Versuch, McLeans Gewicht auf seinem Rücken loszuwerden.

Es war ihm unmöglich, Callums anderen Arm zu fassen zu bekommen, und auch das Messer konnte er nicht als Erster erreichen. McLean sah sich nach etwas anderem um, das er als Waffe benutzen konnte, wobei seine Augen auf eine Keramikvase fielen, die auf einem kleinen eichenen Beistelltisch gerade in seiner Reichweite stand. Er packte sie, spürte ganz kurz Reue, weil er sie als ein sehr wertvolles Stück von Clarice Cliff erkannte, und schlug damit krachend auf Callums Kopf ein. Der große Mann grunzte und sackte dann schlaff in sich zusammen, bewusstlos.

Schritte hallten durch den Flur draußen, und als McLean aufblickte, sah er DC MacBride in der Tür auftauchen.

»Danke für die Unterstützung«, sagte er.

63

Spenser hat ihn vor über zehn Jahren aus einer Straßengang rekrutiert und zu seinem Leibwächter gemacht. Er hat die ganze Zeit in Amerika für den alten Herrn gearbeitet, deshalb ist er von unserem Radar verschwunden. Und Sie werden nie erraten, wer zu dieser Zeit einer seiner bekannten Partner war.«

»Donnie Murdo?«

»Genau. Ich glaube, dass Murdo Alison im Auftrag von Spenser überfahren hat. Wahrscheinlich wollte er versuchen, die Fahndung nach Chloe zu schwächen, bis er mit ihr fertig war. Mein Gott, was für ein dummer, armseliger Grund, jemanden zu töten.« Grumpy Bob trat nach einem unschuldigen Papierkorb, was diesen und seinen Inhalt in verschiedene Richtungen fliegen ließ.

»Gibt es irgendeinen Grund, warum er plötzlich beschlossen hat, seinen Chef umzubringen?« McLean nickte zu der massigen Gestalt von Jethro Callum hin. Sie beobachteten ihn durch den Einwegspiegel, der in den Vernehmungsraum wies. McLean wusste ganz gut, warum, wollte aber lieber nicht daran denken.

»Ich nehme an, wir sollten ihn danach fragen.«

»Okay, Bob. Bringen wir's hinter uns.« McLean verzog das Gesicht. Er hatte es bei dem Kampf geschafft, sich drei Rippen zu brechen und sich einen Bluterguss von der Größe und der Form Polens zuzuziehen. Allmählich konnte er sich vorstellen, wie sich David Brown vor seinem Tod gefühlt haben mochte.

Callum rührte sich nicht, als er die Tür aufdrückte, und schien ihre Gegenwart auch nicht wahrzunehmen, als McLean sich vorsichtig auf den Stuhl gegenüber setzte. Grumpy Bob packte zwei

Bänder aus und steckte sie in den Recorder, der bereitstand, um das Gespräch aufzunehmen. Der vierschrötige Chauffeur hatte noch immer nichts gesagt. McLean machte sich an die Formalitäten und beugte sich schließlich vor, um die Ellbogen auf dem Tisch zwischen sich und dem Mörder aufzustützen.

»Warum haben Sie Gavin Spenser getötet, Mr Callum?«

Langsam hob der Leibwächter den Kopf. Es schien ihm schwerzufallen, seinen Blick zu fokussieren. Und auf seinem Gesicht stand ein schockierter Ausdruck, als hätte er gerade erst bemerkt, wo er war.

»Wer sind Sie?«, fragte er.

»Das hatten wir alles schon, Mr Callum. Ich bin Detective Inspector McLean, und das hier ist mein Mitarbeiter, Detective Sergeant Laird.«

»Wo bin ich?« Callum zerrte an seinen Handschellen. »Warum bin ich hier?«

»Erwarten Sie ernsthaft, dass ich glaube, Sie wüssten das nicht, Mr Callum?«

McLean beobachtete das Gesicht des Leibwächters. Nur eine Mutter konnte so etwas lieben. Es war von zahlreichen Kämpfen vernarbt, er schielte, die Nase war platt, und die Augen standen etwas zu dicht beieinander, um noch Hoffnung auf etwas Intelligenz zu lassen. Aber etwas war darin, versteckte sich hinter der Verwirrung. Er konnte es spüren, und in diesem Moment wusste McLean, dass es auch ihn spürte. Callum hörte auf, sich gegen die Handschellen zu wehren, und ließ sich stattdessen nach vorn fallen, während sein ganzer Körper schlaff wurde.

»Ich kenne dich. Ich habe dich schon einmal gerochen. Du hast den Kreis um dich herum gezogen, aber der wird dich nicht vor mir schützen. Wir sind dazu ausersehen, zusammen zu sein, du und ich. Es liegt dir im Blut. Seinem Blut.« Callums anfängliche Worte waren unklar und zögernd gewesen, jetzt sprach er klar und abgehackt. Es war eine Stimme mit dem Klang von

Kontrolle und Macht, von jemandem, der es gewohnt war, dass man ihm gehorchte. Jemand völlig anderes.

»Warum haben Sie Gavin Spenser getötet?«, wiederholte McLean seine Frage.

»Er war ihr Anführer. Der Letzte. Ich habe ihn getötet, um frei zu sein.«

»Der Letzte? Haben Sie noch andere getötet?«

»Sie wissen, wen ich getötet habe, Inspector. Und Sie wissen auch, dass sie alle verdient haben zu sterben.«

»Nein, das weiß ich nicht. Wen haben Sie getötet? Wie hießen sie? Warum verdienten sie zu sterben?«

Callum starrte ihn direkt an, mit versteinerter Miene. Und dann wurden seine Züge wieder weich, so als würde er sich an etwas sehr Emotionales erinnern. Seine Augen weiteten sich, und sein Mund öffnete sich. Er sah sich mit panischen kleinen Kopfbewegungen nach rechts und links in dem kleinen Vernehmungsraum um. Er riss ein, zwei Mal an seinen Fesseln und dann, als er merkte, dass es hoffnungslos war, ließ er sich wieder nach vorn fallen. Seine Augen füllten sich mit Tränen, die über die Narben auf seinen Wangen rannen, während er in verängstigter, kindlicher Stimme zu murmeln begann.

»Ogottogottogottogottogott.«

McLean sah den großen Mann an, der sich auf seinem Stuhl leicht hin- und herwiegte. Wenn Callums Hände nicht in Handschellen gesteckt hätten, hätte er sich in einer Ecke des Raums zusammengerollt, da war McLean sich sicher. Da war kurz etwas gewesen. Aber der irre Instinkt, der den Mann dazu getrieben hatte, so einen brutalen Mord zu begehen, war fort, und jetzt war er allein mit der Erinnerung an das, was er getan hatte.

»Vernehmung abgebrochen um einundzwanzig Uhr zweiundfünfzig.« McLean stand auf, stöhnte, als seine Rippen protestierten, und stellte das Aufnahmegerät ab. »Bringen Sie ihn zurück in die Zelle. Wir versuchen es morgen früh noch einmal.«

Bob öffnete die Tür des Vernehmungsraums und rief ein paar uniformierte Constables herein. Sie stellten sich neben Callum, bevor einer von ihnen sich hinunterbeugte und die Handschellen löste.

Es ging ganz schnell. Der Leibwächter schrie wütend auf, explodierte förmlich aus seinem Stuhl heraus und schlug mit den Fäusten um sich. Die beiden Constables wurden weggeschleudert und krachten gegen die Wand. Hinter sich konnte McLean hören, wie sich Grumpy Bob in den Eingang stellte, um ihn zu blockieren, aber weit davon entfernt, darauf zuzustürzen, wandte sich Callum dem großen Spiegel zu, der an der Wand vor dem Videoraum hing. Er taumelte darauf zu, legte den Kopf in den Nacken und stieß dann mit aller Kraft zu. Risse sprossen aus der Aufschlagstelle, aber der Spiegel zerbrach nicht. In rasende Wut geraten nahm Callum seinen Kopf noch einmal in den Nacken und hämmerte ihn wieder in das zersplitterte Glas. Diesmal zersprang der Spiegel und zerbrach in lange Splitter tödlich scharfen Glases. Einer ragte unten aus dem Rahmen heraus, mindestens dreißig Zentimeter lang und nadelspitz. Ein glitzernder Tropfen von Callums Blut balancierte auf seiner Spitze.

Der Leibwächter drehte sich um und sah McLean mit diesem mächtigen, kontrollierten Starren an. Nicht ängstlich, nicht verrückt, sondern wissend. Nicht die Beute, sondern der Jäger.

»Bald wirst du verstehen«, sagte er mit dieser Stimme, die nicht seine war. Dann drehte er sich wieder um, legte den Kopf in den Nacken und bog den Rücken durch, in der Absicht, Schwung zu holen, nach vorn zu tauchen und sich den Glassplitter tief in sein Hirn zu bohren.

Aber da hatten ihn die beiden Constables, ergriffen seine Arme und drehten sie ihm auf den Rücken. Plötzlich war das Zimmer voller Körper, die Callum wie Ameisen umschwärmten. Der große Mann wand sich und schrie, wurde aber langsam zu Boden gedrückt, wo ihm die Hände fest auf den Rücken gefesselt wurden. Als sie ihn endlich auf die Füße zogen und ihn umdrehten, konnte McLean hässliche Schnitte auf seiner Stirn und Nase sehen. Ein Glassplitter hatte sein linkes Auge aufgespießt, aus dem eine wässrige Flüssigkeit die Wange herunterrann wie eine Parodie von Tränen.

»Mein Gott«, fluchte er. »Bringen Sie ihn schnell ins Krankenhaus. Und nehmen Sie ihm die Fesseln unter keinen Umständen ab. Ich will nicht, dass er noch eine Chance bekommt, so etwas zu machen.«

Draußen auf dem Flur lehnte sich McLean gegen die Wand und versuchte, das Zittern zu beherrschen, das ihn ergriffen hatte. Grumpy Bob stand neben ihm, sie schwiegen eine Weile.

»Er hat nicht versucht zu entkommen, oder?«, sagte der Sergeant schließlich.

»Nein. Er hat versucht, sich umzubringen. Wie alle anderen.«

»Die anderen? Was meinst du?«

McLean sah seinen alten Freund an. »Vergiss es, Bob. Ich glaube, ich brauche was zu trinken.«

»Da schließe ich mich an. Meine Schicht ist seit Stunden vorbei, und wir können wenigstens einen Erfolg feiern.«

»Wo ist MacBride?«, fragte McLean. »Er könnte auch einen gebrauchen.«

»Wahrscheinlich unten im Einsatzraum, wo er fieberhaft Berichte tippt. Du weißt, wie er ist. Immer mit Feuereifer bei der Sache.«

»Mach dich nicht über ihn lustig, Bob.«

»Aber niemals, Sir.« Der alte Sergeant grinste, schüttelte den Schock der Ereignisse etwas ab. »Wenn er die Arbeit von zwei Detectives machen will, soll mir das sehr recht sein. Ich bin dann gern der zweite.«

Sie machten sich auf den Weg in die Tiefen des Reviers und erreichten schließlich ihr Ziel, nachdem sie unzählige Glückwünsche abgewehrt hatten. Die Nachricht davon, dass Chloe unverletzt aufgefunden worden war, hatte sich schnell verbreitet, im Gegensatz zu den jüngsten Geschehnissen.

Die Tür zu ihrem kleinen Einsatzraum wurde von einem Metallstuhl offen gehalten, damit die Hitze abziehen konnte. Leise murmelnde Stimmen drangen nach draußen. McLean trat ein und sah DC MacBride an seinem Schreibtisch mit dem Laptop vor sich. Eine Gestalt stand davor und sprach mit ihm, und sie drehte sich um, als sie sah, wie MacBrides Blick auf den des Inspectors traf. Emma Baird trat zwei Schritte auf McLean zu und schlug ihn hart ins Gesicht.

»Das ist dafür, dass du auch nur daran hast denken können, dass ich zu so was Perversem imstande wäre, wie Tatortfotos ins Internet zu stellen.«

Er hob die Hand an sein Gesicht und sah ein, dass er es wahrscheinlich verdient hatte. Aber noch bevor er seine brennende Wange erreicht hatte, hatte sie ihn gepackt, an sich gezogen und ihm einen langen, feuchten Kuss auf den Mund gedrückt.

»Und das ist dafür, dass du es geschafft hast, meine Unschuld zu beweisen«, fügte sie hinzu, als sie zurücktrat. McLean spürte, wie sich seine Ohren hochrot verfärbten. Er sah zu DC MacBride hinüber, aber der Constable war plötzlich sehr an seinem Bericht interessiert. Grumpy Bob sah zielgerichtet den Flur entlang.

»Ach, zum Teufel, Stuart. Das können Sie morgen auch noch schreiben«, sagte McLean. »Lassen Sie uns in den Pub gehen.«

64

Das metallische, helle Summen seines Weckers brach in seinen Kopfschmerz und erinnerte ihn viel zu enthusiastisch daran, dass es sechs Uhr und Zeit zum Aufstehen war. McLean rollte sich herum, um auf die Schlummertaste zu drücken: Vielleicht würde sein Kater ja in den nächsten zehn Minuten vergehen. Er stieß gegen etwas Festes und konnte sich beim besten Willen nicht vorstellen, was das sein sollte. Da grunzte es und bewegte sich, und er war plötzlich hellwach.

Er setzte sich im Bett auf und rieb sich den Schlaf aus den Augen, sah auf die schlafende Emma Baird hinunter und verspürte eine merkwürdige Mischung aus Wut und Angst. Er hatte so lange allein in seinem Bett geschlafen, hatte seine Beziehungen immer rein professionell gehalten, alle immer auf Distanz gehalten. Ein Therapeut hätte wohl gesagt, dass er unter Bindungsangst litt, und er hätte recht damit. Nach Kirsty war der Gedanke, sich wirklich auf jemanden einzulassen, einfach zu schmerzlich gewesen. Und jetzt, nach ein paar Abendessen und einer Nacht, in der sie mit dem halben Revier getrunken hatten, lag Emma schlafend neben ihm.

Er versuchte, sich an die vergangene Nacht zu erinnern. Sie hatten beide gefeiert, dass Chloe in Sicherheit war, aber das gehörte ebenfalls zu seinem Schutzwall: Er trank nie so viel, dass er die Kontrolle verlor. Nie so viel, dass er vergaß, was er tat.

Emma war wütend auf ihn gewesen. Sie hatte alles gehört, was er vor den Büros der Spurensicherung im Präsidium zu Duguid gesagt hatte. Dass er vorgehabt hatte, ihre Freundschaft auszunutzen, um die undichte Stelle für die Tatortfotos zu finden. Wie sehr er auch erklärte, wie sehr er versuchte, sie davon zu überzeugen, dass es anders gemeint war, als sie verstanden hatte – es hatte nichts bewirkt. Für sie sah es aus, als hätte er sie getäuscht. Erst als er sich entschuldigt und sie um Verzeihung gebeten hatte, hatte sie eingelenkt. Aber so waren die Frauen, oder?

Dann waren sie vom Reinigungspersonal aus dem Pub geworfen worden. Nur Gott wusste, wie viel Uhr morgens es gewesen war. Beim Schichtwechsel würde es eine Menge schmerzender Köpfe im Revier geben. Hatte er noch Whisky in seiner Wohnung vorgeschlagen, oder war das Grumpy Bob gewesen? Die Erinnerung war etwas neblig, aber er konnte sich erinnern, gedacht zu haben, dass ihm jede Begleitung lieber war, als allein in die kalte, leere, stille Wohnung zurückzukehren. Also war ein ganzer Trupp mitgekommen und hatte höchstwahrscheinlich seinem gesamten Vorrat an Malt Whisky den Garaus gemacht. Das zumindest würde das Hämmern in seinem Kopf erklären.

McLean rollte sich aus dem Bett und versuchte, dabei nicht aufzustöhnen. Er hatte seine Boxershorts noch an, was immerhin etwas war. Sein Anzug hing gefaltet über der Stuhllehne, sein Hemd und seine Socken lagen im Wäschekorb. Das ging automatisch, über diese Routine musste er nicht nachdenken. Aber er wäre wohl kaum so gewissenhaft gewesen, wenn er sich letzte Nacht vollkommen abgeschossen hätte oder unwahrscheinlicherweise von einem Feuer der Leidenschaft erfasst worden wäre. Und je länger er darüber nachdachte, desto besser erinnerte er sich daran, allein ins Bett gegangen zu sein. Grumpy Bob hatte durchgehalten, aber MacBride hatte besinnungslos auf dem Boden gelegen. Und Emma? Ja, Emma war im Sessel eingeschlafen. Er hatte eine Decke aus dem Schrank hervorgekramt und sie über sie gebreitet, bevor er ins Bett gegangen war. Sie musste in der Nacht aufgewacht und unter seine Decke gekrochen sein. Nun, das sagte einiges.

Mit der Dusche schaffte er es, etwas von dem grauen Nebel aus seinem Kopf zu schwemmen, aber er war immer noch verlangsamt, als er herauskam und sich abtrocknete. Seine gebrochenen Rippen protestierten, der Bluterguss auf seinem Oberkörper wurde um die Ränder gelb. Mit dem Handtuch um die Hüften füllte er den Wasserkocher und schaltete ihn ein. Dann atmete er tief durch und kehrte ins Schlafzimmer zurück. Emma schlief noch, aber sie hatte sich herumgedreht und die Decke von sich geworfen. Ihr kurzes schwarzes Haar verdeckte einen Teil ihres Gesichts, aber so ziemlich alles andere war offen zu sehen. Eine Spur aus Kleidungsstücken bedeckte den Boden von der Tür bis zur Bettkante. Wäschestücke von der Art, die er seit Jahren nicht mehr zu Gesicht bekommen hatte. Zumindest nicht außerhalb eines Tatorts. So leise, wie er konnte, nahm er seinen Anzug, holte ein Hemd und saubere Unterwäsche aus dem Schrank und zog sich zum Anziehen in sein Arbeitszimmer zurück.

Das Diktiergerät lag auf seinem Schreibtisch und klagte ihn schnöder Missachtung des Gedenkens an die Toten an. Er ignorierte diesen Teil seines Denkens, weil er wusste, dass es nur Selbstmitleid war, ein schützender Kokon aus Schuldbewusstsein. Er wusste, dass er das Band niemals wegwerfen würde, genauso wie er wusste, dass er Kirsty niemals vergessen würde. Aber vielleicht sollte er nach all diesen Jahren wirklich den Ratschlägen seiner Freunde folgen und versuchen, darüber hinwegzukommen. Unglück passierte überall auf der Welt, aber manchmal wurde es auch wieder gut. Immerhin hatten sie Chloe Spiers gefunden.

Angezogen ging er in die Küche und machte Kaffee. Die Packung Milch im Kühlschrank hatte noch nicht gekalbt, die Geburt würde aber bald eingeleitet werden müssen, damit sie nicht explodierte. Als er seinen Kopf ins Wohnzimmer und das Gästezimmer steckte, fand er einen schlafenden Detective Constable und einen schnarchenden Detective Sergeant, die beide wohl Kaffee und Bacon Butties brauchen würden. Er nahm seine Schlüssel vom Tisch auf dem Flur und ging zum Laden an der Ecke.

Als er zurückkam, war die Badezimmertür fest verschlossen und das zischende Geräusch der laufenden Dusche von drinnen zu hören. Grumpy Bob saß am Küchentisch und sah aus, als hätte er im Anzug geschlafen, und als McLean anfing, die Bacon Butties zuzubereiten, stolperte DC MacBride herein, der etwas nervös aussah.

»Guten Morgen, Constable«, sagte McLean und bemerkte, wie MacBride bei dem Geräusch zusammenzuckte. Nun, das hatte er davon. Er hatte am meisten getrunken. Aber schließlich war seine Leber auch noch jung. Er würde es überleben.

»Was hab ich gestern Nacht getrunken?«, fragte er.

»Im Pub oder hier?« Grumpy Bob kratzte sich am Kinn. Er würde den elektrischen Rasierapparat brauchen, den er in seinem Schließfach im Büro aufbewahrte.

Verwirrung machte sich auf MacBrides Gesicht breit, aber bevor er noch irgendetwas sagen konnte, wurde leise an die Tür geklopft.

»Kümmer dich um die Butties, Bob. Hier im Schrank ist HP-Soße.« McLean ging über den Flur und öffnete die Tür. Jenny Spiers stand auf dem Treppenabsatz.

»Tony, ich …«

»Jenny. Hi …«

Sie sprachen gleichzeitig, dann schwiegen sie beide, damit der andere zuerst spräche. McLean trat beiseite.

»Komm rein. Ich mache gerade Bacon Butties.«

Bevor er noch etwas sagen konnte, umarmte sie ihn fest.

»Danke, dass du meine Kleine gefunden hast«, sagte sie. Dann brach sie in hysterisches Schluchzen aus.

Emma wählte ausgerechnet diesen Augenblick, um aus dem Bad zu kommen. Sie trug McLeans alten Frotteebademantel, der etwas mehr Oberschenkel zeigte, als er sollte. Ihr Haar stand in die Luft, wo sie es trocken frottiert hatte, und sie roch stark nach Teebaumölshampoo. Die Temperatur auf dem Flur fiel merklich, als sich die beiden Frauen schweigend ansahen. McLean konnte spüren, wie Jenny sich anspannte, während sie ihn fest umarmt hielt.

»Ähm, Jenny, das ist Emma. Emma, Jenny.«

Die Spannung löste sich nicht. Dann eine Stimme: »Ich muss mal durch!«, und DC MacBride kam aus der Küche gestolpert und drängte Emma auf dem Weg ins Bad zur Seite. Die Tür fiel zu, dahinter konnten sie alle das Geräusch eines Toilettensitzes hören, der angehoben wurde, und danach leises Würgen.

»Wir haben gestern Abend ein bisschen gefeiert.« McLean versuchte, sich taktvoll aus Jennys Umarmung zu lösen, obwohl sie unwillig schien, ihn loszulassen. »Sieht aus, als hätte der junge Detective Constable MacBride ein bisschen zu viel Bowmore in Fassstärke getrunken.«

»Das waren wohl eher die Tequila Slammers aus dem Pub«, sagte Emma und tappte in Richtung von McLeans Schlafzimmer davon.

»Wie geht es denn Chloe?«, fragte er in der Hoffnung, Jenny abzulenken, deren Blick der anderen Frau mit einem irgendwie gequälten, ungläubigen Ausdruck folgte. Sie wandte ihre Aufmerksamkeit wieder ihm zu und setzte ein Lächeln auf.

»Die Ärzte sagen, körperlich kommt sie in Ordnung. Sie war schrecklich dehydriert, als ihr sie gefunden habt. Gott sei Dank dafür. Ich weiß wirklich nicht, wie ich dir danken soll.«

»Das ist mein Job, Jenny.« McLean führte sie in die Küche,

wo Grumpy Bob in einer langen Schürze mit einem lustigen Bikinimotiv am Herd stand.

»Ich weiß nur nicht, wie sie es seelisch verkraften wird. So angekettet worden zu sein. Und neben einer Leiche.«

McLean fragte sich, wie viel Jenny wusste. »Sie hat es dir erzählt?« Sie nickte und nahm den angebotenen Becher Kaffee. »Dann ist sie auf dem richtigen Weg, um damit fertig zu werden. Sie ist ein toughes Mädchen. Schätze, das hat sie von ihrer Mutter.«

Jenny nippte an ihrem Kaffee, saß am Küchentisch und sagte nichts. Grumpy Bob schwieg ebenfalls und bereitete fleißig Frühstück für eine Armee zu. Irgendwo im Hintergrund wurde die Toilette gespült. Dann stellte Jenny ihre Kaffeetasse ab und sah McLean direkt in die Augen.

»Sie sagte, die hätten sie deinetwegen ausgewählt. Sie wollten über mich an dich herankommen. Warum bloß? Ich kenne dich doch kaum.«

»Du warst auf der Beerdigung meiner Großmutter.« Das war das Einzige, was ihm einfiel. »Spenser muss mich damals schon beobachtet haben. Er steckte von Anfang an hinter allem, hat versucht, meinen Ruf zu ruinieren, hat McReadie damit beauftragt, mir eine Falle zu stellen, hat Alison töten lassen, um uns aufzuhalten. Er musste mich davon abhalten, im Fall des toten Mädchens zu ermitteln, und er brauchte jemanden, der ihren Platz einnahm. Chloe war genau im richtigen Alter. Es tut mir leid, Jenny. Wenn du mich nie kennengelernt hättest, hätten die jemand anderes gefunden.«

»Irgendwann dieser Tage, Tony, musst du mir erzählen, wie du das anstellst.«

McLean stand zum, wie ihm schien, millionsten Mal in den letzten vierzehn Tagen im Obduktionssaal. Er mochte Cadwallader, hatte Spaß am scharfen Verstand und dem Sinn für Humor des Älteren, aber er hätte sich lieber im Pub mit ihm getroffen. Sogar die Oper hätte er vorgezogen.

»Wie ich was schaffe?«, fragte er und wippte auf den Zehenballen, während der Rechtsmediziner wie ferngesteuert die Leiche von Gavin Spenser untersuchte.

»Peter Andrews. Du wusstest, dass sich unter seinen Nägeln Spuren von Haut und Blut finden würden.«

»Nennen wir es eine Ahnung.«

»Hat die Ahnung dir auch gesagt, um wessen Haut und Blut es sich handelte?«

»Buchan Stewart.«

»Siehst du, das meine ich, Tony.« Cadwallader richtete sich auf und starrte den Inspector an, ungeachtet der Tatsache, dass er Spensers Leber in der Hand hielt.

»Wir haben diesen ganzen hochtechnologischen Zauberkasten hier, der den Steuerzahler Millionen kostet, und du kennst die Antwort schon, bevor du überhaupt die Frage stellst.«

»Tu mir einen Gefallen, Angus, und behalte dieses Detail für dich.« Es war schon schlimm genug, dass Jonathan Okolo und Sally Dent als Mörder in die Annalen der Geschichte eingegangen waren, wo es doch viel wahrscheinlicher war, dass sie willenlose Opfer in Spensers krankem Spiel gewesen waren. Man musste Peter Andrews' Familie nicht noch mehr Schmerz bereiten.

»Mit Freuden.« Cadwallader bemerkte endlich die tropfende Leber und legte sie zum Wiegen in eine Metallschale. »Es wäre mir doch sehr peinlich, zugeben zu müssen, dass mir das entgangen ist.«

Er machte sich wieder daran, im Brustkorb des toten Mannes herumzufischen, nahm undefinierbare Stückchen heraus, sah sie an, wog sie und legte sie in verschiedene Behältnisse. Ganz in seinem Element wie ein Schwein im Schlamm. McLean hatte

Mitleid mit der armen Tracy, die später alles wieder einsammeln und die Leiche zunähen durfte.

»Würdest du dich gern an der Todesursache versuchen?«, fragte McLean, als er das Gefühl hatte, es nicht länger aushalten zu können.

»Herzversagen wegen massivem Blutverlust, meiner Einschätzung nach. Die Stichwunde in der Kehle ging tief genug, um die Arteria carotis durchzuschneiden und Spuren an den Halswirbeln zu hinterlassen. Wir haben die Waffe, oder?«

Tracy brachte einen Beweismittelbeutel mit dem Jagdmesser. Cadwallader wog es in der Hand, inspizierte die Klinge und hielt sie an den Hals des toten Mannes.

»Ja, das geht. Und es würde auch diese Spuren hier auf dem Sternum und den Rippen erklären. Der Mörder hat ihn aufgeschnitten, um sein Herz herauszunehmen. Das ist ein schwieriges Organ, wenn man ohne große Übung und mit möglichst wenig Schweinerei daran kommen will.«

»Kannst du einen Todeszeitpunkt nennen?«

»Sechsunddreißig bis achtundvierzig Stunden. Er hatte schon eine Weile da gesessen. Es überrascht mich, dass unser Mann sich nicht über die Grenze abgesetzt hat. Er hätte längst im Ausland sein können, als du die Leiche gefunden hast.«

McLean rechnete nach. Spenser war nicht lange nach David Brown getötet worden. Der hatte tot in den Büschen an der Grenze zu Spensers Garten gelegen. Von Jethro Callum in brutaler Wut ermordet.

»Er hat in dem Raum, in dem wir ihn fanden, auf uns gewartet.« McLean nickte zu dem ausgeweideten Mann hinüber, der auf dem Tisch lag. »Er hat versucht, sich umzubringen. Vor meiner Nase.«

»Ah. Ich sehe, da gibt es ein Muster.«

McLean sah es auch, aber bevor er mehr dazu sagen konnte, fing seine Jackentasche an, wütend zu summen und zu vibrieren.

Das Gefühl war so ungewöhnlich, dass er lange brauchte, um zu registrieren, dass sein Handy klingelte. Er klappte es auf und bemerkte, dass die Akku-Anzeige beinahe auf voll stand.

»Macht ohne mich weiter«, sagte er zu Cadwallader und stakste aus dem Raum. Auf der anderen Seite der Tür nahm er den Anruf entgegen. »McLean.«

»MacBride hier, Sir. Im Krankenhaus ist etwas passiert. Es geht um Callum. Er ist zusammengebrochen.«

Gewalt ist alles, was es kennt. McLean erinnerte sich an die Worte in Jonas Carstairs' Brief. Und dann Namen: Peter Andrews, der zugesehen hatte, wie Jonathan Okolo gewaltsam in einem Pub im Stadtzentrum starb; Sally Dent, die zugesehen hatte, wie Peter Andrews sich das Leben nahm; David Brown, der gesehen hatte, wie Sallys Körper durch das Glasdach des Bahnhofs Waverley Station stürzte und in die Windschutzscheibe des Zuges krachte, den er fuhr; Jethro Callum, der David alle Knochen gebrochen und das Leben aus ihm herausgequetscht hatte; Callum, der seinen Kopf in einen Spiegel knallte in dem Versuch, sich umzubringen. Was hatte er gesagt? »Bald wirst du verstehen.« Mit dieser so merkwürdigen, fremden Stimme.

Trotz der Sommerhitze durchlief ein Schauder seinen gesamten Körper. Vielleicht verstand er bereits. Und vielleicht wusste er, was getan werden musste. Wenn er unrecht hatte, würde es schwer zu erklären sein, aber was, wenn er recht hatte? Nun, darüber wollte man wirklich lieber nicht nachdenken.

65

Das Krankenhaus war ihm auf traurige Art vertraut. McLean hatte seine Großmutter hier öfter besucht, als er zählen konnte. Die Krankenschwestern lächelten alle und grüßten ihn, als er die Flure entlangging. Er kannte die meisten mit Namen. DC MacBride, der neben ihm ging, errötete angesichts von so viel Aufmerksamkeit. Ein junger Arzt, der müde und gestresst aussah, kam ihnen auf dem Flur entgegen.

»Inspector McLean?«

McLean nickte. »Was ist passiert, Doc?«

»Schwer zu sagen. So etwas habe ich noch nie gesehen. Mr Callum ist ein durchtrainierter Mann, und jung ist er auch. Aber seine Organe machen eines nach dem anderen schlapp. Wenn wir das nicht aufhalten oder ihn zumindest stabilisieren können, ist es möglich, dass er in ein paar Stunden stirbt.«

»Stunden? Aber gestern ging es ihm doch noch gut. Mehr als gut.«

McLean spürte seine geprellten Rippen und erinnerte sich an den muskulösen Mann, mit dem er vor noch nicht ganz vierundzwanzig Stunden gerungen hatte. Noch ein Puzzleteil fiel an seinen Platz, und ein Bild trat hervor, das er wirklich nicht sehen wollte.

»Wir arbeiten mit der Annahme, dass es sich um irgendeine Art von Reaktion auf Steroide handelt. Er hat seine Muskulatur nicht einfach vom Gewichtheben bekommen, und was auch immer er eingenommen hat, es könnte ihn überempfindlich für eines der Medikamente gemacht haben, die wir ihm gegeben haben. Aber ich habe noch nie gesehen, dass so etwas so schnell geht. Gestern Abend habe ich ihn wegen seines verletzten Auges behandelt, und abgesehen davon, dass er ein bisschen hyperventilierte, schien er in Ordnung.«

»Hat er mit Ihnen gesprochen?«

»Was? Oh nein. Er hat kein Wort gesagt.«

»Hat sich nicht gewehrt, hat nicht versucht, sich umzubringen?«

»Nein. Aber er war gefesselt und hatte die ganze Zeit drei Constables bei sich.«

»Wo ist er jetzt?«

»Wir haben ihn in eines der Einzelzimmer oben in der Koma-Station gelegt.«

»Wenn er also gewalttätig wird, dann stört er keinen?«

»Nun ja. Aber wir haben da oben auch die ganzen Apparate zur Intensivversorgung. Hier, ich zeige Ihnen den Weg.«

»Schon in Ordnung. Ich weiß, wo es langgeht. Sie haben bestimmt noch hundertundeins Sachen zu tun, die wichtiger sind, als sich um einen Mörder zu kümmern, der nirgendwo mehr hingeht.«

Sie ließen den Arzt stehen, der ein leicht verwirrtes Gesicht machte. McLean ging voran durch Tausende nichtssagende Flure, und Mac Bride klebte an seinen Hacken wie ein treuer Hund, der nicht verloren gehen wollte.

»Was machen wir hier, Sir?«

»Ich bin hier, um unseren einzigen überlebenden Mordverdächtigen zu vernehmen, bevor diese mysteriöse Krankheit ihn umbringt«, sagte McLean, als sie sich dem Zimmer näherten, das er gesucht hatte. Ein gelangweilt aussehender PC saß auf einem unbequemen Plastikstuhl davor und las einen Roman von Ian Rankin. »Sie sind hier, weil Grumpy Bob ein Talent dafür entwickelt hat, sich zu verkrümeln, wenn er weiß, dass ich dabei bin, etwas zu tun, was die Chief Super nicht billigen wird.«

»Inspector. Sir. Niemand hat mir gesagt ...« Der Constable stand stramm und versuchte, das Buch hinter seinem Rücken zu verstecken.

»Keine Panik, Steve. Ich möchte nur ein paar Worte mit dem Gefangenen sprechen. Warum gehen Sie nicht und holen sich einen Kaffee, hm? DC MacBride passt inzwischen auf.«

»Was soll ich tun?«, fragte MacBride, als der erleichterte Polizist sich auf den Weg in die Kantine machte.

»Sie stehen hier Wache.« McLean öffnete die Tür und ging hinein. »Und lassen Sie niemanden rein.«

Das Zimmer war klein und seelenlos, ein einziges schmales Fenster bot einen Blick auf sonnenbeschienenen Beton und Glas. Zwei Plastikstühle standen ordentlich an der Wand, und ein schmales Schränkchen war zum Dienst als Nachttisch verdonnert worden. Jethro Callum lag mitten in einem verwirrenden Aufgebot an summenden Apparaten. Schläuche pumpten schädlich aussehende Flüssigkeiten in seinen Körper hinein und aus ihm hinaus. Er sah dem fitten Leibwächter, mit dem McLean gestern Nachmittag gerungen hatte, überhaupt nicht mehr ähnlich. Er lehnte an einem Berg Kissen, sein Gesicht war eingesunken und bleich, seine Augen lagen in dunklen Höhlen. Der Großteil des Haares war ihm ausgefallen, etwas davon lag noch in toten Häufchen auf dem Kissen. Seine Kopfhaut war mit leuchtend roten Flecken übersät. Seine Arme lagen auf der Decke, aufgebläht vor Muskeln, aber jegliche Körperspannung war daraus verschwunden. Er hatte noch seine Masse, aber jetzt hinderte sie ihn am Atmen, fesselte ihn viel sicherer als die ledernen Gurte ans Bett, mit denen er fixiert war.

»Du bist gekommen. Ich wusste es.« Callums Stimme war kaum hörbar unter dem Summen der lebenserhaltenden Maschinen. Aber es war nicht die Stimme des Leibwächters. Es war die andere, die Stimme, die Versprechungen gemacht und Drohungen ausgestoßen hatte. Die Stimme, die über eine merkwürdige hypnotische Kraft verfügte.

McLean nahm einen der Stühle und klemmte ihn unter die Türklinke. Er nahm das Alarmkabel und verschlang es außer Reichweite. Dann beugte er sich hinunter, um für einen Augenblick die Maschinen zu beobachten. Kabel verliefen von einem EKG zu einem dünnen Sensor, der an Callums Finger klemmte. McLean zog ihn ab und steckte ihn schnell an seinen eigenen. Die Maschine gab ein paar schnelle Piepser von sich, dann fand sie wieder einen gleichmäßigen Rhythmus. Er musterte die anderen Maschinen, aber nur das EKG schien an das Notfallüberwachungssystem angeschlossen zu sein. Er suchte nach den Schaltern und stellte einen nach dem anderen ab. Die medizinische Wissenschaft hielt den Körper am Leben, aber Jethro Callum war in Wirklichkeit bereits in dem Moment gestorben, als er David Brown ermordet hatte. Was immer es war, das seine Seele dann in Besitz genommen hatte, hatte sein Fleisch seitdem allmählich verschlungen.

»Erzähl mir von dem Mädchen.« McLean ließ sich auf dem anderen Stuhl nieder.

»Welches Mädchen?«

»Du weißt, von wem ich spreche. Das Mädchen, das sie in ihrer kranken Zeremonie ermordet haben.«

»Ah, ja. Die.« Callum hörte sich merkwürdig fern an, wie die Puppe eines kurzatmigen Bauchredners, aber das Vergnügen in seiner Stimme war ekelhaft. »Die kleine Maggie Donaldson. Hübsches kleines Ding. Kann nicht viel älter als sechzehn gewesen sein. Rein, natürlich. Das hat mich angezogen. Aber dann haben sie sie beschmutzt. Alle. Einer nach dem anderen. Der Alte, der wusste, was er tat. Er hat mich in ihr gefangen, und dann haben sie sie aufgeteilt. Jeder hat einen Teil von mir bekommen.«

»Warum haben sie das getan?«

»Warum tut eure Art überhaupt irgendwas? Sie wollten ewig leben.«

»Und du? Was geschieht mit dir?«

»Ich lebe weiter. In dir.«

McLean blickte auf die erbärmliche Gestalt hinab, die da sterbend vor ihm lag. Darum ging es also. Das war es, was all den Mist verursacht hatte, der ihm passiert war, seit sie das tote Mädchen im Keller des Farquhar House gefunden hatten. Das war es, was unschuldige Menschen zu Tode gebracht hatte, was sie rücksichtslos seinem Willen unterworfen hatte. Deswegen war Alison Kydd auf der Straße überfahren worden. Am liebsten hätte er den Mann erdrosselt. Es wäre so einfach, die Hände um seinen Hals zu legen und das Leben aus ihm herauszupressen. Oder noch besser, etwas in sein blindes Auge zu rammen und weiter bis ins Hirn. Er hatte einen Stift in der Tasche, der wäre Waffe genug. Man brauchte nur den richtigen Eintrittswinkel, die Hebelwirkung. Es gab so viele Arten, einen Mann zu töten, so viele ...

»Oh nein, das tust du nicht.« Er schüttelte sich die fremden Gedanken aus dem Kopf.

Barnaby Smythe, Buchan Stewart, Jonas Carstairs, Gavin Spenser. Sie hatten alle ruhig und ohne Fesseln dagesessen, während sie abgeschlachtet und ermordet wurden. Und Fergus McReadie ebenfalls. Er hatte sich das Leben genommen, nur wegen eines einzigen Wortes. Jetzt wusste McLean, warum. Sie waren dieser Stimme hörig gewesen, mit ihr verbunden durch einen Akt der Grausamkeit, an dem sie alle teilgehabt hatten. Aber er hatte das Mädchen nicht ermordet und auch nicht vorgehabt, Chloe zu töten. Es bestand keine Verbindung zwischen ihm und diesem Monster.

»Oh doch, Inspector, die gibt es. Du hast den Kreis vollendet. Du bist genauso Teil davon wie jeder andere von ihnen. Und mehr noch. Du hast eine mentale Stärke, die sie alle nicht hatten. Sein Blut fließt in deinen Adern. Du bist ein angemessenes Gefäß für mich.«

Diesmal war die Versuchung wie eine Mauer aus Dunkelheit, die gegen ihn drückte. McLean sah grausame Szenen vor seinem inneren Auge aufblitzen: Smythes schmerzverzerrtes Gesicht, als das Messer in seine grauhaarige Brust biss; Jonas Carstairs' Herz, das noch unter seinen entblößten Rippen schlug; Gavin Spenser, wie er ruhig dasaß und nur seine Augen seinen wahren Zustand verrieten, während seine Kehle langsam durchgeschnitten wurde. Und mit jedem Bild kam eine Welle der Macht, ein Gefühl zügelloser Erregung und Wonne. Er könnte das haben, das sein. Er könnte ewig leben.

»Kommt gar nicht in Frage.« McLean stieß sich vom Stuhl ab und trat zum Bett. Er griff zu dem Infusionsbeutel mit der Salzlösung hinauf und drehte den Hahn, bis der Zufluss abgeschnitten war. »Jetzt verstehe ich. Ich wollte es nicht wahrhaben, aber jetzt muss ich es wohl glauben. Du brauchst Gewalt, um von einem Wirt auf den nächsten überzugehen. Ohne die sitzt du fest. Und wenn der hier geht, gehst du mit ihm. Zurück dorthin, von wo auch immer sie dich mit ihrer widerlichen Zeremonie heraufbeschworen haben.«

»Was tust du da? Ich befehle dir, diesen Körper zu töten!« Callum kämpfte gegen die Fixierungen, die ihn ans Bett fesselten, aber es war nur ein schwacher Versuch, der bald in einen gurgelnden Hustenanfall mündete.

»Das machst du selbst schon gut genug.« McLean schüttelte eine weitere Welle ab, die ihn nötigen wollte, schwächer diesmal, verzweifelter. Er setzte sich wieder, blickte auf die sieche Gestalt im Bett. »Ich nehme an, du hattest nicht vor, so lange in dem armen Jethro zu bleiben, aber du musstest erst deine Spuren verwischen, und das hat seine Zeit gebraucht. Er war nie stark genug, um dich auszuhalten, oder?«

»Töte mich.« Die Stimme war jetzt kaum mehr als ein schwacher Hauch. »Lass mich frei.«

»Diesmal nicht.« McLean machte es sich auf dem Stuhl bequem. Wartete und sah zu, wie Callums letzte Atemzüge aus ihm herausrasselten wie flüchtende Insekten.

»Diesmal stirbst du eines natürlichen Todes.«

Epilog

Christopher Roberts saß mit tief gesenktem Kopf am Tisch. Er roch nach zu vielen Nächten in der Zelle, und sein einstmals feiner Anzug war ziemlich hinüber. McLean stand mit dem Rücken zur Wand des Vernehmungsraums und sah ihn einen Augenblick lang an, versuchte, etwas Mitgefühl für den Mann aufzubringen. Schaffte es nicht.

»Gavin Spenser ist tot, und Jethro Callum auch.«

Roberts blickte auf, als die Worte in sein Bewusstsein drangen, einen Funken Hoffnung in den Augen. Aber bevor er etwas sagen konnte, sprach McLean weiter.

»Die Sache ist die, Mr Roberts: Ich bin mir fast sicher, dass Sie zu Ihren Taten gezwungen wurden, und wir hätten das berücksichtigen können. Chloe ist in Sicherheit, obwohl ich meine Zweifel habe, dass sie jemals vergessen wird, wie sie tagelang mit einer Leiche zusammen in einem Kellerraum eingesperrt war. Ich könnte mir beinahe vorstellen, dass ich sie davon überzeuge, keine Anzeige gegen Sie zu erstatten.«

»Würden Sie das tun?« Roberts sah zu ihm auf wie ein geprügelter Hund.

McLean trat vor, zog den Stuhl heraus und ließ sich darauffallen. »Nein. Das werde ich nicht. Nicht mehr. Sie haben Ihre Chance gehabt, Mr Roberts, als wir Ihre Frau zum Schutz hierher gebracht haben. Da hätten Sie uns helfen können, und wir hätten Callum möglicherweise festgenommen, bevor er Spenser tötete. Wie es jetzt aussieht, sind all die Leute, die ich wegen Entführung und Mord hätte festnehmen wollen, tot. Außer Ihnen.«

»Aber ... aber ... Ich bin gezwungen worden. Die haben mich ...«

»Nein, Mr Roberts. Nicht ›die‹. Das haben Sie selbst getan. Sie hatten alles und wollten noch mehr. Und jetzt werden Sie für sehr lange Zeit im Gefängnis verschwinden.«

Ein grauer, vom Wind gebeutelter Friedhof, von dem aus man auf den Forth blickte. Der Sommer war zu Ende. Jetzt kamen am gegenüberliegenden Ufer des Firth Regenschwaden herab und ließen die kleine Gruppe zwar trocken, doch sie froren. McLean war angenehm überrascht von der Zahl der Leute, die zum Begräbnis gekommen waren. DC MacBride und Grumpy Bob waren da, Emma ebenfalls. Chief Superintendent McIntyre hatte sich trotz ihrer vielen Termine die Zeit genommen zu kommen, obwohl sie leicht gereizt war und ständig auf die Uhr sah. Angus Cadwallader hatte skandalöserweise Tracy dabei. Aber wohl am überraschendsten war, dass Chloe Spiers darauf bestanden hatte zu kommen. Sie hielt sich am Rande des Grabes an ihrer Mutter fest und sah auf den schlichten Sarg hinunter, als die Erde daraufgeworfen wurde.

Es hatte einigen detektivischen Spürsinn gebraucht, aber am Ende war es ihm gelungen, das Grab von John und Elspeth Donaldson ausfindig zu machen, und jetzt sorgte McLean dafür, dass ihre Tochter Maggie neben ihnen bestattet wurde. Er hoffte, dass niemals jemand herausfand, dass er die Beerdigung aus eigener Tasche bezahlt hatte.

»Ich verstehe immer noch nicht, wie Sie es hinbekommen haben, sie zu identifizieren«, sagte McIntyre, als sie vom Grab davongingen.

»Es ist uns gelungen, einen Bauarbeiter aus Sighthill ausfindig zu machen, der 1945 verschwunden war. Dadurch kannten wir ungefähr den Todeszeitpunkt. Das Vermisstenregister von damals ist etwas löchrig, deshalb hat sich DC MacBride durch die

Archive des *Scotsman* gearbeitet. Er fand einen kleinen Artikel zu einem vermissten Mädchen. Es stellte sich heraus, dass ihre Mutter Zimmermädchen in Farquhar House gewesen war. Wir haben in Kanada einen lebenden Verwandten aufgespürt. Den Rest hat eine DNA-Analyse erledigt.«

Das beinhaltete eine leichte Verfälschung der Wahrheit, aber mehr auch nicht. Er hatte MacBride alle Hinweise gegeben, die er konnte, hatte ihn gebeten, sich darum zu kümmern. Er konnte ja wohl kaum zugeben, woher er den Namen des toten Mädchens tatsächlich kannte.

»Die meisten Detectives hätten sich damit zufriedengegeben, die Mörder zu finden.«

»Sie kennen mich, Ma'am. Ich mache ungern halbe Sachen.«

»Glauben Sie, es hat funktioniert? Glauben Sie, die haben tatsächlich einen Dämon eingefangen und seine Macht benutzt, um ihr Leben zu verlängern?«

»Sie sollten sich mal selbst hören, Jayne. Natürlich hat es nicht funktioniert. Schließlich sind sie alle tot, oder?« McLean schüttelte den Kopf, als könnte er damit die Wahrheit abschütteln. »Es gibt keine Dämonen.«

»Aber sie waren alle ziemlich fit für ihr Alter.«

»Na ja, abgesehen von Bertie Farquhar und Toby Johnson. Die sind beide jung gestorben. Nein, sie haben lange gelebt, weil sie daran glaubten. Mein Gott, sie hätten doch nicht tun können, was sie getan hatten, ohne daran zu glauben. Und sie waren erfolgreiche Männer, weil sie reich geboren waren und die beste Ausbildung genossen hatten.«

»Hoffen wir, dass Sie recht haben, Tony. Diese Stadt ist so schon schlimm genug, auch ohne dass irgendetwas Übernatürliches uns armen Cops noch das Leben zur Hölle macht.«

»Gavin Spenser ist ohne Testament gestorben.« Das hatte McLean in den Nachrichten gehört, und aus verschiedenen unangenehmen Gründen war es ihm im Gedächtnis geblieben. »Er hat nie geheiratet, hatte keine Familie. Die Anwälte machen sich halb verrückt damit, jemanden ausfindig zu machen, der sein Vermögen erbt. Wer auch nur einen halbwegs glaubhaften Anspruch darauf nachweisen kann, wird Milliarden erben. Es ist ein einziges Durcheinander. Aber das zeigt, wie sicher er sich war, dass er ewig leben würde.«

»Vielleicht gibt es doch Dämonen. Aber sie sind nur hier oben.« McIntyre tippte sich mit einem Finger an die Schläfe, dann drehte sie ihn in kleinen Kreisen.

Sie erreichten das Friedhofstor und die kurze Schlange Autos, die darauf warteten, sie alle in ihre verschiedenen Leben zurückzubringen. Ein uniformierter Sergeant stand neben dem Wagen der Chief Superintendent stramm, der zwischen Phils uraltem rostfarbenem Volvo-Kombi und Cadwalladers schlammgrünem Jaguar eingeklemmt war. McLeans knallroter Alfa Romeo stand auf der anderen Straßenseite. McIntyre beobachtete mit Entsetzen, wie er ihn aufschloss und die Beifahrertür öffnete, damit Emma einsteigen konnte.

»Du lieber Gott, Tony, ist das Ihrer?«, fragte sie.

Er schüttelte den Kopf und gab sich Mühe, ein Grinsen zu unterdrücken. »Nicht meiner. Sondern der meines Vaters.«

Er stand im Schlafzimmer seiner Großmutter und blickte auf die Frisierkommode mit ihrer Ansammlung von Haarbürsten, Schminkpinseln und Fotografien. Der schwarze Müllsack wog schwer in seiner Hand, bereits halb voll mit Zeugs – die verzichtbaren Überbleibsel eines Lebens, das lange vorbei war. Er hätte das schon vor Monaten tun sollen, als klar wurde, dass seine Großmutter nie wieder zu Bewusstsein kommen, nie wieder nach Hause zurückkehren würde. Sie brauchte keinen Lippenstift, keine Wegwerftaschentücher, keine halbleere Rolle extrastarker Pfefferminzbonbons mehr, und er brauchte den Inhalt ihres Kleiderschranks ebenfalls nicht. Und auch die meisten der alten Fotografien nicht, die im Zimmer herumstanden, und ganz besonders eine nicht.

Sie hing an der Wand dicht neben der Badezimmertür. In Schwarz-Weiß zeigte sie zwei Männer und eine Frau: Bill McLean, Esther Morrison und einen Unbekannten. Als er es zum ersten Mal bemerkt hatte, hatte es ihn gewundert, wie wenig er seinem Großvater ähnelte, aber wie sehr sein Vater dem anderen Mann ähnelte. Wie sehr er selbst ihm ähnelte. War das das schmutzige kleine Geheimnis, das seine Großmutter für sich behalten hatte und das erst nach ihrem Tod offenbart werden sollte? Etwas, von dem sie glaubte, es zwar ihrem Anwalt sagen zu können, nicht aber ihrem Enkel? Was stand in dem Brief? *»Sie sind ganz einfach nicht zu dem Mann geworden, der Sie nach ihrer Befürchtung hätten werden können.«* Und dann war da noch Jethro Callum: *»Sein Blut fließt in deinen Adern.«* Die Worte eines Verrückten oder vielleicht eines Dämons, aber irgendwie unmöglich zu ignorieren. Na ja, schwierig war es nicht herauszufinden, was los war. Was geschehen war.

Er nahm das Foto von der Wand, drehte es um, um zu sehen, ob auf der Rückseite des Rahmens irgendetwas geschrieben stand. Nur ein ordentlicher Stempel zeigte, welches Fotostudio die Aufnahme gemacht hatte, dazu eine Adresse in einer Straße, die inzwischen längst dem Erdboden gleichgemacht worden war. Das Foto war professionell gerahmt, die Rückseite mit breitem Klebeband versiegelt. Er könnte es herausschneiden, um zu sehen, ob auf der Rückseite des Fotos selbst etwas stand, aber er hatte einfach keine Lust dazu.

Er drehte den Rahmen wieder herum und sah sich das Bild genau an. In ihren Zwanzigern hatte seine Großmutter wirklich gut ausgesehen. Sie saß zwischen den beiden Männern, hatte aber eindeutig nur Augen für William McLean. Der andere Mann lächelte, aber in seinen Augen war eine gewisse Kälte, eine Sehnsucht nach etwas, was er nicht bekommen konnte. Etwas, was er sich möglicherweise gewaltsam nehmen würde. Oder bildete er sich das bloß ein?

McLean verwarf den Gedanken mit einem Schulterzucken, öffnete den Müllsack und warf das Bild hinein.

Danksagungen

Dieses Buch zu schreiben hat lange gedauert, aber ohne Stuart MacBride wäre es wohl nie geschrieben worden. Es war sein Vorschlag, dass ich mit dem Schreiben von Fantasy aufhören und mich stattdessen an einem Kriminalroman versuchen sollte. Er ist also in vielerlei Hinsicht an allem schuld. Danke, Stuart.

Außerdem stehe ich in Allan Guthries Schuld, der mich zuerst auf die Möglichkeiten von E-Books und Selbstverlag hingewiesen hat, und in der Schuld meiner Agentin, Juliet Mushens, einem kleinen Wirbelsturm aus Energie und Leopardenmuster. Danke außerdem dem Team bei Michael Joseph.

Viele hilfreiche Menschen haben Entwürfe dieses Buches gelesen, aber mein besonderer Dank gilt Heather Bain, Keir Allen, John Burrell und Lisa McShine. Ich möchte auch ganz besonders Graham Crompton erwähnen, der mich auf die offensichtliche Tatsache hingewiesen hat, dass Adern weder pulsieren noch klopfen oder ticken.

Und zu guter Letzt vielen Dank an meine Partnerin Barbara, die mich nicht nur all diese Jahre lang unterstützt, sondern sich nicht einmal darüber beschwert hat, dass ich ihren Nachnamen für meinen Detective Inspector entwendet habe.

Das Einführungskapitel

Das Mädchenopfer erschien erst als Kurzgeschichte, veröffentlicht 2006 unter dem Titel »Natural Causes« in der Zeitschrift *Spinetingler*. Ich hatte damals gerade erst mit Kriminalliteratur angefangen, nachdem ich viele Jahre damit verbracht hatte, Comic-Scripts, Fantasy und Science Fiction zu schreiben. Mein gesamtes Wissen über das Genre stammte daher, dass ich als Kind *The Hardy Boys* und *Fünf Freunde* gelesen hatte, als Teenager Agatha Christie, und später dann ein paar Romane von Ian Rankin, die ich meinem Vater wegnahm, wenn es sonst nichts zu lesen gab. Und, natürlich, Stuart MacBrides Logan-McRae-Romane, die ich alle schon in frühen Entwürfen gesehen hatte.

Ich kenne Stuart seit langer Zeit, und er war es, der mich überredete aufzuhören, über Drachen zu schreiben und mich mit etwas Zeitgemäßerem und Realistischerem zu befassen. Mit dieser Absicht schrieb ich ein halbes Dutzend Kurzgeschichten. Sie hatten alle einen Detective Inspector gemeinsam, den ich als Nebenfigur für ein Comic-Script erschaffen hatte. Letzteres hatte ich in den frühen Neunzigern erfolglos an *2000 AD* geschickt.

Da ich mich mit Kriminalliteratur nicht auskannte, wusste ich nichts von der Crime Writers Association (CWA) und ihrem Debut-Dagger-Wettbewerb für unveröffentlichte Autoren, bis die Gründerin des *Spinetingler*, Sandra Ruttan, mir davon erzählte.

Ich hatte zu der Zeit bereits damit begonnen, *Das Mädchenopfer* von einer Kurzgeschichte zu einem Buch von Romanlänge umzuschreiben, und mir kam die Idee, es für den *Debut Dagger* des Jahres 2007 einzureichen.

Der Wettbewerb beurteilt die Werke nach den ersten 3000 Worten, zusammen mit einem Exposé. Ich hatte den Roman mit derselben Einführung begonnen wie die Kurzgeschichte, fand aber, dass es etwas Schockierenderes brauchte, um die Aufmerksamkeit der Jury zu erregen. Da sich die Geschichte um einen Ritualmord dreht, machte ich mich daran, eine Beschreibung dieses Mordes zu verfassen, der etwa fünfundsechzig Jahre vor der eigentlichen Handlung des Buches stattfindet. Und gibt es einen besseren Weg, den Leser zu schockieren, als aus der Perspektive des Opfers zu schreiben?

Es funktionierte offenbar, da das Buch in die engere Auswahl kam. Ich hatte trotzdem immer gemischte Gefühle hinsichtlich der Szene. Einerseits ist sie ganz sicher ein beeindruckender Aufhänger, die den Hintergrund der Geschichte bildet. Andererseits handelt es sich um fünfhundert Wörter bildhafter Beschreibung einer brutalen, ritualistischen Gruppenvergewaltigung mit anschließendem Mord.

Auch die Leser haben das Einleitungskapitel mit gemischten Gefühlen betrachtet. Ein paar wurden dadurch von dem gesamten Buch abgeschreckt, während viele anmerkten, dass der Ton der Einleitung ganz anders klingt als der Rest der Geschichte. Mir gefällt es immer noch als ein Stück Geschriebenes, besonders der letzte Satz, aber es würde vielleicht besser in eine Horrorgeschichte passen.

Und daher bin ich wieder auf die ursprüngliche Version zurückgekommen, wie ich sie für die Kurzgeschichte geschrieben hatte, irgendwann Ende 2005. Ich glaube nicht, dass dem Buch ohne die ersten fünfhundert Wörter etwas verloren geht. Aber für den Fall, dass Sie sich selbst ein Urteil darüber bilden möchten oder sehen wollen, worum es bei dem ganzen Wirbel ging, sind sie im Folgenden abgedruckt.

Aber seien Sie gewarnt: Das ist nichts für Zartbesaitete.

Das ursprüngliche Kapitel 1

Sie schreit, als der erste Nagel eindringt.

Gleißender Schmerz fährt durch ihre Hand, als sie sich gegen ihn wehrt, durch sein Körpergewicht auf den Boden gedrückt. Das hier ist verkehrt. Er sollte ihr nicht wehtun. Er ist ein guter Mann, ein schöner Mann. Ein netter Mann. Er hat ihrer Familie durch den Krieg geholfen.

»Bitte. Nein.« Sie versucht zu schreien, aber eine Hand klemmt sich auf ihren Mund und hält ihn zu. Gestalten bewegen sich am schattigen Rand ihres Gesichtsfeldes, fassen sie an, halten sie fest, atmen in der bedrückenden Dunkelheit. Jemand greift nach ihrem Handgelenk und streckt ihren Arm aus. Ihre Finger krachen gegen den Boden. Ein Hammer trifft auf einen Nagel, der fährt durch Haut und Knorpel, zwingt einen weiteren Schrei durch ihre Nase. Sie tritt um sich, wehrt sich gegen das Gewicht auf ihr, als der kalte Schaft des Nagels durch ihr Fleisch getrieben wird. So gekreuzigt, rutschen ihre Hände am glitschigen Stahl auf und ab, während sie angestrengt versucht, sich loszureißen. Die gezackten, umgebogenen Köpfe und die Schäfte, die tief im Holzboden stecken, verhindern es.

Sein Gewicht löst sich von ihr, und in der Dunkelheit erhascht sie einen kurzen Blick auf sein Gesicht. Seine Augen glitzern, seine Züge sind verschwommen durch ihre Tränen, verzerrt, als versuchte etwas, durch seine Haut zu brechen. Sie wirft sich gegen ihn, als er ihr das Kleid hochzieht, ihr Unterwäsche und Nylonstrümpfe wegreißt. Etwas glänzt in dem bleichen Licht, das unter der Tür hindurchdringt. Sie spürt einen kalten, flachen

Druck auf ihrem nackten Bauch, der über ihre Haut streicht und ihr Gänsehaut bereitet, während er sich seinen Weg nach unten bahnt.

Warme Nässe tröpfelt zwischen ihre Schenkel, und der süße Geruch von Urin erfüllt die Luft. Sie wird hier sterben, vergewaltigt von diesem Mann, dem sie ihr ganzes Leben lang vertraut hat.

Ihre Knie knacken, als grobe Hände ihre Knöchel packen, ihre Beine weit auseinanderbiegen und dabei die blutigen Wunden an ihren Handflächen fest gegen die grausamen Fesseln ziehen. Kräftige Hände pressen ihre Füße flach auf den Boden. Sie kann hören, wie Knochen brechen, das Geräusch von Metall auf Metall, als die Nägel eingeschlagen werden. Der Schmerz kommt in Wellen und lässt sie Sterne sehen.

Er drängt sich zwischen ihre Beine und knallt ihren Kopf mit gefühllosen Händen gegen die gesplitterten Bodendielen. Grobe Finger reißen ihr den Mund auf, lassen sie erbrechen, als sie sich tief in ihre Kehle schieben. Sie schmeckt den kalten metallischen Geschmack von Stahl, dann blitzt Schmerz auf, während ihre Kehle sich mit warmer, salziger Flüssigkeit füllt. Kurz vor dem Ersticken hustet sie und würgt, erbricht ihrem Angreifer ins Gesicht.

Er zieht sich zurück und reibt sich die Wangen. Verzieht grinsend die Lippen und entblößt dabei seine fahlen Zähne. Kleine Tropfen ihres eigenen Blutes regnen auf ihr Gesicht herunter und spritzen auf die schmutzigen Dielen.

Sie nehmen sie einer nach dem anderen, drängen sich grob in sie hinein, zerstören noch den letzten ihrer Träume. Der Schmerz ist überall: in den hellen Spitzen der Nägel; in den blutigen Fetzen ihrer Zunge; in ihrem geschundenen Fleisch und den gebrochenen Knochen. Sie kann ihnen nicht entkommen, ist vollkommen hilflos. Und die ganze Zeit schneidet er sie. Der Mann, der einst ihr Freund gewesen war. Kleine Schnitte, die

Wunden öffnen und ihre weiße Haut mit glitschigem rotem Blut bedecken.

Der Tod braucht lange, um sich ihrer zu bemächtigen, und nicht einmal dann findet sie Frieden.

James Oswald

Bereits während des Studiums der Psychologie an der Aberdeen University verfasste James Oswald erste Comics. Es folgten Kurzgeschichten, diverse Blog-Posts und eine Fantasy-Reihe. Neben dem Schreiben betreibt er heute eine Farm in der schottischen Grafschaft Fife, wo er sich der Zucht von Schottischen Hochlandrindern und neuseeländischen Romney-Schafen widmet. Mit seinem ersten Thriller *Das Mädchenopfer*, der für den renommierten Debut Dagger Award der Crime Writers' Association nominiert wurde, stürmte Oswald auf Anhieb die britischen Bestsellerlisten. *Das Mädchenopfer* bildet den spannenden Auftakt zur Krimireihe um den charismatischen Ermittler Anthony McLean.

Mehr zu James Oswald und seinen Büchern unter www.james oswald.co.uk und www.devildog.co.uk

<u>Mehr von James Oswald:</u>

Das Böse im Verborgenen. Zwei E-Book Only Kurzkrimis mit Detective Inspector Anthony McLean (📕 als E-Book Only erhältlich)

Michael Robotham
Sag, es tut dir leid

480 Seiten
ISBN 978-3-442-31316-7
auch als E-Book und
Hörbuch erhältlich

Als Piper Hadley und ihre Freundin Tash McBain spurlos aus dem kleinen Ort Bingam bei Oxford verschwinden, erschüttert es das ganze Land. Trotz aller Bemühungen können sie nie gefunden werden. Isoliert von der Außenwelt werden sie von ihrem Entführer gefangen gehalten, bis Tash nach drei Jahren die Flucht gelingt. Kurz darauf entdeckt man ein brutal ermordetes Ehepaar in seinem Haus in Oxford. Der Psychologe Joe O'Loughlin, der einen Verdächtigen befragen soll, vermutet, dass dieses Verbrechen mit der Entführung der beiden Mädchen in Zusammenhang steht. Währenddessen hofft Piper verzweifelt auf Rettung durch ihre Freundin. Doch mit jeder Stunde wächst ihre Angst. Denn der Mann, der sie in seiner Gewalt hat, ist in seinem Wahn zu allem fähig.

www.goldmann-verlag.de
www.facebook.com/goldmannverlag

Elizabeth George
Glaube der Lüge

720 Seiten
ISBN 978-3-442-47616-9
auch als E-Book und
Hörbuch erhältlich

Bernard Fairclough ist das Oberhaupt einer wohlhabenden Familie, dem nichts wichtiger ist, als den guten Ruf zu wahren. Als sein Neffe eines Tages tot im See aufgefunden wird, erklärt die örtliche Polizei zwar schnell, dass es ein Unfall war, Fairclough will dennoch jeden Verdacht ausräumen und engagiert Inspector Thomas Lynley von New Scotland Yard. Zusammen mit seiner Kollegin Barbara Havers ermittelt Lynley undercover – und entdeckt dabei hinter der Fassade der ehrbaren Familie die grausame Wahrheit ...

www.goldmann-verlag.de
www.facebook.com/goldmannverlag

GOLDMANN
Lesen erleben

Ian Rankin
Mädchengrab

544 Seiten
ISBN 978-3-442-48091-3
auch als E-Book und
Hörbuch erhältlich

Sein neuer Arbeitsplatz: die „Cold Case"-Abteilung in Edinburgh. Doch so leicht lässt sich John Rebus, Detective Inspector a.D., nicht ausmustern. Ein Mädchen aus Edinburgh wird vermisst. Als sich eine Verbindung zwischen dem aktuellen Fall und mehreren Uralt-Vermisstenfällen andeutet, benötigt Rebus für seine Ermittlungen die Hilfe seiner ehemaligen Kollegin Siobhan Clarke. Durch seine unorthodoxen Methoden gefährdet er prompt ihre Karriere. Doch dann bestätigt ein schockierender Fund die schlimmsten Befürchtungen ...

www.goldmann-verlag.de
www.facebook.com/goldmannverlag

G GOLDMANN
Lesen erleben

Um die ganze Welt des
GOLDMANN Verlages
kennenzulernen, besuchen Sie uns doch
im Internet unter:

www.goldmann-verlag.de

Dort können Sie
nach weiteren interessanten Büchern *stöbern*,
Näheres über unsere *Autoren* erfahren,
in *Leseproben* blättern, alle *Termine* zu Lesungen und
Events finden und den *Newsletter* mit interessanten
Neuigkeiten, Gewinnspielen etc. abonnieren.

Ein *Gesamtverzeichnis* aller Goldmann Bücher finden
Sie dort ebenfalls.

Sehen Sie sich auch unsere *Videos* auf YouTube an und
werden Sie ein *Facebook*-Fan des Goldmann Verlags!

www.goldmann-verlag.de
www.facebook.com/goldmannverlag